I0902539

VERDAD Y PERDÓN A DESTIEMPO

VERDAD Y PERDÓN

A DESTIEMPO

Rolly Haacht

MUNYX CONTEMPORÁNEA

Primera edición: diciembre de 2019
Primera reimpresión: julio de 2023

© 2023, Rolly Haacht, por el texto.
© 2023, Munyx editorial, por esta edición.

www.munyxeditorial.com

© Ilustración de portada: Ariadna Guillem (Miss Arilicious).
© Composición portada: Munyx Design.
© Maquetación: Munyx Design.
© Corrección: Arantxa Comes.
© Ilustraciones personajes: Ariadna Guillem (Miss Arilicious).
© Ilustración mapa: Carmen Ocaña (@fullofmochis).
© Ilustraciones interiores: Carmen Ocaña (@fullofmochis).
© Fotografía de la autora: Samanta Jiménez.

ISBN: 978-84-121373-0-9
Depósito Legal: DL T 1489-2019

Todos los derechos reservados. Esta publicación no puede ser reproducida, ni en todo ni en parte, ni registrada en o transmitida por, un sistema de recuperación de información, en ninguna forma ni por ningún medio, sea mecánico, fotoquímico, electrónico, magnético, electroóptico, por fotocopia, o cualquier otro, sin el permiso previo por escrito del autor.

A todos los que han sido padres alguna vez, en especial, a aquellos que me inspiraron a serlo a través de mis personajes.

Y con más motivos que nadie, a mi madre.

ILUSTRACIÓN: CARMEN @OALCUADRADO_
COMPOSICIÓN Y DISEÑO: ROLLY HAACHT

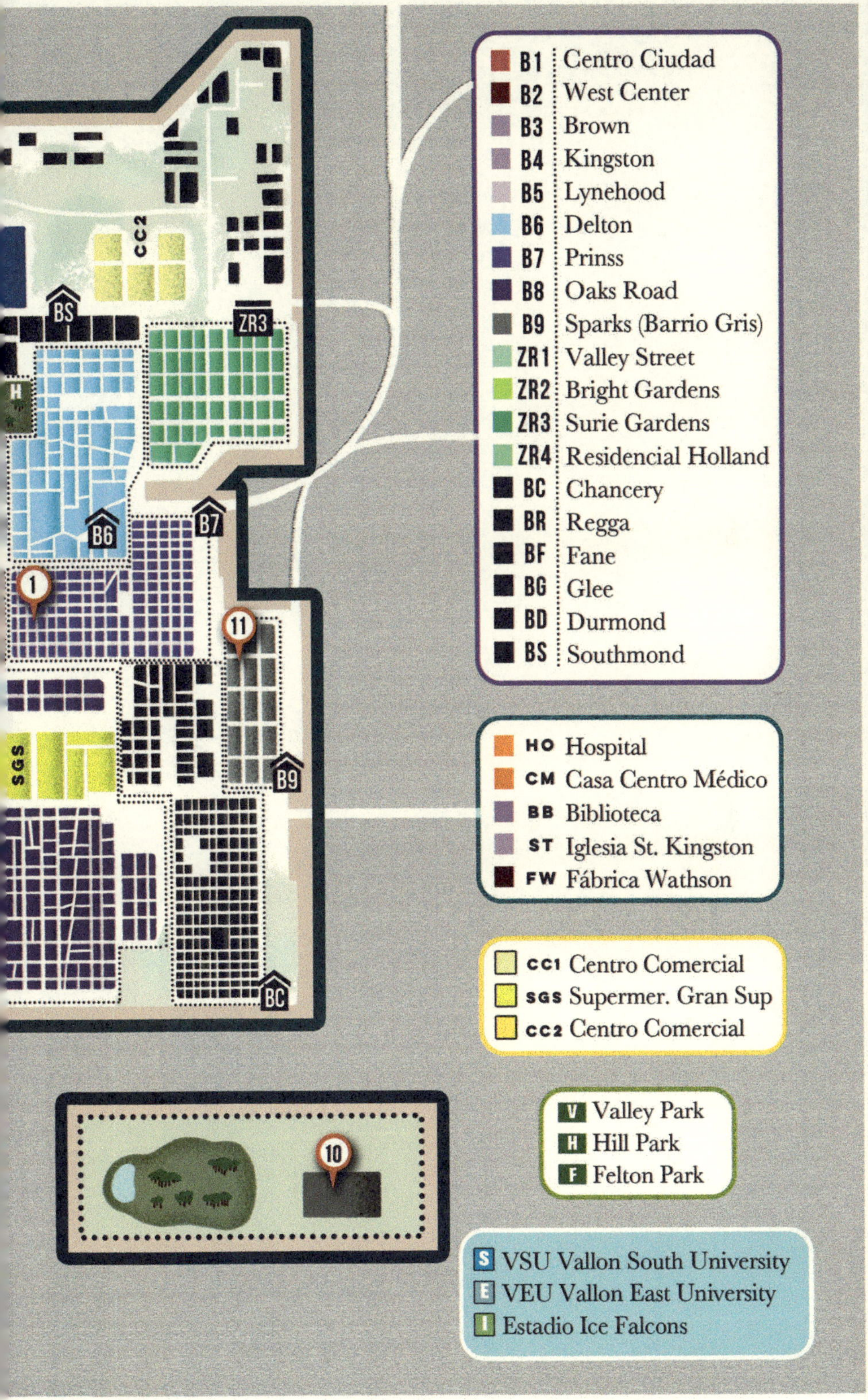
CC2
BS
ZR3
H
B6
B7
1
11
SGS
B9
BC
10
B1 Centro Ciudad
B2 West Center
B3 Brown
B4 Kingston
B5 Lynehood
B6 Delton
B7 Prinss
B8 Oaks Road
B9 Sparks (Barrio Gris)
ZR1 Valley Street
ZR2 Bright Gardens
ZR3 Surie Gardens
ZR4 Residencial Holland
BC Chancery
BR Regga
BF Fane
BG Glee
BD Durmond
BS Southmond
HO Hospital
CM Casa Centro Médico
BB Biblioteca
ST Iglesia St. Kingston
FW Fábrica Wathson
CC1 Centro Comercial
SGS Supermer. Gran Sup
CC2 Centro Comercial
V Valley Park
H Hill Park
F Felton Park
S VSU Vallon South University
E VEU Vallon East University
I Estadio Ice Falcons

1991

NOVIEMBRE

SM	L	M	X	J	V	S	D
44					1	2	3
45	4	5	6	7	8	9	10
46	11	12	13	14	15	16	17
47	18	19	20	21	22	23	24
48	25	26	LO	28	29	30	

DICIEMBRE

SM	L	M	X	J	V	S	D
48							1
49	MO	3	4	5	6	7	8
50	9	10	11	12	13	14	15
51	16	17	18	19	20	21	22
52	23	24	25	26	27	28	29
1	30	JK					

1992

ENERO

SM	L	M	X	J	V	S	D
1			1	2	3	4	5
2	6	7	8	9	10	11	12
3	13	14	15	16	17	18	DK
4	20	21	22	23	24	25	26
5	27	28	29	PT	31		

FEBRERO

SM	L	M	X	J	V	S	D
5						1	2
6	3	4	5	6	7	8	9
7	10	11	12	13	14	15	16
8	17	18	19	20	21	22	23
9	24	AR	26	27	28	29	

MARZO

SM	L	M	X	J	V	S	D
9							1
10	2	3	4	5	6	7	8
11	9	10	11	12	13	14	15
12	16	17	18	19	20	21	JZ
13	23	24	25	26	27	28	29
14	30	31					

ABRIL

SM	L	M	X	J	V	S	D
14			1	2	3	4	5
15	6	7	8	9	10	11	12
16	13	14	15	16	17	18	19
17	20	21	22	23	24	25	26
18	27	28	29	30			

MAYO

SM	L	M	X	J	V	S	D
18					1	2	3
19	4	SM	6	7	8	9	10
20	11	12	13	14	15	16	17
21	18	19	DN	21	22	23	24
22	25	26	27	28	29	30	31

JUNIO

SM	L	M	X	J	V	S	D
23	1	2	3	4	5	6	7
24	8	9	10	11	12	13	14
25	15	16	17	18	19	20	21
26	22	23	24	25	26	27	28
27	29	30					

JULIO

SM	L	M	X	J	V	S	D
27			1	2	3	4	5
28	6	7	8	9	10	11	12
29	13	14	15	16	17	18	19
30	20	21	22	23	24	25	26
31	27	28	29	30	31		

AGOSTO

SM	L	M	X	J	V	S	D
31						1	2
32	3	4	5	6	7	8	9
33	10	11	12	13	14	15	16
34	17	18	19	20	21	JC	23
35	24	25	26	27	28	29	30
36	31						

SEPTIEMBRE

SM	L	M	X	J	V	S	D
36		1	2	3	4	5	6
37	7	8	9	10	11	12	13
38	MM	15	16	17	18	19	20
39	21	22	23	24	25	26	27
40	28	29	30				

OCTUBRE

SM	L	M	X	J	V	S	D
40				1	2	3	4
41	5	6	7	8	9	10	11
42	12	13	14	15	16	17	18
43	19	20	21	22	23	ZN	25
44	26	27	28	29	30	31	

NOVIEMBRE

SM	L	M	X	J	V	S	D
48							1
49	2	3	4	5	6	7	8
50	9	10	11	12	13	14	15
51	16	17	18	19	20	21	22
52	23	24	25	26	LO	28	29
1	30						

CALENDARIO DE LA HISTORIA

CADA PUNTO GRIS CORRESPONDE A UN CAPÍTULO DE LA HISTORIA, PARA QUE SE PUEDA VER A GOLPE DE VISTA EL SALTO TEMPORAL DE UN CAPÍTULO A OTRO.

CUMPLEAÑOS DE PERSONAJES

- DK — DEREK BECKER
- JK — JAKE BECKER
- ZN — ZANE BECKER
- LO — LOUIS BECKER
- AR — ARABIA KURBAGH
- MM — EMILYWATHSON
- JC — JACK WATHSON
- DN — DANIELLE BECKER
- JZ — JAZZLYN KB
- PT — PETER PITT
- SM — SAMANTHA KEY
- MQ — MONIQUE

NUEVOS PERSONAJES (PETER PITT, SAMANTHA KEY, MONIQUE)

VERANO DE 1989

PRÓLOGO

Acababa de dejarlo todo atrás después de dos meses de angustiosa espera. Dejaba una parte de su vida, e incluso una parte de su corazón. Por no hablar de la rehabilitación. El hombro todavía le dolía, y a pesar de eso había decidido recoger sus cosas y largarse de Utah en su Harley del 85.

El aire en la cara a causa de la velocidad ya no le reconfortaba como antes, ni siquiera le resultaba agradable. Mantener sujeto el volante con el dolor que sentía era solo cuestión de voluntad.

Tenía que irse, pero no como otras veces que había pasado la noche o días fuera de casa. Ni como la vez que se fue durante más de un mes. Esta vez se iría lejos de verdad. Tan lejos como le obligasen sus recuerdos.

La carretera estaba despejada esa mañana, así que aceleró. Sin embargo, dos kilómetros después, tuvo que frenar de forma abrupta. Una pelota había aparecido de entre los matorrales que bordeaban la carretera y, casi al instante, un niño tras ella. Un niño que al escuchar el frenazo se llevó las manos a las orejas y regresó por donde había venido.

Jake se apartó de la carretera y tuvo que bajarse de la moto para tranquilizarse. El corazón le latía con muchísima fuerza. Miró la pelota roja que se había quedado parada justo al otro lado de la carretera y no pudo evitar que un pensamiento horrible le viniese a la mente. Mucho más horrible de lo que todavía era capaz de soportar. Si a aquel niño se le hubiese escapado la pelota tan solo unos segundos después...

Un llanto infantil le hizo volver a la realidad y lo agradeció, en cierto modo. Se acordó del niño huyendo hacia los matorrales y dedujo que provenía de ahí. Jake recogió la pelota y luego se dirigió hacia los hierbajos. Apartó unos cuantos hasta descubrir el escondite del pequeño.

Estaba acurrucado y todavía tenía las manos en las orejas. Se balanceaba hacia delante y hacia atrás. Jake pensó en que debía de estar muy asustado. Se compadeció de él, se agachó a su lado y le dejó la pelota justo enfrente. Le pareció que estaba musitando algo, a pesar de que lloraba.

—Eh. —Jake le acarició el pelo rubio, que estaba bastante sucio—. No pasa nada. Te he traído tu pelota.

El niño no cambió de posición ni de actitud, aunque a Jake le pareció entender qué era lo que estaba diciendo.

—Soy bueno, soy bueno, soy bueno...

No pronunciaba bien, y tampoco debía de tener edad suficiente para hacerlo.

—¿Qué estás haciendo aquí solo? —le preguntó—. ¿Dónde está tu mamá? ¿Y tu papá?

Al ver que no obtenía ninguna respuesta, le sujetó las manos con suavidad y se las apartó de las orejas. Entonces sí, el niño le devolvió la mirada. Sus ojos estaban llenos de lágrimas.

—Hola. Me llamo Jake. ¿Cómo te llamas tú?

—James.

—¿Qué haces aquí solo?

—Estoy esperando a mamá.

—¿Y dónde está ella ahora?

El niño señaló hacia la derecha, pero lo único que había en esa dirección eran más matorrales.

Jake se incorporó para ver mejor lo que el pequeño James señalaba, y entonces vio el coche que estaba aproximadamente a cien metros de allí, parado en el arcén. Jake había visto ese coche en la distancia.

—¿Tu mamá te ha dejado aquí? —El pequeño lo miró sin entender—. ¿Sabe que estás aquí?

James asintió y recogió la pelota. El disgusto parecía haber remitido.

¿Qué demonios hacía un niño tan pequeño allí solo?, se preguntó.

Volvió a incorporarse para observar el coche.

Era negro.

Segundos después, alguien salió del interior.

Una chica.

Rubia.

Jake vio cómo se recolocaba la falda y después se despidió de alguien por la ventanilla. Entonces entendió lo que ocurría. Se despidió del niño y volvió a la moto.

Cuando pasó por su lado a media velocidad, estuvo casi seguro de haberla reconocido.

NOVIEMBRE

SM	L	M	X	J	V	S	D
44					1	2	3
45	4	5	6	7	8	9	10
46	11	12	13	14	15	16	17
47	18	19	20	21	22	23	24
48	25	26	LO	28	29	30	

LUNES

NOVIEMBRE 1991

DOS AÑOS Y MEDIO DESPUÉS

A veces Zane se despertaba antes de que sonase el despertador de las siete y media. Eso la hacía sonreír cada vez que pasaba, porque involuntariamente se acordaba de su madre y de lo sorprendida que se quedó cuando —muchos años atrás— le descubrió esa capacidad. Hoy era uno de esos días, así que sonrió.

Se incorporó de la cama y observó su pequeña pero agradable habitación. Hacía algo más de un año que se habían mudado, pero aún recordaba con nostalgia su bonita buhardilla del barrio Prinss. Ahora disponía de una cama pegada a la pared y un enorme y espacioso escritorio situado justo enfrente, con un bloque de estanterías encima de este. La ventana estaba situada en medio de ambas partes, aunque ella hubiese preferido que estuviese detrás del cabezal de la cama.

Se vistió y salió directamente a la cocina, la estancia que quedaba justo después, pasando solo un segundo por el cuarto de baño.

—Buenos días —dijo en mitad de un bostezo. La única persona que encontró allí se dio la vuelta enseguida. Estaba preparando tortitas, uno de los mejores desayunos de toda la semana—. Ay, Dios, me encantan los lunes —añadió.

Antes de que la persona que la acompañaba pudiese decir algo, unos gritos en el piso superior hicieron que se quedase con la palabra en los labios.

—Creo que no eres la única —dijo al fin—. Esos dos se despiertan con más energía que nunca los lunes por la mañana.

—Lo sé.

Poco después de que Zane terminase de decir aquella frase, volvieron a escucharse voces desde arriba y acto seguido aparecieron Danielle y Jack, bajando a la carrera por las escaleras.

—Despaaaaaacio —ordenó Derek, justo después de ellos.

Ambos tenían cuatro años.

Ambos eran adorables.

Ambos eran la alegría de aquella casa.

Pasaron corriendo por detrás de Zane y esta hizo el amago de ir tras ellos, por lo que estallaron en carcajadas y corrieron con más ganas.

—¿Quién quiere tortitas? —preguntó Emily.

Los niños levantaron los brazos y empezaron a saltar con ellos en alto.

—Sentaos —les pidió Derek, y ellos obedecieron al instante, a la espera de su desayuno.

Así eran las mañanas en la nueva casa, sobre todo, desde que los dos pequeños habían empezado a ser un poco más independientes.

Después de que Derek y Emily adoptaran a Jack, la familia se había consolidado mucho. Ambos eran muy pequeños cuando todo ocurrió, así que se criaban como si realmente fuesen hermanos. De hecho, el último cumpleaños lo habían celebrado juntos, en agosto. Zane no dijo nada, pero supuso que la intención de su hermano Derek era que en el futuro se presentasen ante todos como mellizos para evitar las preguntas incómodas. Pero lo cierto era que no se parecían en nada, aunque los dos compartían unos bonitos ojos azules.

—¿Cuándo acabas las clases?

Fue su hermano el encargado de formular aquella pregunta. Zane salió de su ensimismamiento y respondió:

—Dentro de dos semanas.

—¿Crees que podrías encargarte de ellos un par de días durante las vacaciones de Navidad?

Notó cómo Emily y Derek se miraban de soslayo. En realidad, le parecía una pregunta bastante estúpida. Casi siempre era ella la que se ocupaba de los niños.

—¿Os vais de viaje?

—Sí, algo así. Tengo previsto un viaje de negocios y me gustaría que Emily me acompañara.

—Claro, no hay problema. ¿Cuándo será?

—En cuanto sepa los días concretos, te avisaré.

—Genial. ¿Podrá quedarse Pitt a dormir?

Vio dudar a su hermano, pero fue Emily la que respondió:

—Por supuesto.

Zane no quiso preguntar más. Por la cara de Emily intuía a qué se debía un viaje tan misterioso. Lo que le molestaba era que no fuesen del todo sinceros. ¿Un viaje de negocios? Por favor... Era obvio que Emily llevaba bastante tiempo queriendo quedarse embarazada. Pese a todo, no añadió nada más.

Zane terminó el desayuno, besó cariñosamente a los niños y, antes de coger su mochila, puso un poco de orden a su nueva y corta melena castaña frente al espejo del cuarto de baño. Después avisó de que volvería bien entrada la tarde, con Pitt, y se fue hacia la parada de autobús. Derek le había dicho en más de una ocasión que le buscaría un coche de segunda mano en cuanto pudiese, pero ella siempre se negaba. No necesitaba coche. Pitt tenía uno y, además, la idea de conducir no la entusiasmaba . Siempre había alguien que lo hacía por ella desde que se sacó el carné, y nunca le había importado. De hecho, era ella la que le cedía el volante a Jake las pocas veces que su padre se lo ofrecía, porque sabía que a él le gustaba conducir mucho más que a ella.

Jake...

Demasiado tiempo sin él.

Zane suspiró nostálgica cuando subió al autobús. Se preguntaba qué estaría haciendo en ese momento, y dónde habría estado viviendo durante los últimos dos años, después de que se marchase sin decir nada a ninguno de sus hermanos. Tal vez ella fue la única que entendió su marcha, o al menos la única que no le reprochó que lo hiciera pese a lo que dejaba atrás.

Cuando llegó a la universidad se sorprendió al ver a varios de sus compañeros sentados en la cafetería. Miró su reloj y comprobó que apenas faltaban unos minutos para que empezara la clase. Algunos repararon en su llegada desde la distancia y le hicieron señas para que se acercara. Zane se debatió entre continuar hasta el aula o acercarse a la cafetería. Además, también estaba allí Travis, y Travis nunca se saltaba ninguna clase.

—McKinley no ha venido —le comunicó Claire una vez que llegó hasta el grupo.

También estaban allí Corinne y Monique, entre otros. Ellas eran las más cercanas a Zane, sobre todo Monique, una chica con la que había coincidido el primer día de clase y cuya amistad había ido en aumento con el paso del tiempo. Zane se dejó caer en una de las sillas, aliviada, especialmente porque el examen que tenían era justo después. Travis se levantó y se movió para situarse a su lado. Él era de los pocos chicos que había en la clase.

—Tienes que ayudarme con esto.

Zane rio antes de mirar siquiera lo que el chico necesitaba, a la vez que el resto de las presentes se quejaban por el atosigamiento que mostraba hacia ella siempre que tenía oportunidad. Pero él no era el único que de vez en cuando le pedía ayuda, o que le hacía alguna pregunta para Pitt, que ya estaba en el último curso. Zane era una de las mejores estudiantes de la promoción, todo lo contrario que había sucedido en la Facultad de Enfermería. Además, era tres años mayor que casi todos los de su clase. Tenía veinticuatro años, mientras que los demás rondaban los veintiuno. Monique era la única de su entorno que solo era un año menor que ella.

Se quedaron en la cafetería ayudándose unos a otros hasta la hora de la siguiente clase y, por tanto, del examen. Después de la prueba, Zane y Monique se despidieron del resto y caminaron juntas hacia la salida de la universidad.

Pitt ya estaba allí esperando para recogerlas.

—¡Hola!

Zane subió en el asiento del copiloto y le dio un brevísimo beso en los labios a la vez que Monique se acomodaba en el asiento de atrás.

—¿Qué tal el examen?

—Creo que bien.

—He encontrado el ejercicio que me pediste, está en el maletero.

—¡Eso es estupendo!

Pitt las había recogido para llevarlas con él a la cafetería donde trabajaba. Cuando tenían que hacer algún trabajo casi siempre iban allí, así Zane podía al menos estar en el mismo lugar que él. Con el ajetreo que él llevaba estudiando y trabajando, no podían pasar demasiado tiempo juntos, así que Zane se contentaba con observarlo y con recibir alguna que otra atención cuando los clientes lo permitían. Pitt era genial. Además, acababa de decir que había encontrado uno de sus antiguos ejercicios de clase del que seguro que ellas podrían sacar partido.

—Molas mucho, Pitt —añadió Monique.

Pitt y Monique se habían convertido en los dos nuevos pilares de su vida, uno como su pareja y otra como una muy buena amiga. Todavía le costaba asignarle el calificativo de *mejor amiga* porque tenía demasiado presente a Arabia, pero la verdad era que confiaba en Monique tanto como en ella. Su padre era un adinerado francés y su madre, de procedencia jamaicana. Zane ni siquiera supo dónde estaba Jamaica hasta que la conoció. Era muy curiosa su tendencia hacia todo lo extranjero. Arabia también provenía de otro país, y Pitt..., bueno.

Pitt era estadounidense de nacimiento, como él mismo recordaba a todo el mundo cuando le preguntaban por su procedencia. Pero sus facciones eran sin duda orientales. Sus ojos rasgados y su pelo azabache lo delataban. No conocía a su padre, puesto que tanto él como su hermana habían crecido solo con su madre, de origen japonés, y ella no les había hablado de él.

Lo más increíble de todo era que no se llamaba Pitt, ese solo era su apellido. Su nombre de pila era Peter, pero todo el mundo lo conocía como Pitt.

Cuando estaban a punto de llegar a la cafetería, Zane se acordó del repentino viaje de Derek.

—Mi hermano y Emily pasarán dos días fuera durante las vacaciones —le dijo a Pitt sonriendo—. Me han pedido que me haga cargo de los niños y dicen que puedes quedarte a dormir.

—¿A dónde van?

—Derek dice que es un viaje de negocios.

Pitt la miró un poco extrañado y ella se limitó a encogerse de hombros.

—En cualquier caso, es genial, ¿no?

—Sí, supongo que sí. —Pitt le devolvió la sonrisa—. Avísame cuando se aproxime la fecha.

Zane se volvió discretamente hacia atrás para mirar a Monique y esta le guiñó un ojo con complicidad. Luego volvió a mirar hacia delante, evitando reír en voz alta.

El local donde Pitt trabajaba se llamaba Wondy's. Era una especie de bar-cafetería y estaba abierto casi las veinticuatro horas del día. Servían desayunos por la mañana y menús de sándwiches por la tarde y la noche. Pitt siempre tenía turno de tarde o noche, ya que las mañanas las ocupaba en asistir a las clases de las pocas asignaturas que le quedaban para graduarse. Era un sitio tranquilo, de carretera, donde la gran mayoría de clientes eran transportistas que paraban allí a tomar algo antes de continuar, y por eso mismo Pitt decía que era el mejor sitio en el que había trabajado hasta ahora. Por si fuera poco, su jefa le permitía estudiar en los turnos de noche si no había mucho que hacer.

Recogía a Zane cuando tenía turno de tarde, así comían juntos y, después de que él se pusiese el uniforme, ella se quedaba terminando sus quehaceres de la universidad. Al principio, Monique la acompañaba solo cuando tenían que hacer algún trabajo, pero en los últimos meses se habían unido tanto que cuando no tenían ninguna tarea, simplemente se quedaban allí hablando durante horas. Después Pitt las llevaba de vuelta a casa, y solía quedarse a cenar en la de Derek.

Aquel lunes lo resolvieron de la misma manera. Zane y Monique pasaron el rato terminando un trabajo y organizando los días de vacaciones para estar listas cuando llegasen los exámenes mientras Pitt se ocupaba de servir cafés, refrescos y sándwiches.

—Y bueno —dijo Monique adoptando una postura *sexy*—, ¿qué tienes pensado para esos días que vais a poder estar a solas?

Zane miró a Pitt, que le devolvió la mirada, y ambas tuvieron que ponerse una mano en la boca para disimular la risa. A Zane todo aquello le resultaba muy divertido a la vez que también le producía nervios, pero, por lo visto, a Pitt le causaba mucho desconcierto su actitud.

—Te recuerdo que tengo a dos pequeños diablillos a mi cargo —dijo Zane—. No vamos a estar completamente solos.

—Ya, claro —continuó Monique—. Y me vas a decir que en esos dos días no le pedirás a Louis que pase a recogerlos para llevarlos, qué sé yo, al parque.

—¿Debería hacerlo?

—¿Bromeas? ¿Cuánto tiempo lleváis saliendo en serio? ¿Tres años?

—Dos, en realidad. —Ante la respuesta, Monique no pudo menos que hacer un gesto de obviedad. Entonces a Zane empezaron a asaltarle las mismas dudas de siempre—. Pero... ¿y si él quiere esperar a...? Ya sabes.

—Es un hombre que está loco por ti, Zane. No creo que necesite ningún papel que certifique que quiere pasar el resto de su vida contigo para que os acostéis.

—¡Monique!

Zane le pidió que bajase la voz, a lo que ella respondió tapándose la sonrisa con las manos.

Monique era muy diferente a Zane, además de una chica muy guapa y con unos rasgos que llamaban muchísimo la atención. Años atrás, el color de su piel le hubiese reportado bastante rechazo entre la sociedad, pero hoy en día podía ser hasta un aliciente para la gran cantidad de chicos que se acercaban con intenciones de ligar con ella. Incluso en el Wondy's tenía que lidiar con ello, con hombres mucho mayores que se le insinuaban desde la barra cada dos por tres. Pero ella no era de las que se dejaba engatusar fácilmente. Si pasaba la noche con algún chico era porque le gustaba de verdad. Eso sí, una noche y nada más.

Tal vez charlar sobre su relación con Monique era lo que las había unido tanto. Era la única con la que podía hablar abiertamente de sus inquietudes con respecto al sexo. Con Arabia nunca había tenido conversaciones como las que tenía con ella, a pesar de que habían pasado juntas muchísimo más tiempo.

Monique estuvo poniéndola al día sobre los últimos chicos con los que había estado y luego le dio algunos consejos de insinuación para que los usase con Pitt. Ella estaba convencida de que lo único que pasaba entre ellos dos era que ambos eran demasiado tímidos, sobre todo él, así que tal vez necesitara que fuera ella la que diese el primer paso. Zane grabó en su memoria todo lo que le dijo y trató de imaginarse en la situación de tener la casa sola para ellos. Las pocas veces que Pitt se quedaba a dormir lo hacía en la habitación de invitados porque, por alguna razón, Derek se había convertido en una persona bastante conservadora.

Con toda la emoción de trazar el plan para esos dos días que tendrían de casi total intimidad, a Zane se le pasaron las horas volando. Pitt les anunció que había terminado y que iba a cambiarse, así que ellas empezaron a recoger rápidamente sus bártulos de encima de la mesa.

Después regresaron a casa.

En cuanto dejaron a Monique y se despidieron de ella, pusieron rumbo a Valley Street.

—Te quedas a cenar, ¿verdad? —le preguntó Zane justo cuando entraron a la zona de aparcamiento.

—Lo que tú quieras.

—Entonces, sí.

Zane se dispuso a sacar las llaves de su mochila, pero entonces recordó que sus sobrinos habían aprendido a recibir a los invitados y que, además, les divertía muchísimo hacerlo, así que miró a Pitt y dijo:

—Ahora verás.

Tocó el timbre deliberadamente y se quedó esperando a que alguno de ellos apareciera tras la puerta. Jack fue el encargado de abrir, aunque Danielle estaba justo detrás de él.

—¡Hola, tía Zane! —exclamó, más alto de lo necesario—. Adelante —añadió a la vez que se inclinaba hacia delante exageradamente y extendía el brazo para invitarla a pasar.

Pitt no pudo evitar echarse a reír.

—¡Pitt!

En cuanto lo vio, Jack se lanzó hacia él. Pitt lo subió a sus brazos y pasó al interior. Allí esperaba Danielle, paciente, pero con ganas de que también le dedicase un poco de atención.

—Hola, bonita.

Entonces, ella se dio la vuelta y se fue corriendo hacia donde estaba Emily.

—¡Mamá, ha venido Pitt! —le dijo.

MIÉRCOLES

13 NOVIEMBRE 1991

Dos días más tarde, y como de costumbre, Zane fue de visita a casa de su hermano Louis. El miércoles por la tarde era el único día fijo que él no trabajaba, y como desde que se había independizado era muy difícil que se dejase ver, Zane aprovechaba que también tenía la tarde libre para ir a visitarlo. Algunas veces incluso se quedaba a cenar.

El apartamento estaba en una urbanización de las afueras de la ciudad, relativamente cerca del restaurante donde él trabajaba, pero bastante lejos desde Valley Street. Su facultad, sin embargo, no quedaba tan lejos.

Iba en el autobús completamente absorta en sus pensamientos, organizando la semana en su mente para que no se le quedase nada por hacer. Lo primero que haría el próximo fin de semana sería llamar a Arabia. Hizo cálculos mentales para comprobar los días que llevaba sin saber nada de ella. Casi un mes.

Desde que se había mudado a Los Ángeles, cada vez tenían menos y menos contacto, y las llamadas se iban aplazando más por parte de ambas. Al principio, a Zane le molestaba que su mejor amiga pudiera pasar largas temporadas sin mostrar interés por ella o por la que hasta entonces había sido su única familia, pero cuando empezó a empatizar con Monique se dio cuenta de que ella también se iba olvidando de mantener vivo el contacto. Suponía que Arabia habría conocido también a gente nueva, además de que su hija ocupaba gran parte de su tiempo. Al menos, eso fue lo que le dijo Emily para tranquilizarla. Pero ella qué iba a saber. No tenía hijos. Pero se prometió a sí misma que encontraría un día al mes para llamarla y preguntarle qué tal estaba todo por su nuevo hogar. Al fin y al cabo, seguían siendo amigas, aunque ahora estuviesen a muchos kilómetros de distancia.

Zane se bajó en la parada correspondiente, y para cuando se dio cuenta de que había olvidado los guantes en el asiento de al lado, el autobús había continuado su rumbo. Se quedó allí pasmada viendo cómo el vehículo se alejaba, después de correr tras él unos metros haciendo aspavientos con las manos. El frío todavía no había llegado a su punto más álgido, pero ella era bastante friolera.

Caminó hasta los apartamentos adosados con las manos dentro de los bolsillos de su chaqueta, mientras seguía pensando en alguna que otra cosa más que haría en los días posteriores.

Subió unas cuantas escaleras y se situó frente a la puerta de su hermano. Justo cuando iba a llamar al timbre, la puerta se abrió y apareció un chico de pelo castaño, del mismo color que su incipiente barba, que se limitó a pasar por su lado sin mediar palabra.

Zane se quedó plantada, con la mano en alto por no haber llegado a golpear la puerta y molesta porque el chico no se hubiese dignado a mirarla. Era Robert, el compañero de piso de Louis.

—¡Ah! ¡Hola, Zane!

Su hermano la saludó desde el interior y ella simplemente puso cara de interrogación.

—¿Has visto eso?

—¿Qué?

—Tu gran amigo Robert casi me atraviesa como a un fantasma.

Louis se limitó a encogerse de hombros y a ordenar el salón. Siempre que ella llegaba hacía lo mismo. Se levantaba de donde estuviese sentado o recostado y apilaba los platos sucios para llevarlos al fregadero. Esa era su manera de poner orden, aunque luego aquellos platos se quedasen allí amontonados durante unos cuantos días más. Era por eso que ese apartamento siempre olía a rancio.

No entendía por qué Louis se había dejado tanto, cuando en casa siempre habían tenido que seguir a rajatabla unas pautas con respecto a las zonas comunes, pero estaba claro que todo era por la influencia de Robert, aquel chico que vivía con él y que era bastante más mayor.

—¿Cuántos años tiene Robert? —se aventuró a preguntar.

—¿Qué importa?

—Tengo curiosidad.

Zane empezó a desabrigarse y a dejar sus cosas sobre la mesa de la estancia.

—Entonces la próxima vez que lo veas tendrás que preguntárselo.

—¿No sabes cuántos años tiene tu compañero de piso?

—¿Qué importa?

Puso los ojos en blanco.

Louis era totalmente despreocupado, hasta límites insospechados. Ella era la única que sabía algo del estilo de vida que llevaba, porque desde luego Emily y Derek no iban nunca hasta allí. Simplemente, lo recibían cuando a él le apetecía presentarse algún domingo para comer en familia. No le gustaba que fuese tan adán, pero tampoco podía hacer nada por evitarlo. Pronto cumpliría veintiún años. Era libre de hacer y deshacer cuanto quisiera, sobre todo tras haberse independizado.

De pronto, la puerta de su habitación se abrió, y entonces apareció Samantha.

—Hola, Zane —le dijo. Ella le correspondió con una sonrisa—. No sabía que vendrías.

Samantha le caía bien. Era una de las compañeras de trabajo de su hermano y sabía que pasaba muchas noches allí.

—Es miércoles —replicó, remarcándoles a ambos el día en el que estaban.

Normalmente, Samantha no estaba por allí los miércoles, al menos no desde tan temprano. Se golpeó la cabeza como recordándose a sí misma el día que era, y luego se dirigió a la zona de la cocina y empezó a fregar los platos. Louis se alejó en cuanto vio que Samantha iba a terminar de recoger y de limpiar.

Zane se molestó.

—Sammy, no deberías ser tú la que fregase los platos —dijo, consciente de que solía ser ella la que acarreaba con esa tarea, y de que, si pasaba varios días sin aparecer por allí, la montaña crecía y crecía.

Ella hizo un gesto como restándole importancia y Zane no insistió más. Seguía molesta, pero al menos habría platos limpios para más tarde. Y en vista de que Robert se había marchado, tal vez ni siquiera tuviese que soportarlo durante la cena. Eso era un gran alivio.

Cogió su carpeta de apuntes y se dispuso a sentarse en uno de los andrajosos sofás que había en la estancia. Louis ya se había repantigado en el más grande de los tres, que era de dos plazas y de mimbre, así que Zane optó por el granate, no sin antes apartar las migajas esparcidas sobre él. Cuando estaba allí, simplemente intentaba no pensar en la suciedad.

Una vez acomodada, acercó la mesa de la sala hasta ella para poder colocar la carpeta y los folios.

—¿Qué tal todo? —le preguntó a su hermano.

Louis se estiró todo lo que pudo y alargó el brazo para coger un paquete de patatas que había sobre el televisor. Un televisor que, por cierto, no funcionaba. Lo abrió y empezó a comer.

Le contestó con la boca llena:

—Bien, como siempre.

—¿Vendrás este domingo?

—Puede.

Zane arrugó el entrecejo y luego echó un vistazo a Samantha, que continuaba con los platos y de espaldas a ella. Luego volvió a mirar a su hermano y le hizo un gesto interrogante con la cara, dando a entender que le preguntaba si algún día la llevaría a casa de Derek.

—No es mi novia —respondió Louis con indiferencia.

Zane no pudo más que aceptar el comentario con perplejidad y continuar con lo que estaba haciendo. Él pareció darse cuenta de su expresión, así que volvió a hablar:

—¡Sammy! —exclamó para llamar su atención—. Mi hermana quiere saber si eres mi novia.

Lo miró con reproche por haberle lanzado ese comentario a la chica. Sin embargo, ella se giró con una sonrisa radiante y, casi riendo, dijo:

—Qué más quisieras tú.

Y entonces Louis se rio en voz alta.

—¿Lo ves?

Zane decidió no añadir nada más. Estuvieron un rato más allí sentados hablando de cosas irrelevantes. Por suerte, Louis le preguntó por los niños, ya que rara vez era él quien sacaba el tema de conversación. Ellos siempre se alegraban mucho de verlo cuando aparecía, porque era como el tío que vivía lejos. Algo bueno del trabajo de Louis, y que hacían para mantener a la familia unida, era ir a comer o a cenar a su restaurante en fechas señaladas. Todos estaban de acuerdo con ello, a pesar de las ausencias del pequeño de los Becker.

—¿Te vas a quedar a cenar? —le preguntó Louis.

—Esa era la idea, sí. Pitt me dijo que me recogería sobre las diez. ¿Tienes algo en la nevera?

—Probablemente, no. ¿Pizza?

Eso significaba que Louis tenía intenciones de pedir comida para que se la trajeran a casa. La verdad era que pocas veces tenía algo para preparar, pues lo habitual en él era que comiera o cenara en el trabajo, de lo contrario compraba comida rápida. Zane siempre se preguntaba cómo era posible que estuviese tan flaco con toda la porquería que comía, y más teniendo en cuenta que cuando no estaba en el trabajo lo único que hacía era comer patatas tirado en el sofá. Asintió a la opción de las pizzas y acto seguido su hermano se levantó para llamar.

Cuarenta minutos después estaban los tres sentados en la mesa grande. Zane había colocado el mantel y Samantha, los vasos y cuchillos. Un poco más tarde sonó el timbre y Louis se acercó a la puerta para pagar y recibir el pedido. Nunca le había preguntado a su hermano cuál era su salario, pero al parecer le daba para llevar una vida tranquila y sin apuros, pues —que ella supiera— nunca le había pedido nada a Derek desde que decidió marcharse. Lo único que sabía a ciencia cierta era que trabajaba muchísimo.

Poco después de que se repartieran los pedazos de pizza, Robert apareció de imprevisto. Entró, olfateó la cena y, sin más, cogió una silla y se sentó al lado de Zane.

—¿Puedo? —preguntó señalando un par de trozos que quedaban en una de las cajas.

Nadie hizo ninguna objeción, así que los cogió y empezó a devorarlos. Como no habían preparado vaso para él, cogió la botella de refresco y bebió directamente de ella. Zane no podía creer que a los otros dos comensales les diese igual todo lo que Robert hacía. Louis nunca le reprochaba nada, al menos nunca cuando ella iba de visita. Él y Samantha se pusieron a comentar algo que les había pasado en el restaurante, así que ella volvió a evadirse.

Muy pronto empezarían las vacaciones de Navidad. Tenía que pensar en pedirle algo de dinero a Derek para poder salir a comprar regalos. Nunca le pedía nada, porque ya se hacía cargo de la universidad, pero siempre recurría a él para los regalos de cumpleaños o de Navidad. Lo que le sobraba siempre se lo devolvía. Era la única de la familia que, por el momento, todavía no había trabajado en nada, lo sabía perfectamente, pero esperaba acabar sus estudios y convertirse en maestra. Pitt iba a graduarse ese curso y también deseaba que encontrase un buen trabajo pronto para que dejase los bares de una vez por todas. Llevaba compaginando el estudiar y trabajar desde los quince años. Se lo merecía.

—¿Alguna noticia de Jake? —mencionó Louis, de pronto.

Zane se sorprendió. Hacía tiempo que no le preguntaba por él. Su hermano siempre pensaba que, de saber algo, ella sería la primera en enterarse, ya no porque él se comunicase directamente con Zane, sino por Arabia. Pero no, lo cierto era que Jake no había dado señales de vida desde hacía ya más de dos años. No había llamado, no había escrito... Nada de nada. En cierta medida se alegraba de que Louis se interesase por él. Significaba que ella no era la única que de vez en cuando pensaba en el segundo de sus hermanos mayores, ya que Derek y Emily no lo mencionaban. Arabia tampoco.

Zane se dio cuenta de que Samantha también la miraba, a la espera de una respuesta, expectante.

—No, nada —respondió, cabizbaja—. Si supiera algo no esperaría para contártelo, ya lo sabes.

Louis se encogió de hombros. Había adoptado ese movimiento pasota tan característico de Jake siempre que no sabía qué decir. Aunque era el más distinto de los hermanos varones, a veces a Zane le recordaba en algunos aspectos a él, sobre todo en el pelo alborotado y las expresiones de dejadez.

—A saber qué es lo que está haciendo, y dónde.

Ese comentario se le escapó casi a modo de pensamiento, pero ni siquiera pareció darse cuenta. Terminó el último bocado y se levantó para coger un poco de agua del grifo. Robert ya había acabado con lo que quedaba de refresco, y poco después se despidió y volvió a marcharse.

—No lo soporto —comentó Zane.

—Se te nota —respondió Samantha.

Las dos se miraron.

—¿En serio?

—Sí, bastante —añadió mientras terminaba el último borde de pizza que le quedaba de la porción.

Zane se giró hacia su hermano, que había decidido no volver a la mesa y sentarse en el sofá de mimbre de nuevo.

SÁBADO

16 NOVIEMBRE 1991

Era sábado por la mañana. Era día de colada.

Arabia acababa de pasar por todas las habitaciones para recoger la ropa sucia y llevársela al lavadero. Aquella casa era tan grande que hasta le molestaba. Solo para limpiar el suelo ya perdía un montón de tiempo, pero claro, acostumbrada a su pequeño apartamento, aquella casa en pleno centro de Los Ángeles no tenía nada que ver.

Jazzlyn estaba jugando en el salón, en el parque que tenía para ella. Su pequeña ya tenía un año y ocho meses. La observó mientras caminaba hacia el lavadero y ella ni siquiera se inmutó. Estaba concentrada en las facciones de una de sus muñecas, así que aprovechó ese momento de entretenimiento y continuó con las tareas. El hecho de tener un cuarto especial para la colada era algo increíble. Había lavadora, secadora y plancha, y ahora que era toda una ama de casa, había aprendido a manejarse con todo, en especial con la plancha para los trajes y camisas de Kevin.

Justo estaba terminando de separar la ropa blanca y la de color cuando el teléfono sonó. Estaba en la cocina, así que salió del cuarto y se dirigió hacia allí. Descolgó mientras sacudía una camiseta blanca para inspeccionar su estado. Tenía una mancha de chocolate justo a la altura del pecho.

—¿Diga? —dijo a la vez que pensaba en dónde había dejado el quitamanchas.

—¡Buenos díiiiiaaaas!

La voz cantarina de su mejor amiga al otro lado la sorprendió.

—¡Zane! —exclamó, feliz—. ¡Qué alegría escucharte!

Se acercó a uno de los armarios superiores de la cocina en busca del quitamanchas. Lo cogió y comenzó a esparcirlo por la zona afectada, con el cable del teléfono estirado al máximo.

—¿Qué tal estáis?

—¡Genial! ¿Y vosotros?

—Muy bien. En un par de semanas termino las clases.

—¿Qué tal te ha ido este semestre?

—Increíble, Ari.

—No sabes cómo me alegro.

Era cierto que se alegraba por ella. Estaba claro que Educación Infantil le hacía mucha más justicia que Enfermería.

Un canturreo le hizo levantar la cabeza hacia donde estaba su hija. La encontró tumbada sobre la moqueta con algo en la mano.

—Perdona un momento, Zane. Jazzy, ¿qué estás haciendo?

La niña no se inmutó.

Arabia caminó hacia delante todo lo que el cable le permitió para descubrir que, de alguna forma, había conseguido hacerse con un rotulador en su zona de juegos y estaba rayando la moqueta.

—¡No! ¡Jazzy! —Dejó caer el teléfono al suelo y corrió hasta ella. La levantó y le quitó el rotulador. Después miró la moqueta, que era de color beis. El rotulador había dejado unas cuantas rayas grisáceas en ella, y en su cara—. Ay, Dios. ¿Qué has hecho?

Aquella era la casa de Kevin. Más tarde tendría que ver cómo conseguir que el suelo volviera a la normalidad. Con la niña en brazos, volvió corriendo a la zona de la cocina a por el auricular.

—Lo siento, Zane. Ya está.

—¿Qué ha pasado?

—Nada, que a tu querida sobrina le gusta experimentar con la moqueta. Espera, que te la paso.

Arabia le colocó el teléfono en su diminuta oreja y observó, expectante, cómo reaccionaba a la voz de Zane.

—¡Hola, preciosa! —decía Zane—. ¿Qué estás haciendo por ahí?

—Hola —respondió Jazzlyn sonriendo.

Le hacía mucha gracia hablar por teléfono.

—Es la tía Zane —le aclaró, aunque era demasiado pequeña como para comprenderlo realmente. Zane le estuvo haciendo algún que otro comentario más mientras ella reía. Después, Arabia volvió a ponerse al auricular—. Deberías ver cómo se ríe cuando te escucha —le dijo a su amiga.

—Tengo ganas de verla... ¿Vais a venir en Navidad?

Arabia estuvo a punto de gritar un «¡sí!», pero entonces recordó el plan que se traía entre manos con Derek, que era nada más y nada menos que aparecer el Día de Acción de Gracias y quedarse a pasar todo el mes de diciembre en su antiguo apartamento.

—Todavía no lo sé —mintió.

—¿En serio? Creía que después de la experiencia en casa de Kevin ya no volverías a pasar las Navidades allí.

—Sí..., lo sé, pero aún lo estamos debatiendo. No quiero que estemos separados, y él está convencido de que la actitud de su familia ha cambiado.

Volvió a mentir, pero solo en parte. No era cierto que estuviesen debatiendo nada porque ella ya había planeado marcharse en un par de semanas y que Derek la recogiera para la sorpresa en el aeropuerto; pero sí era cierto que Kevin creía que su familia había cambiado de opinión con respecto a ella, algo que Arabia seguía poniendo en duda, teniendo en cuenta lo poco que se veían.

—Pues ojalá decidáis venir aquí. Os estaremos esperando con los brazos abiertos.

Arabia sonrió. Aquella era su verdadera familia.

—Gracias, Zane. En cualquier caso, prometo que nos veremos pronto, tan pronto como esté en mi mano.

—Cuídate mucho.

—Sí, tú también.

—¡Un saludo para Kevin!

La conversación se cortó poco después. Arabia observó a su hija, que entrelazaba sus manos con el cable del teléfono, suspiró y luego le desenredó los dedos y colgó de nuevo el aparato en la pared. En lugar de volverla a dejar en su zona de juegos, se la llevó consigo al lavadero y se dispuso a terminar las tareas de la mañana. En unas horas Kevin regresaría del club de golf, y lo más probable era que quisiera que salieran a comer por ahí.

Entre semana él se pasaba el día y la tarde en su oficina mientras ella se hacía cargo de la casa y de Jazzlyn, así que durante el fin de semana era cuando más cosas hacían juntos. Todavía se le hacía extraño, porque jamás se había imaginado una vida así, pero ya hacía tiempo que había dejado de pensar en ello.

Era una vida cómoda y tranquila.

MARTES

26 NOVIEMBRE 1991

Jake se bajó del vehículo y caminó cuesta arriba a lo largo de la calle flanqueada por adosados, concretamente, hasta el que hacía esquina, al final del todo. Andaba con las manos en los bolsillos y no llevaba demasiada prisa. Todavía no tenía muy claro qué pasaría cuando se situase delante de la puerta. Había pasado mucho tiempo.

Demasiado.

Sin embargo, una vez llegó a su destino, su asombro fue más grande incluso que el que esperaba que hubiese cuando sus hermanos lo viesen a él.

Lo primero que hizo fue extrañarse de que algunas de las enredaderas hubiesen llegado hasta la pequeña puerta del patio. Era raro, pero aun así llamó al timbre de fuera. Se quedó esperando sin saber muy bien hacia dónde mirar. Diez o quince segundos después, decidió echar un vistazo rápido a la puerta por donde alguien debería aparecer. Fue entonces cuando se dio cuenta de que había mucho polvo, tierra y hojas secas en el porche. *¿Qué* *demonios?* Una duda se instaló inmediatamente en su cabeza. ¿Era posible que sus hermanos se hubiesen mudado?

Lo segundo que hizo fue quitar el pestillo de la puerta exterior y entrar en el pequeño jardín. Sin duda, aquel lugar estaba totalmente desatendido desde hacía mucho tiempo. Dio una vuelta alrededor de la casa hasta la parte trasera y, desde ese lado, observó las ventanas de las habitaciones. Todas estaban con las persianas bajadas y cerradas a cal y canto. Volvió de nuevo a la entrada principal y echó un vistazo al buzón. Había unas cuantas cartas acumuladas, aunque menos de las que esperaba encontrar viendo el aspecto en el que se encontraba la casa. ¿A dónde habrían ido a parar? Le hubiese gustado tener consigo sus llaves de casa, pero hacía mucho que las había perdido, o tal vez las había dejado olvidadas a propósito en alguna parte. Ni él mismo lo sabía. Lo que sí sabía era que el miedo que tenía de volver a casa se había esfumado, porque lo cierto era que allí no había nadie esperándolo. El primer mal trago había pasado.

Regresó al vehículo y se preguntó hacia dónde podría dirigirse. Le vino a la mente la imagen del Purist Coffee, pero lo descartó inmediatamente. No. Allí no. Pero el hecho de pensar por un momento en una cafetería le hizo acordarse de otra cosa. Abrió la guantera y sacó del interior un viejo y pequeño cuaderno que tenía desde hacía años. Pasó unas cuantas hojas hasta que vio la inconfundible y desordenada letra de Louis. Allí estaba la dirección que su hermano le había anotado tanto tiempo atrás del restaurante en el que había empezado a trabajar como camarero. Sin embargo, él nunca había estado allí. Ni una sola vez. Tal vez Louis hubiese encontrado otro empleo, pero por el momento era el único sitio al que podía ir. Al menos, si no lo encontraba, podría preguntarle al dueño si sabía algo del pequeño de los Becker y ya tendría información sobre el paradero de uno de sus hermanos.

Se le escapó una leve sonrisa al pensar que, después de todo, era él quien los estaba buscando a ellos. Era lo último que había pensado que tendría que hacer.

Tuvo que dar un buen rodeo hasta llegar a su destino, pero una vez allí se dio cuenta de que había merecido la pena. Nada más ver la amplia terraza del restaurante, observó a un joven de pelo castaño oscuro yendo de aquí para allá mientras servía unas bebidas. Jake aparcó y lo contempló desde la distancia durante un buen rato. El chico entró y salió varias veces hasta que finalmente se limitó a mirar las mesas que poco antes había atendido. Entonces se giró hacia el interior una última vez, le dijo algo a alguien y luego se apartó a un lado de la fachada y se apoyó en ella. Sacó del bolsillo un paquete de cigarrillos y, acto seguido, se puso a fumar. Eso le hizo fruncir el ceño por un momento. No esperaba regresar y recibir como primera novedad que Louis había empezado a fumar tabaco. Se paró a pensar y cayó en la cuenta de que su hermano pequeño ya no era tan pequeño, y que justo al día siguiente era su cumpleaños. Jake tuvo que plantearse la edad que tenía él en la actualidad para calcular los años que cumpliría su hermano: veintiuno.

Decidió arrancar de nuevo para situarse justo delante del restaurante antes de bajar a saludar.

- - - - - - -

Louis estaba aprovechando sus diez minutos de descanso al máximo. Esperaba que en ese corto periodo de tiempo ningún cliente de la terraza reclamase su atención, pues se había asegurado de tener todas las mesas servidas antes de apartarse para fumar.

Solía ser muy eficaz en su trabajo y, por consiguiente, muy pocas veces alguien lo llamaba para pedir algo más. Los clientes del restaurante eran casi todos de clase media y trabajadora, así que empatizaba bastante bien con todos ellos. Pero, como en todo, había excepciones, así que algunas veces tenía que resignarse a prescindir de su cigarro y acercarse a atender a alguien que había reclamado su atención con un gesto. De vez en cuando se preguntaba qué pasaría si alguna de esas veces fingiera estar mirando hacia otro lado, pero luego recordaba que en realidad le gustaba su trabajo, que quería conservarlo y que muchos clientes le tenían una gran estima. Así que se tragaba su orgullo e iba a ver qué quería el señor o la señora que iba a los restaurantes con la única intención de sentirse alguien especial, por la ferviente necesidad de pensar que había alguien en todo momento atendiendo sus necesidades, como el criado que siempre deseó y nunca tuvo. Eran los *quiero y no puedo*, como le gustaba pensar a Louis.

Pero ese día no fue una señora emperifollada o un viejo cascarrabias lo que captó su atención. Ese día se trataba de algo totalmente inesperado, tanto que incluso dudó de que fuese real. Arrugó la frente e inclinó la cabeza hacia delante como para ver mejor, aunque la verdad era que no hacía falta.

La persona que estaba al otro lado, apoyada en una gran camioneta negra 4x4, levantó la mano y le hizo un gesto con la cabeza al darse cuenta de que por fin lo había reconocido. Louis tiró automáticamente el cigarrillo y caminó con rapidez a su encuentro.

—¿Jake? —dijo cuando apenas le quedaban unos metros para llegar hasta él. No podía creer que por fin hubiese regresado—. Dios mío, ¡eres tú! —añadió cuando llegó a su lado.

Jake, por su parte, lo recibió con un abrazo y unas cuantas palmadas en los hombros.

—¿Cuándo has vuelto? —continuó Louis—. ¿Cómo sabías que estaría aquí?

—Fui a casa y vi que estaba desierta —respondió Jake—. Entonces me acordé de aquella vez que me escribiste la dirección del restaurante para que viniera a visitarte.

Louis miraba a su hermano todavía asombrado. No podía creer que de verdad estuviese hablando con él después de tanto tiempo. Siempre se preguntaba cuándo lo volvería a ver, y ahora...

Ahora no tenía ni idea de qué decirle.

—¿Dónde has estado? —preguntó, a pesar de que intuía el tipo de respuesta que él le daría.

—Por ahí...

Louis sonrió al escucharlo.

Entonces decidió prestar un poco más de atención a la camioneta que tenían justo detrás. La parte de carga trasera estaba tapada por una enorme lona gris que cubría el equipaje. Dio una vuelta completa alrededor del vehículo y, desde la parte del capó, después de observar las siglas GMC, preguntó de nuevo:

—¿Es tuya?

—Lo es.

—Es increíble —dijo con sinceridad.

—Sí. El único problema es que no es azul.

Louis sintió una pequeña punzada en el pecho, casi imperceptible.

—En realidad, creo que negra es mucho mejor que azul.

Un silbido procedente del restaurante le hizo volver a la realidad. A lo lejos vio a uno de sus compañeros haciéndole señas.

—Mierda, tengo que volver.

—¿A qué hora acabas?

—Si todo va bien, a las cuatro.

Jake observó su reloj. Louis sabía que todavía eran las dos de la tarde.

—Te espero.

—¿En serio?

—Claro. Tienes que contarme muchas cosas. ¿Se puede saber dónde estáis viviendo ahora?

—Eso tiene más de una respuesta. Luego te lo cuento. —Louis hizo el amago de volver al restaurante, pero volvió sobre sus pasos—. Joder, no me puedo creer que estés aquí.

—Si te digo la verdad, yo tampoco.

Ambos se echaron a reír, y después regresó al trabajo. Desde la distancia observó cómo su hermano se subía de nuevo a la camioneta y reclinaba el asiento dispuesto a esperarlo.

Que Jake estuviese de vuelta era asombroso.

Cuando dio por finalizada su jornada, Louis fue a cambiarse y después caminó hacia la camioneta. Rodeó la parte del capó y subió rápidamente al asiento doble del copiloto.

—Ya estoy aquí.

Se volvieron a mirar y se quedaron unos segundos sin saber qué decir. Louis lo observaba como si todavía no creyera que fuese real.

—Esto es muy raro —dijo. Jake lo miró y se encogió de hombros—. Quiero decir... Desapareciste, ¿sabes? Sin decir a dónde y... No sé, siempre supe que volverías, pero ha pasado ¿cuánto? ¿Dos años?

—Supongo que más.

—Tienes el pelo más corto que nunca.

—Ya, es una larga historia. Pero bueno, ¿qué? ¿Vas a decirme de una vez dónde os habéis mudado?

Louis sonrió y respondió:

—Arranca.

Cinco minutos después llegaron al Residencial Holland, concretamente a la urbanización repleta de apartamentos donde vivía desde hacía bastante tiempo.

—Es aquí.

Jake no hizo ningún comentario. Aparcó y después lo siguió hasta uno de los bloques. Subieron por las escaleras exteriores y Louis abrió la puerta número cincuenta y nueve. Estaba todo oscuro cuando pasaron al interior, y olía a tabaco.

—Mierda, Robert —maldijo Louis. Acto seguido subió las persianas y abrió las ventanas que iluminaron la estancia en la que se encontraban: un pequeño salón que comunicaba directamente con la cocina—. Lo siento, mi compañero hace mucha más vida de noche, así que supongo que todavía no se habrá levantado. ¿Quieres sentarte?

Observó cómo Jake paseaba la mirada por toda la habitación. A la izquierda había un sofá con el respaldo de mimbre y dos sillones, cada uno de un color. La televisión y el mueble sobre el que reposaba estaban pegados a la pared. La cocina parecía bastante destartalada, y había un montón de sartenes y platos acumulados en el fregadero, algunos de ellos con restos de la cena del día anterior. Finalmente, Jake se decidió a esperar en el sofá de mimbre y Louis procedió a ir en busca de su compañero.

Abrió la puerta de su habitación muy despacio para evitar, aunque sin éxito, el molesto ruido de las viejas visagras por falta de aceite.

—Rob, ¿estás despierto?

Un ronquido fue la única respuesta que obtuvo.

Cuando regresó vio a su hermano tratando de apilar otros platos sucios que había en el suelo.

—Espera, lo hago yo —le dijo adelantándose a sus movimientos—. Supongo que Robert no está todavía en condiciones de salir a saludar.

—Y supongo que Robert es tu compañero de piso.

—Sí. —Louis sujetó todos los platos y los llevó hacia la pila, ya de por sí llena—. Perdona por este desorden.

—¿Desde cuándo vives aquí? —quiso saber Jake.

—No sé decirte con exactitud, pero..., básicamente, desde que Derek y Emily empezaron a planear mudarse a otro barrio. Entonces pensé que era hora de dejar de depender de ellos y encontré este apartamento. Zane sigue con ellos. Hace más de un año que se mudaron.

—¿A dónde?

—A Valley Street.

A Jake se le redondearon los ojos como platos tras recibir la información.

—Sí, veo que te haces una idea de la clase de casa en la que viven ahora. Yo la suelo llamar La Mansión. Si no te importa, voy a darme una ducha. Mi habitación es esta de la izquierda, por si estás cansado y quieres echarte un rato.

—Estoy bien, gracias.

Se miraron unos segundos más, en incómodo silencio. Era tan raro que lo tuviese ahí delante después de tanto tiempo...

Tras la ducha, ya en su cuarto y mientras se ponía unos calcetines, Jake apareció en la puerta y se dirigió de nuevo a él:

—Oye, Louis.

—¿Sí?

—¿Qué hay de Ari?

Mucho había tardado en formular aquella pregunta, aunque Louis supuso que la respuesta no iba a gustarle.

—Ella también se fue —le respondió.

—¿Se fue? ¿Qué quieres decir?

—Que se fue, igual que te fuiste tú. —Jake lo miró sin comprender—. Vive en Los Ángeles —le aclaró.

—¿Hace cuánto que se fue?

—Pues... No sé. Desde que... ¿Sabes? Esto es mejor que lo hables con Zane. ¿Qué te parece si la llamo y le digo que venga a cenar? Va a ser toda una sorpresa cuando te vea.

Jake simplemente se encogió de hombros, así que Louis supuso que se había quedado pensando en Arabia. Cualquier persona habría insistido más sobre su marcha o sus motivos, pero Jake era diferente. No iba a reconocer que sentía verdadera curiosidad, y debería. Pero, tal y como le había dicho, era mejor que le preguntase a Zane. Salió del cuarto en busca del teléfono para llamarla con la esperanza de encontrarla en casa.

Mientras escuchaba a su hermana al otro lado y trataba de convencerla para que se pasara por allí, vio a Jake saliendo de nuevo hacia el salón a la vez que Robert se dirigía al baño. Jake lo sujetó por los hombros al notar que se tambaleaba. Dejó de sujetarlo cuando se sostuvo él mismo contra el marco de la puerta del baño, y entonces Jake miró a Louis mientras señalaba a Robert con la mano, a lo que Louis —que continuaba escuchando a Zane— respondió apartando un segundo el teléfono de la oreja con un simple: «No te preocupes».

- - - - - - -

Zane se bajó del autobús repasando mentalmente los regalos que quería hacerles a todos sus allegados. Los únicos que tenía planeados con exactitud eran los de los niños: la Mansión de Malibú para Danielle y un Scalextric para Jack.

Antes de llegar a los apartamentos donde vivía el menor de sus hermanos, volvió a preguntarse el porqué de la insistencia de Louis para que fuese a cenar. Solo cenaba allí los miércoles, y exclusivamente los que Pitt podía acompañarla para llevarla después de vuelta a casa. Subió las escaleras exteriores del apartamento y llamó al timbre. Louis apareció enseguida tras la puerta.

—Hola —dijo sonriendo de oreja a oreja.

—Hola de nuevo. —Zane lo abrazó y empezó a quitarse el abrigo, el gorro y la bufanda—. ¿Hay algo para cenar o llamamos para que...?

Se quedó paralizada, observando a la persona que estaba sentada unos pocos metros delante de ella y que luego se levantó devolviéndole la mirada con timidez.

Zane se llevó las manos a la boca abierta por la sorpresa. Empezó a caminar hacia él mientras intentaba, sin éxito, retener las lágrimas.

—Hola —dijo Jake una vez la tuvo entre sus brazos.

Zane lo estrechó con todas sus fuerzas. Lloraba y reía a la vez, incapaz de articular palabra alguna.

Era Jake.

Era él, de verdad. ¡Había vuelto!

De repente, se sintió tremendamente reconfortada. No podía creer que le hubiese echado tanto de menos. Cuando se separaron tuvo que secarse los ojos con las mangas de la camiseta.

—Te has cortado mucho el pelo —fue lo primero que Jake le dijo.

Era cierto. Ahora lo llevaba por los hombros. Hacía bastante tiempo del cambio, pero claro, para él era una auténtica novedad.

—¡Mira quién fue a hablar! —replicó Zane. Jake sonreía y ella también lo hacía. Miró a su otro hermano, Louis, que se mantenía al margen con cara de diversión—. ¿Cuánto hace que estás aquí? —le preguntó alternando la vista entre ambos.

—Hace solo unas horas que me lo encontré en el trabajo —aclaró Louis.

—¿Dónde has estado? —continuó ella, dirigiéndose solo a Jake.

—Es una larga historia...

—Mientras habláis y todo eso voy a ir pidiendo algo para cenar —les comunicó Louis—. ¿Viene Pitt?

—Oh, sí, pero trabaja, así que no llegará para cenar. Me recogerá cuando acabe y me llevará a casa.

—¿Quién es Pitt?

Jake la miró arqueando una ceja, a lo que ella se sonrojó.

—Su novio —respondió Louis.

—¿Tienes novio?

Zane se rio en voz alta.

—Sí.

Jake se recostó sobre el sofá y se rascó el cogote.

—Vaya...

—Lo tengo incluso desde antes de... —Zane se paró en seco, pensando mejor lo que iba a decir—. Quiero decir, desde antes de que te marcharas.

—¿Cómo que desde antes de que me marchara? ¿Eso va en serio?

Sonrió sin separar los labios ante la estupefacción de su hermano. Entonces se acordó de algo. Se acordó precisamente de quién era su novio, y de que su hermano había vuelto, y de que iba a conocerlo. Su corazón se aceleró solo de pensar en lo que pasaría cuando ambos se encontrasen.

Al final, Louis pidió comida china para cenar. Robert, su compañero de piso, apareció cuando estaban empezando y cogió uno de los platos de arroz para luego retirarse a su habitación. Zane intentó que no se le notase demasiado lo molesta que estaba. Mientras cenaban, insistió en saber qué era lo que Jake había estado haciendo durante todo el tiempo que había pasado fuera, a lo que Jake solo respondió diciendo que lo primero que hizo fue ir a Philadelphia. Él, por su parte, también quería saber más sobre ellos, así que Zane le estuvo poniendo al día de algunas cosas. Por ejemplo, le contó que se había matriculado en Educación Infantil y que ahora estaba en tercer curso. También le habló de la casa nueva, en Valley Street. Cuando él preguntó por la de Prinss, le confesó que la intención de Derek siempre había sido venderla, pero como él no estaba para poder firmar el acuerdo, de momento continuaba deshabitada.

—¿Todos queréis vender la casa?

—No sé. Ahora ninguno de nosotros vive allí.

—¿Y por qué no te quedaste tú? —le preguntó a Louis—. Si lo que querías era independizarte, con la marcha del resto habrías tenido la casa para ti solo.

—Era demasiado grande para mí solo.

—¿Y qué me dices de ti, Zane? ¿Por qué no te quedaste en lugar de mudarte con Derek?

—Porque me gusta estar con ellos, y con los niños.

—Ya...

Su hermano parecía decepcionado. Zane se imaginó lo que habría pensado al presentarse en casa y verla en el estado en el que se encontraba. Ya ni siquiera iban a echar un vistazo. El único que pasaba de vez en cuando era Derek para recoger el correo.

—Estoy pensando en la cara que pondrá Derek cuando te vea —continuó Zane para cambiar de tema—. Va a ser alucinante. ¡Y Emily! Oh, Dios mío, ¿crees que te reconocerán los niños?

El ceño de su hermano se frunció. Eso le hizo pensar que tal vez iba a ser un tanto violento volver a ver a Jack.

—Deberíamos llevarlo como sorpresa el jueves, para la cena —comentó Louis.

—¡Es una idea estupenda! —exclamó Zane al pensar en la cena de Acción de Gracias.

Se puso a planificar mentalmente cuándo sería el momento idóneo para que Jake apareciese. Justo entonces, Louis se encendió un cigarrillo.

—Estamos cenando, Louis —protestó Zane.

—Yo he terminado hace rato... Y es mi casa, ya lo hemos hablado.

No podía con la odiosa adicción a la nicotina que su hermano había desarrollado.

—¿Cuánto hace que fumas? —le preguntó Jake.

—Bastante. Y espero que no vayas a darme el sermón ahora que has vuelto, porque ya he tenido suficiente con Derek...

El timbre de la puerta sonó. Zane se levantó y se dirigió hacia allí, nerviosa. Vio cómo su hermano separaba la silla de la mesa, preparándose para cuando empezasen las presentaciones. Todavía no le había dado detalles sobre Pitt. Zane abrió la puerta y salió antes de que este pudiese pasar al interior. Lo besó y luego le dio la noticia.

—Jake ha vuelto —expresó sonriendo.

—¿Tu hermano Jake? —preguntó Pitt, incrédulo.

—¡Sí! Y voy a presentártelo.

Antes de que el chico pudiese decir nada más, lo cogió por el brazo y entró con él. Se acercó a la mesa y, entonces sí, empezaron las presentaciones.

—Jake, este es Pitt —anunció su hermana—. Y Pitt, mi hermano Jake.

Se pusieron uno enfrente del otro.

—¿Qué hay, Jake?

—Pitt. —Jake correspondió a su saludo, tajante.

Zane se puso un poco nerviosa ante la reacción cortante que su hermano acababa de tener. No parecía demasiado contento.

—Hacía mucho que no te veía —le dijo.

—Sí, mucho.

Luego se volvió hacia ella.

—Habríamos adelantado mucho si me hubieses dicho que se trataba de Peter Pitt.

—Pero entonces no habría sido tan divertido.

—Créeme, no es divertido. —Zane se dio cuenta de que su hermano estaba molesto de verdad, aunque no entendía bien sus motivos. Pitt le sostuvo la desafiante mirada un poco más, pero al final fue el primero en retirarse—. ¿Puedo preguntar cuándo y dónde os conocisteis?

Ahí radicaba todo el problema. Jake lo relacionaba exclusivamente con el Dix76.

—Puedes hacerte una idea de cuándo lo vi por primera vez —dijo Zane—. Aunque no fue hasta dos años después que volvimos a coincidir. Él trabajaba en una cafetería del centro comercial y, si tienes más preguntas, será mejor que nos sentemos.

Zane y Pitt ocuparon el sofá de mimbre, Louis se recostó sobre uno de los sillones andrajosos, así que solo quedaba otro con el mismo aspecto para Jake, que decidió coger una de las sillas de la cena y la acercó para sentarse junto al resto. Zane pensó que había sido la elección más inteligente, conociendo de primera mano el estado de aquel apartamento.

—Aunque lo parezca, el sillón no va a morderte ni nada por el estilo —le dijo Louis.

—Por si acaso, me sentaré aquí.

—Tú mismo.

Louis continuaba fumando y Zane no dejaba de alternar la vista entre Jake y Pitt.

—Supongo que ahora que sales con mi hermana puedo preguntarte un par de cosas —le dijo.

—Sí, claro. ¿Qué quieres saber?

—Bien, pues... me gustaría saber a qué te dedicas ahora, cuánto hace que dejaste el Dix y de dónde procede tu familia. A propósito, ¿cuántos años tienes?

—Yo diría que eso son más de un par de cosas, Jake —apuntó ella.

Pitt tomó aire y habló por fin:

—A finales de este año me graduaré en Educación y a la vez estoy trabajando en un bar de carretera llamado Wondy's.

—¿También estudias eso?

—Sí.

Jake asintió con la cabeza, instándole a continuar.

—Dejé el Dix después del verano del ochenta y seis. No me enorgullezco de haber trabajado allí, pero sin ese trabajo jamás habría podido matricularme en la universidad. Ahora mismo tengo veinticinco años.

—¿Y tu familia?

—¿Qué es lo que quieres saber?

Zane se dio cuenta de que Pitt puso cara de exasperación, y no sin motivo.

—¿Te molesta la pregunta?

—Lo siento, pero es que tengo la sensación de que el hecho de que tenga los ojos rasgados supone que no soy un simple ciudadano americano como cualquier otro.

—Oye, estás saliendo con mi hermana, así que creo que no es ningún disparate querer saber de dónde vienes, porque lo único que conozco de ti es precisamente tu hermana. Y eso no me dice demasiado.

—¿Conoces a su hermana? —preguntó Zane.

—Sí —respondieron ambos al unísono.

—Me la presentó un día en el Dix —continuó Jake tratando de dar por zanjado el tema.

—¿El Dix no es ese sitio donde se va a follar?

La intervención de Louis los pilló a todos desprevenidos. Tanto que se quedaron en silencio, incluida Zane.

—¿Qué pasa? ¿Esperabais que no lo conociera? Se sabe de sobra la fama de ese lugar... Además, Robert trabaja allí algunas veces. —Louis se levantó y se dirigió a la nevera—. Deberíais alegraros de que lo conozca. No es un sitio al que ir cuando no se tiene ni idea de lo que se puede encontrar. ¿Alguien quiere una cerveza?

—¿Quieres una? —le preguntó Jake a Pitt.

—No, gracias. Tengo que conducir para llevar a Zane a casa.

—Pues yo sí que necesito una. Pásamela.

Louis le lanzó un bote que cogió al vuelo, aunque tuvo que utilizar ambas manos.

—Debisteis de pasarlo muy bien frecuentando ese lugar, y ya ni te digo trabajando en él.

—No —volvieron a decir ambos.

—Oye, nuestros asuntos allí eran muy diferentes —se defendió Jake.

—Claro. —Louis quitó la anilla de su lata, le hizo el gesto de

—¿Se me nota, Louis?

Él se acomodó, cogió su paquete de tabaco y sacó un cigarrillo. Solo después de encendérselo le respondió:

—Actúas como si tuviese la peste cuando está cerca de ti.

Ella abrió la boca, perpleja. ¿Tanto se le notaba?

Zane y Samantha fueron las encargadas de recoger las cosas de la cena mientras el ambiente empezaba a cargarse de humo por el cigarrillo de Louis. Ella odiaba que fumase, pero sabía que si quería seguir manteniendo contacto con él tenía que soportarlo, porque desde luego a Louis le daba lo mismo que ella estuviese o no para ponerse a fumar, aunque supiese lo mucho que le molestaba. Cuando terminaron y prepararon la basura para que Zane se la llevara al marcharse, ya eran las diez menos veinte. Pitt la recogería pronto.

Samantha se dirigió con parsimonia hacia donde estaba Louis y compartió el sofá con él. Le quitó el cigarrillo de la boca y le dio unas cuantas caladas. Después se besaron, o, mejor dicho, Louis le giró la cara y se apoderó de sus labios. Zane los miraba, embobada, observando cómo poco a poco se iban apretujando el uno contra el otro con total naturalidad, como si ella no estuviese allí. Llegó un punto en el que tuvo que apartar la mirada, avergonzada, cuando Samantha se colocó justo encima de Louis para seguir con los besos. Carraspeó para recordarles que seguía allí, y solo entonces ella se echó a un lado y continuaron fumando. Ni siquiera se disculparon. Como si nada.

El sonido de un claxon la salvó de aquella incómoda situación. Recogió sus cosas, le dio un beso a cada uno para despedirse y luego salió del apartamento con la bolsa de basura. Se sentía azorada. Ella y Pitt no intimaban tanto, ¡y mucho menos en presencia de otras personas! Le resultaba increíble la naturalirdad con la que su hermano y aquella chica se toqueteaban. ¿Debería subirse así sobre Pitt? Tal vez eso les incitase a dar el siguiente paso.

Sin embargo, cuando subió al coche, se limitó a darle a Pitt un sencillo beso en los labios.

brindar con él y bebió el primer trago—. Lo que pasa en el Dix, se queda en el Dix.

Zane tomó la palabra con intenciones de cambiar de tema.

—Creo que es un buen momento para preguntarte qué es lo que vas a hacer ahora que estás de vuelta.

—Todavía no lo he pensado.

—¿Dónde vas a dormir?

—Mi idea era quedarme en casa. Ya sabes, nuestra casa. Pero no tengo llave, así que será genial si vosotros...

—No tenemos llave —le comunicó Louis—. Derek es el único que guarda todos los juegos.

—¿Por qué?

—Porque ya no la usamos, ¿recuerdas? Puedes quedarte aquí hasta que encuentres otra cosa.

—¿Hasta que encuentre otra cosa?

—Vayamos por partes. —Louis se incorporó para aclarar el asunto—. Puedes quedarte el tiempo que quieras. Lo que quiero decir es que no sé si aguantarás todo lo que te gustaría teniendo en cuenta que mi compañero hace más vida de noche que de día, y que la mayoría de su vida nocturna es en el salón.

—Le pediré una llave a Derek. Si de verdad queréis que haga mi entrada triunfal el jueves por la noche, me quedaré en tu sofá hasta entonces. Pero solo hasta entonces.

—Nuestra antigua casa no tiene suministro de agua ni de luz, Jake —esta vez fue Zane la que habló—. Está abandonada.

—Bueno, pues yo lo restableceré todo. Me haré cargo.

—¿Cómo?

—No te preocupes por eso.

—De todas formas —continuó Louis—, seguro que ahora que has vuelto su idea de venderla cobrará más sentido.

—Pero no vamos a venderla.

Los dos hermanos menores se miraron.

—No me digáis que vosotros también queréis venderla. Louis, tú podrías volver y vivir conmigo. Podemos compartirla.

—A mí no me mires. Me gusta vivir aquí.

—Yo soy feliz en la nueva casa —prosiguió Zane—. Es muy grande. Estoy segura de que, si lo pides, te arreglarán la habitación de invitados.

—¿Qué te hace pensar que me gustaría vivir con Derek? O a él conmigo...

- - - - - - -

Cuando por fin se despidieron, Jake no podía creer cómo había cambiado todo. Su hermano estaba independizado y compartiendo piso con un chico de lo más extraño. Zane salía con Peter Pitt y, además, se había mudado a Valley Street con la familia de Derek. De repente, justo cuando Zane estaba a punto de cerrar la puerta, se acordó de algo. O, mejor dicho, de alguien.

—Zane, ¡espera! —le dijo.

Se acercó a ella corriendo y salió antes de cerrar la puerta tras de sí. Pitt estaba también allí, contemplando la escena.

—Espérame en el coche —le pidió Zane a Pitt.

Se alegró de que su hermana entendiera la situación. Una vez a solas, preguntó por ella.

—Louis me dijo que Arabia se había mudado a California.

—Sí, a Los Ángeles.

—¿Cuánto hace que se marchó?

—Mmmm... Bastante, la verdad. La echo mucho de menos.

—¿Por qué se fue?

—¿De verdad lo quieres saber? —Su hermana lo miró de una forma que no supo qué significaba realmente. Jake asintió para que le dijera de una vez por todas qué era aquello que ni Louis ni ella parecían querer confesar—. Conoció a alguien —dijo al fin.

Jake se metió las manos en los bolsillos y resopló, dejando que sus pulmones se vaciasen por completo. Era de esperar, y además era lo que él mismo había supuesto, pero ahora que por fin sus sospechas se habían confirmado no sabía exactamente cómo se sentía.

—Ya. Lo suponía.

—Aguanta esto un momento —continuó Zane, le colocó su enorme carpeta en los brazos y sacó papel y boli de su bolso—. Te daré su teléfono, espera.

Su hermana escribió los números correspondientes y arrancó la hoja de la pequeña libreta.

—Habla con ella, ¿quieres? —añadió después de que él recogiera el papel.

—Sí, lo haré.

—Hazlo, Jake.

Zane dio por concluida la conversación y comenzó a bajar para reunirse con Pitt, que la esperaba en un coche marrón con la pintura bastante estropeada. Jake la observó mientras se alejaba de él, tratando de asimilar las noticias. Su hermana se giró antes de entrar en el vehículo, levantó la mano y la agitó para despedirse. Él hizo el mismo gesto desde donde estaba.

—¡Cómo me alegro de que estés de vuelta! —le gritó.

- - - - - - -

Zane subió al coche, nerviosa. Incluso le temblaban las piernas. Pitt se quedó mirándola un poco y luego arrancó. Esperó unos minutos antes de decirle nada.

—Te ha preguntado por Ari, ¿verdad?

—Sí.

—¿Y se lo has contado?

Ella sabía exactamente a qué se refería.

—Quería saber cuándo y por qué se mudó. Yo le he dicho que conoció a alguien, y luego le he dado su teléfono para que la llame.

—¿Y crees que lo hará?

—Eso espero.

Estaba segura de que Pitt no iba a mencionar nada más sobre aquel asunto, así que ella continuó hablando:

—Sigo pensando que la decisión que tomó de marcharse de aquí no era porque no la quisiera —dijo para autoconvencerse—. Simplemente tenía que alejarse, como otras veces. —Se quedó en silencio reflexionando sobre ello y sobre lo feliz que estaba de haberlo visto de nuevo. Entonces se acordó de algo—: A propósito, ¿Jake se acostó con tu hermana?

—Eh... —Aquello había pillado totalmente por sorpresa a Pitt, lo sabía—. Quiero creer que no. Es complicado.

—Estamos hablando de algo que ocurrió hace años en el Dix. Estoy segura de que es complicado.

—Pero preferiría no hablar de ello. Ya conoces a mi hermana, y son sus cosas. A mí no me gusta ir por ahí contando los asuntos de los demás.

—Sí, lo sé. No pasa nada.

Ya le preguntaré a ella cuando tenga oportunidad, pensó.

Zane no insistió más porque sabía cómo era Pitt y no quería molestarlo. Bostezó, cosa que le hizo percatarse de la hora. Eran más de las once y media. Sabía que Emily seguiría despierta a pesar de lo tarde que era, porque era después de que los niños se durmieran cuando ella aprovechaba para estudiar un poco. Sabía que no era buena guardando secretos, su reputación la precedía, pero iba a tener que esforzarse para no mencionar la repentina aparición de Jake.

Se imaginó la cara de sorpresa que pondrían cuando lo vieran dos días después, y sonrió.

- - - - - - -

Louis sacó del armario un juego de sábanas para su hermano. Había decidido quedarse en el sofá y, a pesar de que lo invitó a meter el mueble en su habitación, él dijo que no hacía falta, así que no discutió. Sabía que tarde o temprano él mismo se convencería de que era la mejor opción cuando Robert apareciese medio borracho a prepararse algo de comer, sin compañía en el mejor de los casos.

—Ni siquiera cabes en el sofá —observó Louis.

—He estado durmiendo varios días en mi camioneta. Me las arreglaré.

—Como quieras, aunque si la cosa se alarga podemos comprar otro colchón.

—No se alargará. Me iré a casa en cuanto hable con Derek.

Miró con incredulidad a su hermano. Estaba claro que tenía la certeza de que Derek lo dejaría volver a instalarse en su antigua casa, aunque él lo dudaba. El mayor de los Becker tenía unas ganas inmensas de venderla.

—¿Tienes dinero? —le preguntó.

—¿Qué?

—Te pregunto que si tienes dinero.

—Sí, tengo dinero, ¿por qué lo dices? ¿Vas a cobrarme un alquiler o algo así?

Jake se rio con diversión, pero luego dejó de hacerlo al comprobar que Louis hablaba en serio.

—Te lo digo por la casa.

—¿Crees que voy a tener que comprar mi propia casa?

—Oye, tú no lo sabes, pero Derek se ha vuelto muy maniático con el dinero.

—La casa es nuestra, Louis. De todos.

—Yo ya no estoy tan seguro de eso...

—Pues yo sí lo estoy.

Louis se limitó a encogerse de hombros. Después de todo, no era su problema. A él tanto le daba si la casa se vendía o si se la quedaba Jake. Derek les había dicho una y otra vez que era lo mejor y que les proporcionaría a Zane y a él unos ahorros, pero la verdad era que no le importaba demasiado el dinero mientras conservase el trabajo, y también le daba bastante pena que otra familia viviese allí. No había sido su casa de toda la vida, pero sí había sido la casa de su adolescencia y de la que tenía más recuerdos.

Su hermano se quitó la sudadera y se quedó con la camiseta interior de manga corta. Louis se quedó asombrado por su tamaño.

—¿Has vuelto a jugar a fútbol? —fue lo primero que se le ocurrió preguntar.

Solo lo había visto tan en forma cuando empezó a jugar en la universidad.

—No —respondió Jake quitándose también las zapatillas.

Luego, al parecer de forma instintiva, movió el hombro izquierdo en círculos con el brazo estirado. Solo entonces Louis se acordó del accidente.

—¿Te duele?

Jake lo miró, sorprendido, y dejó de moverse.

—No. Es solo una vieja manía.

No pudo evitar preguntarse si tendría cicatrices. Seguramente sí, pero era imposible vérselas con la camiseta, y pedirle a su hermano que se las enseñara el primer día de su regreso no era buena idea, teniendo en cuenta que fue por eso por lo que se marchó. Pese a todo, le producía cierto morbo pensar en verlas alguna vez. No conocía a nadie que tuviese una herida de bala, y mucho menos dos.

JUEVES

28 NOVIEMBRE 1991

(Acción de Gracias)

Emily estaba de los nervios. Ahora que los niños empezaban a ser independientes no paraban quietos ni un solo momento. Danielle era tranquila por sí sola, pero en compañía de Jack hacía todo cuanto el otro quería. Zane y Derek la habían ayudado a preparar la cena, pero en ese momento los dos habían salido. La primera porque tenía que ir con Pitt a recoger a Louis del restaurante, y Derek había ido a por algo que ni siquiera recordaba. Tal vez no lo hubiese mencionado, o simplemente ella no le había prestado demasiada atención. ¿Hielos? Sí, puede que dijese que necesitaban hielo.

—¡Hora de vestirse! —anunció.

Los niños no se inmutaron. Estaban tirados en el suelo jugando a... ¿A qué estaban jugando? Emily se paró en mitad del salón viendo cómo Jack daba vueltas como si fuese un rodillo, y después Danielle se dispuso a imitarlo.

—¿Se puede saber qué hacéis?

—Somos cilindros, mami —respondió Danielle.

—¡Sí! Cilindros humanos —añadió Jack.

Emily se dio cuenta de que había un montón de piezas de geometría por el suelo.

—Muy bien, niños-cilindro, vamos a recoger todo esto, que es hora de vestirse para la cena.

—No, no tenemos hambre.

—No, mami.

—Yo tampoco tengo hambre todavía, pero tenemos que vestirnos para cuando Zane vuelva con el tío Louis y el tío Pitt, ¿de acuerdo?

Danielle se incorporó, esperando que Jack también lo hiciera. Sin embargo, el niño continuó girando hasta que chocó con uno de los sofás, y entonces empezó a girar hacia el otro lado. Eso hizo reír a la niña a carcajadas. Esperaba no tener que llegar al plan B, pero vio que el reloj ya marcaba las siete y media y no tuvo más remedio.

—Como papá regrese y vea que todavía no os habéis vestido, hablará con Santa para que el mes que viene deje vuestros regalos en casa de otros niños.

Jack se paró al instante y se levantó, con los ojos muy abiertos y la boca en forma de «o» por la sorpresa. Danielle se limitó a preguntarle que qué era un mes.

—¿Se los dará a Max? —quiso saber Jack.

Max, un niño de seis años, era el hijo de uno de los vecinos que tenían más próximos.

—Es muy probable. Estoy segura de que él ya se ha vestido.

—Vamos, Delly, ¡corre! No podemos permitir que Max se quede con nuestros regalos.

En menos de lo que había imaginado, Jack se puso a correr escaleras arriba, seguido de Danielle. Emily suspiró, aliviada, y subió tras ellos. Cuando llegó a la habitación que ambos compartían, Jack ya se había quedado en ropa interior y Danielle estaba intentando terminar de sacarse la camiseta. La ayudó a hacerlo y luego se dirigió a la cama donde estaba todo preparado. Les había comprado la ropa de forma que fuesen conjuntados. Él llevaría una camisa azul marino y un pantalón de pana marrón. Ella iría con un pichi beis y una camiseta debajo azul marino, con leotardos también de ese color.

Cuando los dos estuvieron listos, Emily los llevó al cuarto de baño para peinarles. Ambos tenían unos pequeños taburetes sobre los que se subían para poder verse reflejados en el espejo. A Jack le mojó el pelo y se lo peinó hacia un lado mientras él jugaba con un coche que tenía en la mano y con el que, nada más terminar, recorrió todos los rincones. Danielle tenía un pelo precioso, rubio y lleno de tirabuzones. Se lo dejó suelto y le puso una diadema azul. Emily observó su reflejo mientras le cepillaba el cabello, percatándose de que ella se miraba sonriéndose a sí misma. No cabía duda de que era una niña muy bonita y que, casi con toda seguridad, lo seguiría siendo cuando fuera mayor. Y ya no solo porque ella fuera su madre y lo pensara, sino porque todo el mundo se lo repetía constantemente, ya fuera en el colegio, en el vecindario, en el supermercado... Por suerte, Danielle tenía solo cuatro años y la belleza no era algo que le importase demasiado.

—Ya estáis listos —anunció Emily dejando el cepillo sobre el lavabo.

—¿Ahora tenemos que ir a dar un paseo?

Emily miró a su hijo, extrañada.

—¿Para qué?

—Para que Santa nos vea.

—Ahora lo que tenéis que hacer es esperar abajo a nuestros invitados y darles un abrazo muy fuerte cuando lleguen.

—¿Y cómo sabrá Santa que nos hemos portado bien?

—Lo sabrá, Jack, estoy segura. No hay de qué preocuparse —añadió después, mirando la cara de preocupación de Danielle—. Venga, abajo. Poned la tele mientras mamá va a vestirse, ¿de acuerdo?

Jack continuó paseando el coche de juguete por las paredes de la casa en dirección a las escaleras. Danielle, como siempre, fue tras él.

—Y nada de cilindros humanos ahora que estáis vestidos —les advirtió.

Cerca de las ocho y media llamaron al timbre. Los niños dieron un respingo en el sofá y Emily sonrió. Sabía de sobra que Zane tenía llaves para entrar a casa, pero ella también sabía que a ellos les hacía mucha ilusión que alguien llegase desde que habían aprendido a abrir la puerta, y siempre se ponían como locos y discutían por ver a quién le tocaba recibir a la visita. Esa vez era el turno de Danielle, así que riñó a Jack por querer robarle el turno y el niño se quedó enfurruñado en el sofá mientras la pequeña iba hacia la puerta.

—¡Hola! —dijo Zane—. Ya estoy de vuelta.

—¡Tío Louis! —exclamó Danielle.

Emily sabía que le hacía mucha ilusión estar con Louis, porque era al que menos veían de toda la familia. Algunas veces ni siquiera se presentaba los domingos para comer. Louis la cogió en brazos y le dio un beso. Después entró Pitt, el novio de Zane, un joven de lo más agradable. Se disponía a saludar a los recién llegados cuando alguien más apareció tras ellos. La cocina estaba situada después del amplio salón, pero enfrente de la puerta principal, así que Emily lo vio desde donde estaba, paralizada. Él levantó la mano en señal de saludo, aunque no dijo nada. Se dio cuenta de que todos la miraban, expectantes.

Él pasó al interior y cerró la puerta.

—¡Sorpresa! —exclamó Zane extendiendo los brazos—. Oh, vaya, ¿dónde está Derek?

Los pequeños se acercaron a él lentamente, curiosos.

—¿Quién es, mamá? —preguntó Jack.

Jake los miró a ambos detenidamente. Luego volvió a mirarla a ella. Estaba tan quieta y boquiabierta que por un momento se hizo el silencio completo. No tenía ni idea de cómo debía reaccionar, ni de qué decirle. Él dio el primer paso, caminando hacia donde ella estaba y, al verlo de nuevo después de tanto tiempo, no pudo evitar acordarse de algo que no quería recordar justo en ese preciso momento. Por culpa de ello, unas lágrimas empezaron a asomar en sus ojos y eso hizo que Jake se parara en seco.

—¡Emily! —Zane se acercó enseguida a ella—. ¿Estás bien? Debíamos haberte avisado antes, ¿verdad?

—No, no. Estoy bien —respondió ella. Luego observó de nuevo al visitante sorpresa, que se había quedado con la cara un tanto descompuesta, y le sonrió entre lágrimas—. Me alegro mucho de verte, de veras. Perdona por este recibimiento. ¡Jack! ¡Delly! —llamó—. Este es vuestro tío Jake.

—¿Otro tío? —preguntó Danielle.

—Es otro hermano de papá.

—¡Hola, tío Jake!

Al ver a Jack saludando a Jake una sensación de ahogo se apoderó de ella. *Pero qué me pasa*, pensó para sí.

Entonces él se acercó definitivamente a ella.

—Emily, lo siento, lo último que quería era molestar —le dijo—. Si prefieres que me vaya...

—Por Dios, ¡no! —replicó ella—. Soy yo la que tiene que disculparse —continuó secándose las lágrimas—. Es increíble que estés aquí y que vayas a pasar la noche de Acción de Gracias con nosotros. Derek se alegrará de volver a verte.

—¿Tú crees?

—¡Claro!

—Jo, Emily —intervino Zane—. Louis y yo pensamos que iba a ser una sorpresa increíble.

—¡Y lo ha sido!

—Pero pensaba que Derek también estaría en casa.

—Salió justo después de ti, a por hielo.

Louis y Zane la pusieron al día mientras Jake y Pitt se acomodaron en el sofá. Los pequeños trataron de interactuar con su nuevo tío, pero él no parecía tener muchas ganas de jugar con ellos. Se le notaba abrumado.

Jack y Danielle tenían apenas dos años cuando se marchó, y ahora, a pesar de que *a priori* no lo habían reconocido, no dudaban en acercársele para hacerle preguntas. Jack no dejaba de hacer el tonto para llamar su atención, por mucho que Emily le dijese una y otra vez que se sentara a la mesa, y Danielle simplemente estaba a su lado, sonriéndole con toda la dulzura que la caracterizaba, como cuando tenía un juguete nuevo y se pasaba horas y horas contemplándolo. Ella y Zane estaban terminando de poner toda la comida sobre la mesa. Louis y Pitt habían colocado los cubiertos y habían preparado las cubiteras para cuando Derek regresara y pudieran echar los hielos y sacar el champán. Se estaba retrasando más de la cuenta, pero estaba tan alterada por el regreso de Jake que, en realidad, no sabía si estaba preocupada por él o por el reencuentro que se celebraría cuando apareciese.

Pocos minutos antes de que eso sucediese, Jake se había levantado para ir un momento al baño. Ella comprobaba que el pavo estuviese en su punto a través del cristal del horno. Zane se encontraba frente a la nevera con los niños, eligiendo el sabor del zumo que iban a tomar. Louis y Pitt charlaban tranquilamente en la mesa.

Y la puerta se abrió.

—¡Por fin! —dijo Emily incorporándose con los brazos en jarras.

—Siento el retraso —dijo entonces una voz femenina.

Lo siguiente que se escuchó fue un grito de Zane, que con seguridad había llegado a oídos de los vecinos más próximos.

- - - - - - -

Arabia sabía que iba a ser una gran sorpresa, en especial para Zane, que llevaba meses pidiéndole que volviera de visita. Había estado concretándolo todo con Derek a escondidas de los demás, y había sido él quien había ido a recogerla al aeropuerto. Las Navidades anteriores las pasó en California, pero después de aquello se prometió a sí misma que nunca más pasaría unas Navidades sin los Becker, le pesase a quien le pesase. Así que allí estaba, unos días antes de que empezase diciembre, delante de la nueva y gran casa de Derek y Emily, aguardando a ser recibida con su pequeña en brazos. El grito de Zane la pilló desprevenida, pero inmediatamente después dejó a la niña en el suelo y fue corriendo hacia su mejor amiga, que también corría. Se abrazaron tan fuerte que Arabia sintió que se ahogarían la una a la otra si no se separaban en breve.

—¡Has venido! —exclamó Zane—. ¡No me lo puedo creer!

—¡Ari! —Emily fue la siguiente que se acercó para recibirla con un cálido abrazo—. Pero mira qué grande está Jazzy —añadió mientras señalaba a su hija, que corría de un lado para otro.

Arabia se dirigió también a Pitt para saludarlo y, cuando por fin se encontró con Louis, este la miraba rascándose la frente y medio sonriendo.

—Esto va a ser muy raro —le dijo.

Justo cuando iba a preguntarle por lo acababa de decir, la puerta del baño se abrió y la persona que salió de allí lo hizo con suma cautela.

Arabia lo miró, incrédula y paralizada.

—¿Jake?

Fue Derek el responsable de aquella pregunta retórica. De repente, todos empezaron a cruzar miradas de lo más desconcertantes. Arabia y Derek observaban a Emily y a Zane, mientras que estas dos se miraban entre ellas.

—¿Qué haces aquí? —preguntó Derek.

—Yo también me alegro de verte —respondió Jake hablando por primera vez.

Arabia seguía sin saber qué hacer ni qué decir, pero al parecer no era la única. Hasta los niños se habían percatado de la incómoda situación.

—Bueno, Derek —intervino Louis—. Tú has traído a Ari, nosotros hemos traído a Jake.

—Era una sorpresa —añadió Zane, casi en un susurro.

—¡Ari era la sorpresa de esta noche!

Arabia se dio cuenta entonces de lo que tenía que hacer, o de lo contrario sería una velada de lo más extraña teniendo en cuenta la forma en que se miraban los dos hermanos Becker. Se acercó decididamente a Jake, a pesar de que el corazón le latía a mil por hora.

—¡Jake! Me alegro de volver a verte. —Acto seguido le tendió la mano a modo de saludo—. ¿Cómo te ha ido todo este tiempo?

—Zane me dio tu teléfono. Pensaba llamarte.

—No te preocupes. Ahora estoy aquí.

Después se giró hacia el resto de los presentes, que tenían cara de preocupación, y les dedicó la mejor de sus sonrisas. Había pasado mucho tiempo desde que Jake desapareciera de las vidas de todos ellos, especialmente de la de ella. Había pasado tanto que ya ninguno de ellos debía preocuparse por lo que eso había supuesto. Todos tenían una vida nueva, y eran felices. El hecho de que él hubiera regresado no cambiaba nada.

—¿Soy la única que tiene hambre?

Zane se rio y volvió a abrazarla. Entonces todo volvió a la normalidad.

Momentos antes de que se sentaran a la mesa, Jake apareció a su lado.

—¿Podemos hablar un segundo?

—Claro. Dime —le respondió, sin apenas mirarlo, haciendo como que simplemente observaba que Jazzlyn no hiciese ninguna trastada.

—A solas.

Jake le hizo un gesto con la cabeza para señalar la puerta.

—Ah, entiendo. Pero no.

—¿No?

—No, Jake. No voy a hablar a solas contigo ahora mismo.

—¿Por qué no?

—Pues porque es Acción de Gracias, porque hace cuatro meses que no vengo, porque tengo muchas cosas de las que hablar con la gente a la que quiero... Por eso.

Momentos después, mientras cenaban, Arabia se dio cuenta

de la tensión que se respiraba entre Derek y Jake. Más bien, la que había visto irradiar a Derek, porque a Jake apenas le había vuelto a mirar a la cara. Se lo debía a sí misma, así que iba a contenerse todo lo posible.

Estaban sentados de forma que Derek presidía uno de los lados de la mesa y Louis, el otro. La parte lateral opuesta a la de ella la ocupaban Jack, Danielle, Jake y Pitt; mientras que a su izquierda tenía a Zane y a Emily. La silla de Jazzlyn estaba situada entre ella y Louis.

- - - - - - -

Cuando se sentaron a la mesa, Jake no pudo evitar sentirse desplazado. Zane y Arabia no dejaban de hablar, y Emily y Derek las acompañaban a la vez que controlaban que los niños cenasen. Miró a Pitt, al que creía igual de descolocado que él, pero pronto Louis y él comenzaron una conversación sobre béisbol en la que él no tenía nada que aportar. Era un completo extraño ahora. Derek ni siquiera se había alegrado de verlo. Indiferencia fue lo único que recibió por su parte.

—Mañana comeremos en casa de mi padre —escuchó decir a Emily.

Frederic Wathson. Claro.

En algún momento tendría que enfrentarse a Frederic, aunque no preveía que ese encuentro sucediese a corto plazo. Dejó de prestar atención a todo lo demás al pensar en ello. No tenía ni idea de cómo reaccionaría cuando se encontrasen el uno frente al otro.

—Bueno, ¿y qué vas a hacer? ¿Dónde te vas a quedar?

Estaba tan evadido pensando en la reacción de Frederic que no se dio cuenta de que la pregunta era para él.

—Jake, te estoy hablando.

Al levantar la cabeza vio a Derek mirándolo y esperando una respuesta.

—Perdona, ¿qué?

—Te pregunto que qué vas a hacer, que dónde te vas a quedar. ¿Tu visita sorpresa es temporal o...?

—Voy a quedarme en casa.

—¿Qué casa?

—Nuestra casa.

Derek dejó a un lado los cubiertos, se limpió la boca con la servilleta y se tomó su tiempo antes de contestar.

—Me temo que eso no va a ser posible.

Jake notó cómo el resto de los presentes se ponían alerta.

—¿No?

—La casa está sin suministros de ningún tipo —continuó su hermano.

—Me encargaré de restablecerlos. Mientras tanto me quedaré con Louis.

—Así que piensas volver a habitar nuestra antigua casa, sin más.

—¿Qué problema hay?

—Pues que es una casa que nos pertenece a todos.

Jake no entendía a dónde quería ir a parar, así que puso cara de interrogación.

—Quiero decir que vas a beneficiarte de ella mientras todos los demás nos ganamos la vida para poder mantener nuestros hogares.

—Ya le he dicho a Louis que puede instalarse conmigo, si quiere.

—¿Por qué no habláis sobre esto mañana, chicos? —sugirió Emily.

—Perdona, Emily, pero es que no entiendo cuál es el problema —replicó Jake—. ¿Acaso alguien o algo os obligó a mudaros a esta casa y a abandonar la otra? No, ¿verdad? Pues lo último que yo me esperaba al volver era descubrir que mi casa estaba cerrada y que no tenía ningún sitio donde quedarme.

—¿Acaso alguien te obligó a ti a marcharte y a desentenderte de todo?

—¿Estás de coña?

No podía creer que realmente lo juzgasen por haberse marchado después de todo lo que pasó. Después de todo por lo que él pasó. Sabía que Derek iba a replicar, pero por el rabillo del ojo observó cómo Emily le sujetaba el brazo para pararlo. El resto de las conversaciones se restablecieron y él continuó comiendo ajeno a todas ellas, consciente de que muchas miradas se dirigían a él de soslayo.

No terminaba de entender a Derek.

Antes de marcharse había hecho por él todo cuanto él y Emily deseaban, que no era otra cosa que no interponerse a la hora de decidir la custodia de Jack. Todos sabían que Emma le había insistido para que fuera el tutor del crío, e incluso lo último que le había pedido era que cuidase de él. Pero Emily y Derek lo habían convencido de que lo mejor era que se quedase con ellos. Después de todo, tras el accidente, lo último en lo que Jake pensaba era en criar a un niño. Y por eso no puso ninguna objeción cuando se presentaron ante el juez para pedir la custodia, ya que Frederic, como tutor por ascendencia, no estaba tampoco en condiciones de quedarse con un niño de dos años después de perder a una de sus hijas, madre del mismo.

Por lo que había observado, no les había ido nada mal. Se habían mudado a Valley Street, a una casa que todavía no había visto entera, pero cuya planta baja era, seguramente, más grande que las tres plantas de la suya en el barrio Prinss, sin contar con el jardín. Y Danielle y Jack parecían bastante sanos y felices. Según había observado, y no sin fastidio, daban por hecho que Emily y Derek eran sus padres. Se dio cuenta de que apenas había comido cuando Zane empezó a retirar los platos con ayuda de Pitt para dar paso al postre.

—¡Vamos a brindar! —exclamó Zane cuando volvió con su estupendo pudin de fresa—. ¡Por la familia! ¡Y por el reencuentro!

Todos alzaron las copas e instintivamente la mirada de Arabia se cruzó con la suya. La palabra «reencuentro» no había sido la más adecuada para el brindis.

—¡Yo también quiero brindar! —dijo Jack subiéndose encima de la silla.

—Está bien —continuó Emily—. Ponles más zumo, Derek. Brindaremos todos.

—¿Y Jazzy? —preguntó entonces Danielle.

—No, ella es pequeña.

Jack fue bastante tajante. Estaba claro que era el líder de la manada de mocosos, pensó Jake. Todavía no podía creerse que Arabia hubiera tenido una hija.

Pasadas las diez ya habían cenado, terminado el postre y brindado unas cuantas veces. Danielle estaba dando cabezadas en el sofá intentando resistir al sueño y Jack continuaba jugando con la hija de Arabia, a pesar de que esta también luchaba por no caer rendida. No tardó en ponerse a llorar para reclamar la atención de su madre, que decidió que era hora de irse a casa.

—Podéis quedaros a dormir aquí —le dijo Emily.

—Gracias, pero con la de cosas que tengo que hacer mañana es mejor que amanezca en mi propia casa. Voy a pedir un taxi.

—Puedo acercarte yo.

Jake apareció en la conversación sin previo aviso. Él mismo se sorprendió.

—No, gracias. Ahora que tenéis a la familia reunida no quiero separaros antes de tiempo.

—¿La camioneta de ahí fuera es tuya? —le preguntó Derek.

Él se limitó a asentir con la cabeza. Después de haberse ofrecido pensó que habría sido un tanto incómodo que Arabia aceptara, pues lo cierto era que no tenía ni idea de cómo comunicarse con ella. Se cerraba completamente a todas las tentativas.

—¿Cuándo llegará Kevin? —preguntó entonces Zane.

—Si no pasa nada, en un par de semanas.

La pequeña de pelo rizado empezó a lloriquear de nuevo. Arabia puso los ojos en blancos y sonrió al resto de los presentes.

—¿Puedo usar el teléfono un segundo para llamar al taxi?

—Eso no será necesario. —Derek se levantó y fue a por su abrigo. Después cogió las llaves del coche—. Vamos, te llevo.

—No, Derek...

—No voy a dejar que te vayas sola en un taxi el día de Acción de Gracias. Yo te he traído hasta aquí, yo te llevo a casa.

Minutos después, los dos se habían marchado.

—Tú eres parte de nuestra familia —dijo Derek una vez en marcha—. Lo sabes, ¿verdad?

Arabia le sonrió, agradecida.

—Para mí, tener a la familia reunida implica que tú también estés con nosotros. Ha sido genial que al final pudieses venir a pasar las navidades.

—Sí, y siempre que pueda así será. Lo prometo. En Los Ángeles es todo muy diferente y me siento bastante sola. Nunca encontraré allí a una amiga como Zane... A decir verdad, no creo ni siquiera que se puedan considerar amigas a las otras chicas que conozco.

—¿Ah, no? ¿Y eso por qué?

—Bueno, digamos que son... No sabría explicarte, pero vamos, algo así como amigas de conveniencia. Sus novios o maridos son amigos de Kevin, así que, ya sabes, cuando se organiza alguna fiesta siempre nos encontramos, e incluso a veces quedamos para ir a merendar con los niños y cosas así, pero tengo la sensación de que no disfrutan demasiado con mi compañía.

—¿Y tú con la suya?

—Es un sentimiento mutuo.

Los dos rieron.

—Siento lo de Jake —continuó Derek—. Te juro que no tenía ni idea de que estaría aquí.

—No tienes que disculparte.

Esta vez los dos se quedaron en silencio.

—¿Pensabas que volvería algún día?

—Lo pensaba al principio, los primeros meses. —Arabia miró a su hija, que dormía cómodamente entre sus brazos—. Cuando ella nació dejó de importarme. Y ya sabes, después conocí a Kevin.

—Sí, todavía recuerdo cuando nos lo presentaste y, sobre todo, recuerdo la cara de mi hermana cuando poco después dijiste que te mudabas a California con él.

—Yo también lo recuerdo.

Y era cierto. La cara de Zane había sido tan expresiva que era imposible olvidarse de aquello. Ya desde que le dijo que había conocido a un chico que estaba de paso en la ciudad no le hizo demasiada gracia. Kevin era un cerebrito que no había tenido demasiada suerte con las chicas en ninguna de las etapas de su vida. Pero cuando le dijo que se iba a mudar con él a otro condado... Eso le afectó muchísimo, y a ella también. Habían estado muy unidas desde los dieciséis años, incluso habían vivido juntas. Además, Zane la había apoyado al cien por cien con el embarazo una vez que se enteró de que estaba encinta. Y el cambio fue bastante drástico, teniendo en cuenta que desde entonces solo se veían, como pronto, cada dos meses.

—Pero bueno, al menos ya estaba saliendo con Pitt —añadió Derek.

—Creo que si no hubiese sabido que con él estaba realmente bien nunca me habría marchado.

—¿En serio?

—Sí.

—Eso dice mucho de ti.

Arabia volvió a sonreírle, agradecida de nuevo.

Era muy fácil hablar con alguien como Derek, la persona más justa en cuanto a sentimientos que había conocido nunca. A veces incluso se pasaba de justo, como cuando decidió casarse con Ashley por el bien de Danielle. Pero de no ser por aquello, puede que ni siquiera la tuviese ahora con él, y a saber qué habría sido de aquella preciosa niña.

- - - - - - -

Después de que Derek y Arabia se marcharan, Zane se dio cuenta de que Jake estaba sentado en el sofá con la mirada perdida. El primer encuentro con Emily no había sido ni de lejos como ella lo había imaginado, pero claro, no se había parado a pensar en lo que supondría para ambos volverse a ver, porque ella en ningún momento había pensado en el accidente de Emma, sino en la amistad y cercanía que los unía antes de ello.

Y en cuanto al encuentro con Derek y con Arabia... La verdad era que estaba un poco decepcionada con su hermano mayor por cómo había atacado a Jake cuando apenas acababa de regresar, pero se sentía orgullosa de su mejor amiga por haber sabido mantener tan bien la compostura, a sabiendas de que al día siguiente iría a hablar con ella sobre lo ocurrido.

Se acercó y se sentó a su lado, luego le colocó una mano sobre la pierna.

—¿Estás bien? —le preguntó.

Jake respiró profundamente, como si acabase de salir de un largo letargo.

—Sí, supongo.

—Debe de haber sido un día muy extraño para ti.

—Creo que lo ha sido para todos, ¿no crees?

—Ya, pero... Lo digo por Jazzy.

—¿Qué pasa con ella?

Zane se incorporó un poco para girarse y ponerse de cara a su hermano. Se preguntó si realmente podía ser posible que a Jake no se le hubiese pasado por la cabeza en algún momento que fuese suya.

—¿Qué? —volvió a decir—. ¿Quieres que me alegre de que Ari haya rehecho su vida?

Vaya. Tampoco esperaba que Jake estuviese tan molesto con eso. No después de haberse marchado por voluntad propia.

—Antes de que sigas dándole vueltas al coco sobre todo lo que ha ocurrido hoy, tengo que decirte una cosa.

—¿Algo más aparte de que ha sido una mala idea presentarme por sorpresa?

—Lo siento. Yo tampoco sabía que Ari vendría esta noche.

Estaba claro que, a pesar de que para ella había sido algo increíble que hubiesen compartido la cena de Acción de Gracias todos juntos, el resto todavía trataba de asimilar los acontecimientos. Pitt, el único que estaba al margen de todo, se encontraba ahora ayudando a Emily en la cocina. Louis jugaba con los niños.

—¿Y bien? —preguntó Jake—. ¿Qué es lo que tienes que decirme?

De pronto, se le ocurrió una forma muy sutil de encaminarle la noticia.

—¿Te has fijado en los ojos de la hija de Ari?

—No, ¿por qué?

Zane se decepcionó un tanto. Los enormes ojos de aquella niña de piel canela eran impresionantes, todo el mundo lo decía.

—Pues, para tu información, tiene los ojos del mismo color que yo.

Se dio cuenta de que Jake la miraba concentrándose en sus ojos, pero sin decir ni una sola palabra, como si fuese una estatua. Decidió darle la siguiente y última información:

—Es tu hija.

VIERNES

29 NOVIEMBRE 1991

Hacía dos horas que había llamado a casa de los Becker para anunciar que se retrasaría y que no acudiría a Valley Street hasta la hora de la cena. Y es que el apartamento estaba peor de lo que había imaginado. Cuando llegaron por la noche, tuvo que abrir las ventanas a pesar del frío para ventilarlo. Todo había cogido un olor a cerrado inaguantable, cosa lógica teniendo en cuenta que llevaba cerrado más de medio año. Así que Arabia había madrugado para poder ponerlo en orden, pero ni con esas había conseguido tenerlo todo listo para antes de las doce.

Poco después se puso por fin a deshacer las maletas, y entonces se dio cuenta de que tal vez había traído más cosas de las necesarias para el mes que pasaría allí, tanto para ella como para Jazzlyn. Resopló y empezó a colgar unas prendas y a colocar otras dentro de los cajones. Todavía tenía bastantes cosas allí porque, obviamente, no se lo había llevado todo a California. Ahora sentía que tenía más de lo que podía usar, sumando las cosas de su apartamento y todas las de la casa de Kevin, incluidas las que todavía estaban sin estrenar. Cuánto había cambiado su vida en los últimos dos años.

Observó a su hija, que estaba en pijama sentada en el suelo y jugando con unas piezas de madera.

—Jazzy —dijo para reclamar su atención, aunque ella estaba demasiado concentrada en construir una torre—. Vamos a vestirte.

La cogió por los brazos, la sentó en la cama y le dio una de las piezas para que continuase entretenida. Antes de empezar a quitarle el pijama se quedó mirándola, como muchas otras veces, admirada por esos ojos verde claro que había heredado de Zane, su mejor amiga. Al principio de su embarazo, cuando se imaginaba con un bebé en brazos y conociendo por fin el aspecto de su cara, nunca la veía en su mente con unos ojos de ese color. En su imaginación tenía los ojos azul oscuro, e incluso solía pensar que sería un chico. Qué orgullosa se sentía de haberla tenido. Se tumbó a su lado en la cama y extendió los brazos, exhausta por el trabajo de orden y limpieza de toda la mañana. La niña la imitó y así se quedaron un buen rato, hasta que llamaron al timbre. La pequeña dijo unas cuantas cosas en su idioma particular y Arabia se incorporó al instante. Descolgó el interfono, casi segura de que sería Zane.

—¿Sí?

—Soy Jake.

Arabia rio para sus adentros. Aquello no podía estar pasando.

—¿Podemos hablar?

—No, Jake.

Y, por primera vez en lo que recordaba de su vida en aquel apartamento, no le abrió la puerta. Colgó el aparato y regresó para vestir a su hija.

Jake se había marchado el verano del ochenta y nueve. Se fue sin decir a dónde ni por cuánto tiempo. Se fue a pesar de que ella lo quería, él lo sabía, y de que intentó con todas sus fuerzas que volviese en sí después de lo ocurrido en la fábrica en la que trabajaba. La decepcionó por última vez el día en que se presentó con sus cosas en la puerta y dijo que se marchaba. No iba a permitir que lo volviese a hacer ni una sola vez más, por muy alucinante que fuese que se hubiese presentado para pasar las Navidades después de tanto tiempo.

Antes de que pudiese seguir dándole vueltas a aquel tema, Jazzlyn se bajó de la cama y se agachó.

—¡Espera! —exclamó Arabia.

Intuyendo lo que iba a hacer, corrió para cogerla y llevarla al retrete. Todavía no había aprendido a pedir o esperar para ir a la taza del váter, pero Arabia consiguió llegar justo a tiempo. Después de eso le colocó un pañal, la terminó de vestir y la dejó delante de la vieja televisión, que ya empezaba a quedarse obsoleta, mientras ella se vestía. La silueta que el espejo le devolvió al quedarse en ropa interior era muy diferente a antaño. Tenía los pechos notablemente más hinchados y la barriga... Bueno, ya no volvería a ser la de antes, eso lo tenía claro, y más después de saber que al fin...

Otra vez el timbre, ahora en la puerta de arriba.

Era su primer día en el apartamento, ¿quién narices tenía que llamar al timbre? Arabia respiró para serenarse, después de pensar que cabía la posibilidad de que algún vecino se hubiese percatado de que había pasado la noche allí, o que tal vez hubiese escuchado el ruido del aspirador. Ensayó en el espejo una sonrisa para aparentar ser amable y luego volvió a ponerse la ancha y blanca camiseta que había estado usando por la mañana; ya no estaba tan limpia. También se puso unos vaqueros.

Al abrir la puerta, la falsa sonrisa que había practicado desapareció al instante.

—¿Qué haces en mi puerta?

—Necesito hablar contigo.

Arabia estaba más que alucinada. Le parecía muy rastrero que hubiese accedido al edificio a pesar de que ella no le había abierto la puerta, dejando claro que no tenía ninguna intención de hablar con él.

—Ari, lo siento. Yo no sabía que tú...

—Oh, no sabías que estaba embarazada cuando te largaste. ¿Es eso lo que quieres decirme?

—Déjame hablar —inquirió, sereno.

—Jake, rehíce mi vida hace mucho como para que vengas ahora a disculparte por algo del pasado que ya carece de sentido para mí.

—Pero la niña, quiero decir, tu hija...

—Exacto. Mi hija.

—¿Sabías que estabas embarazada antes de que me fuera?

Arabia intentó cerrarle la puerta en las narices, pero él se lo impidió.

—¿Esto quiere decir que sí?

—¿Qué importa?

—¡Sí importa, Ari, y mucho! —gritó—. ¿Por qué no me lo dijiste?

Le había gritado. Sí, lo había hecho otra vez. Ni con el paso del tiempo había conseguido aprender a comportarse.

—Jake, quiero que te vayas.

—Ari...

—No tienes ningún derecho a venir a mi casa a pedirme explicaciones de ningún tipo, así que márchate.

Se dio cuenta de que Jake estaba mirando hacia el interior y al darse la vuelta vio a Jazzlyn mirándolos justo detrás.

—Márchate o llamo a la policía.

—¿Qué?

—Ya me has oído.

—¿Cómo puedes decir eso?

Arabia no se inmutó. Mantuvo el semblante serio, dándole a entender que no estaba bromeando.

—Yo solo... —Jake había apoyado la mano sobre la puerta para retrasar el momento en que ella cerrase y diese por concluida la conversación—. Ari, yo...

—Ya nos veremos, Jake.

Finalmente cerró.

¿Que por qué no se lo había dicho?, meditó después para sus adentros.

Miró a su hija y, por un momento, llegó a pensar que tal vez hubiese sido mejor para ella que se lo hubiese contado cuando tuvo oportunidad. Pero cuando aquello sucedió, Jazzlyn no existía físicamente. Todavía no pensaba en ella como parte del mundo que conocía, de su mundo. En aquel entonces le parecía mucho más importante pensar que lo que Jake dejaba atrás era únicamente a ella misma. Se preguntaba si tal vez se habría equivocado... Después pensó en Kevin, en cómo se había hecho cargo de ambas sin que nadie se lo pidiera y en cómo Jazzlyn lo señalaba como su papá.

Sin más motivo que el cúmulo de sentimientos, se echó a llorar.

DICIEMBRE

SM	L	M	X	J	V	S	D
48							1
49	2	3	4	5	6	7	8
50	9	10	11	12	13	14	15
51	16	17	18	19	20	21	22
52	23	24	25	26	27	28	29
1	30	JK					

VIERNES

6 DICIEMBRE 1991

Jake estaba sentado en una de las mesas más apartadas esperando a que su hermano terminase de trabajar. No tenía nada mejor que hacer, así que cenó allí y lo esperó para regresar juntos a casa. Esa misma mañana había pensado en la posibilidad de volver a hablar con Arabia, pero no se atrevía. Tenía la sensación de que cumpliría con su promesa de llamar a la policía si volvía a aparecer por allí.

Tampoco había vuelto a ir a casa de Derek, aunque sabía que tarde o temprano tendría que hacerlo. Zane le había dicho la noche anterior, mientras cenaban en casa de Louis, que los domingos era día de comida familiar, así que también estaba invitado. Además, los niños habían preguntado por él. La verdad era que se había sorprendido mucho del aspecto de ambos. Danielle era más bonita si cabía que cuando tenía dos años, y Jack estaba bastante alto y desbordante de energía. No les había prestado mucha atención, pero, ahora que estaba de vuelta, tenía que empezar a comportarse. Ese había sido uno de los tratos antes de su regreso.

Había superado la muerte de Rachel, así que ya era hora de ser el tío que nunca había sido, ni de uno ni de otro.

Eran ya más de las doce de la noche y todavía quedaban algunas parejas terminando el postre —además de un grupo bastante grande que parecía que estaba de cena de empresa—, por lo que la mayoría de los camareros iban de aquí para allá terminando de servir y recogiendo platos y cubiertos. Louis era uno de ellos, pero hacía ya rato que le había perdido de vista.

Mientras esperaba, volvió a pensar en Arabia y en la niña que ahora sabía que en realidad era su hija y no de aquel otro chico que Arabia había conocido y con el que se había trasladado a California.

—Voy a tener que barrerte los pies si sigues sin levantarte de la silla.

Escuchó una voz aguda por detrás y se dio la vuelta. Se quedó parado mirando a la chica que tenía delante de sus narices, al lado de Louis. Primero porque algo le resultaba familiar, y luego porque la reconoció.

—¿Te acuerdas de mí?

—¿Sammy? —Jake se levantó para saludarla—. ¿Qué estás haciendo aquí?

—Trabajo aquí —respondió ella sonriendo.

Por supuesto que trabajaba allí. Llevaba el mismo uniforme que su hermano y, además, era ella la que en ese momento tenía la escoba en la mano.

—¿Cómo es que no me lo habías dicho? —le preguntó a su hermano.

—La verdad es que no me acordaba de que ya os conocíais. Cuando empecé a trabajar aquí ni siquiera lo sabía.

—No fue hasta tiempo después, cuando vi a vuestra hermana Zane, que yo até algunos cabos y llegué a la conclusión de que Louis era tu hermano pequeño.

La Sammy que él recordaba había crecido mucho, otra vez, aunque su aspecto no distaba demasiado del que tenía entonces. Tal vez se debiera a que la veía con ropa de trabajo y todo le parecía muy similar, aunque sin duda ya debía de pasar los veinte. Tenía el pelo castaño recogido en una coleta alta y sus ojos, también castaños, lo miraban con simpatía.

—Entonces trabajáis juntos.

—Sí, y desde hace mucho, además —continuó Louis.

—Es genial volver a verte —le dijo ella.

Louis le hizo un gesto de advertencia para que siguieran trabajando y Jake se dirigió por fin hacia la salida del restaurante para dejar que pudiesen hacer sus tareas. El destino le había vuelto a plantar delante de sus narices a Samantha Key, la hermana pequeña de Danna. Y cuál fue su sorpresa cuando, una vez que su hermano y ella salieron y se propusieron regresar a casa, ella los acompañó y se fue a dormir a la habitación de Louis.

- - - - - - -

Zane tenía muy claro lo que quería hacer aquel viernes por la mañana.

Hacía apenas una hora que le había pedido a Derek las llaves de la antigua casa para ir a recoger unos álbumes que necesitaba para su recopilación de fotos de la familia.

Desde que tenía la cámara, la que le había regalado Derek por su cumpleaños, no hacía más que capturar momentos para el futuro. Había descubierto que las fotos le gustaban muchísimo, y que era genial poder guardar imágenes de por vida. De hecho, ella pensaba que, de no ser por algunas fotos que conservaba de su niñez y de las cuales su madre le había hablado alguna vez, jamás recordaría que había vivido aquello.

Las fotos eran un aliciente para la memoria.

Para sorpresa de Zane, Derek no se disgustó cuando le pidió las llaves. Ella le comentó lo que quería ir a buscar y le dijo que iría con Jake, así él mismo podría comprobar que aquella casa ya no era un lugar habitable. Entonces también le dio un juego de llaves para él, contra todo pronóstico.

- - - - - - -

Jake estaba profundamente dormido cuando el timbre sonó. Reaccionó al tercer timbrazo y entonces se levantó, molesto. Habían llegado tarde a casa la noche anterior, además de que dormir en aquel sofá y soportar las ruidosas llegadas del compañero de piso de Louis era casi peor que dormir en la camioneta.

Cuando abrió la puerta se percató de que su hermana estaba a punto de volver a pulsar el botón.

—Ya, ya es suficiente.

—¡Al fin! —Zane lo empujó hacia dentro y cerró la puerta tras ella—. Será mejor que te vistas enseguida.

Jake la miró tras frotarse los ojos.

—¿Por qué?

—Primero, porque son las once de la mañana, y segundo, por esto.

Su hermana sacó del bolso unas llaves y las expuso ante él con la mano derecha haciéndolas tintinear.

—¿Esas son...?

—Tus llaves de casa.

—¿Y cómo has...?

—Se las he pedido a Derek. —Zane avanzó hasta la mesa para ordenar su bolso—. He quedado a comer con Pitt, así que no tenemos todo el día.

—¿Vienes conmigo?

—Voy a recoger nuestros antiguos álbumes de fotos.

Al situarse frente a la puerta de casa del barrio Prinss, Jake volvió a sentir pena por el estado del jardín. Le parecía increíble que estuviesen dejando que se echase a perder solo porque ya no hacían vida allí. Aquella había sido su casa, la de todos.

Cuando pasaron al interior, Zane empezó a subir las persianas para deshacerse de la oscuridad y del olor a humedad. Al menos la casa estaba ordenada. Jake se había imaginado que estaría completamente destartalada y con todo medio roto, como si unos vándalos hubiesen entrado a robar.

Pero no.

El estado del jardín no impedía que todo lo demás estuviese en su sitio. Los sofás en forma de ele frente al televisor, la cocina al fondo separada por la barra que dividía la estancia, a la izquierda la mesa donde siempre habían comido todos juntos...

Se dio cuenta de que Zane lo observaba. Ella había ido directamente a los armarios situados bajo el televisor para buscar sus álbumes de fotos.

—Voy a subir a mi cuarto —anunció. Su hermana se limitó a asentir con la cabeza.

Cuando Jake se fue de aquella casa dejó allí la mayoría de sus pertenencias, ya que su intención nunca había sido pasar fuera tanto tiempo; solo lo justo y necesario para aclararse. Pero el destino había decidido por él.

Antes de entrar a su pequeña habitación, lo primero que hizo fue contemplar la estancia desde la puerta. Después, fue directo a sentarse sobre la cama. El somier crujió bajo su peso.

Todo estaba igual a como lo había dejado, aunque, a decir verdad, tampoco recordaba el estado de la habitación antes de marcharse. El hecho de que hubiese libros y cuadernos amontonados sobre el escritorio, además de algunas prendas de vestir, era lo que le hacía pensar que así era tal y como se había quedado. Con total seguridad, nadie había entrado a su cuarto después de su marcha. Se veía el polvo acumulado sobre todas las superficies, incluso telarañas.

Abrió el armario para comprobar que también su ropa seguía allí. Y, efectivamente, allí estaban las prendas que no le habían cabido en la bolsa que se había llevado consigo. Pero lo cierto era que ya no las necesitaba. Se había acostumbrado a sobrevivir con las cosas que había cogido y con las que después había podido comprar cuando le había hecho falta. Vio también sus viejas equipaciones de fútbol. *Podría donarlas*, pensó, y luego empezó a estudiar la posibilidad de conseguir una caja para empacarla toda y deshacerse de ella. No necesitaba nada de eso ya.

Lo último que hizo fue sentarse frente al escritorio. Apartó algunas cosas que había por en medio y extendió los brazos por la madera. Después, simplemente, se quedó allí, con los codos apoyados sobre la sucia mesa, las manos sobre la cabeza y los ojos cerrados.

Al cabo de unos minutos volvió a incorporarse y sus ojos se fijaron en los libros y cuadernos. Cogió uno de los cuadernos por gusto. Llevaban ahí parados desde que dejó la universidad, siempre amontonados y a la espera, por si algún día le apetecía retomar los estudios.

Lo primero que leyó escrito con su puño y letra fue:

Problema de los tres cuerpos.

Sonrió para sí al recordar a la profesora Smith. ¿Qué habría sido de ella? Era sin duda una de las mejores profesoras que había tenido nunca. Esperaba que se hubiese convertido en catedrática, tal y como cabía esperar según su trayectoria profesional.

Continuó leyendo.

El problema de los tres cuerpos consiste en determinar, en cualquier instante, las posiciones y velocidades de tres cuerpos, de cualquier masa, sometidos a atracción gravitacional mutua y partiendo de unas posiciones y velocidades dadas.

Se dio cuenta de que las palabras «tres cuerpos», «atracción» y «mutua» estaban en mayúsculas. También observó que otra parte más abajo estaba subrayada, así que saltó hasta allí.

En los trabajos de Charles Delanuy aparece el caos y aplica la teoría de la perturbación que consiste en resolverlo como un problema de dos cuerpos y considerar que el tercero perturba la posición de los otros dos.

Por último, había dos anotaciones más al final de la hoja, encasilladas dentro de un recuadro hecho a mano.

Euler: El problema de los tres cuerpos restringidos asume que la masa de uno de los cuerpos es <u>despreciable</u>.

Tierra—Sol—Luna.

Jake notó cómo el corazón le latía con fuerza, tanto que tuvo que levantarse y alejarse del escritorio para tratar de relajarse.

—¡Jake! —su hermana lo llamó desde la planta baja, y eso le sobresaltó todavía más—. ¿Puedes venir un momento?

Él se quedó unos segundos más mirando la hoja del cuaderno, concretamente las partes subrayadas.

—¡Jake, ven!

Lo cogió y salió de la habitación, con el corazón todavía a mil por hora. Bajó las escaleras completamente aturdido por las evidencias y allí se encontró a Zane, sentada en el suelo y rodeada de unos cuantos álbumes. Tenía unas pocas fotos en la mano y parecía que buscaba otras entre las páginas.

—Tienes que ver esto —le dijo.

Jake se acercó y se sentó a su lado. Entonces Zane le tendió las fotos que había sacado de su lugar correspondiente. En casi todas aparecía él. Había una donde estaban también sus padres. Su padre sostenía a una versión diminuta de Derek y su madre lo llevaba en brazos a él, que apenas era un bebé. Estaba en blanco y negro. También había otra, ya a color aunque deteriorado, donde estaba toda la familia. Ahora el que apenas era un bebé era Louis, también en brazos de su madre. A la derecha de ella, su padre. Y abajo estaban los otros tres: Derek, Zane y él mismo. Zane se puso frente a él y lo señaló en la foto.

—Ahí debías de tener cinco años —le dijo.

Jake se fijó en que parecía enfadado en la foto. Tenía la boca apretada y el ceño fruncido, mientras que todos los demás sonreían. Intentó recordar el momento justo de cuando la tomaron, pero le era imposible. Era agradable ver fotos donde aparecían sus padres tan jóvenes con todos ellos.

Zane le quitó la foto de las manos y, justo cuando iba a protestar, le tendió otra. Volvía a ser una foto en blanco y negro. En el centro había un carrito con un bebé llorando, y a cada uno de los lados estaban Derek y él. Ambos sonreían abiertamente, y cualquiera habría podido decir que eran hermanos gemelos de no ser porque Derek era un poco más alto que él.

—Ahí tenías unos cuatro.

Jake miró a su hermana sonriendo por lo que aquellas fotografías le estaban transmitiendo, y fue entonces cuando se dio cuenta de que ella no sonreía en absoluto. Lo miraba con los ojos muy abiertos, como a la espera de que él reconociera alguna evidencia de todo aquello.

—¿Qué es lo que pasa? —le preguntó.

—¿No te das cuenta?

—¿De qué?

—¡Pero si eres clavado a Jack! O, mejor dicho, Jack a ti. —Zane le tendió unas pocas fotos más—. ¡Mira!

Jake siguió viéndose a sí mismo cuando era un niño. Evocó la imagen de Jack para intentar comprender a su hermana, pero él no veía ningún tipo de parecido. Además, no había ninguna donde no saliese poniendo alguna cara rara, o él solo, exceptuando la que siempre llevaba consigo doblada en la cartera y donde salía llorando. Al acordarse de aquella foto la sacó y se la mostró a su hermana mientras ambos seguían contemplando las imágenes. Zane se llevó las manos a la boca al ver la que él le daba.

—Dios mío —dijo—. Jack se parece muchísimo a ti cuando eras pequeño.

—Yo no veo el parecido.

—Tú no lo has visto crecer.

Jake se sintió como si un puñal le hubiese atravesado el pecho ante aquella afirmación. Sabía que viniendo de su hermana no era ningún tipo de reproche, pero no pudo evitar sentirse culpable.

—Yo tengo fotos de Jack que podría enseñarte para que lo vieses —continuó Zane—. Aunque yo creo que aquí se aprecia especialmente.

Volvió a señalar la de la cara enfurruñada.

—¿A dónde quieres ir a parar, Zane?

Su hermana lo miró, extrañada, como si la respuesta fuese evidente. Jake arqueó las cejas para reiterar su pregunta. Eso hizo que Zane se amedrentara un poco.

—Bueno, yo... Se suponía que al principio Emma tenía pensado decirte que tú eras el padre, y...

—Yo no soy el padre de Jack —replicó Jake, molesto.

—Ya, pero...

—¡No lo soy, Zane!

—Pero las fotos...

La mirada que Jake le dedicó hizo que no terminara la frase, pero es que estaba muy enfadado. En realidad, se enfadaba cada vez que alguien le recordaba a Emma.

—Joder, Zane —dijo, abatido, al darse cuenta de que su hermana había agachado la cabeza para evitar mirarlo—. Lo siento, no quería gritarte. Pero yo no soy el padre de Jack, porque yo sé quién es en realidad su padre, así que te agradecería mucho que evitaras mencionarlo siquiera, porque eso hace que piense en cosas horribles.

—No quería hacerte pensar en cosas del pasado, Jake, lo siento... —Zane le dedicó una mirada bastante apenada—. No sé ni por qué he pensado en esa posibilidad, perdona, de verdad.

—Vale, no te preocupes. Será mejor que nos vayamos.

—¿Ya?

Jake dio una vuelta por la estancia para tranquilizarse.

—Creía que querrías pasar el día aquí y tal vez poner un poco de orden. A menos que hayas descartado la posibilidad de reinstalarte.

—No, no la he descartado, pero antes tengo que solucionar otras cosas.

—Entonces, ¿seguirás durmiendo en el salón de Louis?

—Por el momento, sí. A propósito, ¿tú sabías que tenía novia?

—¿Sammy?

—Sí.

—No es su novia... O bueno, no es nada formal. Es su compañera de trabajo, ya sabes, y a veces se queda a dormir. Pero que yo sepa no hay nada más, o al menos, Louis no la trata como nada más. Nuestro hermano pequeño es bastante cabeza loca, sobre todo si sale por ahí con Robert. Ella es una chica muy maja, por cierto. Me cae genial.

¿No había nada formal? A Jake le había dado la sensación de que sí, pero tal vez ellos tuviesen una relación de esas que la gente llamaba *relaciones abiertas*. Pensó en que también tendría que hablar con Louis sobre ese asunto, sobre todo porque Zane había dicho que a veces salía por ahí con el tal Robert, y sabiendo además que ese chico trabajaba de vez en cuando en el Dix76... ¿Cómo estaría el Dix después de tantos años? No sabía si quería saberlo.

El cuaderno que llevaba en la mano se le resbaló sin querer. Cuando lo recogió se dio cuenta de que tenía prisa, mucha prisa.

—Yo tengo que irme ya. Voy a ir a buscar a Ari.

—Dudo mucho que esté en casa.

—¿Por qué?

—Porque Kevin llegó ayer por sorpresa y Ari me dijo que pasarían el día juntos. Se va mañana.

—¿Quién se va mañana? —preguntó, alterado.

—Kevin —respondió su hermana con obviedad—. Volverá para Nochebuena.

Jake sostuvo el cuaderno entre las manos y volvió a hablar:

—Pues tengo que hablar con ella. Es importante.

—En serio, es imposible que la localices a menos que vayas de un lado a otro de la ciudad, y, teniendo en cuenta que está de paseo con la familia, dudo mucho que el hecho de que la abordes de repente en algún centro comercial te sirva de ayuda si lo que quieres es mantener una conversación con ella. Espera unos días.

Jake resopló frustrado porque su hermana tenía razón.

—Me ha estado evitando desde que nos vimos en Acción de Gracias. Ni siquiera he podido preguntarle cuándo nació la niña, ni si quiere que me haga cargo de algo...

—¿Has pensado en que hay muchas cosas que puedes preguntarme a mí?

- - - - - - -

Cuando por fin consiguió que su hermano se relajara, decidió recoger todas las fotos que había sacado de los álbumes y apiló estos sobre la mesa para poder llevárselos cuando Pitt la recogiera. Por último, cogió a su hermano del brazo y salió con él al porche. Una vez allí, se sentaron en el borde del escalón que daba paso al desaliñado jardín.

—Jazzlyn nació el 22 de marzo de 1990 —comenzó diciendo.

—Así que en tres meses cumplirá dos años.

—Correcto.

—Ari sabía que estaba embarazada y no me lo dijo. ¿Qué hay de eso?

—Lo supo justo el día que decidiste marcharte. —Se quedaron en silencio durante unos minutos—. ¿Por qué crees que habría sido diferente de habértelo dicho?

—Supongo que no me habría marchado.

—¿Eso es lo que le vas a decir a Ari, que te marchaste porque no había nada que te importara pero que de haber sabido que ibas a ser padre todo habría sido diferente?

—¿Crees que me marchaba porque nada me importaba?

Zane se encogió de hombros.

—Me marché porque todavía quedaban cosas que me importaban demasiado, y no quería estropearlo.

—¿Entonces? ¿Qué hubiese pasado al saber que ibas a ser padre?

—No lo sé, Zane. La verdad es que no lo sé. Pero supongo que me hubiese gustado saberlo.

De nuevo, silencio; roto esta vez por Jake, que continuó hablando:

—Le he estado dando muchas vueltas y puede que me hubiese marchado igual. Pero también puede que hubiese mantenido algún tipo de contacto.

—¿Sabes por qué Derek está tan distante contigo?

A Jake pareció sorprenderle el cambio de tema.

—¿Por qué?

—No es por todas las broncas que hayáis tenido en el pasado, ni por lo bien o mal que os hayáis podido llevar. Es por Ari, porque creyó que ella no se merecía que la hubieses dejado sola. Ten en cuenta que nosotros fuimos los que estuvimos ahí cuando ella tenía algún bajón emocional. Y aunque no hubiese estado embarazada, tu marcha le habría afectado también, ¿sabes?

—Supongo que entonces nadie entiende que me marchara.

—En eso te equivocas. Yo sí.

Zane se giró y sujetó las manos de Jake a la vez que le obligaba a girarse también para situarlo frente a ella y poder mirar esos ojos azul océano que tanto lo caracterizaban y que tan difíciles eran de entender.

—Cuando dejas de tener ilusión por las cosas que te rodean porque sientes que te falta algo que antes hacía que tu vida tuviese cierto equilibrio, te vuelves una persona completamente distinta. Te aíslas, y da la sensación de que no te importa nada ni nadie, ni siquiera tú mismo. Y aunque no lo haces queriendo, destruyes a todo aquel que intenta ayudarte, porque tus malas palabras tienen una fuerza desmesurada. Yo ya pasé por eso una vez, y supongo que sabías que volvería a pasar porque habías vuelto a ser esa persona vacía que fuiste una vez.

Jake asintió para confirmar sus palabras, y le dio la sensación de que respiraba algo más tranquilo.

—Tú y yo sabemos lo que es perder a una buena parte de la familia —le dijo él entonces—. Lo sabemos, lo hemos superado como hemos podido y no había nada que hubiésemos podido hacer por evitarlo. Pero lo de Emma fue una cosa totalmente distinta... ¿Sabes cuántas ideas me han atormentado día y noche con teorías sobre formas de haberlo evitado? Empezando por haber quedado para aclarar las cosas y terminando por no haberle dicho cuando se presentó en la fábrica que lo último que quería en ese momento era hablar con ella, alejándola de mí y acercándola un poco más a esos hijos de puta que nos dispararon. Y eso, precisamente, lo de pedirle que se marchara sin dejarla siquiera que me ofreciera una explicación, lo hice por Ari.

A pesar de tenerle frente a ella, la mirada de Jake se había ido perdiendo poco a poco hacia un punto incierto, evadido de la realidad, y dejando que las palabras fluyeran, expulsando a través de ellas lo que sentía realmente.

Lo cierto era que Zane no tenía mucha idea de lo que había pasado aquel día, porque él no había dado muchos detalles al respecto. Lo único que sabía era que Emma había ido a la fábrica en su busca y que había habido un tiroteo estando allí. Ahora que conocía los nuevos detalles, entendía que Jake se sintiera así.

—¿Qué hay de tu hombro? —le preguntó, a sabiendas de la complicada operación que había sufrido para la extracción de una de las balas que se le había quedado dentro.

—Conseguí repararlo y dejarlo casi al cien por cien —respondió a la vez que hacía un movimiento circular para mostrarle que tenía total movilidad—, pero por lo visto no fue suficiente.

—Suficiente, ¿para qué?

—Eso es algo de lo que no me apetece hablar ahora.

—¿Tiene que ver con tu larga ausencia?

—Sí y no. Te prometo que un día de estos te lo contaré.

Zane se dio por satisfecha. Sabía que insistiendo tampoco conseguiría nada y que, cuando él quisiera o se sintiera preparado, contaría cuáles habían sido sus andanzas durante ese periodo de más de dos años.

Habían estado tanto tiempo conversando que se sorprendió cuando el claxon de Pitt sonó frente a ellos. Ya era mediodía.

—¿Vienes con nosotros a comer? —le propuso Zane.

—No, mejor me quedo a mirar un poco por dónde voy a empezar cuando decida instalarme de nuevo. Después volveré al apartamento de Louis.

—¿Seguro que no quieres venir?

—Sí, seguro.

Zane entró para recoger los álbumes, se despidió de Jake allí mismo, en el porche, y luego corrió hacia el coche.

—¿Esperamos a Jake?

—No, él se queda un rato más. —Zane se abrochó el cinturón de seguridad—. ¿Dónde vamos a comer hoy?

Le encantaba que Pitt la sorprendiera. Hasta la fecha habían probado un mexicano, una crepería y algún que otro sitio de comida rápida.

—He descubierto un italiano del que hablan muy bien, ¿te apetece?

—Se me hace la boca agua solo de pensarlo.

Pitt le sonrió y se puso en marcha.

—¿Has traído tus cosas? —preguntó Zane, consciente de que su hermano y Emily salían de viaje el próximo lunes.

—Están en el maletero.

Zane respiró, aliviada, tanto por el hecho de que él no se hubiera olvidado como por que no hubiese puesto ninguna excusa.

VIERNES

13 DICIEMBRE 1991

Zane estaba en su habitación, confusa. Durante tres días había tenido la casa para ella sola, incluso Arabia consiguió llevarse a los niños al parque para así poder quedarse una tarde completamente a solas con Pitt. Pero, a pesar de que ambos lo intentaron, al final él le dijo que se sentía muy incómodo cada vez que trataban de forzar la situación. Incluso se había puesto a horcajadas sobre él, pero lo único que había conseguido era que se marchara a su casa, no sabía si asustado o enfadado, y no había vuelto a saber nada de Pitt desde el miércoles. En la última conversación que había tenido con Monique sobre lo que había pasado, esta le dijo que lo más probable era que Pitt fuese de otro planeta, que ya no le cabía la menor duda.

Llevaba ya un tiempo barajando la posibilidad de hablar con alguien de la familia sobre el tema que tanto la preocupaba, pero lo cierto era que no se veía hablando abiertamente sobre ello con ninguno de sus hermanos. Hace unos años, tal vez Derek habría sido su mejor opción, pero ahora... No sabía decir exactamente en qué momento él había cambiado tanto. Ya no era divertido, ni parecía tan dispuesto a interesarse por los quebraderos de cabeza de sus hermanos pequeños. Ella sabía que tenía mucho estrés en el trabajo, porque seguía asumiendo cada vez más y más responsabilidad, pero pese a eso no entendía que hubiese cambiado de forma tan radical el rol de hermano mayor a cabeza de familia y padre de dos hijos. Zane pensaba que podía seguir siendo las dos cosas, aunque él por lo visto no.

Se preguntaba cómo sería ella cuando fuese madre. Ese pensamiento hizo que volviera a preocuparse de nuevo. Pensó entonces en Louis... Él a veces se burlaba de Pitt y de ella con cariño por el hecho de que todavía no se hubiesen acostado. Era su hermano pequeño, así que era un tanto bochornoso, y estaba segura de que Pitt no se sentiría nada cómodo si le pidiera que hablase con él. De todas formas, ya lo había intentado ella misma solicitándole consejo sobre cómo actuar para que todo sucediera de la forma más natural posible, pero no había servido de mucho... Pitt se sentía demasiado cohibido respecto a todo lo relacionado con el sexo, daba igual lo que ella intentase.

Escuchó desde su habitación el sonido del timbre, y también a los niños discutir sobre quién debía abrir la puerta. Zane se asomó para ver si se trataba de Pitt, pero la llegada de su otro hermano la hizo sonreír.

Jake.

Claro.

—¿Está Zane? —le escuchó preguntar a Emily.

—¡Estoy aquí! —respondió ella.

Observó cómo le pedía permiso a Emily para pasar al interior, como si de un extraño se tratase. Zane había notado que la confianza entre ellos se había deteriorado, y un tanto de lo mismo pasaba entre él y Derek. Pese a eso, no terminaba de entender la expresión de Emily cada vez que Jake aparecía. Era como si viese a un fantasma, y le costaba muchísimo reaccionar con una sonrisa forzada para aparentar normalidad. Era cierto que habían pasado un par de años, pero seguía siendo Jake.

El susodicho caminó en dirección a ella, acompañado de Jack y de Danielle, que corrían a su alrededor.

—¿Puedo hablar un momento contigo? —preguntó.

—Por supuesto.

Lo dejó pasar al interior de su habitación y cerró la puerta tras de sí, dejando a los niños fuera a pesar de sus lamentos. Después se subió sobre la cama, apoyó la espalda contra el cabezal y se sujetó las piernas contra el pecho. Observó que Jake estaba, a su vez, mirando la estancia en la que se encontraba, y lo vio pasar la mano por la estantería superior.

—No está mal —dijo.

A lo que Zane respondió:

—¿No está mal? Si no me equivoco, es madera de lino. Lo más extremadamente caro que hemos tenido nunca para sostener unos libros.

—¿Y qué tal? ¿Se nota la diferencia con la madera que hemos tenido toda la vida? ¿Los libros se sienten más cómodos?

—No te burles... Derek se ha esforzado mucho con esta casa.

La expresión de Jake cambió radicalmente y la pequeña sonrisa que se asomaba en su rostro desapareció poco a poco a la vez que ella pronunciaba la última frase.

—Por favor, no quiero hablar de Derek.

Por supuesto que no. Sabía de sobra que no había ido hasta allí para hablar de él.

—¿Y de qué es lo que quieres hablar? Porque lo cierto es que yo también quería hablar contigo.

—¿Ah, sí?

Zane asintió y notó cómo se le encendían las mejillas de forma involuntaria. Jake sacó la silla del escritorio, giró el respaldo hacia ella y se sentó con los brazos apoyados en él, esperando a que se explicara.

—¿Recuerdas cuando, hace unos años, dijiste que no ibas a hablar de sexo conmigo? —Jake arrugó el entrecejo. Ella continuó—. Estábamos en mi cuarto, en la buhardilla, el día después del Dix76 y... bueno...

—Sí. Ya me acuerdo.

—¿Y crees que ahora sería un buen momento?

La expresión de su hermano le hizo bastante gracia y no pudo disimularlo. Habló de nuevo ante la estupefacción de él.

—En realidad, creo que con quien deberías hablar es con Pitt, pero no sé si es pedirte demasiado. Él nunca... Ya sabes...

—¿Pitt es virgen? —Zane asintió—. Quiero decir, Pitt y tú no...

—Yo también soy virgen, Jake.

Su hermano se puso las manos en la cabeza y luego abrió mucho la boca para luego cerrarla automáticamente y evitar reírse. Esta vez fue Zane la que arrugó el entrecejo.

—A todos os hace mucha gracia, pero sería genial que alguien me ayudase a ponerle fin a esta situación.

Zane le habló abiertamente y sin tapujos de todo lo que ella creía saber con respecto al tema y de cómo eran las reacciones de Pitt —incluidos los tres días que habían podido pasar a solas—, y, a pesar de que Jake escuchó con suma atención, no hizo ningún comentario que pudiese aportar claridad a todo aquel asunto.

—¿Qué supone que es lo que tengo que hacer? ¿Seguir esperando a que un día ocurra sin más?

—¿Qué hay de malo en eso?

—¡Jake!

—Vale, lo siento, pero de verdad no creo que haya ningún tipo de problema con Pitt, o contigo. Tampoco pasáis tanto tiempo juntos como para que haya una confianza tan íntima, ¿no?

—¿Qué te parece todo el tiempo que llevamos saliendo?

—¿Cuántas veces habéis dormido en la misma cama desde entonces, Zane? —Jake dio justo en el clavo—. No hay que ser muy listo para pensar que, si el día de Acción de Gracias se quedó a dormir con Louis en la habitación de invitados, significa que siempre que viene aquí a pasar la noche contigo, en realidad la pasa allí cuando os vais a dormir. ¿O me equivoco?

—No, no te equivocas.

Jake levantó los brazos con las palmas hacia arriba en señal de evidencia.

—¿Lo ves?

—Pero bueno, también vamos al cine juntos, e incluso tenemos su coche. Sé de gente que hace muchas cosas dentro de su coche.

—¿Qué haces cuando vas a su casa?

—Casi nunca voy a su casa... No le caigo muy bien a su madre.

—¿Que no le caes bien a su madre? Es imposible que tú le caigas mal a alguien.

Zane rio por el comentario. Sin duda, sirvió para que se relajara.

—Y lo que de verdad nos importa —prosiguió su hermano—, ¿por qué duerme en la habitación de invitados cuando viene aquí?

—Ya sabes, Derek...

—¿Derek? —Zane hizo una mueca con la boca, lamentando haber dicho eso—. ¿Derek te ha pedido que no durmáis juntos?

—Solo cuando estemos aquí.

—Joder, ¿dónde coño vais a estar si no?

De repente, se le iluminaron los ojos. Zane dudó, pero luego entendió lo que se le había pasado por la cabeza.

—Te recuerdo que la casa de Prinss no está habitable... —le dijo.

—Por poco tiempo —continuó él—. En cualquier caso, me parece increíble que Derek actúe así con respecto a vosotros, por lo de tener que dormir en habitaciones separadas y todo eso. ¿Acaso él no dormía en nuestra casa con Emily? Incluso con Ashley. ¿Cómo puede ser tan egoísta?

—No te enfades con él... Solo quiere hacer las cosas lo mejor posible.

—Convertirse en una persona retrógrada no es hacer las cosas lo mejor posible.

Zane y él se miraron. Jake parecía enfadado.

—En cualquier caso, Jake, no quiero que este tema salga de aquí. No me gustaría saber que has estado hablando con Derek sobre las normas de su propia casa, así que prométemelo.

—Si es lo que quieres...

Asintió para corroborar lo dicho.

—Entonces, ¿hablarás con Pitt?

Jake exhaló una gran bocanada de aire.

—Vale, hablaré con él, si eso me exime de tener que hablar de sexo contigo.

—Gracias. Yo volveré a hablar con Monique en unos días, cuando vuelva de su viaje.

—¿Y qué hay de Ari?

—¿Qué hay de qué?

—¿Porque no hablas con ella?

—Ari no es especialmente abierta en hablar sobre ese tema, y no quiero insistirle más. Me da la sensación de que le incomoda.

—También le incomodo yo, por lo visto. No tiene ninguna intención de hablar conmigo. Y yo necesito poder ver de cerca a... a su hija. A la niña.

—Vuestra hija.

—Sí, supongo.

Se dio cuenta de que todavía no se había hecho totalmente a la idea de la nueva situación.

—¿Era eso de lo que querías hablarme? —le preguntó para ayudarlo a comenzar la conversación.

—Sí. Porque siento que pasarán las Navidades y se marchará a California sin querer recibirme. Ayer la llamé a su apartamento. Aún recuerdo su número, ¿sabes? Pero volvió a decirme que no había nada que tuviese que hablar conmigo y que Jazzlyn no era de mi incumbencia. Ya no sé qué más hacer.

—Ari te quería mucho. O sea, nosotros también, pero de una forma diferente, ya sabes.

—¿Qué te hace pensar que yo a ella no?

—Sí, ya lo hemos hablado, ella también era muy importante para ti. Pero te fuiste.

—Ya, y he tardado más de dos años en volver. Ya me ha quedado claro que todos saben perfectamente el tiempo que pasé ausente, pero no he podido venir antes.

—¿Me vas a decir de una vez qué es lo que has estado haciendo?

Dio otra gran bocanada de aire antes de contestar:

—Hice varias cosas, Zane. Una de ellas fue alistarme en el ejército. Bueno, presentarme voluntario.

Dicho lo cual, se señaló el pelo.

Zane se llevó las manos a la boca. Jamás se lo hubiese imaginado.

Jake le contó entonces una parte de su desaparición. Le explicó que, después de pasar una temporada en Philadelphia, se preparó para acceder, y que le costó muchísimo recuperar la movilidad completa de su brazo. Ese fue uno de los alicientes para entrenarse, porque necesitaba sentirse completo de nuevo, de lo contrario la falta de movilidad le hacía recordar una y otra vez lo que pasó. Cuando creyó estar al cien por cien, se dio cuenta de que, a pesar de todo, al ejercitarlo demasiado se resentía y le fallaban las fuerzas. Eso hirió completamente su orgullo y trató por todos los medios de disimularlo. Se obligó a presentarse voluntario para demostrarse a sí mismo que sí que era capaz de conseguirlo, y así fue, al menos en un primer momento. Consiguió aprobar con éxito las pruebas físicas, pero entonces llegó la hora de la revisión médica y sus cicatrices no pasaron inadvertidas.

—Pero ¿por qué querías entrar en el ejército? ¿Desde cuándo...?

—Era solo una forma de seguir alejándome, Zane.

—¿Qué te hizo cambiar de opinión?

—¿Aparte de que me rechazaron sin miramientos cuando me vieron las heridas de bala?

—Bueno, podrías haberte ido a otro país a empezar de cero. Sin embargo, regresaste.

—Helen Brooks fue la que me convenció de que ya era hora de volver.

Otra sorpresa más. Helen Brooks.

—¿Tuviste contacto con ella?

—Mucho. Recuerda que lo primero que hice fue ir a Philadelphia.

—Pero...

—No me preguntes por qué, pero así fue. De hecho, fue la primera persona con la que tuve contacto meses después de que me fuera. Yo la busqué.

Zane no podía salir de su asombro. Jake se había marchado y había buscado consuelo en una de sus profesoras de la infancia. Aquello era todo un descubrimiento.

—Bueno y, ya que la mencionas, ¿qué fue de ella? ¿Cómo está?

—Falleció hace tres meses.

Volvió a llevarse las manos a la boca. Su asombro continuaba en aumento.

—Llevaba mucho tiempo enferma —le aclaró su hermano—. Ya lo estaba cuando nosotros la vimos en la ciudad por primera vez. Solo era cuestión de tiempo, en realidad.

—¿Cómo te enteraste?

—Ella me lo dijo.

—¿Y qué hiciste?

—La cuidé. ¿Qué si no, Zane?

Trató de asimilar toda la información que su hermano acababa de transmitirle. Sin quererlo, le había contado mucho más que a cualquiera de los demás. Se sintió afortunada de saber al fin qué era lo que había estado haciendo durante todo ese tiempo, o al menos una parte. ¿De verdad había estado cuidando de la señora Brooks hasta el final de sus días? Jake estaba siendo una gran caja de sorpresas. Alistarse en el ejército, cuidar de una anciana... ¡Qué de cosas!

Entonces él se levantó y se paseó por la estancia para estirar las piernas y también para dar por concluida la conversación.

—Supongo que ha sido demasiado para mí por hoy —le dijo.

Ella lo miró sin decir nada, comprendiendo. Sabía de sobra lo mucho que a su hermano le costaba hablar de las cosas, y acababa de contarle muchas más de las que sin duda tenía pensado.

—¿Estás bien?

Jake se volvió enseguida hacia ella con una media sonrisa.

—Sí.

—Gracias por confiar en mí —le dijo para que se sintiera un poco mejor.

—Tú también. —Jake le guiñó un ojo tras la frase.

—¿Hablarás con él?

—Sí, ya te lo he dicho.

—¿Cuándo?

—¿Cómo que cuándo? No sé. Uno no queda específicamente con alguien para eso.

—Pues yo necesito que lo hagas. No sé nada de él desde el miércoles, y lo quiero mucho.

Sin querer que se notara lo triste que estaba, unas pequeñas lágrimas asomaron en sus ojos. Pitt era muy especial para ella.

—Está bien. Lo llamaré. Dame su teléfono.

Zane se levantó de un salto y arrancó un trozo de hoja del cuaderno que tenía más a mano, lo apuntó a corre prisas y se lo entregó.

—Pronto.

—Sí, pronto.

—Gracias, Jake.

De repente, se escuchó algo de alboroto fuera de la habitación.

—Significa que Derek ya ha regresado —le aclaró Zane mientras se secaba los ojos, consciente de que sus dos sobrinos siempre recibían a su padre con la misma emoción—. ¿Vas a quedarte a cenar?

Se dio cuenta de que si le daba la opción iba a decir que no, así que se adelantó y respondió por él:

—Oh, sí, te quedas a cenar.

Y, antes de que su hermano pudiese negarse, salió corriendo de la habitación para decírselo a Emily.

DOMINGO

15 DICIEMBRE 1991

El teléfono inalámbrico de Louis lo despertó a las nueve y media de la mañana.

Nadie hubiera dicho lo acostumbrado que Jake estaba a despertarse temprano cuando lo hizo aquella mañana, pero es que la incomodidad de la casa de Louis hacía que descansase muy poco, y Robert siempre lo despertaba a las tantas de la madrugada cuando aparecía dando algún portazo o abriendo la nevera para comer alguna cosa. Cogió el aparato con la intención de colgar, pero entonces vio que en la pantalla ponía *Derek Casa*.

—¿Diga?

—¿Jake?

Reconoció enseguida la voz de su hermana.

—Sí, soy yo, ¿qué ocurre?

—Hoy es domingo.

—¿Y...?

—Y me preguntaba si habías hablado con Pitt.

Mierda. Pitt.

—¿Has hablado tú con él?

—No...

—Perdona, Zane, ayer estuve en Prinss empezando a organizar la casa y la verdad es que se me pasó por completo. Voy a llamarlo ahora, ¿de acuerdo?

—Es que no sé ni siquiera si tiene pensado venir a casa. Viene todos los domingos, pero...

—Le pediré que vaya y así podremos hablar después de comer.

—¿Y si no quiere venir?

—Te prometo que irá, y Louis también. Iremos los tres.

—Vale.

—Nos vemos luego, Zane.

Nada más colgar empezó a mirar a su alrededor en busca de sus pantalones. En el interior había dejado la nota con el número, estaba seguro, pero no los veía por ninguna parte. Buscó incluso debajo del relleno del sofá de mimbre donde dormía. Entonces miró también en su bolsa, por si estaban allí, pero era imposible porque se los había quitado la noche anterior y recordaba haberlos dejado fuera para usarlos hoy.

No era que no tuviese otros pantalones, pero la búsqueda empezaba a convertirse en algo personal, por no hablar de que necesitaba el número de Pitt si no quería decepcionar a Zane. Tal vez podría llamarla y preguntárselo de nuevo.

Justo cuando se disponía a volver a coger el teléfono, Robert salió hacia el cuarto de baño.

—¡Eh! —le espetó Jake. Él no pareció darse por aludido—. ¡Eh! ¿Esos son mis pantalones?

Robert giró sobre sí mismo para situarse de cara a Jake. Después bajó la cabeza para mirarse la prenda por la cual se le acusaba. No llevaba nada en la parte de arriba. Sin decir nada, ni siquiera gesticular, volvió a darse la vuelta.

—Que te estoy hablando.

Jake llegó hasta él antes de que pudiese entrar en el baño.

—Tranquilo, tío... —dijo Robert arrastrando la voz—. ¿Qué pasa?

—¿Te importaría devolverme los pantalones? —le dijo—. Y, ya de paso, me gustaría saber por qué coño los llevas puestos si no son tuyos.

—¿Por qué gritas?

Louis apareció tras ellos, saliendo también del cuarto de Robert. Se frotaba los ojos en un intento fallido por mantenerlos abiertos.

—¿Qué haces ahí? —Jake se fijó en que Louis iba en ropa interior—. ¿Has dormido ahí?

Su hermano se dio la vuelta como tratando de comprender la pregunta.

—¿Sí? —respondió—. Yo que sé... ¿Por qué gritas tanto?

—No estoy gritando, Louis.

—Necesito dormir un poco más... —continuó dirigiéndose hacia su propia habitación.

—¿Te importaría, al menos, decirle a este tío que me devuelva los pantalones?

—Ya lo has oído, Rob... Devuélveselos…

Cuando Louis desapareció tras su puerta, el susodicho se desabrochó los pantalones, los dejó caer hasta el suelo y luego entró por fin en el baño. Jake se quedó perplejo al comprobar que iba completamente desnudo.

Recogió los pantalones del suelo como si estuviesen contaminados y se limitó a buscar en los bolsillos. Encontró por fin la nota que su hermana le había dado y después dejó el vaquero apartado a un lado del salón para lavarlo con la siguiente colada.

—Hola..., ¿Pitt? —preguntó Jake cuando una voz adormilada le respondió al otro lado.

—¿Quién es?

—Soy Jake, el hermano de Zane.

La conversación enmudeció durante unos segundos.

—Siento molestarte tan temprano —prosiguió Jake—. Era solo para preguntarte si vendrás hoy a comer a casa de mi hermano, ya sabes. Zane está un poco preocupada.

—¿Está enfadada?

—Preocupada, he dicho preocupada.

—Entonces, ¿no está enfadada?

A Jake le sorprendió la pregunta.

—No, que yo sepa. Pero tú y yo tenemos que hablar.

—Entiendo.

—¿Qué tal si me das tu palabra de que vienes a comer y después salimos un rato al jardín?

—¿Estás seguro de que a ella no le importa que vaya?

—Joder, ¿por qué iba a importarle?

—No sé. Es que no hemos hablado desde el miércoles.

—Ya, ¿y la has llamado o has ido a verla desde entonces?

—No.

—Nos vemos a las doce. Ya hablaremos del resto.

—De acuerdo.

A las doce menos diez estaba ya en la camioneta con Louis de copiloto y de camino a Valley Street. Había tenido que entrar a su habitación y despertarlo a la fuerza para que se levantara y se vistiera. Le había dicho a Zane que Louis también iría y estaba dispuesto a cumplir con todas sus promesas.

De reojo, se dio cuenta de que Louis sacaba su paquete de cigarrillos.

—No pensarás fumar en mi camioneta, ¿verdad?

—¿No puedo?

—Por supuesto que no.

—¿Por qué no?

—Tu casa es tu casa, y mi camioneta es mi camioneta. Tus normas, mis normas.

—Pues vaya una mierda.

—¡Eh!

—Y no vuelvas a despertarme para ir a comer a casa de Derek. Si me despierto bien, y si no, también.

Jake acababa de comprender por qué algunos domingos aparecía y otros no. La decisión era tomada según lo que tardara en despertarse en su día libre. Por lo que había podido comprobar, trabajaba bastante; mañana, tarde y noche, en turnos variados, y solo tenía libres los miércoles por la tarde y los domingos. Entre semana no salía, aunque a veces Sammy se quedaba a dormir y trasnochaban, pero en cuanto terminaba la jornada de los sábados, ya no se le volvía a ver el pelo hasta el día siguiente.

—Por cierto, ¿se puede saber qué hacías en la habitación de Robert esta mañana?

Louis se rascó la cabeza y se puso a jugar con el mechero.

—Y yo qué sé. Estaría fumado cuando llegué a casa.

—¿Fumado?

—Sí.

Louis lo miró sin ningún tipo de temor. Jake alternó la vista entre la carretera y él.

—¿Fumado de qué?

—Pues de maría, hierba, ¿de qué si no?

Jake iba a expresar lo indignado que estaba cuando Louis lo interrumpió:

—Ahórratelo, ¿vale? Que me fume unos canutos los sábados por la noche no significa que sea un yonqui. Eso quedó atrás.

—Ya. —Jake continuó conduciendo sin volver a mirarlo, bastante molesto—. Quedó atrás.

Le parecía increíble que todavía consumiese sustancias ilegales, aunque solo fuera los fines de semana. Recordaba perfectamente lo mal que lo habían pasado todos cuando encontraron a Louis en un apartamento de mala muerte colocado hasta las cejas y con un mono que lo mantuvo encerrado durante meses. La otra vez también había empezado con unos canutos, así que le parecía normal estar enfadado.

—Si alguna vez vuelves a recaer...

—Pero ¡¿qué dices?!

—¡Escúchame! —esta vez fue Jake el que lo interrumpió—: Si alguna vez vuelves a recaer no seré yo el que vaya a buscarte.

—Nadie te lo pidió en su día...

—¡¿Cómo puedes decir eso?!

—Oye, ¿qué coño te pasa esta mañana? ¡Yo-no-me drogo! No son anfetas, ni coca, ni nada de esa mierda. Es maría, ¿vale?

La fumo para relajarme después de pasar la semana trabajando entre ocho y diez horas diarias. No vuelvas a despertarme para estas mierdas porque si no ya puedes ir buscándote otro sitio donde pasar la noche.

—No te preocupes, volveré a Prinss en cuanto pueda.

—No te estoy echando, pero tienes que respetarme. Ya no soy un crío al que puedas decirle qué hacer o qué no.

—¿Y tampoco puedo preocuparme por ti?

—No, si no es necesario.

Se quedaron en silencio hasta llegar a casa de Derek.

Nada más hacerlo, Jake llamó a la puerta y pasó al interior después de que Danielle lo recibiera. Louis se quedó fuera, fumándose el cigarro que él le había negado. Eran más de las doce.

—Siento el retraso —anunció en cuanto se quitó el abrigo.

A la primera persona que vio fue a Arabia. Se sorprendió porque no esperaba encontrarse con ella, pero luego se sintió tonto al no pensar en esa posibilidad. Estaría en la ciudad durante todo el mes, era de esperar que acudiese a la reunión familiar de los domingos. Se saludaron con un simple gesto de cabeza y luego, azorado, se dispuso a saludar al resto.

Derek fue al que encontró justo después.

—¿Dónde está Zane? —le preguntó.

—En su cuarto, con Pitt.

—Ah, bien.

Jake respiró, aliviado. Eso significaba que al menos ya estaban hablando.

—¿Cómo va la casa? —preguntó entonces Derek.

Él se sorprendió gratamente por la pregunta. No esperaba que su hermano se interesase lo más mínimo.

—Bien. Ayer empecé a limpiar un poco y a estudiar a fondo todo lo que tengo que hacer para poder instalarme. Gracias por las llaves.

—No hay de qué.

Emily apareció de pronto tras ellos y rodeó a Derek con los brazos.

—Lo que Derek quiere decir es que, ya que alguien va a volver a habitarla, nos alegramos de que seas tú.

Jake le sonrió, agradecido. Estaba claro que su hermano jamás admitiría eso, pero Emily tenía razón: era imposible que los demás no se alegrasen de que fuese a convertirla de nuevo en un lugar habitable.

—¿Nos vas a contar algún día qué es lo que has estado haciendo todo este tiempo? —continuó Emily, aunque él sabía que hablaba por los dos porque la curiosidad era de ambos.

—Un día de estos, sí. A propósito —les dijo cambiando de tema—, Louis está fuera. No tardará en entrar.

Después de comer, Jake se sentía confuso. Por una parte, estaba contento por su hermana, porque parecía que Pitt y ella volvían a la normalidad, aunque eso no lo eximía de tener que apartarse a hablar con él de un momento a otro; por otro lado, estar en la misma estancia que Arabia y no poder hablar con ella era desconcertante. Observaba a la pequeña y era incapaz de decirle nada por miedo a que Arabia le dijese que no se acercara, pero la miraba de reojo cada vez que tenía oportunidad. Aparte de lo particular de sus ojos, tenía el pelo corto y bastante rizado. Jake se atrevió a preguntarle por sus días en la ciudad, a lo que Arabia respondió correcta y educadamente con un simple: «Muy bien, gracias».

Por otro lado, Jack seguía siendo el niño que más se le acercaba, haciendo gala de su hiperactividad. Era bastante gracioso, pero también agotaba a cualquiera. Zane era la única que lo subía a su regazo y le contaba alguna cosa para que se calmara cuando Derek empezaba a perder la paciencia con él. Jake se dio cuenta de que sus ojos azules tenían siempre un brillo travieso, y sonrió al saber que esa mirada se había transmitido a la siguiente generación. Era la mirada de Emma.

Sobre las tres y media de la tarde, Zane subió al piso de arriba con los niños con la intención de que durmieran, momento que

Jake aprovechó para indicarle a Pitt con un gesto de cabeza que salieran afuera. Él accedió, y poco después empezaron a caminar rodeando el jardín, que circundaba la casa. Era la primera vez que Jake examinaba algo más que no fuera el salón, la cocina, la habitación de Zane y el baño, es decir, la planta baja.

—Esta casa es enorme —dijo sin pensar, una vez aparecieron en la parte de atrás y la piscina se mostró ante ellos.

—Sé qué es lo que vas a decirme —le dijo Pitt, de pronto.

Jake buscó con la mirada un sitio donde pudieran estar cómodos. Había un merendero en la otra parte de la piscina, así que se dirigieron hacia allí y se sentaron uno enfrente del otro.

—Vale. ¿Qué es lo que voy a decirte? —quiso saber, intrigado por la afirmación de Pitt instantes atrás.

—Vas a preguntarme acerca de mi sexualidad.

—¿Cómo?

—No soy gay.

—Joder, Pitt, ni se me había pasado por la cabeza. —El chico bajó la cabeza, avergonzado—. Solo quería hablar contigo para saber si de alguna manera podía ayudarte, o ayudaros, no sé. Zane está muy empeñada en que hable contigo.

Pitt empezó a frotarse las manos. Parecía que le sobraba el abrigo, aunque estuvieran en pleno invierno.

—Si no quieres hablar del tema, no tenemos por qué hablar. Pero, en serio, ni siquiera sabía que eras virgen...

—No lo soy.

—¿Qué?

—Que no soy virgen.

Jake dejó escapar una minúscula pero sonora carcajada.

—Ya me extrañaba a mí...

—No es lo que piensas. Mi segunda y última experiencia fue en el Dix, y no fue por voluntad propia, como podrás deducir.

—¿Y qué? ¿El problema está en que le has mentido a mi hermana diciéndole que eras virgen? ¿Por eso no quieres acostarte con ella? Dios, qué mal suena lo que acabo de decir. Olvídalo. O mejor, olvidemos los dos que estamos hablando de mi hermana.

Pitt se quedó mirándolo fijamente, pero sin decir nada.

—¡Suéltalo de una vez! Vamos —le incitó Jake.

—Fue justo antes de dejar el trabajo. Estuve más de un año sin tener ningún incidente y haciendo creer a todos que el trabajo no me permitía participar. Pero un día a McGregor se le metió en la cabeza que yo necesitaba un respiro. Así que me obligó a dejar lo que estaba haciendo y me encerró en una habitación. Diez minutos después volvió con dos chicas y con sus amigos, y se quedaron allí, mirando.

Jake sabía que McGregor era un capullo integral, pero no podía saber a dónde iría a parar el relato de Pitt.

—Me obligaron a beber directamente de una botella que me trajeron. Yo ni siquiera sabía qué era, porque nunca bebo, así que cuando me negué a que aquellas chicas me desnudaran, McGregor me dijo que si no me comportaba como es debido, la próxima semana jugaría con mi hermana.

—Creí que tu hermana no había vuelto a pisar el Dix desde...

—Mi hermana es idiota.

Jake dejó que el silencio se rompiese cuando Pitt decidiese continuar con la historia.

—Estaba tan cagado de miedo que puedes imaginar lo que me pasó...

Ambos se revolvieron incómodos en el asiento. Visto que ahora Pitt ya no tenía intenciones de continuar, esta vez tuvo que ser Jake el que le tirase un poco más de la lengua para terminar de aclararlo.

—Entonces, quieres decir que no pudiste hacerlo, ¿no? O sea, que con esas chicas no...

—No, pero eso no quitó que me tuviesen toda la noche desnudo, riéndose de mí, mientras los amigos de McGregor ocupaban mi puesto. Después se llevaron mis cosas y me dejaron allí.

—Pero a ver, antes has dicho que no eras virgen, y ahora me dices que no hiciste nada con esas chicas...

—Perdí la virginidad en mi primer trabajo como camarero. Tenía quince años y fue con una compañera mayor que yo. Desde entonces, nada. Ningún contacto con ninguna otra mujer hasta el suceso del Dix.

—Vale, ya me has contado todo eso. Ahora explícame cuál es el problema con Zane, si no te sientes atraído por ella o...

—No me siento atraído sexualmente por ninguna mujer desde aquella noche. Siempre que pienso en algo relacionado con el sexo me entra pánico. Recuerdo a McGregor y a todos los demás señalándome y riéndose, y entonces no hay forma. —Pitt quiso añadir algo más, pero se cortó él mismo. Poco después lo soltó, al fin—: No quiero que tu hermana se dé cuenta de que soy impotente.

Jake tomó aire y empezó a soltarlo lentamente. Después colocó las manos sobre la mesa y empezó a pensar en cómo solucionar aquello.

—¿Crees de verdad que eres impotente?

—Sí.

—¿Y te has parado a pensar que solo sea un trauma?

—No lo sé.

—Me estás diciendo que cada vez que se da la situación de llegar a algo más...

—Me entra ansiedad y me alejo de Zane, porque no siento nada... donde debería sentir algo... y me asusta decepcionarla.

—¿Ansiedad?

—Sí, y es muy desagradable. Me da la sensación de que el aire no me llega bien a los pulmones, empiezo a sudar y me aparece un dolor en el pecho, y también pienso cosas horribles.

—¿Eso es la ansiedad?

—Bueno, en pocas palabras, sí. Pero los efectos pueden durar días, semanas o incluso meses. Eso depende. Incluso hay tratamientos.

Jake se dio cuenta de que ya había sentido algo parecido, aunque no por un tema como ese; lo que no sabía era que estaba diagnosticado.

—¿Por qué piensa entonces mi hermana que eres virgen?

—Porque yo se lo dije, con la excusa de ir más despacio y todo eso. Ella es tan buena... y era tan inocente al principio... Y yo a veces me confundo pensando que estamos bien así, y que ella también lo cree, hasta que me doy cuenta de que intenta hacer lo que imagino que sus amigas le cuentan, especialmente Monique, y que yo no puedo corresponderle. Y entonces me vuelve la ansiedad al pensar que ella no querrá estar conmigo, y me vengo abajo. Incluso llego a pensar que creo que es mejor que conozca a otra persona y que se olvide de mí.

—Por eso llevas varios días sin llamarla.

—Sí.

—No puedo creer que no hayas hablado de todo esto con Zane... ¿Acaso no la conoces? Ella es buena de los pies a la cabeza. Nunca te juzgaría por ese problema. Lo entendería y te seguiría dando todo el tiempo que necesitases.

—Pero es que a lo mejor no es cuestión de tiempo. A lo mejor es que no funciono y ya está.

—Estoy completamente seguro de que funcionas... Venga, volvamos dentro. Hoy te vas a quedar a dormir aquí. En la habitación de Zane.

—Pero...

—Yo me encargo de Derek y tú te encargas de contarle todo esto a Zane.

MARTES

24 DICIEMBRE 1991

Eran las seis y media de la tarde. Kevin había llegado hacía un par de horas con un enorme ramo de flores para ella. Se habían prometido que no se harían ningún tipo de regalo, pero, a pesar de eso, él se había presentado con aquellas flores. Arabia siempre pensó que todo eso de los ramos no le haría ilusión, pero lo cierto era que cada vez que Kevin aparecía con un ramo sorpresa, se le enternecía el corazón. Sobre todo cuando le hacía llegar a casa una rosa con un mensajero, o incluso con una caja de bombones. Porque lo hacía así, sin ton ni son, sin ser una fecha señalada. Así era Kevin.

Ahora mismo estaba en el sofá del salón jugando con Jazzlyn mientras ella terminaba de prepararse para la cena en su pequeño cuarto de baño. Se había puesto un vestido granate ligeramente ceñido, de los últimos que había comprado, con el cuello desbocado y el largo hasta las rodillas. Se lo había puesto porque sabía que en poco tiempo ya no podría usarlo, y ni siquiera lo había estrenado.

El pelo lo tenía alisado del día anterior, pero se lo recogió en un moño bajo para sentirse más elegante. También se pintó los labios de un color rojo oscuro, que quedaba muy bien con su tono de piel y con el vestido.

—Qué belleza —comentó Kevin nada más verla.

Ella sonrió ante el halago, aunque él sabía perfectamente que a ella no le gustaba que fuese tan zalamero, porque de verdad lo era.

Kevin iba vestido con un elegantísimo traje gris, camisa blanca y zapatos negros. La montura de sus gafas también era negra, como siempre. Aunque no fuese el hombre más guapo del mundo, había que reconocer que cuando llevaba traje parecía realmente la persona importante que era, y casi siempre llevaba traje.

—Así que voy a conocer al que se largó —comentó Kevin, una vez dentro del Mercedes que había alquilado para moverse por la ciudad.

Parecía tan tranquilo que a Arabia incluso le molestaba. Ya le había hablado sobre la repentina aparición del último miembro de los Becker que le faltaba por conocer, añadiendo además que se verían cara a cara en Nochebuena. Lo que no mencionó fue la fugaz conversación que mantuvieron en la puerta de su apartamento, ni siquiera que él hubiese tratado de hablar con ella.

—Solo espero que sea lo menos incómodo posible —dijo ella.

—¿Le dejarás acercarse a la hija a la que abandonó?

—Ya lo hemos hablado. Él no sabía que yo estaba embarazada.

Unos minutos más tarde, poco antes de llegar al restaurante de Louis, Kevin volvió a sacar el tema.

—¿Te preocupa que haya vuelto?

—¿Qué quieres decir?

—Tal vez mantienes esa expresión de inquietud porque realmente crees que tienes algún tipo de compromiso con él por el vínculo biológico que le une a tu hija. —Arabia frunció el ceño—. De ser ese el caso, supongo que yo también debería de estar preocupado.

—Oh, por favor, tú no tienes que preocuparte de nada...

Intuyó que Kevin estaba bromeando, pero aun así se lo hizo saber. De lo que hubo entre Jake y ella ya no quedaba nada.

Antes de bajar del coche, una vez llegaron a su destino, Kevin volvió a hacer gala de lo mucho que la adoraba.

—¿Te he dicho ya lo preciosa que estás?

Louis fue el encargado de recibirlos desde su puesto de camarero. El hecho de que hubiesen decidido celebrar la cena de Nochebuena en su restaurante era precisamente porque no había podido conseguir el día libre, así que, aunque no pudiese sentarse con ellos a disfrutar del menú, sí podía estar deambulando por la mesa. Zane y Pitt ya estaban allí, y poco después de que ellos se acomodaran acercando una silla de bebés para Jazzlyn, Derek y Emily aparecieron también con los niños. Empezaron a situarse todos en una de las mesas redondas del salón interior que habían preparado especialmente para ellos. Diez sillas en total. Unos cuantos minutos más tarde, Jake apareció, saludó discretamente y se situó en la única silla que había quedado libre, entre Pitt y Emily. Sin poder evitarlo, Arabia se fijó en su atuendo cuando Zane exclamó:

—¡Nunca en mi vida te había visto tan bien vestido!

A lo que él contestó:

—Recuerda que llevas tiempo sin verme.

Llevaba un pantalón vaquero oscuro, una camisa blanca y una americana de color azul marino sobre esta. Se sonrieron el uno al otro mientras él tomaba asiento. Sin duda, Zane se alegraba muchísimo de que hubiese vuelto.

—¡Mamá! ¿Nos podemos sentar al lado del tío Jake?

Jack se había puesto de pie sobre su silla y señalaba a Jake desde donde estaba, justo al otro lado de Emily.

—Vuelve a sentarte, Jack —le ordenó Derek.

—¿Podemos, mami? —añadió Danielle.

Arabia vio cómo Emily miraba a Derek para que cediera.

—Jack, no te lo vuelvo a repetir —insistió Derek.

Pese a todo, Emily se levantó y dejó que Jack y Danielle se sentasen un asiento más allá, justo a la izquierda de Jake.

—Portaos bien —les dijo Emily una vez se hubieron acomodado de nuevo.

Arabia observó anonadada como los dos niños miraban con curiosidad al recién aparecido Jake, y cómo esperaban que él les dedicase un poco de atención.

Kevin carraspeó a su lado, dándole a entender que no se habían hecho las debidas presentaciones. Todos lo miraron cuando se levantó y se dirigió al recién llegado. Una vez a su lado, le tendió la mano y esperó a que él le correspondiera.

—Me temo que no nos conocemos. Soy Kevin Smith.

Jake tardó unos segundos en responderle, pero cuando lo hizo se levantó de la silla y finalmente estrechó su mano.

—Jake Becker.

—Encantado.

—Lo mismo digo.

Arabia se dio cuenta de que la altura de Jake debía haber intimidado un tanto a Kevin, pero lo disimuló muy bien levantando discretamente la barbilla para mirarlo a la cara.

—Pues ya estamos todos —dijo a continuación mientras regresaba a su asiento—. ¿Empezamos con un brindis?

Arabia y Zane se pusieron al día de muchísimas cosas. Sabía, por sus conversaciones telefónicas, la recién adquirida afición de su mejor amiga por la fotografía, así que esta le estuvo enseñando algunas capturas que había podido revelar hasta la fecha. La gran mayoría eran fotos de Danielle, la única de sus dos sobrinos que se mantenía quieta cuando ella se lo pedía. Eran unas fotos muy bonitas, pero claro, la niña era bonita ya de por sí.

El ruido de una copa chocando contra el suelo les hizo levantar rápidamente la cabeza hacia donde estaban los niños.

—¡Jack! —exclamó Emily.

La escena que contemplaban situaba a Jake apartado de la mesa examinando su pantalón mojado, a Jack observándolo con los ojos muy abiertos y a Danielle mirando a sus padres con los labios apretados, evitando reírse.

—No pasa nada —dijo Jake—. Solo es agua.

Acto seguido se levantó y se marchó en dirección al cuarto de baño. Entonces Jack se giró hacia su padre con cara de ser consciente de que había hecho una trastada.

—Me temo que alguien va a tener que quedarse ayudándome después de la cena. —Louis apareció tras ellos con la escoba y el recogedor y se dirigió a su sobrino, muy serio—. ¿Quién de los dos ha sido?

—Se me ha *resbaldado* de las manos, tío Louis.

Todos los presentes tuvieron que aguantarse la risa al ver a Jack excusándose con cara de apuro.

—Así que se te ha *resbaldado*, ¿eh? Voy a preguntar entonces si fregarás los platos o te encargarás de ayudarme a...

—¡No, no! Por favor...

Ante la súplica del pequeño, Louis finalmente puso cara de fingido enfado y le revolvió el pelo. Después se dispuso a recoger los trozos de cristal y más tarde regresó con una fregona.

—Mamá, pipí.

Era la primera vez que Jazzlyn le pedía *pipí*. Sin poder creérselo, se levantó arrastrando la silla hacia atrás, la cogió y se la llevó hacia los servicios. Una vez allí, le subió el vestido, le quitó el pañal y la sentó en la taza, sujetándola bien para que no se colara dentro.

—Muy bien, cariño —le dijo una vez hubo terminado.

Jazzlyn sonrió, divertida, y ella se sintió muy orgullosa de que por primera vez le hubiese comunicado que quería hacer pis. Sabía que aún era muy pequeña como para que lo hiciese, así que se convenció de que había sido algo esporádico para no hacerse ilusiones antes de tiempo.

Al salir del baño coincidió con que un hombre accedía a su vez al baño de enfrente, y pudo ver a Jake debajo del secamanos esperando a que se le secase el pantalón. Justo cuando él se giró al advertir a su espectadora, Arabia regresó a la mesa riendo para sus adentros.

—Me da que tu hermano tardará un buen rato más en unirse a nosotros —le comentó a Zane por lo bajo.

—¿Cuándo Jake vuelva le vas a pedir perdón, Jack? —le preguntó Emily al pequeño.

—¡Sí! —respondió él con convicción.

Y, efectivamente, así lo hizo. Nada más regresar, Jack ofreció la mejor de sus disculpas, y luego continuaron como si nada hubiera pasado. Por supuesto, Jake seguía llevando una mancha oscura en el pantalón, entre la cadera y la rodilla izquierda, pero nadie hizo ningún comentario debido a su cara de mal humor. Arabia se preguntó entonces por esa cara de pocos amigos que había llevado toda la noche. Dudaba mucho que se debiese solo al incidente con la copa de agua. Sin ser consciente de ello, se quedó observándolo. Aparte de haberse presentado muy bien vestido, se percató de que tenía el pelo más corto que ella jamás le hubiera conocido, suponiendo que se lo habría rapado tiempo atrás.

Estuvo embobada mirándolo, apoyada con los codos sobre la mesa y las manos sobre las mejillas, hasta que Kevin captó su atención:

—¿Qué vas a querer de postre?

—¿Qué hay? —preguntó, preocupada, esperando que no se le hubiese notado mucho su ensimismamiento.

—Lo acaba de decir Louis.

—Vaya, lo siento, no te he escuchado.

Ni siquiera lo había visto acercarse a la mesa.

—Yo tampoco —la secundó Zane—. Repítelo, que estaba hablando con Pitt.

—Está bien... —dijo Louis—. Hay tarta de arándanos, piña, flan, pudín de manzana...

Arabia escogió la piña. De todo lo que había, algo de fruta era lo único que le apetecía en ese momento.

—Esta Navidad va a ser para recordar —comentó Zane, justo cuando empezaban a ponerse las chaquetas para salir del restaurante—. Todavía no me puedo creer que estemos todos juntos de nuevo.

—Estás contenta de tener a Jake de vuelta, ¿eh?

—¡Y a ti! No me lo puedo creer. Le dije a Monique que no sabía si podría soportar otras navidades sin ti y mira, ¡aquí estás! No sabes lo mucho que te agradezco que hayas venido y que te quedes hasta Fin de Año. Aún me tienes que contar más cosas sobre todo lo que pasa en Los Ángeles.

—Cuando quieras sabes que puedes venir. Estás más que invitada.

—Ya sabes que me presentaré allí en cuanto pueda.

—¿Qué tal si quedamos el viernes? Kevin se marcha el jueves por la tarde.

Arabia sabía que su amiga había pasado dos semanas difíciles con Pitt, aunque por lo visto ya lo habían solucionado, porque en la cena habían estado estupendamente. Era por eso que no se habían reunido demasiado y ella había pasado la mayor parte del tiempo yendo de un parque a otro con Emily y los niños. Pero quería pasar los pocos días que le quedaban en Utah con ella, como en los viejos tiempos.

—Había quedado con Monique —contestó Zane para su sorpresa—. Pero si te parece bien podemos quedar las tres y así te la presento. Tengo muchísimas ganas de que os conozcáis.

Arabia tardó apenas unos segundos en responder:

—Sí, claro, me parece genial.

Por un momento se sintió desplazada por el hecho de que su mejor amiga tuviese algo que hacer que no fuese con ella, pero se dio cuenta de que no había nada que pudiera reprocharle. Al fin y al cabo, era ella la que se había ido lejos, y también la que había tenido un bebé, y eso marcaba una notable diferencia. Además, ya iba siendo hora de conocer a Monique. Zane le había hablado mucho de ella.

En cuanto llegaron a los coches empezaron las despedidas. Arabia les dio un beso a cada uno de los niños y un abrazo a todos los demás. Iban a verse durante la próxima semana, pero hacía tanto que no los veía que un abrazo nunca estaba de más. Jake era el único que no había salido del restaurante. Había dicho que se quedaba a esperar a que Louis terminase para regresar juntos a casa.

Ya de vuelta, Kevin volvió a empezar la conversación:

—¿Se lo has contado a Zane?

Arabia dedujo a qué se refería e instintivamente se puso la mano en el abdomen.

—No, todavía no —repuso—. Es demasiado pronto.

—Ya lo sé, pero pensé que igual a ella...

—No voy a decírselo a nadie hasta que cumpla por lo menos los tres meses, Kevin.

—Está bien

ENERO

SM	L	M	X	J	V	S	D
1			1	2	3	4	5
2	6	7	8	9	10	11	12
3	13	14	15	16	17	18	DK
4	20	21	22	23	24	25	26
5	27	28	29	30	31		

MARTES-MIÉRCOLES

ENERO 1992

NOCHEVIEJA 1991 AÑO NUEVO 1992

Todos, a excepción de él y Louis, habían ido a celebrar la última noche del año a casa de Frederic Wathson. Cuando a Jake le dijeron que cenarían allí, descartó la posibilidad de pasar ese día con el resto de sus hermanos. Su única opción fue la de acompañar a Louis en el restaurante, algo que tampoco le hacía especial ilusión, pero que se vio obligado a aceptar con tal de que nadie hiciese demasiadas preguntas por querer pasar aquella noche solo. No iba a ser la primera vez que pasase una Nochevieja sin la única compañía que la suya, pero Zane había amenazado con no acudir a casa de los Wathson a menos que él le prometiera que estaría con Louis.

Así que se pasó la noche deambulando por los alrededores, cenó un plato único en la barra y esperó con impaciencia a que llegaran las doce para que todo acabase y pudiera marcharse al apartamento. Su hermano había planeado salir por ahí toda la noche con sus compañeros de trabajo y otros amigos y, aunque también estaba invitado y pese a las insistencias, finalmente decidió irse a dormir pronto.

Ahora estaba sentado en aquel incómodo sofá de mimbre que hacía la función de cama para él. Se quitó el pantalón vaquero y se puso el de chándal gris que estaba utilizando para pasar la noche. Luego se quitó la camiseta negra de manga larga y se dejó la interior blanca de manga corta a modo de parte superior del pijama, siempre improvisado. Antes de tumbarse pasó por el cuarto de baño y se echó agua por la cara. Observó su serio reflejo sin mucho afán. Después se apartó el cuello de la camiseta a un lado para poder ver el aspecto de sus cicatrices, aquellas que tanto habían cambiado su vida. Resopló, dejando que la manga volviera a su sitio, y pensó en si sería capaz de tener una conversación con Arabia antes de que esta regresase a su nueva vida.

Llevaba tantos días preocupado por lo que iba a decirle y sin poder dormir, que esa noche cayó rendido antes de lo esperado, a pesar de que por las ventanas se filtraba el sonido de la gente que festejaba por las calles la llegada de 1992, lo que significaba que él ya tenía veintiséis años recién cumplidos.

Empezó a sentirse incómodo cuando un sudor frío se apoderó de él. Otra vez esa pesadilla que de vez en cuando seguía atormentándolo. Soñaba con aquella chica del tren que estuvo a punto de hacer que su compinche le robase todas sus pertenencias de no ser por el recuerdo de Emma. Pero cuando soñaba sobre aquel encuentro la chica se convertía en la propia Emma, y él se despertaba jadeando, excitado y a la vez muerto de miedo. Esta vez, cuando se despertó, le pareció que continuaban las caricias de aquella chica por todo su cuerpo. Tardó unos segundos en volver en sí y en adaptar sus ojos a la oscuridad para darse cuenta de que realmente había alguien encima de él, manoseándolo. Hasta ese momento ni siquiera se había dado cuenta del sonido lleno de gemidos en toda la sala, porque se habían entremezclado con su sueño. Había bastante gente esparcida por todo el salón. Unos sobre otros.

Jake se incorporó y apartó de golpe a la chica que se había colocado sobre él, que simplemente se quedó sentada en el sofá riendo a carcajadas. No tardó mucho en descubrir al compañero de piso de Louis con otro tipo, en una postura que hizo que terminara de despertarse definitivamente. *¿Pero qué coño...?*

Se levantó y se dirigió dando tumbos hasta la habitación de su hermano, pasando por encima de un par de chicas tiradas en el suelo. Abrió la puerta sin llamar y con la cabeza a punto de estallarle.

—¡Louis! —exclamó.

Al encender la luz vio cómo su hermano guiñaba los ojos y trataba de evitar con una mano que la luz lo cegase. Alguien salió de debajo de las sábanas justo después. Samantha.

—Hay una puta orgía en el salón —añadió señalando al exterior y evitando pensar en lo que acababa de interrumpir.

—Es Año Nuevo, Jake... —respondió su hermano.

Samantha y él se miraron y se besaron. Jake estaba alucinando con todo lo que estaba pasando a su alrededor.

—Louis, ¿estás colocado?

Su hermano se separó de la joven y volvió a mirarlo con los ojos entrecerrados.

—Lo que estoy es un poco ocupado en este momento para hablar contigo...

—Si quieres puedes unirte a nosotros —le sugirió la chica con exagerada picardía.

Louis se rio ante el comentario y Jake lo dio todo por perdido, salió de la habitación y volvió a situarse frente al panorama del salón. Visualizó sus zapatillas y su chaqueta para salir a la calle y alejarse de aquella locura. Las manos de los intrusos le rozaban las piernas mientras pasaba entre ellos intentando no mirar a nadie en concreto. Cuando por fin cerró la puerta tras de sí, el frío le golpeó en la cara con fuerza. Se sentó en las escaleras, se colocó las zapatillas y se abrochó la chaqueta hasta arriba. Miró hacia atrás al percatarse de que algunos de los jadeos de aquella gente se escuchaban en el exterior, a pesar de que la puerta ya estaba cerrada. Negó con la cabeza y luego se levantó, bajó las escaleras y se dispuso a caminar por la urbanización para despejarse.

Al principio le había parecido que su pesadilla se había convertido en algo más siniestro si cabía, pero no, lo que había visto al despertarse había sido completamente real. Y su hermano colocado, lo que le faltaba. ¿Sería una costumbre habitual ese tipo de fiestas en el salón? Louis ya le había advertido que a veces Robert regresaba acompañado de más de una persona, pero hasta ahora era la primera vez que organizaba una fiesta de aquella magnitud estando él presente, y tampoco se había imaginado que se montaría una orgía cuando lo hiciese. Una puta orgía.

Cuando se hizo a la idea de que aquello no terminaría hasta la mañana siguiente, continuó caminando, alejándose cada vez más de la urbanización hasta que se encontró deambulando por el centro de la ciudad. Hacía mucho frío, y el contraste con el calor corporal que había desarrollado tras el sofoco era bastante grande. No paró en ningún momento, en parte para evitar que el frío se apoderara de él, hasta que llegó al Purist Coffee. La cafetería estaba cerrada, pero aun así Jake se asomó hacia el interior y se fijó en el enorme reloj que había detrás de la barra. Marcaba las cinco y media de la mañana. En menos de dos horas estaría amaneciendo.

El haber llegado de forma involuntaria hasta allí le hizo recapacitar. Hacía un mes que había vuelto a la ciudad y seis días desde que había visto a Arabia por última vez. Le parecía una eternidad el tiempo que había pasado desde que ella le había dicho que no iba a hablar con él de nada porque no había nada de qué hablar. Y puede que todo hubiese sido así de no ser por la existencia de aquella niña.

Jazzlyn.

La mayoría pensaba que él no tenía ningún compromiso con ella por haberse marchado, pero parecía que ninguno de ellos entendía que ni siquiera sabía que había llegado al mundo. Lo mínimo que se merecía era información sobre ella, e incluso estar en cierto modo vinculado a su futuro. Nadie podía negarle que él fuera su padre, aunque Arabia la criase en compañía de otra persona a la que llamaría «papá». De hecho, ya lo hacía, y lo había comprobado en la cena de Nochebuena, pero él debería de tener al menos la oportunidad de decidir si quería formar parte de su vida, le gustase o no a Arabia. Ni siquiera había tenido ocasión de mirarla de cerca, de mirarla a los ojos más de dos segundos. Tenía que hablar con Arabia antes de que ella regresase a California.

Estaba decidido.

A las seis de la mañana estaba ya de camino por la calle que conducía al portal del edificio donde Arabia tenía su pequeño apartamento. Se preguntó si habría pasado la noche en casa de Emily, o si por el contrario haría ya tiempo que había regresado. En cualquier caso, todavía era muy temprano, así que, de una manera u otra, debería esperar al menos un par de horas más como mínimo.

Sin ningún tipo de miramiento, se sentó en el portal con la espalda apoyada contra el mármol y con las rodillas dobladas para no molestar a los vecinos al pasar. Poco después, el sueño empezó a amenazar con apoderarse de él, así que se levantó de nuevo y volvió a caminar para hacer tiempo. Se topó con un pequeño parque que no había existido con anterioridad y en el cual aprovechó para sentarse en uno de los bancos de madera. Entonces sí, sin poder evitarlo, se durmió.

Se había quedado dormido con las solapas del cuello de la chaqueta hacia arriba para protegerse lo máximo posible del frío, pero ahora los finos copos de nieve empezaban resbalarle por la cara y a molestarle. Eso fue lo que hizo que despertara. Sacudió la cabeza y se revolvió el pelo para evitar que la nieve se acumulase allí. Había un montón de gente a su alrededor. Un montón de niños corriendo de un lado a otro, maravillados por la nieve que no tardaría en empezar a cuajar. Un Año Nuevo nevado, como pocas veces había tenido oportunidad de ver.

Se dio cuenta de que estaba temblando por el frío, así que se calentó las manos con su propio aliento para que dejasen de estar entumecidas. Luego se levantó y se acercó a una señora que había unos metros más allá con un carrito de bebé para preguntarle la hora. Eran las nueve y media.

Jake regresó al portal y llamó al timbre que correspondía al apartamento de Arabia. Nadie respondió. Volvió a intentarlo un par de veces más, sin éxito. Eso le hizo pensar que se habría quedado a pasar la noche en casa de los Wathson. Resopló y decidió seguir esperando, aunque era consciente de que cabía la posibilidad de que Arabia ni siquiera apareciese por allí en todo el día.

Era Año Nuevo. Probablemente también lo pasarían todos juntos.

Una hora después, cuando estaba a punto de tirar la toalla y regresar al piso de Louis, vio parar en la acera de enfrente a un taxi. De su interior salió una Arabia sonriente mientras se despedía del conductor. Iba sola y cruzó la calle a la vez que buscaba en su bolso las llaves de casa. Llevaba un sencillo pantalón vaquero y un suéter de lana de color beis. También llevaba un moño alto bastante deshecho. Se quedó de piedra al ver a Jake en el portal.

—Esto tiene que ser una broma —fue lo primero que dijo.

Jake no respodió. Se limitó a disimular el frío que tenía y a esperar algún irónico comentario más.

—¿Se puede saber qué estás haciendo aquí?

—Sigo pensando que deberíamos hablar, o bueno, tú si quieres no digas nada, pero déjame al menos hablar a mí.

Tenía tantas cosas que decirle, que explicarle...

—No vas a subir a mi casa.

—Vale, pues hablemos aquí.

Arabia lo miró con incredulidad. Se cruzó de brazos y se quedó en actitud expectante. Eso lo pilló desprevenido, porque en ningún momento había pensado que tendría que empezar a hablar allí mismo, en plena calle.

—Mira, llevo aquí desde las seis de la mañana. ¿Te importaría, al menos, que hablásemos dentro del edificio? No siento los pies.

—Yo estoy muy bien.

Jake tuvo que morderse la lengua. No podía creer que estuviese siendo tan fría con él. Decidió que el tema principal que debía abarcar era el de la niña.

—Bien, pues quiero que sepas que no tengo intenciones de ser un extraño en la vida de tu hija —comenzó diciendo—. Me parece genial que tengas una nueva vida y que yo no forme parte de ella, pero esa niña también forma parte de la mía, ahora que sé de su existencia.

—O sea, que quieres que sepa que eres su padre biológico cuando sea mayor.

—¿Cuando sea mayor?

—¿Acaso quieres que te la deje unos días, como si estuviésemos separados o algo así?

—No, yo... No lo sé. Solo quiero que no la alejes de mí solo porque haya llegado al mundo en una de las peores épocas de mi vida.

—Eso suena genial para que se lo digas cuando tenga uso de razón.

—Joder, qué difícil lo haces, Ari.

Se vieron interrumpidos por la llegada de una de las familias vecinas. Tenían tres niñas, y las tres accedieron a regañadientes al edificio, porque querían quedarse un poco más disfrutando de la nieve.

—¿Dejo abierto? —preguntó la mujer.

Jake miró a Arabia un tanto suplicante. Realmente necesitaba entrar en calor.

- - - - - - -

Finalmente se apiadó de él.

—Sí, gracias, Lisa. Pasamos enseguida.

Sujetó la puerta y sonrió a su vecina con amabilidad mientras ella se alejaba para volver con su familia.

—Pasa —le pidió a Jake, aunque antes de dejarle pasar añadió—: Pero te lo advierto: solo vamos a hablar sobre Jazzlyn.

Él asintió y obedeció, y después subieron juntos en el ascensor sin decir una sola palabra. Cuando entraron en el apartamento, ella se dirigió a la cocina en silencio y se puso a preparar chocolate caliente. Jake, por su parte, esperó de pie frotándose los brazos con las manos. Cuando terminó de calentar la leche, echó las cucharadas de cacao soluble y comenzó a removerlo. Luego sirvió dos tazones y colocó uno de ellos en la barra americana.

—Será mejor que te lo bebas.

Y él simplemente lo hizo, dejando que el contacto con la taza le reconfortase las manos antes de empezar a bebérselo.

—Siento haber sido tan borde contigo —le dijo, contra todo pronóstico—. No es propio de mí comportarme así y no me gusta pensar que soy una persona rencorosa, así que será mejor que hablemos como dos personas adultas sobre lo que es mejor para nuestra hija.

Era la primera vez que aceptaba el hecho de que Jake fuese el verdadero padre y que hubiese regresado.

Él asintió con la cabeza en señal de agradecimiento.

—¿Cuánto tiempo piensas quedarte en Utah?

—No tenía pensado volver a marcharme.

—Ya, bueno. Viniendo de ti eso no es ninguna garantía.

—¿Hay algo que pueda decir, o hacer, que te lleve a pensar que puedes confiar en mí?

Arabia no lo dudó ni un segundo.

—Ahora mismo no. Y espero que lo entiendas, porque basándome en mi experiencia puedo decir que cuando algo no sale como tú esperas, desapareces. Ya sea una noche, varios días o más de dos años.

—Soy consciente de que tengo que vivir de aquí en adelante con la fama que me precede. Lo acepto.

—Bien, ¿qué es lo que te gustaría en relación a Jazzlyn? ¿Quieres estar en sus cumpleaños, prefieres que te mande fotos...?

—Lo he estado pensando y, teniendo en cuenta que ahora vives en Los Ángeles y que no puedo presentarme allí siempre que quiera, me gustaría tener la certeza de que puedo ir de visita, al menos siempre que pueda.

—Siempre y cuando nos venga bien a Kevin y a mí.

—Siempre y cuando te venga bien a ti.

Arabia se sorprendió de esa última afirmación. Nunca lo había pensado de ese modo. Decidió darle un punto positivo por eso, para contrarrestar los tantos negativos que tenía hasta la fecha.

—Y siempre y cuando te busques la vida por tu cuenta a la hora de pasar una noche o varios días allí —agregó teniendo en cuenta que de ninguna manera podría quedarse a pasar la noche en la casa que compartía con su nueva pareja, por grande que fuera.

—Hecho.

—Y serás el tío Jake hasta que se le pueda explicar lo contrario.

—Lo de las fotos también sería genial, si no es mucha molestia —añadió Jake.

Arabia bebió lo último que quedaba de su taza de chocolate. Había estado temiendo el encuentro con Jake y al final parecía que todo se iba a resolver de forma pacífica.

—Pues ya está todo claro —concluyó dándole a entender que podía marcharse—. Conocerás la dirección de nuestra casa cuando te envíe la primera carta. A Prinss, supongo.

Él asintió.

—¿Cuándo os marcháis?

—El día ocho cogeremos el avión. —Tuvo la impresión de que sabía qué era lo siguiente que quería preguntar Jake—. La niña está en casa de tu hermano ahora mismo. Si quieres podemos ir juntos allí.

—Eso sería genial.

—Bien, pues deja que coja algunas cosas que había venido a buscar y ya podemos marcharnos.

—¿Qué tal si nos vemos allí? —preguntó Jake, para su sorpresa—. Yo también debería pasar por casa, quiero decir, por casa de Louis, a por algo de ropa seca. Y también para coger la camioneta.

—¿Has venido andando hasta aquí?

—Ha sido una noche muy larga.

Arabia asintió y accedió a que se marchara. Él se dirigió hacia la puerta, indeciso, y ella sabía perfectamente que todavía quería decir algo más.

—¿Seguro que no quieres hablar de nada más? —le preguntó.

—Completamente. ¡Ah! Y felicidades con retraso.

- - - - - - -

Jake había regresado al residencial donde vivía Louis. Había sido una larga caminata desde el apartamento de Arabia, pero le había servido para recapacitar y para asimilar todo lo que habían podido hablar el uno con el otro. Tenía muchísimas más cosas que decirle, sobre todo ahora que había descubierto el cuaderno de la universidad y lo había leído y releído casi todas las noches desde entonces. Pero ella había vuelto a dejarle muy claro que no hablarían sobre su pasado. Solo trataron el tema de la niña, que era lo que representaba el futuro más inmediato.

Cuando Jake se decidió a volver de forma definitiva, fue ella en la primera que pensó para contarle todo lo que había vivido y aprendido durante los dos años que había estado fuera. Contaba con la posibilidad de que ella hubiese pasado página, pero el hecho de que estuviese con el tal Kevin le producía un leve dolor en el pecho.

Llegar a casa de su hermano le devolvió a la realidad. Debía de ser casi mediodía, así que la fiesta ya tendría que haber acabado. Puso la llave en la cerradura y abrió despacio para evitar hacer ruido. En el interior encontró a varios de los que habían protagonizado el fiestón durmiendo en los sofás. Cuatro en total, tapados con sábanas o mantas. Cuando él se despertó de madrugada había al menos cinco personas más.

Una chica se asomó desde la cocina. Samantha.

Jake recordaba perfectamente la insinuación que le había hecho cuando entró a informar a su hermano de lo que los demás habían organizado en el salón. Notó cómo la sangre se le subía a la cabeza solo de pensarlo.

Samantha le hizo un gesto de silencio poniéndose el dedo índice en los labios, y a continuación también lo invitó con la mano para que se acercara. Jake cerró tras de sí y caminó hacia la cocina. Estaba tan sucia como de costumbre, con la única diferencia de que había un espacio limpio en la encimera que sin duda había hecho ella, porque a ambos lados continuaba el desorden.

Allí estaba exprimiendo naranjas.

—¿Quieres un zumo? —le preguntó.

Jake se rascó la sien y se encogió de hombros.

—¿Hay naranjas suficientes?

—Sí, creo que sí. A Louis ya le dejé el suyo en la habitación.

—¿Eres la única que hay despierta?

Era de esperar que todos estuviesen profundamente dormidos después de la juerga y, sin embargo, allí estaba Samantha, con su pelo castaño recogido y la cara totalmente despejada.

—Lo soy, y lo seré de aquí a dentro de unas cuantas horas más. Están todos demasiado afectados por las drogas.

—¿Se puede saber qué tomasteis anoche?

—¿Qué te hace pensar que puedes meterme en el mismo saco que a los demás?

Jake volvió a pensar en la incómoda situación en el cuarto de su hermano. ¿Quería decir eso que ella no había estado drogada en ningún momento?

—Bueno, todos vosotros..., ya sabes, estabais un poco desinhibidos cuando yo me desperté.

—Para tu información, una puede estar desinhibida sin estar bajo los efectos del alcohol o las drogas. —Samantha le ofreció el vaso de zumo y luego continuó preparando uno más para ella—. Si llego a saber que te afectaría tanto mi proposición, no la hubiese hecho.

De nuevo, esa sensación de calor en las mejillas. Jake bebió del vaso sin dejar de mirarla. ¿Estaban teniendo de verdad aquella conversación?

—Yo que creía que nunca más te volvería a ver y mira cómo estamos ahora, en la misma habitación.

Jake empezó a pensar que aquella inocente niña que conoció tiempo atrás en casa de una chica ciega a la que acompañó al baile de su instituto nunca había sido tan inocente como él se imaginaba. Eso, o había cambiado mucho con el paso de los años.

Decidió poner un poco el freno a todo lo que estaba sucediendo.

—¿Se puede saber qué hay entre mi hermano y tú?

—Es una buena pregunta. —La chica dejó de exprimir la última naranja y se volvió para mirarlo, sonriente—. A veces pensamos que es solo sexo, otras veces pasamos más tiempo juntos para ser solo eso... Pero no tenemos ningún tipo de compromiso el uno con el otro más allá de venir aquí después del trabajo cuando nos apetece. Además, tu hermano no siempre quiere pasar la noche conmigo, ya me entiendes.

Jake puso cara de gran desconcierto.

—No, en realidad no te entiendo.

Y era cierto. De repente, no entendía nada de lo que le estaba diciendo.

Samantha volvió a sonreír con diversión.

—No importa, ya lo entenderás.

Antes de desaparecer tras la puerta de su hermano, le dedicó una nueva mirada sugerente. Jake volvió a sentirse desconcertado, pero sacudió la cabeza y pensó en lo que realmente había ido a hacer allí, que no era otra cosa que asearse, cambiarse de ropa y coger el coche para ir a Valley Street.

- - - - - - -

Emily había preparado un almuerzo bastante suculento para aquella mañana, pero todos habían cenado demasiado la noche anterior como para afrontarlo. Lo supo en el momento en que ni siquiera Derek se acercó a la mesa para picotear, y eso que también había tortitas. Estaba pensando qué *tuppers* iba a usar para guardar las sobras cuando llamaron a la puerta.

Arabia le había dicho, nada más llegar, que había invitado a Jake a su casa, excusándose por el atrevimiento, aunque por supuesto ella le había respondido que no era ningún atrevimiento y que él podía pasarse por allí siempre que quisiera. Por lo visto habían hablado sobre Jazzlyn.

—¡Es el tío Jake! —exclamó Jack volviéndose hacia los presentes—. ¡Hola, tío Jake!

El susodicho pasó al interior, no sin antes sacudir su chaqueta y su pelo para retirar los restos de nieve. Saludó tímidamente a todos con la mano y luego miró a Arabia. Estaba claro que había ido hasta allí por ella, aunque ahora que lo pensaba, Emily se sentía un poco culpable por no haberlo invitado a aquel almuerzo. Todavía se le hacía raro que estuviese de vuelta y le costaba hacerse a la idea de que, por el momento, no era algo temporal. Estaba en la ciudad y era el miembro de la familia que la completaba, por muy ausente que hubiera estado. Tanto Derek como ella tenían que empezar a poner un poco más de su parte.

Jack empezó dar vueltas alrededor de Jake, que lo cogió en brazos y se lo cargó al hombro, lo que hizo que el pequeño estallase en carcajadas.

—¡Mamá, mira! ¡Mírame!

Emily sonrió y su corazón empezó a latir más deprisa. Le pasaba cada vez que los veía juntos.

Se acercó a la mesa para beber un poco de agua y, casi a la par, Jake volvió a poner a Jack en el suelo porque Arabia acababa de acercársele con Jazzlyn en brazos. Emily escuchó con atención.

—Mira, Jazzy, él es el tío Jake.

La niña se quedó mirándolo fijamente hasta que al final Arabia se la entregó a él. *El tío Jake*, había dicho. Eso significaba que sí que iba a formar parte de su vida, pero no como su padre. La pena la invadió por un instante. Arabia debía de haber meditado mucho para tomar aquella decisión, teniendo en cuenta lo impredecible que él podía llegar a ser. El tío Jake. Instintivamente, volvió a mirar a Jack, pero sacudió la cabeza para no pensar en ello.

Jazzlyn y Jake seguían observándose el uno al otro. Él sonreía y ella alternaba la vista entre él y su madre.

—Sus ojos son increíbles —dijo Jake.

—Todo el mundo lo dice —continuó Arabia.

—¿Sabéis? —intervino Zane—. Va a ser genial cuando sea más mayor y la gente le pregunte de dónde los ha sacado, y entonces ella diga: «De mi tía Zane».

Era cierto que eran los ojos de Zane, con la única diferencia de que la piel de Jazzlyn era más oscura, y por lo tanto sus ojos resaltaban más. Pero sin duda eran del mismo color.

Al final resultó que no sobró tanta comida como Emily imaginaba, gracias a Jake. Después de pasar un buen rato con la pequeña, se sentó a la mesa y empezó a comer de todo, alegando que llevaba despierto desde muy temprano y que no había tomado nada desde entonces. Emily se sintió muy satisfecha de que, después de todo, alguien se comiese lo que había preparado. Incluso Jack se sentó a su lado y picó de algunas cosas, imitándolo.

MIÉRCOLES

18 ENERO 1992

Hacía ya casi dos meses que había regresado y todavía le quedaban muchas cosas por hacer. Para empezar, apenas había ido un par de días a la antigua casa del barrio Prinss, y tampoco había restablecido los servicios básicos. Además, tenía pendiente una visita en el número cincuenta y siete de Valley Street. Volver a ver a Frederic Wathson era otra de las promesas que le había hecho a Helen Brooks, y tenía que cumplirla. Pero aparte de todo eso había una cosa más, algo que tenía pendiente consigo mismo desde que murieron sus padres y su prima. Tenía que hacer una visita al cementerio, al menos una. No había vuelto a pisar aquel lugar desde el mismísimo entierro, porque tampoco asistió al de Emma y al de sus compañeros al tener que quedarse en el hospital.

El hecho de haber decidido esa misma mañana cumplir con dos de sus propósitos le revolvía el estómago. Ni siquiera pudo desayunar. Simplemente, se vistió, ordenó sus cosas para que no molestaran en la sala y se subió a la camioneta. A su bonita GMC negra.

Cinco minutos después arrancó, esperó paciente a que el motor se desentumeciera y condujo sin ningún tipo de prisa hacia el cementerio de la ciudad. Esa sería su primera tarea del día: traspasar la barrera de los recuerdos y enfrentarse a ellos.

Cuando empezó a caminar por el recinto encontró a un gran número de personas con el mismo objetivo que él. La mayoría sonreía y llevaba flores en las manos. Él no. Ninguna de las dos cosas. A lo lejos observó a un reducido grupo con ropa oscura congregados alrededor de lo que sin duda era un nuevo entierro. Notó cómo se le erizaba la piel al pensar en el día que él tuvo que mantenerse sereno mientras se hacía a la idea de que no volvería a ver a sus padres ni a Rachel. Sin dudarlo, se desvió de su trayectoria para evitar escuchar el sermón de despedida del difunto.

Cuando vislumbró la zona donde sus familiares estaban enterrados, las piernas empezaron a pesarle, un nudo se le formó en la garganta y un dolor punzante se instaló en su pecho por segunda vez. Cuando solo le quedaban diez metros para llegar, tuvo que darse la vuelta, alejarse unos pasos y recuperarse de la horrible sensación que le recorría el cuerpo. Después volvió a mirar hacia su destino y se obligó a continuar. Recordaba perfectamente el lugar, a pesar de haber pasado solamente unas interminables horas allí. Había una única lápida para los tres miembros, porque no había sido necesaria ninguna más. Ni siquiera había restos de ellos bajo tierra. Era más bien una lápida simbólica.

PAUL BECKER 1934—1987

SARA BECKER 1941—1987

RACHEL BULLOCK-BECKER 1981—1987.

ACCIDENTE DE TRÁFICO.

Se situó justo enfrente del pedazo de piedra y se dejó caer en la hierba sobre las rodillas. Después, modificó la posición y se quedó allí sentado, sin dejar de leer una y otra vez la inscripción, hasta que las lágrimas empezaron a aparecer y a derramarse por sus mejillas en silencio. Eran las lágrimas que habían sido reprimidas durante mucho tiempo y que ya no merecía la pena continuar guardándolas. La garganta le dolía precisamente por ese silencio, por obligarse a llorar sin llamar la atención ni perder la compostura, porque así era como tenía que ser. Había ido allí para estar solo y meditar, no para pedir consuelo.

Media hora después, aún sin ser consciente del tiempo que había pasado o de la hora que era, se frotó los ojos con la palma de las manos convencido de que ya había sido suficiente. Se levantó, con la vista fija en la piedra, y volvió a quedarse un rato más allí parado.

—¿Jake?

Aquella voz a sus espaldas le sorprendió, pero al darse la vuelta y reconocer a la chica, en parte se sintió aliviado. Si su memoria no fallaba, era la última profesora que Rachel había tenido.

—Hola —respondió él intentando formar una de sus medias sonrisas.

—¿Te acuerdas de mí?

—Me acuerdo, Nancy.

La chica sonrió, complacida.

—Creo que es la primera vez que te veo por aquí —continuó ella.

—Sin duda, lo es.

—¿No habías vuelto hasta ahora?

Jake asintió lentamente con la cabeza.

—¿Y tú? ¿Vienes mucho? —le preguntó, curioso.

—Bastante a menudo, sí. Mi destino está un par de pasillos más atrás. Mis padres.

—Lo siento.

—No pasa nada. Murieron cuando era muy pequeña. Mi abuela es la que siempre me ha traído aquí para contarme cosas sobre ellos. Siempre me decía: «Somos eternos siempre y cuando seamos recordados».

—Bonita frase.

—Sí... Los abuelos siempre saben qué decir.

—Supongo. —Jake reflexionó acerca de esa frase—. Yo no llegué a conocer a dos de los míos, y tampoco recuerdo a los otros dos. Era muy pequeño.

Nancy se acercó un poco más hasta situarse a su lado.

—¿No has tenido nunca abuelo o abuela cercanos?

Negó con la cabeza. Sabía que los únicos que había conocido, o, mejor dicho, los únicos que le habían conocido a él, fueron su abuela materna y su abuelo paterno. De hecho, debían de estar en aquel cementerio, pero él no tenía ni idea de la localización porque nunca acompañaba a sus padres a la visita anual. De los otros dos ni siquiera sus padres sabían el paradero. Era una historia bastante compleja a la que nunca había prestado la suficiente atención.

—¿Recuerdas algo de tus padres? —preguntó Jake reanudando la conversación.

—Murieron cuando yo tenía siete años, pero algo sí. —Nancy se quedó mirando la lápida que tenían justo enfrente—. Sé que tú no te acuerdas, pero el día que vinisteis a enterrarlos yo estaba aquí con mi abuela, observando desde la distancia. Cuando vi el nombre de la pequeña Rachel... No puedo describirte lo que sentí en ese momento, pero... Ay, Dios, lo siento, ya sé que hablo demasiado. Supongo que lo último que quieres es que te recuerde lo que pasó.

Había aborrecido a Nancy casi desde el primer día de conocerla, pero, por primera vez, no le importaba su labia. Ver una cara conocida le había hecho volver a la realidad y al presente.

—Siento haberte dicho en otros tiempos que hablabas demasiado —confesó Jake—. Ahora mismo te agradezco que lo hagas. De hecho, di todo lo que quieras.

Juraría que se había sonrojado, pero con el frío de la mañana era imposible saber el motivo de su rubor.

—Bueno, ya sabes... Rachel era alumna mía. Sentí una pena tan grande que fue mi abuela la que me mantuvo en pie. Y sé que tus padres murieron el mismo día, y que todos eran ocupantes del mismo vehículo, pero Rachel... pobrecita. Solo tenía seis años. Aún recuerdo el día que me contó que iba a ir a conocer a su abuela, poco antes de que acabasen las clases.

Jake asintió para hacerle entender que ambos pensaban lo mismo. Era demasiado pequeña para aquel destino tan fatal. Sin querer, tuvo que secarse unas cuantas lágrimas más, y también se sorbió la nariz.

Nancy sacó un pañuelo del bolso y se lo ofreció, cogiendo otro para ella.

—Estabas muy unido a ella, ¿verdad? —Asintió en silencio—. Era una niña encantadora. Sencilla y tranquila, pero muy inteligente. Recuerdo que, cuando estaba triste, yo le dejaba que pintara mientras todos los demás hacían la tarea, porque sabía que si lo estaba era por algo realmente importante. Era muy diferente al resto de niños de su edad.

—Era muchas cosas, sí...

—¿Y a tus padres? —continuó Nancy cambiando de tema—. ¿Los echas de menos?

—Mentiría si te dijera que no.

—Entiendo.

—Fue raro, ¿sabes? Pasaron de estar a no estar en cuestión de días. No me despedí de ellos. Bueno, de mi madre sí, porque vino a mi habitación con Rachel, pero mi padre... Nada, ni siquiera recuerdo qué fue lo último que nos dijimos, aunque seguro que no fue algo especialmente agradable.

—Tu madre era una mujer muy buena. A tu padre apenas lo vi un par de veces.

—En su día lo odiaba... —confesó Jake—. Solo con el tiempo me di cuenta de que era un buen padre. —Jake volvió a mirar fijamente la lápida, releyendo una y otra vez el nombre de Paul. Nancy se limitó a quedarse a su lado mientras el aire le revolvía el pelo—. Creo que, si no hubiera sido por él, yo ni siquiera habría acabado el instituto.

—¿Por qué lo dices?

—Porque yo era incapaz de organizarme en el colegio. Me evadía constantemente y luego en casa solo jugaba e incordiaba. Al menos eso es lo que recuerdo que él siempre decía. Fue a base de castigos como me obligó a centrarme. A lo mejor no fue la mejor forma, pero lo consiguió. —Jake suspiró antes de terminar—. Tenía normas para todo y había que hacer las cosas siempre a su manera... Pero nos sacó adelante a cuatro hijos con muy poco. Ahora veo a mi hermano, con una casa enorme, dos hijos que mantener y quejándose por las cuentas y el dinero, cuando en realidad podría vivir con mucho menos.

—¿Tu hermano tiene dos hijos?

—Tiene a dos críos a su cargo, más bien.

—Sabía que tenía una niña y que se había casado con una chica pelirroja, pero ya no volví a saber nada más de él.

Podría haberle explicado que había una alta posibilidad de que Danielle no fuera hija de Derek y que Jack no era ni suyo ni de la chica pelirroja con la que se casó, pero se ahorró los detalles.

—Le va bien... Tiene un buen trabajo y una bonita familia. ¿Tú sigues en la misma escuela?

—Sí, año tras año, y doy gracias, porque trabajar con niños es algo que me apasiona.

—Mi hermana está estudiando para ser maestra también.

—¿De veras?

—Sí, nunca terminó Enfermería. Ahora le va mucho mejor.

—Pues me alegro por ella. Estoy segura de que será una maestra estupenda.

Se dio cuenta de que el sol empezaba a ascender a través del reflejo de las nubes.

—Creo que debería irme —anunció Jake—. Todavía tengo algo que hacer esta mañana y ni siquiera sé qué hora es.

Nancy se miró entonces la muñeca para comprobar su reloj.

—Van a ser las once y media.

—Gracias. Me ha alegrado volver a verte.

—Lo mismo digo. Tal vez volvamos a coincidir otro día por aquí ahora que has traspasado la frontera.

Jake sonrió por el comentario.

—Sí, tal vez.

—Recuerda, Jake. —Nancy le dijo aquella afirmación muy seria, consciente de la importancia de su mensaje en referencia a la frase de su abuela, y lo hizo tocándose la sien. Luego comenzó a caminar hacia atrás, seguramente hacia la tumba de sus padres. Añadió una última cosa antes de girarse definitivamente—: Cuídate mucho.

—Tú también.

Volvió a quedarse solo.

Somos eternos siempre y cuando seamos recordados, pensó mientras caminaba de vuelta a la camioneta.

Antes de salir del cementerio echó un último vistazo a la enorme planicie. En algún pedazo de tierra de aquel lugar estaba Emma. Sabía que también le debía una visita a ella, y a Aaron, pero sería como buscar una aguja en un pajar, así que salió por fin y condujo hacia Valley Street.

—¡Tío, Jake! -dijo Jack corriendo hacia él—. ¡Salta, salta!

Hacía pocos minutos que había llegado a casa de Derek y estaba sentado en el sofá. En ese preciso momento, Jack acababa de subirse descalzo sobre él y saltaba. Danielle no tardó en imitarlo y ambos empezaron a zarandear la calma de Jake, uno por cada lado.

Emily se echó a reír, agradeciendo que la dejaran en paz unos minutos.

—Vale, vale... -dijo Jake—. Ya es suficiente.

Pero no le hicieron caso. De hecho, empezaron a pedirle de forma reiterada que saltase con ellos. Daba igual lo molesto que él se mostrara, porque ellos no iban a parar hasta que consiguiesen lo que querían. Cuando Jake lo entendió, puso los ojos en blanco y se movió de arriba abajo para simular que los imitaba, aunque realmente tenía el trasero pegado al asiento. Las risas de Jack y Danielle fueron tan exageradas que terminaron siendo contagiosas. Continuaron con aquello un rato más hasta que Emily lo consideró suficiente y les ordenó a los niños que dejaran de hacerlo.

Jake la observó mientras empezaba a preparar la comida y los niños daban vueltas persiguiéndose por todo el salón. Estaba buscando en su mente las palabras adecuadas para dirigirse a ella.

—¿Cómo está tu padre? —empezó diciendo.

—Oh, bien. —Emily se limpió las manos en el delantal de cocina y lo miró—. Sí, bien.

—He pensado en ir a verlo, pero no quiero presentarme allí y que sea todo muy incómodo. No sé. ¿Crees que es buena idea que vaya?

—No me parece mala idea, sobre todo porque Margarett se alegrará muchísimo de verte. Pero no esperes que no sea incómodo, porque lo será.

—Sabe que estoy aquí, ¿no?

—Sí, se lo conté antes de Navidad.

Emily y él estuvieron hablando un poco más sobre aquel asunto, pero Jake no supo decirle con exactitud lo que le diría cuando volviera a verlo. Ni él mismo lo sabía.

—¿A dónde va, mamá? —le preguntó Danielle a su madre cuando vio a Jake prepararse para salir.

—Va a casa del abuelo.

—¡Yo quiero ver al abuelo! —exclamó Jack—. ¡Quiero ir con Jake!

—¡Yo también, mamá!

Empezaron a dar vueltas alrededor de su madre y luego fueron en busca de Jake, que se quedó mirándolos totalmente pasmado.

—¿Te gustaría llevártelos? —sugirió Emily.

La pregunta era bastante difícil. Por un lado, estar a cargo de dos críos no estaba incluido en sus planes, por no hablar de la responsabilidad que suponía controlar a Jack; pero, por otro lado, no le desagradaba la idea de ejercer por primera vez su papel de tío.

—¿Estás segura?

Emily lo miró con una expresión que dejaba claro que le venía muy bien que se los llevase.

Jack y Danielle estaban tan contentos que no pararon de hablar durante todo el camino. Le preguntaron mil cosas a Jake: ¿Por qué era su tío? ¿Por qué los intermitentes del coche hacían ruido? ¿Por qué los semáforos tenían tres colores? ¿Por qué se llamaban los colores como se llamaban? Era un trayecto de apenas cinco minutos, pero cuando llegaron a la parcela cincuenta y siete, Jake ya estaba con los nervios a flor de piel, aunque respondió a todas y cada una de sus preguntas con paciencia.

—¿Conoces al abuelo? —fue la última pregunta de Danielle.

—Sí, lo conozco. Vamos a ver qué tal está.

Por lo visto, el motor del coche y el alboroto de los niños fue suficiente para que Margarett saliera a recibirlos mucho antes de que llegaran a la entrada.

—¡Por el amor de Dios! —exclamó.

Jack y Danielle rodearon las piernas de Margarett con sus diminutos brazos mientras ella examinaba a Jake al aproximarse. Una vez cerca, estuvo dándole besos en las mejillas hasta que lo consideró oportuno.

A Jake le ardía la cara después de tanto achuchón.

—¡Por fin has venido! —le dijo—. Tenía muchas ganas de verte.

Jake se alegró de la cálida bienvenida, a pesar de lo nervioso que se sentía.

—¡Mírate! No me habían dicho lo cambiado que estabas. —Margarett le hizo girar sobre sí mismo, avergonzándolo y divirtiéndolo a la vez—. ¿Eres más alto?

—Lo dudo —respondió.

—Anda, pasa adentro. Pasad todos.

—¿Hay galletas? —preguntó Jack.

—Claro, mi pequeño glotón. —Margarett los condujo hacia una sala repleta de juguetes—. Enseguida vuelvo —dijo dirigiéndose a Jake—. Voy a por las galletas.

A su regreso dejó sobre una de las mesas una bandeja llena

de galletas caseras. Jack corrió enseguida hacia ella y empezó a comer.

—Jack. —Jake reclamó su atención instintivamente, recordando la comida que Emily estaba preparando—. Solo unas pocas, ¿de acuerdo?

—¿Cinco?

—Tres.

Jack protestó mientras Margarett reía por su reacción. Danielle había cogido una y se había sentado a comérsela en una de las sillas para niños que había en la estancia.

—¿Está Frederic en casa? —preguntó Jake, al fin.

—Está en el despacho —la doncella le respondió con dulzura—. Lo avisaré de que has llegado.

La mujer se dirigió a la salida de la habitación de juegos, pero antes de salir se giró hacia él.

—Me temo que todavía hoy querrá respuestas —le dijo a Jake.

Jake entendió perfectamente a qué se refería y recordó el momento en el que él, tumbado en la camilla del hospital y bien sujeto para que no se moviera, vio aparecer a Frederic, Emily, Derek y Margarett. De no ser porque Derek se interpuso, Frederic se habría abalanzado sobre él. Pero que lo retuvieran no hizo que se reprimiera verbalmente y le dijese muchas de las cosas que pensaba sobre su persona. Después empezó a preguntar a gritos que por qué su hija había ido a la Conrad Rails aquel día. Jake no contestó, ni habría contestado a ninguna otra persona durante los días posteriores, pero por suerte nadie más le preguntó.

Sabía que tenía una conversación pendiente con el padre de Emma, y ahora por fin estaba preparado.

—Lo sé, Margarett. Por eso estoy aquí.

—Se ha vuelto más cascarrabias. —Margarett negó con la cabeza y luego bajó la voz para continuar hablando—. Ni siquiera pasa tiempo con los niños, pero yo sé que es porque le duele el corazón cada vez que Jack se le acerca. Cuando vienen de visita, ellos se pasan el tiempo jugando aquí, con toda esta cantidad de cosas que él me manda comprar para que estén entretenidos.

—Solo dile que he venido. Si no quiere recibirme, me iré sin reprocharle nada.

Cinco minutos después, Margarett regresó y le indicó que fuese al despacho mientras ella se quedaba con los niños. *Todo irá bien*, le dijo con la mirada. *Ya lo veremos*, respondió él para sus adentros.

Frederic estaba sentado en la silla de su despacho, y a Jake le pareció que había envejecido diez años de golpe.

—Hola, Jake.

—Hola, señor Wathson.

—Preferiría que te dirigieras a mí como Frederic.

Jake aceptó, consciente de lo que eso significaba.

—¿A qué has venido?

—A hablar con usted, principalmente.

—¿Y qué es lo que quieres hablar conmigo?

A Jake le extrañó esa actitud. Estaba claro sobre qué iban a hablar. Le había costado mucho superar lo sucedido como para que ahora Frederic decidiera andarse con rodeos.

—Supongo que aún quiere saber qué hacía Emma en la fábrica aquel día.

Frederic golpeó la mesa con ambos puños y luego se levantó.

—¿CÓMO TE ATREVES? —gritó.

Jake dio un paso adelante, desafiante, y le recordó que ya no era alguien a quien no pudiese tratar como a un igual. No era su jefe, tampoco era su amigo. Era el suegro de su hermano, no el suyo.

Los ojos de Frederic estaban rojos de ira, pero Jake le sostuvo la mirada. No esperaba esa reacción por su parte, pero sabía que había una mínima posibilidad de que explotase de esa manera, teniendo en cuenta la forma en la que le abordó en el hospital.

—Si vamos a gritarnos será mejor que me vaya —dijo Jake después del desafío de miradas.

—No deberías haber venido.

—Yo creo que sí. Y en el fondo usted también, al igual que también cree que se merece la explicación que yo he venido a darle.

—¿Crees tú que la merezco?

—De ninguna manera, porque era su vida, y no la suya; sus motivos, y no los suyos. Y sé que usted estaría mucho más feliz si ese día hubiese sido yo y no ella, y lo entiendo, pero nadie puede cambiar lo que pasó. Así que, si quiere saber algo más sobre su hija, me sentaré de nuevo. De lo contrario saldré por esa puerta.

Frederic mantuvo la posición medio minuto más y después se sentó. Jake lo imitó. Entonces empezó a relatarle todo desde el principio. Desde que ambos se conocieron en la universidad.

Emma y él se convirtieron en buenos amigos con el tiempo, conscientes de que aquello era extraño después de todo lo que había pasado entre ellos, incluida aquella noche de Navidad de 1986. Y, a pesar de lo malo, en especial la locura de ella por lo que pretendía hacer cuando tuviera el bebé, al final Jake pudo conocer a la verdadera Emma, que no era muy diferente a él. Ella tenía la misma envidia de su hermana gemela que él de su hermano mayor, y creían que vivían siempre aplastados por su buen hacer. Y la amistad que crearon fue creciendo con el paso del tiempo, incluso sin verse demasiado, porque se habían contado cosas muy íntimas sin saberlo. El problema de Jake fue no ver más allá. Ahora, tanto tiempo después, se había dado cuenta de que en realidad para ella había sido algo más que una simple amistad.

—Sé que suena muy raro que yo diga esto —aclaró Jake—, pero creo que ella vio lo bien que ambos conectábamos y lo que eso significaba. Yo, como siempre, soy un poco lento para ese tipo de cosas. Y lo que para mí seguía siendo amistad, ella lo veía como otra posibilidad.

»Pero no nos olvidemos de que su hija era, con diferencia, una de las chicas más populares de toda la universidad. Mentiría si dijese que nunca me sentí atraído por ella, aunque siempre lo reprimí. Primero porque nos odiábamos mutuamente, y luego porque nos hicimos amigos y eso delimitaba una línea invisible e inquebrantable. Hasta que un día fue ella la que decidió sobrepasarla y yo fui el idiota que no se dio cuenta de que para ella era algo mucho más importante.

—¿Qué es lo que pensabas tú de que ella te dejase meterte en su cama?

—Yo creía que solo estábamos divirtiéndonos.

Se arrepintió enseguida de haberlo dicho.

—¿Sabes lo que eso significa? ¿Sabes lo que estás insinuando acerca de Emma?

—Oiga, no estoy insinuando nada. Ya sé que suena fatal, pero...

—Ella te ofreció un sitio donde quedarte, te dio todo cuanto tenía, ¿y tú me dices que solo estabais divirtiéndoos, como si fuese tu dama de compañía?

—No, yo...

—No sé ni por qué me he dignado a dejarte pasar...

Jake odiaba que lo interrumpiese cuando intentaba explicarse. Lo odiaba con toda su alma, y, por si fuera poco, Frederic no parecía querer entender nada de lo que había ido a decirle.

—¡Yo no sabía que ella me quería! —estalló de una vez por todas.

Frederic volvió a golpear la mesa, ahora solo con el puño derecho.

—¡¡Pues te quería!!

Su respuesta hizo que se quedaran en silencio una vez más, ambos respirando con dificultad ante aquella explosión de sentimientos y de información.

—Te quería, maldita sea, y ni tú ni yo fuimos capaces de verlo —continuó Frederic—. Después de que yo te echase de casa, pasó días sin hablarme por lo que había hecho, por no contar con ella, por no tener en cuenta sus sentimientos. Y tú no la llamaste ni una sola vez. *—Usted me lo prohibió*, podría haberle dicho, pero sabía que solo sonaría como una vulgar excusa, así que dejó que continuara desahogándose. Él también lo necesitaba—. Lo único que sabía era que estaba arrepentida por algo que había hecho porque obligué a Margarett a que me diera la explicación que ella me negaba. ¡Tuve que obligar a mi criada a que me contase la causa de por qué mi hija se pasaba el día encerrada en su habitación! Y a día de hoy sigo sin saber qué era aquello de lo que tanto se arrepentía y que la atormentaba hasta el punto de desatender a su hijo.

Jake creía tener la respuesta para eso, aunque no estaba seguro de cuándo debía hacer la nueva aportación. Esperó paciente a que la respiración de Frederic volviera a la normalidad y entonces se lo dijo:

—Emma fue la responsable, en parte, de que yo discutiese con Ari, con quien salía por aquel entonces, y de que me marchara de casa. Supongo que cuando se enteró de que yo lo sabía, se sintió culpable. Yo estaba enfadado con ella porque pensaba que solo había estado jugando conmigo. Pero voy a decirle una cosa sobre ellas dos. Sobre Emma y sobre Ari. El día que vi a Emma en la Conrad por última vez, me di cuenta de que las quería a ambas, y de que era algo totalmente incompatible que nadie iba a entender. Tampoco espero que usted lo entienda. Solo quería que lo supiera, porque, de hecho, es la única persona a la que se lo he contado. —Notó cómo a Frederic volvía a acelerársele la respiración—. Yo también quería a Emma, no sé de qué forma exactamente, pero la quería —añadió—. Y no hay día que no me arrepienta de no haberla llamado, de no haberle pedido una explicación, de haberle dicho el día que vino a la fábrica que no quería hablar con ella, de haberle dicho que se marchara... Porque estoy seguro de que de haberla tenido a mi lado habría tratado de protegerla. No sé con qué final, pero tal vez con uno diferente. Así que siento no haber tenido el valor de hablar con ella ese día, y siento no haber podido evitar su muerte.

—Si no se hubiera encaprichado contigo, ella no habría ido hasta allí... y todavía la tendría aquí conmigo. Siempre tan caprichosa como su madre...

La respuesta de Frederic después de haberse sincerado lo dejó helado. Ni siquiera parecía haber prestado atención. Había estado con la vista fija en el suelo todo el tiempo y ni la había levantado para decir aquello. Todo su malestar se reducía a eso, a que Emma se había encaprichado de él.

Había pasado un rato muy intenso en el cementerio como para soportar la situación en la que se encontraba, así que no pudo evitar que se le enrojecieran los ojos, aunque se contuvo de volver a llorar.

—Siento también que no pueda cambiar lo que pasó, y que sea yo quien esté aquí ahora y no ella.

Eso fue lo último que dijo antes de dirigirse a la salida. Al volverse para hacerlo, sus ojos repararon en la ventana desde la que se veía la piscina de la casa. Tuvo que acercarse para cerciorarse de que la vista no lo engañaba.

Jack estaba en el centro de la piscina, sobre la lona que la cubría. Estaba saltando despacio, sintiendo las ondulaciones bajo sus pies. Danielle lo miraba desde el borde, sin atreverse a entrar. Abrió la ventana y gritó:

—¡Jack! —El niño lo buscó con la mirada, pero no lo vio—. ¡Jack! Sal ahora mismo de ahí. ¡Margarett!

Jake no veía a la doncella por ninguna parte. Frederic se levantó para asomarse también a la ventana.

—¡Jack!

La última advertencia de Jake le hizo caminar hacia el borde de nuevo. Entonces, de repente, se escurrió hacia el interior como por arte de magia. Jake salió disparado del despacho y corrió todo lo rápido que pudo. Tardó quince segundos en llegar al patio de atrás y situarse frente a la piscina. No entendía cómo Jack se había colado dentro hasta que se dio cuenta de que no era una única lona, sino dos mitades. Corrió hasta la mitad de la piscina y se metió en ella por la línea divisoria. Estaba oscuro debajo, pero no tardó en divisar al pequeño luchando por salir. Lo agarró y lo sacó de la piscina.

Jake tenía el corazón desbocado. Por suerte, Jack no se había quedado sin aire en ningún momento y estaba de pie mirando a su alrededor, asustado. Margarett llegó gritando, conocedora de lo que había pasado al ver el panorama. Frederic apareció poco después y se acercó al niño. Se arrodilló, lo abrazó y se echó a llorar. Jake y Margarett lo miraron en silencio mientras el pequeño Jack los miraba con cara de susto.

Media hora después estaban de nuevo en el salón de juego.

Jack estaba corriendo de un lado para otro, divertido por su desnudez. Uno no podía jugar así todos los días.

Jake estaba sin ropa también, pero cubierto con un albornoz que le había prestado Margarett. Estaba ridículo, pero no había otra cosa. Sus ropas estaban metidas en la secadora. El pequeño se había disculpado y había prometido no volver a desobedecer a Margarett, que por lo visto le había pedido repetidas veces que no se moviera de la habitación mientras terminaba de preparar la comida. Pero estaba claro que no era más que un niño, y con total seguridad acabaría desobedeciéndola muchas más veces durante los años venideros.

Emily llamó a casa de los Wathson, preocupada, y Margarett le explicó que al final se quedarían a comer allí por petición de su propio padre, aunque Jake sabía que más tarde tendría que contarle la verdad. Comieron allí mismo, sin pasar al comedor, y Margarett se encargó también de llevar al despacho la parte de Frederic.

—¿Vamos a leer libros? —Danielle se acercó hasta Jake para formularle la pregunta. Sus rizos rubios revolotearon en su frente.

—Emily siempre los lleva a la biblioteca —le aclaró Margarett a Jake—. Leen un rato y luego dibujan algo sobre la historia del cuento. —Se acercó un poco más y le susurró en la oreja—. Los cuentos siempre se los inventa. No hay libros infantiles en la biblioteca de los Wathson.

Jake no tenía ni idea de cuentos.

—Hoy no leeremos cuentos —dijo Jake. La tristeza reflejada en la cara de Danielle lo desconcertó—. Jack se ha portado mal y está castigado.

—¿Y yo también estoy castigada?

—No, tú no, pero no leeremos libros hoy. Lo siento. Tenemos que volver a casa.

—Y la ropa ya está seca. —Margarett intervino en el momento apropiado—. Puedes ir a cambiarte mientras yo visto a Jack.

Por supuesto, Jack no quería vestirse.

—Si no te vistes, Jake no os volverá a traer para jugar en la habitación de los juguetes.

El aviso de Margarett surtió efecto al instante y a Jake no le desagradó la idea de volver por allí de vez en cuando, siempre y cuando no se repitieran los incidentes. Ninguno de ellos.

Cuando salió hacia el cuarto de baño reparó en que Frederic estaba mirando a los niños desde la puerta. Pasó por su lado sin decir ni una sola palabra.

—¿Le podemos contar a mamá lo que ha hecho Jack? —preguntó Danielle una vez en el coche.

Era una pregunta difícil. Si por él fuera lo ocultaría, pero los niños no saben guardar secretos, y mucho menos los tan pequeños.

—Sí, pero sin alarmarla, ¿de acuerdo?

Y, a pesar de que los dos asintieron con mucha seguridad, su petición no quedó nada clara.

—¡Jack se ha caído a la piscina! —gritó Danielle nada más entrar en la casa—. ¡Y el tío Jake lo ha rescatado!

Ni qué decir que las explicaciones que vinieron *a posteriori* fueron innecesarias. Los niños se encargaron de describirlo todo con pelos y señales, y de exagerar lo ocurrido sin saber que aquello traería consecuencias. Jack fue castigado sin el Scalextric durante una semana por haber desobedecido a Margarett, por lo que tanto él como Danielle dejaron de reír.

Cuando los adultos se quedaron a solas, Derek le pidió a Jake todos los detalles.

—Lo siento. Margarett me dijo que se ocuparía de ellos mientras yo hablaba con Frederic.

—Ha sido una insensatez por parte de ambos. Hablaré con Margarett la semana que viene.

—Venga ya, Derek. ¿Quién iba a pensar que se les ocurriría salir de la habitación?

—¿Acaso no te has dado cuenta de que Jack es impredecible? —Derek se puso a caminar de un lado a otro del salón—. No se está quieto ni un instante. Le dices que haga algo y al segundo se le ha olvidado y está haciendo otra cosa. ¿De verdad crees que puedes decirle que se quede en un sitio y esperar que te haga caso?

—Oye, lo siento, ¿vale? No he pasado tanto tiempo con él como para saberlo. Ahora ya lo sé, y no volverá a ocurrir.

—No, claro que no, porque no dejaré que te los lleves de nuevo.

Tras sus palabras, salió de la casa y Jake se quedó a solas con Emily. Ella seguía teniendo el semblante serio, pero no parecía tan enfadada como su hermano.

—Emily, de verdad que lo siento.

—Lo importante es que no ha pasado nada grave —dijo ella—. Pero intenta comprender a Derek. No es la primera vez que Jack nos asusta con alguna de las cosas que se le pasan por la cabeza, y es nuestro hijo.

Sí, ya, su hijo. Jake continuaba molesto con ese tema, aunque no tenía nada que reprocharles con respecto a que adoptaran al niño y lo cuidasen. Al fin y al cabo, él era quien había aceptado de buena gana todo aquello, porque le había prometido a Emma que cuidaría de él, y su hermano y Emily habían sido la mejor opción entonces.

—¿Puedo hacerte una pregunta ahora que estamos a solas? —Emily asintió—. ¿Por qué adoptasteis a Jack como hijo propio? Quiero decir... Mis padres también adoptaron a Rachel cuando solo era un bebé, pero siempre supo que nosotros éramos su segunda familia, y que en realidad sus padres eran otras personas. En la medida que un niño puede entender eso, claro.

A Emily le afectó mucho la pregunta, se le notó enseguida. Le tembló ligeramente la voz cuando respondió:

—Porque él es como un hijo para nosotros. Para mí...

—Lo sé, pero...

—Por favor, Jake —lo interrumpió Emily—. No vuelvas a preguntarme eso.

Luego se levantó y subió al piso de arriba.

Zane llegó a casa poco después, acompañada de Pitt, y lo vio allí sentado en el salón con cara de circunstancia.

—¿Ha ocurrido algo?

Jake le hizo un resumen rápido del incidente en la piscina de los Wathson, aunque omitió todo lo que se había hablado en el despacho de Frederic. Después le contó la conversación que acababa de tener con Emily, todavía confuso por su reacción. Y entonces, lo que su hermana le dijo lo dejó todavía más impresionado:

—Jake... No sé si debería decírtelo, porque solo son suposiciones mías, pero... creo que Emily y Derek no pueden tener hijos.

FEBRERO

SM	L	M	X	J	V	S	D
5						1	2
6	3	4	5	6	7	8	9
7	10	11	12	13	14	15	16
8	17	18	19	20	21	22	23
9	24	AR	26	27	28	29	

VIERNES

7 FEBRERO 1992

Monique estaba ayudando a Zane con sus fotos. Después de clase habían ido juntas a la tienda de revelado para recoger la impresión del último carrete que había llevado, y ahora estaban ordenándolas por tipos en la gran mesa de la cocina. Por un lado, fotos de objetos; por otro, fotos de algún paisaje, ya fuera un trozo de cielo o de jardín; y por último las fotos de los retratos, diferenciadas también en capturas normales o *in fraganti*. Las *in fraganti* eran las favoritas de Zane, pero no había muchas de ese estilo que hubiesen salido bien.

Lo que más había, sin duda, eran fotos de Danielle, y estaba esperando a que Emily y su hermano volviesen de hacer la compra para poder enseñárselas. La niña también estaba en ese momento junto a ellas, mirando con ilusión las fotografías donde ella era la protagonista.

—¿Te gustan, Delly? —le preguntó. Danielle asintió mientras movía la cabeza con efusividad.

—¿Cuántos años tiene ahora? —quiso saber Monique.

—Este año cumple los cinco. En mayo.

—Tía, mi cumple es el veintidós de agosto.

—Oh, sí, lo había olvidado —se corrigió Zane.

Luego miró a Monique con cara de que eso tenía una explicación cuando la pequeña no estuviera delante, y continuaron ordenando las fotos.

—¿Este es tu hermano Jake?

Zane cogió la foto que su amiga tenía en las manos y la observó. Era una foto de Jake sentado en el sofá de la casa donde ahora se encontraban, con Danielle y Jack en su regazo, aunque ninguno de los tres miraba a la cámara porque estaban jugando.

—Sí, es él—respondió, orgullosa.

—¿Y cuándo pensabas presentármelo?

Ambas se echaron a reír.

—¡Es cierto! Todavía no lo conoces. Podrías venir el próximo miércoles a casa de Louis y cenar con nosotros, así...

—Ah, no. Eso sí que no. —Monique se negó en rotundo—. ¿Ir a la casa que tu hermano pequeño comparte con ese desequilibrado? No, gracias.

Zane entendió perfectamente la reacción de Monique. La única vez que había estado allí, Robert había estado todo el rato tirándole los tejos sin ningún disimulo, y cuando ella por fin le dejó claro que no conseguiría nada, hizo unos cuantos comentarios racistas que todos los presentes escucharon a la perfección. Monique se encaró con él y Zane optó por llevársela de allí para que no siguieran discutiendo.

—Le pediré que venga con nosotras al Wondy's un día de estos, ¿qué te parece?

—Eso me parece bien.

Emily llegó poco después. Saludó a los niños, que corrieron hasta ella para darle un beso cada uno, y luego avanzó hasta la mesa donde ellas se encontraban.

—¿Qué hacéis? —preguntó mientras dejaba las bolsas del supermercado.

—Estábamos ordenando mis últimas fotos, ¿quieres verlas?

—¡Claro!

Emily se unió a ellas y empezó a opinar sobre algunas de las fotografías. Señaló las que más le gustaban y luego la felicitó por las de Danielle.

—¿Podríamos pedir que nos saquen alguna de estas en grande? —preguntó.

—Supongo que sí, tengo todos los negativos. Puedes consultarlo con Derek y la semana que viene llevaré a revelar la que más os guste.

—Sería para ponerla en su habitación. Esta me gusta especialmente.

Era una foto de Danielle en una de las sillas para niños que había en la habitación de juegos de la casa de los Wathson. Estaba sentada con los codos sobre las rodillas, las manos en la barbilla y sonriendo de oreja a oreja.

—A propósito, ¿se han portado bien?

—Sí. Danielle nos ha estado ayudando, y Jack está emocionadísimo con Tom y Jerry. No se ha despegado de la televisión.

—Benditos dibujos. Al fin se entretiene con algo. —Emily le acarició el pelo a Danielle—. Me los llevo arriba para bañarlos. Derek no tardará en llegar, tenía que volver a por unos documentos que había olvidado en el despacho.

—Sí, nosotras recogeremos las fotos enseguida para dejar la mesa libre.

—¡No! Quiero que tu hermano las vea, ya las quitaremos después. Monique, ¿te quedas a cenar?

—No, hoy no. Mi padre me dijo que me recogería sobre las seis. Debe de estar al caer.

—Hasta la próxima, entonces.

Emily se despidió y se llevó a los niños a la primera planta.

—¿Qué era eso que me ibas a contar sobre el cumpleaños de tu sobrina? —le recordó Monique cuando se quedaron a solas.

—Oh, sí. —Zane lo recordó enseguida—. El año pasado decidieron celebrar el cumpleaños de Danielle y Jack el mismo día, coincidiendo con el cumpleaños de Jack, y por lo visto han decidido hacerlo así a partir de ahora para que sea más lógico tanto para ellos como para los niños de su clase.

—Pero en agosto los niños no van al colegio.

—Por eso mismo. Así lo celebrarán siempre en familia y no tendrán que dar explicaciones, y a ojos de sus compañeros serán como mellizos.

—Pero no lo son, ¿no?

—Ya sabes que no. Y no me mires así. Ellos son los que lo han decidido, no yo. Al principio también me parecía un poco descabellado, pero supongo que es lo mejor para ellos, al menos hasta que sean más mayores.

Monique sabía la historia de ambos niños. Era de las pocas personas de su entorno a las que se lo había contado, por mucho que su hermano les pidiera a todos mucha discreción con el tema. Estaba claro que Jack era adoptado y que Danielle no era hija de Emily, pero solo eran unos niños a los que proteger, y cuanta más gente lo supiera, más gente hablaría sobre ello.

—Al que más difícil se le hace es a mi hermano Jake —continuó Zane—. Él era muy amigo de la verdadera madre de Jack. Pero, en fin, se marchó, y ahora ya no tiene ni voz ni voto en nada de lo que ellos, como padres adoptivos, hayan decidido.

Poco después, el padre de Monique aparcó frente a la casa y se despidieron.

Antes de cenar, Emily y Derek volvieron a mirar todas las fotos que había revelado Zane. Juntos escogieron dos de Danielle para que las llevara a ampliar y después se encargaron de retirar las que quedaban. Mientras preparaban la cena, Zane buscó en su habitación los negativos correspondientes para poder llevarlos a la tienda, y decidió llevar también la foto donde Jake aparecía con los niños, para regalársela. Estaba segura de que le gustaría tenerla. Volvió a mirarla y se fijó un poco más en Jack. Entonces sacó del primer cajón uno de los álbumes que ya había organizado con las fotos de la familia y lo abrió por la quinta página. Allí era donde más fotos había de Jake cuando era pequeño. Seguía pensando que ellos dos tenían cierto parecido, así que decidió que aquella misma noche le preguntaría a Emily al respecto. Era la única que realmente podía confirmar o desmentir sus sospechas, y estaba segura de que lo que ella pensaba se iba a confirmar.

- - - - - - -

Tras la cena, Zane ayudó a Emily a organizar la cocina mientras Derek se ocupaba de los niños. Emily había tenido un día muy ajetreado llevando a la universidad los nuevos documentos de su tesis, y luego había estado hablando con sus profesores. Algunos estaban de acuerdo con el enfoque filosófico que les había dado a sus estudios, pero la mayoría no hacía más que echar por tierra sus ideas innovadoras, y eso la agotaba. *Limítate a la ciencia*, le decían. Derek la apoyaba bastante, pero sabía de sobra que él no entendía ni la mitad de las cosas que ella exponía en sus explicaciones. Lo suyo eran las leyes, la empresa Wathson y los niños. No había lugar para nada más. De hecho, había sido Zane la única que le había preguntado por su proyecto esa noche y, en cierto modo, el poco interés de Derek la entristecía.

—Quiero enseñarte algo —dijo Zane, de pronto—. Me gustaría que me dieras tu opinión sobre una cosa a la que llevo tiempo dando vueltas.

—Dispara.

—¿Recuerdas que me traje de la casa de Prinss las fotos que guardaba mi madre en el salón?

Emily intuyó a dónde quería ir a parar y empezó a ponerse nerviosa.

—Sí, lo recuerdo. Querías organizarlas y hacer un *collage* para la pared de tu habitación, ¿no es así?

—Sí, con fotos de antes y fotos actuales, de toda nuestra familia.

No se dio cuenta de que estaba secando con énfasis uno de los platos, una y otra vez, esperando que Zane continuase.

—Lo sabes, ¿verdad?

—¿El qué, Zane?

—Lo que voy a preguntarte.

Emily dejó de frotar y dejó con cuidado el plato sobre la encimera.

—No lo sé —respondió, consciente de que seguramente sí lo sabía, y que tendría que debatirse entre decir la verdad o seguir ocultándola.

—Creo que será mejor si vamos a mi habitación —sugirió Zane.

Ella la siguió y entró, y después esperó a que Zane la invitara a que se sentara en la cama. Una vez lo hizo, le puso sobre las rodillas un álbum de fotos. Fue pasando varias páginas hasta que lo dejó abierto en una donde la mayoría de fotos eran de Derek y de Jake. Emily las miró, pasando los dedos por encima de cada una de ellas. Contra todo pronóstico, su nerviosismo desapareció y, pese a que sabía qué vendría a continuación, esperó con tranquilidad. Entonces, Zane puso sobre la página una de las últimas fotos de Jack.

Emily levantó la vista y miró a Zane a los ojos, sin decir ni una sola palabra.

—Tú también lo piensas, o lo has pensado alguna vez, ¿verdad? —quiso saber Zane.

Emily le devolvió la fotografía de Jack y luego cerró el álbum. Dio unas palmadas sobre la cama para que Zane se sentase a su lado.

—Lo que yo piense no importa demasiado. Lo que importa es que mi hermana pensó lo mismo que tú. ¿Te acuerdas de que Jake estuvo viviendo en casa de mi padre durante una semana?

—Sí.

—Pues por lo visto, en uno de esos días, Jake le enseñó a Emma una foto que llevaba consigo de cuando era pequeño.

—Sé que foto es —la interrumpió Zane—. La vi cuando me

acompañó a Prinss a por los álbumes, cuando yo trataba de mostrarle el parecido entre Jack y él. Pero se enfadó muchísimo y me dijo que él sabía quién era el verdadero padre, y que no volviera a sacarle el tema. Sin embargo...

—Sin embargo, tú sigues pensando que el parecido de ambos es evidente.

—Sí.

—Emma también lo pensaba —continuó Emily evocando el recuerdo de su hermana pese a lo mucho que sentía su ausencia—. Un día me llamó y me preguntó si los Becker tenían fotos en casa de cuando eran pequeños. Le dije que sí, porque además tú y yo las habíamos visto juntas alguna vez. Entonces me pidió que buscara las que había de Jake y que me encontrase con ella al día siguiente. Yo no entendía nada y ella tampoco me dio más explicaciones por teléfono, pero hice lo que me pidió y me presenté en casa con las fotos.

»Me las quitó de las manos nada más llegar a su habitación. No había muchas, pero las revisó una tras otra. Poco a poco fue poniendo cara de asombro hasta que empezó a llorar. Yo no entendía nada de nada.

»—Qué voy a hacer ahora —me dijo.

»—¿A qué te refieres?

»—Jake me odia. Cree que yo lo hice todo a propósito para que Arabia y él se pelearan...

»—¿Y no tiene razón?

»Mi hermana no contestó, consciente de que sabía el daño que había hecho.

»—¿Cómo voy a decirle esto ahora? ¿Qué sentido tendría?

»—¿Qué es lo que tienes que decirle? —le pregunté, a punto de perder la paciencia.

»—¿No lo ves, Emily? —Emma seleccionó una de las fotos y la expuso frente a mí—. ¡Son iguales!

»Al fijarme mejor en las fotografías, empecé a entenderlo todo. Ella pensaba, por primera vez, que estaba equivocada con relación al padre de Jack. Nunca se había planteado, ni por un segundo, que el padre del niño fuese él, a pesar de que su plan desde el principio había sido ese, solo para hacerle la vida más difícil. Y no se lo había planteado porque era consciente de que había usado preservativos la noche que se acostó con él.

—¿Entonces? —preguntó Zane.

—Entonces empezó a pensar en la posibilidad de que alguno de esos preservativos hubiese fallado, que no lo hubiesen usado realmente, o que hubiesen practicado la marcha atrás. Ambos estaban muy borrachos aquel día.

Zane la miró con cara de no haber entendido la parte de la marcha atrás, pero luego sacudió la cabeza y reanudó la conversación:

—Así que Emma pensaba que Jake era el padre de Jack, pero nunca se lo dijo.

—No, porque sabía que estaba enfadado con ella y quería darle un tiempo para que las cosas se calmasen y pudiera perdonarla. Y creo que el día que fue a la fábrica donde trabajaba tu hermano era el día que tenía pensado contarle la verdad.

Antes incluso de terminar el relato, ya estaba llorando. Le pasaba casi siempre que pensaba en Emma, por muchas diferencias que hubiesen tenido. Era su hermana gemela. Su mitad. Y se había marchado para siempre.

—Lo siento —se disculpó Zane.

Emily le hizo un gesto con la mano para restarle importancia mientras se estabilizaba de nuevo.

—No puedo evitarlo —se justificó señalando las lágrimas que no podía impedir derramar.

—Lo entiendo, Emily.

Claro que lo entendía. Ella no era la única que había perdido a alguien. En realidad, las dos habían perdido a demasiada gente, y demasiado pronto.

—¿Lo sabe Derek?

—Sí, yo se lo conté. Lo sabía antes incluso de la adopción.

—Pero no se lo dijisteis a Jake.

Emily se sintió muy culpable. Ya le había costado en su día

mantener esa información oculta, o, mejor dicho, esa suposición de su hermana. Pero ahora, más de dos años después, era consciente de que aquello no iba a poder encubrirse siempre. La verdad siempre acababa saliendo a la luz, y a los hechos actuales podía remitirse.

En el fondo sabía que alguien, tarde o temprano, se daría cuenta. Jack se parecía mucho a Emma, sí, y tenía los mismos ojos que ella. Pero era un niño grande para su edad, que posiblemente fuese adquiriendo cada vez más rasgos parecidos a los de su verdadero padre. Hacía algún tiempo que Derek y ella habían hablado sobre ello y, dada la larga ausencia de Jake, habían llegado a la conclusión de que nunca tendrían que dar explicaciones al respecto porque, al fin y al cabo, tanto Jack como Danielle habían sido adoptados como hijos de ambos, y que Jack se pareciese a un hermano de Jake no era ningún problema. Derek y Jake también se parecían, después de todo.

—Derek me convenció de que era lo mejor.

—¿Qué quieres decir?

—Jake estaba tan afectado como yo por la muerte de Emma. De hecho, estaba destrozado. Aunque todos sabíamos que Emma quería que él fuese el tutor de su hijo, todos estuvisteis de acuerdo en que lo mejor era que se quedara con Derek y conmigo. ¿Lo recuerdas?

—Sí, pero...

—Así fue como sucedieron las cosas, Zane. Ahora es demasiado tarde para cambiarlo, por mucho que parezca que fue una injusticia. ¿Crees que Jake se hubiese podido hacer cargo de Jack? Ya viste lo que tardó en desaparecer.

—Pero no sabía que él...

—En realidad no hay nada seguro. Solo son un puñado de fotos que dan mucho que pensar, pero para asegurarnos al cien por cien tendría que someterse a una prueba de paternidad.

—¿Y no crees que a Jake le gustaría saberlo? Quiero decir, supongo que estaría dispuesto a hacerse esa prueba.

—¿Y qué ganaríamos con eso? Esa prueba debería haberse

hecho hace mucho tiempo, antes de que nosotros adoptásemos a Jack. Ahora ya consta como nuestro hijo a todos los efectos.

—Entonces, ¿no tenéis pensando contárselo?

Sabía que era difícil que Zane entendiera lo que significaba para ella dar ese paso, el decirle a Jake lo que todos pensaban.

—Cuando Danielle y Jack sean lo suficientemente mayores, te prometo que hablaremos con ellos de todo. Con ambos. Ahora tiemblo solo de pensarlo, y mentiría si dijese que no me da ningún miedo que se sepa la verdad. Me da pánico, porque ellos ahora son mis hijos, y daría la vida por ellos. Y también me da pánico la reacción que pudiera tener Jake.

—Pero, Emily, una cosa es que Jack sepa quién es su verdadero padre cuando sea mayor y otra muy distinta es que lo sepa Jake. No me parece justo que no lo sepa.

—Te entiendo, Zane, y estás en todo tu derecho de contárselo si es lo que quieres, pero no me pidas a mí que lo haga, porque de momento no lo haré. Y Derek tampoco. Él ni siquiera sabrá que hemos tenido esta conversación.

MARTES

18 FEBRERO 1992

Aquel martes no sería Pitt quien las recogiera de la facultad para pasar la tarde en el Wondy's, sino Jake. Monique había insistido en conocerlo, así que, visto que su hermano no tenía muchas cosas que hacer más allá de solicitar los servicios de la casa de Prinss y arreglar el jardín, le preguntó si le apetecía merendar con ellas en el sitio donde Pitt trabajaba. Y él aceptó de buena gana.

Jake llegó puntual en su camioneta.

Al contrario que la familiar que habían usado siempre, la suya solo tenía asientos en la parte de delante, pero por suerte había tres: el del conductor y dos de copiloto, uno un poco más estrecho que otro. Zane subió y se colocó en este último, que era el que quedaba al lado de Jake. Monique subió a continuación y le tendió la mano a Jake antes de cerrar la puerta.

—Encantada —dijo—. Soy Monique.

—Lo mismo digo. Jake.

Monique y ella habían hablado sobre Jake antes de que él regresase, pero después de hacerlo, Zane no había podido evitar hablar sobre lo feliz que estaba de tenerlo de vuelta. Además, le había contado que le había pedido que hablase con Pitt y, pese a que todavía no había pasado lo que ella tanto ansiaba, al menos ahora sí dormían juntos y él se había sincerado con ella. Lo único que no le había contado a Monique habían sido los motivos por los que Pitt había quedado traumatizado con respecto al sexo, porque era algo personal. Solo por eso, por el hecho de que al menos ella ya supiese la verdad de aquel asunto, Jake le caía bien.

Tu hermano debe de ser un gran tipo, había dicho semanas atrás.

Cuando llegaron al aparcamiento del Wondy's no había demasiados coches.

—A esta hora no está muy concurrido —dijo Zane.

—¿Cuánto tiempo lleva Pitt trabajando aquí?

—No lo sé, bastante. Pero este año se gradúa y espero que encuentre pronto un puesto como profesor.

—Pero entonces no podrás pasar la tarde con él, como haces ahora —le recordó Monique.

—Lo sé, pero habrá hecho realidad su sueño.

Zane estaba perdidamente enamorada de Pitt, y más ahora que sabía lo que le había ocurrido en el Dix76. Era muy bueno con ella, y de verdad quería que se graduara y que consiguiese un buen empleo. A lo mejor así dejaría de vivir en casa de su madre y tal vez alquilase un piso para él solo, donde ella pudiera pasar todas las noches que quisiera. Tal vez incluso le propusiera que se fuesen a vivir juntos.

Pitt los recibió con su característica timidez.

Tomaron asiento en una de las mesas del fondo, la que hacía esquina y quedaba rodeada por la izquierda y la parte posterior por el cristal de la fachada.

—Bueno, ¿y qué es lo que se come aquí? —preguntó Jake.

—¿Ya quieres comer?

Zane se sorprendió. Eran las cuatro y media de la tarde.

—Para eso hemos venido, ¿no?

—Yo tomaré un batido de chocolate —dijo Monique.

—Yo otro —añadió Zane.

—Pues yo tengo hambre de verdad —le dijo Jake a Pitt—. Tráeme algo contundente. Hamburguesa con patatas o algo así.

—Hamburguesas no tenemos, tenemos sándwiches.

—Pues el más grande que tengas.

Pitt sonrió al tomar nota y luego desapareció.

—¿No has comido todavía? —le preguntó Zane.

—No. Se me ha pasado el tiempo volando arreglando el patio de atrás.

Pitt regresó a los cinco minutos con los dos batidos, y diez después le trajo a Jake el supersándwich. Zane vio cómo a su hermano se le iluminaban los ojos por el manjar.

—Le he pedido a la cocinera que hiciera algo especial para ti —dijo Pitt—. Luego me cuentas qué tal está.

Jake levantó el pulgar izquierdo mientras con la mano derecha empezaba a comerse las patatas fritas.

—Seguro que está genial —contestó con la boca llena.

Mientras Jake comía, Monique y Zane empezaron a hablar de algunos compañeros de la facultad. Se habían enterado de que Travis iba detrás de Corinne, y de que esta había empezado a esquivarlo. Eso había hecho que el grupo se distanciara un poco porque, cuando Travis aparecía, la otra no se acercaba. A Zane y a Monique les daba un poco de pena, pero entendían la reacción de su otra amiga, porque Travis podía llegar a ser muy pesado.

—Pobre Travis... —comentó Zane.

—Sí, pobre, pero como siga así va a quedarse sin compañeros. Hasta ahora tiene suerte de tenernos a nosotras, pero yo no quiero pasarme todos los días aguantándolo solo porque las demás hayan decidido que es más fácil dejarlo de lado. Es muy insoportable.

—¿Y qué sugieres entonces?

—Que cuando estemos los tres nos unamos al grupo con las demás.

—¿Y si cuando nos vean se van hacia otro lado?

—No las creo capaz de hacerlo, pero, si sucede, ya pueden buscarse otras amigas, porque significará que están con nosotras solo por conveniencia.

—¿Y qué hay de Travis? No creo que podamos quitárnoslo de encima ya.

—¿Tan mal os cae? —intervino Jake.

—No es que nos caiga mal —continuó Monique—. Pero es un friki.

—No es un friki... Solo es un poco infantil.

—Sí que lo es, Zane. E infantil también.

Zane le explicó a su hermano algunas de las peculiaridades de Travis. Se pasaba el día hablando de videojuegos y ordenadores y contando chistes malos, sin importarle que las demás no estuviesen interesadas en escucharlo. La gente se preguntaba siempre qué hacía en la Facultad de Educación, porque no le pegaba nada. Además, era muy pelota y no hacía más que halagarlas cuando quería pedirles algo. Era la típica persona a la que todo el mundo le apartaba la cara cuando un profesor hablaba de hacer un trabajo en grupos.

—Es difícil de explicar, Jake. Pero nadie lo aguanta demasiado. Solo nosotras.

—Tú, Zane. Especifica. Tú eres la que lo aguanta. Y las demás son unas zorras que te hacen la pelota para que las ayudes, pero mira lo que han tardado en darnos la espalda ahora que saben que a Travis le gusta Corinne.

—A mí es que Travis me da pena...

—¿Lo ves? —dijo Monique dirigiéndose a Jake—. Es de lo que no hay.

Monique estaba enfadada de verdad. En parte era porque ella tampoco soportaba a Travis, pero como Zane era incapaz de hacerle el vacío, tenía que aguantarse.

—Bueno, mi hermana tiene esa capacidad de aguantar a gente insufrible porque es demasiado buena —comentó Jake.

—Sí..., ya me he dado cuenta. Su amiga Ari también es un poco rara.

Zane notó cómo Jake, que estaba a punto de morder de nuevo su sándwich, cerraba la boca y levantaba la vista hacia Monique. Zane también se volvió hacia ella.

—¿Cómo dices?

La pregunta de su hermano había sonado un tanto amenazante, así que Zane trató de contrarrestarlo:

—Creí que Ari te había caído muy bien —le dijo, en referencia a la tarde que habían pasado las tres juntas en Navidad.

—Sí, me cayó bien, pero es rara.

—Por esa regla de tres —continuó Jake—, eso te convierte a ti también en una rara.

Monique se ofendió mucho por el comentario y no trató de disimularlo.

—¿Qué insinúas?

—No insinúo nada. Solo interpreto lo que tú acabas de decir. Parece que todo el que se junta con mi hermana es friki o raro. —Jake estaba sacando un poco las cosas de contexto y Monique no se estaba explicando todo lo bien que debería hacerlo. Zane los conocía a ambos y, a pesar de que le había dolido un tanto el comentario de su amiga, sabía que sus intenciones no eran malas, ni mucho menos—. ¿Me podrías explicar tu concepto de «rara» en pocas palabras?

Vale. Jake acababa de tomarse todo aquello muy a pecho. Era hora de intervenir.

—Lo que Monique quiere decir es que Ari es diferente al resto de nuestras amigas porque tiene una hija y porque...

—No es porque tenga una hija, Zane —la interrumpió Monique—. Es rara porque lo es, y ya está. Además, es una persona muy fría.

—Eso es porque no la conoces —la contradijo Zane—. Puede parecer fría en un primer momento, pero después de conocerla la cosa cambia. Lo que pasa es que necesita algo de tiempo para tener confianza y mostrarse tal y como es.

—Bueno, vale, solo era un comentario. Y que conste que el que la considere un poco rara no significa que me cayese mal ni nada por el estilo.

Zane miró a Jake, que le devolvía la mirada como a la espera de que ella añadiera algo más sobre Arabia, pero no lo hizo. Negó levemente con la cabeza para que él entendiera que la conversación iba a quedar ahí. No habían ido a merendar los tres juntos para discutir, por mucho que Monique se hubiese ido un poco de la lengua.

Pasaron un rato más allí sentados y después acordaron que era hora de volver a casa. Pitt tenía doble turno, así que se quedaría allí hasta la noche.

Jake condujo hasta el residencial de Monique en Bright Gardens y, tras la despedida, continuaron hacia Valley Street. Zane sabía que su hermano estaba muy molesto por la corta conversación que habían tenido sobre Arabia, pero sabía también que era muy orgulloso como para decir nada.

—Venga, dilo —le apremió Zane unos cuantos minutos después de que Monique se bajase del coche y reinase el silencio.

—Que diga, ¿qué?

—Sé que estás enfadado conmigo.

Pero no dijo nada. Continuó conduciendo como si nada.

Lo volvió a intentar.

—Oye, no es para tanto.

—¿Que no es para tanto? —Esta vez sí que contestó—. No me puedo creer que no hayas defendido más a Ari. ¿Acaso no es como una hermana para ti?

—Por supuesto que lo es, pero también es cierto que ha cambiado.

—¿A qué te refieres?

—Desde que tuvo a Jazzy ya no es lo mismo. Ella... es diferente ahora. Es como más mayor.

—¿Y eso la convierte en rara?

—No, pero entiendo la impresión que le causó a Monique. El día que las presenté era como si no le importase lo más mínimo que ella fuera amiga mía. La trató con bastante indiferencia, y se pasó todo el tiempo pendiente de la niña. No nos hizo mucho caso, la verdad.

Era totalmente cierto. Ni siquiera había hecho el intento de participar en ninguno de los temas de conversación. Pero también era cierto lo que le había dicho a Monique sobre que Arabia era una persona que necesitaba mucha confianza para mostrarse tal y como era.

Aquel encuentro no había resultado muy positivo, pero el de hoy con Jake tampoco había sido mejor. Estaba segura de que Monique la llamaría más tarde y le diría que ya no le parecía un buen tipo, sino un borde. Y ella que pensaba que hasta se iban a gustar...

Cuando llegaron a la casa, los niños estaban en el porche jugando con la nieve que alguien les había colocado en un barreño. Zane se bajó de la camioneta y se despidió de su hermano, a pesar de que él continuaba disgustado. Al llegar junto a los niños, Jack preguntó:

—¿Por qué no se ha quedado el tío Jake?

—Tenía cosas que hacer —improvisó Zane.

—¿Vendrá pronto?

—Seguro que sí.

Después, se quedó allí de pie viendo cómo la camioneta se alejaba. Era la segunda vez que veía a Jake desde la conversación con Emily, y todavía no había sido capaz de decirle nada sobre Jack.

MARZO

SM	L	M	X	J	V	S	D
9							1
10	2	3	4	5	6	7	8
11	9	10	11	12	13	14	15
12	16	17	18	19	20	21	JZ
13	23	24	25	26	27	28	29
14	30	31					

DOMINGO

1 MARZO 1992

Volvían a estar todos reunidos el domingo a mediodía. Derek ya había asimilado la vuelta de Jake y, aunque sentía que su presencia amenazaba su estabilidad, parecía que habían vuelto a la normalidad. Hasta Louis había empezado a acudir más a menudo a las reuniones familiares. Además, los niños se divertían muchísimo. Siendo sincero consigo mismo, agradecía que tuviesen a más gente con la que entretenerse. Lo que más deseaba era poder seguir ampliando la familia..., pero, por el momento, por mucho que lo intentasen, Emily no conseguía quedarse embarazada. Habían visitado dos clínicas especializadas, pero ni con esas. Y eso era algo que atormentaba a ambos. Querían a Jack y a Danielle más que a ninguna otra cosa, pero deseaban tener un hijo juntos desde hacía mucho tiempo.

Jake acababa de contarle que ya había restablecido la electricidad de la antigua casa, pero que estaba teniendo algunos problemas con el agua y el gas, así que seguía malviviendo en el salón de Louis. Emily se acercó entonces a él para sugerirle en voz baja que podrían ofrecerle la habitación de invitados hasta que tuviese lista la casa, pero a Derek no le pareció buena idea. Y mucho menos cuando dijo:

—¡Eh! Jack, ¿dónde tienes el balón de fútbol?

—No tengo —respondió el niño.

—¿Cómo que no tienes?

Jake miró a Derek, y se levantó del sofá para acercarse a él.

—¿Jack no tiene balón?

—No, Jake, ya le has oído.

—¿Y por qué no?

—Porque no queremos sugestionarlo a ningún deporte en particular. Cuando él quiera, podrá decidir.

—¿Tiene balón de baloncesto, pelota de béisbol o alguna otra cosa?

Derek negó con la cabeza.

—¿Entonces cómo esperas que decida?

—Tiene cuatro años, Jake. Nosotros no empezamos a jugar hasta después de los siete.

—Joder, no me puedo creer que no tengáis un balón en casa. Iré a mi camioneta. Creo que tengo uno.

—¡Voy contigo!

El pequeño Jack salió tras él.

Derek miró a Emily.

No le hacía ninguna gracia que salieran a jugar a fútbol, así que cuando Jake consiguió encontrar el balón y se pusieron a lanzarlo, Derek empezó a ponerse nervioso. Emily se dedicó a ordenar el salón para entretenerse y él decidió salir al patio.

—¡Me apunto! —anunció de imprevisto.

Jake lo miró y sonrió.

—¡Bien, papá! —gritó Jack.

—Esto ya tiene mejor pinta —añadió Jake.

Se pasaron la tarde jugando a hacer saques y recepciones. Primero enseñaron a Jack a pasar, en la medida de lo posible para un niño de su edad y pese a que el balón era excesivamente grande para el tamaño de sus manos. Luego Derek y Jake hicieron una pequeña exhibición de pases largos en el jardín trasero. Jack aplaudía muy emocionado cada vez que completaban un pase. Danielle, Zane y Pitt acudieron también para animar. Por último, y dado el entusiasmo de Jack, Jake se colocó a una distancia prudencial de Derek y apremió a Jack para que se acercara. Lo puso delante de él y empezó a moverlo como para buscar la posición correcta al pase. Entonces, cuando Derek lanzó el balón, Jake lo subió en alto para que lo cogiera. Con eso consiguió que lo tuviesen que repetir al menos diez veces más, hasta que Jake dijo basta, porque de ser por Jack se habrían pasado así el resto de la tarde.

Cuando entraron en casa, el niño no podía dejar de reír y de correr de un lado para otro, eufórico. Además, llevaba el balón y se lo pasaba a sí mismo. Poco después obligó a Danielle a jugar con él mientras todos los demás tomaban asiento.

—A propósito, Jake —dijo Derek. Su hermano se había sentado en el sofá y él se había quedado en una de las sillas—. ¿Cómo haces para mantenerte?

Era la pregunta que más le había estado rondando desde que regresó. Vivía en casa de Louis, sí, pero tenía que comer diariamente y alimentar ese enorme vehículo que tenía. Por no hablar de que se estaba ocupando de poner de nuevo a punto la antigua casa.

—Todavía me acuerdo de lo que es vivir con muy poco —le respondió con cierta ironía.

—Sí, lo veo. Pero aun así necesitarás dinero, y me consta que no estás trabajando. ¿O me equivoco?

Jake miró uno a uno a todos los presentes, con una media sonrisa.

—¿Y te consta si he trabajado o no durante el tiempo que he pasado fuera? —preguntó de vuelta.

—No, de eso no tengo ni idea, pero sería genial si nos lo contaras. No sabemos nada de ti desde hace mucho.

—¿Por qué te preocupa tanto? ¿Crees que cuando me quede sin dinero vendré a pedirte o algo así?

No pero sí.

Lo que en realidad le preocupaba era que cuando se le acabase el dinero quisiera volver a su antiguo puesto en la fábrica de los Wathson, porque dentro de muy poco sería él el que decidiera, y no quería tener que llegar a un enfrentamiento familiar. Por no hablar de que Zack Murray se había vuelto a incorporar hacía ya más de un año.

—Solo tengo curiosidad, nada más.

—A mí también me gustaría saberlo —secundó Zane.

—Tú ya sabes parte de la historia —le dijo Jake.

—Por eso me gustaría saber el resto.

Ante la intriga de su hermana, Jake no pudo resistirse.

—Ya que tanto os interesa, os diré dos cosas. Una es que recibí dinero del accidente, pero imagino que eso ya lo suponíais. —Por supuesto que lo suponían, al menos Derek—. La otra es que soy uno de los miembros fundadores de una escuela de enseñanza y deporte para niños con conductas problemáticas, en Philadelphia.

Todos se quedaron mirándolo, bastante incrédulos.

—Ya sabía yo que no me creeríais.

—Perdona, ¿puedes repetir eso último? —le pidió Derek.

—Miembro fundador de una escuela en Philadelphia para niños con tendencia a meterse en líos, o con problemas familiares —volvió a decir su hermano—. Uno de los otros miembros, o, mejor dicho, otra, era Helen Brooks. Desde que ella falleció, yo cuento también con su parte.

—¿Helen Brooks falleció?

—Sí, unos meses previos a que yo regresara. Siento no habértelo dicho antes.

Demasiada información para Derek.

—¿Cuándo pensabas contarnos todo esto?

—No tenía pensado hacerlo, la verdad. Es un asunto bastante personal.

No sabía si el resto de los presentes estaban tan sorprendidos como él, pero dedujo que sí por sus caras.

—¿Montaste una escuela con la señora Brooks? —preguntó entonces Zane.

—Fundación Brooks, sí. —Jake hizo una pausa, posiblemente dando por zanjado el tema, pero la mirada expectante de todos lo obligó a continuar—: Escuchad, es una historia muy larga. Yo solo la ayudé un tiempo en nuestro antiguo colegio con los críos que tenían más tendencia a parecerse a mí, y tiempo después a ella se le ocurrió la idea de montar una escuela extraescolar para ellos. Deporte y clases particulares a la vez. Ahora va bastante bien, tanto que ya ni siquiera hace falta que sea uno de los profesores. Hay bastante gente trabajando allí, y yo solo tengo que ir a las reuniones de la junta de accionistas cada cierto tiempo.

—Así que vives de los beneficios —dijo Derek, sin poderse creer la historia todavía.

—Y de ahí es de donde saco el dinero. Ya tienes respuesta a lo que tanto te interesa.

—Y lo cuentas así, como si nada.

—¿Cómo quieres que lo cuente?

—¡Has montado tu propio negocio y no dices nada!

—No es mi negocio. Solo tengo dos participaciones, eso es todo. Pero ya que te sorprende tanto, también estuve a punto de entrar en el ejército de tierra, y trabajé en una residencia de ancianos durante cuatro meses.

Desde luego, su hermano acababa de abrir un paquete sorpresa.

—¿En el ejército? —preguntó Louis—. ¿Pensabas irte al ejército?

—No fue la mejor de las ideas que tuve, es cierto, pero de no ser por los agujeros en el hombro me habrían admitido, y vete tú a saber dónde estaría yo ahora.

—Pero ¿por qué? —preguntó entonces Emily.

—Por la misma razón por la que me fui. —Jake se echó hacia atrás y apoyó la espalda en el respaldo del sofá, colocando las manos por detrás de la nuca—. No pensaba con claridad. Y no hay más.

—¿Y lo de la residencia? —quiso saber Derek.

—La señora Brooks estaba enferma y decidió instalarse en la residencia. Ella era la que me había acogido durante todo este tiempo y me pareció lo más lógico hacerle su estancia más llevadera, así que me enseñaron todo lo que había que aprender para atenderla a ella y a algunos otros. No fue un trabajo remunerado, que quede claro. Lo hice porque quise.

—¿Y entonces? ¿La señora Brooks te dejó a ti su herencia?

—Solo la parte que le correspondía de la escuela. Todo lo demás lo donó a la misma.

—Jake. —Zane se sentó a su lado—. Es impresionante. Quiero decir, lo de la escuela y todo eso....

—No, no lo es. No tiene nada de impresionante que haya una escuela para niños con todo tipo de problemas. El problema es que no la hubiera antes. No os hacéis una idea de la cantidad de críos que pasan por allí, porque no solo tienen problemas de aprendizaje, sino también de orfandad, de nutrición, de motricidad... Por suerte, ya hay profesores para casi todo. Y psicólogos.

—¿Y cómo funciona lo del deporte?

—Cada uno escoge el deporte que más le gusta y entonces hay grupos y niveles, según las necesidades. Para cada deporte hay un profesor y un deportista lo más especializado posible, y se intenta adaptar los temarios a la forma de jugar. Las cosas que no se pueden adaptar se motivan con recompensas: primero hacen los deberes y aprenden lo que tienen que aprender, y después salen a jugar.

—¿Y los padres se pueden permitir ese lugar? Debe de ser carísimo.

—Lo es, pero solo pagan los que pueden permitírselo. Los que no, están becados. De ahí que haya socios y accionistas. Están luchando por que se convierta en una escuela pública y que se expanda, aunque de momento yo lo veo difícil.

—¿Te has planteado abrir una escuela como esa aquí? —le preguntó Emily.

Derek se dio cuenta de que era una idea magnífica. Emily era ambientóloga y podía enseñar, además de que Zane y Pitt serían maestros dentro de poco.

—Sí, lo he pensado, pero es muy complicado. No tengo ni idea de si el proyecto de ampliación se llevará a cabo algún día, pero ya os digo que algunos de esos chicos son difíciles de verdad, aunque la satisfacción de lograr ayudarles lo compensa todo.

—Jamás te hubiese imaginado dando clase —le dijo Zane.

—Lo mismo digo —añadió Louis.

Derek todavía estaba impresionado. Al principio, cuando se marchó, lo primero que pensó era que estaría fuera hasta que se le acabase el dinero de la indemnización, y que después volvería. Pero resultaba que había montado una escuela con Helen Brooks y que incluso había estado trabajando allí. ¿Y lo del ejército? Eso era lo más increíble. A saber dónde habría estado destinado de haberse incorporado.

Poco a poco fueron quedándose a solas en el salón. Zane se había marchado con Pitt, Louis fumaba fuera y Emily se había llevado a los niños arriba.

—Te veo afectado, Derek.

En realidad, lo estaba.

—Es que todavía no lo asimilo.

—Ya. Lo más lógico de asimilar habría sido lo del ejército, ¿no? *Algún día te alistarás en el ejército* —añadió citando a su padre—, *y será lo único productivo que hagas en la vida.*

Derek recordaba a la perfección el día en que se lo dijo. Tenían doce y trece años respectivamente y estaban en la antigua casa de Philadelphia, en la habitación que compartían. Derek se había pasado todo el día preparando el proyecto para el concurso de ciencias, mientras que su hermano había estado leyendo tirado en la litera de arriba. Antes de cenar, Derek les pidió a sus padres que pasaran a verlo, y ellos admiraron su trabajo. Cuando le preguntaron a Jake por el suyo, él dijo que no iba a participar, que le parecía un concurso estúpido. Entonces fue cuando se lo dijo.

—No me vas a decir ahora que trataste de alistarte porque pensabas que tenía razón.

Jake no dijo nada, así que se limitaron a mirarse.

—Papá no era el más cariñoso del mundo —continuó Derek—, ni el más apropiado para hablar con sus hijos a menos que fuese para dar órdenes, pero nos quería, y tú lo sabes.

—Sí, ¿y qué?

—Y que cuando ocurrió lo del accidente... Sabes de sobra que no estábamos preparados para quedarnos solos, sin nadie que llevase las riendas de la familia.

—¿Por eso te convertiste en él?

—Alguien tenía que hacerlo, Jake. Hasta tú lo necesitabas.

—Eso no significa que quisiese que tú o alguien lo sustituyese.

—Ese es tu punto de vista, pero te recuerdo que no eres mi único hermano, y lo hice lo mejor que supe para que ellos estuviesen lo mejor posible.

—Y eso derivó en que tú y yo nos distanciásemos tanto como ya lo estábamos papá y yo. ¿O me equivoco?

No, no se equivocaba.

Después de que sus padres murieran su relación como hermanos había terminado de deteriorarse. Nunca se habían llevado especialmente bien, porque eran muy distintos, pero eso no quitaba que fuesen hermanos y que al final siempre consiguiesen reconciliarse. En el colegio era Derek el que avergonzaba a Jake para sobresalir, y el resto del tiempo era Jake el que desafiaba a Derek y siempre conseguía hacer todo lo que a él le prohibían, pese a tener que acarrear luego con las consecuencias. Se hacían rabiar mutuamente.

La puerta se abrió y Louis se asomó desde el exterior.

—¡Eh! ¿Nos vamos? —preguntó—. Te recuerdo que he quedado con Sammy a las cinco y media.

—Sí, vamos —respondió Jake antes de ponerse en pie.

Justo entonces, Emily bajó de nuevo al salón y se acercó para despedirse de ambos con el balón de fútbol en la mano.

—Te traigo tu balón —dijo—. He tenido que esperar a que se durmiera para poder quitárselo.

—No era necesario. Puede quedarse con él.

—Prefiero que te lo lleves.

Derek agachó la cabeza, consciente de por qué Emily no quería que Jack empezase a jugar a fútbol.

Su hermano, por otro lado, no se hacía ni una ligera idea, pero se limitó a coger el balón y a marcharse sin protestar.

VIERNES

20 MARZO DE 1992

Era la primera vez que Jake iba a estar en California. Desde que Arabia se había marchado, había recibido dos cartas. La primera, en febrero: una carta sencilla con una foto de Jazzlyn sentada en el suelo. La segunda había llegado hacía un par de semanas, y era una invitación formal a su fiesta de cumpleaños. Cumplía dos años.

Jake había preparado el equipaje de madrugada, llevaba tres horas viajando sin descanso y ahora estaba amaneciendo. Si todo iba bien, haciendo tres o cuatro paradas para estirar las piernas, llegaría sobre las cuatro de la tarde a Los Ángeles.

Llevaba la dirección apuntada en su pequeño cuaderno.

RESIDENCIAL SANTA CLARA, 18.
CENTURY CITY. L.A.

Lo único que sabía de Los Ángeles era lo que había visto en fotos, televisión o películas, pero sí sabía a ciencia cierta que era una de las ciudades más importantes de todo el país. Llegaría, daría una vuelta por la ciudad y después preguntaría cómo acceder al barrio de Century City. Encontraría el Residencial, saludaría y luego buscaría un sitio donde pasar el fin de semana.

Y eso fue justo lo que hizo, salvo porque no llegó al Residencial hasta pasadas las cinco y media. El tráfico de la inmensa ciudad lo había retenido más de treinta minutos, además de que conseguir guiarse por las indicaciones de la gente de a pie había sido una verdadera odisea.

Cuando llegó por fin a Century City y vio los rascacielos, se dio cuenta de que aquel barrio era importante, y, por el aspecto que tenía todo —incluida la gente que andaba de aquí para allá—, parecía dedicado al sector financiero. No le extrañó, teniendo en cuenta que el tal Kevin era un hombre de negocios.

El Residencial Santa Clara quedaba justo a las afueras, delimitando a su vez con otros barrios de Los Ángeles. Era muy bonito.

Jake condujo despacio por una de las amplias avenidas, observando cada una de las casas que iba dejando atrás. Había al menos quince metros desde la acera hasta la entrada de las casas, y todas tenían césped en el jardín. La número dieciocho no fue para menos. Aparcó, comprobó bien la dirección y después se bajó de la camioneta. Se adentró en el jardín y caminó hasta la puerta.

Después del ding, dong, esperó paciente.

Arabia abrió la puerta poco después. Llevaba a la niña en brazos.

—¡Hola! —exclamó—. No te esperábamos tan pronto. Adelante, pasa.

Jake accedió sin decir nada, caminando tras ellas hasta el amplio salón. Había una diferencia de una hora entre Utah y California, así que allí todavía eran las cuatro y media.

—Kevin aún no ha vuelto del trabajo —le comunicó Arabia—, pero tiene que estar al caer. —Dejó a Jazzlyn en el suelo y se sentó en el sofá, invitándolo a hacerlo—. ¿Qué tal el viaje?

—Largo —repuso Jake sentándose también.

—Ya me imagino. Es una locura eso de viajar tú solo hasta aquí con el coche.

Jake se encogió de hombros en silencio, sin saber qué otra cosa añadir. Por suerte, la niña caminó hasta él, curiosa.

—¿Quién es, Jazzy? —dijo Arabia. La niña se volvió hacia ella con una sonrisa—. Es el tío Jake, ¿recuerdas?

Ella se limitó a reír.

Jake no podía dejar de mirarla. Solo hacía dos meses que no la veía y ya estaba diferente.

—Ha venido para tu fiesta de cumpleaños —continuó Arabia—. Dile cuántos años cumples.

Jazzlyn se miró las manos y se concentró para poder gesticular su edad. Para su sorpresa, levantó los dos dedos índices y dijo:

—Dos.

Justo entonces llegó Kevin. Dedujo que venía del trabajo por su atuendo de traje y corbata y por el maletín.

—¡Papá! —exclamó Jazzlyn.

Y si antes el silencio había sido incómodo, ahora todo lo era. Jake se levantó y se saludaron de forma cortés. Después Kevin anunció que se retiraba al cuarto de baño.

—Bueno, pues... Volveré mañana. A las cuatro y media, ¿no?

—Oh, sí, aunque yo había pensado que vinieras por la mañana y te la llevaras a dar una vuelta. Tengo la silla del coche desmontada para que la puedas usar.

—¿Quieres que me la lleve?

La pregunta sonó a incredulidad total. Después de que su hermano le hubiese prohibido volver a ocuparse de los niños, no esperaba que Arabia le propusiese semejante cosa.

—Solo si quieres, claro. Así podré organizar la casa para la fiesta con más calma.

—Puedo ayudarte con eso.

—Créeme si te digo que como más me ayudas es llevándotela.

—De acuerdo, pues aquí estaré. ¿A qué hora quieres que la recoja?

—¿A las diez? —Jake asintió—. Te prepararé todo lo necesario en una bolsa, no te preocupes. Solo tendrás que devolvérmela a la hora de comer.

Arabia lo acompañó hasta la puerta.

—¿Dónde vas a hospedarte? —quiso saber.

—Todavía no lo he decidido. Voy a dar una vuelta y miraré algo, y ya sé que dijiste que no me ayudarías con eso, pero... No sé, si supieses de algún sitio...

Arabia sonrió, a pesar de todo. Luego abrió uno de los cajones del mueble que tenía en la entrada y sacó dos folletos.

—Te recomiendo el Charloft, pero echa un vistazo a ambos. No quedan muy lejos del Residencial.

Jake agradeció los folletos.

—Nos vemos mañana —dijo para despedirse.

—Sí, a las diez.

Ya se había girado para volver a su vehículo, pero no pudo evitar darse la vuelta y añadir:

—Te ves bien, Ari. —Ante la cara atónita de la aludida, tuvo que volver a hablar para aclarar lo que había dicho—. Estás... muy guapa.

—Vaya. Muchas gracias, Jake.

—Lo que quiero decir es que me alegro de que estés bien aquí y todo eso. De que seas feliz.

—Te he entendido, gracias de nuevo. Nos vemos mañana.

—Sí. Hasta mañana.

Jake regresó a la camioneta pensando en lo estúpido que había sido su último comentario y obligándose a no volver a mirar atrás por la vergüenza. ¿Y lo que había dicho después para arreglarlo? Tuvo que conducir por el Residencial un rato para tranquilizarse. En realidad, era cierto: Arabia estaba radiante. Le había salido del alma decírselo.

Aparcó antes de salir de la zona de las casas para ojear los folletos. No había descripción de precios, pero se podía intuir el tipo de habitación que ofrecía cada uno. El más sencillo era una especie de motel con habitaciones individuales y baño privado.

El otro era sin duda más caro, pues las habitaciones estaban mucho mejor acondicionadas, con sofá, televisión y una pequeña cocina. Todo diáfano. Habría escogido el sencillo de no ser porque había aceptado hacerse cargo de la niña por la mañana, y porque Arabia se lo había recomendado. De igual forma, solo serían un par de noches, a lo sumo tres, así que no le importaba.

Encontró el Charloft mucho más rápido que el Residencial Santa Clara. Escogió lo más económico que tenían, pagó con la tarjeta y se instaló rápidamente. Lo bueno de aquel lugar era que tenían aparcamiento privado para los huéspedes. A las ocho salió a pie a comprar algo de cena en el 7 Eleven, el supermercado más próximo, y regresó para comérselo en la habitación. Después ya no se movió de allí hasta el día siguiente. Había sido un viaje de once horas en coche y estaba cansado.

Todavía no le había comprado nada a Jazzlyn, así que lo primero que haría al día siguiente cuando la recogiese sería llevarla a algún almacén de juguetes para que escogiese.

SÁBADO

21 MARZO 1992

Por la mañana, pese a la luz que entraba por la ventana y la alarma que había puesto a las ocho y media, se quedó dormido. Se despertó con el llanto de un bebé en una de las habitaciones próximas a la suya. Se incorporó de la cama, sacudió la cabeza y miró el reloj. Las diez menos cuarto. Se llevó tal impresión que tuvo que coger el aparato para cerciorarse de que la vista no lo engañaba.

Mierda, maldijo para sí.

Abrió su macuto y sacó rápidamente un pantalón y una camiseta. Antes de salir de la habitación miró por la ventana y comprobó que, aunque el sol se dejaba ver entre las nubes, al oeste el cielo se oscurecía, así que cogió también una chaqueta por si acaso.

El tráfico. Otra vez el tráfico.

Jake se concentró en no perder la paciencia a pesar de que ya iba con más de media hora de retraso. Cuando por fin llegó a la parcela dieciocho, faltaban pocos minutos para las once.

Se situó frente a la puerta y llamó al timbre. La música sonaba fuerte al otro lado, así que insistió. Al acercarse para escuchar mejor, comprobó no estaba cerrada del todo. No sabía si estaba así a propósito, o si la última persona en salir había cerrado tras de sí sin cerciorarse de que encajase bien el pestillo. Muy poco seguro de lo que hacía, accedió al interior.

—¿Ari? —preguntó.

Pero no obtuvo respuesta, así que siguió caminando en dirección a la música. Venía de una habitación contigua a la cocina y, cuando llegó al hueco de la puerta abierta, la visión que tenía delante lo dejó patidifuso. Arabia estaba bailando delante de Jazzlyn, que reía a carcajadas y aplaudía sentada sobre lo que parecía una secadora. Pero no solo eso. Salvo por la ropa interior, Arabia solo llevaba puesta una camiseta blanca que le quedaba más ajustada de lo normal. Además, estaba usando el palo de la escoba a modo de micrófono.

—¿Ari? —volvió a decir para llamar su atención.

\- - - - - - -

Arabia se llevó tal susto que gritó como no recordaba haberlo hecho nunca. Jake acababa de aparecer de sopetón frente al lavadero y la miraba como un pasmarote.

—¡Santo Dios! —le dijo—. Me has dado un susto de muerte. ¿Cómo narices has entrado?

—La puerta estaba entreabierta.

—¿Que la puerta estaba abierta?

Plantó el palo de la escoba a un lado y trató de serenarse.

—¿Puedes repetirme eso de que la puerta estaba abierta?

Jake empezó a explicarse y ella se dio cuenta de que, a la vez que hablaba, apartaba la mirada, avergonzado.

—¿Te importaría...? —añadió señalando hacia sus piernas.

Fue entonces cuando reparó en que no estaba vestida. Corrió hasta la puerta y la cerró.

—¡Un segundo! —exclamó.

Jazzlyn la miraba perpleja sobre la secadora.

—Cariño, ¿has visto los pantalones de mamá? —le preguntó, consciente de que ella no iba a contestarle.

Sin embargo, levantó su brazo y señaló hacia la izquierda.

—Allí —dijo.

Efectivamente, allí estaban, encima de la tabla de planchar.

—¿Te he dicho ya lo mucho que te quiero?

Arabia se puso los pantalones, se acercó para darle un sonoro beso en la mejilla, la bajó al suelo y a continuación volvió a abrir la puerta.

—Lo siento.

—¿Estás embarazada? —fue lo primero que Jake le preguntó.

Arabia se mordió el labio y se miró la barriga. Era innegable que lo estaba. Se sintió un tanto culpable porque todavía no se lo había contado a ninguno de los Becker, y el motivo era que quería que fuese una sorpresa cuando volviese de visita a Vallon. Pero claro, no había contado con Jake, porque nunca lo hacía.

—Sí, de dieciocho semanas —dijo, orgullosa—. Y tú llegas una hora tarde. A decir verdad, ya no te esperábamos.

—Perdona, me dormí. Pero si no hubiera sido por el tráfico solo me habría retrasado diez minutos.

Ella sabía que algunos días el tráfico podía llegar a ser una pesadilla. Puso cara de no terminar de creerlo, sin embargo.

—¿Aún quieres llevártela?

—Para eso he venido, ¿no?

—Vale, pues espera un segundo que voy a por su bolsa. Vigílala, ¿quieres?

- - - - - - -

Jake estaba abrumado. Acababa de quedarse a solas con la niña, todavía afectado por lo del embarazo. Embarazada de dieciocho semanas, había dicho. *¿Cuánto era eso?* Empezó a hacer cálculos mentales y cuando iba por el cuarto mes, Arabia regresó con la bolsa de Jazzlyn.

—Mira —le dijo—, aquí tienes su botella de agua, dos paquetes de Cheetos, toallitas y una muda de cambio por si acaso. Ah, no te lo he dicho. Jazzy todavía lleva pañal, pero tienes que estar muy pendiente por si te dice que quiere hacer pis.

—¿Lo pide?

Arabia asintió con la cabeza.

—Es una campeona —añadió mirando a la niña—. Lo pide muy de vez en cuando, pero cuando lo hace intento llevarla lo más rápido posible al cuarto de baño. Espero que eso me facilite las cosas cuando empiece a probar a dejarla sin pañal en verano.

—Vale. ¿Algo más que deba saber?

—¿Algo como qué?

—No sé. ¿Es alérgica a algo? ¿Hay algún sitio especial al que le guste ir? ¿Alguna idea de qué hago si pregunta por ti?

—Uno: de momento no es alérgica a nada; dos: llévala a cualquier parque; y tres: tendrás que ganarte su confianza. De todas formas, tampoco vais a estar fuera tanto rato. Tenéis que estar de vuelta a la una.

—Entonces será mejor que nos pongamos en marcha. ¿Vamos? —preguntó dirigiéndose a la niña.

Ella pareció dudar.

—¡Venga, Jazzy! —la animó Arabia—. Que el tío Jake te va a llevar al parque. ¿No querías ir al parque?

La niña asintió, sonriendo.

—Pues venga. ¡Ve!

Jake agradeció que Arabia pusiese de su parte para que al final Jazzlyn quisiera irse con él. Entre los dos pusieron la silla para bebés en uno de los asientos del copiloto de su camioneta y también el carrito en la parte de atrás. Luego subieron a la niña, que se despidió de su madre moviendo la mano y riendo. Dejó de reír cuando se dio cuenta de que no iban solo a dar una vuelta por el vecindario, sino que empezaban a alejarse.

Entonces, lloró por primera vez estando con él.

—No, no, no —le dijo Jake—. No puedes llorar, ¿vale?

Pero no dejó de hacer pucheros.

—Vamos a ver, ¿cómo quieres que te llame? ¿Jazzy? Así es como te llama todo el mundo, ¿no? Mmm... ¿Qué te parece Jazzy Lynn? ¿Te gusta?

Jake había empezado a hablar con la única intención de que ella se entretuviera, y parecía estar surtiendo efecto. Subió el volumen de la radio y buscó una emisora musical.

—Ahora vamos a cantar. ¿Tú sabes cantar, Jazzy Lynn? —Ella lo miró con los ojos llenos de lágrimas, pero ya no lloraba—. ¿Sabes?

Asintió con la cabeza.

—Bien, pues vamos a ver qué encontramos.

Y así pasaron sus primeros quince minutos juntos: Jake cantando como buenamente sabía las canciones que iban apareciendo, y Jazzlyn simulando que cantaba, aplaudiendo y bailando al ritmo de la música.

Decidió regresar al Charloft para dejar el coche allí y, de paso, preguntar a algún viandante por un almacén de juguetes donde llevar a la niña. Así lo hicieron, aunque iban un poco a contrarreloj debido a su retraso. Arabia quería que estuviesen de vuelta a la una, y no fue hasta casi las doce que entraron a la juguetería.

Nada más hacerlo, a Jazzlyn se le pusieron los ojos como platos y trató de bajarse del carro sin que él lo desabrochase. Jake la soltó y la ayudó a bajar antes de plegar el carro y dejarlo en la entrada. Luego se colgó al hombro la bolsa con todo lo que Arabia le había dado mientras ella corría hacia uno de los pasillos, emocionada. Había muchísimas cosas en la tienda, pero Jake le preguntó a una de las dependientas por la zona con juguetes apropiados para su edad y cogió a la niña en brazos para llevarla hasta allí, a pesar de que ella lloriqueó y pataleó, porque pensaba que regresaban a la calle.

Justo al lado de los juguetes educativos, estaban también los peluches. Un montón de peluches variopintos. Eso fue lo que más le llamó la atención.

—¡Mira! —exclamó señalando un pequeño cerdo con pajarita.

—¿Te gusta ese? —preguntó él, extrañado.

Entonces, vio una caja que contenía un Gremlin y le resultó curioso.

—Jazzy Lynn, mira, ¿te gusta este?

Ella se acercó corriendo para mirar el interior de la caja que le mostraba, pero al verlo se retiró hacia atrás y tropezó consigo misma, cayendo sobre su trasero.

—Sí... Yo también creo que es muy feo.

Observó que iba a volver a ponerse a llorar, así que dejó la caja en la estantería y cogió a la niña para situarla de nuevo frente a los peluches de colores.

—¿Era este el que te gustaba? —le preguntó agarrando el cerdo.

Jake se dio cuenta de que iba a tener que utilizar una toallita para limpiarle la nariz, así que se agachó y buscó en la bolsa mientras ella sostenía el cerdo bajo el brazo y continuaba tocando todos los demás peluches. Quiso coger uno, pero eso hizo que de repente se cayeran otros tantos al suelo. Jazzlyn se echó a reír al verse rodeada de todos ellos, pero Jake se agobió y se apresuró a colocarlos de nuevo en su sitio.

—No se preocupe —le dijo la misma joven que lo había atendido al llegar.

—Lo siento, estaba buscando las toallitas y la he perdido de vista un segundo —se excusó Jake.

—Tranquilo, ¿es su hija?

—Sí, o sea, no... Quiero decir, es mi... ¿sobrina?

Hasta a él se le hacía raro decirlo, por lo que la chica lo miró con desconfianza. Jake no le prestó más atención y cogió por fin a Jazzlyn para limpiarle la cara. Después, ella empezó a señalar unos cuantos peluches.

—Mío —dijo mientras señalaba a un oso enorme.

—¿Pero no querías el cerdito?

Jazzlyn negó y volvió a señalar al oso, que era más grande que ella.

—Vale, pues dejaremos al cerdo en su sitio.

Cuando trató de cogérselo, ella estiró con fuerza.

—Es mío.

—No, no lo es. ¿En qué quedamos? ¿Quieres el oso o el cerdo?

Sin responderle, se acercó a la estantería y se puso de puntillas para intentar llegar al oso. Jake suspiró y lo sacó para bajárselo. Ella puso cara de felicidad extrema cuando lo tuvo enfrente, así que Jake supuso que podían llevarse los dos. La ayudó a cargar con el oso mientras ella caminaba de su mano con el cerdo bajo el brazo. Jamás habría imaginado que escogería el cerdo.

Una vez en la cola del mostrador, mientras esperaban su turno, Jazzlyn dijo la palabra de alerta máxima.

—Pipí.

Jake agachó la cabeza parar mirarla y observó esos preciosos ojos verde claro que tenía. Parecían sinceros.

—De acuerdo, disculpe —dijo tocándole el hombro a la señora que tenía delante—. ¿Le importaría sí...? Tengo que llevar a la niña al servicio.

—¿Qué quiere? ¿Colarse?

—Bueno, es que es de vital importancia.

—¡Pipí! —volvió a decir Jazzlyn.

No parecía que la señora quisiera ceder, así que Jake la cogió en brazos y directamente pasó hacia delante.

—¡Oiga!

—Disculpe, pero no puede colarse —le dijo la dependienta, que en ese momento se estaba ocupando de otra clienta.

—Lo sé, lo siento. —Jake sacó su cartera, miró el precio de ambos peluches, arrancó las etiquetas y puso los billetes sobre la mesa—. Quédese con el cambio.

Y entonces salió corriendo por la puerta a cuestas con Jazzlyn y con el oso. Había dejado al menos diez dólares de más de cambio, pero en ese momento era lo último en lo que pensaba. No quería que se hiciese pis en el pañal en su primer día de tío responsable. Corrió hasta que encontró una cafetería, preguntó por el cuarto de baño y no descansó hasta que llegó allí y sentó a Jazzlyn en la taza del inodoro.

—Caca —dijo entonces ella.

Jake respiró aliviado a pesar de todo. Habían llegado a tiempo.

Cuando salieron del baño, Jake pidió un refresco y se sentó con Jazzlyn en una de las mesas. Sacó de la bolsa el agua de la niña y una bolsa de Cheetos que ella empezó a comer encantada. Vio que el reloj de la cafetería marcaba las doce y media y volvió a ponerse nervioso.

—Jazzy Lynn —dijo mirándola con seriedad—. Tenemos que irnos.

Solo entonces se dio cuenta de que había olvidado el carro en la tienda de juguetes. Volvió a cargar con ella y con el oso hasta allí, pero, cuando llegó, la dependienta del mostrador lo miró con el ceño fruncido y dijo que ella no sabía nada de ningún carro.

—Aquella chica me vio dejarlo justo aquí —dijo él señalando la posición exacta—. Pregúntele.

—Pam, ¿puedes venir un momento?

La joven se acercó y se extrañó de que el carro hubiese desaparecido, pero no había nada que aquellas trabajadoras pudiesen hacer, así que Jake tuvo que marcharse, resignado. ¿Cómo había podido despistarse tanto? No tenía ni idea de qué iba a decirle a Arabia. Por suerte, todavía conservaba la bolsa con las cosas de Jazzlyn.

Caminó lo más rápido que pudo hasta el hostal mientras la niña continuaba devorando los Cheetos que le quedaban. Después la subió a la camioneta y condujo pensando en qué hacer y decir cuando la devolviera a casa, sin carrito.

- - - - - - -

Arabia estaba esperando impaciente el regreso de Jake con la niña. Kevin ya había llegado y la había estado ayudando un poco a ordenar la casa, y con ayudar se refería a que había llevado la colada limpia a las habitaciones correspondientes.

—No tardarán. No te preocupes —le dijo.

—Esta mañana llegó una hora tarde porque se había dormido, así que esperaba que al menos fuese puntual para traerla de vuelta.

—A propósito, había pensado que podría quedarse con la niña mañana y nosotros aprovechar para ir a casa de mis padres a darles la noticia del embarazo.

—¿No podemos ir con Jazzy?

—No es que no podamos ir con ella, pero ya que está aquí y querrá pasar tiempo con ella, creo que es una buena opción. A ti también te vendrá bien descansar un poco.

—Ni siquiera sé si ha estado a gusto con él.

Arabia no le dio importancia al comentario de Kevin con respecto a dejar a la niña con otra persona mientras ellos iban por fin a darles la noticia a sus padres. Después de cuatro meses, ya era hora de que por fin se atreviese a contárselo.

Al tiempo de tener a Jazzlyn, empezó a soñar con poder darle a su hija un hermano o hermana lo antes posible para que la diferencia entre ellos fuese pequeña, así que cuando conoció a Kevin y a los pocos meses él le dijo lo mucho que quería formar una familia, le hizo mucha ilusión. No había muchos hombres capaces de aceptar a una mujer con una hija de otro y que quisieran además tener una vida con ella.

Tarde o temprano le pediría que se casara con él, lo sabía. Estaba segura de que cuando su familia supiera lo del bebé la aceptaría con menos reparo, ya que hasta ahora continuaban siendo bastante reacios a la relación que mantenían, y ella intuía que todavía no se habían casado por culpa del rechazo que la madre de Kevin le profesaba, tanto por su procedencia como por Jazzlyn. Lo que no era capaz de intuir era lo mucho que se engañaba a sí misma.

Por fin, llamaron al timbre.

—Ya están aquí.

Arabia abrió la puerta y se encontró a Jake sujetando a Jazzlyn y a un enorme oso de peluche.

—¡Hola, tesoro! —dijo cogiendo a la niña.

Ella le enseñó enseguida el cerdo que llevaba con ella.

—¿Le has comprado todo esto? —le preguntó a Jake.

—Vaya, un par de peluches más para su colección —añadió Kevin, tras ella.

—Fue lo que ella me pidió.

—No importa —continuó Arabia intentando que el comentario de Kevin pasase inadvertido—. Son muy bonitos, ¿verdad que sí? Ve adentro con papá.

Arabia la pasó a los brazos de Kevin y esperó que se marcharan hacia el salón. Se quedó con el cerdo en la mano.

—No le hagas caso —dijo refiriéndose a Kevin—. Este es el primer... cerdo... que tiene.

—Ella se empeñó.

Le sonrió para que se relajara. Sabía que Kevin había sido bastante grosero y, pese a que ella estaba resentida con él, no quería que su estancia en Los Ángeles fuese desagradable.

—¿Te quedas a comer?

—No, volveré luego. A las cuatro y media, ¿verdad? Listo para la fiesta. —Jake empezó a retroceder hacia su camioneta—. Espero no llegar tarde.

—¡No lo hagas!

Arabia se dispuso a cerrar la puerta, pero entonces se acordó de algo.

—¡Eh! Se te ha olvidado bajarme el carro de la niña.

—¡Ah, sí! ¡Eso! —respondió él desde la lejanía—. Te lo traigo luego, ¿de acuerdo? Tengo un poco de prisa.

El cumpleaños había empezado hacía una hora y Jake todavía no había aparecido. Arabia no sabía cómo sentirse. ¿Decepcionada?

Sobre las tres de la tarde había empezado a llover con bastante intensidad, pero aun así habían acudido todos los invitados, la mayoría vecinos del Residencial. No había muchos niños de la edad de Jazzlyn, pero lo había dispuesto todo para que pudieran divertirse niños de cualquier edad, ya que la mayoría rondaba entre los cuatro y los siete años, todos hijos de compañeros de trabajo de Kevin. La lluvia había impedido que pudiesen salir a jugar al jardín y por eso estaban todos amontonados por el salón de la casa. Había contratado a una pareja de payasos muy divertida que, además de jugar con los niños, les habían pintado la cara. Ahora estaban cantando canciones.

—¿Qué tal el embarazo? —le preguntó una de las esposas de aquellos hombres de negocios.

—Muy bien.

—¿Qué va a ser?

—No lo sé.

—¿No lo sabes?

—No. He decidido no saberlo hasta que nazca. Quiero que sea una sorpresa para ambos.

La mujer la miró con incredulidad, y luego miró al resto de las que había allí, que rieron por lo bajo.

—En realidad sí lo sabes, lo que pasa es que no quieres decírnoslo.

—De verdad que no lo sé.

Arabia se alegró de que llamaran al timbre y tuviese que disculparse para recibir al recién llegado. No eran las primeras personas que cuestionaban lo que decía con respecto a no querer saber el sexo del bebé.

Jake se presentó delante de ella con un carro para niños coronado con un lazo de regalo.

—¿Se puede saber qué es esto? —preguntó con los brazos en jarras.

Era un modelo bastante similar al de Jazzlyn, pero nuevo. Jake se rascó la cabeza antes de contestar.

—He tenido que dar muchas vueltas para encontrarlo, y créeme que es el más parecido que he visto.

—¿Por qué has comprado un carro nuevo? El suyo estaba bien, no tenías por qué...

—El otro me lo robaron esta mañana en la juguetería —la interrumpió—. Lo siento.

—Vaaaaale —continuó ella—. Has comprado un carro porque has perdido el de Jazzlyn.

—Eso es.

Se quedaron mirándose durante unos segundos. Arabia no sabía muy bien cómo sentirse, pero finalmente cogió el carro, lo dejó pasar y actuó como si nada. Era lo único que podía hacer en ese momento.

Cuando volvió a la fiesta, algunas de las que consideraba sus amigas se acercaron a ella.

—¿Quién es ese? —le preguntó Jennifer.

—Es Jake, uno de los hermanos de mi mejor amiga Zane.

—¿Y qué hace aquí? —preguntó Cler.

—Ha pasado un tiempo fuera y no conocía todavía a Jazzlyn, así que lo invité al cumpleaños para que pudiera pasar tiempo con ella.

—Es guapo, ¿no?

Arabia las miró a ambas con las cejas arqueadas. La verdad era que había dejado de pensar en eso hacía mucho tiempo, pero decidió echarle un nuevo vistazo. Se había vestido formal para la ocasión, con una camisa azul. En ese momento estaba de pie frente al grupo de niños que rodeaba a Jazzlyn y a los payasos, mirándola, embobado.

—¿Os lo presento? —les dijo.

—Por supuesto que sí.

Las chicas se cogieron a cada uno de sus brazos y se acercaron al susodicho.

—Jake. —Él se volvió al instante—. Me gustaría presentarte a dos de mis amigas del club de tenis.

—Tenis —repitió Jake, algo incrédulo.

Arabia hizo caso omiso de su comentario.

—Ella es Jenn, y ella, Cler.

Jake correspondió a la presentación con educación y luego, al ver que ellas empezaban a darle conversación, Arabia desapareció, divertida.

Fue en busca de Kevin, pero se dio cuenta de que estaba hablando con sus compañeros alrededor de la mesa de la cocina, así que su única opción fue Jazzlyn. La niña estaba pasándoselo en grande y, para su sorpresa, no se había despegado del cerdito en todo el día. Hasta había dormido con él un rato antes de que empezase la fiesta.

Se quedó observando cómo interactuaba con los demás niños. Lo bueno de que hubiese tanto entretenimiento era que todavía no se había peleado con nadie por los juguetes. Era una fiesta de cumpleaños genial, y Arabia sabía que no todos los niños tenían la oportunidad de contar con tantas cosas como Jazzlyn. Lo único que le pesaba era que todo fuera fruto del salario de Kevin, pues ella llevaba muchísimo tiempo sin trabajar, y no terminaba de gustarle la idea de que fuese él quien manejase el dinero del que ella dependía.

Cerca de las siete, cuando todos empezaban a marcharse, Kevin se acercó a ella.

—¿Le has comentado a Jake lo de mañana?

—No, todavía no.

—Ya sabes que era solo una idea. Si prefieres que vayamos los tres juntos, al menos dile que por la tarde podrá pasar a verla. Se va el lunes, ¿no?

Lo cierto era que no se lo había preguntado, pero ambos habían deducido que solo pasaría el fin de semana allí.

—Entonces, ¿iremos seguro? ¿Has avisado a tu madre?

—Sí. Nos esperan para comer. Va a ser toda una sorpresa cuando te vean, ya lo verás.

Y tanto que iba a ser una sorpresa. Hacía cinco meses que no veía a ningún miembro de su familia. Hacía incluso más tiempo que no los había visto a ellos, viviendo en la misma ciudad, que a los Becker.

Jake fue el último en marcharse. Cuando se dio cuenta de que ya había finalizado el evento, se acercó a Jazzlyn para darle un beso, pero ella no le hizo demasiado caso: estaba muy entretenida toqueteando todos sus regalos.

Después se acercó a Arabia.

—¿Conocías a toda esta gente?

—A unos más que a otros, pero sí.

—Vaya montón de hipócritas, ¿no?

A Arabia le hizo mucha gracia su comentario.

—Será mejor que no te escuche Kevin.

—No, ahora en serio. Esta clase de personas no te pegan nada. No tienen nada que ver contigo.

—Jake, mi vida hace mucho tiempo que cambió, ¿recuerdas?

Empezó a molestarse con él, a pesar de que en parte tenía razón. El nuevo círculo social con el que convivía no podía ser más diferente a ella. Aun así, él no era nadie para decirle nada, y menos con ese tono de reproche.

—¿Te vas a casar con él? —preguntó después.

—Sí, claro —respondió sin dudarlo.

—¿Cuándo?

—¿A qué viene eso?

—¿Estáis esperando a que nazca el bebé?

Arabia dejó pasar esa pregunta y continuó con otro tema importante.

—En cuanto al bebé, te agradecería mucho si no le contases nada a los demás. Es una sorpresa que quiero darles en persona.

—¿No lo sabe ni siquiera Zane?

—Todavía no.

—Joder, ¿qué pasa con vosotras dos?

—¿De qué estás hablando?

—Pensaba que erais mejores amigas.

—Y lo somos.

—¿Seguro? Porque a mí me da la impresión de que las dos habéis cambiado.

—¡Yo no he cambiado!

—¿No? Mírate. Mira tu ropa, tu casa, tus nuevos amigos…

—No te consiento que vengas a mi casa a decirme esto. Te invité porque sabía que era importante para ti, y he intentado que estuvieses cómodo. Incluso te he dejado que te llevases a la niña por ahí sin que apenas te haya visto un par de veces. ¿Crees que me merezco alguno de tus reproches?

—¿Ocurre algo?

Kevin apareció justo en ese momento con Jazzlyn en brazos.

—No —se apresuró a decir Jake—. Perdona, Ari. No era mi intención molestarte. Ya me marcho.

—¿A qué hora vendrás mañana a por la niña? —le preguntó Kevin.

Arabia miró hacia otro lado, molesta. Todavía no le había dicho nada de eso a Jake.

—¿Tengo que venir a alguna hora en especial?

—Estaría bien que estuvieses aquí antes de las once.

—Lo que Kevin quiere decir —continuó Arabia— es que habíamos pensado en que vinieras mañana a pasar el día con ella mientras nosotros vamos de visita a casa de sus padres. Si quieres, claro.

—De acuerdo, vendré antes de las once. Dale un beso a Jazzy Lynn de mi parte.

¿Jazzy Lynn? Antes de que pudiera preguntarle algo respecto a cómo acababa de llamar a la niña, Kevin volvió a hablar:

—Si pudieses ser puntual, te lo agradeceríamos mucho.

Jake no contestó al último comentario de Kevin. Se marchó sin más.

DOMINGO

22 DE MARZO 1992

Hoy era el verdadero cumpleaños de su hija y, sin embargo, se había quedado en casa con Jake mientras ella iba a Bel Air con Kevin para visitar a sus padres. Jake se había presentado en casa a las diez y media, muy puntual, y Arabia se había dirigido a él fingiendo que no estaba molesta por sus palabras del día anterior. Le había dejado una copia de las llaves de casa para que pudiese entrar y salir a sus anchas, y también había dejado preparada la comida de Jazzlyn. Él tenía libertad para cocinar lo que quisiera.

Ahora estaban a punto de llegar a su destino y Arabia estaba nerviosa.

—Todo saldrá bien —le aseguró Kevin—. Se van a alegrar mucho por la noticia.

Hasta ahora no lo había pensado, pero, viviendo apenas a treinta minutos —veinte sin tráfico— de Bel Air, y habiendo transcurrido más de cuatro meses desde que confirmara que estaba embarazada, era bastante extraño que no hubiesen ido hasta ahora.

Sus padres estaban jubilados y vivían en uno de los barrios más ricos de Los Ángeles y del condado, pero eso no quitaba que pudiesen ir algún día de visita a su casa. Kevin se excusaba diciendo que estaban demasiado cómodos allí, al igual que ellos, así que se comunicaban por teléfono.

Con su hermana Natalie pasaba más o menos lo mismo. Vivía en Brentwood, más cerca incluso, pero ella tenía cinco hijos y siempre estaba muy ocupada, así que esa era su excusa. Kevin y Arabia sí habían ido a visitarla en alguna ocasión tiempo atrás, pero tampoco sabía la noticia de que estaba embarazada. De los cinco hijos que Natalie tenía, uno era biológico —el primero—, y todos los demás eran adoptados. Eso sí, todos eran blancos y con edades comprendidas entre los cinco y los doce años. Por las características similares de pelo rubio que todos compartían, Arabia pensaba que era como si los hubiese escogido a la carta, además de que eran chico, chica, chico, chica, chico. No le cabía la menor duda de que su familia tenía mucho dinero, y sabía de sobra que el marido de ella era quien había conseguido que Kevin empezase a destacar por fin en los negocios, a pesar de la fama con la que contaban los Smith, ricos e inversores desde hacía décadas.

Cuando llegaron a la lujosa casa, estaban todos allí. Los hijos de Natalie iban perfectamente vestidos, como siempre: los tres niños con pantalón y suéter y las dos niñas con vestidos, todos del mismo color. Arabia había escogido un peto vaquero, unas zapatillas blancas y una camiseta de manga corta del mismo color para debajo. Le encantaba ese peto. Lo tenía desde que se quedó embarazada de Jazzlyn. Kevin no había hecho ningún comentario acerca de su atuendo, pues él se había vestido con el mismo estilo de ropa que usaba cuando iba al club de golf: pantalón y polo.

Sus padres no tardaron en aparecer, así que antes de que nadie sacara sus propias conclusiones, Kevin extendió los brazos para que le prestasen atención.

—Quería anunciaros como es debido, y dado que ya es imposible disimularlo, que Ari y yo estamos esperando un bebé.

Ella miró a los presentes sonriendo de oreja a oreja, feliz. Le hacía mucha ilusión que él se hubiese decidido a dar la noticia. Se sentía como si la estuviese presentando por primera vez, a pesar de que ya los conocía a todos con anterioridad.

Natalie fue la primera en acercarse para darle la enhorabuena, y su marido también. El padre se acercó a Kevin y le estrechó la mano. La madre desapareció hacia el comedor sin decir nada.

—Mi madre es un hueso duro de roer —le dijo Natalie—, pero al final te aceptará, ya lo verás.

Sus sospechas se confirmaron. Aquella mujer no la quería, de ninguna de las maneras, con bebé o sin él. Kevin la invitó a que tomara asiento mientras esperaban a que la sirvienta anunciara el servicio de la comida.

—No te preocupes —dijo—. Estoy seguro de que está muy ilusionada, pero no es una persona que exteriorice sus sentimientos a la primera de cambio. Créeme, he vivido con ella dieciocho años. Ni siquiera se alegró cuando me aceptaron en la universidad que ella quería. Simplemente creyó que era mi deber conseguir que lo hicieran.

Treinta y tres eran los años que Kevin tenía en la actualidad.

Por la tarde nada había cambiado. La señora de la casa se había dignado a sentarse en la misma estancia que ella solo para comer. Ahora estaban en la sala de estar divididos por sexos. Kevin hablaba con el marido de Natalie y con su padre, y Natalie y ella jugaban a las palmas con las dos hijas de esta, de siete y diez años. Era lo más divertido que había hecho en todo el día, y estaba deseando volver a casa.

Cuando por fin se despidieron y se subieron al coche, eran casi las cinco de la tarde.

—¿Qué tal si nos vamos a dar una vuelta por el centro?

—¿Ahora?

—Podríamos ir al cine, ¿no crees? ¿Qué tal *Instinto básico*?

—Le dije a Jake que volveríamos después de comer.

—Podemos llamarlo y preguntarle si no le importa esperarnos un rato más. Después del cine podemos volver a casa y cenar todos juntos.

—¿Cenar todos juntos? Eso es una idea muy utópica, si esperas que sea una cena tranquila.

—Prometo ser educado. Además, podemos coger comida para llevar de ese japonés que tanto te gusta.

Eso la terminó de convencer.

Condujeron hasta el centro, llamaron a casa desde una cabina y Arabia respiró aliviada al ver que estaban bien. Si no se hubiesen encontrado en casa y no hubiese podido hablar con él, habría estado nerviosa durante toda la película, es decir, con más nervios de los que la película en sí ya le produjeron.

Eran más de las ocho cuando por fin llegaron al Residencial con las bolsas de comida japonesa. Arabia fue directa hacia la puerta de entrada después de que Kevin parase el coche y empezara a descargar. Habían pasado todo el día fuera y no sabía cómo habría reaccionado Jazzlyn ante eso, pues era la primera vez que la dejaba sola durante tanto tiempo con un semidesconocido.

—¡Ya estamos en casa! —anunció al entrar.

No obtuvo respuesta. De fondo se escuchaba únicamente el sonido del televisor, así que caminó a paso ligero hacia el salón. El sofá quedaba de espaldas a ella y lo único que veía era el brazo de Jake. Dio la vuelta a toda velocidad para situarse justo enfrente. La escena que encontró la enterneció.

Ambos se habían quedado dormidos. Jake estaba en la parte exterior, ligeramente girado hacia el interior, y Jazzlyn babeaba sobre el pecho de él, sujeta por su brazo izquierdo.

—¿Qué sucede? —preguntó Kevin al verla allí pasmada.

Ella le pidió que bajara la voz.

—Se han quedado dormidos —dijo por lo bajo.

—Pues habrá que despertarlos. La cena se enfría.

Arabia sabía que tenía razón, pero no sabía cómo hacerlo para que no se sobresaltaran. Se agachó y empezó a acariciar el brazo que Jake tenía sobre la cabeza, que estaba pintarrajeado.

—Hemos vuelto —dijo.

Luego pasó a darle golpecitos con el dedo.

—Jake. Estamos aquí.

Él se movió un poco y apartó el brazo, colocándolo sobre Jazzlyn.

—No se despierta —le dijo a Kevin.

—Pues habla más alto.

—¡Jake! —dijo mientras le movía el hombro.

Entonces sí que se despertó. Giró la cabeza hacia ella, abrió los ojos y, segundos después, la reconoció. Empezó a incorporarse, aunque Jazzlyn no hizo amago de despertarse.

—¿Qué hora es?

—Las ocho y media. Siento que hayamos vuelto tan tarde. Hemos traído la cena.

Dejó a la niña acostada en el sofá y él se quedó sentado. Arabia se dio cuenta de que su hija tenía la boca manchada de chocolate, y la ropa también.

—¿Ha merendado? —le preguntó a Jake.

—Sí, y luego hemos tenido un atracón de chocolatinas que la han vuelto hiperactiva. Ahora ya no creo que se despierte hasta dentro de un buen rato. Tiene que estar agotada.

—En ese caso, me la llevo a la cama para que podamos cenar tranquilos. Si se despierta, le prepararé un poco de leche.

Cogió a su hija y la subió al piso de arriba, a su habitación, con mucho cuidado. Allí estaba su diminuta cama con protectores laterales. *Debería cambiarla de ropa*, pensó, pero optó por dejarla tal cual estaba, por lo menos hasta que se despertase, aunque eso supusiese correr el riesgo de que también manchara las sábanas.

Cuando regresó al salón, Kevin estaba sacando la comida de las bolsas mientras Jake permanecía de pie a un lado. Arabia puso un mantel sobre la mesa de la cocina y preparó cubiertos para los tres.

—Espero que te guste la comida japonesa.

Cenaron sin enfrentamientos verbales de ningún tipo. Arabia le preguntó a Jake sobre lo que habían estado haciendo y él a su vez se interesó por la película. Por lo visto, Jazzlyn, después de haber pasado un rato en el parque y de que regresaran a casa, se había dedicado a enseñarle todos y cada uno de sus juguetes. Después había querido pintar, incluyéndolo a él, así que cuando la convenció de que en la cara no podía ser, ella se contentó con dibujarle rayas por los brazos. Por último, habían visto un par de películas de la colección de Jazzlyn. En la tercera fue cuando se quedaron dormidos.

—¿Y cuándo regresas a Utah? —le preguntó Kevin.

—Puede que mañana me quede dando una vuelta por Los Ángeles, así que me iré después de comer, o al caer la tarde. —Jake estaba terminando su plato de tallarines—. En el Charloft hay un panfleto con los sitios más turísticos de la ciudad, así que... Eso haré.

—A finales de mayo volveré para darles a todos la noticia del embarazo. ¿Crees que podrás guardar mi pequeño secreto hasta entonces?

Jake asintió sin mirarla. En realidad, parecía bastante incómodo al estar compartiendo mesa con ellos dos.

No hablaron mucho más hasta la hora de despedirse.

—Gracias por invitarme al cumpleaños —le dijo Jake—. Y perdona si he hecho algún comentario estúpido.

Arabia sabía a qué se refería, pero no le dio importancia.

—Gracias a ti por venir.

Me alegra saber que estarás cerca de ella, le gustaría haber añadido. Pero no lo hizo, porque él seguía siendo él. Seguía siendo impredecible.

—Espero tus cartas —añadió antes de marcharse.

Kevin se limitó a hacerle un gesto con la mano para despedirse, y él lo imitó.

LUNES

23 MARZO 1992

Jake se despertó a las nueve de la mañana, se desperezó y decidió darse una ducha antes de salir a visitar aquella majestuosa ciudad. El poco tiempo que había pasado allí había sido con Jazzlyn, así que no había tenido tiempo para mucho, y quedarse otro día más lo veía innecesario. Tres noches en el Charloft eran más que suficientes para su tarjeta de crédito.

Antes de terminar de vestirse, bajó la vista hacia su hombro izquierdo y se tocó las cicatrices. Movió el hombro haciendo un círculo, primero hacia delante y luego hacia atrás. Ver aquellas marcas le hacía pensar en Emma, pero también en Arabia. Una cosa llevaba siempre a la otra y viceversa. Todavía tenía muchas cosas que decirle a la única a la que aún podía decirle algo, pero sabía que era demasiado pronto, y el hecho de que fuese a tener un hijo con Kevin y que, seguramente, se casaría con él, retrasaba todavía más el momento. Pero, en fin, había pasado mucho tiempo superando algunas cosas, así que ya no le importaba esperar.

Pagó su último día en el Charloft y se subió a la camioneta. Abrió el mapa de la ciudad que había conseguido allí mismo y empezó a moverse. Lo primero que había visto a su llegada, y lo más próximo a donde estaba, era el barrio de Century City. No tenía ningún interés en verlo, ya que ya había estado de pasada y la gente de negocios no le interesaba, pero tuvo una corazonada. Condujo hasta allí con la intención de encontrarse con Kevin. Aquel tipo no terminaba de caerle bien, a pesar de que aún no había hecho nada para molestarlo en exceso, aparte de ser descortés, algo que tampoco le importaba demasiado.

Se dio cuenta enseguida de que encontrar a Kevin era como encontrar una aguja en un pajar, porque ni siquiera sabía en qué compañía trabajaba, así que desistió y aparcó frente a una cafetería para desayunar. Después de eso conduciría derecho hacia Santa Mónica para ver la playa y el mar. La última gran superficie de agua que había visto en los últimos años había sido el río Delawere, que delimitaba Pensylvania de New Jersey. Solo recordaba, y muy vagamente, haber estado en una playa con sus padres cuando era pequeño.

La cafetería se llamaba The Coffee Area, y parecía de esas que pertenecían a una cadena, aunque era bastante elegante. Tenía dos plantas, y Jake decidió subir a la de arriba pensando en que habría un poco menos de ajetreo. Estaba en lo cierto, pues apenas había un par de mesas ocupadas, pero, para su sorpresa, en una de ellas estaba Kevin con otro hombre y una jovencísima chica embutida en un traje de chaqueta y falda. El otro hombre estaba de espaldas a Jake, pero los otros dos no dejaban de mirarse y de sonreír.

Jake intentó pasar desapercibido para poder acercarse y escuchar algo de lo que hablaban, pero Kevin lo vio en un movimiento de cabeza. Tuvo que volver a mirarlo para asegurarse de que era él.

—¿Me disculpáis un segundo? —le escuchó decir.

Los otros se quedaron callados al instante.

—¿Me has estado siguiendo? —le preguntó a Jake en cuanto se acercó. Lo apartó a un lado para poder hablar.

Él se echó a reír por la insinuación. El hecho de que hubiesen terminado en la misma cafetería era una simple y divertida coincidencia.

—Acabo de salir del Charloft y he parado aquí para desayunar, lo que no quita que me haya llevado una enorme sorpresa al verte.

Jake señaló con la mirada a la chica, que los miraba, expectante.

—Es mi nueva secretaria —le aclaró él—. Mi primera secretaria, para ser más exactos. El otro hombre es el marido de mi hermana, el encargado de escogerla personalmente para mí.

—Así que eres de los que necesita una joven y guapa secretaria.

—Mira, Jake. Me gustaría seguir perdiendo el tiempo contigo, pero tengo que poner a esa señorita al día de mi agenda, y agradecerle a mi cuñado lo mucho que ha hecho por mí al hacerme el favor de escogerla, así que ya nos vemos otro día. O mejor, dentro de unos meses.

—Seguro que la habéis escogido solo porque es una chica muy cualificada.

Su comentario hizo que Kevin volviera a darse la vuelta.

—Ya que lo mencionas, habla cuatro idiomas, una cualidad muy beneficiosa para mis próximos negocios internacionales, de los cuales Ari ya está informada.

—Eso no contesta del todo a mi pregunta.

—Jake, créeme, agradezco el recelo que muestras hacia mi persona, eso me hace sentir mucho más seguro de mí mismo y de mi relación. Mucho mejor, en general. Que tengas un feliz viaje de vuelta.

Jake no añadió nada más. Echó un último vistazo a la secretaria y bajó de nuevo a la planta baja. Pidió dos *croissants* para llevar y salió del establecimiento.

Aquella joven iba a ser la primera secretaria de Kevin. La primera. Eso significaba que había estado siendo un don nadie, teniendo en cuenta el mundillo en el que se movía, y le hizo pensar que no era más que un niño rico de papá que no había levantado cabeza hasta que habían intercedido por él. Y él que pensaba que de verdad era alguien importante... Mucha alta cuna, pero clase ninguna.

Decidió saltarse la visita a Santa Mónica para hacer algo de lo que seguramente se arrepentiría, pero que pensó que tenía que hacer, y condujo una última vez hacia el Residencial Santa Clara. Al llegar a la casa de Kevin, descubrió que no había nadie. Eso le frustró.

Estuvo esperando más de treinta minutos hasta que las vio llegar a las dos a lo lejos. Arabia iba empujando el carro nuevo de Jazzlyn, con ella en su interior.

—¿Qué haces aquí? —le preguntó cuando empezó a atravesar el jardín—. Creía que irías a dar una vuelta por la ciudad.

—Quiero hablar contigo, Ari.

Ella se paró frente a él, mirándolo con intensidad, y Jake entendió que estaba debatiéndose entre si aceptar o no.

—No quiero hablar del pasado, Jake.

—Pues hablaremos del presente, pero hablemos, por favor. Necesito saber algunas cosas.

Arabia puso la llave en la cerradura y pasó al interior, dejándolo entrar. Colocó a Jazzlyn en su zona de juego y luego tomó asiento en una de las sillas de la mesa de la cocina.

—Hoy me duele especialmente la cabeza, así que espero que vayas directo al grano.

Jake se sentó en la parte opuesta y apoyó los codos sobre la tabla. Entrelazó los dedos de las manos y respiró lentamente antes de empezar.

—¿Cómo conociste a Kevin?

La pregunta pareció sorprenderla, pero le respondió:

—Lo conocí cuando todavía trabajaba en el hospital, cuando me reincorporé después de haber estado de baja por maternidad. Él estaba de viaje de negocios, y en su segundo día en la ciudad empezó a encontrarse mal. Dos días después ingresó y lo operaron de apendicitis. Yo era una de sus enfermeras.

—¿Y qué pasó después? ¿Cómo surgió... todo?

—Me pidió el teléfono y yo se lo di. Luego seguimos en contacto unos días después de que le diesen el alta y él decidió posponer su regreso a Los Ángeles para conocernos. Y eso es todo.

—¿Amor a primera vista?

—Por su parte, sí. A mí me llevó mucho más tiempo, como comprenderás.

—¿Qué es lo que te gusta de él?

—¿A dónde quieres ir a parar?

—Solo quiero que me respondas. Tengo curiosidad.

Jake no era ningún experto en la materia, pero sabía reconocer el atractivo de otro hombre cuando lo tenía, y no era el caso de Kevin.

—Pues para tu información, me gustan muchas cosas de él. Entre ellas, el hecho de que me trate como si fuese la única mujer en el mundo. No había tenido ninguna relación antes de conocerme a mí.

Conque era eso, pensó para sí. Sin quererlo, dejó escapar lo primero que se le vino a la cabeza:

—Vaya, sin duda eso es lo que siempre has querido, ¿no? Ser la primera chica de alguien. La primera y la única, claro.

—Pues sí, no te lo voy a negar. Era lo que soñaba cuando era pequeña. Y cuando ya creía que no encontraría a nadie así, lo conocí.

—Pues siento tener que decírtelo, pero eso es más un problema que una ventaja.

—¿Ah, sí? ¿Y eso por qué?

Le hubiese gustado decirle que había conocido a unos cuantos hombres de negocios en su estancia en Philadelphia, y que algunos de ellos tenían una o varias amantes fuera del matrimonio. El hecho de que Arabia fuese la primera relación de Kevin daba mucho que pensar, teniendo en cuenta que, por lo visto, estaba empezando a ser alguien importante de verdad y que ya tenía su propia secretaria. Sin duda, seguiría conociendo a muchas secretarias más y acabaría mordiendo el anzuelo.

—No puedo explicártelo, pero sí puedo garantizarte que Kevin te engañará. Tarde o temprano lo hará.

- - - - - - -

Arabia mantuvo la compostura lo mejor que pudo después de esa última frase. Jake acababa de pasarse de la raya, pero por suerte se le ocurrió algo para contraatacar:

—¿Sabes? De normal, la gente cree capaz a otra gente de las cosas que ellos mismos harían.

Jake la miró, extrañado, y esta vez fue él quien dejó pasar los segundos antes de responder. Fue el primero en empezar a perder los estribos cuando replicó al fin:

—¿Eso es por Emma? —Por supuesto que era por Emma. A la primera de cambio, cuando ella se enfadó con él y decidió irse de casa, no le faltó tiempo para acostarse con ella—. ¿Cómo puedes decirme eso después del infierno por el que he pasado?

—¿Y qué hay del que he pasado yo? —Jake no respondió a eso, así que ella simplemente continuó—: Te perdoné por lo que había ocurrido y me convencí a mí misma de que en realidad no había nada que perdonar. Después, cuando lo de la Conrad, cuidé de ti lo mejor que pude, tratando de evitar que te vinieras abajo. ¿Y qué hiciste tú? Te fuiste. Decidiste que lo mejor era desaparecer, porque no podías soportar la culpa que te habías cargado a la espalda. ¿Pensaste en mí antes de tomar esa decisión? Yo responderé por ti: no.

—¿De verdad crees que no pensé en ti?

—No, Jake. No lo hiciste. Y que conste que no me refiero a Jazzlyn, porque no lo sabías y jamás te reprocharé nada relacionado con eso. Me refiero a nosotros. Tú y yo. Lo que había y lo que rompiste sin ninguna explicación.

Jake se levantó y se acercó. Arabia también se puso de pie entonces.

—Nunca, escúchame bien, nunca he dejado de pensar en ti.

Arabia se rio.

—¿Crees que con eso vas a arreglar algo?

—¡No! ¡Maldita sea! Pero tienes que saberlo, porque me estás echando en cara muchas cosas que me duelen y que me aguanto porque deseo verte feliz. Y tengo que creerme que aquí lo eres porque tú misma te lo crees, y me callo porque no tengo derecho a meterme en tu vida. Pero no he podido evitar fijarme en lo agasajador que Kevin es contigo, en las palabras que te dedica para hacerte sentir tan bien, y ¿sabes? Yo me sé de otro que también te hacía sentir muy bien con su palabrería.

En ese momento sintió que le atravesaban el corazón. Estaban tan cerca el uno del otro que no pudo evitarlo, y sintió ganas de atravesarle también el suyo de alguna manera. No se le ocurrió otra forma que marcándole la cara con una bofetada. Otra vez.

—Qué grandes se te hacen las palabras en la boca cuando no sabes medir el daño que puedes causar con ellas —le dijo, serena después de todo. Sintió cómo los ojos se le llenaban de las lágrimas que no quería derramar—. ¿Cómo te atreves a mencionar a Dave?

Jake no contestó. Simplemente retrocedió un paso y se quedó con la cabeza gacha. Arabia se dio cuenta de que su respiración se había acelerado y que trataba de controlarla para serenarse también. Por eso mismo ella fue la que continuó hablando:

—No quiero que sigamos peleando. —Miró un segundo a Jazzlyn para asegurarse de que, a pesar del alboroto, ella seguía sentada en su parque, sin dejar de mirarlos—. No podemos cambiar el pasado, y ahora los dos tenemos una vida diferente en la que no estamos incluidos el uno para el otro. Y ya está, hay que aceptarlo. Yo soy feliz aquí, aunque tú sigas pensando que no es mi lugar. Después de mucho tiempo he encontrado la estabilidad y he aprendido que no pasa nada por ser una chica corriente, que no pasa nada por no ser de esas a las que todos los chicos del instituto miran al pasar, que no pasa nada porque nadie nunca se haya fijado en mí a primera vista…, porque detrás hay mucho más, y es mejor reservarlo solo para el que quiera mirar. Esos son los valores que le daré a mi hija, aunque para mí siempre será la más bonita.

—Te equivocas en muchas de las cosas que dices —le dijo Jake. Arabia notó cómo echaba la vista atrás, con intención de marcharse en breve—. Lo primero es que tú no eres, ni mucho menos, una chica corriente. Y estás muy equivocada al pensar que nadie se ha fijado en ti a simple vista. —Retrasó unos pasos, en dirección a la salida—. Siento no haberte dado esas palabras bonitas que al parecer tanto necesitabas. Yo nunca las he necesitado, ni creo que las vaya a necesitar nunca. Ojalá sigas siendo feliz aquí por mucho tiempo.

—¿Y qué es lo que tú necesitas? —le preguntó, curiosa.

Arabia le hizo volver a girarse antes de que abriera la puerta.

—Reciprocidad. Con eso me basta. La única persona con la que he llegado a sentir eso se llamaba Rachel.

Cuando Jake cerró la puerta, el silencio se apoderó de la casa entera, y eso la hizo sentir vacía. En realidad, se había vaciado hablando con él porque había podido decirle muchas cosas que llevaba guardándose demasiado tiempo. Pero que mencionara a la pequeña Rachel le había roto el corazón. Se llevó la mano a la boca por la sorpresa al escuchar su nombre, y recordó lo mucho que su prima había significado para él.

Ya por la noche, cuando llevó a Jazzlyn a la cama y ella pidió dormir con el cerdo de peluche, Arabia se dio cuenta de que ellos dos eran y seguirían siendo un par de enamorados a destiempo.

DOMINGO

29 MARZO 1992

Derek y Emily habían ido a comer a casa de Frederic con los niños, así que Pitt y Zane estaban ahora en el salón viendo una película aburridísima. Hacía mucho tiempo que no se sentaba en ese sofá a solas con Zane, y la verdad era que a veces agradecía esa calma, aunque le gustasen los niños. Se dio cuenta de que a ella se le caía sin querer la cabeza porque estaba a punto de dormirse, así que se debatió unos instantes entre si dejar que durmiera o hacer que se despertara para poder salir a hacer alguna otra cosa más divertida.

Se decidió por la segunda opción.

—Dios mío, Zane, ¿qué tienes ahí?

Ella giró la cabeza y lo miró.

—¿Dónde?

—Ahí. En el pie.

—No lo sé, ¿qué tengo?

Zane se incorporó del sofá para mirar hacia sus pies en calcetines.

—No sé de qué ha...

—¡Madre mía! —exclamó Pitt.

—¡¿Qué?! ¿Qué pasa?

Había llegado el momento. Pitt le cogió el pie derecho y lo subió hasta su regazo, aprisionándolo con las manos. Entonces la miró, divertido.

—No —dijo ella.

Zane acababa de descubrir sus intenciones, así que no había tiempo que perder.

—¡No! ¡No! ¡Cosquillas, no!

Su súplica no sirvió de nada. Pitt empezó a hacérselas en la planta del pie. Zane tenía cosquillas en todas partes, pero era especialmente sensible en los pies, y por eso mismo los había escogido.

—¡Para, por favor! —le decía mientras se retorcía y se reía a la vez.

Pitt continuó y, cuando ella se quedó tumbada al subir también el otro pie para intentar defenderse, él aprovechó la situación para cogerlo también.

—¡No!

Zane no dejaba de protestar y de chillar a la vez que se le caían las lágrimas por la risa. Ambos se reían a carcajadas cuando la puerta se abrió de golpe y Derek y Emily entraron al interior de forma atropellada.

—¡¿Qué ocurre?!

Pitt se quedó petrificado con los pies de Zane en las manos, mientras que ella tuvo que levantar la cabeza por encima del respaldo para poder verlos.

—¿Qué ocurre? —le preguntó de vuelta a su hermano.

—Estabas gritando —le dijo—. Se escuchaban tus gritos desde el jardín.

Zane se volvió hacia Pitt, que alternaba la mirada entre ella y Derek. Entonces volvió a echarse a reír, pero ya no por las cosquillas, sino por el susto que le había dado a su hermano. Reía tanto que Derek empezó a ponerse de mal humor, a la espera de una explicación. A Pitt se le contagió la risa, pero se puso serio cuando se cruzó de nuevo con el semblante de Derek.

—Lo siento. Le estaba haciendo cosquillas.

La afirmación hizo que ella riera todavía más. Pitt vio cómo Emily sonreía y abrazaba a Derek por detrás para que se tranquilizara. Le habían dado un buen susto.

Los niños dieron la vuelta alrededor del sofá para ver a Zane. La pequeña Danielle también parecía algo asustada.

—¿Quién se apunta a hacerle cosquillas a la tía Zane? —les preguntó Pitt.

Jack no tardó ni dos segundos en subirse al sofá y colocarse sobre Zane para tratar de hacerle cosquillas en el cuello, y Danielle se animó también a colocar sus manitas sobre la misma zona desde donde estaba. Zane no dejaba de pedir que pararan y de reír y, cuando Pitt dejó de sujetarle los pies para acabar con una buena parte de su tortura, se quedó allí parado contemplándola mientras seguía riendo, consciente de lo mucho que le gustaba verla así. Solo entonces, y por primera vez estando con ella, sintió que una parte de sí mismo funcionaba de nuevo. Se avergonzó tanto de que ocurriera delante de todo el mundo que huyó hacia el cuarto de baño y tardó un buen rato en volver a salir.

ABRIL

SM	L	M	X	J	V	S	D
14			1	2	3	4	5
15	6	7	8	9	10	11	12
16	13	14	15	16	17	18	19
17	20	21	22	23	24	25	26
18	27	28	29	30			

JUEVES

2 ABRIL 1992

—Te van a pillar, Rob, ya lo verás —le dijo Louis a su compañero.

—Deja de preocuparte tanto —replicó este—. Solo es un dinero extra, nada más.

—Es dinero robado.

—No es dinero robado. Robados fueron los relojes que llevé a la tienda de empeño. Esto —añadió mientras mostraba el fajo de billetes— es solo el principio de una pequeña fortuna. Deberías animarte a trabajar conmigo. Dejarías ese bar apestoso.

—Te he dicho mil veces que no.

—Bueno, mejor. —Robert salió de la habitación cuando él todavía estaba a medio vestir, sin cuidarse de guardar silencio cuando se dirigía a la cocina—. Te quedarías con todos mis clientes, y eso no me gustaría.

Lo dijo así, tan ancho, a pesar de que Jake estaba durmiendo enfrente. Louis se colocó la camiseta y salió tras él.

—¿Puedes bajar la voz? —Robert lo miró, extrañado—. No quiero que me vuelva a ver saliendo de tu habitación.

—A propósito, ¿cuánto tiempo más va a quedarse?

—No mucho más.

—No me gusta que lo vean ahí durmiendo medio desnudo cuando llego. Además, se ha adueñado del salón, y el salón es mi parte favorita de la casa, lo sabes.

Louis decidió dejar de prestarle atención. Cuando estaba lúcido podía llegar a ser muy hablador, y cuando él también lo estaba le resultaba bastante irritante.

Se sentó en uno de los sofás y se quedó allí, mirando de vez en cuando a su hermano. Eran las ocho y en un par de horas tendría que irse a trabajar, pero de momento ya no tenía más ganas de dormir. Robert estaba arriesgándose demasiado por un dinero que en realidad no le hacía falta, y eso le preocupaba.

Jake se revolvió y se dio la vuelta, dejando al descubierto su torso desnudo. Le había visto las cicatrices un par de veces de refilón, pero nunca las había mirado de cerca. En un impulso, se levantó y se acercó para verlas mejor. Le parecía increíble cómo había quedado el lugar por donde le atravesó una de las balas. La otra cicatriz era un poco más grande.

—¿Qué coño haces?

Jake acababa de despertarse.

—Perdona —dijo Louis retirándose al instante.

Su hermano se incorporó y se quedó sentado sobre el sofá. Acto seguido, buscó su camiseta y se la puso.

—Lo siento, de verdad —continuó Louis—. Solo tenía curiosidad.

Sin decir nada, Jake continuó vistiéndose. Luego se fue al cuarto de baño a echarse agua sobre la cara.

—Me voy a comprobar si funciona ya el agua de casa —añadió después de coger las llaves de su camioneta.

Entonces salió.

Louis se dio cuenta de que en cuanto estuviese toda la casa activa, Jake se marcharía para instalarse allí. Eso le producía una extraña sensación. Se había vuelto a acostumbrar a él. Siempre había sido su referente, siempre había querido parecerse a él... Pero nada más lejos de la realidad. Físicamente eran bastante distintos. Derek y Jake eran los grandes de la familia, como su padre; Zane y él se habían quedado con la delgadez de su madre, y además ni siquiera llegaba al metro ochenta. Y psicológicamente... Jake se preocupaba por cosas que para él eran insignificantes. No era consciente, pero la gran mayoría de cosas habían dejado de importarle desde la muerte de sus padres cuando él tenía dieciséis años. Ese suceso lo había marcado, como a todos, y lo había convertido en la persona que ahora era. Despreocupado hasta el extremo, con la idea de que nada de lo que hiciese tendría suficiente repercusión, ya que, al fin y al cabo, la vida era y no era nada. En el momento menos esperado se esfumaba, y no dejaba huella.

Se encendió un cigarro y se quedó sentado en el sofá de mimbre donde su hermano había estado durmiendo.

Dos horas después se iría a trabajar.

\- - - - - - -

Eran las cinco de la tarde.

Zane estaba cada vez más agobiada con los exámenes y trabajos de la universidad, y Pitt mucho más. Eso hacía que tuviesen poco tiempo para verse, así que ella le había ofrecido que se quedase a dormir siempre que pudiese para poder trabajar juntos por la tarde o durante la noche. Desde que habían empezado a dormir juntos, ella solo quería que Pitt la abrazara y la acariciara antes de dormir, o al despertar. Zane no tenía ni siquiera reparo en cambiarse de ropa delante de él, aunque él sí se avergonzaba cuando eso sucedía.

Monique le había dicho en alguna ocasión que como continuasen así mucho más tiempo, lo que tenían iba a convertirse en una simple amistad, pero ella confiaba en que tarde o temprano Pitt dejaría de sentirse cohibido. A ella le gustaba muchísimo, pero no intentaba nada con él más allá de los besos desde que sabía lo que le había sucedido en el Dix y lo que eso había supuesto para él.

Ahora Pitt acababa de salir al baño y había dejado sus gafas de estudio sobre la mesa. Zane estaba sentada justo al lado terminando uno de los trabajos para el día siguiente, y al verlas sintió mucha curiosidad por mirar a través de ellas. Las únicas gafas que se había probado hasta ahora habían sido las de su hermano Derek. Las de Pitt eran negras y bastante sencillas, aunque con la montura gruesa. Zane las cogió y se las puso, y luego observó los apuntes que tenía delante. Lo veía todo borroso y no conseguía enfocar.

Cuando Pitt regresó la encontró casi pegada a la mesa con los ojos guiñados.

—¿Zane?

Ella levantó la vista y lo miró a través de las gafas. Luego agachó la cabeza para poder verlo por encima de los cristales y enfocarlo.

—¿Cómo puedes usar esto para estudiar? —le preguntó—. Yo no veo nada.

Se dio cuenta de que Pitt la miraba con la boca entreabierta, completamente quieto.

—Te lo digo en serio. Las de Derek no tenían tanta graduación como estas. Fíjate. —Zane volvió a intentar leer algo de lo que tenía delante—. No puedo leer absolutamente nada, ni sabiendo lo que pone. ¿Cómo es posible que veas algo sin ellas?

—Son... solo para cerca... —dijo él con torpeza.

Zane se bajó las gafas hasta el final de la nariz y le dijo:

—¿Qué haces ahí parado?

—Oh, nada, es que...

Era evidente que estaba nervioso, y Pitt no solía ponerse nervioso. Zane se señaló entonces las gafas.

—Perdona. ¿No querías que las usara? —Automáticamente se las quitó—. Solo quería comprobar cómo se veía, y...

—No, no es eso —la cortó Pitt—. Es que... te quedan... muy bien.

A Zane le costó un poco asimilar la información, tal vez por el hecho de que había decidido no presionarlo ni insinuarse en ningún momento.

Él continuaba nervioso y, de pronto, Zane empezó a ponerse nerviosa también. Se levantó para colocarse delante de él, se puso de nuevo las gafas y, segundos después, ambos miraron hacia su entrepierna.

—Cierra la puerta —le susurró Zane.

Pitt hizo lo que le dijo sin apartar la vista de ella. Entonces, Zane se desabrochó los pantalones, los dejó caer y después dio un par de pasos para dejarlos en el suelo y tener libres las piernas. Su corazón latía a mil por hora por la emoción de saber que Pitt se había excitado al verla. Se acercó a él, despacio, y luego se quedó casi pegada a su pecho, con la cabeza hacia arriba para que pudieran mirarse a los ojos. La respiración de Pitt estaba acelerada. Zane puso las manos en el botón de sus pantalones para desabrocharlos también. Después de eso volvieron a mirarse, y Zane sintió un calor intenso por todo el cuerpo. Quería tocarlo, y quería que él la tocara también. La sensación tuvo que ser recíproca porque, poco después, Pitt la cogió en brazos y la tumbó sobre la cama, colocándose sobre ella.

Y entonces sucedió lo que ambos llevaban tanto tiempo esperando.

SÁBADO

4 ABRIL 1992

Jake acababa de despertar en la casa de Prinss, en su habitación de siempre. Hacía un par de días que habían resuelto el problema del agua, así que por fin se había instalado. El día que llegó y comprobó que ya podía hacer vida normal allí ni siquiera se molestó en volver a por sus cosas. Simplemente fue al baño, lo limpió y se dio una ducha con agua caliente. Después salió a comprar algo de comida y se pasó todo el día encerrado en casa. Por la noche llamó a Louis para avisarlo de que se quedaba a dormir, y que iría pronto a por sus pertenencias.

Ahora que ya llevaba dos días, se percató de que la casa era muy grande para él solo. Arriba estaba la habitación de Zane, deshabitada. Abajo la suya, la que Derek y Louis habían compartido y la de sus padres. Pensó en mudarse a la de sus hermanos porque era más grande, y por eso pasó la mañana moviendo muebles para dejarlo todo a su gusto. Al fin y al cabo, Derek no iba a volver, y parecía que los otros dos tampoco tenían intenciones de hacerlo. Más tarde iría a preguntarle a Zane si le gustaría que dejase preparado algún juego de cama por si quería quedarse a pasar alguna noche, sola o con Pitt. Podía tener la posibilidad de dormir dónde y cuándo quisiera y, por supuesto, a Jake no le importaría.

Cambió de sitio algunas de las camas. Primero sacó al pasillo las dos pequeñas que había en la habitación de Derek y Louis; luego trasladó el somier de la de sus padres a esa misma habitación y colocó las pequeñas en la de matrimonio, una a cada lado de la pared. Por último, movió los colchones. Se dio cuenta de que todos estaban bastante anticuados y que debería comprar uno nuevo, al menos para la cama que pensaba usar él. Colocó la estructura en la parte central de la habitación, para cambiar completamente la distribución. Quería un cambio radical, y haberse instalado en la habitación de sus padres no era suficiente. Además de que no le hacía ninguna gracia estar ahí, ni porque había sido de ellos, ni porque luego la habían usado Derek y Emily.

Hacía tiempo que había contemplado la posibilidad de comprarse un ordenador, así que empezó a pensar en los escritorios. Había tres solo en esa planta, lo cual era demasiado. Sacó uno de ellos al pasillo y pensó que, si colocaba otro en la parte derecha, que era donde más le gustaba, al otro lado de la cama iba a quedar un hueco muy vacío, por lo que decidió mover a la parte izquierda dos pequeños armarios.

Por último, movió la cama un poco hacia la izquierda para diferenciar la zona de descanso y de vestir de la zona de trabajo. Tal vez incluso comprara un pequeño sofá para esa parte, o algo que le otorgase un aire de despacho. Hacía mucho tiempo que no iba a Philadelphia y estaba seguro de que cuando lo hiciera iban a entregarle varios documentos de expedientes y posibles proyectos, así como las últimas cuentas trimestrales. Tal vez tuviese que adquirir un escritorio más grande si al final compraba un ordenador.

Decidió deshacerse del otro escritorio. Lo desmontó y lo colocó en la parte trasera de la camioneta, junto con las cajas que había preparado con su antigua indumentaria de fútbol. También había empaquetado algunas prendas de vestir que ya no usaba. Luego se vistió y decidió llevarlo todo hasta un centro de ayuda social para darle una segunda vida. Tenía pensado llevar más cosas, pero antes tenía que preguntarle a su hermana qué iba a seguir necesitando y qué no. Y si Louis quería instalarse, había dejado muebles para que pudiese hacerlo sin problema.

Llegó a casa de Derek alrededor de las doce de la mañana. Llamó al timbre y esperó, paciente. No se escuchaba nada al otro lado, ni siquiera voces infantiles o la televisión. No era la primera vez que tenía que quedarse allí hasta que algún miembro de la familia volviera de alguna parte, pero sí era bastante inusual. De normal, siempre había alguien en casa. Tal vez habían llevado a los niños al parque y Zane estuviese en el Wondy's con Pitt. Decidió sentarse y relajarse.

Al cabo de un rato, unos quince minutos, Jake empezó a escuchar ruido en el interior. Se levantó y se acercó a la puerta.

Se trataba de la risa de Zane. Volvió a llamar al timbre y la risa desapareció.

—¡Zane, soy yo! —dijo.

Su hermana todavía tardó un rato en llegar hasta la puerta. Cuando abrió, dejó solamente el hueco que ella necesitaba para dejarse ver.

—¡Jake! —exclamó—. No sabía que vendrías.

—Eh..., ya, es que no he avisado a nadie. ¿Debía hacerlo?

—No, supongo que no.

Zane echó un vistazo hacia atrás y solo entonces abrió la puerta completamente y lo dejó pasar. Estaba muy rara. Vio a Pitt apoyado en el marco de la puerta de la habitación de su hermana y lo saludó con la cabeza.

Justo cuando iba a hablar para decirle a Zane lo de la casa de Prinss, se quedó callado al ver la sonrisa que a su hermana se le acababa de dibujar en la cara. Además, no dejaba de mirar a Pitt. Jake los observó a ambos hasta comprender lo que estaba pasando.

—Os he interrumpido, ¿verdad? —preguntó Jake.

Zane se puso las manos dentro de los bolsillos traseros de los pantalones, se encogió de hombros y arrugó la cara.

—Vaya... —continuó—. Eso quiere decir que ya...

Zane volvió a reír y a mirar a Pitt. Jake no pudo evitar que la sonrisa se le contagiara.

—Por eso no me ha abierto nadie.

—¿Habías llamado antes?

—Sí, un par de veces. Pensaba que no había nadie hasta que te escuché reír.

—Lo siento, no oímos nada, ¿verdad?

La pregunta iba para Pitt, que negó inmediatamente.

—No importa. Ya me voy.

—¿Te vas?

Jake sabía que no había llegado en un buen momento y no quería robarles más tiempo de intimidad.

—En realidad, solo he venido para decirte que ya he pasado un par de noches en Prinss. —Abrió la puerta—. Voy a ir ahora a casa de Louis a por mis cosas. Cuando puedas, me gustaría que vinieras para ver cómo quieres que dejemos tu habitación, por si te apetece quedarte algún día.

—¡Claro! Muchísimas gracias por contar conmigo. Iré el próximo lunes. ¿Te parece bien?

—Sí, el lunes perfecto. A finales del mes que viene haré un viaje exprés a Philadelphia, así que... mejor dejarlo hecho cuanto antes, ya sabes, por si quieres quedarte allí mientras yo no estoy.

Jake la miró y le guiñó un ojo. Ella se ruborizó y agachó la cabeza, pero cuando la volvió a levantar estaba sonriendo.

—¡Hasta la vista, Pitt!

- - - - - - -

Era el primer paquete de tabaco que terminaba en lo que llevaba de día y solo eran las doce. Louis le había pedido a Samantha que avisase en el trabajo para que alguien lo cubriera, porque sabía que los nervios que tenía no iban a permitirle ejercer bien su función. Le pasaba siempre que Robert decidía desaparecer un tiempo. En realidad, hacía solo dos días que no lo veía, pero siempre empezaba a angustiarse cuando pasaba más de cuarenta y ocho horas sin aparecer por casa. Ya había desaparecido en otra ocasión durante una semana y había regresado sin dar ningún tipo de explicación, pero ahora Louis tenía preocupación extra por lo que había robado. ¿Y si se habían dado cuenta y lo habían buscado para rendirle cuentas?

La casa estaba hecha un asco, lo sabía. Por eso también le había pedido a Samantha que se pasase por allí cuando acabase el turno. Necesitaba a alguien que pusiese un poco de orden mientras él continuaba fumando y consumiéndose por la inquietud. Además, sabía que ella era la única que podía ayudarlo a despejar la mente por un rato, y lo necesitaba. Había momentos que sentía que la cabeza le iba a estallar.

Cuando escuchó que la puerta se abría, le dio un vuelco el corazón. Sus ánimos volvieron al mismo punto de partida al ver que era Jake.

—¿Qué hay? —le dijo a modo de saludo.

Louis no se inmutó.

—Joder, la casa está hecha un asco.

—Ya lo sé.

—Yo solo venía a por mis cosas. En Prinss ya hay agua caliente. ¿Te gustaría venir a ver cómo he dejado la casa? ¿A qué hora trabajas?

—Hoy no trabajo, pero me quedaré en casa.

—Supongo que puedo echarte una mano con esta pocilga antes de marcharme.

—¡No! —le espetó Louis—. Si te vas a ir, vete. No hace falta que me ayudes en nada.

—¿Qué mosca te ha picado?

Louis estaba saturado. Su mente lo estaba. Lo único que quería era quedarse allí a la espera del regreso de Robert o, en su defecto, acostarse con Samantha. Sabía que eso era lo único que le serviría mientras su compañero de piso estuviese desaparecido.

—Solo digo que ya tienes la casa que tanto anhelabas, ¿no? Pues bien, vete.

—Levanta el culo y échame una mano —insistió Jake.

Vio que su hermano empezaba a recoger algunas cosas de la cocina y se dio cuenta de que, si se quedaba allí, Jake no haría otra cosa más que insistirle para que limpiara, y él no tenía ganas de nada. Decidió coger su paquete de tabaco y salir a dar una vuelta.

—Eh, ¿se puede saber a dónde vas?

—A tomar el aire.

—¿Crees que soy tu chacha?

—No te he pedido que hagas nada. Ya lo arreglará todo Sammy cuando venga.

—¿Sammy? ¿No te da vergüenza que tenga que venir ella a limpiar tu mierda?

Louis miró a Jake, desafiante. Tenía el pulso acelerado y solo quería desatar su rabia. Sin pensarlo, llegó hasta la cocina, tiró al suelo algunos de los platos que había sobre la encimera y luego lo pisoteó todo.

—Que te den —añadió.

Tras eso, dio un portazo y se alejó del apartamento lo más rápido que pudo.

- - - - - - -

Jake estaba de nuevo en Prinss después de recoger sus cosas del apartamento de Louis. Durante la tarde había guardado todo, había puesto una lavadora y había ido al supermercado a por algunas cosas esenciales, como cereales, leche y agua. Además, había hecho todo eso estando de muy mal humor. Su hermano pequeño le había mandado prácticamente a la mierda y él ni siquiera había tenido opción a replicar.

A las ocho de la tarde llamaron a la puerta. Jake se sorprendió, pero se sorprendió todavía más cuando abrió y se encontró cara a cara con Samantha.

—¿Qué haces aquí? —le preguntó.

Continuaba enfadado, así que no se le ocurrió ninguna otra forma de dirigirse a ella, aunque no tuviese culpa de nada.

—¿Louis está contigo?

—No. ¿Cómo sabías dónde vivo?

—Tu hermana me lo dijo. He hablado con ella hace un rato para preguntarle por Louis. Seguiré buscando si no está aquí.

—Oye, ¿qué es lo que pasa con Louis? ¿Tendría que haber ido a trabajar?

—No. Conseguí que cubrieran su turno, pero está preocupado porque Robert lleva dos noches sin aparecer, así que supongo que ha ido a buscarlo.

—¿Y por qué te preocupas tanto?

Samantha lo miró de una forma extraña.

—¿No debería hacerlo?

—Ya volverá, ¿no?

—Se suponía que me iba a esperar en casa, pero no estaba cuando he llegado. No me tranquiliza en absoluto el hecho de que esté por ahí buscando a Robert o alguna otra cosa, no sé si me entiendes.

Lo primero que a Jake le vino a la mente fue el barrio Gris.

—¿Te refieres a... drogas?

—Esa sería una de las opciones, sí, pero no creo que haya llegado todavía a esa fase.

—Sammy, te agradecería que fueras más clara.

—Louis es inestable, Jake.

—¿Y eso significa que...? —Jake lanzó la pregunta esperando a que Samantha le explicase algo más.

—Que sea inestable significa que tiene cambios de humor muy bruscos. La mayoría de veces es sin motivo aparente, pero cuando le falta algo básico en su vida le da un bajón importante. Robert lleva dos días sin aparecer y Louis está muy ansioso.

—¿Intentas decirme que Robert es el pilar que mi hermano necesita?

—Algo así.

—¿Qué gilipollez es esa? Entiendo que esté preocupado porque es su compañero, pero de ahí a que sea un pilar básico en su vida...

—Ahora mismo no tengo tiempo para darte más explicaciones. Voy a seguir buscándolo. Si quieres acompañarme, te seguiré contando por el camino.

Era tal la curiosidad de Jake que terminó accediendo. Le dijo que lo esperase mientras cogía las llaves de la camioneta y luego salieron juntos a la calle.

Por el camino, Samantha continuó explicándole algunas de las conductas de su hermano pequeño a la vez que iba dándole indicaciones sobre posibles lugares donde encontrar a Louis. Lo que más interés le causaba era todo el asunto de Robert. Samantha le contó que ese chico le daba cierta estabilidad porque Louis tendía a la dependencia. Su hermano se había instalado con Robert hacía mucho tiempo, y poco a poco se había acostumbrado a él. El hecho de no saber dónde estaba lo desquiciaba porque, por lo visto, ya había desaparecido en otras ocasiones.

—Robert no es la mejor de las personas, ya lo sabemos, pero además hay algo que le mueve por encima de todas las cosas: el dinero. Si tiene dinero no le importa nada ni nadie. —Jake la miró con una ceja arqueada, intrigado—. Lo que quiero decir es que posiblemente haya conseguido una buena cantidad y no aparecerá hasta que lo haya despilfarrado por completo. Intentaré que Louis entienda esto cuando lo encontremos, para que deje de darle vueltas.

—¿Se puede saber a qué coño se dedica Robert?

—¿Me lo estás preguntando en serio, Jake?

—Sí, claro que te lo pregunto en serio. Aún no me explico cómo puede pagar su parte del alquiler, porque parece que lo único que hace es salir a divertirse.

—Robert es chapero.

Jake se quedó perplejo. Sí intuía su orientación sexual variada, pero, aparte de eso, no había notado nada más. Acababa de descubrir que muchas de sus conquistas no eran conquistas, sino clientes con los que trabajaba a cambio de dinero, y eso lo había dejado totalmente desconcertado.

Después de casi una hora dando vueltas por la ciudad, a Jake le vinieron a la mente un par de cosas.

—Antes, cuando te pregunté si Louis había ido a buscar droga, me dijiste que no creías que hubiera llegado a esa fase. ¿Puedes explicármelo?

—Las personas con inestabilidad emocional a veces buscan consuelo en las drogas, porque les ayudan a evadirse y a que su mente deje de atormentarles. Por eso a veces Louis fuma algo de hierba. Lo relaja bastante.

Empezaba a comprender algo más a Louis. Se sentía muy estúpido por haber estado tan ciego hasta ahora.

—¿Mis hermanos saben que es inestable? —Esa era la otra pregunta—. Me has dicho también que llamaste a Zane para preguntarle. ¿Ella sabe algo?

—Jake... Tu hermana es demasiado inocente como para darse cuenta de los vicios de tu hermano. Se preocupa mucho por él, pero no tiene ni idea de su inestabilidad. No es algo que Louis vaya contando por ahí. —Samantha bajó el espejo del copiloto y se puso a pintarse los labios—. A veces ni siquiera es capaz de admitirlo, aunque la verdad es que desde que tú has vuelto ha estado bastante tranquilo.

—¿Por qué te pintas ahora?

—Quiero llamar su atención —respondió sin mirarlo mientras continuaba con la tarea.

—¿Por qué?

—Porque no quiero que haga nada de lo que pueda arrepentirse.

Samantha le indicó que se apartara de la carretera y pusiera los cuatro intermitentes. Jake no entendía a qué se refería.

—Mira —dijo señalando hacia la puerta de lo que parecía una discoteca—. Ya lo hemos encontrado.

Samantha se dirigió hacia allí, y Jake se dio cuenta de que en la puerta había un montón de hombres hablando, incluido Louis. Uno de ellos le hizo una señal con la cabeza para que lo siguiera y, justo cuando ambos iban a ponerse en marcha, Samantha los alcanzó. Louis se sorprendió al verla, y el otro hombre la miró de muy mala gana. Cogió del brazo a su hermano y empezó a tirar de él para llevarlo hacia la camioneta. Sonreía mientras lo hacía, y Louis la miraba totalmente desconcertado, casi como si no supiera quién era.

Cuando subieron, Louis seguía ensimismado. Samantha le dijo a Jake que condujera hacia el residencial y que no dijera nada. Ella se pasó todo el camino acariciándole el pelo.

Nada más llegar, los dos se bajaron del coche y subieron al apartamento. Jake no tenía ni idea de qué hacer, así que decidió dar una vuelta para dejarlos a solas, dando por hecho que no era necesario que él estuviera presente para lo que seguramente iban a hacer. Se suponía que Samantha iba a hablar con él y a convencerlo de que Robert terminaría regresando cuando se quedase sin blanca, pero no parecía que fuesen a hacer solo eso.

Al cabo de un rato, volvió a situarse frente a la puerta y se quedó allí, pensando en otros tiempos para darle un poco más de sentido a todo lo que Samantha le había contado. Su hermano ya había pasado por algo parecido cuando conoció a Laura. Se había encaprichado de ella, y eso lo había llevado por muy mal camino. Entonces nunca se imaginó que su conducta fuese por la falta de alguna persona, pero lo cierto era que Louis se había encontrado de la noche a la mañana sin una figura paterna que rigiera su camino, y tal vez una cosa había llevado a la otra.

Se dio cuenta de que, en realidad, no lo conocía tanto como creía, que nunca había tenido una conversación profunda con él para saber cómo se sentía después del accidente en el que sus padres y su prima perdieron la vida. Se había limitado a actuar para sacar adelante a la familia. Zane sí había exteriorizado sus sentimientos y había tratado de ayudarla, aunque sin mucho éxito, pero Louis se encerró en sí mismo tal y como hizo él, y eso en realidad fue catastrófico para ambos.

Por otro lado, Laura había sido muy importante para él, y había enloquecido cuando ella decidió que lo mejor era que se separaran para siempre. ¿Era posible que sintiera lo mismo por Robert? De repente a Jake se le iluminó la bombilla. ¿Louis y

Robert...? No podía ser. Se habría dado cuenta. Louis se acostaba con Samantha, no con Robert. ¿Por qué dependía tanto de él, entonces? Tal vez fuese porque él era quien le suministraba pequeñas dosis de marihuana, que era lo que realmente lo mantenía tranquilo. Decidió que esa era la explicación.

Algo más tarde, escuchó que se abría la puerta. Samantha apareció en el umbral fumando y le indicó que entrara.

Cuando pasó al interior, estaban a solas. Ella le explicó que Louis se había dormido y que no había podido hablar demasiado con él sobre Robert, así que lo haría al día siguiente. Ahora lo importante era que descansara y que lo tuvieran vigilado para que no volviera a salir en ese estado de desesperación. Jake decidió quedarse a dormir una noche más allí, esperando poder aclarar algunas cosas al día siguiente. Samantha y él limpiaron la cocina y prepararon una ensalada para cada uno con lo poco que quedaba en la nevera. Después de eso, ella le dio las buenas noches y regresó al cuarto de su hermano. Él se quedó en el ya habitual sofá de mimbre.

En mitad de la noche se despertó al notar un peso sobre él. Era Samantha, y estaba cerca. Muy cerca. Muy encima. Intentó decir algo, pero ella le selló los labios con el dedo y le pidió silencio. Jake no tenía ni idea de si estaba soñando. Era la segunda vez que le pasaba algo así en esa casa, solo que ahora sabía perfectamente quién estaba sobre él. Entonces, ella se acercó todavía más y lo besó.

Jake reaccionó un poco tarde, pero reaccionó. Se separó, se echó hacia atrás para incorporarse un poco y habló:

—¿Qué estás haciendo, Sammy?

—Sabes perfectamente lo que hago.

—Sí, ya. Pero ¿por qué?

Ella se limitó a sonreír y trató de volver a besarlo.

—No. Para. ¿Qué pretendes?

—¿Por qué le das tanta importancia? Solo quería besarte y

relajarme contigo. Ha sido un día muy intenso para los dos, así que pensé que tú también querrías desconectar así.

—Pues no. No quiero.

—Tu entrepierna no opina lo mismo.

—Te equivocas. Yo opino por ella. Lo que pasa es que no soy de piedra, así que sería genial si te quitaras de encima.

La luz se encendió de repente.

—¿Sammy? ¿Qué haces?

Jake cerró los ojos y maldijo para sus adentros cuando escuchó la voz de Louis justo detrás.

—Nada —respondió Samantha mirado en la única dirección a la que Jake no quería mirar.

—¿Qué...?

—No pasa nada, Louis —continuó ella.

Jake la empujó con cuidado por los hombros para que se apartara de una vez. Cuando se sentó y miró a su hermano, este lo observaba con el ceño fruncido.

—No ha pasado nada. Tranquilo —le dijo.

Samantha se levantó y se puso el pantalón. Jake ni siquiera se había dado cuenta de que no lo llevaba puesto.

—Vete de mi casa —dijo, de pronto.

Lo más sorprendente de todo era que no se estaba dirigiendo a ella, sino a él.

—Para el carro. Vamos a hablar primero de lo que ha pasado.

—¡Que te vayas de mi casa!

Cuando estaba a punto de volver a decirle que se calmara, que iba a explicárselo, Louis se fue a su cuarto. Miró a Samantha muy enfadado.

—Yo me encargo. No te preocupes —le dijo.

—Ya lo creo que te encargas.

Pero justo cuando ella iba a entrar a la habitación, Louis apareció de nuevo con su bate de béisbol en la mano.

—VETE.

Tuvo que apartarse cuando Louis se lanzó hacia él.

—QUE TE VAYAS.

Antes de que pudiera hacer o decir nada, Louis empezó a dar golpes por la casa. Hizo añicos un montón de platos y destrozó uno de los armarios. Jake se dio cuenta de que tenía que salir del apartamento por mucho que su hermano estuviese equivocado, porque no quería que ninguno de los dos se hiciera daño. Cogió las llaves de la camioneta de encima de la mesa y salió a la calle. Sin embargo, Louis llegó corriendo antes de que pudiera subirse y agrietó con el bate el cristal del conductor.

—¡¿Qué demonios haces?! —le gritó Jake.

—¡Te odio! —gritó entonces Louis—. ¡Te odio!

Louis empezó a golpear la chapa del vehículo.

—¿De qué estás hablando?

—¡No te importo una mierda!

Eso último se lo dijo a la cara, parando por un momento de golpear la camioneta. Jake estaba dejando que se desahogase por lo sucedido, hasta que en una de las nuevas arremetidas golpeó el espejo retrovisor y le dio una patada, consiguiendo que se descolgara. Entonces, Jake se hartó. Agarró el bate por la parte de arriba justo cuando él lo levantaba de nuevo y lo echó hacia atrás, haciéndolo retroceder. Luego estiró del extremo con fuerza hasta que por fin consiguió que Louis lo soltara.

—¡Para ya! Te estás equivocando. —Louis se quedó allí plantado frente a él con los puños apretados y fuera de sí—. Ahí dentro no ha pasado nada, y si has visto lo que has visto, no ha sido por mi culpa. ¿Queda claro?

—Vete —repitió Louis.

Después, subió las escaleras y entró en el apartamento. Jake se sentía fatal por lo que había ocurrido. Esperaba que Samantha diese la cara y acarrease con las consecuencias de su desliz, aunque en ningún momento había dado muestras de arrepentimiento. Comprobó el estado de la camioneta y luego intentó colocar de nuevo el retrovisor, aunque sin éxito. Finalmente, abrió la puerta y se subió. Después de arrancar escuchó un portazo y encontró a Samantha fuera del apartamento. Al ver que él todavía estaba allí, corrió hasta la camioneta.

—¡Jake! No puedes irte y dejarlo solo. —Jake la miró con ironía—. Te lo digo en serio. No está bien.

—¿No me digas? —continuó él—. ¿Y a quién le ha echado toda la culpa? A mí, así que será mejor que te encargues de solucionarlo.

—¿Crees que le habría importado vernos juntos en circunstancias normales? —No entendió a qué se refería—. Para el coche, Jake.

—Hablaremos mañana, cuando esté más calmado. Ahora no vamos a solucionar nada, ya has visto cómo se ha puesto.

—Por eso mismo. Lo peor que puedes hacer es marcharte y dejarlo solo.

—Para eso estás tú, para hacerle compañía.

—¿Eres tonto? —Se extrañó, porque le dio la sensación de que se lo decía en serio—. Que sea inestable significa que tiene cambios de humor muy bruscos, ya te lo he dicho antes. La mayoría de veces es sin motivo aparente, pero ahora mismo se le ha juntado lo ocurrido entre nosotros con la desaparición de Robert, así que es una especie de cóctel molotov en su cerebro. Si no le ayudas, va a hacerse daño.

—¿Qué es lo que quieres que haga? Me ha echado de casa.

Samantha no respondió, pero se le quedó mirando con cara de súplica. Jake dudó antes de volver a bajarse del coche.

—Sé de lo que hablo, Jake. Hazme caso, por favor. Baja y vuelve adentro.

Cuando regresaron, Louis estaba sentado en el suelo con la espalda apoyada contra la barra americana de la cocina. Tenía la cabeza escondida entre los brazos. Jake no tenía intenciones de acercarse demasiado por si intentaba golpearlo otra vez, pero ella no tardó en hacerlo y se sentó justo enfrente. Le acarició, primero el pelo y luego la cara cuando consiguió que la levantara.

Estaba llorando.

—¿Estás bien? —le preguntó.

Jake notó que le costaba respirar.

—Se ha ido —respondió Louis—. Todos siempre se van.

—Robert no se ha ido a ninguna parte —continuó Samantha—. Sabes tanto como yo que andará por ahí gastándose lo que haya ganado. ¿Sabes si ha estado manejando sumas importantes de dinero últimamente?

—Sí.

—¿Lo ves?

—¿Eso significa que no le importo lo más mínimo?

Jake dejó escapar un bufido. Por supuesto que a Robert no le importaba lo más mínimo. En todo el tiempo que había estado allí, no había visto en ningún momento que Robert tratase a su hermano con afecto. Solo eran compañeros de piso, o al menos esa era la sensación que le habían transmitido.

Samantha lo miró con cara de reproche antes de continuar.

—No tienes por qué preocuparte. Ya sabes cómo es. Estará por ahí codeándose con gente importante ahora que tiene dinero, para tratar de conseguir clientes más ricos. Sabes que el dinero es lo que más le atrae.

—Sí... Pero él cuida de mí. ¿Qué voy a hacer ahora?

Jake volvió a soplar por la boca al escuchar eso último. Samantha se lo reprochó con la mirada, pero esta vez Louis sí que reaccionó:

—¿Y a ti qué te pasa?

—Yo cuido de ti, no él, pedazo de idiota.

—¡¿Tú?! —Louis se levantó y se situó frente a él—. Tú solo sabes huir de los problemas.

Jake lo miró, alucinado. Luego rio de manera sarcástica.

—De acuerdo. Me voy a Prinss. Creo que va a ser lo mejor.

—Eso demuestra que tu hermano tiene razón, Jake —dijo entonces Samantha.

—Ya te dije cómo era —secundó Louis.

Eso fue el colmo. Jake volvió a darse la vuelta y se acercó a él.

—Siempre he intentado protegerte, ¿me oyes? ¡Siempre!

—Y yo siempre me las he arreglado perfectamente sin ti —respondió Louis, bastante tranquilo.

Samantha se acercó y trató de explicarle que no estaba hablando en serio, que todo era culpa de la inestabilidad, pero Louis se alteró aún más.

—¡Cállate tú también, zorra de mierda! Marchaos los dos a Prinss a terminar con lo que estabais haciendo.

Lo que hizo Samantha a continuación dejó a Jake atónito. Se abalanzó sobre él y empezó a golpearlo con los puños por todas partes. Louis se protegió con los brazos, e incluso trató de detenerla, pero Samantha estaba encolerizada y Jake tuvo que intervenir para que se separara de él.

Cuando se recompuso, se apartó el pelo de la cara y se disculpó:

—Lo siento, pero es que a veces es insufrible.

Louis había vuelto a quedarse agazapado, escondido tras sus brazos como un niño pequeño que se siente indefenso. Había visto esa reacción antes en la Fundación Brooks, pero le había parecido mucho más fácil ayudar a un niño de siete años que a su hermano de veintiuno.

—Cogeré una bolsa y meteré algo de ropa suya—le dijo Samantha—. Si vas a quedarte en Prinss de forma definitiva, será mejor que se vaya contigo por unos días. Os acompañaré hasta allí, por si acaso.

Al llegar a Prinss, y tras dejar a Louis durmiendo en su antigua habitación, ahora de Jake, Samantha y él se quedaron sentados uno frente al otro en la mesa de la cocina.

—Es una casa bonita —le dijo ella para empezar.

—Antes lo era más. Tengo que volver a darle vida.

Para Jake era bastante incómodo estar con ella a solas. Todavía no se había olvidado de lo que había pasado hacía tan solo unas horas. Sin embargo, ella no parecía preocupada, aunque, pensándolo bien, había cosas más importantes en las que pensar.

—Dime una cosa. ¿Cómo es que sabes tanto de lo que le pasa a Louis?

—Por Danna.

Jake abrió los ojos con incredulidad.

—¿Tu hermana?

—Sí. A mis padres les llevó mucho tiempo entender lo que le pasaba, pero hace bastante que se recuperó. Puede que antes incluso de que te conociera a ti, o después, ya no lo sé con exactitud.

—¿Y a tu hermana también le saltabas encima para tranquilizarla?

—No, ella no era violenta. Ella tendía más a la depresión y al encierro voluntario. Pero claro, yo entonces era demasiado pequeña para entenderla y nunca pude ayudarla.

—Por eso ahora te preocupas tanto por Louis.

—Al menos lo intento. Lo que mejor le viene es el trabajo, tener algo concreto que hacer cada día.

—Pero... no debería trabajar durante un tiempo.

—Lo sé, hablaré con el jefe. Es bastante comprensivo y ya permitió que se ausentase durante un par de semanas hace ya tiempo, cuando empezó a encariñarse con Robert y él solo lo utilizaba para pagar facturas. Fue entonces cuando nosotros empezamos a vernos más.

—¿Te acuestas con Louis por caridad?

Samantha se echó a reír.

—Claro que no. Él me atrae, pero no más que cualquier otro hombre. Trabajamos juntos y sabía que acabaría sucediendo antes de saber que tenía problemas emocionales. No lo hago por ayudarlo, aunque sé que lo hago. Es porque me gusta, y ya está. Y, por cierto, perdona por haberte calentado sin tu permiso. Jamás pensé que un hombre me diría que no.

Esta vez fue Jake el que rio. Sin duda, pocos hombres le dirían que no a Samantha, a pesar de que no era una chica llamativa a primera vista. Sin embargo, Jake no estaba mentalmente preparado para pasar un buen rato con nadie desde hacía mucho tiempo. Y, aunque para Samantha parecía que de verdad se trataba solamente de sexo, ya no quería volver a experimentar culpabilidad al darse cuenta de que para la otra persona podía significar otra cosa.

Además, había perdido bastante interés en el tema y su mente estaba muy ocupada, antes con la Fundación y ahora con la hija que acababa de descubrir que tenía, además de con la mujer que le había dado la vida.

—Espero no haberte ofendido.

—Solo un poquito, pero te perdono. Compensamos tu rechazo por mi descaro.

—Me parece bien.

—Louis te admira muchísimo, ¿sabes? —Jake se sorprendió con motivo—. Te ha echado en falta estos años, por eso supongo que se molestó cuando dijiste que tú cuidabas de él.

—Louis es una de las personas más independientes que conozco —le aclaró Jake.

—Y seguro que la más inestable.

Otra vez tenía razón.

—Nunca me imaginé que tenía problemas de ese tipo, pero es cierto que todo esto se asemeja mucho a cuando estuvo enamorado de Laura. ¿Te ha hablado alguna vez de ella?

Samantha asintió, aunque, cuando le explicó lo que sabía, Jake compendió que su hermano solo le había contado por encima lo que ocurrió en realidad.

Así se quedaron durante el resto de la madrugada: hablando sobre Louis, sobre Laura, sobre tráfico de drogas, sobre su adicción y sobre cómo Jake consiguió que volviera a la normalidad a base de encerrarlo en su cuarto y poner barrotes y cerraduras. Por último, ella le dio algunos consejos para hacer entrar en razón a Louis cuando despertara al día siguiente.

Pasaron la noche cada uno en un sofá.

- - - - - - -

—¿Cuándo piensas pedírselo?

Kevin estaba tomando champán acompañado de su cuñado, su fiel compañero en los últimos meses. Él era quien le había puesto al corriente de todo lo que tenía que saber de negocios internacionales, y también era el que le había dicho lo importante que era que se casara con Arabia una vez supo que ella estaba embarazada.

—Estáis viviendo juntos —había dicho—, y va a tener un hijo tuyo. Un hombre casado y con familia es mucho más respetado. Cásate y sé un buen cabeza de familia.

Kevin le había estado dando muchas vueltas durante las últimas semanas. Sabía que su madre no terminaba de aceptar a Arabia, porque seguía pensando que algún día Sylvia Wright volvería cansada de ver mundo y aceptaría casarse con él, pero hacía más de siete años que ella se había marchado en busca de nuevas experiencias, así que por mucho que su madre lo desease, los Smith y los Wright no iban a emparentarse. Tampoco es que Sylvia hubiese estado alguna vez interesada en él, todo lo contrario. Por eso mismo era lamentable que su madre le insistiera una y otra vez en que la cortejase, cuando ella no quería verlo ni en pintura.

Ahora ya hacía casi dos años que había conocido a Arabia, la única mujer a la que había cautivado sin dinero de por medio. Una chica sencilla de gustos sencillos que ni siquiera se dejaba agasajar. Los únicos problemas eran su procedencia y la niña. Tal vez su madre hubiese aceptado que fuese turca, pero lo que le disgustaba realmente era que hubiese tenido una hija con otro hombre y fuera del matrimonio. Sin embargo, su cuñado decía que debía casarse cuanto antes.

—¿Y por qué no ha venido a la fiesta? —volvió a preguntarle.

Eran las doce de la noche y estaban en el ático de un lujoso hotel de Los Ángeles, en una fiesta privada organizada por los socios de su padre.

—A ella no le gustan estos eventos. Además, decía que se encontraba hinchada y un poco mareada, por lo del bebé, ya sabes.

Pero qué iba a saber él. Su mujer —es decir, su hermana Natalie— solo había tenido un hijo biológico, y él había estado fuera durante la mayor parte del embarazo.

—En cuanto nazca el crío tendrá que empezar a acostumbrarse. Tienes que casarte con ella, y debéis hacer acto de presencia juntos en los eventos más importantes. Cuando estés de viaje de negocios ya serás libre para hacer lo que quieras.

—Sigo sin entenderte.

—Kevin, sabes perfectamente de lo que estoy hablando. Vas a conocer a muchas mujeres a partir de ahora, y todas querrán bonitos y caros regalos que tú les consentirás.

—Pero... acabas de decirme que tengo que casarme con Arabia.

—Efectivamente.

—Es contradictorio lo que dices.

—Déjame explicarte... No está bien visto que no estés casado, pero a nadie le importará verte echando una canita al aire de vez en cuando. ¿Me entiendes ya?

Tenía que casarse con Arabia lo antes posible. Su primer viaje fuera del país sería en tres semanas. A París.

SÁBADO

25 ABRIL 1992

Arabia llevaba toda la semana con jaqueca y mareos. El próximo lunes tenía la revisión de los seis meses y mientras tanto estaba aliviando su malestar con antiinflamatorios, tanto para la jaqueca como para la hinchazón de las piernas. Lo cierto era que no recordaba que con Jazzlyn hubiese estado tan hinchada, no al menos hasta el final del último trimestre.

Estar tranquila en casa era cada vez más difícil, ya que pasaba la mayor parte del tiempo sola y la niña solo quería jugar. Kevin había pasado la última semana más ajetreado de lo normal y sentía que necesitaba algo de ayuda. Cuando la gestación estuviese más avanzada, no se veía capaz de acarrear con su hija y con la casa.

Siempre se había considerado una mujer ágil y fuerte, aunque hacía tiempo que no se sentía así. Pensó que tal vez se debiese a estar lejos de la única familia que conocía en la actualidad. Cuando estuvo embarazada de Jazzlyn, ellos fueron un apoyo constante, sobre todo Zane. Era increíble lo mucho que la necesitaba, a pesar de que durante algún tiempo ambas parecían cómodas con la distancia. Zane tenía ahora a Monique, la chica que había ocupado su lugar. No podía evitar sentir rabia por ello, pero sabía perfectamente que había sido decisión suya trasladarse con Kevin a Los Ángeles. Supuso que una nueva vida le vendría bien. En Vallon las cosas dejaron de tener sentido cuando Jake se fue.

Empezaba a pensar que el embarazo la estaba consumiendo. Cuando Kevin llegase le pediría que la llevase a urgencias para que le echaran un vistazo. Tal vez pudiesen recetarle otro medicamento distinto a los que había estado usando por su cuenta hasta ahora. Mientras tanto, consiguió mantener a Jazzlyn entretenida con una de sus películas favoritas, sentadas juntas en el sofá.

La niña se quedó dormida a su lado y ella contempló la posibilidad de dormirse también, pero se obligó a mantener los ojos abiertos hasta que Kevin llegase. El malestar empezaba a resultar insoportable, pero ya no podía medicarse más hasta dentro de un par de horas. Cuando escuchó la puerta, respiró aliviada.

—Estamos aquí —dijo para avisarlo de que las encontraría en el sofá.

Al hablar sintió una especie de acidez muy incómoda en la boca del estómago. Justo iba a decirle a Kevin lo mal que se sentía cuando él se presentó frente a ella con un enorme ramo de flores en la mano.

—Hola, amor mío —le dijo.

Arabia se sintió muy confusa. Nunca le había traído un ramo tan espectacular. Todo eran rosas blancas, excepto una pequeña de color rosa en el centro. Normalmente no le preguntaba el porqué de las flores, pues ya se había acostumbrado, pero esta vez parecía que estaban de celebración.

—¿Y esto? —preguntó.

—Puedes cogerlo, si quieres —dijo Kevin ofreciéndole el ramo.

Arabia movió a Jazzlyn con mucho cuidado para que no se despertara y después se levantó despacio a pesar del malestar. Sintió de nuevo el dolor en el estómago.

—Perdona, pero es que me encuentro fatal...

Cogió el ramo y olió las flores. Eso la reconfortó un tanto. Eran muy bonitas y parecían recién cortadas. Entonces, Kevin se arrodilló frente a ella.

No puede ser cierto, pensó, *no ahora*. Empezó a ver una especie de destellos luminosos y terminó de asustarse. Estaba a punto de decírselo a Kevin cuando él habló para preguntarle lo que tanto tiempo había estado esperando, y que ahora mismo se temía.

—Ari, ¿quieres casarte conmigo?

Sintió que se mareaba y tuvo que volver a tomar asiento.

—¿Ari?

—Kevin, llévame a urgencias.

DOMINGO

26 ABRIL 1992

Louis y Jake habían salido temprano para ir a casa de Derek. Llevaban tres semanas viviendo juntos en el barrio Prinss y Robert todavía no había dado señales de vida.

Jake sabía que eso le estaba afectando mucho. La semana anterior lo había llevado al apartamento para coger algunas cosas y continuaba sin haber rastro de su compañero. De hecho, todo seguía bastante sucio. Louis decidió dejar una nota en el salón por si él regresaba, diciéndole que ahora estaba viviendo con Jake en su antigua casa. Lo bueno era que hacía dos semanas que Louis se había reincorporado al trabajo, por lo que ahora sus preocupaciones eran más llevaderas.

Durante todo ese tiempo, Jake había estado durmiendo en su antigua y minúscula habitación, dejando que Louis ocupase su cuarto de siempre y disfrutase de la cama grande cuando Samantha venía de visita. Ahora era ella quien le traía de vez en cuando un canuto pequeño para que se lo fumara cuando le apeteciera. El resto del tiempo solo fumaba tabaco, aunque tenía que salir al patio para hacerlo, pues Jake le había prohibido disfrutar de su adicción a la nicotina en cualquiera de las estancias.

Mientras iban de camino, Jake decidió que era un buen momento para sacar el tema al que tantas vueltas le había dado.

—Verás, Louis —comenzó diciendo—. Sammy me contó algunas cosas sobre..., ya sabes. Me contó que Robert es alguien que te da cierta estabilidad, y... me preguntaba si, en realidad, sentías algún tipo de atracción o...

—Me lo tiraba, si es eso lo que te estás preguntado —dijo Louis sin ningún tapujo.

—Vale. Bien. Entonces..., ¿te gusta acostarte con hombres?

—Me gusta todo, como has podido comprobar. Pero Robert es el único tío con el que me he acostado hasta ahora. Solo lo sabe Sammy, y ahora también tú. Creo que es de las pocas cosas que se me dan bien.

—¿El qué?

—El sexo. Ya sabes...

Jake le hizo un gesto para que no terminara la frase. Sabía perfectamente qué era lo que se le daba bien después de lo que le había contado.

—¿Y cuándo te diste cuenta de que los hombres también te atraían?

—Lo he sabido siempre, supongo.

—Pues yo nunca lo habría dicho. Me resulta un poco raro, pero...

—No necesito que hagas el papel de hermano comprensivo ni nada de eso. Si no lo ves con buenos ojos, eres libre de decirlo. Es algo que la mayoría de gente no acepta, así que...

—Lo que no entiendo es por qué solo te has acostado con Robert hasta ahora si con Sammy también tienes una relación bastante abierta.

—No es una relación.

—Lo que sea. Robert también hace por ahí lo que le da la gana, sea o no sea por dinero.

—Con él no tengo que dar explicaciones. Eso es todo.

—Pero ¿te gustaría...?

Jake estaba a punto de llegar a lo que quería proponerle, por muy indeciso que estuviese. Lo había hablado con Samantha y creía que sería algo bueno para Louis.

—Sí. Me gustaría probar cosas diferentes.

—¿Hay sitios en la ciudad donde podrías probar esas cosas diferentes?

—Más de los que imaginas. Camuflados, por supuesto, a modo de típico bar donde los hombres van a hablar de mujeres y de fútbol. Muchos de los que van allí lo hacen porque tienen un matrimonio como tapadera. Lo que me jode es que luego son ellos mismos los que hacen bromas sobre maricas para no desentonar. Ya me he encontrado con un par de clientes de Robert en mi restaurante, y me dan ganas de pegarles cuando los escucho hablar.

Jake comprendió que el sitio donde Samantha y él habían encontrado a Louis tres semanas atrás era uno de esos locales.

—Yo podría acompañarte a uno de esos sitios, si quieres —soltó por fin.

Su hermano lo miró con incredulidad.

—¿Cómo dices?

—Que podríamos ir juntos, ya sabes. Si es lo que quieres, deberías hacerlo.

—Te lo agradezco, Jake, pero no. De momento no tengo pensado ir a ninguno de esos locales, y mucho menos contigo. Sé que intentas que me olvide de Robert, pero ya es suficiente.

Esperaba que Louis agradeciese el apoyo que le estaba brindando, pero por lo visto ni lo necesitaba ni lo quería.

Al menos lo había intentado.

No dijeron nada más hasta llegar a su destino.

Derek y Emily habían preparado un sustancioso desayuno para toda la familia. Jake lo agradeció, porque había descubierto que las tortitas de Emily eran increíbles. Zane le había dicho en una ocasión que era un privilegiado, porque normalmente solo las hacía los lunes, pero él ya las había comido más de una vez desde que había vuelto.

Estaban todos sentados en la gran mesa del salón, como en Acción de Gracias. Las únicas que faltaban eran Arabia y Jazzlyn, porque hasta Pitt los acompañaba. De hecho, Louis y él estaban hablando sobre salir a ver un partido de béisbol local.

—Empieza a las doce —comunicó Pitt—. ¿Qué dices, Jake? ¿Te apuntas?

Por lo visto acababan de decidir que iban a ir.

—Yo también voy —dijo Zane.

A Jake el béisbol le parecía aburrido. Cada vez que su padre y su hermano se sentaban en el salón a ver un partido, acababa marchándose a su habitación, molesto si el horario coincidía con alguno de fútbol. Le parecía una buena idea que Louis se fuese con Pitt y con Zane para cambiar un poco de aires, teniendo en cuenta que habían estado juntos toda la semana.

—Yo paso. Que disfrutéis mucho viendo batear y todo eso.

—¿Y qué vas a hacer entonces? —le preguntó Derek.

Se sorprendió por la pregunta, como si su hermano estuviese insinuando que tendría que buscarse otro entretenimiento.

—No lo sé. No lo había pensado.

—¿Te gustaría llevarte a los niños? —preguntó entonces Emily.

Jake los miró a ambos, bastante confuso. Derek había jurado que nunca volvería a llevarse a Jack y a Danielle después del incidente en la piscina de los Wathson. Entonces se dio cuenta de que, además de que ya habían superado ese pequeño contratiempo, querían quedarse a solas en casa.

Media hora más tarde, Jake y los dos niños estaban en uno de los parques mejor equipados que había visto en toda su vida, en Valley Street. Por supuesto, él nunca había estado allí. Mientras Derek preparaba a los niños y rellenaba una mochila con agua y algo para comer, Emily le había dicho que aquel era el parque que solía frecuentar Emma con Jack. Ella había tardado mucho tiempo en volver a llevarlo, y la verdad era que no iban demasiado a pesar de que quedaba muy cerca de su casa. Le daba miedo que el pequeño pudiese acordarse de su verdadera madre y renegase de ella, aunque a día de hoy ya nadie pensaba que eso pudiese suceder. Jack era muy pequeño cuando todo ocurrió, y Emily era, al fin y al cabo, la hermana gemela de su madre.

Los niños iban de un lado para otro. Danielle seguía todo el tiempo a Jack, accediendo a cuantos juegos le proponía, por eso solo tenía que vigilar en una dirección. Cuando se decidió a sentarse en uno de los bancos resguardados bajo la sombra de un árbol inmenso, Danielle cayó de bruces contra el suelo. Jake se levantó automáticamente, pero esperó a ver la reacción de la niña. Jack se había quedado parado enfrente, también a la espera de ver lo que ocurría. Danielle no tardó en arrancar a llorar mientras se quejaba de la rodilla.

—Arriba, renacuaja —le dijo Jake cuando llegó hasta ella.

La cogió por las axilas y se la llevó al banco para sentarla. Jack correteó tras ellos.

—¡Se ha caído! —gritaba—. Estábamos intentando huir del cavernícola y ha tropezado con una de sus trampas. ¡Voy a volver para vengarme!

—¡Quieto ahí! —le advirtió Jake a la vez que sentaba a la pequeña—. Quédate aquí un segundo hasta que curemos a Danielle, ¿de acuerdo?

—Jo.

A Jake le daba mucha pena ver llorar a la niña. Se había hecho un minúsculo rasguño en la rodilla derecha, pero para ella parecía la peor de las heridas. Sacó una de las botellas de agua de la mochila y le echó por encima.

—¡Ayyyy...! —protestó.

—Esto no es nada, ya lo verás.

—¡Estás herida, Dell! —le dijo Jack—. Ahora tendré que ayudarte a llegar al refugio.

Aún no habían cumplido los cinco años, pero la palabrería de Jack le sorprendía muchísimo.

Jake limpió bien la herida para asegurarse de que no sangraba más, mientras Danielle iba poco a poco dejando de gimotear. Se le habían quedado los ojos empapados por las lágrimas, así que sacó una de las servilletas que también llevaba y le limpió la cara.

—Arreglado —anunció Jake dando por finalizada la cura.

Ayudó a Danielle a bajar del banco y esperó a que ella se asegurase de que podía volver a caminar a pesar del rasguño.

—¡Vamos, Dell! —le insistió Jack.

Justo cuando iban a volver a ponerse en marcha, alguien los interrumpió:

—¿Es posible que seas tú?

Jake se dio la vuelta y vio a una chica morena y bajita con una niña de rizos castaños. Debía de rondar también los cinco años.

—¡Hola, Millie! —exclamó Jack—. ¿Quieres jugar a huir del cavernícola?

La aludida asintió y su madre le dio permiso para que fuera con ellos.

Jake tardó bastante en reconocerla.

—Perdona, sé que va a sonar fatal, pero... No recuerdo tu nombre. ¿Eras...?

—Nora —respondió ella sin darle importancia—. Y tú eres Jake Becker.

—El mismo.

—Hacía mucho que no te veía —continuó—. Emily me dijo que te marchaste.

—He estado por Pennsylvania un tiempo, en Philadelphia.

Tras la pausa que vino a continuación, ambos se giraron para echar un vistazo a los niños. Sin duda, Millie también había crecido muchísimo desde la última vez.

—¿Van al mismo colegio? —quiso saber Jake.

—No, qué va. Millie y yo no vivimos en Valley Street. Solo venimos aquí de vez en cuando porque nos gusta mucho este parque. ¿Sabes? Jack y ella se reconocieron cuando volvieron a verse a pesar del tiempo que había transcurrido. Fue increíble.

—¿Pasó mucho?

Nora se quedó pensativa un momento.

—Unos seis meses hasta que Emily trajo aquí al pequeño.

—Los críos son bastante sorprendentes, en general.

Nora rio. Jake recordó a algunos de los chavales con los que había tratado en la Fundación. Eran mayores que los que ahora vigilaba, pero más de uno le había hecho reflexionar. Millie, Jack y Danielle estaban ahora en la zona de los columpios, los dos primeros intentando subirse de pie sobre ellos.

—¡Jack! —En cuanto el niño lo miró, le hizo una señal con la mano para indicarle que abortara la misión—. Ni se te ocurra.

El niño protestó y Millie también dejó de intentarlo. Luego salieron corriendo hacia el tobogán. Cuando Jake se volvió hacia Nora, esta lo miraba con ternura, y eso lo incomodó.

—Tenías que habértelo quedado tú —le dijo. Jake simplemente se quedó sin saber qué responder a eso. Estaba claro que había sido una posibilidad, pero ni siquiera ahora pensaba en haberse hecho cargo del niño—. Habrías sido un buen padre —continuó ante su silencio—, además de que te pertenecía por derecho.

Jake tuvo que procesar esa información antes de poder reaccionar. *Tenías que habértelo quedado tú*. No había sonado como un reproche, pero sí parecía que Nora estuviese decepcionada con el hecho de que finalmente Jack hubiese sido adoptado por Emily y por su hermano. *Te pertenecía por derecho*. ¿Había dicho eso también? Debía de haberla entendido mal.

—No sé qué quieres decir.

Nora frunció un poco el ceño.

—¿Emma no te lo dijo? —Parecía extrañada.

—Decirme, ¿qué?

—Yo creía que... cuando fue a la fábrica... ella... —se interrumpió a sí misma para cambiar el hilo de la conversación—. ¿Pudiste hablar con ella aquel día, antes de que os atacaran?

Era una pregunta muy dura y muy difícil de contestar para él. Habían hablado, sí, pero solo le había dicho que no tenía ninguna intención de hablar con ella en ese momento. Todavía le atormentaba que hubiese sucedido de aquella manera, así que le abrumaba bastante el hecho de que Nora le dijese que Emma había ido con intenciones de contarle algo.

—No pudimos hablar... mucho —respondió él con pesar.

Se dio cuenta de que Nora se puso un tanto nerviosa por su respuesta.

—Daba por hecho que te lo había contado... Tal vez he hablado más de la cuenta, aunque eso lo explicaría todo.

—¿Explicaría qué?

—Será mejor que nos sentemos.

Nora lo hizo y le tiró del brazo para que la acompañara. Jake accedió, alternando la vista entre los niños y ella, ya que no era capaz de enfrentarse a su mirada. No sabía qué era lo que iba a contarle, pero sí sabía que era relacionado con Emma, con lo que ella había ido a decirle aquel día. Se suponía que ella había ido a disculparse por lo ocurrido, ¿no? Eso había dicho.

—Hasta ahora pensaba que te habías marchado porque Jack era una responsabilidad que no querías, ¿sabes?

—No es que no la quisiera, es que no estaba preparado para hacerme cargo de nadie. Ya sé que Emma me pidió que fuese el tutor de Jack y sé que yo me negué, pero quién iba a pensar que pasaría lo que pasó...

—Lo de la tutoría dejó de importar cuando ella se dio cuenta de lo mucho que Jack y tú os parecíais. Eso era lo que quería contarte cuando fue a la fábrica. Me dijo que tú le habías enseñado una foto tuya, y luego le pidió a Emily que le llevase a casa algunas más de cuando eras pequeño, para asegurarse. Yo también vi esas fotos, Jake. Os parecéis muchísimo.

Ahora por fin sabía a dónde quería llegar a parar, pero estaba muy equivocada.

—Emily y yo somos los únicos que sabemos quién es su verdadero padre, Nora, y te aseguro que no soy yo.

—Yo también he oído hablar de Dave, y te aseguro también que él no es el padre.

Jake se quedó perplejo al escucharla nombrar a Dave.

—¿Intentas decirme que el padre soy yo? Porque no eres la primera que lo insinúa y me molesta bastante.

—Pero lo eres, Jake. O al menos es lo que Emma pensaba.

Jake seguía sin creérselo, porque no tenía ni pies ni cabeza.

—Pudo habérmelo dicho antes de que hablásemos por última vez —dijo entonces—. Pudo y no lo hizo. Luego la tuve en mis brazos, Nora, cara a cara, y no me lo dijo. Solo me pidió que le prometiera que cuidaría de Jack, e hice lo que en su día me pareció la mejor opción: dejar que Emily se hiciera cargo de él.

—¿Entonces sí hablaste con ella?

—¡No! No hablé con ella, solo la sostuve mientras esperábamos a que llegaran los médicos, y hablamos de lo único que podrían hablar dos personas en esa situación. Me pidió que cuidara de Jack y le prometí que lo haría. Nada más. Y además añadió una última cosa. —Nora lo miró con intriga—. Me dijo: «No seas un rompecorazones». Y fin de la historia. En ningún momento me dijo nada sobre que yo fuera el padre de Jack.

Era la primera persona a la que le decía cuál había sido la última frase de Emma.

—Imagino cómo debes de sentirte ahora. Siento habértelo contado así.

—No me siento de ninguna manera, porque yo sé cómo pasaron las cosas y lo que me dijo o dejó de decir.

—¿Y no te preocupa lo más mínimo que ella muriese pensando que tú eras el padre de Jack y no te lo dijera? ¿Te has parado a pensar que, tal vez, no quería cargarte con una responsabilidad que siempre te había negado? —Jake negó con la cabeza y miró a Jack, que jugaba con la arena—. A lo mejor solo quería que fueras feliz con esa otra chica.

Jake no fue capaz de decir nada. Seguía pensando que lo que le decía era una locura.

—Puedes enfadarte conmigo si quieres —prosiguió Nora—, pero lo único que hago es transmitirte lo que sé sobre las intenciones que tenía al ir a buscarte. Y no soy la única que sabe que ella pensaba que tú eras el padre de Jack. Su hermana también lo sabe.

—¿Emily?

—Estuvimos juntas viendo tus fotos. A nosotras también nos pareció una teoría descabellada al principio, pero luego nos dimos cuenta de que era una posibilidad muy real. Supongo que tu regreso debe de haberle resultado muy difícil.

Eso sí era cierto. Entre Emily y él había una barrera que nunca antes había existido. Lo notó desde el primer día que apareció por sorpresa, pero hasta ahora lo achacaba a que él era la última persona con la que su gemela había tenido contacto, y era muy duro para ambos.

—¡Millie! —gritó Nora—. Tenemos que irnos.

—¿Ya?

—La abuela nos está esperando.

La niña continuó corriendo un poco más, acercándose y alejándose de Danielle, que era la persona que pillaba en ese momento.

—Ha sido genial volver a verte, Jake. Ojalá nos volvamos a encontrar por el parque.

—¿Vosotras estáis bien? —dijo al darse cuenta de que no le había preguntado por su situación todavía—. ¿Qué pasó con el padre de Millie?

—Está en la cárcel, y lo estará hasta dentro de un par de años más. Lo cogieron por robo.

—¿Y eso es bueno? ¿Significa que estáis bien o...?

—Sí, estamos bien, y continuamos viviendo con mi madre. Gracias por preguntar. ¡Millie!

Los tres niños se acercaron a ellos. Jack estaba sudando, pero parecía que todavía le quedaba energía. Danielle, por el contrario, estaba agotada.

—Quiero irme a casa —dijo.

—Tranquila, ya nos vamos.

Nora y él se despidieron, al igual que los niños.

—Será mejor que hables con quien tengas que hablar —fue lo último que le dijo Nora.

Jake se sentó en el banco y Jack y Danielle lo imitaron. Se quedaron allí un rato hasta que él ordenó las ideas.

—Jack, ven aquí —le dijo pidiéndole que se colocara justo delante de él.

El niño se levantó y obedeció, mirándolo con curiosidad. Jack tenía los ojos tan azules como los de Emma, y su pelo, aunque no pelirrojo, era castaño claro. Jake le revolvió el pelo un poco más de lo que ya lo tenía, y él le dedicó una mirada feliz.

—¿Qué pasa, tío Jake? —le preguntó Danielle.

—Nada. ¿Tenéis sed?

Ambos asintieron y él sacó las dos botellas para que bebieran. Después cogió a cada uno de una mano y fueron caminando de vuelta a casa.

- - - - - - - -

Emiy acababa de salir de la ducha y estaba secándose el pelo con la toalla. Derek entró poco después en el cuarto de baño y se quedó mirándola. Ella le sonrió a través del espejo.

—Ha sido una buena idea el dejar que Jake se llevase a los niños —le dijo.

—Lo necesitábamos. Lo necesitaban.

Últimamente habían estado muy estresados. El trabajo de él, el proyecto de ella, los niños —pues, como Zane tenía que preparar sus exámenes, ya no estaba disponible para jugar—, y, por último, el hecho de que Emily no pudiera concebir, que afectaba psicológicamente a ambos. Derek le restaba importancia, pero ella sabía que a él también le haría muy feliz que algún día se quedase embarazada. Tener un hijo juntos era lo que más deseaban. Tal vez para ella era un poco más importante, porque se había encontrado siendo madre por casualidad, primero con Danielle y después con Jack. Siempre había pensado que tendría un par de gemelos o gemelas a causa de los genes, y ahora, con veinticinco años y llevando tres de casada, empezaba a perder la esperanza a pesar de que todo el mundo, incluidos los especialistas, le habían dicho que era muy joven para tirar la toalla. Solo había habido una persona que había insinuado que tal vez el problema fuese de Derek, aunque a ella eso le parecía ridículo teniendo en cuenta que provenía de una familia numerosa y que su hermano Jake sí había tenido hijos. Dos, para ser exactos.

Varios golpes en la puerta principal le hicieron comprender que los niños ya estaban de vuelta.

—Iré a abrir —dijo Derek—. Te quiero.

—Y yo a ti.

Poco después, escuchó a Jack y a Danielle subir corriendo las escaleras. La pillaron todavía en el baño, enrollada en la toalla.

—¡Mami! —Danielle la abrazó nada más verla.

Era una niña tan dulce... Solo hacía unas pocas horas que se habían marchado y ya se alegraba de volver a verla.

—¡Hemos jugado con Millie! —anunció Jack.

La sonrisa se le borró poco a poco de la cara, aunque intentó que no se le notara demasiado. Si habían estado con Millie, habían estado también con Nora.

—Yo me he caído —continuó Danielle.

Acto seguido le señaló la rodilla.

—¿Te has hecho daño?

—Sí.

—El tío Jake la ha curado.

Danielle asintió para corroborar la respuesta.

Emily se dio cuenta de que ambos estaban llenos de tierra y bastante sucios. En especial Jack. Les dijo que la esperasen dentro del baño y luego ella fue a vestirse y a por ropa limpia para ellos.

Media hora después ya estaban bañados, vestidos y listos para continuar con lo que quedaba de día.

Cuando Emily bajó con ellos al salón y miró la hora, se dio cuenta de que era casi la una. Los demás no tardarían en regresar de ver el partido y ella todavía no había pensando en nada que hacer para comer. Cuando se lo comentó a Derek, este dijo:

—Jake, podrías ir a por un pollo mientras nosotros preparamos algo más.

—Te he dicho que quería hablar con Emily a solas. ¿Por qué no vas tú?

Emily los miró a ambos.

—Puedes hablar con ella después de comer, ¿no te parece?

—Y también podría hablar ahora si vas tú a por el pollo.

—¿Qué pasa, Jake? ¿De qué quieres hablar? —preguntó Emily, nerviosa.

Parecía bastante cabreado, todo lo contrario que por la mañana.

—Sabes perfectamente de lo que quiero hablar.

Sintió un calor sofocante recorriéndole el cuerpo. Sabía que no había sido nada bueno que los niños comentasen que habían estado con Millie. Empezaba a pensar que Nora y Jake habían hablado más de lo que a ella le gustaría.

—No es un bueno momento, ¿no crees? —inquirió Derek señalando a los niños.

Jake lo miró y soltó una irónica carcajada.

—Tú también lo sabías, ¿no?

—¿El qué?

—¿Sabéis qué? Voy a ir a por el maldito pollo, sí. Hablaremos cuando vuelva.

Cuando Jake se marchó, Emily no pudo aguantarlo más. Se dejó caer en una silla y se puso a llorar. Derek fue corriendo a su lado.

—¿Qué te pasa?

—Sabe lo de Jack —le dijo, simplemente.

Los niños se habían quedado parados al ver a su madre llorar.

—¿Por qué iba a saberlo?

—Porque los niños me han contado que estuvieron jugando con Millie en el parque. Eso solo puede significar que Jake ha hablado con Nora, y ya has visto lo cabreado que está.

—Me da igual lo cabreado que esté y lo que ella le haya contado. Yo hablaré con él, ¿vale? Todo volverá a su lugar.

—¡Pero no quiero seguir mintiéndole! —estalló Emily—. Tiene derecho a saberlo y... y va a odiarme por no haberle dicho nada, y a ti también. No fuimos sinceros con él.

—Fuimos sensatos. Sabes tanto como yo que él no habría podido hacerse cargo. Además, ni siquiera es algo seguro. En su día solo era una posibilidad. Emma nunca lo confirmó.

—Y nosotros tampoco hicimos nada por confirmarlo. Estaba en nuestras manos y decidimos ocultarlo.

Por mucho que quisiera, no podía dejar de llorar. Le había dado muchas vueltas desde que Jake había vuelto, y la idea de que él terminase por enterarse de las últimas reflexiones de su hermana la había atormentado desde entonces. Cuando Zane, Louis y Pitt llegaron a casa, se encontraron con el panorama.

—¿Qué sucede? —se interesó automáticamente Zane.

—No pasa nada —le respondió Derek—. Emily estaba un poco agobiada, eso es todo. ¿Podéis haceros cargo de los niños, por favor?

Emily miró a Zane y supo al instante que ella no iba a contentarse con esa explicación. Eso la hizo llorar más, consciente de lo que le había dicho meses atrás al respecto, cuando ella le insinuó lo del parecido entre Jack y Jake. Al final, la verdad iba a ser descubierta y ella no estaba preparada para enfrentarse a un Jake enfurecido. Sabía que era demasiado débil para soportarlo, por mucho que Derek también estuviese allí.

Cuando llamaron al timbre, el corazón se le aceleró. Todos sabían quién era, y casi todos sabían lo que eso suponía. Jake pasó al interior con la bolsa de la comida y se quedó observando a todos los presentes. Emily ni siquiera pudo mirarlo a la cara.

—¿Habéis hecho memoria? —preguntó con ironía.

—Mira, Jake —replicó su hermano—. Si quieres hablar, hablaremos, pero no te pongas en actitud desafiante porque así no vamos a ninguna parte.

Él no contestó.

—Zane, ¿podéis llevaros a los niños fuera?

—En realidad, me gustaría quedarme. Pitt y Louis pueden hacerse cargo.

—Esto es algo entre Jake y yo.

—Voy a quedarme, Derek.

Dicho lo cual, caminó hasta la cocina y tomó asiento al lado de Emily. Ella agradeció que la tomara de la mano.

—Vamos a solucionarlo —le dijo por lo bajo.

Pitt y Louis se limitaron a llamar a los niños para que se fueran con ellos al jardín.

—He hablado con Nora en el parque —empezó diciendo Jake. Miraba a Emily directamente, pasando por alto lo que Derek había dicho sobre que era una cosa entre ellos dos—. Me ha dicho algo que ya en su día había insinuado Zane y que yo me negué a creer, porque tanto tú como yo sabíamos, o creíamos saber, que no era posible. —En vista del silencio, continuó—: Me ha dicho que Emma pensaba que yo era el verdadero padre de Jack por unas fotos que vio, en las que, por lo visto, se parecía a mí, y que tú lo sabías. ¿Es cierto?

El encargado de responder fue Derek:

—Solo era una suposición, Jake.

—¡No te he preguntado a ti! Le he preguntado a ella, así que, por favor, cállate.

—¡No me digas cuándo tengo que callarme en mi propia casa! Es mi mujer, y hablaré todo lo que sea necesario mientras ella esté ahí sentada llorando y sintiéndose culpable, ¿me has entendido?

—Entonces, sí, tú también lo sabías. Los dos lo sabíais.

—¿Qué es lo que sabíamos? ¿Que a Emma se le había pasado por la cabeza la posibilidad de que tú fueses el padre de Jack? Sí, lo sabíamos. ¿Y qué?

—¿Cómo que y qué? ¡No me lo dijisteis! Nora me ha dicho que Emma tenía intenciones de explicármelo cuando vino a la fábrica. Vosotros lo sabíais y no fuisteis capaces de decirme nada cuando la custodia de Jack estaba en el aire. ¡Yo podría ser su padre!

—Ella creía que lo eras —consiguió decir Emily.

Las lágrimas se le escapaban sin quererlo.

—¿Crees que habrías podido hacerte cargo de él? —continuó Derek—. ¿Qué habrías hecho, llevártelo lejos?

—¿Y qué si lo hubiese hecho?

—Ese niño necesitaba quedarse aquí con las únicas personas que hasta ahora conocía. Solo tenía dos años.

—Emily, ¿por qué no me lo dijiste?

Ella lo miró sin poder contestarle. Notaba la presión que Zane ejercía sobre su mano, pero no era suficiente.

—Lo siento —fue lo único que pudo decirle.

—Relájate un poco, ¿quieres? —añadió Derek.

—¿Que me relaje? ¿Sabes lo que es llegar un día y enterarte de que tienes una hija? ¿Y sabes lo que es llegar otro día y enterarte de que el hijo de tu amiga en realidad podría ser tuyo? ¿Y qué hay de que varias personas supieran esa información y hayan estado ocultándotelo? ¿Tan malo creéis que habría sido para Jack?

—Nunca has sabido comportarte ni ser responsable.

—¿Que no he sido responsable? ¡¿Cómo puedes decir eso?! ¡Me he hecho cargo de un montón de cosas!

—Porque no tenías más remedio, y siempre a regañadientes y maldiciendo a papá por pedirte que trabajaras y ayudaras.

—¿Y qué si lo hice a regañadientes? ¿Lo hice, o no? ¿Qué hiciste tú?

—Yo también trabajé en la universidad.

—¡Venga ya! ¿En el último curso? ¿Crees que eso sirvió de algo?

—Os estáis desviando del tema —intervino Zane con timidez.

—¿Por qué coño me provocas? —preguntó Jake—. ¿De verdad quieres que nos peleemos? Solo quiero una explicación. Quiero que Emily me diga por qué no me dijo nada. Me da igual que tú pensaras que era lo mejor con tu estúpida forma de pensar. He pedido desde el principio hablar a solas con ella.

Jake se acercó a ella y se colocó justo delante. Era muy intimidante.

—Deberías intentar hablar sin estar enfadado —sugirió Zane—. Sé que estás muy dolido, pero tampoco es justo para Emily. Estás hablando de su hermana.

—Yo creo que deberías irte y volver cuando estés más relajado —añadió Derek.

Jake se volvió para mirarlo. Parecía que se había quedado conforme con la explicación de Zane, pero la intervención de Derek lo enfureció todavía más.

—Y tú deberías callarte y mantenerte al margen.

—¡Que no me digas que me calle!

Ambos se colocaron uno enfrente del otro. Emily tenía el corazón en un puño y su interior pedía a gritos que no se peleasen. Zane también estaba asustada.

—Te gustaría pegarme, ¿no? —le dijo Derek.

—No.

—¿No? ¿Estás seguro? Así es como siempre lo solucionas todo.

—Hablas como si fuese un matón de barrio, y sabes de sobra que nunca he reaccionado así contigo. ¿Te gustaría hacerlo a ti?

—Tal vez debería hacerlo.

—Sí, así sabrías lo que se siente al desahogarse a base de fuerza. Hazlo, vamos.

—No, por favor —les suplicó Zane.

Seguían enfrentados, casi a punto de tocarse.

—Hazlo —volvió a pedirle Jake—. Estás resentido porque vives una mentira y una vida que no te pertenece. No conocerías a Emily de no ser por mí, y ninguno de los dos críos son tuyos.

El teléfono de la casa sonó en ese preciso momento. Emily se llevó las manos a la boca por el último comentario de Jake y se temió lo peor. Derek se había puesto rojo de ira, como nunca lo había visto. Zane había sido la única que había prestado atención a la llamada. Justo cuando parecía que Derek iba a terminar respondiendo con violencia, la voz de Zane les hizo volver a la realidad:

—¡BASTA! —gritó—. ¡Parad!

Estaba muy afligida, todavía con el teléfono en la mano.

—Ari está en el hospital —anunció, pálida.

Los demás se quedaron mirándola sin comprender. Emily se levantó inmediatamente de la silla al escuchar la noticia.

—Me ha llamado Kevin para decirme que acaba de entrar a quirófano de urgencia, y que me necesita. Ha dicho algo de que estaba embarazada y...

—¿Embarazada? —la cortó Emily.

Zane había perdido el hilo de su propia conversación. Estaba paralizada.

—¿Y qué más? —preguntó entonces Jake.

—Ha dicho algo de que tenían que sacar al bebé y... No sé, ha colgado, estaba muy nervioso.

—¡Joder! —maldijo Jake—. ¿Por qué tiene que pasar todo a la vez?

Era una pregunta al aire, pero todos sabían a qué se refería.

—Prepara una mochila, Zane. Voy a llevarte.

—¿A dónde vais? —preguntó Emily.

Zane no se había movido del sitio.

—¡Reacciona, Zane!

—¿Ari estaba embarazada?

—Sí, y tiene que haber pasado algo grave.

—Dios mío —expresó Emily.

—¿Y vais a iros ahora hasta California? —preguntó Derek—. ¿Cómo? ¿En tu camioneta?

—¿Se te ocurre una idea mejor?

Cinco minutos después, todos estaban corriendo de un lado para otro. Emily ayudó a Zane a meter algunas cosas en una maleta y a cargarla en el vehículo. Derek cogió comida de los estantes de la cocina y los metió en la parte de delante. Por último, Jake le dijo a Derek que cuidara de Louis mientras él no estaba, y Zane se despidió de Pitt temblando de miedo.

Y se pusieron en marcha, camino a California.

- - - - - - -

—¿Puedes, por favor, repetirme lo que te ha dicho Kevin por teléfono? —le preguntó Jake a Zane poco después de salir de la ciudad.

—Ha dicho que Ari estaba entrando a quirófano, que había perdido el conocimiento y que tenían que sacar al bebé. También que ella le había pedido que me avisase, que me necesitaba. Hospital Cedars.

—Joder.

Jake se llevó una mano a la cabeza. La otra la seguía manteniendo en el volante. Miró a su hermana y se dio cuenta de que estaba muy desconcertada.

—Ari embarazada —dijo.

—Cuando fui el mes pasado me dijo que vendría en mayo a daros la sorpresa.

—No me había dicho nada.

Zane no lo escuchaba. Estaba sumida en sus propios pensamientos.

—Ya te lo he dicho. Ella quería que fuese una sorpresa —repitió.

—Puede que se quedase embarazada después de Navidad, y por eso...

—¡Zane! —Con el grito consiguió que ella lo mirara—. Nada de eso importa. Has dicho que iban a operar a Ari de urgencia. Eso es lo único importante en este momento.

—Tienes razón.

Jake no quería ni pensar en las más de diez horas de viaje que todavía le quedaban para llegar a Los Ángeles. Ambos tenían tiempo de sobra por delante para hablar de muchas cosas, entre ellas el tema que se había abierto en casa de Derek y que había derivado en una fuerte discusión. Sin embargo, pasaron mucho rato sin mediar palabra, y lo poco que hablaron fueron cosas irrelevantes para restar importancia a lo que de verdad les preocupaba en ese momento.

Comieron por el camino y solo pararon en casos de vital necesidad para ir al servicio y para que Jake tomara café a regañadientes.

LUNES

27 ABRIL 1992

Entraron en el territorio de California a las diez de la noche y llegaron a Los Ángeles pasada la una de la madrugada. Jake le pidió a su hermana que repitiera el nombre del hospital, y luego preguntaron a los transeúntes de la ciudad. Tenían que dirigirse hacia West Hollywood.

Llegaron, aparcaron, bajaron del coche y echaron a correr hacia lo que les pareció la entrada principal. Una vez dentro, no tenían ni idea de a dónde dirigirse, así que Zane preguntó en recepción por «Arabia Kurbagh», sin ningún resultado. Después probó con «Kevin Smith». Entonces sí, les dijo la habitación y la planta a donde la llevarían cuando la sacaran de la UCI. Continuaron corriendo hasta que se encontraron con Kevin, antes incluso de llegar a la habitación. Estaba sentado en una butaca de lo que parecía una sala de espera situada en mitad de la planta, sin paredes que la delimitara. Se levantó en cuanto los vio.

Zane fue la primera en hablar.

—¿Qué ha pasado? ¿Cómo está Ari?

Kevin tenía aspecto de llevar varios días sin dormir, y su camisa estaba completamente arrugada.

—Se está recuperando. Hace ya tres horas que salió de quirófano. El bebé no...

No pudo —o no supo cómo— terminar la frase, pero estaba claro que el bebé no había salido bien parado de aquella operación.

—Lo siento mucho, Kevin —le dijo Zane.

—Dijeron que era demasiado prematuro... y que la vida de Ari corría peligro... —Volvió a interrumpirse y dio una pequeña vuelta por la estancia—. Gracias por venir, Zane. Te necesita. Te va a necesitar cuando le den la noticia.

Jake vio cómo a su hermana se le llenaban los ojos de lágrimas, aunque intentó controlarse. Él mismo se emocionó ante la triste noticia. No quería imaginarse lo duro que sería para Arabia cuando le dijesen que había perdido al bebé.

—¿Qué es lo que ha ido mal? —se atrevió a preguntar.

Kevin respondió con la vista perdida en algún lugar del suelo.

—Cuando llegamos hace dos días dijeron que tenía la tensión arterial demasiado alta y que había que ingresarla. Le hicieron analíticas y resultó que tenía proteínas en la orina, por lo que se le diagnosticó una preeclampsia grave. —Kevin tomó asiento antes de continuar. Zane se puso a su lado y Jake no entendió casi nada de lo que estaba diciendo. No tenía ni idea de lo que era una preeclampsia—. Me dijeron que, si la situación empeoraba, tanto ella como el bebé podían morir. La monitorizaron y estuvieron controlándola todo el día. Al día siguiente, después de comer, me dijo que tenía la visión borrosa y que parecía que la cabeza le iba a estallar. Estaba muy asustada, así que salí en busca de las enfermeras, y cuando llegamos perdió el conocimiento y empezó a convulsionar. Dijeron que había que sacar al bebé. De lo contrario, ella moriría.

—¿Y dices que la operación ha ido bien? —volvió a preguntar Jake.

—Los médicos dijeron que los síntomas remitirían al eliminar el feto y la placenta. Era un niño...

Eso último lo dijo con mucho pesar. Zane le pasó el brazo por los hombros para reconfortarlo. A Jake le daba mucha pena lo ocurrido, pero lo que más quería era saber cómo estaba la salud de Arabia después de la operación. De pronto, se acordó de alguien más:

—¿Dónde está Jazzy Lynn?

—La niña está en casa de mi hermana. No podía estar aquí.

—¿Cómo la has llamado? —preguntó Zane.

Jake no respondió. Se dio la vuelta y decidió caminar para serenarse.

Ya habían llegado, ya habían confirmado que la operación había salido todo lo bien que podía salir. Ahora solo faltaba esperar a que Arabia se despertase.

- - - - - - -

Zane acababa de terminar de hablar con Emily desde una de las cabinas de aquel enorme hospital. Cuando regresó a la sala de espera donde había dejado a Kevin, él ya no estaba. Miró en todas direcciones, pero no lo encontró. Entonces se dirigió inmediatamente hacia el pequeño mostrador que estaba perpendicular al pasillo que daba paso a las habitaciones.

—Disculpe, ¿sabe a dónde ha ido el hombre rubio con gafas que había aquí hace unos minutos?

—La chica ya está en la habitación —respondió la enfermera dando a entender que, por consiguiente, él estaba allí con ella.

Zane abrió mucho los ojos y se encaminó hacia el pasillo.

—Señorita, usted no puede pasar.

—¿Cómo que no?

—Solo familiares.

—Yo soy su familia —le dijo Zane, indignada—. Es mi mejor amiga.

—Me temo que eso no es suficiente. Tendrá que esperar.

Zane se dio cuenta de que hablaba en serio. Iba a protestar cuando vio salir a Kevin de una habitación unos metros más allá. Se había echado las manos a la cabeza.

—¡Kevin!

Él la miró y se dirigió hasta ella.

—Está muy mal —dijo—. No quiere ver a nadie.

—¿Qué ha dicho el médico?

—El médico no pasará hasta mañana. Las enfermeras dicen que está bien, que todo ha ido bien después de sacar al bebé.

—Quiero pasar, Kevin —dijo Zane manteniendo la calma—. Por favor, dile a la enfermera que me deje pasar.

—Tengo que... salir a tomar el aire.

Y dicho eso se marchó, dejando a Zane allí plantada bajo la supervisión de la señora del mostrador.

—Tengo que entrar —insistió—. Le juro que soy su única y verdadera familia. ¡Y está sola!

Sin decir nada, la mujer le hizo un gesto de cabeza dando a entender que haría la vista gorda.

Zane corrió hasta la habitación y entró sin llamar.

—¡Que me dejes sola! —gritó Arabia en cuanto pasó al interior.

Zane se quedó parada en la puerta. Arabia se interrumpió de inmediato al verla. Se miraron apenas unos segundos antes de que su mejor amiga cerrase los ojos y estallara en lágrimas. Se apresuró a llegar hasta ella para cogerle la mano.

—Zane... —logró decir Arabia sin dejar de llorar.

—Tranquila, Ari.

—Mi bebé...

Zane no pudo soportarlo y también se puso a llorar. La abrazó y dejó que se desahogara sin decir nada más. La intensidad de sus lamentos le daba a entender que estaba destrozada, y era realmente estremecedor ver a la que siempre había cuidado de ella en ese estado. Ahora era Zane la que tenía que mantener la calma y apoyarla en cuanto todo dejase de ser tan reciente, aun sin llegar a comprender la gravedad de su pena.

—Iba a llamarlo Robin si era niño —le dijo Arabia más de una hora después.

Habían estado llorando y hablando largo y tendido sobre todo lo ocurrido. Arabia le había explicado el malestar que había sentido durante las últimas semanas, confesándole que no había sabido reaccionar a tiempo. Con Jazzlyn no recordaba haberse encontrado así, pero había hablado con otras madres de lo mal que lo habían pasado durante el embarazo, así que no creyó necesario preocuparse teniendo en cuenta que muy pronto tenía la revisión de los seis meses con el ginecólogo.

Ahora solo se arrepentía una y otra vez de no haber estado más atenta a las señales de su cuerpo.

—¿Y por qué Robin? —quiso saber Zane.

—No sé... Lo leí un día en una revista y me gustaba que terminase en *in*, igual que Kevin.

—¿Y si era niña?

—Suzzane.

A Zane se le hinchó el pecho al escucharlo.

Cuando se conocieron, a Arabia le llamó mucho la atención su nombre. Le preguntó si tal vez era un diminutivo de Suzzane y, aunque mucha otra gente se lo había preguntado ya, Zane le dijo que no, que su nombre era sencillamente de una sílaba, y que se pronunciaba como *Shéin*. Pese a todo, acordaron que los dos eran igual de bonitos. Estaba muy claro que su mejor amiga había escogido ese nombre para el bebé porque era una anécdota de ambas y le recordaba a ella, así que eso le hacía ver lo importante que seguía siendo en su vida, pese a la distancia.

—Le dije a Kevin que si me pasaba algo tenía que avisarte. —Arabia había dejado de llorar, aunque seguía muy triste mientras hablaba—. Pero no esperaba que pudieses llegar tan rápido hasta aquí.

—Me ha traído Jake. Hemos salido justo después de recibir la llamada.

Arabia asintió, como confirmando sus sospechas.

—No sabes lo mucho que te he echado en falta los últimos meses —añadió.

—¿Y por qué no me lo dijiste? Cuando hablábamos por teléfono me decías que todo estaba bien y que vendrías pronto a visitarnos.

—Porque sé que estás muy liada con la universidad y no quería preocuparte, además de que pensaba darte una sorpresa en mayo.

Zane comprendió que Arabia necesitaba descansar por la pesadez de sus palabras. Eran las cuatro de la mañana.

Durante todo el tiempo que había pasado allí, Kevin había tratado de volver a entrar en una ocasión, pero Arabia le dijo con calma que necesitaba estar a solas con ella. Después le confesó que le daba pavor mirarlo a la cara y afrontar el dolor de la pérdida en sus ojos. A Kevin le hacía tanta ilusión como a ella aquel bebé.

—Me pidió que me casara con él justo antes de venir al hospital.

—¡¿De verdad?!

Zane se alegró muchísimo por la noticia, pero, por lo visto, Arabia no estaba tan feliz.

—¿Qué ocurre?

—No sé... No tuve oportunidad de contestarle. Ahora, tal vez, ya no tenga sentido.

—¿Cómo puedes decir eso? Ha sido un accidente. Tenéis mucho tiempo por delante para casaros y tener hijos.

—Zane, yo ya no quiero tener más hijos... No quiero volver a pasar por esto.

Arabia apartó la mirada intentando contener las lágrimas. Zane había tratado de mantenerla entretenida, pero sabía que todavía era muy pronto. Cinco meses y medio era ya una gestación bastante avanzada para una madre.

—Quiero ver a Jazzy —dijo Arabia, casi en un susurro.

Zane le acarició la frente y le dijo que era hora de descansar. Después le limpió las lágrimas de la cara y la arropó. No tardó en quedarse dormida. Zane se recostó en la butaca que había en la habitación y se quedó observando a su mejor amiga hasta que el sueño también se apoderó de ella.

- - - - - - -

Jake despertó a las nueve de la mañana en uno de los sofás de la sala de espera. Antes de dormirse había coincidido en el mismo lugar con Kevin, aunque apenas había intercambiado unas palabras con él. Se notaba que estaba bastante mal. Jake había visto cómo entraba y salía de la habitación donde Arabia estaba en cuestión de segundos. Por lo visto, solo quería estar con Zane.

Ahora Kevin ya no estaba allí.

Jake se desperezó y se quedó sentado mirando a la gente de su alrededor. Había un señor de unos cincuenta años y también una señora con una adolescente al otro lado. Nadie decía nada.

Jake estaba a punto de levantarse para ir a buscar algo para desayunar cuando vio a Kevin pasar por delante de sus narices a paso ligero. Venía de la zona de las habitaciones.

Apretó el ritmo para llegar a su lado.

—¿A dónde vas? —le preguntó.

—Voy a recoger a la niña. Ari quiere verla.

En realidad, Jake también tenía muchas ganas de verla.

—¿Quieres que vaya yo? —le propuso.

Kevin se paró en seco y se volvió para mirarlo. Jake tuvo la sensación de que iba a decirle que no, pero pareció que dudaba.

—Te apuntaré la dirección —dijo Kevin—. Tráela aquí directamente.

Sin embargo, nada de eso fue necesario. Cuando Kevin se dispuso a sacar el boli, vieron llegar a una señora acompañada de una mujer más joven y de un montón de niños. La joven llevaba a Jazzlyn en brazos.

—¡Mamá! —exclamó Kevin dirigiéndose a la señora.

—¿Y el bebé?

Jake vio cómo Kevin torcía el gesto y se quedaba callado sin ser capaz de responder. La joven lo miró a él de arriba abajo mientras los otros dos se enfrentaban el uno al otro. Jake le hizo un gesto a la niña en señal de saludo, pues se había quedado embobada mirándolo. Parecía que había estado llorando momentos antes.

—El bebé no ha sobrevivido —confesó Kevin.

La señora continuó sin decir nada durante unos instantes.

—Vaya —dijo después.

Jake no llegaba a entender si lo del bebé no nato la entristecía o no. Sin duda, era una señora altiva y orgullosa, por no mencionar lo rica que parecía también. Llegó a la conclusión de que la otra mujer era la hermana de Kevin por su parecido. En ese momento estaba regañando a los dos niños más pequeños que tenía a su alrededor.

—Espero que ahora hagas lo que tengas que hacer —le dijo la señora a Kevin antes de marcharse.

Él se quedó allí plantado viéndola alejarse. Jake no sabía muy bien lo que significaba, pero por lo visto la otra sí.

—No le hagas caso.

—Se ha marchado, Nat.

—Está dolida, eso es todo.

—¿Y cómo crees que estoy yo? ¡Era mi hijo! ¡Mi hijo! Era la única esperanza que me quedaba para que no siguiese renegando de mí.

Jake se apartó cuando Kevin empezó a moverse haciendo movimientos bruscos para desahogarse. La mujer dejó a Jazzlyn en el suelo y fue hacia él para abrazarlo. Poco después, Kevin se echó a llorar y él se quedó bastante desconcertado, en mitad del pasillo y rodeado de niños.

—¿Quién eres tú? —preguntó el que parecía más mayor.

—¿Y tú?

—Yo soy Patrick Junior Sullivan.

Lo dijo como si realmente fuese alguien importante, por lo que a Jake le hizo bastante gracia. ¿Quién sería ese mocoso? Los demás lo observaban con mucho interés. Él cogió a Jazzlyn en brazos y procedió a saludarla. Entonces la niña se puso a llorar.

—¡Suéltala! —lo amenazó Patrick.

—Soy su tío —replicó Jake para evitar que los demás continuasen mirándolo con odio.

—Mis padres son sus tíos, no tú.

—Ya basta, Patrick.

La mujer se acercó al grupo. Le tendió la mano a Jake y se presentó:

—Natalie Sullivan.

—Encantado. Yo soy…

—Sí, ya sé quién eres. Eres la causa principal de que mi madre jamás vaya a aceptar a Ari como la futura mujer de mi hermano.

—¿Perdón?

—Sí. Eres la causa de ese paquetito que llevas en brazos. ¿Me lo devuelves, por favor? Vamos a pasar a verla. Gracias —añadió cuando le arrebató a Jazzlyn de los brazos—. Vosotros esperad aquí y portaos bien. Rebecca, te dejo al mando.

Sin ser capaz de decir ni una sola palabra, se quedó allí plantado mientras los niños empezaban a situarse en las butacas de la sala y Kevin y Natalie caminaban hacia las habitaciones con Jazzlyn. Al cabo de un rato, Jake llegó a la conclusión de que toda aquella pandilla de malcriados rubios debían de ser los hijos del hombre con el que había visto a Kevin la última vez en la cafetería, antes de atreverse a ir a hablar con Arabia sobre su relación con él. Había dicho que era su cuñado, así que a todas luces era el marido de la tal Natalie Sullivan.

Pasó una hora más hasta que volvió a reencontrarse con su hermana. Había salido de la habitación acompañada de Natalie y de Jazzlyn, y le explicó que habían dejado a solas a Kevin con Arabia para que pudiesen hablar de lo sucedido.

Jake tenía unas ganas inmensas de ver a Arabia, pero sabía que todavía no era el momento. Se contentó con poder salir a comer con Zane y con que la hermana de Kevin dejase que Jazzlyn se quedase con ellos. También se alegró de que todos los niños se fuesen de una vez por todas con su madre y lo dejasen en paz.

MAYO

SM	L	M	X	J	V	S	D
18					1	2	3
19	4	5	6	7	8	9	10
20	11	12	13	14	15	16	17
21	18	19	DN	21	22	23	24
22	25	26	27	28	29	30	31

VIERNES

1 MAYO 1992

Cinco días habían pasado ya desde que su hermano le dijo que subiera en el coche para llevarla a California. Ahora Zane estaba en el coche de Kevin rumbo a la casa del chico, hogar de Arabia en el último año y que por fin ella iba a conocer, aunque las circunstancias no hubiesen sido las más idóneas. Los médicos insistían en que Arabia se quedase un poco más de tiempo ingresada y en observación, pero ella solo quería marcharse de allí, así que le habían recomendado mucho reposo y, sobre todo, tranquilidad durante unos días: nada de actividades fatigosas o atosigamiento por parte de los familiares.

Zane había estado todos los días haciéndole compañía en el hospital. Ahora también pasaría el fin de semana con ella y regresaría a Vallon el domingo, con Jake, como habían hablado. Si por ella hubiese sido se habría quedado mucho más tiempo, pero Arabia no quería que faltase a clase de cara al final del semestre.

Durante todo el tiempo que habían pasado en Los Ángeles, Jake se había mantenido al margen. Acudía al hospital todos los días para preguntar por la evolución de Arabia, se llevaba a la niña siempre que podía y por la noche se iba a dormir al Charloft. Fue de gran ayuda que pudiese entretener a Jazzlyn, porque era muy pequeña como para estar metida en un hospital. Kevin iba y venía, dependiendo del trabajo. Zane sabía que estaba muy apenado por todo lo sucedido, pero al menos hacía todo cuanto estaba en su mano por subirle el ánimo a Arabia. A veces incluso mandaba un mensajero con flores. Con todo, Arabia seguía sumida en la más profunda tristeza la mayor parte del tiempo. Solo sonreía cuando podía pasar un rato con Jazzlyn o cuando recordaban juntas alguna anécdota de la adolescencia. La última de la que habían hablado fue cuando, una vez, haciendo los deberes con Louis en la mesa de la cocina de la antigua casa de los Becker, Jake llegó de clase calado hasta los huesos y su madre le pidió que se quitase la ropa y la dejase en el lavadero. A la vuelta resbaló con el charco que él mismo había dejado al entrar, y de los movimientos que hizo para no caer, consiguió que se le viera una parte del trasero. Recordar cómo se habían reído por lo bajo mientras él se marchaba, cabreado, las hacía volver a sonreír en el presente.

A Zane le sorprendió la ubicación de la casa. El Residencial Santa Clara era muy bonito. Se parecía un poco a Valley Street por el tipo de casas, pero en realidad estaba distribuido en un perímetro mucho más grande y, por lo tanto, las calles eran mucho más anchas. Además, todas las casas estaban pintadas de tonalidades claras y no había tanta vegetación escondiendo el interior. Hasta le gustó el acceso a la entrada por un bonito jardín, sin nada alrededor. Las parcelas estaban delimitadas por unas vallas muy bajitas. Nada más.

La distribución de la casa por dentro también le gustó. Como era de esperar, la cocina y el salón estaban abajo. La escalera era paralela a la pared del fondo, y arriba había una balaustrada que dejaba ver algunas de las puertas de las habitaciones.

En cuanto entraron fueron directas a la primera planta. Zane ayudó a Arabia a subir y llegaron juntas a la habitación de matrimonio. Kevin también había estado muy atento en ese sentido, pues había colocado varios ramos de flores más por toda la estancia.

—Ay, Dios... —dijo Arabia, de repente—. Voy a empezar a odiarlas como siga así.

A Zane le extrañó muchísimo su actitud. A ella le parecía que había sido todo un detalle que se molestase en darle un aspecto más romántico y acogedor. Pero, en fin, Arabia y ella siempre discrepaban en bastantes cosas, y sus gustos nunca habían sido, ni de lejos, parecidos.

La ayudó a tumbarse y después se sentó a su lado.

—¿Contenta de volver a casa? —le preguntó.

—Sí..., mucho. Lo único es que tendré que llamar a alguien para que cuide de Jazzy mientras yo tenga que guardar reposo.

—Ya pensarás en eso mañana. Ahora, si quieres, duerme un poco.

—¿Sabes cuándo la traerá Jake?

—Me dijo que estarían aquí a la hora de comer.

—Vale. Dormiré hasta entonces. Tendrás que decirle a Kevin que llame a alguna casa de comidas. Él no sabe cocinar.

—Tú tranquila. Ya me ocupo yo.

—Gracias por todo, Zane.

—Que descanses.

Cuando Zane regresó al piso de abajo, Kevin estaba sentado en el sofá mirando la tele.

—¿Cómo ha ido la semana? —le preguntó Zane sentándose a su lado.

—Bien, aunque no he hecho ni la mitad de las cosas que tenía que hacer.

—De ahora en adelante todo se irá estabilizando.

—No dejo de pensar en él. En cómo habría sido.

Sabía perfectamente a qué se refería. Sin embargo, no tenía ni idea de qué decir para reconfortarlo.

—¿Qué te gustaría comer hoy? —dijo, en un intento de cambiar de tema.

—Lo que sea. Hay una lista de sitios de comida para llevar apuntada en la nevera. Llama al que más te guste.

Zane colocó las palmas de las manos sobre sus muslos sin saber qué más hacer o decir, y después se levantó en busca de cosas que pudiese usar para cocinar.

Momentos antes de que Jake llamase al timbre se le ocurrió una gran idea. Que su hermano hubiese llegado en ese instante le venía muy bien para su plan. Le abrió la puerta y lo llevó directamente a la cocina.

—Hola, Kevin —dijo para anunciarse.

Dejó a la niña en el suelo y ella correteó hacia el único padre que conocía.

—Jake. —Zane reclamó la atención de su hermano—. ¿Te acuerdas del plato estrella que cocinaba Ari? Aquel que tenía pollo, maíz...

—Claro que me acuerdo.

—¿Crees que seríamos capaces de prepararlo? No sé si he apuntado bien los ingredientes. Mira.

Le enseñó a su hermano una hoja donde había escrito «pechuga de pollo, maíz, mayonesa y queso».

—Te falta el *bacon*.

—¡Ah, sí! El *bacon*. ¿Podrías ir al supermercado mientras yo limpio y organizo un poco la cocina?

—¿En serio quieres prepararlo? Yo no sé ni siquiera el orden que hay que seguir.

—Bueno, no puede ser muy difícil. Yo la vi hacerlo en una ocasión. —Entonces Zane se puso a abrir y cerrar cajones en busca de sartenes que le pudieran servir—. En realidad, es cocinarlo todo y mezclarlo —dijo cuando encontró una bastante grande—. Estoy segura de que le gustará.

—Vale, pues me voy. ¿Necesitas algo más?

—No, y no tardes. Pronto será mediodía.

Su hermano sacó las llaves de la camioneta del bolsillo y caminó hacia la puerta.

—¡Jake! —exclamó Kevin.

—¿Sí?

—¿Puedes llevarte a la niña? —Zane y Jake se miraron. Kevin estaba de espaldas a ellos, en el sofá—. No puedo ocuparme de ella ahora.

—Está bien, Kevin. La cogeré yo —propuso Zane.

—No. Me la llevo. —Jake avanzó para cogerla—. Daremos una vuelta por el súper.

—¡Papá! —exclamó la pequeña mientras Jake se alejaba con ella en brazos.

—¿Seguro, Jake?

La niña había empezado a lloriquear, pues no quería marcharse.

—Sí, seguro.

- - - - - - -

No era la primera vez que Jazzlyn lloraba al irse con Jake. De hecho, lo hacía la mayoría de las veces, pero también la mayoría de veces dejaba de hacerlo al poco de haberse quedado a solas con él.

La subió a la silla que había instalado para ella en la camioneta y que ya no tenía intenciones de quitar a menos que necesitase los dos asientos. Después, puso la radio y condujo hacia el supermercado más cercano. Como era de esperar, cuando llegaron Jazzlyn ya no lloraba, sino que canturreaba con Jake todas y cada una de las canciones que iban sonando.

Jake colocó a la niña sobre el carro de la compra y empezó la ruta en busca de las cosas que su hermana le había escrito en la lista. En realidad, era más complicado de lo que parecía, porque había diferentes marcas de un mismo producto, y lo que sí que no sabía era la que solía usar Arabia para preparar aquella ensaladilla caliente que tanto le gustaba.

Parados en mitad de uno de los pasillos mientras Jake comparaba algunas marcas de quesos, Jazzlyn empezó a protestar y a inclinar el cuerpo hacia abajo; señal de que quería bajar.

—Vale, vale. Espera.

Una vez abajo, se dirigió hacia los estantes inferiores para toquetear los productos. Jake la observó por el rabillo del ojo mientras seguía debatiéndose entre los quesos. Jazzlyn cogió un paquete de algo envasado y volvió al carro. Entonces, Jake la vio intentando escalar para echar adentro lo que llevaba. Reaccionó justo a tiempo para que el carro metálico no se volcase encima de ella.

—Pero si no llegas —le dijo cuando la cogió en brazos.

—Ahí, ahí —dijo ella mientras señalaba el carro con el mismo brazo con el que sostenía el envase y se estiraba hacia él.

—¿Qué es esto?

Jake vio que se trataba de sopa envasada.

—No nos vamos a llevar esto, Jazzy Lynn.

Le quitó el paquete y volvió a colocarlo en su sitio. Por supuesto, Jazzlyn no solo protestó, sino que puso una increíble cara de lástima con pucheros.

—Lo pillo. Quieres ayudarme a comprar.

Jazzlyn señaló de nuevo el estante de las sopas envasadas.

—Haremos una cosa —le dijo—. Me ayudas a elegir lo que necesitamos y tú te encargas de meterlo en el carro, ¿te parece bien?

Al principio no se quedó muy conforme, pero cuando Jake empezó a pasarle cosas y ella fue la encargada de echarlas dentro, volvió a sonreír.

Cuando ya lo tuvieron todo, incluso alguna cosa más para picotear, Jake pensó en comprar algo especial que a Arabia le fuese a gustar. Se adentró en el pasillo de los dulces y cogió una tableta de chocolate con almendras y un paquete pequeño de cacahuetes para Jazzlyn. No consiguió que soltara el paquete ni siquiera para pasarlo por caja, así que tuvo que quitárselo a la fuerza para que el dependiente marcase el código de barras antes de volver a dárselo de nuevo.

Una vez en el coche, lo abrió para que se entretuviera comiendo. Llegó a casa con las manos y la boca llenas de chocolate.

- - - - - - -

Arabia se despertó, desconcertada. Había pasado tantos días en el hospital que estar ahora en su habitación se le hacía raro. Echó un vistazo a su alrededor y se fijó una vez más en la cantidad de flores que Kevin había puesto. Olía bien, pero tendría que abrir la ventana para que ventilara un poco. Cuando empezasen a marchitarse las rosas le daría mucha pena, así que tendría que deshacerse de ellas antes de que eso ocurriese. No quería ver cómo iban perdiendo vida.

Justo iba a levantarse cuando Zane abrió la puerta.

—¡Estás despierta! —le dijo.

—Sí, hace un ratito.

—¿Tienes hambre?

Se planteó la respuesta. No era capaz de decantarse por el sí o por el no. Sentía un vacío en su interior no muy diferente al que sentía desde hacía días.

—¿Qué hora es?

—Es la una. Jake y yo hemos preparado una cosa muy especial.

—¿Habéis cocinado?

Zane asintió, pletórica. Luego la ayudó a incorporarse y le acercó las zapatillas de estar por casa. Arabia se resintió un poco por los puntos, pero luego se apoyó en su amiga y empezó a caminar dispuesta a descubrir qué manjar habían preparado. Empezó a notar un olor agradable mientras bajaban por las escaleras.

Kevin, Jazzlyn y Jake ya estaban en la mesa. Jake se levantó para recibirla y no volvió a sentarse hasta que ella lo hizo. Kevin se acercó y le dio un beso en la mejilla.

La comida estaba tapada.

—¿Has dormido bien? —le preguntó Kevin.

—Sí. Ha sido raro despertar por fin en casa, pero bien.

Notó la caricia de Kevin en su mano y se sintió violenta, pero no se apartó. Estaba segura de que el rechazo que había sentido durante la última semana se debía al trauma de la pérdida, así que esperaba que se remediase pronto.

Jazzlyn estiró los brazos para que la cogiera, pero, a pesar de que estar con su hija era lo que más le apetecía, no podía sostenerla en brazos hasta que le quitasen los puntos. Le tocó las manitas para tranquilizarla, y eso pareció bastar.

Arabia estaba sentada en uno de los extremos. A su izquierda estaba Kevin; a su derecha, Jazzlyn. Al lado de la niña estaba el asiento de Zane, y, por último, en el otro extremo, Jake. Lo miró por primera vez y vio que este la estaba mirando también.

—Hola —le dijo él.

—Hola, Jake. Me alegro de verte. —Jake se limitó a asentir—. Te agradezco que trajeses a Zane tan rápido.

Zane la abrazó por detrás y luego tomó asiento.

—¿Estás preparada?

—Sí, supongo que sí.

Su amiga levantó la tapa que había usado para esconder la comida.

—¡Tachán!

Las comisuras de sus labios se levantaron sin ningún control hasta hacerla reír. Habían preparado su ensaladilla especial dulce-salada. Miró a su amiga y a Jake, y comprobó que les había contagiado la risa.

—¿Qué es? —preguntó Kevin.

Arabia lo miró y su sonrisa perdió un poco de intensidad. Nunca había preparado ese plato para Kevin. Solo lo hacía en ocasiones especiales, y las últimas fechas importantes las había pasado fuera de casa.

—Es la especialidad de Ari —dijo Zane.

—¿Tu especialidad?

—Sí, pero creo que puedo contar con una mano las veces que lo he cocinado en toda mi vida.

—Te va a encantar, Kevin. Ya lo verás.

Zane empezó a servir un poco en cada plato. Cuando llegó a Jake, este le pidió una doble ración aun sin saber si habrían conseguido igualar el sabor de la cocinera original. En cuanto todos tuvieron un poco, Zane sirvió un plato que había dejado guardado en la cocina y que contenía arroz, para que cada uno se sirviese al gusto para acompañar.

—Ari, tienes que ser la primera en probarlo.

El aspecto de ese plato era como el que ella solía preparar. Estaba segura de que habían hecho un buen trabajo antes incluso de probar el primer bocado. Cuando lo hizo, el silencio reinó durante unos segundos hasta que ella por fin se decidió a hablar:

—Igualito —dijo.

Zane aplaudió con entusiasmo.

—¿Habéis ido a por los ingredientes? —preguntó, pues sabía que en casa faltaban muchas cosas necesarias para prepararlo.

—Jake se llevó a Jazzy al súper.

—¿Has ido a comprar con el tío Jake? —le preguntó a la niña. Sabía lo mucho que le gustaba acompañarla a ella a hacer la compra. Se divertía echando cosas en el carro.

Como era de esperar, la respuesta de Jazzlyn fue afirmativa.

—Le encanta ir al supermercado —le dijo Arabia a Jake.

—Me he dado cuenta. Quería llevarse sopa envasada.

—Sí, suele querer cosas muy curiosas. —Arabia acarició los pequeños rizos de Jazzlyn—. La sopa habría estado bien.

Zane y Arabia hablaron la mayor parte del tiempo, solo interrumpidas por alguna aportación de Jazzlyn. En realidad, Arabia sentía que ellas eran las dos únicas personas con las que quería estar. La presencia masculina le resultaba bastante incómoda, por eso agradeció mucho que ambos se marcharan después de comer y las dejasen ver a solas una película en el sofá. Estar con Zane la hacía sentir como en casa. Como en su verdadero hogar. Ahora más que nunca sentía que no debía haberse marchado. El mal de amores se podía superar de mil maneras, no era necesario mudarse a otro condado ni enamorarse del primero que intentara conquistar tu corazón, aunque ahora ya era muy tarde para todo eso. La vida que Jazzlyn conocía estaba en Los Ángeles y con Kevin.

—Cuéntame —dijo Arabia—. ¿Cómo están las cosas por allí? ¿Qué tal los niños?

Era la primera vez que preguntaba por algo que estuviese relacionado con ellas dos. Sabía que Zane había estado informando a Derek y a Emily de su evolución constantemente, e incluso que ellos habían pensado en viajar hasta allí para verla y darle apoyo moral. Sin embargo, Arabia había dicho desde el primer momento que no era necesario, y que lo único que necesitaba era estar tranquila, sin gente que la visitara en todo momento y le hiciera recordar el porqué de su malestar.

—Ay, si yo te contara... —respondió Zane, para su sorpresa.

—¿Ha pasado algo?

—Pues verás, justo antes de que Kevin me llamara, Jake y Derek estaban discutiendo sobre algo relacionado con los niños. Con Jack.

Arabia se extrañó y le pidió que continuara. Zane le contó lo del parecido de las fotos que ella misma había descubierto, y que luego resultó ser una teoría real. Hacía una semana que Jake se había encontrado con una vieja amiga de Emma que le había dado a entender que él era el verdadero padre del niño. Zane ya sabía que era cierto, porque la misma Emily le confesó que su hermana gemela estaba convencida de ello, pero hasta ahora no se había atrevido a volver a sacarle el tema a Jake porque se había enfadado muchísimo cuando se lo dejó caer.

—Jake se ha enterado de que Emily ocultó esa información cuando tenía que resolverse la custodia de Jack.

Arabia se había quedado muy impactada por la noticia. No podía creer que Jake fuese el padre biológico de Jack. Hasta ahora nadie había mencionado esa posibilidad.

—Entonces, ¿cómo ha quedado todo?

—En nada. Discutieron, se dijeron cosas horribles y después vinimos a California. Supongo que volverán a hablar cuando volvamos. —Se notaba que a Zane le preocupaba aquel asunto—. Pobre Emily... Tenías que haberla visto.

—Pero ¿por qué no dijo nada? ¿Por qué no le dijo a Jake que él era el verdadero padre?

—Derek y ella querían hacerse cargo del niño. Ya sabes cómo estaba mi hermano después de lo ocurrido. Pensaron que lo mejor era que se quedase con ellos y que todo continuase como hasta entonces. Todos estuvimos de acuerdo en eso.

Era cierto. Aunque Emma le había propuesto a Jake ser el tutor legal del niño, todos pensaron que lo mejor era que se quedase a cargo del matrimonio. Un niño pequeño sabe perfectamente quién es su madre, pero pensaron que, quizá, el parecido de las dos hermanas supondría un cambio menos brusco para él. Ahora el niño era feliz y sus padres lo querían con locura, fuesen o no fuesen los biológicos.

Arabia se sorprendió pensando en lo diferente que habrían sido las cosas. Tal vez, de haberse hecho cargo de Jack, Jake no se hubiese marchado a ninguna parte. Puede que hubiese afrontado su responsabilidad y que eso le hubiese dado fuerzas para seguir adelante sin tener que alejarse. Sin duda, habría marcado un rumbo diferente en la vida de todos, de ella incluida. Por un momento, le vino a la mente una imagen de Jake jugando con Jack y Jazzlyn mientras ella los observaba, orgullosa.

—Imagina cómo debe de sentirse mi hermano —continuó Zane trayéndola de nuevo a la realidad—. Ha vuelto y se ha encontrado con Jazzy y con Jack. Tiene dos hijos y no sabía de la existencia de ninguno de ellos. ¿Tú qué crees que hará? ¿Crees que pedirá hacerse cargo del niño?

—No sé, la verdad. Estaría en todo su derecho. —Arabia se estrujó el cerebro pensando en qué sería lo mejor para el pequeño—. Sin embargo, creo que debería de dejar las cosas como están, al menos hasta que Jack sea mayor.

Eso era precisamente lo que ella tenía pensado hacer respecto a Jazzlyn.

Estuvieron hablando un rato más sobre aquello, y después Arabia le pidió que se quedara a dormir. En la cama de matrimonio cabían las tres perfectamente, y Kevin podía dormir en la habitación de invitados, o incluso en el sofá. No quería ninguna otra compañía hasta que no fuese irremediable.

—Por cierto —dijo Zane—, ¿te apetece chocolate?

—Mucho. ¿Hay?

Zane se levantó y cogió algo de uno de los armarios de la cocina. Regresó con una tableta de chocolate con almendras que compartieron, encantadas.

MIÉRCOLES

27 MAYO 1992

Últimamente a Louis no le apetecía invitar a Samantha a casa. Jake ya le había preguntado en una ocasión sobre ello, pero lo cierto era que no había ningún motivo. Además, seguía sin tener noticias de Robert, y sentía que eso también empezaba a dejar de importarle. Estaba bastante tranquilo consigo mismo. Tal vez se debiera a que había vuelto a casa.

Su hermano había salido esa misma mañana hacia Philadelphia y no regresaría hasta el domingo. Eso significaba que dejaría de estar constantemente vigilado. Louis sabía que Jake le había permitido instalarse en su antigua habitación, pero también sabía que la había preparado para sí mismo, así que aprovechó el tiempo libre que tenía para colocar sus pertenencias en la que había sido la habitación de sus padres. Le parecía una buena idea que cambiasen de ubicación, ya que hacía tiempo que todo era muy diferente. Todo, excepto las cosas que había en la nevera. Eso apenas había cambiado.

Zane le había dicho que iría esa misma tarde. Decidió fregar los platos y limpiar un poco el salón para recibirla. Jake le había pedido que cuidara de la casa mientras estaba ausente, y aunque él solía ser bastante dejado con las tareas más básicas, haría un esfuerzo.

A las seis de la tarde llamaron al timbre. Su hermana le había dicho que llegaría sobre las ocho, así que no esperaba a nadie más hasta entonces. Cuando abrió y se encontró a Robert, sintió como si una corriente lo atravesara.

—Leí tu nota —le dijo.

Louis no tenía muy claro cómo reaccionar. Robert tenía la barba muy larga, sin arreglar, y parecía bastante sucio, pero le sonreía como hacía siempre que quería algo de él.

—¿A qué viene esa cara? ¿No te alegras de verme?

—¿Dónde te habías metido?

Louis trató de que sonara a reproche, pero sabía que estaba empezando a ablandarse. No verlo había hecho que dejase de necesitarlo, al menos en parte. Pero ahora estaba ahí, frente a él, y lo miraba de esa forma... Volvió a sentir esa corriente, ese calor que le hacía perder el sentido y dejarse llevar.

Robert se le acercó y le pasó la lengua por la oreja. El corazón le empezó a latir a mil por hora. Sabía qué era lo que pasaría a continuación si dejaba que Robert entrara en casa, pero por mucho que su cerebro se contradijese una y otra vez, no se lo impidió.

- - - - - - -

Zane había decidido preparar el plato de Arabia para ir a casa de Louis. Sabía que se había quedado solo, así que le haría compañía. Pitt también acudiría, pero ya de madrugada, cuando acabase el turno de noche. Le había prometido que le guardaría un poco de la ensaladilla para que la probase. Había de sobra para los tres.

Tenía sus propias llaves de casa, así que no se molestó en llamar. Cuando entró, se quedó plantada mirando al sofá.

—Hola, Zane —le dijo Robert.

Estaba ahí sentado tan pancho, y bastante más limpio de lo que ella acostumbraba a verlo. Llevaba el pelo mojado retirado hacia atrás y se había afeitado por completo. Zane pensó en la posibilidad de que se hubiese duchado allí.

—¿Dónde está Louis? —preguntó sin responder a su saludo.

—Todavía está en el baño. No tardará en bajar.

Zane dejó el *tupper* en la encimera y luego subió al piso de arriba. Llamó a la puerta del baño con los nudillos.

—Pasa.

Abrió la puerta y se encontró a su hermano desnudo secándose con la toalla.

—¡Zane! —exclamó al verla.

Ella soltó un grito y cerró de golpe. ¿Por qué le había dicho que pasara? Qué bochorno.

Louis volvió a abrir cuando ya se había puesto los pantalones.

—Perdona, no sabía que eras tú.

Zane no sabía qué era peor, que pensara que era ella o que no. La única otra persona que había en casa era Robert. Aunque, pensándolo bien, eran compañeros de piso. Tal vez estuviesen acostumbrados a andar a sus anchas por la casa como Dios los trajo al mundo. La imagen de Robert desnudo hizo que se le revolvieran las tripas.

—¿Qué está haciendo Robert aquí?

—Pasaba por aquí y ha entrado a saludar —aseguró su hermano.

—Eso espero. No creo que a Jake le haga ninguna gracia encontrárselo. ¿Te ha contado qué es lo que ha estado haciendo?

—No te pongas quisquillosa, por favor.

Quince minutos más tarde, ya habían preparado la mesa.

Robert no había movido ni un solo músculo. Seguía sentado en el sofá como si la cosa no fuera con él, pero en cuanto Zane anunció que la cena ya estaba servida, fue el primero en sentarse.

A su hermano le gustó mucho la ensaladilla. Dijo que no tenía nada que envidiar a la de Arabia, y Robert no puso ninguna pega, por supuesto. A él, todo lo que fuese comer gratis le parecía estupendo.

Zane se dio cuenta de que Louis estaba un poco intimidado con la presencia de su compañero. Le costó un buen rato comprender que, en realidad, no estaba tan contento con el regreso de Robert como ella había imaginado. Parecía que se sentía muy violento con él a su lado. A Zane no se le escapó el momento en el que Robert bajó el brazo izquierdo —hasta entonces apoyado en la mesa— e instantes después Louis dio un respingo. Reaccionó dándole una pequeña patada. Robert rio.

—Bueno, Robert —dijo Zane—. Hacía mucho que no te veíamos. ¿A qué te has dedicado todo este tiempo?

Louis la miró dando a entender que no quería que sacara el tema. Puede que le pareciese inapropiado, pero ella tenía bastante curiosidad.

—Ya sabes. De aquí para allá. Haciendo nuevos contactos.

—¿Qué tipo de contactos?

—Contactos que son muy importantes para mí. Louis ya sabe a qué me refiero.

Esta vez no la miró. Su hermano continuó comiendo como si nada. Zane estaba empezando a enfadarse por su pasividad. Acababa de darse cuenta de que siempre había actuado así en presencia de Robert, y que quizá se debía a que su compañero de piso lo bloqueaba. Había escuchado a Jake comentarle algo a Derek sobre que Louis era inestable y dependiente, pero hasta ahora no entendía a qué se refería.

Justo cuando ya solo quedaba una cantidad pequeña de ensaladilla en el *tupper* y Zane se disponía a guardarlo para Pitt, Robert acercó el plato y se sirvió todo lo que había.

—Está buenísimo, Zane. Podrías cocinar esto más a menudo.

Zane se quedó petrificada viendo cómo Robert terminaba de comer. Quería estallar y decirle cuatro cosas bien dichas, pero se contuvo. Inspiró y exhaló profundamente para relajarse.

—Pues nada, luego prepararé algo rápido para Pitt —dijo con ironía antes de levantarse para empezar a recoger.

—¿Viene Pitt? —preguntó Louis.

—Sí, cuando termine el turno de noche, y se queda a dormir.

Le dedicó una mirada de advertencia a Robert, para que no intentara quedarse también. Cogió algunas de las cosas de mala gana y se las llevó al fregadero.

No tardó en llegarle el olor a tabaco que tanto detestaba. Cuando se volvió para preguntarle a Louis que qué estaba haciendo, se sorprendió al ver a Robert ofreciéndole el cigarro a él. Le dijo que no, por suerte.

—Disculpa. —Zane se colocó frente a él con los brazos en jarras—. En esta casa no se fuma. Apaga el cigarro o salte al jardín.

Robert se rio mientras se levantaba con tranquilidad.

—Lo siento, no sabía que tenía que pedir permiso.

—Es lo que hace la gente en casas ajenas.

Empezaba a acabársele la paciencia.

—¿Vienes, Louis? —le preguntó a su hermano—. Te he traído un poco de hierba.

—Saldré enseguida. Primero voy a ayudar a recoger.

—Como quieras.

—Ni siquiera sé por qué lo has invitado a cenar —comentó Zane cuando Robert cerró la puerta—. Es un maleducado.

—No es necesario que seas tan borde con él, ¿sabes? Ha venido de visita. Eso es todo.

—Uno no viene de visita a asearse, a cenar y a campar a sus anchas por una casa que ni conoce. Ya antes me irritaba, pero estaba en su apartamento y no podía decir nada. Verlo con la misma actitud en nuestra propia casa me saca de mis casillas. —Zane le pasó a Louis una bayeta para que limpiara la mesa—. Yo no sé cómo lo aguantas, y te vuelve tonto, ¿eh? Jake va a tener razón.

—¡¿Qué es lo que te ha dicho Jake?!

Zane se sorprendió de la agresividad con la que Louis acababa de hablarle.

—Dime, ¿qué es lo que te ha dicho?

—Que crees que Robert te da estabilidad.

—¡¿Y qué si me la da?!

—Pues que pareces su perrito faldero. ¿No te das cuenta?

Su hermano había tenido que apoyarse en la mesa porque respiraba con dificultad.

—Louis, ¿estás bien?

—¡No te acerques!

Parecía que trataba de tranquilizarse.

—Louis, ¿qué te pasa? Sabes que puedes hablar conmigo, ¿no?

—Sí, ya... Puedo hablar con todos... Pero vosotros no tenéis ni idea de lo que es sentirse completamente solo a pesar de la compañía. No sabéis lo que es sentir que nada tiene sentido, que nada importa, que no vales para nada salvo para follar.

Zane se sintió cohibida por la última palabra. Se sentía así siempre que él la pronunciaba con total naturalidad.

—¿Quién dice que no vales para nada?

—Parece que todo lo que hago es porque no sé cuidar de mí mismo. Eso es lo que todos me hacéis pensar. Estoy harto de esa mierda y de este tipo de conversaciones.

—¿Y crees que con gente como Robert es diferente? ¿Crees que...?

—¡NO! Creo que sois todos iguales. ¿Tan malo es querer estar solo?

—No, Louis. No pasa nada por querer estar solo —le dijo Zane en un intento de apaciguar la situación.

—Pues parece que sí. No hace ni un día que Jake se ha ido y ya estás tú aquí para darme el coñazo.

—He venido porque esta también es mi casa, porque he quedado aquí con Pitt y porque me apetecía cenar con mi hermano. Tengo la sensación de que piensas que eres el centro del universo, y eso no concuerda con que digas que quieres estar solo. Relájate, ¿vale?

Zane se puso a limpiar lo que faltaba de la cocina, molesta. Ella no solía enfadarse, pero hoy tanto Robert como Louis habían acabado con su paciencia.

—Subiré a recoger mis cosas y volveré a casa de Derek —añadió—. Así no te molestaré.

Justo cuando se disponía a subir por las escaleras, Louis habló de nuevo:

—No te vayas... —Zane lo miró. Hacía un momento había dicho que quería estar solo, y ahora... Ahora tenía lágrimas en los ojos. Se aproximó a él con prudencia—. No quiero quedarme solo. No quiero que me vuelva a embaucar...

Zane entendió a quién se refería. Estaba muy claro que Robert era una muy mala influencia para él y que empezaba a darse cuenta de que era una persona tóxica. Lo manejaba a su antojo, aun sin ella saber cuál era el principal motivo por el que se volvía tan dócil.

Zane se sentó frente a él y le acarició las manos.

—Le diré que se vaya, ¿de acuerdo?

Louis asintió sin mirarla, concentrándose en retener las lágrimas. Pasaron un buen rato allí sentados mientras él se tranquilizaba.

Luego Robert volvió a aparecer.

—Qué tiernos —dijo.

Zane le lanzó una mirada llena de odio. Estaba harta de él. Harta. Más harta todavía cuando, sin añadir nada más, se tiró sobre el sofá y subió los pies sin descalzarse. Sus botas estaban llenas de barro.

Se levantó y se dirigió con paso firme hacia él.

—Quiero que te vayas de mi casa —dijo situándose justo enfrente—. Ahora mismo.

Robert se reincorporó un poco.

—No te preocupes, no volveré a fumar aquí dentro.

—¿No me has oído?

—Vamos, Zane, ¿por qué ibas a querer que me marchara? Louis está bien cuando está conmigo.

—No metas a Louis, y quita tus sucias botas de mi sofá. —Zane le bajó los pies con ambas manos. Hubiese querido hacerlo de un manotazo, pero no tenía fuerza suficiente—. Estás acabando con mi paciencia, y te aseguro que tengo mucha.

—¿Mejor? —dijo Robert una vez se hubo sentado como las personas normales.

—Sí, gracias. Y ahora márchate.

—Pero ¿por qué?

—¡Porque eres un gorrón! Eso es lo que eres. Márchate si no quieres que te eche a patadas.

—¿Qué mosca le ha picado a tu hermana, Louis?

Zane echó la vista atrás para ver la reacción de Louis. No se había movido de la mesa y los miraba, expectante.

—¿Cuántas veces voy a tener que repetírtelo? Már-cha-te. Fuera de mi casa y de mi vista.

—Louis, podrías controlar un poco a tu hermana.

—Yo también quiero que te vayas —dijo entonces Louis.

Por fin, pensó Zane, *¡por fin!* Ya era hora de que reaccionara.

—¿Eso quieres?

Zane estaba que echaba humo por las orejas. Ya no solo porque se estuviesen enfrentando, sino porque Robert no la había tomado en serio en ningún momento.

Abrió la puerta, invitándolo a salir.

—Ya lo has oído.

Robert parecía bastante ofendido. Se levantó, cogió una bolsa de basura donde al parecer tenía metidas sus cosas y se colocó en el umbral.

—Ya vendrás a buscarme —dijo mirando a Louis.

Zane no se lo pensó y le cerró la puerta en las narices.

—Lo que ha costado —dijo para sí, aunque en voz alta.

Miró a su hermano sonriendo de oreja a oreja, y entonces vio que él estaba mordiéndose las uñas y temblando. Zane comprendió que había algo en su cerebro que no estaba conectando bien, pero que lo único que necesitaba en ese momento era apoyo y comprensión. Louis siempre había sido un tanto peculiar, y fuera lo que fuese lo que hacía que estuviese en ese estado, ella no era quién para juzgarlo. Se limitó a sentarse con él y a esperar a que volviera a la normalidad.

Después, se descalzaron y se tumbaron juntos en el mismo sofá, cada uno hacia un lado entrelazando las piernas. Se quedaron allí mirando un programa de televisión. Zane cayó en la cuenta de que se había quedado dormida cuando se despertó al escuchar el timbre que anunciaba la llegada de Pitt.

DOMINGO

31 MAYO 1992

El mismo día que Jake regresó de Philadelphia, tomó la decisión de ir a aclarar todo el asunto de Jack con Derek y Emily. Había pasado un mes desde que tuvieron la discusión, y desde entonces no había vuelto a aparecer por Valley Street. Zane solía ir de visita a Prinss una vez por semana como mínimo, y le había dicho en un par de ocasiones que los niños habían preguntado por él, pero hasta ahora Jake no se había sentido capaz de ir a casa de su hermano. Además, había estado bastante ajetreado: primero, por el aborto de Arabia; y segundo, por la Fundación Brooks. A pesar de que seguía siendo rentable, Jake sabía que tenía que hacer algo más. Debía encontrar un trabajo. Las ganancias de la Fundación eran trimestrales, y tampoco es que dieran para mucho. Había estado viviendo más de los ahorros que de lo que la Fundación le reportaba. De hecho, si hubiera tenido que pagar alquiler con Louis o ahora en Prinss, no habría llegado a fin de mes.

Había pensado incluso en ejercer de nuevo de profesor en la escuela, pero no quería tener que marcharse de Vallon. Trasladarse a Philadelphia suponía alejarse otra vez de la familia que empezaba a recuperar y también de Jazzlyn, pues Pensylvania y California eran dos estados situados cada uno en una punta diferente del país. Además, el avión no terminaba de convencerlo, y hasta ahora había estado haciendo todos los viajes en su camioneta.

Cuando llegó a Valley Street, encontró a Emily y a Derek saliendo por la puerta. Iban vestidos de negro, a pesar de que el calor empezaba a notarse, y eso solo podía significar una cosa.

Jake bajó del vehículo y se acercó a ellos. Estaban despidiéndose de los niños de forma animada, así que supuso que el luto no sería por nadie muy relevante.

—¡El tío Jake! —dijo Jack. Había sido el primero en verlo.

Jake saludó con la mano cuando los demás se giraron.

Zane no tardó en aparecer.

—¿Qué tal en Philadelphia? —fue lo primero que le preguntó.

—Bien. Acabo de llegar. Ni siquiera he pasado por casa.

—Nosotros vamos hacia el cementerio —le comunicó Derek.

—Lo había supuesto. ¿Quién ha...?

—Philip Murray.

Jake se quedó mudo unos instantes. Miró a Emily y luego a Derek. También había supuesto que se trataría de alguien de la fábrica, pero Murray...

—¿Qué le ha pasado?

—Un infarto. Estaba solo en casa.

—Ya... Vaya.

Derek se dispuso a arrancar el coche mientras Emily pedía a Jack y a Danielle que se portasen bien, porque la tía Zane tenía que estudiar. Jake aprovechó para acercarse a la ventanilla del coche de su hermano.

—Si no te importa, iré detrás.

—¿Quieres venir al entierro?

—Sí. Voy a ir.

—Estará Zack.

Derek lo dijo como si por un momento a él se le hubiese olvidado de quién era padre Philip Murray.

—Lo cortés no quita lo valiente —le dijo como respuesta.

Su hermano asintió en silencio.

Jake condujo detrás de él todo el tiempo, a pesar de que sabía perfectamente cuál era el camino al cementerio.

—¿No tienes otra cosa que ponerte? —le preguntó Derek cuando se encontraron en el aparcamiento.

Jake se había dado cuenta de que no iba muy acorde vistiendo una camiseta de color verde claro. Por suerte, llevaba la bolsa de viaje en el coche, así que les dijo que fueran pasando mientras él se cambiaba. Lo único apropiado que encontró fue una camiseta azul marino. Se cambió allí mismo y se miró en el reflejo del cristal de la camioneta para adecentarse el pelo. Ya empezaba a tenerlo más largo.

No fue difícil encontrar el lugar donde iba a celebrarse el entierro; había mucha gente caminando hacia allí. La fábrica Wathson contaba con cientos de trabajadores, así que era de esperar que la mayoría acudiesen a dar el último adiós a Philip Murray.

—Becker —escuchó a sus espaldas.

Jake sabía que tarde o temprano se encontraría con Zack, pero no esperaba tenerlo justo detrás. Estaba bastante cambiado, pero era de esperar. Habían pasado más de tres años desde la última vez que se habían visto. Iba acompañado de una chica algo más joven que él que se cogía de su brazo. Le indicó con un gesto que los dejara solos.

—¿Por qué has venido? —le preguntó.

Ni siquiera se lo había planteado.

—Porque fue mi supervisor —dijo. Miró a Zack a los ojos para ver su reacción, pero él se mantuvo serio y sin expresión—. Sentí que tenía que hacerlo —añadió.

—No, no tenías por qué. —Zack le tendió la mano y él se la estrechó—. Pero te lo agradezco.

Ambos asintieron, y luego cada uno continuó por su lado. Le hubiese gustado decirle que sabía lo que era pasar por lo que él estaba pasando, pero no había hecho falta. Había visto de verdad agradecimiento en las palabras de Zack, así que simplemente lo dejó estar.

Cuando se aproximó al lugar donde se había congregado la mayoría de los familiares, vio a Derek y Emily en el otro extremo. Frederic estaba con ellos. Intentó hacerse un hueco entre la multitud, pero se dio cuenta de que eso sería llamar demasiado la atención, así que se quedó donde estaba. Al fin y al cabo, había acudido para hacer acto de presencia. A nadie le importaba dónde estuviese situado, ni que estuviese solo o acompañado.

Reconoció a varios de sus antiguos compañeros, y saludó con un gesto de cabeza a los que lo reconocieron. Después esperó paciente a que se celebrase el entierro, manteniendo una pose lo más respetuosa que supo.

Cuando la ceremonia terminó y la gente empezó a dispersarse, alzó la vista para ver a dónde había ido su hermano. Lo vio dándole el pésame a Zack.

—Becker —volvió a decir alguien a sus espaldas.

—¡Wane!

Jake se alegró de verlo. Wane Steward había sido uno de los compañeros con los que más había batallado, aunque después de todo habían sido solo eso, compañeros.

—No imaginé que te vería aquí. —Jake le dedicó una media sonrisa—. Edward dijo que habías vuelto a la ciudad, que se lo había escuchado decir a tu hermano, pero Bill y yo pensamos que no podía ser cierto. Cuando supimos lo de la Conrad... —Jake le hizo un gesto con la mano para que no diera más detalles—. En fin, me alegro mucho de verte. Podrías venir un día después del trabajo a tomar algo con nosotros.

—Claro, gracias —dijo Jake estrechándole la mano—. ¿Bill y Edward están también por aquí?

—Bill no, pero Ed no debe de estar muy lejos. Zack y él son ahora como uña y carne. Curioso, ¿verdad?

Más que curioso, aunque Jake todavía tardaría bastante en atar cabos.

De vuelta a Valley Street estuvo pensando en esa nueva relación entre Zack y Edward. Cuando él trabajaba en la fábrica Wathson, Bill y Edward habían sido de los pocos amigos que había tenido, aunque no era una relación de amistad propiamente dicha, ya que solo comían juntos y comentaban cosas sin importancia, nada más. Jake recordaba a la perfección la pelea que había tenido con Zack y que lo había dejado en la calle. Esa pelea lo había llevado también a la Conrad Rails... y a otras cosas bastante desagradables, como las muertes de Emma y Aaron.

Jake se había preguntado en más de una ocasión cómo Zack había obtenido la información que sacó a la luz el día de la pelea, e incluso le había increpado a Derek por ello, pero aquel asunto había pasado a un segundo plano cuando se dio cuenta de que no había marcha atrás. Nadie iba a cambiar lo ocurrido en los vestuarios, y tampoco su despido.

Él nunca había hablado demasiado de asuntos personales en el trabajo, pero sí les había dicho en una ocasión a Bill y a Edward que había entrado en la fábrica como un favor personal cuando su padre iba a ser despedido. Jamás se imaginó que se lo contarían a alguien, y mucho menos a Zack. Era increíble cómo las cosas se esclarecían con el paso del tiempo. Rio por su estupidez, por haber confiado tan ciegamente en alguien a quien apenas conocía. Y también se arrepintió de haberle echado las culpas a su hermano. Era momento de que hablaran, aunque Derek iba a tardar bastante en volver, porque había ido con Emily a la casa del difunto.

Pitt fue el encargado de abrirle la puerta cuando él llegó. Pasó al interior sin decir nada, un poco abatido, tanto por el entierro como por el descubrimiento de la falta de lealtad de Edward. Pitt no dijo nada.

Por supuesto, los niños no tardaron ni dos segundos en percatarse de su presencia y correr hasta él. Se sentó y esperó a que Jack y Danielle empezaran a atosigarlo.

—¡Hola, tío Jake! —le dijo Danielle.

—¿Nos vas a llevar al parque otra vez? —sugirió Jack.

Hacía un mes que no los veía y se acordaban perfectamente de la salida al parque.

Jake negó con la cabeza.

—¿Por qué no? —quiso saber Danielle.

—Hoy no. Estoy muy cansado.

—¿Y mañana?

Zane apareció y se sentó al lado de Jake.

—Mañana es lunes y hay que ir al cole.

—Jo.

—¿Cómo ha ido? —le preguntó.

—¿Bien? —respondió, sin saber muy bien qué decir.

Había ido a un entierro, así que estaba claro que no era un asunto agradable.

—Dentro de un mes seré yo quien vaya al cementerio de visita. ¿Te gustaría venir?

Estaba un poco alelado, y por eso le costó entender la proposición. Cuando se percató de lo que sucedía dentro de un mes, recordó dos fechas en su calendario mental: diecinueve de junio y tres de julio. Su hermana se refería a la segunda, pero él ya no podía pensar en una sin la otra. Le producían sentimientos parecidos y diferentes a la vez.

—No creo, Zane. No es algo que me guste recordar.

—Lo sé, era solo por si acaso. —Su hermana se giró hacia la izquierda y apoyó el codo sobre el respaldo del sofá, mirándolo—. Tengo que contarte algo.

—Dime.

Zane le pidió a Pitt que llevase a los niños a jugar fuera de casa. Ahora que hacía buen tiempo les encantaba corretear por el inmenso jardín.

—El miércoles me encontré a Robert en casa, a la hora de cenar. —Jake se incorporó y estuvo a punto de levantarse para maldecir en voz alta—. Espera, relájate. Cuando llegué, estaba sentado en nuestro sofá, como si tal cosa. Además, se había duchado en casa. Fui a pedirle explicaciones a Louis y me aseguró que solo estaba de visita, pero se quedó a cenar.

—¿Justo tiene que presentarse cuando me voy fuera?

—Eso mismo pensé yo, pero déjame continuar. El caso es que estuvimos cenando y yo estaba enfadadísima por lo aprovechado que fue. ¡Hasta se encendió un cigarro! Entonces le pedí que saliera de la casa para fumar y me quedé hablando con Louis sobre lo que pensaba de Robert. Tenías razón sobre que le causa dependencia, y además se siente bastante solo... Lo que no llegué a entender es qué es lo que le causa esa dependencia, porque no quise insistir después de echarlo de casa.

—¿A quién echaste de casa?

—A Robert.

—¿En serio?

—Sí... —Zane rio—. Le dije que se marchara y que era un gorrón. Pero no se fue hasta que Louis le pidió que lo hiciera.

Jake estuvo pensando en lo que su hermana le decía. Realmente, era un paso muy grande que Louis hubiese prescindido de Robert y que entendiese que lo perjudicaba más que beneficiaba.

—Con respecto a la dependencia... —le dijo a Zane—. Si te lo cuento tiene que quedar entre tú y yo. No quiero que Louis piense que voy diciendo sus cosas por ahí, aunque sea a ti.

—No voy a contárselo a nadie. Además, ¿a quién le interesaría un asunto de mi hermano?

—Sexo.

Zane puso cara de mucha sorpresa.

—El sexo es, o era, lo que lo mantenía tan atado a Robert.

—¿Louis es...?

—Digamos que... le da igual con quién.

—Pero... tiene a Sammy.

—Sí, pero Robert es el único hombre con el que ha estado. Tiene miedo de probar algo diferente, y también tiene mucho miedo del rechazo. Está demasiado acostumbrado a ellos dos.

—Caray, qué descubrimiento. Hasta ahora solo sabía de su gusto por las chicas, por Laura y por Sammy.

—Necesita conocer gente nueva y salir de la zona de confort. Voy a proponerle que vuelva a hacer teatro, a ver qué opina.

—¿Crees que querrá?

—No sé, pero por algo hay que empezar.

Derek y Emily llegaron al poco de que terminase su conversación con Zane. Fueron a cambiarse de ropa y después volvieron al salón. Había tenido mucho tiempo para pensar, así que sabía qué era exactamente lo que quería decirles.

—Supongo que querrás hablar —dijo Derek.

—Lo primero que quiero decir es que lo siento.

Emily y Derek lo miraron bastante asombrados, pero es que Jake había olvidado algo muy importante que aprendió con Helen Brooks: agradecimiento y arrepentimiento son dos de las cosas que necesita el alma para estar en paz. *Da las gracias si estás agradecido y pide perdón si tienes que hacerlo.* Jake le había dicho a su hermano cosas muy hirientes con relación a la vida que ahora tenía, y lo primero que tenía que hacer era disculparse.

—Creo que te falté al respeto cuando te dije que llevabas una vida que no te pertenecía —continuó—, porque no soy nadie para juzgar eso, así que antes de que digamos nada más, lo siento.

—En ese caso, siento haber insinuado que eras un matón de barrio. Sé que no lo eres, y ninguno de nosotros lo piensa.

Jake entendió que se refería también a Emily. Aceptó las disculpas.

—También me gustaría decir que no es mi intención quitaros la custodia de Jack. —Jake vio cómo Emily intentaba no echarse a llorar. El niño era un tema que la ponía muy sensible—. Él es feliz aquí, con su nueva vida, con su hermana Danielle y con sus padres. Y sé que sois buenos padres.

—Podrías haber empezado por ahí la última vez —opinó Derek.

—No he terminado, pero ya que lo mencionas, la última vez acababa de enterarme de que se me había ocultado una información muy importante con respeto a Jack, y lo único que quería era una explicación. Las formas no fueron las más correctas, pero a veces pierdo los papeles, no es nada nuevo. Tampoco fui el único que se puso un poco nervioso ese día.

—Y supongo que ahora sigues queriendo esa explicación.

—Sí, y también creo que tengo derecho a exigirla.

Emily le hizo un gesto de cabeza para indicarle que subiera al piso de arriba con ella. Derek la miró, perplejo, pero ella le dio a entender que era necesario que hablaran a solas, así que Jake la siguió.

Se acomodaron en la habitación de los niños, cada uno en una cama. Emily colocó algunos de los juguetes y, cuando tomó asiento, empezó a hablar.

—Sé que va a sonar muy egoísta, porque en cierto modo lo es, pero Jack era lo único que me quedaba de mi hermana y no quería separarme de él. Sabía que, si te contaba las inquietudes de Emma, posiblemente pedirías una prueba de ADN para confirmarlo, y si resultaba positiva te quedarías con él. Y yo quería de verdad a ese niño, Jake. Pensé que si dejaba las cosas como estaban para ti sería más fácil aceptar la pérdida, porque nada te vinculaba a Jack. Cuando te marchaste me convencí de que había hecho lo correcto, y cuando regresaste me sentí muy culpable. Lo siento, y mil veces lo siento. Debí habértelo dicho.

—Acepté que se quedase con vosotros porque le prometí a Emma que cuidaría de Jack —le dijo Jake—. He estado pensando, y puede que hubiese actuado de la misma forma aun sabiendo que yo era su padre, porque, como he dicho antes, sé que sois buenos para él. Pero no me gusta que la gente me mienta, y es lo que habéis estado haciendo todo este tiempo. ¿Qué hay sobre eso de que no queréis que se decante por ningún deporte desde tan pequeño? Tenéis miedo de que se parezca a mí, ¿verdad?

Emily asintió con pesar.

—Pues me gustaría saber que puedo pasar tiempo con Jack. Quiero poder jugar a fútbol con él, igual que querré hacerlo si más adelante prefiere cualquier otro deporte. ¿Qué hay de malo en que se parezca a mí? ¿Hay algo de malo en que a Danielle le dé por parecerse a Zane?

—No hay nada malo... Solo que asusta.

—Todos los críos acaban pareciéndose a sus padres. Es con quien pasan la mayor parte del tiempo. Y no me refiero solo a la genética, sino a la forma de ser. Es contagioso, créeme.

Consiguió que Emily sonriera.

—No voy a involucrarme en su educación. Confío en ti, Emily. Pero sí me gustaría que contaseis conmigo a la hora de tomar alguna decisión importante. También es lo único que me queda de Emma.

—Me parece justo.

—Sabes que nosotros no hemos tenido más familia que la nuestra —prosiguió Jake—. En el colegio tenía amigos que iban a los partidos con sus tíos, o con sus abuelos, porque sus padres no tenían tiempo de llevarlos o porque no compartían la misma afición. Yo los envidiaba, porque mi hermano y yo a veces no teníamos más compañía que la nuestra, así que yo quiero ser ese tío. Quiero estar ahí, aunque sea desde un segundo plano. Ya he aceptado que me he perdido muchas cosas por haberme marchado.

Le parecía muy injusto que Emily le hubiera ocultado información sobre Jack y que Arabia no le hubiese dicho que estaba embarazada, pero podría haberse quedado para no alejarse de ninguno de ellos, y no lo había hecho.

—Voy a decirle a mi padre que eres el padre de Jack —le dijo Emily.

—¿Por qué?

—Porque debería saberlo y debería aceptarte. No quiero que siga guardándote rencor, porque eso tampoco es justo. Lo que pasó no fue culpa de nadie.

—No creo que eso cambie nada, pero es tu decisión, así que buena suerte.

Ambos rieron esta vez.

—No sabes lo mucho que te agradezco que hayamos podido solucionarlo. Ha sido un mes horrible. —Emily suspiró y retuvo las lágrimas—. Pensaba en perder a uno de los dos niños y se me venía el mundo encima. Imagino que sabes que Derek y yo no podemos tener hijos.

—¿Por qué no podéis?

—Hemos hecho un par de pruebas de inseminación, pero no

nos hemos atrevido todavía a hacer el estudio que dictaminaría si alguno de los dos es estéril. Yo no quiero ni pensarlo, y tampoco quiero que Derek tenga que pasar por ello, porque sería como confirmar que Danielle...

—Entiendo.

Se fijó en que en la mesita de noche de Jack había una foto de él en brazos de una jovencísima chica pelirroja cuando apenas era un bebé.

—Es la foto favorita de Jack —dijo Emily al percatarse de que la estaba mirando.

—Es Emma, ¿no?

—Sí, aunque él cree que soy yo. Cuando sea mayor le diré la verdad y le hablaré sobre ella. Tal vez antes incluso de que sea mayor le explicaré que yo tenía una hermana gemela que lo quería muchísimo. Han pasado ya tres años...

—Lo sé. Tres y cinco.

Se quedaron callados asimilando el último dato. Los dos habían perdido a mucha gente: la familia Wathson constaba de cuatro miembros —cinco si contaban a Jack— y habían perdido a dos. La de los Becker constaba de siete, y habían perdido a tres.

—¿Recuerdas el día que nos conocimos? —preguntó Emily tras la pausa.

—Sí, el día que descubrí que Emma tenía una hermana gemela. Lo recuerdo muy bien. —Jake sonrió—. Al principio pensaba que ella me estaba tomando el pelo.

—¿Y recuerdas cuando te sorprendí plantando ortigas? Ya casi me había olvidado de eso.

—Sí..., te enfadaste muchísimo.

—Fue mi hermana la que te cambió las semillas.

Jake levantó las cejas, incrédulo.

—Cuando fui a pedirle explicaciones al jardinero de mi padre, me dijo que él no te había mandado plantar ortigas en ningún momento, que yo debía de estar equivocada. Emma se echó a reír cuando me vio discutiendo con él, y entonces supe que había sido ella.

—Pero ¿por qué?

—Supongo que porque en aquel entonces deseaba que te metieses en más problemas de los que ya tenías.

Jake no pudo evitar agachar la cabeza y reír, nostálgico. En aquella época se detestaban mutuamente, más allá de la atracción que siempre habían tratado de ocultar.

—Jack le cambió la vida —dijo Emily.

—Me la habría cambiado a mí también si desde un principio... Joder, es muy raro pensarlo. Pensar en que hace cinco años me habría tenido que hacer cargo de un bebé.

—Yo creo que lo habrías hecho bien. ¿Crees que Emma y tú habríais podido llevar una vida juntos?

—Nunca me he planteado esa posibilidad, así que no sé si habría cambiado algo el tema del niño. —Jake volvió a mirar la foto de Emma. Sentía que ella era la única amiga de verdad que había tenido en toda su vida. Si lo hubiese mencionado en voz alta, tal vez Emily le habría señalado también a Arabia, pero con Arabia siempre había sentido algo diferente—. ¿Sabes? Es curioso como cada acto, o cada decisión que tomamos, puede cambiarnos tanto la vida.

—Eso es por Ari, ¿verdad?

—Por ambas, pero sí, especialmente por ella. Una cosa llevó a la otra. ¿Has oído hablar del problema de los tres cuerpos?

Emily negó, y Jake le explicó algunas de las cosas más importantes de la teoría. Era muy interesante que una teoría física definiese su vida con una lógica tan aplastante. Además, estando con Emily se acordó de una cosa más llamativa todavía.

—Joder —dijo con una sonrisa.

—¿Qué?

—Existe también una teoría para un problema circular, donde existen cinco puntos de equilibrio llamados puntos de Lagrange. En resumen, dice que tres de esos puntos son inestables y dos son estables. Ari, Emma y yo estaríamos en el primer grupo, y Derek y tú en el segundo.

Emily también rio por la coincidencia. Después se puso seria.

—Pero Emma ya no está. —A Jake le sorprendió la frialdad con la que lo dijo—. Eso quiere decir que, tal vez, Ari y tú podríais haber llegado a ser dos puntos estables...

—... si yo no me hubiera marchado.

—Exacto.

—¿Crees que no lo he pensado? Llevo dándole vueltas todo el año, Emily, y es cierto que me arrepiento de haberme marchado por unas cosas, pero me alegro también por otras. Creo que colaborar y ayudar a Helen con la Fundación Brooks es una de las mejores cosas que he hecho en toda mi vida.

—Jack y Jazzy también son de las mejores cosas que has hecho. Debes de sentirte muy orgulloso.

Se sonrojó por el comentario, aunque lo cierto era que sí, que estaba muy orgulloso.

—Tengo muchas ganas de seguir viéndolos crecer.

—Estoy segura de que ambas te dejaremos hacerlo.

JUNIO

SM	L	M	X	J	V	S	D
23	1	2	3	4	5	6	7
24	8	9	10	11	12	13	14
25	15	16	17	18	19	20	21
26	22	23	24	25	26	27	28
27	29	30					

JUEVES

25 JUNIO 1992

Habían pasado dos meses desde el aborto. Arabia había vuelto a su rutina habitual de encargarse de Jazzlyn y de la casa. La ayuda de la asistenta le había venido de maravilla, pero le agobiaba estar sin hacer nada, así que ya hacía varias semanas que la había despachado.

Acababa de quitarse el anillo de pedida para fregar los platos y se había quedado mirándolo mientras dejaba correr el agua. Le pasaba muy a menudo. Kevin se lo había dejado una mañana sobre la mesita de noche, porque desde que él le había pedido matrimonio y habían tenido que salir corriendo hacia el hospital, ninguno de los dos había vuelto a sacar el tema.

Cualquiera podría pensar que todo estaba bien entre ellos después de ese gesto, pero lo cierto era que no. Arabia se había vuelto un poco reacia a mantener relaciones sexuales con él, y Kevin había mostrado su malestar abiertamente en más de una ocasión. Pero había una cosa que Arabia tenía muy clara: no iba a volver a hacer nada que no quisiera hacer, así que lo mismo le daba que estuviese prometida con él. Si no le apetecía acostarse con él, no lo haría, y punto. Kevin le había dejado caer que podían tratar de tener otro bebé, pero a ella no le había sentado nada bien. Los bebés no se hacían así, a la ligera, y como si la persona que lo llevaba en su vientre no importara lo más mínimo.

Además, últimamente Kevin estaba un poco raro. Había salido de viaje fuera del país en un par de ocasiones, a París, y cada vez que regresaba apenas le prestaba atención. Era de las pocas veces que no le insistía para que se acostaran, e incluso se había quedado a dormir en el sofá en contadas ocasiones.

Arabia había tenido que acudir a alguno de los eventos de la empresa donde ahora trabajaba, sobre todo ante la insistencia de Natalie, y en una de las veces un par de chicas habían comentado la importancia de tener buen sexo dentro de la relación. Cuando Arabia daba vueltas al anillo, pensaba justo en eso, en lo poco que a ella le apetecía acostarse con Kevin. Con alguien, en general. Las únicas veces que había estado entusiasmada con la idea había sido con Jake, y también le costó bastante en su día.

Mientras fregaba los platos no pudo evitar acordarse de su primera vez con él. Había sido tan tierno... No era el mejor momento íntimo que habían compartido, pero sí el más especial. El mejor estaba reservado para una de las últimas veces que tuvieron ocasión de acostarse. Fue en la habitación del centro que Jake había alquilado, después de haber mantenido una conversación donde él le había confesado muchas cosas de su pasado que ella deseaba conocer. Y había surgido de forma natural, sin prisas, sin agobios, sin expectativas. La sinceridad era una de las cosas que más valoraba en una persona.

Un golpe seco la sacó de su ensimismamiento. Miró hacia el salón y no vio a Jazzlyn por ninguna parte. La había dejado allí hacía un momento.

El llanto de la niña no tardó escucharse, y salió corriendo en dirección a él, en el lavadero. La encontró tirada en el suelo, sujetándose la cabeza, y corrió para levantarla. Lloraba con mucha intensidad. Arabia vio enseguida que justo encima de su ojo derecho se había comenzado a formar un chichón. La abrazó y la meció mientras la inspeccionaba de arriba abajo para asegurarse de que no era nada más, mientras a su vez se tranquilizaba a sí misma por el susto.

—¿Qué es lo que hacías, tesoro?

La niña señaló hacia arriba sin dejar de llorar, y entonces Arabia vio la plancha. Tras estudiar el escenario, entendió rápidamente lo que había pasado y se le aceleró el corazón por lo que podía haber sido. Jazzlyn debía de haber puesto el taburete frente a la tabla de planchar con la intención de subir y coger la plancha. Había sido una suerte que hubiese caído antes de llegar a su destino, y Arabia se culpó a sí misma por no haber sido más cuidadosa. Anotó mentalmente que la puerta del lavadero siempre debía estar cerrada.

En vista de que el llanto de la niña no remitía, se la llevó al piso de arriba para ponerle una pomada y mirarla mejor. Estaba segura de que no era nada, y lo único que iba a necesitar eran los polvos mágicos que ella simulaba que tenía siempre que Jazzlyn resbalaba y se daba un golpe. Sin duda funcionó, como siempre, tanto con ella como con una gran cantidad de niños a los que había tratado en las prácticas de la universidad.

Al pensar en sus días como enfermera, sintió mucha nostalgia. Ya la había empezado a sentir durante el tiempo que había estado ingresada, cuando la enfermera que tenía asignada pasaba a hacerle la visita rutinaria, pero ahora el deseo de volver a ejercer su profesión era mayor. Tal vez podría buscar trabajo en Los Ángeles. No le gustaba la idea de dejar a Jazzlyn en una guardería, pero podría venirle bien relacionarse con otros niños antes de que empezase en el prejardín de infancia cuando cumpliera los tres años. También se le ocurrió que podría especializarse en otro campo, y tal vez pudiese compaginar el educar a su hija con prepararse para algún examen.

En cuanto los lloros de Jazzlyn remitieron y ambas se vistieron, Arabia se la llevó consigo en busca de folletos informativos sobre modalidades de enfermería.

A las siete de la tarde, cuando regresó a casa, Kevin todavía no había llegado. Con todo el asunto de los negocios internacionales había muchos días que volvía casi a la hora de cenar, o incluso después. Arabia pensó que sería un buen momento para llamar a casa de los Becker para hablar con Zane y contarle su nueva iniciativa, y justo entonces vio parpadeando el teléfono, señal de que alguien había dejado un mensaje. Tal vez fuese su amiga para decirle que le devolviera la llamada.

Arabia dejó a Jazzlyn en el salón y se dirigió a la cocina para escuchar el mensaje y ordenar el montón de papeles que había recopilado.

Tiene dos mensajes, escuchó decir al aparato.

El primero era de la hermana de Kevin. Por lo visto, era el cumpleaños de su hijo mayor y el próximo sábado daría una fiesta. Había llamado para invitarlos. El segundo mensaje la dejó muy desconcertada. Primero porque no entendió nada, y segundo porque le resultó bastante sensual.

Era de una mujer, y era en francés.

Rebobinó el mensaje para escucharlo de nuevo. Terminaba diciendo: «*mon amour*». Ella no era ninguna experta en el idioma, pero tampoco había que ser muy inteligente para intuir el significado. Le dio por reírse en voz alta.

Quién me mandaría a mí a confiar en los hombres, pensó.

Esa noche, cuando Kevin llegó, no comentó nada de lo que había escuchado. Sin embargo, durante los días siguientes se dedicó a observarlo más de lo que había hecho últimamente. También decidió interesarse un poco más por lo que lo mantenía ocupado hasta tan tarde, para escuchar lo que él tenía que decirle. Se acordó tanto de su padre durante ese tiempo..., pero sobre todo se acordó de su madre, de todo lo que había padecido por culpa de él. Kevin no era como su padre en ninguno de los aspectos. En ninguno salvo en uno. Darse cuenta de su recién descubierta infidelidad le hizo pensar que si seguía con la vida que llevaba sería una más de las mujeres que frecuentaban los fines de semana el club de tenis, cuyas vidas parecían más destinadas a guardar las apariencias y ganar popularidad que a la felicidad.

Dos semanas y media después, tras el segundo mensaje en francés en el teléfono de casa, dejó el anillo encima de la mesa de la cocina, preparó sus maletas y las de Jazzlyn y se marchó en un taxi camino del aeropuerto.

Tropezar tres veces con la misma piedra era demasiado.

JULIO

SM	L	M	X	J	V	S	D
27			1	2	3	4	5
28	6	7	8	9	10	11	12
29	13	14	15	16	17	18	19
30	20	21	22	23	24	25	26
31	27	28	29	30	31		

MARTES

14 JULIO 1992

Monique se había quedado en casa a dormir y Zane estaba esperando a que despertara para bajar a desayunar. Estaban en Prinss, porque a Monique le habían recomendado un centro de belleza que estaba a pocas manzanas de allí, y como hacía ya dos semanas que habían terminado los exámenes era hora de empezar a hacer algo más allá de estudiar y preparar los trabajos finales. Monique se había empeñado en hacerse la manicura francesa, y Zane había accedido a acompañarla.

—Monique, vamos, despierta —le dijo Zane mientras empezaba a vestirse.

Su amiga seguía durmiendo plácidamente.

—Monique...

—¿Qué...?

—¡Despierta!

—¿Qué hora es? —preguntó mientras se desperezaba.

—Son más de las diez. Te recuerdo que eres tú la interesada en ir a hacerse las uñas.

—Vale... Ya voy...

Ambas se vistieron con ropa cómoda y fresca: Zane se puso una camiseta de tirantes amarilla y unos vaqueros cortos; Monique, un vestido azul claro ceñido solo hasta la parte de la cintura. También se puso una diadema del mismo color. A Zane le gustaba cómo le quedaban los colores claros a su amiga por su tono de piel. En realidad, estaba genial se pusiese lo que se pusiese.

—¿Vas a volver a cortarte el pelo? —le preguntó mientras bajaban de la buhardilla.

—No lo sé —respondió Zane.

La melena ya le había pasado los hombros, pero había estado pensando en volver a dejarse el pelo largo una temporada. Justo acababa de cogérselo en una coleta y echaba de menos que le cayese por la espalda.

Cuando llegaron a la cocina, sus hermanos estaban allí desayunando. Jake estaba sentado en la barra americana y Louis hablaba desde la nevera.

—No vuelvas a decirme lo del teatro, ¿quieres? Qué pesado.

—Solo digo que...

—No digas nada. Un mes entero dándome la tabarra ha sido suficiente.

—Madre mía, qué vistas —dijo Monique por lo bajo al acercarse a ellos.

Zane la miró, extrañada, y luego puso los ojos en blanco al darse cuenta de que Jake no llevaba camiseta. Sin duda era por el calor y porque con total seguridad ni se acordaba de que Monique se había quedado a dormir. Louis iba de la misma manera, pero él pasaba desapercibido a ojos de Monique.

—Pero deberías hacer algo, ¿no crees? —volvió a decir Jake.

—¿Ah, sí? ¿Por qué? —Ambos continuaban discutiendo, aunque no era una discusión propiamente dicha—. ¿Qué es lo que haces tú, aparte de... nada?

—Eh, no te pases —replicó Jake con la boca llena de cereales—. Yo estoy intentando encontrar trabajo.

—Y yo ya tengo uno. ¿Piensas hacer algo después de que lo encuentres?

—Vale. De momento ganas este asalto. Te doy la razón.

—Lo que Jake quiere decir —intervino Zane mientras se sentaba con Monique a la mesa— es que, tal vez, estarías mejor con algo que te llenase de verdad. ¿Quieres trabajar en ese restaurante el resto de tu vida?

—Lo que quiero es tener el mío propio. Eso es lo que quiero. Y es lo que haré.

Zane miró a Jake con sorpresa.

—¿En serio? —preguntó dirigiéndose a Louis.

—¿Qué? ¿Es extraño?

—No sabía que te gustaría tener tu propio restaurante.

—Pues algún día se hará realidad, pero no penséis que podréis venir a comer gratis solo porque seáis mis hermanos.

Todos se echaron a reír.

—¿Y cómo lo llamarás? —preguntó Monique.

—Eso no te lo puedo decir.

—¿Por qué? ¿Es un secreto? —continuó Jake—. ¿O todavía no has pensado en ello?

—Claro que he pensado en ello. Te sorprendería saber la de cosas que he pensado, pero no os voy a decir nada de nada, y menos a ti. Conociéndote te pasarías el día haciéndome burla y pronunciando el nombre en voz alta.

—¿Por quién me tomas?

—Por mi hermano, el que siempre se ha burlado de mí.

—¿Yo?

—Por favor..., te has pasado toda la vida riéndote de todo lo que me ocurría, solo porque tú ya habías pasado por eso antes. No me hagas entrar en detalles.

—No, mejor que no —le apoyó Zane.

Había vivido todos esos momentos, y la mayoría eran bochornosos. Jake había hecho hincapié en todas y cada una de las etapas de la pubertad de Louis.

Zane se levantó en busca de las tostadas y luego le ofreció el paquete a Monique. Ambas se untaron una buena cantidad de mermelada de melocotón, con la diferencia de que su amiga lo hacía sin dejar de mirar a Jake.

Le dio un codazo para llamar su atención.

—¡Ay!

Le indicó con un gesto visual que dejase de ser tan descarada, a lo que ella le respondió con un: «¿Qué problema hay?».

—Nada, pero como se dé cuenta de que lo estás observando desaparecerá de aquí.

Zane miró de reojo a su hermano mientras Jake terminaba de beberse la leche. Se notaba que estaba contento, y Louis también, por raro que pareciese. Todos habían crecido y cambiado mucho.

—¿Te has parado a pensar lo mayores que somos, Jake?

—Hablad por vosotros —dijo Louis.

—Eso, hablad por vosotros —añadió Monique.

—¿Cuántos años tienes tú? —Jake lanzó la pregunta a Monique.

—Veintitrés.

—Pensaba que eras más mayor.

—Sí, suele pasar. Pero me gusta mi edad. Creo que, si pudiese congelarme escogería este momento, aunque espero que se quede todo en su sitio durante muchos años más. —Monique pasó las manos por su figura—. ¿Y vosotros? ¿Cuál es vuestro año favorito?

—¿Año o edad? —preguntó Jake.

—Es lo mismo.

—No, no lo es.

—Yo también me quedaría como estoy ahora —dijo Zane, muy segura de lo que decía.

—Es una pregunta estúpida —continuó Louis—. Todo el mundo cree que su edad actual es la mejor, porque a medida que creces vives cosas nuevas, más experiencias. Con cada año que pasa te sientes más seguro, ¿no?

—No tiene por qué —repuso Jake.

Zane notó cómo su hermano se ponía serio.

—¿Con qué edad te quedarás tú? —le preguntó.

—Dieciséis, que es la edad que tenía cuando vinimos aquí. —Zane y Louis coincidieron en que había sido una buena elección—. Al principio no quería venir, pero... creo que nos ha ido bien, a pesar de todo. Han pasado diez años desde entonces. Parece mentira.

—Mi madre dice que el tiempo pasa demasiado rápido si no le prestas la suficiente atención —dijo Monique.

—Tú madre tiene mucha razón —le aseguró Jake—. Me voy a la ducha.

—Es una pena.

Zane volvió a poner los ojos en blanco. Jake se limitó a levantar una ceja mientras se alejaba hacia las escaleras.

—¡Eh, Jake! —Monique hizo que se parase un segundo antes de seguir subiendo—. ¿Y cuál es tu año favorito?

—El ochenta y seis.

Sonrió mientras miraba a Zane, y después desapareció.

—Creo que vuelve a caerme bien, después de todo —dijo Monique.

—Eres increíble.

—Oh, vamos, una no se alegra la vista así de buena mañana todos los días.

Louis se echó a reír por el comentario.

—Tendrías que haberlo visto cuando jugaba al fútbol —añadió.

—Habría estado bien, sí.

Zane se sorprendió de la naturalidad con la que su hermano habló de Jake. Del cuerpo de Jake. De su aspecto físico. Por suerte, él no se percató de la sonrisa que tuvo que disimular para no levantar sospechas sobre lo que sabía de él.

- - - - - - -

Emily había acudido de buena mañana a casa de su padre. Había llevado a los niños, pero ya estaban a cargo de Margarett y de sus sabrosas galletas. Ella necesitaba charlar un rato a solas con él.

Lo encontró en su despacho, como de costumbre, a pesar de ser martes. Hacía mucho tiempo que había dejado de ir diariamente a la fábrica, y ella sabía que muy pronto cedería su puesto de director a Derek. Los días estaban contados.

—Hola, papá —le dijo tras tocar la puerta con los nudillos.

—Hola, Emily, pasa. Margarett me dijo que vendrías.

—¿Estás muy ocupado?

—No, para nada. Esto son solo unos papeles que tengo que archivar. En cualquier caso, una visita tuya siempre es más importante.

Emily sonrió, complacida. Su padre siempre se había portado bien con ella. Siempre.

—He venido a hablar sobre Jack.

—¿Ha pasado algo?

—Quiero que sepas algo sobre su padre. —Se quedó un momento en silencio. Era un tema muy importante. Frederic lo respetó—. He alargado mucho este momento porque le he estado dando vueltas a lo que iba a decirte para no tener que nombrar a mi hermana, pero es imposible que te hable de una cosa sin la otra. ¿Crees que es un buen momento?

—Emily.

—¿Sí?

—Siento haber sido tan reacio a cualquiera que me nombrara a Emma durante estos dos años. Lo siento de veras.

Emily puso sus manos sobre las de su padre.

—Lo comprendo, papá.

—¿Qué es lo que quieres contarme?

—Durante las últimas semanas que pasé con Emma, ella estaba convencida de que había estado equivocada respecto al padre de Jack. Estuvimos viendo algunas fotos y llegó a la conclusión de que lo más probable era que el padre del niño fuese Jake, y no quien ella creía hasta ese momento.

—¿Jake Becker?

—Sí.

Emily le contó toda la historia, aunque no mencionó las intenciones de su hermana de confesárselo a Jake el día que fue a verlo a la fábrica. Eso era mejor que quedase a buen entendedor.

Cuando terminó, miró a su padre con mucho pesar.

—Él ha accedido a que Jack siga quedándose con nosotros. Ejercerá el papel de tío que le fue adjudicado en su momento, y nada más. Solo quería que lo supieras.

—¿No quiere a Jack?

—Por supuesto que lo quiere, pero también nos quiere a Derek y a mí, y es consciente del daño que eso nos causaría a los tres. Sería volver a cambiarlo todo de lugar.

—Entiendo. Es un poco difícil de asimilar, pero lo entiendo. Y no me extraña. Fue lo primero que pensé cuando me enteré de que Emma estaba embarazada, solo que ella lo negó.

—Es que nunca creyó que Jake fuese el padre hasta que vio sus fotos de cuando era pequeño. Algún día tendrá que hacerse una prueba de paternidad, pero por el momento es bastante obvio. Se parecen mucho.

—Si lo que pretendes al contármelo es que cambie de parecer respecto a él...

—No, papá, no es eso.

—¿Entonces qué es?

—Me asusta el momento en que tenga que contarle la verdad.

Emily miró a su padre a los ojos y supo que él la entendía en ese sentido. Ambos habían pasado por eso antes, solo que entonces ella era la niña y él, el hombre que tenía que atreverse a contársela. Fue un par de años antes de que su madre muriera.

Frederic las reunió a Emma y a ella en la biblioteca. En aquel entonces tenían quince años y a su madre ya le habían diagnosticado el cáncer. Frederic les dijo que su madre le había obligado a contarles aquella historia.

Su madre se llamaba Carla. Había sido lo más parecido a Emma que su padre recordara jamás, y se enamoró de ella el mismo día en que la conoció. Era una jovencísima chica de veintitrés años procedente de Arizona que trabajaba en un puesto ambulante de pollos a las afueras de la ciudad. Fue una casualidad que él acabase comiendo en ese lugar con su padre. Estaba a punto de cumplir los treinta y ocho.

Frederic cayó rendido a sus pies tras la primera sonrisa que le dedicó. Estuvo comiendo allí durante toda una semana solo para verla. Después de eso, fue Carla la que se plantó un día delante de su mesa con los brazos en jarras y le preguntó si pensaba invitarla a salir alguna vez, que estaba harta de freír pollos día tras día sin ninguna novedad, aunque que no hubiera ninguna novedad no era del todo cierto. Frederic veía continuamente cómo los hombres se le insinuaban y ella los rechazaba, coqueta a la vez que educada.

Un mes después, ya salían juntos. Frederic la obligó a dejar aquel trabajo mal remunerado para poder disfrutar con ella cada día. A sus padres no les hizo ninguna gracia, porque era una auténtica desconocida de la que apenas sabían su nombre de pila. No había ningún apellido importante detrás.

Cinco meses después, Frederic se sentía el hombre más afortunado del mundo por tenerla. Era la envidia de todos sus amigos, porque Carla era una chica increíble a los ojos de cualquiera. Era divertida, alegre y muy enérgica. Siempre quería hacer cosas nuevas y, como era de esperar, Frederic le consentía todo lo que podía.

Tiempo después, ella empezó a comportarse diferente. La rutina se había apoderado de ellos, y Carla ya no se mostraba tan entusiasmada con él. Frederic pensó que podía escapársele, así que antes de que eso sucediese fue a comprar el mejor anillo de compromiso que encontró en la ciudad para pedirle que se casara con él. Se le cayó el mundo encima cuando ella le dijo, con lágrimas en los ojos, que no podía aceptar el compromiso, porque se había enamorado de otra persona.

No volvió a saber de ella hasta casi un año después. Leyó su nombre en un periódico local donde se anunciaba gente que buscaba trabajo. Aparecía una chica llamada Carla, a secas, que se ofrecía como asistenta, limpiadora, cuidadora de niños...

Frederic tuvo una corazonada y le pidió a un compañero que llamara por él y la citara en una dirección distinta a la suya. Al día siguiente, esperó a que ella apareciera para confirmar sus sospechas. Y no solo la vio llegar mucho más triste de lo que la recordaba, sino que además estaba embarazada; muy embarazada. Cuando salió de su escondite y se presentó frente a ella, Carla se sorprendió tanto que, antes de que él pudiese decir nada, se dio la vuelta y trató de salir corriendo.

Frederic la alcanzó en cuestión de segundos y la obligó a detenerse. Ella le rogó que la dejara marchar, pero él necesitaba saber cómo se encontraba. Al final, se sentaron juntos en una cafetería para hablar de sus respectivas vidas. Carla le contó que se había enamorado de un chico de su edad con una vitalidad similar a la suya. Nunca imaginó que terminaría más enamorado de la cultura *hippie* que de ella, ni que decidiría marcharse en caravana en un viaje solo de ida, sobre todo sabiendo que ella estaba embarazada. Supo que tendría gemelas cuando ya se había convencido de que él no volvería.

Acababa de cumplir los seis meses de gestación cuando Frederic y ella volvieron a encontrarse. Él seguía enamorado, pese a la humillación que sintió cuando Carla decidió dejarlo por otro. Se guardó su orgullo en lo más profundo de su ser para ayudarla en lo que le quedaba de embarazo y que no tuviera que estar trabajando en su estado. Cuidó de ella a pesar del rechazo de sus padres. Carla se sintió muy arrepentida por haber estado tan ciega y haber roto lo único que de verdad había sido bueno para ella. Frederic la perdonó y le dijo que, si quería, su corazón todavía le pertenecía únicamente a ella.

Así fue cómo se solucionó todo. Emily y Emma nacieron en el seno de una familia acomodada gracias a que Frederic pudo perdonar a Carla, y nunca volvieron a saber nada de aquel *hippie* que se marchó para no volver.

Después de la charla de su padre, ambas fueron a ver a su madre a la habitación. Allí Carla les contó la importancia de perdonar y les hizo comprender que, a pesar de que su padre a veces fuese un poco distante, las quería con locura y tenía un corazón que no le cabía en el pecho. Había desafiado a sus padres y a todos los que se habían burlado de él al volver a pedirle que se casara con ella, y les había dado la vida que ahora llevaban sin un solo reproche.

Sus padres le enseñaron la importancia de vivir el presente. Gracias a eso se había casado con Derek Becker.

—Eres una buena madre, Emily —le dijo su padre—, y aún falta mucho tiempo para que tengas que contárselo.

—Gracias, papá. —Emily sentía que se había quitado una pequeña carga de encima al hablar con su padre, pero todavía no había terminado—. Si no te importa, ahora sí me gustaría decirte algo sobre Jake. —Emily sabía que no le iba a gustar escucharlo, pero tenía que hacerlo—. Ambos sabemos que se ha metido en líos, que tiene un carácter difícil, que ha pasado demasiado tiempo fuera. Pero él no es como aquel *hippie* del que mamá se enamoró, por mucho que Emma y ella se parecieran. —Hizo una pausa para ver cómo reaccionaba, pero Frederic no se movió—. Sé que le dijiste que él no era bueno para mi hermana, que ella no necesitaba a alguien como él, sino a alguien responsable que cuidara de ella y de Jack. Emma me explicó lo que pasó cuando lo echaste de casa.

—No sé qué pretendes contándome todo esto, Emily.

—Lo que intento decirte es que Jake forma parte del conjunto que formamos los Becker y los Wathson, y no quiero que sigáis enfadados. Somos una gran familia todos juntos, papá, y eso es justo lo que yo siempre he querido. —Emily respiró y añadió una cosa más—: Quiero celebrar el cumpleaños de los niños aquí el mes que viene.

—Yo ya soy demasiado viejo para las fiestas, pero haz lo que quieras.

—Eres el único abuelo que conocen los niños y me gustaría que les prestases un poco más de atención cuando vengan, pero lo que trato de decirte es que voy a invitar a la familia al completo a la fiesta, y espero que aceptes.

—Invita a quien quieras. Esta es tu casa.

—Gracias.

Emily le dio un beso y salió, consciente de que su padre querría estar solo durante un buen rato. Estaba convencida de que en ese tiempo reflexionaría, y que tarde o temprano entraría en razón, justo por lo que su madre les había dicho: Frederic tenía un gran corazón.

JUEVES

16 JULIO 1992

Arabia miró a Jazzlyn con detenimiento. La tenía sentada junto a ella en la parte trasera del taxi que la llevaba de camino a casa. Había pasado más de un día desde que salieran de casa de Kevin y esperasen en el aeropuerto algún vuelo para Utah. Observó sus bonitos ojos verde claro, los rizos castaño oscuro y la piel canela. Y en uno de los momentos en los que ella sonreía, lo vio. Le sujetó la cabeza para poder mirar mejor y acertó a apreciar una pequeña peca en la parte superior derecha de su labio. Era muy pequeña, pero ahí estaba. *Al final sí que vas a tener algo de tu padre*, pensó.

En cuanto llegaron, Arabia dio las gracias al taxista por ayudarla a bajar las maletas hasta el portal del edificio, y luego procedió a meterlas todas en el ascensor mientras Jazzlyn daba saltitos por el rellano. Estaba tan cansada que lo único que quería era llegar y tirarse en la cama, a sabiendas que tendría que esperar a que la niña se durmiera antes que ella.

Cuatro horas más tarde se despertaron. Arabia miró el reloj de la mesita, que marcaba las dos y media. Jazzlyn todavía dormía pegada a su cerdito de peluche. Aprovechó para abrir las maletas y sacar algo de ropa para ambas. Lo primero que haría sería ir a recoger su coche de la cochera que había alquilado a uno de sus vecinos. Había estado guardado mucho tiempo porque cuando iban a la ciudad, Kevin siempre alquilaba uno de su gusto alegando que el Ford Escort que ella tenía no era práctico a nivel familiar. Nunca le había importado, pero ahora tendría que hacerle una revisión para ponerlo a punto.

Despertó con cariño a la niña y la cambió de ropa. Ya la bañaría más tarde. Estaba deseando dejar el coche en el taller más cercano y coger el autobús para ir a Valley Street.

Antes de hacer nada, pasó por el banco a sacar algo de dinero en efectivo. Todavía tenía ahorros, pero tendría que procurar encontrar trabajo. Sus planes de volver a estudiar habían quedado aparcados, por el momento.

Tal vez pudiese volver al hospital.

Fue Emily la que le abrió la puerta cuando llegó a su destino.

—¡Ari!

—Hola a todos —dijo ella al ver a los niños acercarse.

—¿Cuándo has llegado?

—Esta misma mañana. Hemos venido para quedarnos, ¿verdad que sí, Jazzy?

Jazzlyn asintió con el dedo índice metido en la boca.

—He dejado a Kevin —aclaró Arabia ante la extrañeza de Emily.

—¿Qué ha pasado?

—Nada. Es solo que dejamos de conectar hace mucho tiempo.

—Lo siento mucho, Ari.

—Te prometo que no tienes nada de qué preocuparte. Los hombres y yo no somos compatibles. ¿Dónde está Zane?

—Está en Prinss. —Esta vez fue Arabia la que se sorprendió—. Ahora que Jake y Louis viven allí, pasa bastante tiempo en los dos sitios. ¿Quieres que te lleve?

—Lo cierto es que tengo muchas ganas de verla y de contarle la noticia.

—Pues no hay más que hablar. ¡Niños! Al coche.

Arabia le estuvo explicando a Emily que llevaba bastante tiempo sintiéndose como una extraña en Los Ángeles. No terminaba de encajar en el mundo de Kevin y esa había sido una de las razones por las que decidió volver. No comentó nada sobre las sospechas que tenía de su infidelidad, pero sí se atrevió a sacar el tema del bebé no nato. Ese bebé era el nexo de unión principal que ambos tenían, y después de la eclampsia y de perderlo, todo había cambiado.

Se alegró de ver el *bungalow* adosado de Prinss.

—Mira, Jazzlyn. Esta es la casa de todos tus tíos.

Los niños empezaron a armar tal alboroto que no fue necesario que llamaran al timbre.

Zane les abrió la puerta alertada por sus voces.

—¡¡Ari!! —gritó.

Dejó que la abrazara después de que Jazzlyn y los demás entraran en la casa. Se dio cuenta de que Jake la miraba desde la cocina, quieto.

—Estoy de vuelta —anunció.

—¿Por cuánto tiempo?

—Sin tiempo, Zane. Es definitivo.

—¿Qué quieres decir? ¡Oh, Dios mío! ¿Kevin y tú...?

No hizo ninguna falta que terminase la frase.

—Tendría que haber vuelto hace mucho tiempo, o no haberme marchado.

—Pero ¿estás bien?

Se notaba que su amiga no daba crédito a que ella hablara con tanta naturalidad sobre su regreso y su ruptura con Kevin.

—Estoy perfectamente. ¿Acaso no lo ves?

Zane volvió a abrazarla.

—Tenemos que hablar —le dijo después apuntándola con el dedo índice.

—Por supuesto.

—¿Habéis comido? —preguntó Emily.

—Sí, en el aeropuerto.

—¡Jack! Deja respirar a tu prima.

Todos miraron hacia los niños cuando Emily lanzó aquella advertencia. Jack estaba dando vueltas alrededor de Jazzlyn, haciéndole caras y atosigándola. Ella giraba siempre que él lo hacía y parecía que empezaba a marearse a pesar de la risa.

—¿Cuándo va a venir Jazzy a casa, mamá? —preguntó Danielle.

—Muy pronto, Delly —le respondió Arabia, contenta de que los niños quisiesen pasar tiempo con su hija.

—¿Por qué no vamos arriba? —le propuso Zane—. Está Monique.

Arabia sintió una pizca de envidia cuando Zane nombró a su otra amiga, sobre todo sabiendo que estaba en la buhardilla, donde ambas habían compartido tantos momentos. Le apetecía hablar con ella, pero no en presencia de nadie más. Supuso que podían quedar otro día.

—No te preocupes, todavía tengo que volver a casa a deshacer las maletas y bañar a la niña...

—Por favor, las maletas pueden esperar... y estoy segura de que Jake puede hacerse cargo de Jazzy, ¿verdad que sí?

—Eh..., ¿sí? —respondió el aludido todavía desde la distancia.

—¡Venga, vamos! Tienes mucho que contarme.

No pudo evitar que Zane la cogiese por el brazo y tirara de ella escaleras arriba.

—¿A qué venía tanto alboroto...? —Monique estaba recostada sobre la cama de Zane leyendo una revista—. ¡Anda! —dijo al verla.

Arabia la saludó con la mano.

—Adivina quién ha vuelto para quedarse —dijo Zane cantando, señalándola a ella con ambas manos.

—¿Cambias Los Ángeles por esto?

—Sí, así es.

—¡Qué fuerte!

—Lo fuerte es que ha dejado a Kevin —añadió Zane.

—¿Al ricachón?

Arabia arrugó la frente al escucharla decir aquello. Monique no era de clase humilde, ni mucho menos, como para llamar ricachón a nadie. Le dio bastante rabia, sobre todo porque era amiga de Zane ahora que sí era una persona acomodada. Cuando ellas se conocieron, sin embargo, los Becker apenas llegaban a fin de mes. Si sus vidas se hubiesen juntado en ese momento, tal vez no hubiesen llegado siquiera a entablar una primera conversación.

Decidió dejarlo estar porque Zane volvió a hablar.

—¿Seguro que has vuelto para quedarte?

—¡Claro!

—¿Y no crees que Jazzlyn echará en falta a Kevin?

—Tiene dos años. Dentro de unos meses será agua pasada para ella.

Arabia pensó en Jack, en cómo pasó las primeras semanas después de que Emma muriera. Preguntaba bastante por ella, pero siempre estaba Emily para consolarlo y para decirle que ella era mamá. Sabía que marcharse no supondría ningún trauma para Jazzlyn, sobre todo porque la tenía a ella, que era con quien pasaba la mayor parte del tiempo.

—¿Vivirás aquí entonces?

—¿Aquí?

Se sorprendió mucho de la pregunta de Monique.

—Con Jake, quiero decir.

Eso todavía la escandalizó más.

—¿Con Jake? ¿Por qué iba a vivir con él?

—Porque es el padre de tu hija, ¿no?

—Eso no tiene nada que ver.

Zane se rio en voz alta, pero lo cierto era que a Arabia no le había hecho ninguna gracia el comentario.

—Tengo mi propio apartamento, y allí es donde viviré.

—Estoy segura de que Jake se ha alegrado mucho de que ahora vayas a estar aquí con Jazzy —dijo Zane—. Tiene en la pared de su habitación todas las fotos que le he regalado de ella. Incluso ha comprado algunas cosas para que juegue, porque le dije que vendrías en agosto al cumpleaños de los niños.

—¿En serio?

—Sí, y siempre que hablamos por teléfono me pregunta que cómo está Jazzy Lynn.

—¿Todavía la sigue llamando así?

—Es bonito, ¿no?

—¡Pero si son casi las cuatro! —exclamó Monique de repente. Luego se levantó y empezó a meter algunas cosas en una mochila—. Le dije a mi madre que estaría de vuelta hoy antes de las cuatro para ir a la *boutique*. Zane, ¿puedes llamarme a un taxi?

Después de que Monique se marchara a toda prisa, Arabia se dejó caer sobre su antigua cama. Zane se acercó y se sentó.

—Sé lo que vas a decirme —le dijo.

—¿El qué?

—Que Monique habla demasiado.

Arabia rio.

—No, no es eso lo que estaba pensando, pero ya que lo mencionas, sí, le encanta hablar.

—En realidad no es tan prepotente como parece. Si conocieras a su madre te darías cuenta de que lo lleva en los genes. Prométeme que le darás una oportunidad.

—No estoy segura de si yo a ella le caigo bien, Zane.

—Ella a ti tampoco te conoce, pero ¿sabes? Yo a vosotras sí, a las dos. Y estoy segura de que llegaréis a ser buenas amigas. Y ahora, ¿qué es eso que estabas pensando?

—Estas últimas semanas le he dado muchas vueltas a una cosa que hablamos aquí hace mucho tiempo —empezó diciendo.

—Hemos hablado de tantas cosas, Ari...

Las dos se empezaron a poner nostálgicas.

—¿Recuerdas aquella conversación sobre Amy y Sussane? —continuó Arabia—. Aquello que hablamos sobre que cuando ambas tuvieron novio se alejaron la una de la otra, y tú esperabas que eso no nos ocurriese jamás a nosotras. Yo estaba convencida de que no pasaría nunca.

—Ya me acuerdo, sí.

—Dijiste: «El día que tengas novio, espero que no desaparezcas de nuestras vidas». Y eso fue justo lo que ocurrió. Me fui con Kevin lejos de aquí.

—No pienses que te lo reprocho o algo por el estilo, porque...

—No, Zane. Soy yo la que se reprocha a sí misma todo lo que ha pasado en los últimos años. Por eso estoy aquí, y por eso siento que no quiero volver a irme a ninguna parte.

—Cómo me alegro de que digas eso.

Zane la abrazó y luego se acostó a su lado sobre la cama.

—No sabes lo mucho que me alegro de que estés de vuelta —le dijo—. Todavía no he terminado de asimilarlo, pero va a ser genial que Jazzy y tú estéis aquí de nuevo. Y estoy segura de que Delly y Jack van a disfrutar mucho con su prima pequeña. La adoran.

—Sí, lo único es que tengo que volver a buscar empleo.

—Jake también. Dice que lo de la Fundación no le da para tener una vida estable, así que sale a buscar algo todos los días.

—Somos los desempleados del mes, en ese caso. —Arabia suspiró—. Si no consigo nada como enfermera, espero que el Purist Coffee todavía tenga un hueco para mí. Fue un buen sitio para un primer trabajo, y me gustaba.

—Eres una gran enfermera. Estoy segura de que encontrarás algo de lo tuyo.

AGOSTO

SM	L	M	X	J	V	S	D
31						1	2
32	3	4	5	6	7	8	9
33	10	11	12	13	14	15	16
34	17	18	19	20	21	JC	23
35	24	25	26	27	28	29	30
36	31						

SÁBADO

22 AGOSTO 1992

El cumpleaños de los niños empezó con un buen susto. Emily ya los había vestido y les había dicho que esperasen abajo, pero, por lo visto, Jack tuvo una de sus ocurrencias.

—¡¡Jack!! —escuchó gritar a Derek.

Emily salió corriendo al pasillo para ver qué ocurría.

—Pero ¡¿qué has hecho?!

Comprendió que la voz provenía del cuarto de baño y corrió hasta allí. En cuanto vio el panorama se echó las manos a la cabeza. Danielle estaba sentada en la taza del váter con la cara llena de espuma de afeitar. Frente a ella estaba Jack, cuchilla en mano, pero eso no era lo peor. Lo peor era que él también llevaba toda la cara llena de espuma mezclada con sangre. Se había quedado mirando a su padre con los ojos muy abiertos.

—¡Oh, Dios mío! —exclamó Emily.

Derek le quitó la cuchilla inmediatamente y luego lo cogió por los hombros para examinarlo.

—¿Qué te has hecho? —le preguntó.

—Me he afeitado —respondió él, como si nada.

—¿Dónde te has cortado?

Emily tenía la mano en la boca y esperaba a que Derek encontrase la herida. Lo sentó en el lavabo y empezó a quitarle la espuma con mucho cuidado. Fue así cómo descubrieron por fin dónde estaba el corte, y por suerte fue mucho menos de lo que imaginaban. Jack tenía una pequeña línea roja en la parte derecha de la cara, entre la barbilla y la boca. Derek terminó de quitarle toda la espuma con agua y después lo inspeccionó mejor. Emily empezaba a respirar aliviada al descubrir por fin la causa de que hubiesen encontrado a Jack con la cara repleta de espuma y sangre restregada.

—Creo que será suficiente con una tirita —dijo Derek—. ¿Puedes darme una?

—Claro.

Emily fue hasta la caja de cartón que había en la parte superior del armario del baño y cogió el paquete para sacar una.

—¿Seguro que con esto basta?

—Sí, si no es nada. ¿A que no te duele?

Jack negó con la cabeza, muy seguro de sí mismo.

—¿De dónde ha sacado la cuchilla, Derek? —le preguntó Emily por lo bajo.

—La dejé en el lavabo esta mañana, lo siento.

—¡Por Dios! ¡Qué susto!

—Mami —dijo entonces Danielle. No se había movido de donde estaba—. ¿Puedo quitarme la espuma yo también?

Emily la miró y se rio a pesar de lo mal que lo había pasado hacía solo unos segundos, porque lo único que se veía de Danielle eran sus ojos. Todo lo demás estaba cubierto con espuma de afeitar.

—Me pica la nariz —añadió.

Después de cómo había quedado el baño, lleno de agua y algunas manchas de sangre, Emily decidió subir también a Danielle al lavabo para echarle agua sobre la cara.

—Habrá que escoger otra ropa para ir a casa del abuelo —dijo Emily, consciente de que la ropa de ambos se había mojado.

—No vuelvas a coger las cosas de papá, ¿de acuerdo? —le dijo Derek a Jack.

—Quería ponerme guapo.

—Y yo también —añadió Danielle.

Emily tuvo que contener la risa. Siempre usaba la expresión: «Ve a ponerte guapo», cuando quería que Derek se afeitase.

—Vosotros dos ya sois guapos, ¿entendido?

—Sí, mami —concluyó Danielle.

Salieron de casa a las cuatro de la tarde. Pitt había recogido a Zane para ir a organizar el salón de la casa de Frederic para la fiesta, así que, en teoría, ya estaría todo listo cuando ellos llegaran. Los niños no tenían ni idea de que allí encontrarían a algunos de sus compañeros de clase, porque hasta ahora solo habían celebrado el cumpleaños con la familia y los vecinos. Como no había clases en verano, nunca se habían molestado en repartir las invitaciones. En esta ocasión, para los cinco años, Emily lo había preparado todo para que fuese más especial. Además, Zane había llevado consigo la cámara de fotos para capturar los mejores momentos.

Los niños entraron corriendo a la casa de los Wathson en cuanto bajaron del coche. Ni Derek ni Emily tuvieron tiempo de detenerlos cuando les abrieron las puertas, así que ambos se quedaron completamente boquiabiertos cuando llegaron al salón y todo el mundo gritó el famoso: «¡Feliz cumpleaños!». Danielle chilló y Jack se puso a saltar de emoción.

Así fue como empezó la fiesta.

—¿Qué le ha pasado a Jack en la barbilla? —le preguntó Arabia poco después.

—Le ha dado por afeitarse esta mañana. Encontró la cuchilla de Derek y no se le ocurrió otra cosa que llenarse la cara de espuma y restregársela por la cara. Suerte que solo ha sido eso.

—Bueno, la última de Jazzlyn fue que quería planchar.

—Madre mía.

Emily se percató de la coincidencia de que ambas hablaban de un hijo de Jake.

—Ari, no sé si sabes que Jack...

—No te preocupes, estoy al tanto —la interrumpió Arabia—. Me lo dijo Zane cuando estuvo conmigo en Los Ángeles.

—A propósito de eso. ¿Estás bien?

—No te negaré que perder al bebé fue la peor experiencia de mi vida, pero no puedo seguir lamentándome. Ahora estoy con Jazzlyn, estoy aquí, y estoy feliz. Gracias por preguntar.

No hizo falta que dijeran nada más sobre el tema.

Después de eso, se acercaron a por algo para beber y a por un sándwich de los que había preparado Margarett.

- - - - - - -

Jake estaba disfrutando rodeado de niños más de lo que jamás hubiera imaginado. Le había regalado a Jack su propio balón de fútbol, con previo consentimiento de sus padres, así que llevaba ya un buen rato enseñando a jugar a todos los que habían mostrado interés. Nora había acudido a la fiesta con Millie, que había sido la única niña interesada, así que ambos jugaban como si fuesen un único *quarterback* en el equipo contrario al de Jack, que era el otro *quarterback*. No habían parado de correr de un sitio a otro y estaba sudando. Decidió que era momento de hacer una pausa cuando vio que todos los niños jadeaban a la vez.

—Continuaremos después —dijo—. Ahora id a jugar a alguna otra cosa.

La mayoría protestaron, pero luego acudieron a sus progenitores a por algo para refrescarse. Jake se paró frente a la mesa de los sándwiches.

—Estos son para los niños, Jake —le dijo Margarett—. Los de los mayores están dentro.

—Pues espero que tengan la pinta que tienen estos.

Pasó al interior mientras se secaba con una servilleta las gotas de sudor de la frente, aunque también llevaba la camiseta empapada. Estuvo a punto de chocar con Arabia.

Jazzlyn lloraba en sus brazos.

—¿Qué le pasa?

—Quería salir a jugar con los niños.

Jake no pudo disimular la sonrisa.

—¿Quieres ir con el tío Jake?

—¡No! —respondió Jazzlyn sin dejar de llorar.

—¿Va todo bien? —le preguntó Jake, para evitar que la negativa de Jazzlyn resultase embarazosa—. ¿Has encontrado trabajo?

—Todavía no, ¿y tú?

—Tampoco. A pesar de eso, si necesitáis algo...

—No lo digas, por favor, no es necesario.

Le hubiese gustado decirle que ahora que estaba en la ciudad, él podía hacerse cargo de muchas más cosas. Era lo que le correspondía como padre, aunque ella quisiera que continuase siendo el tío Jake. No pudo hacerlo porque Frederic los interrumpió:

—¿Puedo hablar contigo un momento, Jake? —le preguntó.

Se sorprendió de que se lo pidiera, pero accedió y se disculpó por dejar la conversación con Arabia a medias.

No fueron al despacho como de costumbre, sino que lo condujo hasta la cocina, que estaba patas arriba por todo lo que Margarett había preparado. Olía a galletas.

—Te vi en el cementerio el día del entierro de Philip Murray —comenzó diciéndole.

—Sí, yo a usted también, pero no pude acercarme a saludar. Había demasiada gente.

—Fue muy noble por tu parte.

Jake no dijo nada. No quería que lo felicitasen por su acto, ni mucho menos. Había acudido a prestarle sus respetos a Zack porque, pese a todo, Philip era su padre, y él más que nadie sabía lo que era perder a un ser querido.

—No sé si lo sabes, pero Zack es ahora el nuevo supervisor —prosiguió Frederic—. Ha heredado el puesto de su padre. —Jake entendió que lo que en realidad quería decir era que Jake podría haber llegado más lejos de no haber sido por el incidente con Zack que le costó el empleo—. Por otro lado, Emily me explicó lo de Jack, lo de la teoría que demuestra que tú eres su verdadero padre, después de que Emma se empeñara en negarlo hasta la saciedad.

—Ya... Eso. —Jake se rascó la cabeza, incómodo—. Yo también me sorprendí cuando me enteré. Siento que no le guste la idea, pero es lo que hay.

—No he dicho eso.

—Entonces, ¿pretende decirme que se alegra? Porque no está obligado a quedar bien conmigo ni nada de eso. El niño seguirá con Derek y Emily.

—Lo que quiero es darte las gracias por dejar que continúe con Emily. Sé que es muy importante para ella. Y también te agradezco la existencia de Jack. Al fin y al cabo, es lo único que queda de ella.

—No hay de qué, pero no siento que tenga que agradecerme ninguna de esas cosas.

—Como siempre, discrepamos.

—Pues sí.

—Ya puedes volver a la fiesta.

—¿Usted no viene?

—No, ya he tenido suficiente. Seguiré observando desde mi despacho.

Hacía tiempo que Jake se había fijado en lo reacio que era Frederic a relacionarse con los niños, por mucho que ahora dijera que se alegraba de tener a Jack.

—Como quiera, pero me gustaría decirle una cosa que alguien me dijo hace unos meses. —Frederic lo miró, expectante—. Somos eternos siempre y cuando seamos recordados. Recuérdelo por Emma, y hágase recordar por usted.

Jake regresó al salón, y esta vez fue Danielle la primera persona a la que se encontró.

—¿Quieres venir a jugar con nosotras, tío Jake?

Había tres niñas más acompañándola.

—¿A qué queréis jugar?

—A mamás. Ven.

Por suerte, cinco minutos después de que Jake se encontrase rodeado de niñas enseñándole sus muñecos, Emily lo rescató, alegando que Jake tenía que volver con los mayores.

—¡Jack!

La voz de Derek los alertó inmediatamente. Cuando miraron hacia el jardín vieron a Derek agachado y recriminando al niño por algo que había hecho. Unos metros más allá había otro llorando mientras se tocaba la espinilla.

—No vuelvas a pegar a Brad —le decía Derek a Jack—, ni a nadie. ¿Me has entendido?

Jake se fijó en que el niño miraba al suelo y estaba enfadado.

—¿Me has entendido? Tienes que disculparte. —Derek continuaba hablando sin que Jack levantase la vista—. Te estoy hablando, Jack. ¿No me vas a contestar? Muy bien. Pues nos vamos adentro. Te quedarás sentado hasta que vayas a pedirle disculpas a Brad.

—¡No!

Derek lo cogió del brazo y empezó a tirar de él.

—¡No! ¡Papá!

Continuó observando cómo Derek trataba de mover al niño, que entonces se tiró al suelo, obligándolo a arrastrarlo por el césped. Derek lo soltó y se plantó sobre él.

—Levanta.

—No quiero ir adentro, papá —dijo Jack llorando.

—¿Vas a disculparte?

—Me ha quitado el balón, y decía que ahora era él el *quarterback*...

Jake comprendió por fin el drama.

—¿Por eso le has pegado?

—¡Sí!

—¿Y está bien pegar a otros niños?

—¡Me ha quitado el balón!

—Venga, adentro.

Jack volvió a resistirse, y Jake se acercó un poco más de forma instintiva, consciente de lo que a él le habría supuesto una actuación como esa con su padre. Derek lo vio, y por un momento se quedaron mirándose. Le advirtió con la mirada que no se entrometiera, y él sabía que no debía hacerlo, así que se paró y levantó las manos en señal de que no lo haría. Sin embargo, continuó observándolo, advirtiéndolo también a él de alguna manera.

Al final, Derek optó por coger a Jack en volandas. Jake tanteó con la mirada a Emily en la distancia y ambos se encogieron de hombros. Después esperó el momento oportuno para acercarse al niño, que estaba castigado sentado en una silla, muy enfurruñado.

—Eh, colega. —Jack no lo escuchó—. Colega.

A la segunda, el niño lo miró de reojo y se cruzó de brazos.

—¿Puedo acercarme?

Jack no dijo nada, así que Jake llegó hasta a él y se agachó para poder hablarle, colocando los brazos sobre sus rodillas.

—¿Qué tal si vamos a disculparnos con Brad y luego dejamos que sea el *quarterback*?

—¡No! ¡Es mi cumpleaños y yo soy el *quarterback*!

—¿Y si te digo que hay cosas más divertidas que podemos hacer jugando en otra posición?

Al principio dudó, pero no tardó en mostrarse interesado. Entonces, Jake le dijo que jugaría con él tal y como había hecho con Millie, solo que esta vez él se convertiría en el mejor defensa del equipo, y que conseguiría quitarle el balón al *quarterback*.

—Vale.

Instantes después, Jack fue directo a decirle a Derek que había cambiado de opinión y que se disculparía acompañado de Jake. Después de eso, todo volvió a la normalidad.

Los niños jugaron a fútbol durante un buen rato más, y Jack

volvió a ser el centro de atención gracias a los superpoderes que le otorgaba su tío Jake, que lo subía por el aire para conseguir derribar a todo el que se propusiese. Las ganas de ser un *quarterback* habían pasado a un segundo plano.

AGOSTO

SM	L	M	X	J	V	S	D
31						1	2
32	3	4	5	6	7	8	9
33	10	11	12	13	14	15	16
34	17	18	19	20	21	JC	23
35	24	25	26	27	28	29	30
36	31						

DOMINGO

23 AGOSTO 1992

El día después del cumpleaños de Danielle y Jack, Arabia se vio sorprendida por una tormenta de verano. Había ido al hospital para ver a sus compañeros, tras un mes pensando en ello. No quería que creyeran que solo iba porque estaba buscando empleo, aunque en realidad ese fuese uno de los motivos.

Jazzlyn la acompañaba, y ambas se habían mojado muchísimo al salir del edificio y correr hasta el coche. Una vez dentro, Arabia se quitó la chaqueta y la dejó en el asiento del copiloto para que el agua no le bajase a los pantalones. Luego se dio la vuelta hacia la parte de atrás e hizo lo propio con la ropa de la niña.

—¡Llueve fuerte! —dijo riendo.

—Ya lo creo, así que nos vamos a casa, a refugiarnos y a estar calentitas.

Arabia se puso el cinturón, se frotó las manos para entrar en calor y arrancó. Al menos esa fue su intención. El motor hizo un ruido bastante extraño y no consiguió accionarlo. Probó un par de veces más y a la tercera consiguió que funcionara.

Respiró aliviada.

—Allá vamos —dijo mientras ponía en marcha los limpiaparabrisas.

Salieron del recinto del hospital y condujo despacio por la mala visibilidad. Las tormentas de verano eran así de impredecibles, a pesar de que durante toda la mañana había hecho un sol estupendo.

—Mamá, música —le pidió Jazzlyn.

Arabia encendió la radio y buscó una emisora con buena señal. No fue fácil, pero al final consiguió una que sonaba bastante bien. A Jazzlyn le gustaba mucho cantar en el coche, y siempre simulaba que se sabía la canción. A veces incluso canturreaba sin darse cuenta mientras estaba entretenida con algún juguete. Ese día no iba a ser menos.

Cinco minutos después de entrar en la carretera, los faros delanteros empezaron a fallar. Arabia los revisó, algo asustada, hasta que se apagaron del todo. Después de eso, el coche también empezó a reaccionar de forma extraña. Dieron unos cuantos tirones hacia delante hasta que decidió echarse a un lado y revisar las funciones básicas. El motor se apagó por completo instantes después, y dio gracias por haberse apartado de la carretera justo a tiempo. Echó la vista atrás y vio cómo Jazzlyn la miraba algo asustada.

—No pasa nada, tesoro. Mamá lo solucionará. —Arabia trató de arrancar de nuevo, pero no había forma—. Vamos a dejarlo descansar un poco y luego lo intentaré de nuevo, ¿de acuerdo?

Por supuesto, la música también había dejado de sonar, así que Jazzlyn empezó a ponerse nerviosa. Arabia se dio cuenta de que tendría que bajar a pedir ayuda. Volvió a ponerse la chaqueta y se armó de valor cuando vio unos faros acercarse hacia ella.

Bajó e hizo aspavientos con las manos, pero fue en balde. Primer intento fallido. Dos coches después, apareció una camioneta que paró unos metros por delante. Iba repleta de gente. De niños, más bien. Arabia corrió hasta ella para hablar con la señora que bajó la ventanilla.

—¿Se le ha estropeado? —le preguntó alzando la voz para hacerse escuchar a pesar de la lluvia.

—No sé qué le pasa.

—Nosotros no podemos serle de mucha ayuda —dijo señalando a todos los ocupantes—, pero podríamos llamar a alguien cuando lleguemos a casa. No está muy lejos de aquí.

—¡Se lo agradecería muchísimo! Mi hija y yo estamos totalmente incomunicadas.

—Apunte aquí el número. No se preocupe.

Arabia apuntó sin dudar el número de casa de Derek. Apuntó también su nombre, para que quien cogiera el teléfono supiese de parte de quién era la llamada, y la señora le garantizó que le explicaría su ubicación. Le dio las gracias y regresó corriendo al coche. En cuanto entró se dio cuenta de que Jazzlyn estaba llorando y que extendía los brazos hacia ella.

—¡Lo siento mucho! Mamá estaba pidiendo ayuda. —Arabia volvió a quitarse la chaqueta y se pasó al asiento de atrás—. No iba a irme a ninguna parte sin ti —añadió cogiéndole las manos.

Un relámpago las estremeció, y Jazzlyn empezó a llorar con más intensidad. Arabia la sacó de la silla y la abrazó para tranquilizarla. Cuando lo consiguió, la colocó en el asiento y se levantó para quitar las llaves del contacto y poner el seguro de las puertas. Después, volvieron a abrazarse y a esperar, mientras Arabia le contaba a Jazzlyn unas cuantas historias inventadas con animales y niños como protagonistas, con sus correspondientes moralejas. Una de ellas hablaba de cómo una familia de conejos había conseguido refugiarse de una tormenta gracias a la ayuda de una niña de ojos verdes que había hecho una cabaña para ellos.

Casi una hora después, escuchó un motor parar justo detrás. Ella no sabía el tiempo que había pasado, pero le parecía mucho más de lo que en realidad había sido. Lo primero que sintió fue alivio, y lo segundo, miedo. No sabía quién había llegado en su ayuda, ya que solo podía distinguir unos faros a través de la luna trasera por la que no dejaba de caer la lluvia.

Se sobresaltó cuando alguien tocó con los nudillos el cristal del piloto.

—¿Ari? —escuchó decir a Jake.

Se llenó los pulmones para respirar, reconfortada. Nadie iba a secuestrarlas aquella tarde.

—Ari, ¿estás ahí?

Cuando fue capaz de reaccionar, se incorporó con Jazzlyn colgada a su cuello y, pese a la incomodidad y al poco espacio, consiguió bajar la ventanilla. Él iba ataviado con un enorme chubasquero.

—Sí, aquí estamos.

—Quita el seguro y pásame a la niña.

Hizo lo que él le pidió, a pesar de que la pequeña no lo había reconocido y empezó a chillar y a revolverse mientras pasaba a brazos de Jake. Arabia salió después, cerró el coche y lo siguió hasta la camioneta. Una vez dentro, Jake volvió a entregarle a una histérica Jazzlyn. Luego echó hacia atrás la manta con la que la había envuelto y arrancó sin más.

Parecía enfadado.

—¿Qué le ha pasado a tu coche? —le preguntó minutos después.

—No tengo ni idea. Me falló un par de veces al arrancarlo para volver a casa, y después, simplemente, dejó de funcionar. Se suponía que en el taller lo habían revisado.

Él no comentó nada al respecto. Frunció el ceño y continuó conduciendo. El agua acumulada en el pelo le caía por la cara, al igual que a ella.

—Gracias por venir —le dijo Arabia—. ¿Te ha avisado tu hermano?

—No. Zane.

—He estado muy nerviosa desde que la señora que encontré en la carretera me dijo que haría una llamada por mí. No sabía si habría alguien en casa, aunque supuse que sí, porque con este temporal...

—¿Por qué no me ha llamado a mí?

Arabia lo miró, perpleja. ¿Estaba tan enfadado como parecía?

—¿Qué quieres decir?

—Quiero saber por qué has decidido llamar a casa de mi hermano en lugar de llamarme a mí.

—¿Cómo que por qué? ¿Acaso piensas que me pondría a repasar mi listín telefónico mientras estaba bajo la lluvia hablando con la única persona que se ha dignado a parar?

—Solo digo que podrías haberme llamado a mí.

—Ni siquiera se me ha pasado por la cabeza. ¿Por qué iba a hacerlo?

—Porque ahora estás aquí, y yo también, así que me gustaría saber que al menos puedes contar conmigo cuando ocurra algo, sobre todo si ella está de por medio. Creo que es a mí a quien deberías llamar.

Lo dijo refiriéndose a Jazzlyn.

—¡Pero es que tú no has estado durante mucho tiempo, ninguna de las veces que te he necesitado! ¿Qué esperabas? Oh, sí, ya sé... Tendría que haberle dicho a la señora: aquí tiene el número. ¡Ah, no! Espere. Había olvidado que el padre de mi hija que un día se fue sin decir a dónde ha vuelto y ahora quiere hacerse cargo. Mejor llámele a él, que es a quien le corresponde rescatarnos, ¿no cree? —Arabia era consciente de que él no la estaba mirando, pero no le importó—. Menuda estupidez...

—Genial. Te parece una estupidez que me preocupe por vosotras.

—Jake, olvídalo, ¿de acuerdo? Te agradezco mucho, muchísimo, que hayas venido a por nosotras, pero no hagas un drama. Y recuerda que yo no necesito que nadie cuide de mí, y menos de Jazzlyn, que para eso ya estoy yo.

Ninguno de los dos dijo una sola palabra más hasta que Jake las dejó en la puerta de su edificio.

—Muchas gracias, Jake.

—No hay de qué.

Arabia bajó de la camioneta y se cerró bien la chaqueta. Jake desató a la niña para que ella la pudiese coger, pero ella se había quedado mirándolo.

—Jazzy, vamos. Despídete de papá y ven aquí.

Aquella frase le salió de forma involuntaria. De hecho, tardó un par de segundos en comprender la importancia de lo que había dicho. Y, sin embargo, Jake estaba tan enfadado que ni siquiera se dio cuenta.

SEPTIEMBRE

SM	L	M	X	J	V	S	D
36		1	2	3	4	5	6
37	7	8	9	10	11	12	13
38	MM	15	16	17	18	19	20
39	21	22	23	24	25	26	27
40	28	29	30				

SÁBADO

5 SEPTIEMBRE 1992

Jake todavía no podía creer que Louis le hubiese pedido que lo acompañase a ir tomar algo. Su hermano había pasado todo el verano bastante tranquilo, y casi sin la compañía de Samantha, que por lo visto había conocido a alguien con quien de verdad tenía ganas de sentar la cabeza. Louis no confiaba mucho en que eso fuera a pasar, pero se alegraba por ella, y tampoco la echaba de menos. Había decidido trabajar mucho y ahorrar, ahora que ya no tenía que pagar el alquiler.

Dos días atrás fue cuando le sugirió que salieran el sábado. Ya habían terminado de cenar y Jake estaba fregando los platos cuando Louis se colocó a su lado y le dejó caer que le habían hablado de un sitio bastante tranquilo.

Ahora estaba esperando a que Louis acabase de vestirse en el baño. Hacía cuarenta minutos que había terminado de trabajar y había vuelto a casa.

Jake estaba en su habitación, recogiendo los papeles que tenía encima del escritorio. La mayoría eran cosas de la Fundación, pero había un par de contratos que había conseguido para dos semanas como peón de obra temporal, y donde ya le habían dicho que no hacía falta que volviera. También había un formulario para una empresa de carga y descarga que suministraba al supermercado donde había trabajado su madre. Lo rellenaría el domingo para presentarlo el lunes a primera hora.

Necesitaba encontrar pronto algo estable.

Louis entró de repente y le asustó.

—¡Joder!

—Perdona, ya estoy listo —dijo—. ¿Nos vamos?

—Sí, pero espera. ¿Voy bien vestido?

Se había puesto un vaquero, una camisa a cuadros grises y blancos y una cazadora negra. La camisa la había comprado especialmente para la ocasión.

—¿Por qué me lo preguntas?

—No sé. No sabía qué ropa ponerme.

—¿Crees que tienes que vestirte de alguna forma solo porque vayas a ir a un *pub* gay?

—No lo sé.

—Deja de comportarte de forma extraña o me arrepentiré de haberte pedido que me acompañes. Aún no sé por qué lo he hecho. Debería ir solo.

—No, no, vamos. Cojo las llaves y vamos.

A Jake le parecía un gran paso que Louis hubiese decidido salir a divertirse, fuese al sitio que fuese. Había dejado de insistirle hacía más de un mes con respecto a eso, así que ahora tenía que intentar no meter la pata.

Louis le había contado que el BootsS era un *pub* de ambiente de los más normales que había en la ciudad, aunque no había muchos. La mayoría de gente prefería irse a las ciudades vecinas para salir. También le había dicho que no habría solo hombres. «Variedad, eso es lo que habrá», fueron sus palabras exactas. Pero Jake no tenía intención de acudir al BootsS para buscar pareja. Lo que quería era salir con su hermano y pasar un buen rato, con la posibilidad de que él hiciera nuevas amistades.

—Deja de sonreír así —le dijo Louis, una vez en el coche.

—Así, ¿cómo?

—Pues tal y como lo estás haciendo.

—Estoy contento, deja que lo demuestre.

—¿Contento por qué?

—Porque tú y yo nunca hemos salido por ahí juntos. Me hace gracia la idea.

Louis resopló y también sonrió. Luego estuvieron hablando sobre trabajo hasta que llegaron y empezaron a buscar aparcamiento.

—Vaya pintas llevas —dijo Louis, una vez fuera del vehículo. Jake lo miró con incredulidad mientras se metía la camisa por dentro.

—Te he preguntado por mi aspecto antes de salir de casa.

—Ya, pero es que no me había fijado hasta ahora. Te faltan las botas de *cowboy*.

—Cogeré la cazadora.

—Déjalo. Te morirás de calor ahí dentro.

—¿Has estado ya?

—¿Tú qué crees?

No hizo falta que respondiera, pero a Jake le dio por reír de nuevo. Pensaba que lo había invitado a acompañarlo porque no quería ir solo la primera vez, y una vez más su hermano volvía a sorprenderlo.

Era casi la una de la madrugada cuando entraron en el local, que no pasaba de discoteca pequeña. Jake observó el espacio con atención. Había un espacio rectangular con unas cuantas mesas frente a una barra que quedaba a la parte izquieda. A la derecha, el rectángulo se habría hacia el interior y daba lugar a una pequeña pista de baile, rodeada por un muro de más o menos un metro. Ese muro formaba una pequeña planta donde se situaba la cabina del *DJ*. Allí había tanto gente de pie como gente sentada.

Al llegar a la barra continuó observando y se percató de que en la parte izquierda había también una especie de cortinilla por la que vio desaparecer a un hombre.

—¿Qué hay allí?

—Nada que pueda interesarte —le respondió Louis con picardía—, aunque... quién sabe.

Lo primero que pidieron para beber fue un *Bootsprite* para cada uno. Jake se sorprendió de que hubiese una bebida que tuviese el nombre de aquel *pub*. Cuando preguntó qué llevaba, su hermano le indicó con un gesto que diera un trago mientras él también lo hacía. Notó el sabor a ginebra y Sprite enseguida, pero había algo más que ni su hermano sabía qué era ni el camarero quiso desvelarle.

Un poco más tarde, vio a Louis saludar con la cabeza a un grupo de chicos que entraba en el local. Debían de tener la edad de Jake. Al llegar a donde ellos estaban, empezaron a saludarse entre todos, y luego Louis lo presentó a él. Uno a uno, fueron estrechándole la mano, aunque Jake solo fue capaz de retener el nombre del último de los cuatro.

—Soy Tom.

—Jake.

Pasaron toda la noche juntos, bebiendo y bailando de vez en cuando. Cuando iban a la pista, Jake se quedaba sentado en la mesa que habían conseguido. A pesar de que no era un sitio exclusivo para hombres, el setenta por ciento sí que lo era. Se dio cuenta de que también había hombres vestidos de mujer y chicas con apariencia de chico. Jake vio a una mujer bastante guapa sentada en la barra, que poco después se levantó y se dirigió hasta otra de ellas, a la que plantó un beso en los labios. Luego, ambas brindaron y se manosearon.

Sin embargo, y a pesar de que había muchos más hombres, no había casi ninguno al que se le viese dar muestras de cariño a algún otro. Solo iban y venían de vez en cuando por la cortina en la que Jake se había fijado al llegar. Fue precisamente a su hermano al que vio cruzar hacia el interior seguido de Tom cuando el grupo regresaba a la mesa.

Jake se quedó a solas con los otros tres amigos de Louis. A los cinco minutos empezó a sentirse un poco extraño porque no sabía cómo entrar en la conversación, así que terminó su copa y decidió salir a tomar el aire.

Chocó justo con la persona que entraba en ese momento y se apresuró a disculparse.

—Perdona.

—No, tranquilo. He sido yo.

Jake tuvo que mirar dos veces para cerciorarse de que lo había visto bien. El otro tuvo exactamente la misma reacción. Se quedaron parados uno al lado del otro sin saber muy bien cómo continuar la conversación.

Había chocado ni más ni menos que con Zack Murray.

—¿Qué hay? —fue lo único que se le ocurrió decir.

Zack se había quedado petrificado. Si para Jake estaba resultando incómodo, no quería ni imaginarse cómo debía de resultar para Zack. Él al menos tenía la coartada de su hermano.

—Bueno, pues... Voy un rato fuera.

Cuando se dispuso a continuar, Zack le cerró el paso.

—¿Qué estás haciendo aquí? —le preguntó dudando de su propia pregunta.

—He venido con mi hermano. Pero me ha dejado solo, así que...

Se dio cuenta de que Zack se había puesto muy nervioso, y por eso Jake comprendió que él no tenía ninguna excusa.

¿Era posible?

—Oye, no te preocupes —le dijo, en un intento de que se relajara—. Este sitio está bien, supongo.

Un par de chicas entraron y pasaron justo por en medio, haciendo que se alejaran el uno del otro. Jake aprovechó para hacerle un gesto con la mano, indicándole que iba a salir.

Quién lo iba a decir, dijo para sí.

Se puso ambas manos sobre la cabeza y caminó por la acera. Había empezado a alejarse cuando escuchó de nuevo a Zack.

—Becker, espera. —Al girarse lo entontró con una increíble cara de preocupación—. Puedo explicarlo.

—No tienes que explicarme nada.

—Solo vengo aquí una vez al mes —dijo.

—En serio, no me importa lo que hagas o dejes de hacer aquí. Mi hermano está ahí dentro, ¿entiendes?

—¿Vas a volver a entrar?

—Dentro de un rato. ¿Por qué?

—Ed también vendrá.

Ahora empezaba realmente a entender.

Ahora.

—¿Viste a la chica con la que fui al entierro de mi padre? —continuó Zack—. Ella es mi futura mujer, y espero que siga siéndolo. Si dices algo...

—¿Qué es lo que voy a decir?

—Solo vengo una vez al mes —repitió Zack—. Una.

—Como si vienes veinte, que me da igual.

—¡Pero a mí no! —estalló—. Dios, si mi padre supiera...

—Él ya no va a enterarse.

Zack lo miró, molesto por una interrupción tan irrespetuosa.

—¿Por qué te empeñas en restarle importancia? —le preguntó.

—¿Y tú en dársela?

Estaban hablando a más de veinte metros de la discoteca, pero dos hombres con aspecto de moteros pasaron por su lado y no dudaron en dejar caer un comentario despectivo a la vez que se cambiaban de acera.

—Maricas.

Jake estuvo a punto de devolverles el comentario, pero Zack lo empujó hacia atrás para que no lo hiciera.

—Calla.

—¿Por qué?

—Porque es mejor que no digas nada. Esos son de los peores. Vienen esperando que alguien salte a sus provocaciones para darle una paliza.

Mientras los observaban alejarse en dirección al BootS, vieron también llegar a Edward. Zack tiró de él para que se metieran hacia el interior de la calle. Jake le devolvió el empujón.

—Para de empujarme, maldita sea.

—Lo siento. De verdad que lo siento.

Zack se apoyó contra la pared y fue dejándose caer hasta sentarse en el suelo.

—Deja de angustiarte, ¿quieres? Si te preocupa Ed, entraré, lo saludaré y fin de la historia.

—Hablas como si nada..., como si fuera tan fácil. —Zack volvió a levantarse, y parecía que ya no estaba nervioso, sino cabreado—. Joder, Becker, te juro que como Libbie se entere, yo mismo te buscaré y...

—¿De qué coño hablas? —Jake no daba crédito—. ¿Ahora quieres amenazarme? Te he dicho hace un momento que me importa una mierda lo que hagas o dejes de hacer, con Libbie, con Ed o con quien te dé la gana. ¿Te queda claro?

Era toda una novedad enterarse de que Zack frecuentaba aquel lugar, sí. También lo era por parte de Edward, pero esperaba no tener la misma incómoda conversación cuando se vieran. ¿Por qué se empeñaba Zack en darle explicaciones? Era incómodo. Con Louis era mucho más fácil de asimilar porque él no le daba ningún tipo de importancia. Hacía lo que quería con quien quería y punto.

—Me voy adentro.

Decidió que no había nada más que tuviese que hablar con Zack. Pero cuando ya se había alejado unos pasos, escuchó que alguien reclamaba la atención de otra persona con un silbido. Al mirar hacia atrás, comprobó que los hombres de antes estaban haciendo señas hacia donde se había quedado Zack, desde la acera de enfrente. Eran señas y gestos bastante ofensivos, así que negó con la cabeza por la necedad ajena y siguió caminando. Segundos después, tuvo que volver a girarse.

—Eso es lo que os gustaría a vosotros, ¿verdad? —escuchó gritar a Zack.

Automáticamente, los dos hombres cruzaron y se dirigieron hacia donde él ya no podía ver nada. Jake empezó a caminar de vuelta y fue acelerando el paso al escuchar la primera queja. Al dar la vuelta a la esquina vio a los dos hombres sobre Zack, uno justo encima para sujetarlo y el otro dándole patadas.

—¡Eh! —gritó para captar su atención.

—Pero qué tenemos aquí... —dijo el que golpeaba con los pies—. El otro invertido. ¿Quieres unirte a la fiesta?

—Vete, Jake —dijo Zack antes de que el que lo agarraba lo hiciese callar de nuevo.

Jake sabía que si intervenía iba a verse involucrado en una pelea, y hacía mucho tiempo que había decidido no volver a meterse en una, así que lo intentó por las buenas.

Pasó por al lado del que estaba de pie enfrentándolo y luego cogió al que estaba sobre Zack y tiró de él para apartarlo. Sujetó uno de los brazos de Zack y lo obligó a levantarse.

—¿Crees que vas a irte de rositas?

Jake observó que los dos provocadores se habían situado justo enfrente de ellos, cerrando el paso de vuelta al BootsS. Y no solo eso. Dos motos llegaron instantes después y se colocaron detrás. Estaban rodeados por cuatro.

—Te dije que te marcharas, Becker —dijo Zack por lo bajo.

Antes de que pudiesen reaccionar, se abalanzaron sobre ellos de dos en dos. Jake esquivó el primer golpe y trató de deshacerse del que le había agarrado por la camisa. Entonces recibió una patada en las lumbares que le hizo caer. Le hizo tanto daño que durante unos segundos no pudo reaccionar y recibió unas cuantas patadas más. Cuando uno de los matones que había aparecido por detrás lo cogió por la pechera y lo levantó, descargó su rabia contra él con un choque de cabeza. Así consiguió que lo soltara. Justo entonces vio que Zack se deshacía de los otros dos y se miraron.

—¡Corre! —le dijo.

Los dos salieron disparados calle abajo, para sorpresa de los asaltantes. Corrieron bordeando la discoteca y no tardaron en escuchar el motor de las motos. Jake no pudo creer el golpe de suerte que tuvieron cuando, pasando justo por la fachada trasera del BootsS, las puertas de emergencia se abrieron y la persona que los vio les indicó que pasaran adentro.

Mientras jadeaban agachados sobre sus rodillas intentando recuperar el aliento, el chico habló:

—¿Qué ha pasado?

Jake reconoció enseguida a uno de los camareros.

—Menos mal que has aparecido, Chris —le dijo Zack.

—¿Se puede saber por qué los has provocado? —le preguntó Jake al mismo tiempo.

—No es asunto tuyo.

Jake se llevó las manos a los riñones y maldijo en voz alta.

—Te dije que te marcharas —le recordó Zack.

—¿Qué pasa? ¿Creías que te merecías una paliza, o qué?

Cuando Jake se incorporó y miró por fin a Zack, se dio cuenta de que eso era precisamente lo que había pretendido al responder a la burla de los otros dos.

—Gilipollas... —añadió por lo bajo. Sin duda, Zack era el peor parado de los dos. Ya le habían golpeado cuando él apareció, así que tenía la cara llena de sangre y el ojo empezando a tomar color—. Te han arreglado la cara, después de todo.

Chris, el camarero, fue el único que rio por el comentario. Los otros dos continuaron mirándose, desafiantes, y entonces Jake sintió un hilillo de sangre que le pasaba por la ceja izquierda. Se tocó y se miró la mano, volviendo a maldecir. Había dado un buen cabezazo.

—Me voy al baño —anunció y le pidió a Chris que le dijese cómo llegar desde donde estaban—. Y de nada.

Cuando terminó de limpiarse la frente y se aseguró de que no aparecería más sangre, caminó lo más recto que pudo hacia la barra. Otro de los camareros fue enseguida a su encuentro y lo primero que le solicitó fue algo frío para la hinchazón.

El chico regresó con varios hielos envueltos en un trapo.

—Gracias.

—¿Estás bien?

—Sí, sí.

—He oído lo de la pelea.

La cabeza no le dolía nada en comparación a las lumbares, pero sabía que si no se ponía hielo al día siguiente se levantaría con un enorme chichón.

El enfado fue lo primero que remitió, a pesar de todo. Echó un vistazo a su alrededor en busca de su hermano y lo encontró en la pista con Tom. Eso le impactó bastante, al igual que le impactó que el ambiente hubiese cambiado tanto desde que había llegado. Ahora había muchas más parejas exhibiéndose. Parejas de todo tipo, tal y como ya le había advertido Louis.

Jake necesitaba un trago para asimilarlo, así que con un gesto le indicó al camarero que le preparase una de esas copas tan populares allí.

—Bonita camisa —le dijo alguien.

Era un hombre de unos cuarenta años y de estatura media, es decir, más bajo que él. Se había sentado a su izquierda.

—Gracias —dijo tras recibir el *Bootsprite* y dar el primer trago.

—¿Qué te ha pasado?

—No es nada —dijo Jake, sin apartar el trapo.

Ni siquiera podía verlo completamente.

—Soy Magno.

—¿Otra vez acosando al nuevo, Mag?

Jake giró ligeramente la cabeza para ver mejor a la chica que había visto al principio de la noche. Le pidió al camarero algo que él no entendió y luego volvió a hablar.

—Hola, cielo. Soy Julie. ¿Qué te ha ocurrido?

—Nada. —Jake correspondió a su saludo con la mano—. Yo soy Jake.

—Escucha, si Mag se pone muy pesado contigo, házmelo saber. —La chica le guiñó un ojo, se volvió hacia Magno y, con la mano libre, se señaló con dos dedos sus ojos y luego a los del hombre—. Te tengo vigilado. No lo espantes.

—Yo también me alegro de verte... —dijo el tal Magno cuando Julie desapareció.

Jake se sentó de cara a la barra intentado dar por concluida la conversación.

—Dime, ¿qué te ha parecido el BootsS? —Magno se sentó en el taburete de al lado y puso una mano sobre su muslo izquierdo—. Dicen que es el mejor local de los alrededores.

Se apartó de forma brusca sin querer, tirando el vaso que justo se estaba llevando a la boca. Se mojó un poco a sí mismo y lo demás quedó esparcido por la barra. Por suerte, el vaso no se rompió.

—Lo siento —dijo Jake al ponerse de pie, y rellenó con servilletas la barra para que el líquido no se esparciese más—. Ha sido un placer, pero tengo que irme.

Jake huyó del lugar lo más rápido que pudo. Luego buscó con la mirada a Louis y se acercó a una mesa. Sus amigos y él habían cambiado de sitio. Se dejó caer en una silla libre nada más llegar.

—¿Dónde te habías metido? —le preguntó Louis—. Joder, ¿qué te ha pasado?

—Creo que un hombre acaba de intentar ligar conmigo en la barra —respondió él.

—Seguro que era Mag —dijo uno de los amigos.

Todos rieron.

—¿Por qué tienes sangre en la frente? —insistió Louis.

—He tenido un pequeño problema fuera, pero ya está solucionado.

En realidad, no había quedado nada solucionado. Jake todavía barajaba la posibilidad de que los moteros hubiesen decidido esperarlo en la entrada, si eran lo suficientemente inteligentes como para darse cuenta de que era imposible que desaparecieran de la calle así como así.

—¿Te has peleado?

—Algo así.

Jake le hizo un pequeño resumen de lo que había pasado, sin nombrar a Zack en ningún momento. Los hechos habían ocurrido de forma que un chico estaba siendo agredido y él había ido en su ayuda. No le apetecía dar más detalles, y menos delante de tantos desconocidos.

—¿Y ya está? —preguntó Tom—. Os habéis despedido en la parte de atrás, ¿y ya está?

—Y aquí estoy.

—Qué desagradecido —dijo uno de los amigos.

Todos estuvieron bastante de acuerdo.

—¿Esto pasa muy a menudo? —quiso saber Jake, refiriéndose a que hubiera tipos como aquellos en los alrededores, incomodando.

—No, no tanto —respondió Tom.

—Esos son los que yo llamo reprimidos —continuó Louis.

—A veces vienen con amigos buscando pelea para sentirse más seguros de su hombría.

—Pues eso: reprimidos.

—O cobardes —añadió otro.

—¿Y nadie hace nada?

—Normalmente, el que lo ve llama a la policía, pero cuando llegan ya ha terminado todo, y tampoco es que a los polis les guste venir por aquí. Si viene toda una banda no hay muchos que se atrevan a involucrarse.

—Sí... La otra vez que vinieron a por Chris eran por lo menos diez. Tardó una semana en salir del hospital. Es de admirar que después de eso volviera a trabajar aquí.

Jake estaba horrorizado. Se suponía que su hermano pequeño tenía intención de seguir frecuentando ese lugar, u otros como ese.

—Sé lo que vas a decir —le dijo Louis—, y no tienes por qué preocuparte. No soy de los que responden a las provocaciones. Por cierto, estábamos pensando en volver a casa antes de que llegaras.

Jake comprobó que eran más de las tres.

—Como quieras.

—Yo me iré con Tom.

Louis lo dejó caer como quien no quiere la cosa, delante de todos. Estaba claro que Jake no podía negarse públicamente, y tampoco tenía motivos, pero no tenía pensado marcharse a casa sin él. Por otro lado, ahora entendía por qué le había pedido que lo acompañase. Lo que en realidad quería era que conociese el círculo social por el que se había estado moviendo últimamente.

Jake subió a la camioneta maldiciendo por la patada que había recibido en las lumbares. Luego esperó a que Louis subiera al coche de Tom y que salieran primero. Por último, arrancó y regresó solo a casa, pensando en la bolsa de guisantes congelados que iba a ponerse en los riñones antes de acostarse.

MARTES

8 SEPTIEMBRE 1992

Parecía que la vida de Arabia iba a volver a la normalidad. No había conseguido trabajo como enfermera, pero había hablado con el nuevo gerente del Purist Coffee, y como Ellie todavía trabajaba allí, había intercedido por ella. Al principio solo trabajaría por las tardes, de cuatro a ocho y de miércoles a sábado; una media jornada que podría ampliar si finalmente se adaptaba y aceptaba las condiciones.

Ahora solo le quedaba pensar en qué haría con Jazzlyn durante esos turnos, porque todavía no podía permitirse dejarla en una guardería. Zane iba a entrar en el penúltimo semestre de la carrera y Emily seguía yendo y viniendo a la universidad, ahora casi a diario por el doctorado que ya no tardaría en finalizar. Jack y Danielle habían empezado la escuela primaria y después de clase se quedaban la mayor parte del tiempo al cuidado de Margarett en casa de los Wathson hasta que Emily o Derek pasaban a recogerlos. Arabia sabía que, con el mismo horario de salida de colegio que los niños, ni Emily ni Margarett pondrían pegas a que Jazzlyn se quedase con sus primos. Pero eso suponía pedirle a Margarett que se ocupase de su hija, y después que lo hicieran Derek y Emily hasta que ella pudiese ir a recogerla. Por no mencionar que el coche estaba inservible hasta que pudiese darle un adelanto al taller para que arreglasen el distribuidor, y Valley Street no estaba precisamente cerca de donde ella vivía.

Además de todo eso, estaba el inconveniente de que Jake se volviera a enfadar porque no hubiese contado con él. Le constaba que todavía no estaba trabajando, así que, si salía por las mañanas en busca de faena, tal vez por las tardes le apeteciese quedarse con Jazzlyn. Tendría que ir a Prinss esa misma tarde. Si al final resultaba que a Jake no le venía bien la propuesta, al menos no podría decir que no había pensado en él como una opción.

Ahora que ya no la tenía, la vida con Kevin le parecía muy fácil. Demasiado fácil, incluso. Había dependido tanto de él que empezaba a hacérsele un poco cuesta arriba compaginar el trabajo con la niña. Pero estaba claro que no sería la primera ni la última en hacerlo, así que solo era cuestión de proponérselo, y se lo había propuesto sin quererlo desde que decidió marcharse de Los Ángeles.

Louis fue el encargado de recibirlas. Las invitó a pasar y luego dijo que subía a vestirse y a avisar a Jake.

—¡Ha venido Ari! —lo escuchó decir.

Arabia dejó que Jazzlyn campase a sus anchas por la casa mientras lo esperaba. No había vuelto a estar en Prinss desde antes de que él la recogiera el día de la tormenta, aunque sí que se habían visto en casa de Derek en alguna ocasión.

Jake bajó por las escaleras a paso ligero.

—¡Hola! —exclamó Arabia con la mejor de sus sonrisas—. ¿Qué tal? Pensé que te gustaría ver a Jazzy.

Jake sonrió al ver a la niña y se acercó a ella sigilosamente para sorprenderla y cogerla en brazos. Arabia se fijó en que tenía un buen golpe en la ceja izquierda.

—¿Considero esto como una visita? —preguntó Jake.

—Sí, ¿por qué no? Tiene que empezar a acostumbrarse a ti,

ahora que... Bueno. —Arabia se interrumpió. No estaba muy segura de si lo que iba a decir era lo acertado. Jake enarcó una ceja y ladeó la cabeza para continuar escuchando—. Lo que quiero decir es que supongo que es hora de que empiece a comprender que eres su padre.

—¿Dejo de ser el tío Jake?

—Si prefieres seguir siéndolo, es decisión tuya.

—Prefiero ser su padre, Ari, deberías saberlo.

—Pues eso es lo que digo, que ya puedes empezar a serlo. Comenzaré a usar «papá» cuando me refiera a ti, y luego poco a poco lo irá encajando.

—¿Y quieres que tengamos custodia compartida o algo así?

Arabia se alarmó por la propuesta.

—No, no, no. No he dicho eso. Lo que quiero decir es que podrás cuidar de ella alguna vez, y que ella sabrá quién en su verdadero padre sin que tengamos que esperar a que sea mayor.

—O sea, que solo me la dejarás cuando necesites que me quede con ella.

Arabia se ruborizó y apartó la mirada.

—Bueno, no se trata solo de eso...

—No importa. Lo acepto. Solo quiero que me digas las cosas claras.

—Es que dijiste que querías que contase contigo para todo lo que tuviera que ver con ella, así que supuse que te gustaría saber que creo que tienes razón, y que deberías de ser tú el que me ayude ahora que vuelvo a la cafetería.

—¿Al Purist Coffee? ¿Lo dices en serio?

—Sí.

Se acomodaron cada uno en un sofá y Arabia lo puso al día de las últimas novedades. Le explicó el horario que tendría y el salario aproximado que percibiría, por lo que no podía permitirse la guardería. También le dijo que era algo provisional, porque tenía intenciones de ampliar las horas conforme fueran pasando los meses. Además, esperaba que él también encontrase empleo, lo que equivaldría a que no pudiese ocuparse de Jazzlyn.

—No quiero tener que depender de nadie, porque los turnos pueden variar y al final es molesto tener que estar llamando a unos y otros a ver quién puede ocuparse de ella. —Arabia miró tras el sofá para ubicarla—. Jazzy, ven aquí donde yo te vea. Así que cuando pueda le miraré una guardería, o una niñera, en su defecto.

—¿Y qué hay de tu trabajo como enfermera? ¿Lo descartas?

—Es muy difícil volver al hospital. Seguiré buscando algo por la ciudad, pero dedicarme a ello como tal lo dejo para cuando pueda volver a estudiar una especialización que me permita encontrar un buen trabajo. Era lo que pensaba a hacer con mi tiempo libre antes de decidirme a volver, pero por ahora tendrá que esperar. A lo mejor para cuando Jazzy empiece la escuela primaria.

Jake, por su parte, le contó que no encontraba mucho por donde estaba preguntando. Quería un trabajo parecido al que tuvo antaño, por muy pesado que fuese, que le diera cierta estabilidad económica, aunque tuviese que pasarse todo el día allí metido. Había probado suerte en un par de fábricas, pero no estaban interesados. Lo único decente que había conseguido para la próxima semana era un puesto como extra de carga y descarga en el almacén de un supermercado. Louis le había propuesto que trabajase en el restaurante, pero intentaba alejarse de esa opción, convencido de que sería un auténtico desastre allí, y no quería hacer el ridículo delante de su hermano pequeño.

—Tengo turno de cinco a ocho de la mañana de lunes a domingo, así que tengo tiempo de sobra para ocuparme de Jazzlyn hasta que encuentre otra cosa. Iré a por ella cuando me digas, y luego te recogeremos y os llevaré a casa. ¿Te parece bien?

—No, me parece demasiado. No es necesario que vengas a por mí. Arreglaré el coche lo antes posible.

—Bueno, pues solo hasta que lo arregles.

A Arabia le molestaba que estuviese tan predispuesto. Sería más fácil si él fuese de esos que se desentienden de todo, o casi todo, al separarse de su mujer. Pero Jake realmente quería a

Jazzlyn. Incluso le hizo un gesto que daba a entender que era innecesario que continuase negándose. Lo haría y punto.

—¿Qué te ha pasado en la frente? —le preguntó para cambiar de tema.

—Nada. Un golpe.

—¿Un golpe?

Jake asintió.

—Menudo golpe.

Louis bajó al salón para despedirse antes de salir hacia el trabajo.

—No prepares cena para mí —le dijo a Jake—. Pasaré la noche fuera.

Zane y Monique llegaron en ese momento y se saludaron en la puerta.

—¡Ari!

—¡Zane! Justo iba a ir a verte luego. No sabía que vendrías.

—En realidad solo he venido a por unos apuntes que me dejé aquí. Monique y yo vamos a pasar la tarde en la biblioteca con unas compañeras.

—Me han cogido en el Purist.

—¡¿Sí?!

—Empiezo mañana.

—¡Qué bien!

—Si tenéis prisa te cuento mejor el domingo, no te preocupes. Además, yo debería volver a casa para bañar a Jazzy.

—Sí, vamos con un poco de retraso. Subo a por la carpeta y bajo. Un segundo.

Zane desapareció y Arabia se levantó para coger a la niña.

—Te la traeré mañana sobre las dos, ¿de acuerdo? —le dijo a Jake.

—Yo iré a recogerla a las dos —aclaró.

—Claro. —Arabia sonrió—. Lo había olvidado. Tú te encargas.

—Y puedo llevaros ahora. De todas formas, iba a salir a buscar una peluquería.

—¿Una peluquería?

—Sí.

—¿Para qué?

—Es evidente, ¿no? Para cortarme el pelo.

—¡No! —gritaron Arabia y Monique a la vez.

Arabia lo había dicho de forma involuntaria, y supuso que la reacción de Monique había sido la misma.

—¿Por qué vas a cortarte el pelo? —preguntó Monique después de que ambas se quedasen mirándose unos segundos.

—¿Y por qué no?

—Porque te queda bien así.

Arabia coincidió con ella sin expresarlo en voz alta. Cuando vio a Jake por primera vez después de su regreso llevaba el pelo bastante corto. Durante todo el tiempo que había pasado desde entonces, lo había dejado crecer y poco a poco había vuelto a tener ese aspecto desaliñado de siempre. El aspecto que tenía cuando ella sintió por primera vez que se había enamorado de alguien.

—¿Algún otro motivo? —preguntó Jake.

—¿Cómo que si algún otro? —continuó Monique—. ¿No es suficiente que pensemos que te queda mejor como lo llevas ahora?

—Me da bastante igual cómo me quede el pelo si tengo calor.

—Pues entonces deberías habértelo cortado hace dos meses.

—¿Por qué tenemos esta conversación sobre mi pelo?

Arabia rio para sus adentros y Monique se cruzó de brazos y esperó a que Zane bajase con los apuntes. Luego salieron todos a la vez de la casa y se despidieron en el porche. Zane y Monique cogerían el autobús, mientras que Jake, Arabia y Jazzlyn irían en la camioneta.

—Estoy un poco nerviosa por volver a la cafetería —le dijo Arabia una vez en marcha.

—¿Por qué?

—No sé... Volver después de tanto tiempo... Ahora es un poco más popular y Ellie dice que la plantilla es el triple de lo que era antes. Espero caerles bien a todos y adaptarme pronto.

—¿Y en qué te gustaría especializarte cuando puedas volver a estudiar?

Arabia se sorprendió de la pregunta. Le había dicho que no pensaba hacerlo hasta dentro de unos años, cuando Jazzlyn empezase el colegio, así que no le cuadraba mucho su interés.

—Aún no lo he pensado, pero supongo que cualquier cosa que se aleje lo máximo posible de mujeres embarazadas.

—¿Por qué?

—Porque no creo que sea capaz de soportar muchas de las urgencias médicas.

—Pues deberías hacerlo. Especializarte en eso, quiero decir. Podrías ayudar desde la experiencia, ¿no crees?

Lo miró un buen rato sin decir nada, pensativa. Él aceptó ese silencio y continuó conduciendo. Jazzlyn señaló la radio y él la puso al instante.

—¿Sabes? No lo había pensado así —dijo ella, al fin—. Pero sigo sin verme capaz de hacerlo. Tú... no puedes entender lo que se siente. No puedes.

—Por eso no seré yo quien estudie la especialidad, o lo que sea.

—Es ginecología. ¿A qué se debe tanto interés?

—A nada. Solo creo que deberías volver a estudiar.

—Mira quién fue a hablar, el que se niega a volver a pisar la universidad.

—No es lo mismo. A ti te nace ayudar a la gente, y yo creo que se necesita a gente con ese don para trabajar en los hospitales.

—Aprovecharé mi don para servir cafés, que estoy segura de que también ayudará a mucha gente.

Arabia lo dijo bromeando, pero a él no le hizo ninguna gracia.

—Estoy hablando en serio, Ari.

—Pues me asusta cuando te pones tan serio.

No dijeron mucho más hasta que llegaron a casa. De hecho, de no ser por los tarareos de Jazzlyn, la situación hubiese resultado muy incómoda.

—Vendré mañana a recogerla. A las dos.

—Te esperaremos abajo. —Jazzlyn estaba bailoteando con los brazos en alto cuando la cogió—. ¿Quieres subir mañana de nuevo en el coche del tío...? Perdona —se disculpó mirándolo con pesar—. Todavía tengo que desacostumbrarme a ese término.

—No importa.

—Podrás hacerte cargo, ¿verdad? —dijo una vez que cerró la puerta.

—¿Tú qué crees?

—Yo creo que sí.

Arabia rodeó la camioneta por la parte de delante y luego cruzó al otro lado. Se paró antes de continuar para que Jazzlyn y ella pudieran despedirse con la mano.

—¿Crees que no debería cortarme el pelo? —preguntó Jake desde el coche.

—Córtatelo si tanto te molesta —respondió Arabia riendo.

—¿Eso es un sí o un no?

Arabia se encogió de hombros. Ambos estaban hablando en voz alta para conseguir escucharse a pesar del ruido de los otros coches.

—¿Tú qué opinas, Jazzy Lynn?

—¿Por qué la llamas Jazzy Lynn? —preguntó ella.

Jake levantó las manos del volante, puso las palmas hacia arriba y se encogió de hombros. Se puso en marcha cuando el coche de atrás le pitó para que se moviera.

Arabia levantó el brazo izquierdo para despedirse y luego sonrió mientras lo veía alejarse.

—¿Nos damos un baño? —le preguntó entonces a la niña.

—¡Sí!

Mañana tendrás la primera cita con tu verdadero papá siendo papá, y no el tío Jake, pensó.

LUNES

14 SEPTIEMBRE 1992

Jake acababa de volver del supermercado y estaba desayunando en la cocina. Eran las nueve de la mañana. Ese día le había preguntado a un compañero si era posible hacer horas extra, pero él lo había mirado de una forma que Jake no supo si interpretar como: «Ni de coña», o como: «Pero tú de qué vas». Era un trabajo bastante mediocre, que además no había llevado demasiado bien los primeros días por culpa del dolor en la zona lumbar, pero al menos le daría para ir tirando.

Se levantaba a las cuatro para prepararse y llegar a tiempo. Regresaba alrededor de las nueve a casa y hacía tiempo hasta las dos para ir a recoger a Jazzlyn en cuanto terminaba de comer. A veces, durante el trayecto de vuelta, paraba en algún establecimiento para preguntar si necesitaban a alguien para trabajar. Por la tarde se dedicaba a dibujar o a leer con Jazzlyn. Si Louis no trabajaba solía unirse a ellos la mayoría de las veces. Ahora precisamente lo estaba esperando.

Quería preguntarle sobre el trabajo en el restaurante. Él tenía un buen sueldo, al menos un sueldo en condiciones gracias a las propinas y, a pesar de que Jake no se veía capacitado para trabajar allí, quería saber la diferencia entre trabajar de camarero y en el supermercado. A lo mejor podía ir un día de prueba, aunque solo pensarlo hacía que le sudaran las manos.

Louis no apareció hasta después de las once.

—¿Por qué quieres intentarlo ahora? —preguntó cuando Jake le propuso que le hablara de las condiciones—. Dijiste que ni siquiera era una posibilidad.

—Porque tengo que ayudar a Ari con la niña.

—¿No la estás ayudando ya?

—Sí, pero más.

Lo que en realidad quería era que Arabia no tuviese que trabajar, aunque era consciente de que ella se negaría en rotundo a que la mantuviese.

—Solo trabajo veinte horas a la semana, y no quiero decirte lo que cobro a la hora, porque te reirías de mí.

—Y dime, ¿has pensado en preguntarle a Derek si puedes trabajar en la fábrica Wathson?

Derek había ascendido a director a principios de mes. Era algo que sabía que ocurriría desde el principio de los tiempos, y ahora por fin se había hecho realidad. Frederic se había jubilado con sesenta y cinco años y le había cedido el puesto.

—Él tampoco me ha dicho nada y sabe que estoy buscando trabajo, así que no. Además, ya sabes que me echaron.

—Pero te echaron hace mucho tiempo.

—Eso no importa.

Aunque sí que importaba, porque Zack sí había vuelto a trabajar allí gracias a que su padre era uno de los supervisores. Ahora, Derek no era que fuera un trabajador de oficinas, sino que era director. Podía decidir si él regresaba o no, tal y como Frederic había accedido a que Jake trabajase allí por petición de su padre y ninguno de los superiores se había opuesto.

—Prefiero intentarlo en el restaurante antes que volver allí —mintió.

—Si tan seguro estás, le preguntaré a mi jefe qué día puedes ir a hacer una prueba. Te advierto que tendrás que llevar una bandeja.

—Levanto a diario cajas mucho más pesadas que una bandeja de camarero.

—No te lo digo por el peso, sino por el equilibrio. Y no es que tú seas muy diestro en ese sentido. —Louis acababa de llamarlo patoso de una forma nada sutil—. De todas formas, no puedo prometerte nada, solo hablaré con él y le preguntaré.

—Me vale.

—Bien.

—¿Qué tal con Tom?

—No está mal para vernos de vez en cuando. Por cierto, mañana Sammy vendrá a casa a pasar la noche. Lo ha dejado con su novio.

Jake lo miró sin saber muy bien qué opinar respecto a eso. Le parecía increíble cómo Louis era capaz de revolotear de esa manera.

—Y tú con Ari, ¿qué? ¿Os arregláis?

—Ya sabes que no —respondió con desgana.

—Venga, hombre, seguro que ahora que estás cuidando a Jazzy volvéis a encariñaros.

—No es tan simple, Louis. Que cuide de la niña no significa nada, es lo que me corresponde.

—Pues si tan seguro estás de que lo vuestro no tiene arreglo, a ver si empiezas a socializar, que tanto que decías de mí y tú no haces otra cosa que estar en casa.

En realidad, no estaba seguro de nada. Bueno, de algo sí, de que él no podía pensar en ninguna otra persona que no fuera ella. Era consciente de las grandes diferencias que los separaban, al igual que lo era de lo que sentía cada vez que ella estaba contenta y sonreía. Desde que había vuelto a la ciudad se la veía más relajada y natural. Más ella. Siempre había pensado que la vida de Los Ángeles no le pegaba nada, pero ahora estaba todavía más convencido. Ser madre la había cambiado, como también le estaba cambiando a él; pero Jake sabía que lo de volver a ser enfermera le hacía especial ilusión, y que lo había dejado en un segundo plano porque tenía que hacerse cargo de una niña de dos años y medio de la que él era en parte responsable. Así que, si podía hacer algo, como conseguir que ambas estuviesen bien sin necesidad de que Arabia tuviese que trabajar en la cafetería, estaba dispuesto a intentarlo, aunque fuese llevando una bandeja delante de un montón de gente. De no haberse marchado hacía ya casi tres años, seguramente Arabia aún conservaría su empleo en el hospital al haberse reincorporado tras la baja.

—Si al final no consigues nada aquí, ¿te irás a Philadelphia? —le preguntó su hermano.

Aunque no lo descartaba en algunos momentos, intentaba pensar de forma positiva para que su única opción no fuera esa. Si terminaba por irse, no quería hacerlo solo.

—Y si me voy, ¿te vienes?

—¿Tienen cafetería en esa escuela?

Los dos estaban bromeando, pero en su justa medida. Jake sabía que si al final se iba se lo propondría de verdad, y que probablemente Louis preferiría acompañarlo a quedarse allí.

- - - - - - -

Arabia estaba a punto de irse a trabajar cuando sonó el timbre. Lo primero que pensó era que Jake habría vuelto a por algo de Jazzlyn, aunque creía haberle puesto todo lo necesario en la bolsa. Pulsó el interruptor y esperó mientras terminaba de vestirse. Cuando abrió la puerta, se encontró delante de sus narices al mismísimo Kevin Smith.

—¿Puedo pasar?

—¿Qué haces aquí?

Kevin la miró de arriba abajo al reparar en el uniforme del Purist Coffee. No se había puesto todavía el delantal, pero saltaba a la vista que iba uniformada por el polo azul claro con el logo de la cafetería.

—¿Tan extraño te resulta que haya venido?

—¿Cuánto tiempo hace que no hablamos?

—El tiempo que ha pasado desde que decidiste marcharte sin dar ninguna explicación.

—Créeme, era mejor así —dijo Arabia pensando en lo bochornoso que hubiera sido que hablasen de la chica del teléfono, entre otras cosas—, y siento decirte que has venido en un mal momento, porque estaba a punto de salir hacia el trabajo.

—Claro, porque ahora tendrás que trabajar.

—Sí, Kevin, y eso es lo que hago. ¿A qué has venido?

—¿Crees que merecía que me dejases de la noche a la mañana sin una explicación? ¿Qué crees que pensaron todos?

—Sinceramente, no me importa lo que pensara ninguno de tus amigos de la oficina, y estoy segura de que la gran mayoría se alegraría, sobre todo tu madre.

—A Natalie le debes una disculpa. Con todo lo que ha hecho por ti...

En eso tenía razón. Natalie era la única que había mediado entre las mujeres del club de tenis y ella, y también la que le había dado alguna muestra de apoyo ante el rechazo de su madre.

Pero era tan superficial como las demás, y si lo había hecho estaba segura de que había habido algún interés detrás.

—¿Y dónde está Jazzy?

—Con Jake. Se la lleva cuando yo trabajo.

—Lo imaginaba.

—Oye, Kevin, voy a irme. Si quieres algo más, acabo a las ocho. Ya sabes la dirección. ¿Salimos, por favor?

—Quiero ver a la niña.

—¿Para qué?

—Me he hecho cargo de ella durante dos años.

—Hasta parece que te importa y todo.

—¿Por qué no iba a importarme? Le he dado de comer, la he vestido y lo he hecho lo mejor que he podido.

—Ya, porque pensabas que yo podía darte otros hijos. Te importa tanto que has tardado tres meses en venir a ver cómo está. Los viajes a París no te han dejado tiempo para nada más, ¿verdad?

—Te recuerdo que fuiste tú la que hizo las maletas y...

—Y se marchó, sí. Podemos hablar de eso más tarde. Ahora, por favor, sal. Voy a llegar tarde.

Arabia consiguió por fin que Kevin saliese del apartamento, pero él insistió en que la llevaría al trabajo en coche para poder seguir hablando, a pesar de que el Purist Coffee estaba muy cerca de allí. No la dejó en paz hasta que le dio la dirección de la casa de Prinss. Arabia pensó que, con un poco de suerte, no encontraría a nadie en casa si Jake había salido con Jazzlyn al parque Felton. En cualquier caso, habían acordado volver a verse a partir de las ocho y media, para la cena. Le daría la explicación que creía merecer para que regresara lo antes posible a California, o a París, donde más cómodo estuviese.

- - - - - - -

Jake se despertó de la siesta que se había echado con Jazzlyn. Estaban en su habitación, en la amplia cama de matrimonio, tal y como hacían todas las tardes. Primero solían ver un rato la tele, hasta que a ella se le empezaban a caer los párpados, momento en el que Jake la subía a la habitación para dormir juntos. A él esa siesta también le venía de maravilla. Cuando ella no tenía ganas de dormir, leían un cuento hasta que el sueño los vencía a ambos. Por eso, al levantarse acababa de tirar al suelo *Caperucita Roja*. El ruido hizo que Jazzlyn también despertara.

—¿Qué te apetece que hagamos hoy?

Ella le contestó algo con su peculiar idioma y, como de costumbre, no entendió nada. A Arabia le resultaba mucho más fácil entenderla.

—De momento, vamos abajo. ¿Quieres hacer pipí? —le preguntó antes de ir a las escaleras. Ella negó—. ¿Seguro?

—¡Sí!

—Está bien.

Jake continuó, consciente de que más adelante tendrían que subir para ir al baño.

Esa tarde jugaron con pinturas. Había comprado varios botes de témperas para que ella pudiera estampar algunas hojas con su propia mano. También lo hizo con el pie, y al meterlo en el plato de plástico derramó bastante material. Por suerte, Jake había puesto varios trozos de papel de periódico en el suelo por precaución. Después de eso, Jazzlyn decidió dejar su huella por todo ese papel, y al final acabó hasta las cejas de pintura, al igual que Jake.

Una hora después, cuando ya todo se había secado, la sentó frente a él y empezó a limpiarla con una toalla húmeda. Estaba tan concentrado frotando que no se dio cuenta de que a ella se le había ocurrido pintarle la cara, y de repente notó dos de sus dedos deslizándose por su frente.

—¿Vas a pintarme?

Ella se rio y continuó con la tarea, y a Jake tampoco le importó demasiado, ya que tenía tiempo de sobra para ducharse antes de tener que salir de casa.

—¿Sabes qué? Voy a bañarte. Creo que va a ser la mejor opción. Arriba.

La cogió y le apoyó la barriga en su hombro, dejando que ella hiciera como que volaba con sus manos y sus pies hasta al piso de arriba.

Le quitó la ropa con mucho cuidado y luego la sentó en el plato de la ducha. Puede que allí se divirtiera incluso más, viendo cómo caían los chorretones e iban desapareciendo por el desagüe. Todo un espectáculo de colores.

Al terminar, la enrolló en una toalla y la sentó en la taza.

—Voy a por tu ropa. No te muevas.

Arabia siempre le daba una muda de ropa por lo que pudiera pasar, aunque hasta ahora solo la había necesitado un día que se ensució de chocolate. Pensó que estaba realmente bonita envuelta en la toalla blanca, y es que cada vez estaba más enamorado de ella y de sus ojos verdes, sobre todo cuando sonreía. Se parecía mucho más a Arabia que a él, no cabía ninguna duda.

Después de vestirla, cogió ropa limpia para él y cerró el baño con pestillo para que ella no pudiese ir a ninguna parte mientras se daba una ducha rápida. Al salir y mirarse al espejo, se dio cuenta de que todavía tenía pintura por la cara. Terminó de quitársela con el agua del lavabo y con ayuda de la esponja. Escuchó el timbre cuando ya se disponía a salir.

—Vamos a ver quién es, Jazzy Lynn.

La cara de ambos fue de total desconcierto cuando vieron a Kevin.

—¿Papá? —preguntó Jazzlyn, algo confusa.

—Hola, Jake. —Kevin hizo caso omiso de la niña.

—Hola. ¿Qué haces en mi casa?

—¿Crees que podríamos hablar un momento?

—¿De qué quieres hablar?

—Es obvio, ¿no?

Jake lo dejó pasar y le indicó que se acomodara en el sofá. Sentó también a Jazzlyn y le dio un cuaderno de dibujos para colorear.

—Tú dirás —dijo Jake, expectante.

—Quiero saber por qué Ari decidió volver aquí.

—¿Y esperas que te lo diga yo?

—Jazzlyn está contigo, así que algo tendrás que ver, ¿no?

—No ha hablado conmigo de eso. La niña está aquí porque de momento no puede llevarla a una guardería. De no ser así, te garantizo que yo ni siquiera habría sido una opción.

—¿Estáis juntos?

Jake se rio.

—¿Lo preguntas en serio?

—¿Tengo cara de estar bromeando?

—No, no estamos juntos, y estamos muy lejos de que eso vaya a ocurrir. Te alegrará saberlo.

—Pues se fue sin darme ninguna explicación. Dejó el anillo de compromiso y desapareció. ¿Crees que una chica decente hace algo así?

—No sé si es lo que hace una persona decente. Sé que es lo que hizo Ari y, desde luego, ella no es indecente. Tendría sus motivos para irse así.

—Yo creo que piensa que te necesita más a ti que a mí, por la niña. Por eso ha vuelto. Solo le importa la niña.

—Arabia no nos necesita ni a ti ni a mí, hazte a la idea. Y por supuesto que le importa la niña. Es su hija.

Estuvo a punto de decirle que él no sabía lo que era tener un hijo, pero se contuvo a tiempo. Él tampoco era el más indicado para hablar de hijos, porque no había visto nacer a ninguno de los dos que tenía.

—Pero ella no era así antes.

—Así, ¿cómo?

—Fría y distante.

—Pues no sé cómo sería cuando la conociste tú, pero para mí ella siempre ha sido así.

Kevin lo miró sin comprender, pero era cierto. Arabia siempre había sido bastante fría, sobre todo con desconocidos. Recordaba perfectamente cuándo había empezado a vivir allí, con los Becker. Era educada y correcta hasta el extremo, y rara vez se involucraba en conversaciones de la familia, a menos que alguien le hiciese una pregunta directa.

Además, nunca la había visto afectada por los sentimientos que debía de tener tras haber perdido a su madre. En ese aspecto ambos eran bastante parecidos, pero ella tenía una capacidad superior para dejar los sentimientos a un lado y actuar con cabeza. La templanza, tal y como había dicho Emily hacía tantos años, era su mejor virtud. Él era demasiado impulsivo como para evitar que sus actos se viesen arrastrados por sus emociones.

—En cualquier caso, he venido para hablar con ella, así que en un rato voy a ir a recogerla al trabajo.

—Yo soy el que la recoge del trabajo, para llevarle a la vez a la niña.

—Hoy lo haré yo. Hemos quedado para cenar.

—No vas a llevarte a Jazzy Lynn.

—¿Por qué?

—Porque no. Si quieres ir en tu coche, hazlo, pero a la niña la llevo yo.

—Toda tuya. Lo hacía por hacerte un favor.

Jake no añadió nada más. Se quedó mirándolo fijamente, a la espera de que se marchara, pero no parecía tener intención de hacerlo.

—¿Tienes alguna otra cosa que hacer o piensas quedarte en mi casa?

—Pensaba esperar aquí hasta las siete y media.

—Pues falta una hora para eso.

—Lo sé.

Jazzlyn bajó del sofá y se acercó a Kevin para enseñarle lo que había pintado. Jake decidió no darle importancia al hecho de que fuese a quedarse allí, así que se levantó y empezó a recoger todo lo que habían empleado para pintar, procurando no volver a mancharse.

Cuando Louis regresó del trabajo, lo hizo acompañado de Samantha, tal y como había avisado. Saludó a Kevin y luego miró a Jake con la pregunta implícita en la expresión. Jake le respondió casi de igual forma, porque no terminaba de entender por qué seguía allí después de haber hablado.

—¿Qué tal, Sammy? —le preguntó a la chica.

—Bien. Cuánto tiempo sin verte. Te has cortado el pelo, ¿no?

—Sí, un poco.

—Nos vamos arriba —dijo Louis, interrumpiéndolos—. Sammy quiere descansar.

Lo cierto era que tenía cara de cansada, e incluso parecía triste. Hasta ahora nunca la había visto con un aspecto tan alicaído.

—Si necesitáis algo estaré disponible hasta las siete y media.

Cuando por fin llegó la hora de subirse al coche, Jake pasó bastante apuro con los lloros de Jazzlyn por querer irse con Kevin. Se dio cuenta de que este sonreía, cosa que le frustró, por eso le dijo a la niña que no pondría la radio hasta que se calmara. Pese a todo, ella estuvo lloriqueando durante todo el trayecto hasta que llegaron al Purist Coffee y Arabia se subió al coche.

—Kevin está detrás.

—Lo suponía. ¿Ha encontrado tu casa?

—¿Por qué le diste mi dirección?

—Porque me la pidió.

Tantas cosas que quiero yo y me las aguanto, pensó para sí. Por lo visto, Arabia pensó que no había ningún otro motivo que ese, y que su opinión no importaba lo más mínimo.

- - - - - - -

Arabia no había tenido un buen día en absoluto. Que Kevin apareciera de repente para pedirle explicaciones había hecho que no pudiese estar tan atenta como necesitaba en el trabajo. Se había equivocado en un par de pedidos justo el día que el dueño estaba pasando la tarde por allí.

Jake acababa de preguntarle por qué le había dado a Kevin la dirección de Prinss y no se le había ocurrido otra cosa que decir: «Porque me la pidió». Como si eso fuese un buen motivo, o suficiente. Al menos no había discutido sobre el asunto, porque lo que menos necesitaba en ese momento era discutir con alguien antes de enfrentarse a Kevin. Llevaba horas arrepintiéndose por haberlo invitado a cenar.

Cogió a Jazzlyn al bajar del coche y se despidió de Jake.

—¿Seguro que quieres que me vaya? —preguntó él.

—Sí. Tú no tienes nada que ver.

Kevin apareció segundos después.

—No, no. No te vayas, Jake —dijo—. Quiero que te quedes.

—Jake no pinta nada en lo que tenemos que hablar tú y yo.

—Insisto, Jake. Quédate.

Jake la miró como esperando que ella dijese la última palabra. No tenía ni idea de por qué Kevin quería que se quedase.

—Venga, aparca —insistió Kevin.

—Puedo ir a por algo de cena mientras habláis —sugirió Jake.

—Una idea estupenda.

Arabia no se opuso, así que él dijo que buscaría sitio para la camioneta y que después acudiría con algo de comida. Ella entró en el portal con Kevin y se dirigieron al ascensor sin mediar palabra. Hasta le pareció buena idea que Jake se quedase, al menos así quizá no se sintiese tan incómoda enfrentándose a Kevin. Casi con total seguridad, Jake se pondría de su parte, aunque eso supusiese que se enterase del verdadero motivo que la había llevado a marcharse de California.

Y ella que pensaba que nunca más tendría que volver a ver a Kevin...

—Bien, ¿por dónde quieres empezar? —le preguntó una vez que entraron en el apartamento.

—Quiero saber por qué te marchaste.

—¿Puedo saber por qué te importa ahora, tres meses después, y no antes?

Kevin no contestó. Se dedicó a pasear por el salón tocando los pocos muebles que había.

—Responder con otra pregunta no es responder, Ari.

—Ya, pero es que no entiendo que no te importase en su día y que vengas ahora a por una explicación. Lo he estado pensando en el trabajo y no tiene mucho sentido.

—Yo también he estado pensando en el trabajo si debía venir o no, durante mucho tiempo. Es lo mismo, ¿no crees?

—Lo que creo que es debes de sentirte muy solo para venir hasta aquí. ¿Ya no tienes a nadie que te haga compañía?

—¿Qué insinúas?

—Dímelo tú, *mon amour.*

Kevin se sorprendió. Sin duda, no se esperaba que ella fuese a salir por ahí de buenas a primeras.

—No sé lo que crees, pero...

—Por favor, no hagas que parezca más lamentable... Yo no hice ningún drama, así que espero que tú tampoco lo hagas. Solo acéptalo.

—¿Que lo acepte? ¿Tengo que aceptar que mi prometida llevara semanas sin querer tocarme?

—¿Y pretendes que me crea que tus andaduras por París habrían sido diferentes de no ser así?

Los dos empezaron a echarse en cara muchas cosas.

Kevin sacó a relucir el tema del dinero, de todo lo que había hecho por ella desde que se conocieron, como encargarse de la niña desde el primer día. Arabia, por otro lado, le dijo que era bastante mejor persona cuando era un don nadie. Con dinero, sí, pero un don nadie, a fin de cuentas. Desde que se había involucrado en los negocios de su cuñado, había olvidado cómo tener los pies en el suelo, y se había convertido en una persona diferente. Kevin alegó que la diferente era ella, y no él.

Cuando llegó Jake, todavía estaban enfrascados en la discusión. Él dejó las bolsas sobre la mesa de la cocina y fue directo a coger a Jazzlyn, que no dejaba de mirarla a ella con preocupación.

—Estás empeñada en que te he engañado —continuó Kevin—, y sabes al igual que yo que así es como son las cosas.

—No, Kevin. Así es como son las cosas en tu realidad. En la mía es muy diferente, y te aseguro que hay cosas por las que no paso. Ni antes, ni ahora, ni de aquí en adelante.

—Jake, cuando tienes pareja esperas hacer cosas de pareja con ella, ¿no es así? ¿O acaso vosotros no os acostabais cuando salíais juntos? —Jake no le respondió. Se quedó mirándolo sin más, con Jazzlyn—. Qué tonterías digo. Tienes en los brazos la respuesta.

—¡Sufrí un aborto, Kevin! No te consiento que sigas hablando como si eso no importara solo porque tú quisieras acostarte conmigo, cuando eso es lo único en lo que no pienso desde entonces.

—Y entonces, ¿qué es lo que tienes que reprocharme? ¡Soy un hombre! Tengo necesidades.

—Así que no lo niegas —dijo Jake con incredulidad, apareciendo al fin en la conversación.

—¿Por qué iba a negarlo?

—Por decencia, supongo. La misma decencia de la que hablabas esta tarde.

—Jake, te entiendo, de veras. Entiendo que tengas que aparentar que te escandalizas tanto como ella. Aunque no creo que te sirva de mucho. Hay puertas que se cierran, puertas que se abren, y en este caso hablamos de una puerta que jamás se volverá a abrir, así que...

—Será mejor que te calles —lo cortó Jake.

—... no te molestes.

—Que te calles.

Arabia estaba roja de la vergüenza y del enfado. No podía creer que Kevin estuviese hablando de esa forma tan irrespetuosa. Se había acurrucado en el sofá esperando a que ambos terminasen de hablar. No se sentía con fuerzas de seguir con el tema, porque la hacía acordarse del niño al que no había podido dar la vida. Su pequeño Robin... Ni siquiera continuó escuchando. Su mente se fue muy lejos de allí durante un buen rato.

Jazzlyn fue la encargada de sacarla de su pequeño trance. Reclamó su atención y Arabia la subió al sofá. La niña hablaba a su modo mientras señalaba a los otros dos.

—No pasa nada —dijo su madre. Después le besó la frente—. Tranquila.

—Me estoy cansando de escucharte —oyó decir a Jake.

Kevin continuó diciendo alguna cosa más sobre sus asuntos de pareja y, no contento con eso, luego le dio a Arabia un par de nombres más que la dejaron perpleja: el de su secretaria y el de una chica del club. Por mucho que intentó que no le afectase, aquello la hirió profundamente. Había hablado con ambas de forma amistosa en más de una ocasión.

Arabia no podía entender que hubiese gente así, con la mente tan retorcida como para tener el descaro de hablarte a sabiendas de que se está acostando con tu pareja. La chica de París tenía su pase, pero aquello... Aquello era demasiado. Oyó también a Jake rebatiéndole algunos argumentos, pero no era capaz de escuchar con atención. Volvió de nuevo en sí cuando una de las frases captó su atención:

—Hacía mucho tiempo que no hacía esto.

Arabia levantó la cabeza, alarmada. Ambos estaban muy cerca el uno del otro, y Kevin lo observaba con impaciencia, como a la espera.

—¿Que no hacías qué?

Y entonces Jake le dio un puñetazo en la cara.

Directo.

Kevin cayó de rodillas al suelo.

—Hijo de...

Jake no permitió que terminara la frase. Lo cogió por el pescuezo y lo arrastró hasta la puerta. Arabia lo escuchó alejarse con él a cuestas y no se molestó en levantarse a cerrar la puerta. Estaba segura de que Jake volvería.

Cuando lo hizo, al menos diez minutos después, se quedó allí de pie mirándola y respirando a toda velocidad, sin duda por la adrenalina. Arabia tenía lágrimas en los ojos, pero miró hacia arriba durante unos segundos para controlarlas.

Cuando volvió a dirigir la vista hacia Jake, él todavía estaba en el mismo sitio y en la misma posición.

—Lo siento —dijo.

Arabia sonrió.

—¿Por qué lo sientes?

—No sé. Por todo. —Jake se frotó la frente—. Pero sobre todo porque te he manchado el suelo con sangre de la nariz de Kevin —añadió como para restarle importancia.

—Lo superaré. He limpiado cosas peores en la cafetería.

—¿Quieres hablar, o...?

—Quiero estar sola, sí.

—De acuerdo. Entonces me voy.

—Gracias.

—¿Necesitas que me quede esta noche a Jazzy Lynn? Puedo dejarla con Louis cuando me vaya a trabajar.

Arabia miró de nuevo a la niña. A lo que más quería en la vida.

—Te lo agradezco, pero no.

—Bien, pues... tenéis comida ahí, ¿de acuerdo? Te veré mañana.

—Gracias, Jake —volvió a decir.

—No hay de qué.

VIERNES

18 SEPTIEMBRE 1992

Arabia y él no habían vuelto a hablar de lo sucedido. Jake se limitaba a recoger y llevar a Jazzlyn a la hora que debía hacerlo, y nada más. Pero lo que sí hizo fue decirle a Zane que hablase con Arabia lo antes posible. No sabía si su hermana le habría hecho caso porque no la había visto en toda la semana, pero esperaba que sí.

Acababa de terminar de vestirse con vaqueros y camiseta negra para hacer una prueba en el restaurante de Louis, y estaba muy nervioso. Tanto él como Samantha estaban en casa, dispuestos a acompañarlo.

—No me perdería tu debut por nada del mundo —le había dicho Louis.

Jake no quería ni pensarlo. La idea de tener que caminar delante de un montón de gente e incluso de interactuar con ellos le daba pavor. Louis le había dicho que al principio solo tendría que servir, nada de tomar nota o llevar la cuenta, pero aun así notaba que el corazón le iba más rápido de lo normal. Tanto que el timbre le sobresaltó cuando bajaba por las escaleras. Fue corriendo para abrir, y Zack Murray apareció ante él.

—¿Tienes un momento? —preguntó Zack tras el saludo.

—Tengo una prueba en un trabajo en algo menos de una hora, así que no es un buen momento.

—¿Qué trabajo?

—Camarero.

Jake agachó la cabeza, avergonzado, aunque no sabía muy bien por qué se avergonzaba.

—Creo que deberías aplazar esa prueba. Tengo que hablarte de algo importante.

—Te aseguro que ahora mismo lo más importante para mí es ese trabajo.

—No lo creo.

—Explícate.

—He venido por varios motivos, entre ellos, darte las gracias por lo de la otra noche.

—Un poco tarde, pero vale. Ya no importa.

—También he venido para informarte de que me voy a Nueva York. He dejado a Libbie, a Ed... y voy a dejar mi puesto de supervisor en la fábrica.

Jake lo miró bastante intrigado. Eso sí que era una auténtica novedad.

—Necesito cambiar de aires, ya sabes...

Sí. Lo sabía. Él era el experto en cambiar de aires.

—¿Y por qué me lo cuentas? —preguntó, expectante.

—Voy a dejar mi puesto, ¿eso no te dice nada?

—¿Me estás ofreciendo tu puesto de supervisor?

—Yo solo te informo.

Jake no pudo menos que dejarlo pasar antes de continuar hablando. Era un tema serio el que tenían que tratar.

—Ya tengo veintiséis años, así que, si no hago algo ya, me quedaré aquí para siempre —continuó Zack.

—¿Qué hay de malo en eso?

—Para alguien como tú, puede que nada. Yo necesito salir de aquí. Necesito averiguar quién soy realmente.

—¿Y por qué Nueva York?

—Creo que allí hay mucha más diversidad. En una gran ciudad siempre es más fácil pasar desapercibido, al menos durante el tiempo que quieras hacerlo.

Jake creyó entender a qué se refería.

—Hay muchas cosas que no sabes y que me gustaría explicarte. Cosas que mereces saber.

—¿Como qué?

—Como por qué mi padre te tenía tanta manía. A ti y a tu padre. A tu familia, en general.

—¿Había un motivo?

—Sí, sí lo había.

—¡Eh! ¿Nos vamos? —preguntó Louis.

Samantha y él acababan de bajar al salón. Zack le dio a entender que lo que iban a hablar era importante.

—¿Podemos quedar mañana? —le preguntó Jake, curioso por lo que Zack acababa de decir y muy nervioso porque se acercaba la hora de la prueba.

—Me voy mañana.

—¿Mañana? ¿Ya has avisado en la fábrica?

—No.

—¿Vas a dejarlos colgados?

—Espero que vayas tú a solicitar el puesto.

—En la fábrica Wathson hay reglas, ¿recuerdas?

—Por eso he esperado a que tu hermano pasase a director.

—¿Vas a decirme que has estado esperando a irte a Nueva York hasta que Frederic le cediera el puesto?

—Lo creas o no, así es. Nunca quise ser supervisor, ni siquiera quería trabajar en la fábrica. Fue algo que me vino impuesto.

—Jake, vamos a llegar tarde —le recordó Louis.

—Espera un momento, Louis, esto es importante.

—Si no vas a venir, dímelo, porque entonces yo tendré que trabajar por ti.

Jake se levantó y llevó a su hermano hasta el patio de atrás al que se accedía por la cocina.

—Zack acaba de ofrecerme su puesto como supervisor en la fábrica Wathson —le explicó a Louis.

—¿Y es seguro?

—No lo sé, pero... parece que sí.

—Ya sabía que te rajarías.

—No me estoy rajando.

—Sí, ya lo has hecho, pero no importa. Iré yo.

—Es que tengo que saber qué más tiene que decirme.

—Que sí, que no importa.

Louis ya iba a salir cuando Jake lo agarró por el brazo.

—Gracias de todas formas. Te debo una.

—No. Me debes dos. Una por conseguirte la prueba y otra por hacerme trabajar el doble hoy.

—Vale. Te debo dos.

Cuando Louis y Samantha se marcharon, Jake volvió a sentarse en el sofá con Zack.

—¿Por dónde nos habíamos quedado? —preguntó este.

—Has dicho que no querías trabajar en la fábrica.

—Ah, sí. Mi padre me obligó a hacerlo cuando se dio cuenta de que lo único que hacía en la universidad era repetir asignaturas año tras año.

—Bueno, ¿y cómo esperas que yo pueda optar a tu cargo?

—Tendrás que ir hablar con Derek, claro.

—¿Con Derek?

—Eres su hermano, y estoy seguro de que está deseando deshacerse de mí. Tengo la misma mala fama que mi padre.

—Será porque tú has querido.

—Efectivamente, pero ya me he cansado de ese rol. Solo lo siento por Libbie, pero sé que le irá bien. Es una chica muy guapa.

—Con respecto a lo de que soy su hermano... No sé si eso hará mucha gracia. En realidad, me conformaría con volver a ser un empleado normal.

—Ya, pero es que no es ese el puesto que queda vacante. Además, ya entraste una vez por enchufe, ¿no?

—Te agradecería que no volvieras a decir eso.

—¿Por qué? Yo también entré por enchufe, casi todos han entrado así. El problema es que a ti te avergonzaba que los otros lo supiesen.

—¿Debería haber alardeado como tú?

—Te habría ido mucho mejor.

Zack le comentó los detalles de su plan. Estaba convencido de que a Derek le gustaría la idea de que Jake lo sustituyese, por mucho que él pensase lo contrario, y tampoco perdía nada por intentarlo. Lo único que había perdido era la prueba en el restaurante de Louis, pero todavía tenía el puesto en el supermercado.

—Y ahora déjame que te hable de mi padre. Del Philip Murray que no conoces.

Jake sabía que era hora de escuchar atentamente, pues ese tema ya le había causado mucha curiosidad antes.

—Mi padre tenía sesenta años cuando murió. ¿Cuánto tiempo hace que tu padre entró en la empresa Wathson?

—¿Mi padre? Pues desde que vinimos aquí. Nosotros vivíamos en Philadelphia hasta que mi madre supo que era la única heredera de esta casa. Llegamos en el ochenta y uno.

—O sea, hace once años.

—Sí.

—Mi padre siempre ha estado solo, desde que tengo uso de razón. De hecho, mi madre se largó cuando yo era un bebé. Recuerdo oírlo hablar de los Becker, de su familia perfecta.

—¿Familia perfecta?

—A los ojos de mi padre, sí. A veces, se comenta o critica algo de otra persona solo por envidia...

—Ya.

—Pues mi padre no hacía más que hablar de tus padres. Sobre todo, de tu madre. Sara, ¿verdad? —Jake asintió—. Era un crío cuando empecé a oírlo maldecir a tu familia. Hasta después de que nos peleásemos tú y yo no me di cuenta de que, en realidad, a mi padre siempre le había gustado Sara.

—¡¿Cómo?!

—Yo entré a trabajar muy influenciado por sus discursos, por eso me empeñé en hacerte la vida imposible sabiendo que estaba respaldado por él. Pero no imaginas la bronca que me cayó cuando mi padre se enteró de lo que habíamos hablado en los vestuarios al contárselo yo, todo orgulloso. Me dijo que te había faltado el respeto de todas las formas posibles al haber mencionado a tu madre después de que falleciera. Estuvo más de una semana sin hablarme. Pero yo qué iba a saber. Todo lo que dije fue porque ya se lo había escuchado a él antes... No sé si me explico.

—Espera. Vuelve a la parte en la que dices que a tu padre le gustaba mi madre. ¿Por qué? Si no se conocían.

—Se conocían de las cenas de empresa, nada más. O de conversaciones en el aparcamiento cuando ella esperaba a tu padre. La admiraba. Y tú mejor que nadie deberías saber por qué podía ser eso, porque yo no recuerdo haberla visto en toda mi vida.

Jake estuvo dándole vueltas a todo lo que Zack acababa de decir. Murray enamorado de su madre. ¿Por eso le había estado puteando tanto? Él no podía concebir el hecho de que a otro hombre le gustase su madre.

—¿Mi padre lo sabía? Lo de que a tu padre...

—No creo. O puede que sí y por eso entendía por qué el mío lo envidiaba tanto. O simplemente pensase que envidiaba lo que era tener una familia.

—Joder, es que... No entiendo que alguien pueda envidiar a otra familia.

—Pues es sencillo. Yo siempre deseé tener una madre cuando iba al colegio.

—Pero ¿mi familia? ¿De verdad crees, o creía tu padre, que la mía era perfecta?

—No sé si la tuya lo era, pero parecía que tus padres como matrimonio sí. Eso es lo que anhelaba.

¿Habían sido sus padres un matrimonio perfecto? Jake se evadió unos minutos pensando en ello. Se llevaban siete años de diferencia. Lo sabía porque en alguna ocasión su madre había dicho que con Rachel eran siete miembros en total, como años se llevaba ella con su marido. Lo cierto era que Sara había sido una mujer bastante querida. Los profesores del colegio siempre se alegraban de verla, y lo que más recordaba de ella era verla sonreír, incluso cuando pasaban por verdaderas dificultades. Eso siempre los animaba a todos.

Jake se dio cuenta de que pocas veces había visto discutir a sus padres. Sara tenía una capacidad innata para restarle importancia a los problemas, algo que, sin duda, había heredado Zane. Cuando no había mucho dinero en casa, Sara preparaba pasta o arroz y lo decoraba con especias y aceite para darle sabor. A todos les encantaba porque significaba que después de eso había un pudín o un pastel casero de postre. Era agradable recordar cómo se las ingeniaba su madre para que algunas cosas malas no lo fueran tanto.

Su padre, por otro lado, jamás protestaba por lo que había en la mesa. Jake recordó la mirada de complicidad que ambos compartían cuando había arroz con especias. Entonces no podía adivinar lo que significaba, pero ahora sí, y recordarlo era doloroso a la vez que tranquilizador. Siete años de diferencia... Jake se imaginó saliendo con una chica de diecinueve o veinte años y, en realidad, no era tan disparatado. En teoría, sus padres se declararon cuando Sara tenía dieciséis, así que su padre tenía veintitrés, y empezaron a salir cuando ella cumplió los dieciocho. Otra curiosidad que había olvidado.

—Creo que mis padres se complementaban bien, eso es todo. Ella era dulce y él, gruñón, como mi hermana y yo. Louis y Derek son más una mezcla de ambos.

—Una familia completa, al fin y al cabo.

—Sí, eso sí.

—No sé qué opinas de todo esto, pero sentía que tenía que contártelo.

—Gracias por hacerlo. Es raro, pero ha estado bien. Parece que el problema con tu padre no era yo, después de todo.

—Te aseguro que no. Y gracias de nuevo por venir al entierro. La gente estuvo hablando sobre eso. —Zack se levantó, dando por concluida la conversación—. Estoy seguro de que se alegrarán de que vuelvas.

Jake lo acompañó hasta la puerta. Nunca imaginó que podría hablar tranquilamente con Zack, y mucho menos en su casa. Después de la pelea en la fábrica, pensaba que, de volver a verse, le partiría la cara por haberlo dejado sin empleo. Por culpa de eso había acabado en la Conrad Rails, Emma había ido a buscarlo allí, y también se había alejado de Arabia...

Pero, en realidad, puestos a buscar culpables, el único culpable era el destino. Si su padre no hubiese trabajado en la fábrica Wathson, él tampoco lo habría hecho, y posiblemente no hubiese tenido que ir a trabajar al jardín de Frederic, y no habría conocido a Emily, ni se hubiera acercado tanto a Emma, así que no habría existido Jack. Y así podía haber seguido toda la tarde.

—Recuerda, me voy mañana —le dijo Zack.

—Mañana es sábado. Las oficinas están cerradas los sábados.

—Lo que significa que...

—Está bien. Iré el lunes a primera hora.

—Bien.

LUNES

21 SEPTIEMBRE 1992

Jake terminó de descargar todo lo necesario para ese día a las siete y cuarto, casi media hora antes de lo previsto. Pero no era una casualidad, porque se había dado muchísima más prisa que de costumbre para poder acudir después a la fábrica Wathson. Fichó y caminó rápidamente hacia el aparcamiento.

Momentos antes de subir a la camioneta, una mujer se le acercó.

—¿Tienes un segundo?

¿Por qué le preguntaban eso cuando tenía prisa? Jake volvió a cerrar la puerta de la camioneta para ver qué era lo que quería la señora.

—¿En qué puedo ayudarla?

—El otro día pasaste por mi caja al hacer la compra.

Entonces la recordó. A veces compraba cuando terminaba el turno, aunque ese no fuese su supermercado habitual.

—Me fijé de casualidad en el nombre de tu chapa y vi que decía: «Jake Becker».

—Sí.

—Eres uno de los hijos de Sara, ¿verdad?

—¿Conocía a mi madre?

—Fuimos compañeras durante dos años, pero nos conocíamos de antes, del instituto. Estudiamos juntas.

—Ah.

Jake no tenía ni idea de qué decirle.

—Recuerdo haberos visto a los cuatro en una ocasión, pero ha pasado tanto tiempo que no estaba segura de que fueses tú.

—Pues sí, soy uno de sus hijos. Un placer.

—Lo mismo digo. Soy Holly. —La mujer le estrechó la mano.

—No quiero parecer descortés, pero tengo un poco de prisa.

—Perdona, no quería entretenerte. Es que me alegró mucho verte, aun sin saber si realmente serías uno de sus hijos. Tu madre y yo éramos buenas amigas, ¿sabes?

—Le diré a mi hermana que venga un día a saludarla, si quiere. Se parece a mi madre, así que estoy seguro de que le gustará verla más que a mí.

—Bobadas, tú también te le pareces.

—¿Yo? Me temo que no, pero es un buen cumplido, se lo agradezco.

—Hasta embolsáis los productos de la misma forma.

A Jake le asustó un poco que Holly se hubiese fijado tanto en él, así que se despidió de una forma un tanto brusca, consciente de que se le estaba haciendo tarde. Si por él fuese, habría estado en la fábrica a las siete y media, pero todavía no podía deshacerse del actual empleo hasta que tuviese otra cosa segura.

Qué mujer más extraña, pensó.

En realidad, Jake sabía que sus padres habían vivido en la casa de Prinss desde que la madre de Sara aceptara el compromiso con el padre de Paul. Sin embargo, sus abuelos nunca se habían casado de forma oficial, ya que, en palabras de Sara, se amaban y odiaban al mismo tiempo. Eran polos totalmente opuestos. Así fue cómo se conocieron los padres de Jake, casi como hermanastros.

Zane sabía muchas más cosas de aquella historia, así que quizá le gustaría saber sobre la tal Holly. Hablaría con ella más tarde para contárselo. Mientras tanto, decidió concentrarse en la conversación que mantendría con su hermano cuando llegara a la fábrica Wathson.

Respiró profundamente antes de bajarse de la camioneta. Le pareció que había bastantes más coches que la última vez que pisó ese aparcamiento, así que eso solo podía significar que la fábrica continuaba prosperando. Eran buenas noticias.

No tardó en llegar a las escaleras que conducían a las oficinas en los pisos superiores. Sabía perfectamente dónde estaba el despacho de Derek, pero supuso que lo encontraría en el antiguo despacho de Frederic Wathson. No se equivocó. Ahora en la placa rezaba: «Derek Becker». Era el primer Becker que aparecía en una puerta de esa planta. Le hizo gracia que su apellido hubiera irrumpido en aquel imperio Wathson.

Tocó con los nudillos y esperó.

—Adelante.

Su hermano lo miró por encima de las gafas hasta que tomó asiento.

—Jake, ¿qué haces aquí?

—He oído que te falta un supervisor.

Derek lo escrutó con la mirada.

—¿Cómo sabes eso?

—Zack me lo comentó el viernes.

—¿Que Zack te lo comentó?

—Es raro, lo sé. Pero me dijo que se iría a Nueva York y que iba a dejar de trabajar aquí.

—Yo acabo de enterarme hace veinte minutos.

—No he venido a pedirte su puesto, pero sí me gustaría poder trabajar aquí, al menos durante un tiempo. He pensado que, si asciendes a alguien al puesto de Zack, quedará una vacante libre por debajo.

—Estuviste comiendo en mi casa ayer y no me dijiste nada.

—No quería hablar de trabajo en tu casa. Creo que es algo que hay que separar, sobre todo teniendo en cuenta que somos hermanos.

—Dame unos minutos, ¿quieres? Todavía estoy asimilando que Zack se haya marchado. Por cierto, creí que jamás querrías volver a trabajar aquí. Odiabas esto, ¿no?

—Lo odiaba cuando lo hacía por decisión de papá. Ahora el padre soy yo, y necesito un buen trabajo para ayudar a Ari con la niña. Podría irme a trabajar en la Fundación Brooks, pero... no quiero volver a marcharme. No quiero ayudarla desde la distancia, ¿entiendes?

—Sí, lo entiendo, pero... no puedes venir así como así a pedirme este favor. Acabo de ascender, y si te diese trabajo...

—... todos hablarían de ello. Lo sé. Pero tenía que intentarlo. Aunque, en realidad, puedes hacer lo que quieras con el cargo que tienes, digan lo que digan. Los dos lo sabemos.

—¿Y a ti no te importa lo que digan?

—Ya no. Lo que me importa es trabajar.

—¿Eres consciente de que tienes capacidad para trabajar en sitios más importantes que como empleado o supervisor de una fábrica?

—Tal vez, si hubiese terminado la carrera.

—Y sin terminarla. Siempre has ido muy adelantado en física.

—Pero no voy a ninguna parte sin un papel que lo certifique, así que intento adaptarme a lo que hay.

—¿De verdad quieres ayudar a Ari?

—Joder, claro. Me siento tan inútil...

—Pero ahora te encargas de Jazzlyn, ¿no? Si vienes aquí ya no podrás tenerla mientras Ari está en la cafetería.

—Pero sí podré pagar una guardería, aunque lo que de verdad quiero es que Ari tenga tiempo para estudiar y que vuelva a su puesto de enfermera en alguna otra especialidad.

—¿Y ella lo sabe?

—No, aún no.

—¿De verdad quieres volver a trabajar aquí?

—Sí.

—De acuerdo, déjame que lo hable con los demás y te diré algo esta tarde, o mañana.

Jake se levantó y se alegró de lo fácil que le había resultado hablar con su hermano, ya que esperaba una reacción negativa por su parte.

—Haré todo lo posible, te lo prometo —añadió Derek—. Por cierto, ¿tienes prisa?

—No, ¿por qué?

—¿Podría hablar un momento contigo sobre Jack?

—¿Va todo bien?

A la vez que Jake volvía a tomar asiento, Derek se quitaba las gafas y las dejaba sobre la mesa. Se frotó los ojos.

—Le he dado muchas vueltas a lo que hablamos sobre que me he convertido en papá. Sé que es cierto, pero me agobia pensar en ello. —Jake no sabía muy bien a qué se refería—. Fue un buen padre, pero no quiero parecerme a él en todos los aspectos. Y Jack a veces es un niño muy difícil.

Al nombrar a Jack lo comprendió. Tanto Derek como los demás pensaban que se parecía a Jake porque era un niño revoltoso, pero él había tenido a su cargo a muchísimos niños así y sabía que no era algo genético, sino falta de atención. A Jack no le faltaba atención, pero era bastante activo y no inventaba nada bueno cuando le daba por dejar volar su imaginación. Era un niño. Eso era todo.

—Te da miedo ser igual que él porque crees que es el único referente que tienes —le dijo—. Te olvidas de que mamá también nos educó, y que era ella la que me traía la comida a escondidas cuando estaba castigado. Deberías quedarte con el conjunto de todas las cosas.

—Es cierto, mamá era la que reestablecía el orden tras el caos cuando papá se enfadaba.

—Yo no me acuerdo de las cosas que hice cuando era pequeño, ni siquiera me acuerdo de muchas de las veces que he estado castigado. Tengo más idea de algunos conceptos que he comprendido con el tiempo, así que escucha con atención: si cada vez que haga una trastada lo castigas sin hacerle entender qué es lo que ha hecho mal, cuando sienta que no le estás prestando la suficiente atención, se portará mal solo para que lo hagas. Y no podrás controlar eso, porque al igual que no puedes controlar si estás estresado, o si necesitas un respiro, tampoco le puedes pedir a un niño que entienda que su padre no tiene tiempo para él en un determinado momento.

—Lo sé. Emily y yo intentamos que comprenda la gravedad de algunas de las cosas que hace.

—Entonces no tienes de qué preocuparte.

—Lo que me preocupa es que un día pierda los nervios con él. Tú mismo viste lo que pasó el día de su cumpleaños. Estuve a punto de perder la paciencia, y seguramente lo habría hecho de no ser porque tú me advertiste.

—Pues piensa en ello siempre que tengas esa sensación. Pero tampoco te obsesiones. No pasa nada si alguna vez te enfadas de verdad. Yo no voy a cuestionarte.

—Me alegra haber hablado contigo sobre esto.

—Puedes hablar conmigo cuando quieras. De lo que sea.

Jake le dio a entender que había más cosas que seguramente le preocupaban y de las que no hablaban. Él no iba a sacar el tema, pero esperaba estar ahí cuando él quisiese desahogarse sobre la fertilidad de uno de los dos de la pareja.

—Lo sé, gracias. De momento, esto es todo.

—Vale, pues... me voy. Puede que duerma un rato antes de ir a recoger a la niña.

—A tu hija.

—Sí, a ella.

—Nunca te refieres a ella como tu hija. Podrías haber dicho: «Antes de ir a recoger a mi hija», pero no.

Jake no había pensado en eso.

—No sé. Siento que todavía no me corresponde. Ella no me llama papá.

—Lo hará pronto, ya lo verás.

—Ojalá.

SÁBADO

26 SEPTIEMBRE 1992

Jake iba en el coche con Jazzlyn. Derek le había dicho el jueves que el trabajo como supervisor de la fábrica Wathson iba a ser suyo, así que quería hacer algo que todavía tenía pendiente antes de que su tiempo volviese a ser limitado. Iba de camino a la casa de Adeline Williams. Se acordaba de las adorables hijas de Aaron, Shannon y Lili, aunque seguro que habían cambiado mucho desde que él iba a cenar a su casa.

Jazzlyn canturreaba a su lado, como siempre. Jake era consciente de que con el nuevo trabajo iba a tener que prescindir de la compañía que ella le ofrecía casi todos los días. Todavía no se lo había dicho a Arabia, así que había decidido que lo haría esa misma tarde, cuando la recogiese del Purist Coffee.

Cuando llegaron, había una niña jugando con una pelota en el jardín de la casa. Aparcó, cogió a Jazzlyn y se dirigió hacia allí. La niña dejó de botar en cuanto lo vio. Lo miró, extrañada.

Jake reconoció a Shannon, que ahora era una niña mayor y más estilizada. Sus grandes mofletes habían desaparecido casi por completo.

—¿Shannon? —preguntó como para cerciorarse.

Ella asintió en silencio, seria. Llevaba el pelo prácticamente igual que antaño, rubio y de corte recto por el cuello. Iba vestida con colores muy vivos y sin ningún orden especial. Incluso sus zapatillas eran una de cada color: azul y verde.

—¿Está tu madre en casa?

Ella volvió a asentir. Jake no sabía si Shannon podía reconocerlo. Tenía seis años la última vez que la vio y habían pasado tres desde entonces. Decidió seguir avanzando y llamar al timbre.

—¡Ya voy! —respondió alguien desde el interior.

Jazzlyn estaba a punto de conseguir que la dejase en el suelo cuando la puerta se abrió y Jake volvió a incorporarse. Jazzlyn también dejó de moverse y de protestar. Adeline, por su parte, se quedó plantada frente a ellos, mirándolos con los brazos en jarras y el ceño fruncido. Jake iba a presentarse cuando ella se dio cuenta de quién era.

—¡Jake! —exclamó.

Él sonrió como para reafirmarlo.

—¡Qué sorpresa! Vamos, pasa. Pasad. ¡Shannon! Entra en casa.

Jake pasó al interior y luego lo hizo Shannon, que se coló por un lado y se quedó parada con el balón en la mano.

—Shannon, cariño, ¿recuerdas a Jake?

Se encogió de hombros.

—Es el amigo de papá. Jake. Claro que lo recuerdas. Vamos al salón.

Jake comprobó que Adeline también había cambiado. Tampoco era ya la rolliza mujer a la que un día conoció. No era que ahora fuese una mujer delgada, pero sin duda había perdido varios kilos desde la muerte de Aaron.

Se acercó a él antes de que tomara asiento y le cogió a la niña.

—¿Y quién es esta preciosidad? ¿Cómo te llamas, bonita?

—Jazzy.

—¡Jazzy! Qué bonito. ¿Has oído, Shannon?

—Sí, mamá.

Adeline miró a Jake, a la espera de que le explicase la identidad de la niña.

—Es mi hija.

—¿De verdad?

—Sí, no se parece mucho a mí, pero así es.

—¿Por eso has estado tan desaparecido?

Jake no pudo evitar una sonrisa irónica.

—Precisamente todo lo contrario. Porque no sabía que existía. ¿Dónde está Lili?

—Oh, sí. Lili. —Adeline se dirigió a la cocina y desde allí la llamó—. ¡Lili! Ven.

Una niña con trenzas entró corriendo.

—Mira quién ha venido.

Jake se levantó para dejarse ver y Lili ladeó la cabeza para analizarlo. Ella era la que menos había cambiado. Seguía siendo la delgada y menuda niña que conoció, aunque con el pelo mucho más largo.

—Hola, Lili. Soy Jake. ¿Me recuerdas?

Entonces la niña abrió la boca por la sorpresa y acto seguido corrió hasta él y se abrazó a sus piernas. Jake sonrió. Miró a Adeline y comprobó que ella también sonreía. La única que seguía con el rostro serio era Shannon. Jazzlyn también se había quedado bastante quieta, pero porque aún no había cogido la suficiente confianza como para pedirle a Adeline que la dejase en el suelo.

Media hora más tarde se habían sentado todos en el sofá. Lili había ido a su cuarto y había bajado un montón de dibujos que tenía guardados desde hacía muchísimo tiempo. En ellos aparecían Adeline, Aaron, las dos niñas y él. Había uno en el que solo aparecían Lili y Jake. Él no podía creer que los hubiese guardado.

—Nos gusta verlos de vez en cuando —le aclaró Adeline—. Pero ahora Lili tiene dibujos mejores. ¿Por qué no vas con tu hermana a buscar los más recientes?

—¡Tengo muchos! —dijo Lili, emocionada—. Vuelvo enseguida.

—Shannon, acompaña a tu hermana.

—¿Por qué?

—Porque quiero hablar con Jake a solas, ¿de acuerdo? Ayúdala a escoger los mejores o terminará trayéndolos todos.

Shannon no protestó más, pero no se fue demasiado contenta.

—Oh, Jake. —Adeline, sentada a su lado, lo abrazó de imprevisto. Jake no era una persona acostumbrada a dar abrazos, así que se sintió un poco estúpido al notar que se quedaba rígido como una piedra—. Me alegro tanto de verte...

—Siento no haber venido antes... Yo...

—No te preocupes. Hemos estado bien.

—Me resulta curioso que Shannon no me recuerde y que Lili sí.

—No creo que no te recuerde. Lo que pasa es que a Shannon no le gusta hablar de su padre, y supongo que tu llegada implica hacerlo. Cada una afrontó la pérdida de una forma distinta. Shannon intentó olvidarse de Aaron lo antes posible, mientras que Lili continuó haciendo dibujos de él. Yo hice todo lo que pude porque ambas estuviesen bien.

—¿Y cómo te fue a ti?

—Bien, dentro de lo que cabe. Mi madre me ayudó mucho hasta que decidí que no conseguiría nada lamentándome si quería que mis hijas saliesen adelante. Lili y yo recordamos casi cada noche momentos divertidos que pasamos con él, por eso no se ha olvidado pese a lo pequeña que era, y por eso tampoco se ha olvidado de ti. Con Shannon fue un poco más complicado, hasta que lo aceptó. Como ves, no tengo ninguna foto de Aaron a la vista. Las guardo en mi habitación hasta que esté preparada para enfrentarse a los recuerdos. Jamás voy a obligarla a hacerlo, aunque a veces me gustaría poder hablar con ella de su padre, o decirle cosas que serían las que él diría en algún momento, sobre todo cuando tiene algún problema en el colegio. ¿Has visto lo alta que está ya?

—Sí, ¿y cuántos años tiene?

—Nueve.

—Parece mayor.

—No te imaginas la de problemas que ha tenido en el colegio por culpa de su aspecto. Desde que pegó el estirón y perdió peso, ya no quiere comer dulces, y me odia cada vez que preparo alguna tarta. A veces me dice cosas horribles, pero no puedo culparla por que otros niños hayan sido crueles con ella. Este año las cambié a las dos de colegio y ahora parece que va todo mucho mejor.

Shannon y Lili aparecieron de nuevo y Jazzlyn aplaudió su llegada.

—Pero qué mona es esta niña —continuó Adeline—. ¿Cómo es que no sabías que existía?

Jake le hizo un pequeño resumen mientras Lili le enseñaba sus dibujos. Era cierto que se le daba bien y que había mejorado muchísimo. Con solo siete años era capaz de copiar personajes de dibujos animados a su manera. Y, además, usaba colores, rotuladores, acuarelas... Era asombroso. Cuando terminó de enseñárselos todos, los esparció por el suelo y le dijo a Jake que eligiese el que más le gustase. Jazzlyn hizo acto de presencia caminando por encima de ellos, pero él reaccionó con rapidez para elevarla del suelo. Por suerte, Lili no se dio cuenta.

—¿Tenéis hambre? —preguntó Adeline.

—No, qué va. Además, creo que debería irme. Dentro de un rato es la hora de la merienda.

—Jazzlyn puede merendar aquí. Y a ti te prepararé un bocadillo.

—No, de verdad. No quiero que te molestes.

—No digas bobadas. Hace mucho que no preparo un buen bocadillo porque no hay nadie dispuesto a comérselo, así que no hay más que hablar.

Mientras esperaban a que la mujer preparase la merienda, Jazzlyn decidió que también quería ponerse a dibujar, así que Lili sacó algunos de sus lápices y puso en el suelo un folio para cada una. Jake intentó entablar conversación con Shannon, pero ella estaba cerrada en banda. Solo respondía con monosílabos o se encogía de hombros. Antaño había sido tan habladora como su hermana pequeña, aunque también había sido una niña muy unida a su padre. A Jake no le extrañaba. El poco tiempo que había pasado en aquella casa le había dado para saber que Aaron era un gran hombre, un buen marido y un buen padre.

Miró a Jazzlyn y se preguntó si él conseguiría tener una relación tan estrecha con ella cuando fuese un poco más mayor.

Adeline apareció diez minutos después con un plato repleto de sándwiches y un bocadillo enorme de salchichas con queso. Fue una merienda increíble.

Al final, pasó toda la tarde en casa de Adeline Williams y decidió salir a recoger a Arabia desde allí. Las cosas de Jazzlyn seguían en casa, pero como al día siguiente era domingo y se verían en la de Derek, no le dio importancia.

- - - - - - -

Aquella fue la primera vez que Arabia tuvo que esperar a que Jake fuese a recogerla, ya que normalmente llegaba antes de tiempo y se quedaba esperando hasta que fueran las ocho.

—Perdona el retraso —le dijo en cuanto abrió la puerta.

—No te preocupes.

—Es que fuimos de visita a casa de la esposa de Aaron, y Jazzy estuvo jugando con Lili, la hija pequeña.

Arabia asintió. Era un gran paso que Jake hubiera decidido visitar la casa de aquella mujer.

—¿Te lo has pasado bien hoy con papá? —preguntó a la niña. A pesar de que llevaba un tiempo llamándolo *papá* ante ella, Jazzlyn todavía no se refería a él de la misma forma. Respondió dando a entender que había estado dibujando—. ¿Ha merendado?

—Adeline preparó merienda para todos. ¿Qué tal el trabajo?

—Muy bien, ya he conseguido adaptarme al cien por cien. Una parte de mí echaba de menos el ajetreo de las horas puntas de la cafetería.

Pasaron el resto del viaje hablando y jugando con Jazzlyn.

Cuando llegaron al portal de su apartamento, Jake le dijo que quería hablar con ella. Tenía la casa hecha un auténtico desastre, así que invitarle a subir no era una opción.

—Hemos tenido todo el trayecto para hablar —le recordó.

—Ya, pero supuse que sería mejor hablar en un sitio más tranquilo.

—Jake, estoy cansada y tengo muchas cosas que hacer en casa. Sea lo que sea, dilo ahora.

Arabia se había acalorado de repente. Por un momento tuvo la sensación de que Jake iba a proponerle algo relacionado con ellos dos, y no estaba en condiciones de negarse de forma brusca porque él estaba ayudándola mucho con la niña.

—El lunes vuelvo a la fábrica.

Arabia tardó al menos cinco segundos en reaccionar, incluso en volver a respirar. Se quitó un gran peso de encima al escucharlo, aunque también se sintió un poco decepcionada sin quererlo.

—¿A la fábrica Wathson?

—Sí. Sabía que había una vacante, así que hablé con mi hermano.

—Y... ¿Estás contento? Porque da la sensación de que te preocupa.

—Lo que pasa es que ya no podré ocuparme de ella —dijo refiriéndose a Jazzlyn—, aunque sí que podré pagar la guardería.

Acababa de entender el motivo de su frustración.

—Eso, o...

Arabia se cruzó de brazos, expectante, pero él se quedó callado.

—¿O qué?

—O tú te quedas con ella y yo te paso una pensión o algo así. Así podrías...

—¿Qué? —Jake la miró, confuso por la interrupción—. ¿Qué has dicho?

—Decía que...

—¿Insinúas que deje mi trabajo?

—Para que puedas ponerte con lo de enfermería.

Definitivamente, estaba enfadada.

Había pasado mucho tiempo dependiendo de Kevin y le había costado lo suyo volver a incorporarse al mundo laboral. Ella, que siempre había sido independiente, que había terminado la universidad compaginando los estudios con el Purist Coffee, y que se había valido por sí misma tal y como su madre la enseñó. Se había prometido a sí misma que nunca dejaría que un hombre pudiese decidir por ella, y había faltado a su promesa desde el mismo momento en que Kevin la convenció de que no volviera al hospital cuando terminase su baja por maternidad.

—Que te quede bien claro, Jake. Nunca más voy a ser una mantenida —le dijo.

—Pero...

—No hace falta que digas nada más. El lunes iré a preguntar en la guardería el gasto que supondrá, y si quieres colaborar, lo pagaremos a medias.

—¿Por qué te enfadas?

—¿Qué esperabas? ¿Que aceptase sin más? ¿Que estuviese de acuerdo con tu brillante idea? —Arabia se dio cuenta de que había levantado la voz más de lo necesario, y Jazzlyn la miraba, asustada—. No necesito que nadie venga a socorrerme. Soy una madre soltera muy capaz.

—Lo has malinterpretado, Ari.

—En mi opinión, solo había una única interpretación.

—Joder, solo quería que pudieses volver a estudiar, para que luego puedas trabajar en algo mejor.

—El año que viene Jazzy empezará el jardín de infancia. —Arabia abrió la puerta y se preparó para sacar a la niña del vehículo—. Haré lo que pueda a partir de entonces, pero ten claro que, haga lo que haga, es asunto mío, no tuyo.

Cerró la puerta demasiado fuerte y se marchó hacia el interior del edificio sin volverse. Jake estaba muy equivocado si pensaba que iba a poder involucrarse más en sus vidas. Le había reconocido algunos de sus derechos como padre, pero no estaba dispuesta a que él se tomase más molestias de las necesarias. Pagarían todo lo relacionado con Jazzlyn a medias, y si cogían la guardería para toda la semana, Arabia pediría un aumento de jornada pronto y ambos podrían disfrutar de las ventajas de un trabajo estable.

Después de bañarla y de cenar juntas, su enfado remitió, y eso le permitió llegar a la conclusión de que el seguro médico de Jake iba a ser mucho mejor que el de ella si empezaba a trabajar para los Wathson. Miró a Jazzlyn y comprendió que el siguiente paso sería reconocer legalmente la paternidad de Jake. Sin duda sería una gran ventaja, aunque eso supondría admitir que ambos tenían el mismo derecho legal sobre ella, y eso ya no le hacía tanta gracia.

Pensaría seriamente en ello durante la próxima semana.

OCTUBRE

SM	L	M	X	J	V	S	D
40				1	2	3	4
41	5	6	7	8	9	10	11
42	12	13	14	15	16	17	18
43	19	20	21	22	23	ZN	25
44	26	27	28	29	30	31	

JUEVES

1 OCTUBRE 1992

La semana de Jake no estaba siendo nada fácil. Había empezado el lunes ocupando la vacante de Zack en la empresa Wathson, y eso había traído consigo algún que otro reproche por parte de los trabajadores más veteranos. Lo único bueno era que había más gente a favor que en contra, porque todavía había quienes lo recordaban como un buen trabajador, y estaba dispuesto a demostrar que ejercería el papel de supervisor valiéndose de los recuerdos que tenía del que fue su antecesor, Philip Murray.

Tenía muy claro cuáles eran sus nuevas funciones, así como la forma en la que quería llevarlas a cabo, y esperaba que, con el paso del tiempo, su trabajo se viese valorado tanto por los que ahora estaban de acuerdo como por los que no. De momento, su principal preocupación era que los jefes diesen su visto bueno.

El martes había tenido que ir a la enfermería porque había olvidado ponerse los guantes de seguridad y había tocado una de las barras terminadas sin ser consciente de que llevaba las manos desnudas. Su único consuelo fue que había sido con la zurda y todavía podía usar perfectamente la derecha para ir anotando las revisiones. No era que hubiese sido nada grave, pero se maldijo por su despiste en su segundo día.

El miércoles había vuelto a ver a Arabia por primera vez desde el sábado, cuando discutieron. Ella lo había llamado por teléfono el martes por la noche para preguntarle si podría ocuparse de Jazzlyn de seis a ocho, pues en la guardería le habían dicho que, como muy tarde, la esperarían hasta las seis y media, y Arabia pensaba que todavía no era buen momento para contratar a alguien que se hiciese cargo de la niña hasta que ella saliese de trabajar. Jake se sintió muy ofendido porque Arabia hubiese pensado en la posibilidad de contratar a una niñera, teniendo en cuenta que, si se le pasaba por la cabeza esa opción y finalmente quería llevarla a cabo, eso significaba que él solo podría ver a Jazzlyn los fines de semana. Por eso, ese día también discutieron en el coche cuando él fue a recogerla a las ocho, y fue una discusión incluso más bochornosa que la anterior.

Jake se sentía utilizado, y ella no era capaz de admitir que solo lo veía como una ventaja económica y no como un verdadero padre. Por ese motivo, Jake decidió que no volvería a hacer de chófer ni una sola vez más. Iría a buscar a la niña a la guardería y cuidaría de ella hasta que Arabia decidiera pasar a recogerla. Cómo lo hiciera no era su problema. Arabia rezumó orgullo y aceptó.

Había empezado arrepentirse de su actitud al recordar la alegría con la que Jazzlyn se había lanzado a sus brazos cuando la recogió. Por lo visto, no le había gustado demasiado la idea de quedarse allí, y la chica que le dio el informe del día le dijo que había pasado la mayor parte del tiempo llorando. Era por eso que hoy tenía pensado comprar una bolsa de Cheetos para que se los comiera en el coche mientras volvían a casa.

A las seis menos diez se presentó en la guardería y asomó la cabeza para ver si podía visualizar a Jazzlyn. No la vio. Se acercó al mostrador y vio a otra de las chicas atendiendo una llamada.

—Vengo a por Jazzy.

—Jazzy, ¿qué más? —preguntó la chica después de terminar con la llamada.

Jake puso cara de incredulidad. El nombre de su hija no era, precisamente, muy común.

—Jazzlyn Kurbagh.

—¿Es su padre?

—Sí.

—¿Me dice su nombre, por favor?

El día anterior fue mucho más fácil, cuando Jazzlyn corrió hasta él nada más verlo aparecer por la puerta.

—Jake Becker.

Tuvo que soportar la mirada curiosa que le lanzó la joven al escuchar el apellido, pero finalmente corroboró la información y se fue hacia otra de las habitaciones. Esperaba que llegase pronto el día en que pudiera aparecer legalmente como el padre y que la niña pasara a ser una Becker. Jazzlyn Becker.

Algunos de los otros niños que había en la estancia principal se quedaron mirándolo. Vio a uno que moqueaba y que tenía pinta de haber estado llorando. Cuando la chica regresó, lo hizo acompañada de la que lo había atendido el día anterior, y llevaba en brazos a Jazzlyn. Estaba dormida.

—Hola —le dijo mientras le pasaba a la niña—. Tiene un poco de fiebre hoy. Conseguí que volviera a dormirse hace un ratito.

—¿Tiene fiebre?

—Unas décimas. Lo mejor será que le des un baño de agua tibia cuando llegues a casa, a ver si se le pasa.

—¿Alguna cosa más?

—No. Empezó a encontrarse mal al poco de que su madre la dejara y ha pasado la mayor parte del tiempo durmiendo.

—De acuerdo. Gracias.

Jake subió a la niña en la silla de la camioneta y le abrochó el cinturón. Entonces, ella entreabrió los ojos y lo miró.

—Eh, hola, Jazzy Lynn.

—¿Mamá?

Jake le tocó la frente y comprobó que estaba muy caliente. Él se había ocupado de muchas cosas con sus hermanos pequeños y con su prima, pero nunca algo relacionado con la fiebre. La fiebre siempre había sido cosa de su madre, e incluso recordaba que había faltado al trabajo en alguna ocasión cuando Louis era pequeño y tenía mucha. Se dio cuenta de que, a pesar de que había abierto los ojos, estaba alicaída y sin fuerzas para mantener la cabeza levantada. No sabía si sería buena idea darle los Cheetos, pero lo intentó de todos modos.

Jazzlyn los miró y luego los apartó con la mano y se puso a lloriquear.

—Pues sí que estás enferma.

Jake empezó a conducir de vuelta a casa y aceptó el hecho de que tendría que rebajarse a recoger a Arabia para que pudiese hacerse cargo de Jazzlyn lo antes posible. Ella era enfermera, estaba seguro de que sabría qué hacer mejor que él.

Estaban a tan solo dos manzanas de su calle cuando Jazzlyn empezó a decir cosas sin mucho sentido. No era que de normal la entendiera a la perfección, pero ahora ya empezaba a vocalizar bien algunas palabras y otras había aprendido a entenderlas. Además, seguía bastante floja y balanceaba la cabeza cada vez que giraban.

De repente, por el rabillo del ojo, le pareció ver que convulsionaba. Fue muy poco, unos segundos, y después de eso volvió a dormirse. Jake no dudó en dar media vuelta y dirigirse al Purist Coffee. Arabia querría estar al tanto de que se disponía a llevarla al hospital.

No consiguió aparcar delante de la cafetería, así que dejó el coche lo más cerca que pudo y luego sacó a la niña para llevarla consigo. Sus ojos se abrían de vez en cuando.

Jake se colocó al otro lado del cristal y buscó con la mirada a Arabia. No sabía si era buena opción interrumpirla en el trabajo, por eso pensó que sería mejor que ella lo viese a él y saliera un momento.

Vio su expresión extrañada al otro lado antes de salir.

—¿Qué ocurre?

—Tiene fiebre y voy a llevarla al hospital. ¿Te parece bien?

Arabia le tocó la frente, y en cuanto la niña abrió de nuevo los ojos y la reconoció, extendió los brazos hacia ella para que la cogiera.

—Está ardiendo. Quítale la chaqueta.

Se la quitaron entre los dos.

—Ayer estaba perfectamente, no lo entiendo.

—En la guardería me dijeron que empezó a encontrarse mal después de que te fueras —le aclaró.

—Voy a preguntar si pueden cubrirme. Espera un momento.

—Mejor espero en el coche. Aquí hace frío.

Nada más quitarle la chaqueta, Jazzlyn se había abrazado a él de forma instintiva.

—De acuerdo. Dame dos minutos.

En cuanto llegaron al hospital, Arabia le pidió que dejase a la niña solo con la camiseta interior mientras ella se aproximaba a la ventanilla para exponer el motivo de la urgencia. Jake no quería hacerlo, porque justo en ese momento estaba sufriendo escalofríos, pero la señora de al lado también le dijo que era mejor que lo hiciera.

Cuando terminó, la sentó en sus rodillas y se quedó mirándola mientras ella cabeceaba. Empezó a convulsionar de nuevo, esta vez con mayor intensidad.

—Ari.

Jake la llamó, pero ella no lo escuchó.

Jazzlyn perdió el equilibrio hacia atrás y Jake la sostuvo mientras la miraba, asustado. Se quedó muy confuso mientras la sostenía y entonces, de repente, se quedó completamente quieta. Con los ojos abiertos y quieta.

—¿Jazzy?

Jake se quedó paralizado durante unos segundos. El pánico se apoderó de él y la señora de al lado se levantó y empezó a darle golpes en la cara a la niña.

—¡Cielo santo! —exclamó—. ¡Un médico!

- - - - - - -

—¡ARI!

Arabia escuchó la segunda llamada de Jake tanto como todos los que estaban en la sala y alrededores. Se giró y vio a Jake y a una señora zarandeando a Jazzlyn. Fue acelerando el paso a medida que avanzaba y veía con mayor claridad lo que estaba sucediendo. La niña estaba inconsciente.

Justo cuando llegó hasta ellos e iba a poner el grito en el cielo, Jazzlyn convulsionó hacia adelante y vomitó. Jake reaccionó justo a tiempo para levantarla y evitar que se atragantase con su propio vómito. Las enfermeras también debían de haber contemplado la escena porque, en cuanto Arabia cogió a la niña, dos de ellas se acercaron y le dijeron que pasara inmediatamente a la consulta. Ella se marchó a toda prisa sin percatarse de la cara de devastación que acababa de quedársele a Jake por lo sucedido.

Arabia conocía al médico que la atendió. Lo conocía de vista del hospital y más tarde de haber estado en su consulta en dos ocasiones durante los primeros meses de vida de su hija. Las enfermeras la ayudaron a explicar lo sucedido porque, en realidad, ella solo había llegado a vislumbrar el momento en que Jazzlyn recuperaba la consciencia.

—¿Cuándo empezó la fiebre? —le preguntó mientras la auscultaba.

Arabia todavía estaba temblando. Miraba a Jazzlyn sobre la camilla, con los ojos abiertos pero adormilada, y no era capaz de nada más. Ni siquiera escuchó la pregunta. Vio cómo una de las enfermeras incorporaba a la niña para darle jarabe. Jazzlyn protestó, y entonces Arabia se acercó para acariciarle la cabeza.

—Necesito saber cuándo empezó la fiebre —repitió el médico.

—¿A qué hora empezaste a notar que tenía fiebre, Ari? —le preguntó la enfermera. También la conocía a ella, pero había olvidado su nombre. Se había olvidado de todo—. Ari, mírame. La niña está mejor. Tienes que hablar con el doctor.

—Lo siento —dijo, al fin—. Estaba en el trabajo y Jake llegó y me dijo que tenía fiebre. No hace ni una hora de eso. Vinimos aquí inmediatamente.

—¿Y ese tal Jake podría decirnos algo más? —inquirió el médico.

Dios mío. Jake.

También se había olvidado de él.

—¿Le digo que pase, Michel? —preguntó la enfermera—. Está bastante agitado.

—Sí, no importa, hazlo pasar.

El doctor se llamaba Michel Davis. Ahora lo recordaba. Y la enfermera era Caroline.

—Ha tenido una subida de fiebre muy fuerte y por eso se ha quedado inconsciente tras las convulsiones. Ya está mejor, ¿de acuerdo? Vamos a tenerla en observación unas horas. —Arabia asintió, tratando de mantener la calma. Cuando Jazzlyn estuviera más espabilada, no ayudaría mucho que la viese alterada—. Ahora tengo que ir un momento a la habitación de al lado, a ver a otro paciente.

Arabia asintió.

Caroline regresó poco después con Jake, que lo primero que hizo fue dirigirse hacia la camilla.

—¡¿Está bien?!

Se agachó para verla de cerca.

—No la atosigues ahora —le dijo Arabia empujándolo cariñosamente hacia atrás—. El médico dice que ha sido una subida brusca de fiebre, pero parece que ya está controlado.

Jake se apartó de ella y empezó a pasearse por la habitación con las manos en la cabeza.

—Relájate —le pidió.

—¡¿Que me relaje?! —Arabia y Caroline se miraron—. Mi hija se ha quedado completamente quieta en mis brazos, y luego os la habéis llevado y me habéis dejado en la sala de espera sin saber qué estaba ocurriendo. ¡Todavía siento que se me va a salir el corazón del pecho! ¡No puedo relajarme!

El médico apareció de nuevo, alertado por los gritos.

—¿Usted es Jake?

—¡Soy el maldito padre! ¿Entiende?

—Será mejor que se calme. Necesito saber algunas cosas.

—Jake, por favor.

Arabia sabía que estaba muy nervioso, pero esperaba que parase de dar voces para dejar de llamar la atención. Se quedó mirándola después de que ella le hiciese la última súplica.

—Por favor, ¿qué?

Arabia suspiró. Después miró al médico y a la enfermera y le pidió a Jake que saliera con ella fuera de la habitación.

—¿Crees que yo no estoy preocupada? —le dijo entonces—. Lo estoy. Tanto como tú. Y por eso te digo que tu actitud no está ayudando nada.

—¡Me habéis dejado al margen! —gritó por lo bajo, puede que al ser consciente de que había mucha más gente con problemas a su alrededor—. Hasta la señora de al lado lo ha mencionado. No me querían decir dónde estabais, y te juro que he estado a nada de empezar a llamar puerta por puerta hasta encontraros.

—Te creo, Jake. —Ari lo sujetó por los brazos—. La culpa ha sido mía. Estaba tan bloqueada que no podía pensar en nada. Perdona.

Jake apretó los labios y ladeó la cara hacia otro lado, moviendo la pierna derecha por los nervios. Arabia dejó libre su mano derecha para ponérsela en la cara y obligarlo a mirarla de nuevo.

—Perdona.

Se quedó con la vista fija en ella bastante rato, en silencio. Arabia ya no recordaba la última vez que se habían mirado durante tanto tiempo sin decirse nada.

Finalmente, Jake asintió, y después volvió a apartar la cara.

—¿Volvemos adentro?

—Sí.

Arabia respiró, aliviada.

Durante la siguiente media hora, Jake estuvo contando lo poco que sabía sobre la fiebre de la niña, que empezaba tras la llegada a la guardería y acababa en las convulsiones de la sala de espera. A las diez de la noche les dijeron que lo mejor era que se fuesen a casa. Jazzlyn todavía tenía algo de fiebre, pero había pasado la mayor parte del tiempo durmiendo después del jarabe y no había mucho más que pudieran hacer allí. Arabia anotó el teléfono del doctor Davis por si tenían alguna urgencia durante la noche, y Jake cogió a la niña y la envolvió bajo su chaqueta para llevarla hasta el coche. Una vez allí se la entregó a Arabia para subirla al interior y se marcharon al apartamento. Ella no se planteó siquiera decirle a Jake que se fuera a su casa. Estaba claro que se iba a quedar con ella toda la noche por si había alguna novedad.

Bañó a Jazzlyn con agua tibia nada más llegar. Jake la observó en silencio desde la puerta y luego también esperó a que la durmiera en la cama. Arabia no era capaz de mirarlo porque sentía su preocupación. Casi se podía ver recorriéndole la piel. Lo percibía por la forma que él tenía de respirar. No era que ella no estuviese tanto o más preocupada, pero trataba de estar lo más serena posible porque alguien tenía que hacerlo. Además, se creía capaz de mantener la fiebre controlada en la medida de lo posible. No era la primera vez que se pasaba la noche en vela con algún paciente, aunque con su hija le pareciese muchísimo más difícil y delicado, teniendo en cuenta que solo tenía dos años y medio y que hasta ahora nunca le había dado un susto así.

—¿Tienes hambre? —consiguió preguntarle a Jake al rato, mientras seguía colocando paños de agua fría por el cuerpecito de Jazzlyn.

—No.

—¿Seguro?

—Estoy bien.

—Te conozco, Jake, y debes de tener hambre. Puedes ir a la nevera y coger lo que te apetezca.

Jake asintió en silencio y se giró para mirar a la cocina, detrás de él.

—Iré a echar un vistazo —dijo, con las manos en los bolsillos de la chaqueta que todavía no se había quitado—. ¿Tú quieres algo?

—No tengo hambre, pero si preparas algo y lo veo, seguramente me entrará apetito.

—De acuerdo, pero no prometo nada.

Arabia sonrió cuando se marchó, y luego continuó con la tarea de los paños.

- - - - - - -

Lo primero que hizo Jake cuando llegó a la cocina fue mojarse la mano derecha con el agua del fregadero para humedecerse la cara y la nuca. Después abrió la nevera y observó su contenido sin fijarse en nada en concreto. Tenía hambre, pero los nervios que había pasado le habían hecho polvo el estómago y quería comer, pero a la vez no quería.

Al final optó por hacer unos sándwiches. Sacó todo lo que vio que pudiera servir y luego empezó a prepararlos. De fondo escuchó la voz de Arabia susurrándole una canción a Jazzlyn. Estuvo a punto de cortarse cuando se disponía a partir un tomate en rodajas, y entonces se percató de lo mucho que le temblaban las manos. Las apoyó sobre la encimera y respiró pausadamente. Luego se quitó la chaqueta y continuó con el procedimiento.

Arabia salió corriendo justo cuando estaba terminando el primer emparedado y abrió el grifo del agua caliente.

—¿Qué pasa?

—Creo que me he pasado con los paños de agua fría. ¿Podrías llamar al médico? El número está en mi bolsillo. Espera.

Puso uno de los trapos bajo el agua, lo escurrió y después se secó la mano derecha en el pantalón para sacar el papel del bolsillo.

—¿Y qué le digo? —preguntó, ya con el papel en la mano.

—Dile que tiene las uñas y los labios morados.

—¡¿Qué?!

—Voy a arreglarlo, voy a arreglarlo. Pero llámalo por si acaso.

Jake la siguió hasta la cama y allí la vio proceder con el paño de agua caliente, que movía de una zona a otra.

—Por favor, llama.

Volvió a sentir las manos temblorosas y la falta de aire. Suerte que Arabia lo notó, porque no tardó en quitarle el teléfono y el papel de las manos y marcar ella misma a la vez que le decía que hiciera más paños calientes. Eso sí pudo hacerlo.

Cuando se acercó a Jazzlyn para colocárselos, estaba tan helada como habían supuesto. Escuchó a Arabia hablando desde el salón, pero no estuvo muy pendiente de la llamada, así que cuando regresó se quedó mirándola a la espera de instrucciones.

—Nada, trapos calientes para compensar y luego mantenerla a una temperatura intermedia lo máximo que podamos hasta que sea hora de darle de nuevo el jarabe.

—¿Y ya está?

—No podemos hacer nada más, porque no tiene ningún otro síntoma.

—¿Y no podemos taparla, o ponerle algo de ropa?

—Es mejor que se quede en ropa interior. ¿Qué te ha pasado en la mano?

—Nada.

—¿Nada?

—Me quemé en el trabajo.

—Entonces sí es algo.

—Me refería a que no es nada importante.

Arabia se sentó al otro lado de la cama, dejando a Jazzlyn en el medio, y se acercó para observar su mano izquierda, que justo la tenía sobre el pecho de la niña.

—¿Te estás poniendo algo?

—Me dieron una crema en la enfermería, sí. Está en la camioneta.

—¿Por qué no bajas a por ella?

—Joder. Esto es más importante, ¿no crees?

—Sigues asustado, ¿verdad?

Jake volvió a pensar en el momento en el que se había quedado con Jazzlyn inconsciente en los brazos. Se le hacía un nudo en la garganta cada vez que le venía a la mente ese recuerdo, cosa que no había dejado de ocurrir en las últimas horas.

—¿Puedes seguir tú? —Jake se levantó—. Tengo que... No sé, tengo que hacer alguna otra cosa.

Le pasó el trapo que tenía en la mano y salió a la sala. Se puso las manos en la cabeza con los codos en alto para tratar de respirar mejor. Sabía qué era lo único que podía desahogarle en ese momento, pero no quería hacerlo. Se sentó en el sofá y se quedó quieto, intentando no pensar en nada.

Con el tiempo, se dio cuenta de que en algún momento se había quedado dormido, y al despertar se encontró con Arabia.

—Hola —le dijo.

Estaba sentada frente a él en la mesa que había delante del sofá.

Jake se incorporó un poco y se frotó los ojos.

—¿Qué hora es?

—Las dos y media.

—Joder. Me he dormido. ¿Cómo está?

—Hace una hora volví a darle jarabe. Está dormida y bastante tranquila, aunque todavía tiene fiebre.

—Vale. Te relevo.

Arabia le hizo un gesto para que no se levantara.

—Eh, tranquilo. Deberías seguir durmiendo.

—¿Y tú?

—Yo no voy a ir a ninguna parte a las siete de la mañana. Tú sí.

—Qué va. Llamaré a Derek y le diré que tengo que quedarme por si...

—No puedes empezar a faltar en tu primera semana como supervisor. Mira, al principio estaba tan nerviosa como tú, pero no es la primera vez que me enfrento a una fiebre y sé que puedo hacerlo.

—¿Y qué pasa si mañana vuelve a convulsionar?

—Llamaré a un taxi.

—No. De eso nada.

—Jake...

—Que no, Ari. No me voy a ir.

—Hacemos una cosa: si en lo que queda de noche mejora y no muestra ningún síntoma grave, ni convulsiones ni delirios, vas a trabajar. Si no, en el momento en que ocurra alguna cosa la llevamos de vuelta al hospital.

—¿Y tú no tienes que ir a trabajar en el turno de tarde? ¿O es que piensas llevarla a la guardería para que vuelva a contagiarse de alguno de los otros críos?

—La fiebre en sí no es contagiosa, Jake. Pero no, no la llevaré mañana a la guardería, ni en lo que queda de semana. Si sigue con fiebre, llamaré para pedir el día libre. Puedo recuperarlo en otro momento.

Jake no pudo rebatirle nada de lo que decía, porque en realidad tenía razón. Faltar al trabajo en la primera semana era poner en un compromiso a su hermano mayor.

Abrió los ojos varias veces para intentar despejarse y deshacerse del sueño que todavía intentaba apoderarse de él.

—Traeré los sándwiches. —Arabia se dirigió a la cocina—. Los guardé en la nevera para que no se echasen a perder.

Regresó con los dos sándwiches que Jake había preparado hacía unas horas y se dio cuenta del pésimo aspecto que tenían. Daba la sensación de que en cualquier momento iba a salirse alguno de los ingredientes, pero, aun así, Arabia volvió a sentarse sobre la mesa y se puso uno de los platos sobre los muslos para comérselo.

Jake cogió el otro que le ofrecía, y también un refresco.

—Gracias.

—A ti por prepararlos. Que aproveche.

Comerse los sándwiches fue casi tan complicado como se había temido. Ambos tuvieron que coger trozos de lechuga y de tomate del plato para llevárselos a la boca después de que cayeran del pan. Jake se chupó los dedos, que se le habían quedado llenos de mayonesa. Cuando se percató de que ella lo estaba mirando y riéndose, se levantó y fue enseguida a lavarse las manos en el fregadero, disculpándose.

Ella también se levantó y fue a la habitación.

—Anda, ven —dijo antes de que él se diera cuenta de que había regresado.

La vio sentarse en el sofá y notó que lo miraba. Cuando se acercó vio que tenía una especie de pomada en la mano.

—Vamos, siéntate.

—¿Qué vas a hacer?

—Déjame la mano.

Arabia estaba sentada en la parte derecha del sofá, así que él se sentó a la izquierda. Dejó que ella le cogiera la mano y se la inspeccionara. Lo tocó con la yema de los dedos por donde tenía la quemadura, desde más arriba de la muñeca hasta antes de que empezara el dedo meñique.

—Es reciente, ¿verdad?

—Del martes.

—¿Y te has estado poniendo la crema que te dieron?

—Sí, ayer sí.

—Deberías llevar la mano vendada.

—La llevé hasta esta mañana, pero era incómodo para trabajar.

—Te voy a poner aloe vera, ¿te parece bien?

Jake se encogió de hombros. Era inquietante que Arabia le tocase la mano, incluso que estuviese sentada a su lado. Para colmo, se acomodó con los pies en el sofá y de cara a él, se untó la mano derecha de crema y luego volvió a sujetarle la suya. Él se quedó mirando sus dedos pasando con cuidado por encima de la quemadura. Al principio no pasó nada, simplemente miraba. Después levantó la vista hacia ella por un momento y se quedó embobado. Arabia mantenía los labios apretados porque estaba concentrada, y Jake empezó a notar que su cuerpo se estremecía, ya no solo al sentir sus dedos esparciéndole la crema, sino por el contacto de su otra mano sosteniéndole la suya. Por un momento se sintió tranquilo después de todos los nervios que había pasado. Pero la tranquilidad le duró poco cuando se dio cuenta de que su cuerpo no era inmune al contacto físico de Arabia. Le afectaba, y mucho.

Se levantó en un acto reflejo y Arabia lo miró, extrañada.

—Deberíamos ir a ver cómo está Jazzy Lynn.

Jake terminó de restregarse la crema, se rascó la cabeza y después se dirigió a la habitación. Jazzlyn parecía seguir durmiendo plácidamente. Se acercó a ella y le tocó la frente.

Arabia no tardó en aparecer.

—De verdad que ya no sé qué más hacer para que te relajes. ¿Quieres echarte a dormir con ella? Yo puedo quedarme en el sofá.

Era una suerte que Arabia no hubiese entendido nada de su reacción. Eso lo tranquilizó bastante.

—No, no. Yo tengo un sueño demasiado profundo. Dijimos que nos quedaríamos a la espera de alguna novedad, ¿no?

—Tienes que dormir, Jake.

No quería reconocerlo, pero sabía que tarde o temprano volvería a dormirse.

—Iré al sofá. ¿Puedo ponerme la tele? —Arabia asintió—. Vale, pues... estaré allí si me necesitas.

—Voy a buscarte una manta.

—No, tengo calor.

—La voy a buscar de todas formas, así que...

Regresó al sofá y se sentó sin saber muy bien qué más hacer. Arabia llegó poco después con una manta marrón. Se la pasó y él la dejó a su lado.

—¿Necesitas algo más?

—No, gracias.

Para su sorpresa, Arabia volvió a subirse al sofá y se quedó de nuevo muy cerca de él. Le puso una mano en el hombro antes de hablar.

—Gracias por estar aquí —comenzó diciendo. Él no dijo nada. Bastante tenía con intentar no pensar de nuevo en el contacto físico—. Sé que he sido bastante cortante contigo desde que regresaste y me gustaría disculparme. Supongo que tenía miedo de que... En fin, de que no te importase demasiado Jazzlyn. Pero has demostrado desde el principio que no era así, y aunque me ha llevado mi tiempo aceptarlo, sé que entiendes los motivos.

—Ari. —Jake se revolvió un poco para conseguir que la mano de Arabia sobre su hombro terminara cayendo—. Sé que va a sonar mal, o completamente fuera de lugar, pero, por favor, no me toques. —Cuando vio que ella fruncía el ceño, se arrepintió de haberlo dicho de esa forma—. Lo que trato de decir es que no soy inmune a ti, así que lo mejor es que mantengamos la distancia. Hoy estoy especialmente sensible.

—Oh.

Miró a Arabia brevemente y se dio cuenta de que ella por fin lo había entendido.

—Lo siento, no era mi intención...

—Lo sé. No importa. Por eso he pensado que lo mejor era decírtelo.

Arabia se levantó despacio para retirarse.

—Bueno, eso no cambia lo que te he dicho antes. Espero que me perdones por todo este tiempo. —Jake asintió sin mirarla a la cara. No era capaz en ese momento, se sentía demasiado avergonzado—. Estaré en la cama con Jazzy. Cualquier cosa, avísame.

Aquella fue una noche complicada.

VIERNES

2 OCTUBRE 1992

Arabia estaba exhausta. Llevaba despierta demasiado tiempo y pese a eso no era capaz de conciliar el sueño, a pesar de que Jazzlyn hubiese pasado la mañana mucho mejor. Durante la noche había estado bajándole la fiebre cada vez que la notaba revolverse o despertarse. Hacía una hora que había vuelto del centro médico, adonde había acudido para asegurarse de que la niña no tenía nada más, y, efectivamente, no tenía síntomas de ninguna infección. Por eso, regresó a casa con el mismo jarabe para los próximos días, hasta que la fiebre desapareciera del todo. Arabia sabía que había mejorado bastante porque ya no estaba tan desanimada e incluso tenía ganas de jugar, pero aun así llamó al trabajo para pedirle a Ellie que la cubriera en el turno de tarde. A cambio le prometió hacer turno doble el sábado para compensarla, pues sabía que Jake podría ocuparse de Jazzlyn.

Jake. Ay, Jake.

Cuando él le dijo que no podía estar tan cerca de ella la otra noche, se quedó mirándolo como una idiota y se alejó de él. En ningún momento se habría imaginado que le diría algo así, y no había podido dejar de pensar en ello. Lo había oído marcharse por la mañana, y estaba segura de que volvería allí en cuanto saliera del trabajo. No tenía ni idea de si sería capaz de mirarlo sin sonrojarse, aunque puede que él tampoco. Tenía que actuar con normalidad, como había estado haciendo hasta ahora.

A las cinco de la tarde bañó a Jazzlyn y le puso un pijama ligero que le cubría desde los pies hasta el cuello. Cuando Jake llamó al timbre, ambas estaban sentadas sobre una alfombra que había colocado en el centro del salón con algunos de sus juguetes. Él apareció con la misma ropa del día anterior, aunque por su pelo mojado dedujo que se había duchado en el trabajo.

—¡Hola! —exclamó nada más verlo—. ¿Cómo ha ido el día?

—Bien, ¿y el vuestro?

—Todo bien. La llevé a que la viera el médico esta mañana y ya está mucho mejor. Pasa.

Para sorpresa de ambos, Jazzlyn se levantó y extendió los brazos a modo de petición. Arabia lo vio sonreír antes de cogerla en brazos.

—Hola, bombón.

Después, Jazzlyn le puso delante de la cara uno de sus trenes de madera.

A las siete y media, Arabia se dispuso a preparar la cena mientras Jake ayudaba a Jazzlyn con su vaso de leche con galletas. Se quedó dormida poco antes de que se sentaran a cenar y Jake la llevó a la cama de matrimonio de Arabia.

Cenaron uno frente al otro en la barra americana, casi en silencio.

—Le dije a Ellie que mañana haría el turno doble a cambio de que ella trabajase por mí esta tarde. ¿Puedes ocuparte de Jazzy?

—Claro.

—Puedes volver a quedarte a dormir si quieres, o venir a por ella mañana antes de las diez. Lo que prefieras.

—Me quedo, no me importa. He llamado a Louis esta mañana desde el trabajo y me ha dicho que no me preocupara, que no va a destruir la casa en mi ausencia.

—Tu hermano ha desarrollado un humor irónico muy interesante.

—A veces ni siquiera soy capaz de distinguir cuándo está bromeando y cuándo no.

Arabia notaba lo mucho que evitaba mirarla, así que había aprovechado eso para ser ella quien lo mirase a él. Jake se había quitado la chaqueta y se había arremangado las mangas de la camiseta blanca que llevaba usando ya dos días. Tenía las mejillas encendidas a causa del calor. Por alguna razón, el foco de interés fue a parar a su hombro izquierdo, donde tres años atrás ella misma había contemplado de cerca las dos cicatrices de bala que habían marcado su vida para siempre. Las ganas de volver a verlas y de acariciar su cuerpo le llegaron de repente, sin previo aviso, y entonces ella también sintió calor.

Jake apiló los platos de ambos y se los llevó al fregadero sin decir nada. Arabia se quedó unos segundos sentada en el taburete, sintiendo cómo su corazón latía con la exigencia de quien sabe que están intentando controlarlo, pero es consciente de que, en realidad, nadie puede luchar contra él.

Se levantó y se colocó a las espaldas de Jake. La adrenalina se apoderó de ella cuando decidió avanzar, despacio, sin hacer apenas ruido. Cuando ya estaba justo detrás de él, su mano derecha se acercó a su brazo para bloquearlo y hacer que cesara con la tarea de fregar. Jake echó la vista atrás y ella le sostuvo la mirada. Segundos después, aflojó su antebrazo y continuó recorriendo su brazo con los dedos, hasta que la manga arremangada le impidió continuar. Entonces sí, Jake se dio la vuelta, secándose las manos en la misma camiseta.

—Has vuelto a hacerlo —le dijo.

Ella sabía a qué se refería, pero continuó sin decir nada y esta vez le recorrió el otro brazo con la otra mano. Vio cómo Jake movía el cuello de un lado a otro por la sensación. Era muy consciente de lo que le había dicho la noche anterior cuando se le acercó, y también era consciente de lo que pretendía ahora. Él era el único que nunca había tratado de convencerla sobre sus supuestos deberes como mujer. En ese momento, era ella la que estaba decidiendo lo que quería hacer y con quién.

—Ari, para.

¿Por qué le pedía que parara?

Ahora ya no podía, lo que sentía era demasiado fuerte.

Se acercó un poco más, le apretó las muñecas y lo miró a los ojos, intentado que él captara el mensaje. No quería ponerlo a prueba, ni enfadarlo, ni hacerle sentir incómodo. Solo quería dejarse llevar, al menos una vez más.

—Si no me sueltas, no respondo de lo que pueda pasar. De lo que va a pasar.

La última frase la dijo casi susurrando, pero Arabia no hizo caso de su advertencia y esperó a que perdiera el control de una vez por todas.

No tardó en hacerlo.

Jake liberó sus manos con un solo movimiento y las colocó sobre sus mejillas. Bajó la cabeza hasta que sus frentes se tocaron y notó su respiración muy de cerca. *Hazlo, Jake*, dijo ella para sus adentros. Y, como si él le hubiese leído la mente, la besó con intensidad, atrayéndola hacia él. Luego la hizo retroceder hasta que chocaron contra la pared.

—Lo siento —dijo, en una pausa.

—No lo sientas —Arabia le pasó los brazos por el cuello y lo besó lenta y suavemente—, y vuélvelo a hacer.

Eso fue lo último que necesitó para que su deseo se descontrolara, y era justo lo que Arabia había pretendido desde el primer momento. Jake la cogió en brazos y la llevó hacia el sofá. Una vez allí, ella aprovechó para quitarse la camiseta y él hizo lo propio después de quedarse unos segundos observándola.

Esa noche acabaron en el suelo del salón, después de recorrer casi todos los rincones de su alrededor. Jake se quedó encima de ella un buen rato, y Arabia lo atrajo hacia sí para poder sentirlo y olerlo antes de que se separaran. Le pasó la mano izquierda por el pelo y estiró de él con cariño para aferrarlo a ella unos segundos más. Después de eso, él se incorporó ligeramente y la miró.

—Ari.

Pero Arabia le selló los labios con el dedo índice y negó con la cabeza para que no estropease aquel momento. Había sido tan increíble que sonrió a escondidas a la vez que se apartaba y recogía su ropa para dirigirse al cuarto de baño. Mientras tanto, él aprovechó para levantarse y ponerse la ropa interior y los pantalones.

Arabia lo encontró a su regreso todavía semidesnudo y de pie en el salón. Parecía confuso.

Lo obligó a sentarse en el sofá y luego se puso encima de él. Lo besó de nuevo, con parsimonia, y Jake respondió con la misma poca prisa. Arabia le acarició la cara, le echó el pelo sudado hacia atrás y, por último, le pasó los dedos por encima de las cicatrices del hombro. Él se las miró.

—Ya no te duele, ¿verdad?

—Físicamente, no. Casi nunca.

—¿Qué se siente cuando una bala pasa por tu cuerpo? Creo que nunca llegué a preguntártelo.

—Al principio no sientes nada, solo el impacto, el golpe. —Jake también se pasó los dedos por encima de las cicatrices—. Luego notas el entumecimiento y, finalmente, el calor. Al menos, eso es lo que yo recuerdo.

—¿Y el dolor?

—El dolor llegó en el hospital, cuando me desperté antes de que me sedaran. Es difícil de explicar.

Jake le acarició el cuello.

—¿Estás bien? —le preguntó.

Arabia sonrió.

—Perfectamente.

Se echó a un lado para poder levantarse y se dio cuenta de que Jake siguió con la mirada todos sus movimientos.

—Voy a darme una ducha. Luego puedes hacerlo también, si quieres.

—Vale. Iré a ver a la niña mientras tanto.

Arabia lo acompañó hasta la habitación para poder coger sus cosas. Cuando se marchó al cuarto de baño, Jake estaba sentado en la cama acariciando la cabecita de Jazzlyn.

- - - - - - -

Al poco de que Arabia lo dejase solo, Jazzlyn empezó a revolverse. Le tocó la frente y comprobó que la fiebre estaba subiendo otra vez. La niña se despertó y volvió a extender los brazos hacia él. Cada vez que hacía eso, Jake sentía algo inexplicable.

La cogió y ella se acurrucó sobre su pecho. Él estaba caliente, así que supuso que ella estaba buscando calor por el aumento de la fiebre. Sabía que no debía abrigarla cuando tenía una subida, por lo que finalmente optó por desabrocharle el pijama, dejarle el pecho al descubierto y volver a pegarla al suyo. Con mucho cuidado subió los pies y se acostó en la cama con ella. Jazzlyn no dejaba de apretarse contra él en busca de calor, hasta que volvió a quedarse dormida, y entonces él también sucumbió al sueño instantes después.

MARTES

13 OCTUBRE 1992

Zane acababa de llegar a casa para cenar, acompañada de Monique. Ambas pasaban muchísimo tiempo en la facultad, y no eran pocas las veces que llegaban casi para la hora de la cena a sus respectivas casas. Hacía solo dos días habían estado en la de Monique.

Derek estaba solo en casa, y eso la sorprendió.

—¿Dónde están Emily y los niños? —preguntó Zane.

—En casa de Frederic.

—¿Y eso?

Derek estaba colocando los cubiertos sobre la mesa.

—Parece que el abuelo quiere pasar tiempo con ellos. Deben de estar a punto de llegar.

—¡Eso es genial!

—Sí, pero esperemos que no sea algo pasajero.

Tal y como él había previsto, llegaron solo diez minutos después que ellas. Los niños parecían muy emocionados.

—¡El abuelo ha jugado a fútbol con Danielle y conmigo, papá!

—¿A fútbol?

—¡Sí! Y también Margarett, y mamá.

Todas miraron a Emily, que puso cara de que no había habido más remedio. A Zane no le pasó por alto la cara de cansancio que tenía, a pesar de que estaba feliz.

—Emily necesita un respiro —le dijo a Monique por lo bajo.

—Pues démoselo.

Miró a su amiga con detenimiento.

—¿Nosotras? ¿Cómo?

—Podríamos salir por ahí y llevárnosla a tomar algo el sábado, por ejemplo.

—Pero si nosotras apenas salimos.

—Pues por eso. Todas lo necesitamos. Yo lo necesito —añadió haciendo hincapié en la última frase—. No puedo creer que últimamente esté pasando los fines de semana enclaustrada en casa. ¡Soy joven!

Zane se echó a reír.

—Había quedado con Pitt el sábado.

—Pues tendrás que aplazarlo al domingo. Eso o me voy sola.

—Su hermana vuelve a la ciudad el viernes. Llevo más de un año sin verla.

—¿Y por qué no le dices que se venga? Georgia es la clase de chicas a las que les gusta divertirse, ¿no?

Empezó a pensar en la posibilidad de que salieran las cuatro, y automáticamente pensó también en Arabia.

—¡Podemos decírselo también a Ari!

—¡Vaya! Parece que ya te va gustando la idea.

—Algo así como una noche de chicas.

—Zane, por favor, no seas cursi.

—¿De qué estáis hablando? —Emily las interrumpió al sentarse con ellas en el sofá. Se dejó caer de espaldas y luego exhaló una gran bocanada de aire—. Definitivamente, el fútbol no es para mí. Y me temo que para Danielle y Margarett tampoco. Todavía me pregunto de dónde ha sacado mi padre la energía para esta tarde.

—¿Te apetece hacer algo este fin de semana? —le preguntó Monique.

—No tenía pensado hacer nada especial.

Zane y su amiga se miraron con complicidad.

—¿Y qué tal si dejas a Derek a cargo de los niños y te vienes con nosotras a dar una vuelta por ahí?

—Es una buena idea. ¿Sobre qué hora? Porque a las siete debería estar en casa.

—No nos has entendido —le aseguró Monique.

Emily las miró, confusa.

—Lo que queremos es salir por la noche —dijo Zane.

—Toda la noche —puntualizó su amiga.

—¿Tú no ibas a salir con Pitt y Georgia? —le preguntó Emily.

—Hablaré con ella. Estoy segura de que le gustará nuestro nuevo plan. Y también hablaré con Arabia. ¿Qué dices? ¿Te apuntas?

—¿Te atreves? —añadió Monique.

Zane vio cómo Emily miraba hacia la mesa, donde Derek estaba terminando de colocar la comida y los niños no dejaban de hablar entre ellos.

—No sé si es buena idea...

—Tienes hasta el sábado para pensártelo, o para que Zane logre convencerte. —Monique se levantó y puso las manos sobre sus caderas—. Yo estaré aquí a las diez en punto, lista para pasármelo bien. Y ahora, ¡a cenar!

SÁBADO

17 OCTUBRE 1992

Arabia no podía creer que hubiese accedido a salir de fiesta, pero la verdad era que había sido un plan muy difícil de rechazar. Monique, Zane, Emily y ella, junto con la hermana de Pitt. Al principio se negó a la propuesta, pero cuando Zane le dijo que Emily también saldría, tuvo que replanteárselo. Zane y Emily eran las mejores amigas que jamás había tenido, y la perspectiva de pasar una noche con ellas era tentadora.

Ni siquiera había tenido que llamar a Jake para pedirle que se quedara con Jazzlyn, porque Zane ya le había explicado el plan. La relación entre ambos había cambiado después de la noche en la que se acostaron, y ahora era mucho más cordial. Arabia todavía notaba una agradable sensación en el estómago cada vez que lo recordaba. Sin embargo, seguían manteniendo las distancias como hasta antes de esa noche. Había sido una locura, había ocurrido, pero hasta ahí. Las cosas tenían que continuar conforme estaban. Él no había mencionado nada, y ella tampoco.

Jazzlyn estaba viendo los dibujos con el cerdito rosa en su regazo mientras ella preparaba su bolsa de ropa para la noche.

Habían quedado con Jake en que recogería a la niña en la puerta del Purist Coffee, y cuando ella terminase a las ocho, cogería un taxi para ir a Prinss a cambiarse y a encontrarse con Zane. Cogió uno de los vestidos sin estrenar que todavía tenía guardado y unos zapatos de tacón que también guardaba en lo alto del estante. Eran bonitos, pero solo los había usado en una ocasión, en la cena de Navidad del año anterior. Pensó en lo rápido que había pasado el tiempo desde entonces.

En dos meses estarían de nuevo en Navidad. De hecho, en poco tiempo se cumpliría un año del regreso de Jake a Vallon. Ahora tenía la impresión de que nunca se había marchado, porque estaba allí, y más cerca que nunca. Le hacía feliz saber que el padre de Jazzlyn estaría a su lado y la educarían juntos. Estaba muy segura de los valores que él le inculcaría y que, junto con los de ella, sería una buena persona en el futuro. Eso era lo que más deseaba, al margen de que fuera más o menos estudiosa o exitosa. Sobre todo, quería que tuviera buen corazón.

Lo último que guardó fue un poco de maquillaje en una bolsa de aseo, y luego se vistió para el trabajo.

—Jazzy, nos vamos. Apaga la tele, tesoro.

Como cabía esperar, Jake la estaba esperando en la puerta del Purist Coffee. Tan puntual como de costumbre.

—¡Papá! —exclamó Jazzlyn nada más verlo.

Había empezado a llamarlo así poco después de que se recuperara de aquella horrible fiebre que se apoderó de ella durante casi tres días. Ahora ya parecía imposible pensar en lo decaída que había estado dos semanas atrás.

Jake se agachó para recibirla.

—¿Tienes hambre? —le preguntó en cuanto la tomó en brazos. Ella negó con la cabeza, divertida. Le gustaba ese juego—. ¿No? ¿Segura? —Jazzlyn volvió a negar—. Está bien, tendré que comérmelos yo.

Entonces, Jake levantó con la mano derecha una bolsa de cacahuetes de chocolate e hizo el amago de echárselos a la boca.

—¡No!

Jazzlyn le quitó la bolsa de inmediato y empezó a buscar los cacahuetes en el interior.

—Se hará una adicta al chocolate por tu culpa, lo sabes —le aseguró Arabia sonriendo.

—Lo tengo controlado.

—Te veo luego en tu casa.

—Que vaya bien el trabajo.

—Gracias.

Se despidieron con la mano y Arabia entró en la cafetería. Pasó el resto de la tarde muy emocionada por el plan de la noche, y nada ni nadie fue capaz de amargar sus grandes expectativas. Tenía tantas ganas de divertirse con sus amigas que era imposible que se le borrase la sonrisa de la cara.

Llegó a Prinss pasadas las nueve de la noche, con la sensación de que ya se le había hecho muy tarde. Louis fue quien le abrió la puerta, y después vio a Jake al fondo, sentado en la barra de la cocina. Samantha, la amiga de Louis, estaba sentada en el sofá, donde él se dirigió después de darle la bienvenida.

—¿Y Jazzy?

—Está arriba, dormida.

—Ah, claro, ya es tarde. Subiré a verla y me cambiaré en el baño. ¿Ha llamado Zane?

—¿No vas a cenar?

Sí. Se había olvidado completamente de cenar. Cerró los ojos para concentrarse en lo estúpida que estaba siendo solo por la emoción de salir de juerga después de tanto tiempo. Aunque «tanto tiempo» no era la expresión correcta. Tenía la sensación de que iba a salir por gusto por primera vez, sin que nadie la arrastrase solo porque era lo que había que hacer según las leyes no escritas de la juventud.

—¿Puedo prepararme algo rápido? —preguntó con timidez.

—Te hemos guardado tu parte en la nevera.

Arabia puso cara de asombrosa gratitud, y miró a Samantha y a Louis para agradecerles también a ellos el detalle.

—¿A dónde iréis esta anoche? —le preguntó Samantha mientras Arabia se quitaba la chaqueta y se dirigía a la cocina.

—No tengo la menor idea. Me imagino que la amiga de Zane habrá pensado en algo. Desde luego, yo no soy ninguna experta en sitios para salir.

—Podríais ir a un *pub* que hay entre el parque central y Bright Gardens. Se llama Marilyn. Hay muy buena música, y no es tan ruidoso como una discoteca.

Arabia se sentó al lado de Jake y se dispuso a comerse los huevos revueltos que él le había puesto delante. No conocía mucho a Samantha, pero se dio cuenta de lo raro que iba a resultar que la dejaran a ella allí.

—¿Por qué no te vienes? —le sugirió—. Puedes proponer el plan tú misma cuando lleguen las demás.

—No, no.

—¿Por qué?

—No quiero ser un estorbo.

—¿Por qué ibas a ser un estorbo? —preguntó Louis, molesto.

—Zane y tú os conocéis mucho, ¿no? —continuó Arabia—. Serás bien recibida en el plan, estoy segura.

—Ni siquiera tengo ropa. Solo era una sugerencia porque es un buen sitio. No pretendía una invitación. De verdad que no.

—Deberías ir, Sammy —le dijo Louis—. Deberías divertirte un poco y despejarte.

Arabia no entendió a qué se refería exactamente Louis, pero supuso que se debía a que habían estado trabajando mucho en el restaurante.

—¿Qué hora es? —le preguntó ella a Jake.

—Las nueve y treinta y seis.

—Tengo que ir a vestirme.

Dejó sobre la mesa los cubiertos y lo que quedaba de cena y se fue corriendo con su bolsa hacia el piso de arriba. Antes de entrar al baño, abrió la puerta de la habitación de Jake y observó a Jazzlyn. Estaba en la parte izquierda de la cama, casi pegada a la barandilla que él había colocado. Decidió que se despediría justo antes de marcharse.

Se metió en el baño y sacó todo lo que había colocado en la bolsa. El vestido se había arrugado un poco, pero no parecía un problema. Era gris oscuro, de una sola manga y ligeramente brillante, como si tuviese purpurina. El cuello del vestido empezaba en el hombro izquierdo y luego caía hasta pasar por debajo de la axila derecha. Era ceñido y llegaba hasta la mitad de los muslos. Al mirarse al espejo le pareció que se había pasado un poco escogiéndolo, pero luego se dijo que la ocasión lo merecía y que, si no se lo ponía esa noche, tal vez continuase guardado en el armario durante años. Su aspecto fue mucho más impresionante cuando se puso los tacones. Miró hacia sus piernas y luego volvió a concentrarse en su reflejo. Maquillaje. Hora del maquillaje.

Se soltó el pelo y dejó que sus ondulaciones le cubrieran los hombros. Después, sacó el lápiz negro para perfilarse los ojos y también una base de maquillaje que había usado muy pocas veces. Lo último que hizo fue pintarse los labios y ponerse un poco de colorete. Tras eso, se alejó del espejo para verse y giró para mirarse la espalda y el trasero.

Allá vamos, se dijo antes de salir del baño.

Justo cuando bajaba por las escaleras, la puerta de casa se abrió y entraron Zane, Monique y Emily.

—¿Dónde está Ari? —escuchó preguntar a Zane.

—Estoy aquí, ya voy.

Arabia se concentró en los escalones y en los tacones para conseguir llegar sana y salva. Cuando pudo ver a las chicas, se sorprendió tanto como ellas al verla.

—Esta noche promete —dijo Monique.

—Dios mío, Emily —dijo Arabia. Nunca había visto a Emily tan increíble. Sí la había visto vestida de forma elegante para las ocasiones especiales, pero estaba claro que Zane y, sobre todo, Monique se habían ocupado de su aspecto—. ¡Estás guapísima!

—¡Tú también!

Se fijó en Monique y Zane, ambas también con vestido. Los tacones más altos eran los de Monique, con diferencia.

—Bueno, ¿qué? ¿Nos vamos? —preguntó Zane.

—¿Dónde está la hermana de Pitt? —quiso saber Arabia.

—Pitt me llamó para decir que se le hacía tarde, así que él se ofreció a llevarla directamente.

—¿La hermana de Pitt? —preguntó Jake, en la distancia.

—Sí, ha vuelto. ¿No te lo había dicho?

Arabia vio cómo Jake le decía a su hermana con la mirada que ni por asomo había recibido esa información.

¿Jake conocía a la hermana de Pitt?

—Un momento. —Arabia se acordó de algo—. He olvidado despedirme de Jazzy. Vuelvo enseguida.

Repitió la tarea de los tacones y los escalones y luego fue directa a sentarse sobre la cama donde Jazzlyn dormía. Le dio un beso y ella ni siquiera se inmutó. Se le hacía raro dejarla a dormir con Jake, pero era demasiado tarde para arrepentirse.

Cuando regresó al salón, comprobó que Zane trataba de convencer a Samantha para que fuese con ellas.

—Nena —dijo Monique—, llevo maquillaje en el bolso. Vamos arriba.

Zane, Monique y Samantha subieron al cuarto de baño y pidieron cinco minutos antes de marcharse.

—Vamos a caber justas en el coche —dijo Emily.

Arabia repasó mentalmente cuántas eran.

—¿Y la hermana de Pitt? Se supone que se unirá a nosotras después, ¿no?

—No había pensado en eso.

—¿En qué? —preguntó Zane cuando regresaron.

Samantha continuaba con los mismos vaqueros y la misma camiseta, pero se había recogido la melena castaña en una coleta muy alta y se había pintado los ojos de forma muy similar a Monique. Louis silbó para piropear al grupo.

—¿Nos vamos? —preguntó Monique.

—Primero tenemos que solucionar el tema del coche —explicó Emily—. Seremos seis cuando Georgia se una a nosotras.

—¿Coche? —continuó Monique—. Esta noche nadie conducirá ningún coche. Hoy es noche de taxi, o de chófer, claro. Aunque si alguien se ofrece a llevarnos, no seré yo quien se oponga...

—Pero quedamos en que usaríamos mi coche —insistió Emily.

—Sí, pero nadie dijo durante cuánto tiempo. La idea era venir aquí, reunirnos todas y llamar a un par de taxis.

—A mí no me importa llevarme el coche, de verdad. Yo no bebo.

—Eso ya lo veremos.

Monique era muy insistente, no cabía duda. Emily continuó intentando hacerla comprender que no tenía intenciones de emborracharse, y estaba a punto de cambiar de idea con respecto a salir cuando Zane dijo:

—Emily, nadie va a obligarte a hacer nada. Lo importante es que vamos a salir todas juntas, que vamos a pasárnoslo bien y que no es necesario que nadie cargue con la responsabilidad de un coche. Louis, ¿te importaría llamar para pedir un par de taxis?

—He llamado hace cinco minutos. No tardarán en llegar.

Arabia reparó por primera vez en el bulto que Zane llevaba como bolso.

—¿Piensas llevarte la cámara de fotos?

—¡Por supuesto que sí!

El primer sitio en el que estuvieron fue el que Monique tenía pensado casi desde el principio del plan. Arabia se sorprendió al reconocer la discoteca en la que había estado hacía varios años con los Becker. No tenía muy buenos recuerdos de ese sitio, pues se pasó gran parte del tiempo secándose el escote del vestido en el baño, pero estaba dispuesta a darle una segunda oportunidad. Los taxis habían llegado casi a la par. Emily y Arabia habían viajado juntas, y juntas caminaban hacia la puerta de entrada a unos pasos de distancia de las demás.

—¿Crees que esto ha sido una buena idea? —preguntó la primera.

—¿Qué te hace pensar que no? Tenemos derecho a divertirnos un poco, ¿no?

—A Derek le sorprendió bastante que accediera, pero no puso ninguna pega.

—¿Y por qué pareces preocupada?

—No sé, es que esto no es muy propio de mí. Dije que sí solo porque me prometieron que tú también vendrías.

Arabia rio.

—A mí me pasó exactamente lo mismo. Pero ¿qué importa? Yo tengo muchas ganas de pasármelo bien.

—Sí, yo también.

Cuando llegaron, se pusieron en la cola y esperaron allí a la hermana de Pitt, que llegó poco antes de que las hicieran pasar. Georgia era una chica menuda que usaba unos tacones más altos incluso que los de Monique, por eso parecía más alta de lo que en realidad era. Tenía el pelo negro y lacio, y le llegaba por los hombros. Era bastante parecida a Pitt, solo que en miniatura. Su atuendo constaba de una minifalda, unas botas hasta las rodillas y un top atado al cuello, todo de color negro.

Lo último que Arabia había sabido de ella era que quería ser actriz y que se había mudado a Arizona.

—¿No llevas ninguna chaqueta? —preguntó Zane, alarmada.

—Se me ha olvidado en el coche, pero no importa. Ya vamos a entrar, ¿no?

Monique fue la primera en preguntar lo que iban a beber. Arabia había aprendido a tolerar algunas bebidas por los eventos a los que había tenido que asistir con Kevin, pero cuando Emily rechazó la proposición, se sintió culpable de que fuese a ser la única sobria de la noche. No tenía claro si quería beber algo sencillo como un *gin-tonic* o resignarse a pedir un zumo para que Emily se sintiera más cómoda. Sabía de sobra lo que era sentir que todos a tu alrededor se han pasado con las copas.

—Yo también quiero un zumo.

—Pero eso es muy aburrido —les dijo Monique con cara de exasperación.

—¿Por qué no pedís algún cóctel con poco alcohol? —sugirió Samantha—. ¿Queréis que pregunte si preparan San Francisco?

—¿Y qué lleva eso? —quiso saber Emily.

—Es un cóctel muy dulce. ¿Los pido?

Emily miró a Arabia en busca de apoyo, pero ella se encogió de hombros.

—Yo me apunto —dijo.

—Está bien, pero diles que pongan poco alcohol, por favor.

Samantha les guiñó un ojo y se fue tras Monique a la barra. Después, Georgia se escabulló del grupo sin decir nada, así que Zane, Emily y ella se quedaron un momento a solas. Zane las atrajo hacia sí y las abrazó a ambas.

—¡Me alegra tanto que hayáis venido!

Zane pidió a las chicas de al lado que les hicieran una foto y las tres se abrazaron, sonrientes.

La noche empezó bastante bien. Entre las seis podían formar un corro lo suficientemente grande como para que alguna de ellas se pusiera en el medio y se marcase un baile más original. Casi siempre era Monique la que se colocaba en el centro, pero todas llegaron a pasar por ahí varias veces. También fue Monique la que más llamó la atención entre los hombres, pero había prometido que no cambiaría la compañía de las chicas a menos que apareciera delante de ella el hombre de su vida. La única que parecía un poco desesperada por que alguien le hiciera caso era Georgia.

Arabia disfrutó del San Francisco que Samantha le había descubierto, aunque a Emily le resultó demasiado dulzón.

Largo rato después, Arabia confesó que estaba un poco cansada y que las piernas le pesaban. Tras haber trabajado de pie varias horas, salir sobre unos zapatos de tacón no había sido la mejor de las ideas. Emily la acompañó a un lugar más apartado donde pudieron sentarse.

—Yo estaba deseando salir de la pista —le dijo Emily—. Había alguien rozándome todo el tiempo por detrás. No he querido ni girarme a ver quién era. Qué grosero.

—Es que hoy estás muy *sexy*.

Emily se ruborizó por el comentario.

—Derek dijo lo mismo.

Se notaba a una legua que Emily estaba muy cohibida con su nuevo aspecto, así que Arabia decidió cambiar de tema.

—¿Sabes? Aquí es donde vi a tu hermana por primera vez. —Se dio cuenta al instante de que tal vez no había sido apropiado decir aquello. Le había venido a la mente aquel encuentro casual y lo había soltado sin más. Decidió continuar para aclarar una cosa que tenía pendiente—: ¿Te acuerdas del día en que nos conocimos tú y yo, en mi cafetería? —Emily asintió—. Cuando vino tu hermana yo ya sabía quién era, aunque ella no se acordaba de mí. Yo la recordaba perfectamente porque fue el día que Jake y ella... En fin. ¿Te molesta que haya sacado el tema?

—No pasa nada. —Fue una suerte que Emily le restara importancia. Arabia estaba segura de que su copa no contenía mucho alcohol, pero podía ser que después de la segunda se le hubiese subido un poco a la cabeza—. Emma me habló en una ocasión de esa noche, de cómo se encontró con Jake en la pista de baile y luego una cosa los llevó a la otra. Me lo contó después de saber que estaba embarazada.

—¡Chicas! —Zane llegó acompañada por Samantha—. Sammy dice que conoce un sitio mejor que este que se llama Marilyn, ¿os apetece que vayamos allí? Aquí hay demasiados babosos, ¿no creéis?

—Por mí bien —dijo Arabia—. ¿Qué hora es?

—La una y media.

Las cuatro caminaron juntas hasta que se encontraron con Monique y Georgia. Les explicaron el nuevo plan y luego hicieron fila para dirigirse a la salida.

Samantha tenía razón. El Marilyn era un sitio muy agradable, con música pero sin tanto alboroto. Más elegante, por así decirlo. Tuvieron la suerte de llegar en el momento justo en que otro grupo de chicas decidía marcharse y, aunque la mesa que dejaron era pequeña, consiguieron reunir las sillas necesarias. La zona de baile estaba algo más allá, pero a todas les pareció buena idea sentarse un rato. Además, había servicio en mesa, así que el camarero no tardó en aparecer y anotar lo que iban a beber. Todas pidieron cócteles, excepto Emily, que pidió una botella de agua, y Samantha, que quería una cerveza. Antes de que el chico se marchara, Monique añadió la primera ronda de chupitos.

El concepto que Arabia tenía sobre Monique empezó a cambiar esa noche. Era la que hacía los comentarios más ingeniosos y, además, se burlaba de los hombres que se acercaban para intentar bailar con ella o con alguna otra. Justo acababa de despachar a dos.

—Yo sí me voy a ir a bailar —anunció Georgia en cuanto se marcharon.

—Pero ¿qué dices? —replicó Monique—. Sienta tu culo en la silla de nuevo y no les hagas pensar que estás desesperada.

—¡Monique! —la reprendió Zane.

Georgia enrojeció por la vergüenza.

—Lo siento, no pretendía ser tan directa, pero es que lleva toda la noche exhibiéndose. —Monique habló como si la chica no estuviese allí—. Deja que sean ellos los que se acerquen a ti —añadió dirigiéndose a ella.

Era cierto lo que Monique había dicho. La hermana de Pitt parecía querer destacar desde el principio. Antes de que nadie pudiese decir nada más, el camarero regresó con las bebidas. Se repartieron las consumiciones y luego Emily puso en el centro su chupito.

—Si alguien quiere el mío, ahí lo dejo.

Arabia se fijó en cómo Monique la miraba.

—¿En serio, Emily?

—No insistas, Monique.

—Es solo una noche. La noche —enfatizó—. No puedes decir que no a un inofensivo chupito.

A Arabia le hacía demasiada gracia todo aquello, porque tenía la sensación de que en el fondo Emily sí quería beberse el chupito, pero su ética se lo impedía. Emily se giró para mirarla precisamente a ella, y Arabia cogió su vasito y se encogió de hombros.

—A mí no me mires.

—De acuerdo —dijo—. Un día es un día.

Todas aplaudieron por la decisión de Emily.

—¿Os habéis fijado en el grupo que formamos? —preguntó Zane.

Arabia supo al instante a qué se refería su mejor amiga. Eran todas tan diferentes... Por un lado, Zane, Emily y Samantha tenían el pelo castaño oscuro, pelirrojo y castaño claro respectivamente. Luego estaba Monique, que tenía la piel más oscura debido a que su madre era jamaicana. Georgia tenía los ojos rasgados, aunque no tanto como Pitt. Por último, estaba ella, mitad turca, mitad árabe.

—El mejor de todo el Marilyn. —Monique se levantó a la vez que lo decía—. Venga, a brindar.

Las otras cinco la imitaron y levantaron los vasos de chupito. Brindaron y se los bebieron, y algunas mesas contiguas aplaudieron su actividad. Zane volvió a sacar la cámara de fotos y empezaron a posar por parejas o de tres en tres. Luego, se levantaron y pidieron a unos chicos que les hicieran una foto grupal.

Sin darse cuenta, pasaron más de una hora sentadas en aquella mesa, hablando, haciendo fotos, comentando cosas de la gente de alrededor..., y la primera ronda de chupitos dio pasó a una segunda y a una tercera.

Arabia estaba divirtiéndose mucho, y se alegró de que Emily también, aunque no dejaba de decir que estaba un poco mareada.

—Yo creo que ha llegado el momento de las confesiones, ¿no? —expuso Monique.

—¡Oh! ¡Sí! —exclamó Zane.

—¿Queréis jugar al «Yo nunca»? —preguntó Samantha.

Arabia había oído hablar de ese juego en la facultad y, aunque llegó a estar presente en alguna ocasión, nunca había participado. No le pareció divertido en su momento, y ahora dudaba. Emily mostró su rechazo hacia el juego.

—Lo siento, Emily, no hay alternativa —le dijo Monique.

—Pero deberíamos volver a pedir algo de beber si queréis jugar a esto —opinó Samantha—. ¿Queréis que pida cervezas?

—¡Dios, no! Odio la cerveza —manifestó Zane.

Casi todas opinaban lo mismo.

—Pero es lo más práctico para jugar, ¿no? Si pedimos algo más fuerte podríamos acabar por los suelos.

Arabia dejó que las otras decidieran. No le gustaba la cerveza, pero, ya puestos, qué más daba.

Diez minutos después, cada una tenía una jarra delante, y Monique empezó con el juego. Al principio, las preguntas fueron las típicas, pero a poco fueron subiendo de tono y se volvieron más comprometedoras.

—Yo nunca he hecho un trío —dijo Monique.

Ella y Samantha fueron las únicas que bebieron. Zane se quedó con la boca abierta y miró a Monique, asombrada.

—¡Eso no me lo habías contado!

—Jamás lo habría confesado de no ser porque estoy lo suficientemente borracha.

Habían llegado a un punto en el que, si una decía un *yo nunca* que alguien más hubiese hecho, entonces tenía que continuar con las premisas hasta que alguien confesase algo que solamente hubiese hecho ella. Por lo tanto, Monique miró a Samantha, sonrió y volvió a hablar.

—Yo nunca he participado en una orgía.

Esa vez bebió solo Samantha, y todas se sorprendieron. La chica había bebido prácticamente en todas las preguntas con sexo de por medio, por eso también era la que más *yo nunca* enunciaba. No había nadie que pudiera superarla. Arabia se sorprendía con cada confesión, porque a simple vista no parecía dispuesta a hacer todo lo que había confesado.

—Yo nunca he besado a una chica.

Samantha bebió tras su propio enunciado, y Georgia también lo hizo. Con Samantha habían dejado de sorprenderse, pero lo de

Georgia fue un descubrimiento, sobre todo para Zane.

—Yo nunca he besado a un hermano de Zane —continuó Samantha.

A Arabia le gustó esa pregunta y bebió. Emily también bebió, al igual que Samantha. Arabia se dio cuenta de que Georgia estuvo a punto de beber, pero no lo hizo. ¿Georgia? No tuvo tiempo de pensar mucho más, porque entonces se percató de que Samantha se había quedado mirándola fijamente antes de continuar con el juego.

—Yo nunca he besado a Jake —dijo.

Arabia se llevó lentamente el vaso a los labios y bebió, sin dejar de mirar a Samantha. Cuando terminó el trago, ella subió su jarra y también bebió. Por un momento, se hizo el silencio en la mesa.

—¡Vaya, vaya, vaya! —exclamó Monique—. Sammy, me vas a permitir que sea yo la que formule la siguiente pregunta: yo nunca me he acostado con Jake.

Arabia volvió a beber, con el pulso acelerado. En esa ocasión, Samantha simplemente dejó la jarra encima de la mesa e hizo un gesto que daba a entender que aceptaba la derrota.

—Pero que conste que lo intenté.

—Y yo brindo por eso —añadió Georgia.

Todas se echaron a reír, aunque Arabia no tenía ni idea de cómo se sentía. Sabía que de no estar bajo los efectos del alcohol, no le habría hecho ninguna gracia.

—Te toca, Ari —le recordó Emily—. Has sido la única en beber.

—Creo que empiezo a estar mareada yo también —dijo—. Deberíamos dejarlo ya.

—Si no queréis seguir jugando, al menos dejad que os haga una última pregunta. —Monique era la más activa de la noche, sin duda—. Mejor dicho, una pregunta doble: mejor y peor polvo. Venga, confesad, señoritas.

A Arabia le resultó muy vulgar que lo expresara de esa manera.

—No es justo —dijo Zane—. Yo no tengo dónde comparar.

—Yo tampoco —intervino Emily sonriendo de oreja a oreja.

—Pues se siente.

—Mi mejor no es con una sola persona —Samantha fue la primera en revelarse—, como ya os habréis podido imaginar.

—Así que tu mejor no es con Louis.

—No, qué va. Pero os recuerdo que no somos pareja.

—¿Y el peor?

Cuando Monique le preguntó por el peor, el rostro de Samantha se ensombreció. Arabia la miró con preocupación.

—El peor fue hace relativamente poco, con el chico con el que salía. Pero no quiero hablar de eso.

No le pasó por alto el gesto que hizo de tocarse las muñecas, primero una y después la otra.

—¿Tan malo fue?

—Bastante, sí. Por eso es mejor que no hablemos de ello. Se llamaba Dean.

—Pues que le den a Dean —dijo Monique levantando su jarra. Las demás la imitaron y brindaron—. De acuerdo, ahora voy yo, que seguro que os reís.

Monique explicó su peor experiencia con pelos y señales, con un chico de su instituto cuando ambos decidieron perder la virginidad juntos. Dijo que fue la experiencia más rápida de toda su vida, entre otras cosas. La mejor noche la reservó para un chico francés que conoció la primera vez que su padre la llevó a Francia.

—Era el amor de vida. Lástima que yo para él no.

—Monique, estoy segura de que serías el gran amor de cualquiera de los chicos que están a nuestro alrededor.

—Ay, pero aquel francés... Nunca lo olvidaré.

Cuando llegó el turno de Georgia, a Arabia le dio la sensación de que la chica estaba inventando algunas cosas para hacerse la interesante. De hecho, en alguna ocasión Monique la interrumpió con un: «¡Venga ya!», pero al final aceptaron sus historias, por muy ficticias que pareciesen. Arabia dejó de prestar atención después de la peor noche.

—¿Y tú?

Cuando se dio cuenta de que Samantha se había dirigido a ella, estuvo a punto de atragantarse con la cerveza.

—Mi vida no es tan interesante como la vuestra.

—¿Cómo que no? —dijo Zane—. Tú has salido con tres chicos.

—Sí, y vaya tres. ¿De verdad queréis saberlo? —No tenía nada que perder, el alcohol de su cuerpo así se lo acababa de hacer ver. Todas asintieron y la miraron con atención—. Pues el peor fue con Dave Jefferson, un cretino que me hizo pensar que todo era como él decía que tenía que ser... y que prácticamente me obligó las primeras veces. También fue bastante horrible —añadió levantando la jarra hacia Samantha.

—Apuesto a que dirás que el mejor fue con el hermano de Zane —dedujo Monique—, y para darle un toque romántico dirás que fue el día que te quedaste embarazada.

Arabia sonrió a la vez que todas hacían un sonido muy ñoño.

—Pues sí, pero ese solo era el mejor hasta hace dos semanas.

—¡¿Cómo?! —exclamaron casi todas.

—¿Has conocido a alguien? —preguntó Zane.

—No exactamente. El nuevo mejor ha vuelto a ser con Jake —confesó.

Hasta ahora no se lo había contado a nadie, y aquella fue, sin duda, la noticia de la noche por excelencia. Hasta la confesión de la orgía de Samantha pasó a un segundo plano.

Después de las confidencias decidieron que era hora de volver a la pista de baile, y pusieron como norma que cada una tendría que conseguir bailar una canción con otra persona. También propusieron un beso final, pero Emily se negó en rotundo a pesar de lo ebria que estaba. Se lo pasaron en grande, y Monique y Samantha sí que besaron a su pareja justo antes de darles la espalda y volver con el grupo. Vitorearon el espectáculo como quinceañeras.

Arabia había bailado con un chico, puede que más joven que ella, con una canción que hizo que ambos se rozaran bastante. Cuando llegó el final, el chico intentó besarla, pero ella se escabulló con mucha dignidad. A Georgia tuvieron que ir a buscarla, porque por lo visto dos canciones no fueron suficientes. Luego se subió a uno de los pilares y un guardia de seguridad fue enseguida a bajarla de allí. Quiso bailar con él, pero el hombre no tenía muchas ganas de diversión. También rieron por semejante atrevimiento.

Todo les hacía tanta gracia...

A las cinco de la mañana decidieron que ya era suficiente. La menos perjudicada de todas era Samantha, y la que más, Georgia, seguida de cerca por Emily. Arabia y ella salieron juntas, todavía riendo por lo que habían hecho aquella noche.

—Chicas, lo he pasado genial —dijo Zane.

—Ha sido una noche increíble —dijo también Monique—. Deberíamos quedar más a menudo. Me caes bien —añadió mientras señalaba a Arabia. Luego señaló a Samantha—. Y tú también. Todas sois estupendas.

—Te lo dije. —Zane le dio un codazo amistoso.

—Ya veremos lo bien que nos caemos cuando se nos pase la borrachera —comentó Arabia.

Después de las últimas risas, empezaron a pensar en cómo repartirse para volver a casa. Monique, Zane, Emily y Georgia podían ir juntas. Las tres últimas se quedaban en la misma casa, y la casa de Monique pillaba prácticamente de paso. Arabia y Samantha no sabían si regresar a las suyas propias o ir a la de los Becker.

—No sé si Louis espera que vuelva o no.

—Yo prefiero ir a mi apartamento. Aun así, podemos pedirle al taxista que nos acerque primero a una y después a otra. Pagamos a medias.

—De acuerdo.

Se despidieron en cuanto los dos coches llegaron. Nadie comentó nada sobre la comida habitual de los domingos en casa de Derek y Emily, pero se dio por hecho que se cancelaba.

Arabia y Samantha se acomodaron en el asiento de atrás del vehículo.

—¿Y cómo es que besaste a Jake? —preguntó, sin pensarlo.

—Imaginaba que tendrías curiosidad.

—No me malinterpretes, pero se supone que sales con Louis, ¿no?

—No salimos juntos.

—Pero...

—Louis no está mal, pero no somos el amor de nuestras vidas el uno para el otro. Solo somos amigos.

—Pues yo no tengo amigos así.

—¿No? Pues has dicho que hace solo dos semanas que te has acostado con Jake. ¿Acaso estás saliendo con él?

Definitivamente, le dolía la cabeza.

—Eso es complicado. Surgió, pasó y se acabó, lo que no quita que fuera genial.

—¿Sabes? Jake Becker es el único hombre que me ha rechazado. Lo besé, sí, pero luego me dijo que me apartara inmediatamente. Yo también esperaba que hubiese sido genial, pero no pudo ser. —Samantha apoyó el codo derecho en la ventanilla y la mano sobre su cabeza—. Me enamoré de él con trece años, cuando lo vi por primera vez acompañando a mi hermana al baile. Y no es que continúe enamorada, pero no sé, sentía curiosidad.

—¿A tu hermana?

—Sí. En realidad, ambas lo conocimos como Derek. Mi hermana todavía sigue creyendo que se llama así. Incluso le puso el nombre a su hijo.

—¿Tu hermana tiene un hijo de Jake?

—No te alarmes. No es de él. Se casó un par de años después con otro chico.

La mente de Arabia intentaba conectar aquella información con alguno de sus recuerdos. Tenía la sensación de que ya había oído aquella historia.

—No sé si sabes que mi hermana es ciega.

Claro. Eso era.

—Eres la hermana de Danna.

Samantha la miró, interrogante.

—¿La conoces?

—No, pero he oído hablar de ella.

Estuvieron conversando un poco más hasta que el taxista entró en la calle de los bloques de apartamentos.

—¿Te puedo preguntar sobre lo que dijiste en el Marilyn de tu peor noche? —Samantha bajó la vista sin responder—. ¿Qué te hizo?

Ambas se sostuvieron la mirada hasta que el coche se paró.

—Nada. Solo era un gilipollas.

Hasta la más fuerte puede creerse débil alguna vez, pensó.

Se despidieron con un abrazo en el interior del taxi antes de que Arabia se dispusiese a caminar hacia el edificio. Se quitó los zapatos en el rellano y caminó descalza hasta el ascensor y hasta su apartamento. Luego, fue directa a la cama y se dejó caer sobre ella.

Ya estaba amaneciendo.

SÁBADO

24 OCTUBRE 1992

Emily acaba de pedirle a Louis agua para la cena. Después de su primera borrachera, solo sentía que tenía que depurar su cuerpo, por varios días que hubieran pasado desde entonces.

Estaban en el restaurante donde el pequeño de los Becker trabajaba para celebrar el cumpleaños de Zane. Veinticinco años.

Estaban todos: Derek, los niños, Jake, Arabia, Pitt, Georgia y Monique. Habían decidido hacerlo allí igual que hacían siempre que celebraban algo importante y Louis tenía que trabajar. Samantha también estaba, y todas las chicas la saludaron con entusiasmo en cuanto la vieron. Habían pasado una noche muy divertida todas juntas, y ese había sido el consuelo de Emily durante los dos días que le duró el dolor de cabeza.

Louis había preparado para ellos la misma mesa redonda de siempre, aunque estaban más apretados que de costumbre con Monique y Georgia. La elección de plato principal fueron costillas bañadas en salsa barbacoa, aunque también pidieron un perrito caliente con patatas para cada uno de los niños.

Jack y Danielle se encontraban ahora hablando con Arabia sobre el colegio. Jake estaba a su lado, pero tenía la sensación de que no interactuaban demasiado. Zane y ella habían estado hablando sobre la posible reconciliación, pero no había muchos indicios de que eso fuera a pasar. Sin embargo, Jazzlyn ya lo había reconocido como padre, y se la veía muy feliz cuando él bromeaba con ella. En realidad, se le daban bastante bien los niños, algo que nadie habría imaginado nunca. Jack y Danielle también estaban encantados de que fuera de visita a casa, y ya no había inconvenientes por parte de nadie sobre que Jake se los llevara al parque o a hacer alguna otra cosa.

Justo cuando estaban preparándose para pedir el postre, alguien entró de forma brusca por la puerta principal. Un hombre se dirigió velozmente hacia Samantha y la cogió por el brazo, haciendo que ella soltase el plato que llevaba en las manos. Samantha se quedó paralizada, y Louis, el primero en reaccionar, salió disparado hacia donde estaban.

El hombre le dijo a Samantha algo al oído y luego la zarandeó con violencia. Jake y Derek se pusieron de pie a la vez, alerta. Pitt hizo lo mismo poco después. Cuando Louis se acercó y empezó a hablar con el hombre para pedirle, según parecía, que se calmara, el tipo le dio un puñetazo en toda la cara. Entonces sí, Jake y Derek salieron corriendo hacia allí. Pitt se tropezó con la silla y después los siguió. Todo el mundo se puso nervioso y el alboroto fue notable.

Entre todos los que se acercaron sacaron al individuo fuera del restaurante, así que Emily no tardó en perderlo de vista. Después vio cómo Samantha se agachaba para atender a Louis y se dio cuenta de que Zane y Arabia también estaban allí. Ella se quedó a cargo de los niños, junto con Monique y Georgia. Estaban asustados.

—Pero ¿quién era ese cretino? —preguntó Georgia.

—Tenía toda la pinta de ser el ex.

Emily recordó algunos trozos de la noche en el Marilyn. Samantha había dicho algo sobre su peor noche con un chico, que tenía que ver con la última relación que había tenido. Sí, tenía que ser eso.

En cuanto vio aparecer de nuevo a todos los que habían salido, se sintió aliviada al ver a Derek sano y salvo, y a Pitt. También a Jake. Este último fue directo a hablar con Samantha, pero en la distancia vio cómo Arabia le decía que no, que la dejara tranquila.

Samantha estaba abrazada a sí misma cuando Arabia se la llevó hacia el interior de la cocina. Zane fue tras ellas. En ese momento, Louis tuvo el impulso de salir corriendo por la puerta principal, pero Derek y Jake lo sujetaron a tiempo y también se lo llevaron.

—Vaya espectáculo —comentó Monique.

—Y que lo digas —añadió Georgia.

- - - - - - -

Arabia puso las manos sobre los hombros de Samantha para obligarla a sentarse. Zane y ella la habían acompañado hasta los vestuarios, lugar al que también habían acudido Jake y Derek con Louis, aunque ellos se marcharon en cuanto vieron que el sitio ya estaba ocupado.

—¿Estás bien? —preguntó Zane—. ¿Te ha hecho daño?

La chica negó.

—Ese era tu ex, ¿no?

—Sí.

—¿Por qué ha venido?

—No lo sé... Supongo que porque no esperaba que fuese en serio que no quisiera volver a verlo. En realidad, no se lo dije, le dejé una nota y me fui. Ya creía que se había olvidado de mí.

Cuando Samantha dejó de temblar, les contó una parte de su relación con aquel hombre. Al principio le gustaba bastante porque probaba cosas con él que hasta ahora no había hecho con ninguna otra persona, y mencionó el tema del sadomasoquismo.

—¿Qué es el sado? —se interesó Zane.

—Algo que dudo que sea de tu estilo —le dijo Samantha.

Arabia le indicó con una mirada que más tarde se lo explicaría, aunque tampoco estaba muy segura de en qué consistía. Solo sabía que había gente a la que le gustaba que la maniataran o golpearan para tener relaciones sexuales.

—Todo iba bien hasta que me aburrí de aquel juego y le dije que me gustaría hacer otro tipo de cosas. Él se ofendió muchísimo y me trató como a una mierda. Al día siguiente, le dejé la nota y me fui.

—Pues menos mal que te atreviste a cortar por lo sano —dijo Arabia.

—Es algo que estoy acostumbrada a hacer. Si no me gusta algo, lo dejo, sin más.

—Y aun así parece que te afectó bastante.

—No se lo contéis a nadie, ¿vale? Solo lo sabe Louis, y no me apetece dar explicaciones a nadie más.

—Por nosotras no te preocupes —le aseguró Zane.

—Debería volver al trabajo.

—Pues yo creo que deberían darte el resto de la noche libre.

—No, prefiero estar entretenida.

—¿Y si vuelve?

La pregunta de Zane las dejó a ambas un poco confusas. No había pensado en eso.

—Esperemos que no lo haga —respondió Samantha intentando sonreír—. Conociéndolo, seguro que se ha sentido muy humillado. Es de los que piensa que todo el mundo estará siempre de acuerdo con él.

—¿Por eso pasas tanto tiempo en Prinss?

Arabia había notado que Samantha estaba casi siempre allí, incluso cuando Louis trabajaba.

—Sí —confesó.

—Podrías habérmelo contado —le dijo Zane.

Samantha les agradeció el apoyo, y cuando volvían de nuevo a la sala, un señor que parecía el jefe le dijo que era mejor que descansara. Arabia pensó que era un buen hombre y que había hecho lo correcto, de lo contrario los comensales no harían otra cosa que mirarla cada dos por tres.

La llevaron con ellas hasta la mesa de la familia y le hicieron hueco.

—Pues ya estamos todas —dijo Monique.

Rieron.

Jake, Derek y Pitt regresaron poco después.

—¿Y Louis?

—Se está cambiando —contestó Jake—. Acaba de ganarse la noche libre.

—¿Gail le ha dado la noche libre? —Samantha se levantó—. Está loco, no puede dejar a los demás solos para recoger todo esto.

—Nos hemos ofrecido en nombre de todos para ayudar al final de la noche —dijo Derek. Todas las miradas se dirigieron hacia él—. ¿Hay alguien que no esté de acuerdo?

—Tal vez yo no esté tan de acuerdo... —dijo Monique—. Pero puedo hacer un esfuerzo. Venga, hagamos un brindis por Sammy, por haber dejado a ese cabrón.

—No —la interrumpió Samantha cuando todos estaban levantando ya sus copas—. Un brindis por Zane, que es su cumpleaños.

—¡Eso!

—¡Por Zane!

—¡Feliz cumpleaños!

Arabia fue la encargada de quedarse con los niños y de revisar el ojo morado de Louis antes de que terminara la noche. Tal y como Derek había dicho, los demás empezaron a ayudar a los otros camareros a recoger y, sin duda, hicieron un buen trabajo. Incluso limpiaron algunas mesas, sobre todo Emily. Además, se lo pasaron en grande, y el tal Gail les dio la enhorabuena por el trabajo y dijo que a la cena estaban invitados.

Cuando Zane se acercó a ella, exhausta, le preguntó por las

fotos que habían estado haciendo durante la gran noche.

—Todavía no he tenido tiempo de llevarlas a revelar. Te avisaré en cuanto las tenga.

Quince minutos después, salieron todos del restaurante contentísimos, aunque a Arabia no le pasó por alto que Samantha miró hacia todos lados antes de emprender el camino de vuelta a casa. Esperaba, de todo corazón, que aquel malnacido no volviera a molestarla.

NOVIEMBRE

SM	L	M	X	J	V	S	D
48							1
49	2	3	4	5	6	7	8
50	9	10	11	12	13	14	15
51	16	17	18	19	20	21	22
52	23	24	25	26	LO	28	29
1	30						

MARTES

3 NOVIEMBRE 1992

Jake estaba preparando la cena porque Zane le había dicho que pasaría la noche allí con Monique. Louis estaba en su habitación con Samantha, y ya le había dicho dos veces que bajara a ayudar.

—¡Louis! —dijo por tercera vez.

Instantes después, Zane llegó con su amiga y entraron a la casa corriendo y bastante alteradas.

—¿Está Sammy? —preguntó Zane.

—Sí. Arriba. ¿Qué es tan emocionante?

—Acabo de recoger las fotos de nuestra noche de chicas.

—¿Otra vez con eso? —protestó Monique.

—Calla. Estás deseando verlas tanto como yo. Voy a avisar a Sammy.

Zane subió por las escaleras a toda prisa, y Monique se quitó la chaqueta y se acercó hasta donde él estaba.

—Hoy he visto en las noticias una entrevista a una niña de once años que, por lo visto, es la nueva promesa musical de nuestro país tocando el violín. —Jake la miró con cara de poco interés—. ¡Once años! Yo cumpliré a final de año los veinticuatro y todavía no he hecho gran cosa.

Jake estaba a punto de decirle que eso se debía a que solo había estado preocupándose de la ropa que iba a lucir cada día cuando Zane regresó, seguida de Samantha y Louis.

—Ya era hora —le dijo Jake a su hermano—. Pon la mesa.

—¡No! ¡Espera! —Zane fue hasta la mesa y empezó a sacar las fotos del sobre—. Primero vamos a verlas.

Jake las miró mientras Louis se acercaba a él, se ponía a su lado y se cruzaba de brazos, dispuesto también a observarlas. Zane empezó a gritar, y lo hacía cada vez que pasaban a una nueva foto. Las otras dos señalaban y reían de vez en cuando.

—Mira, esta es en la que salimos todas.

—Yo quiero una copia —le dijo Samantha.

—¿Queréis verlas? —Zane los miró directamente a ellos dos— . Son muy divertidas.

Cogió las fotos, las llevó hasta la barra de la cocina y las colocó por encima.

—¿Cuántos chupitos hay en esa mesa? —preguntó Louis.

—Mejor no preguntes —respondió Monique.

Jake se fijó en otra de las bebidas que aparecían en las fotos.

—¿Desde cuándo bebéis cerveza?

—Desde ese día —volvió a decir Monique.

—Todavía recuerdo lo amarga que estaba.

Jake cogió algunas fotos para verlas mejor. Había una donde salían Arabia, Zane y Emily, las tres guapísimas.

—Esa es mi favorita —le dijo Zane—. La primera de la noche.

—Es muy buena.

—¿A ver?

Monique se la quitó de las manos para verla. A veces le costaba soportarla.

—Arabia y Emily deberían maquillarse siempre, aunque solo fuera un poco —opinó mientras señalaba la foto—. Les favorece muchísimo.

—Sí, estaban muy guapas.

—Bah, ninguna de nosotras necesita maquillaje. —Samantha fue la siguiente en coger la foto.

—Bueno..., tanto como ninguna... Yo no incluiría a Georgia. La pobre no es muy agraciada.

—Por Dios, Monique. —Zane la miró, enfadada—. Ya basta de opinar sobre Georgia.

Jake las observó con sorpresa.

—Caray, no es para ponerse así.

—Es que siempre que tienes oportunidad dices algo malo de ella. Te recuerdo que es la hermana de Pitt, y mi amiga.

Mientras ellas discutían, Jake se estuvo fijando en otras dos fotos. En una de ellas solo se veía la mitad de la cara de Arabia, pero se notaba que reía abiertamente y que la fotógrafa no había conseguido que estuviese quieta para la foto. La otra era de Arabia en la distancia, bailando con otra persona. Había una así de todas las chicas, pero a él le llamó la atención la de ella.

Samantha se puso a su lado y observó la foto.

—Curiosa elección —le dijo.

Jake la dejó junto a las otras de inmediato, lo que hizo que Monique la cogiera para ver cuál era.

—Uh, qué momento. ¿Os acordáis del baile de Ari? —Monique empezó a imitar lo que debía de haber sido el baile de la otra—. Pobre chico. Debió de quedarse con un buen calentón.

—Por cierto —intervino Zane—, ¿qué tal con Ari?

Jake la miró, arqueando una ceja.

—¿Me preguntas a mí?

—¿A quién si no?

—No entiendo a qué viene esa pregunta, Zane.

—Bueno, ahora os veis más y os volvéis a llevar bien, ¿no? Con todo lo de la niña...

—Se supone que Ari es amiga tuya, deberías saber que eso que insinúas está zanjado desde hace mucho tiempo.

Monique adoptó una pose irónica para llamar la atención antes de decir:

—Pues por lo visto para echar un polvo siempre está uno a tiempo...

¿Qué había dicho?

Jake se quedó paralizado, tratando de asimilar lo que acababa de escuchar.

Hora de salir.

Hora de coger el coche y salir de allí.

—¡Eres una bocazas! —escuchó decir a Zane antes de cerrar la puerta.

Se subió a la camioneta y se alejó de la casa.

Su primer impulso fue el de ir al apartamento de Arabia y

pedirle explicaciones. Ahora que parecía que las cosas volvían a la normalidad, que volvían a ser amigos y que, tal vez, con el tiempo...

Era un idiota por haberse hecho ilusiones. ¿Cuándo iba a dejar de sentirse atraído por ella? Era la madre de su hija, eso era lo que lo hacía más complicado, por no hablar de lo unidos que habían estado en las últimas semanas. El miedo de que algo pudiese ocurrirle a Jazzlyn había sido su nexo; el amor que ambos sentían hacia ella. Tenía tantas ganas de formar parte de la vida de esa niña... Todas las ganas que ya no podía volcar en el pequeño Jack, porque él no le pertenecía.

Con Jazzlyn todavía tenía oportunidad, y había estado esforzándose a diario para que Arabia confiase en él.

—Joder —dijo en voz alta pensando en la noche en la que se habían acostado—. No tenía que haber ocurrido.

Continuó conduciendo por la ciudad sin rumbo fijo. Había conseguido sofocar las ganas que tenía de ir a encararse con Arabia, porque sabía que eso no iba a solucionar nada.

No.

Lo único que tenía que hacer era aceptar que ya no significaban lo mismo el uno para el otro, así que a partir de ahora las cosas iban a cambiar. Se ocuparía de Jazzlyn como hasta ahora, pero solo de ella. Tenía que dejar de pensar en Arabia en serio, en si tenía o no coche para ir a hacer la compra, o para volver del trabajo, o para lo que fuese. Jazzlyn era una cosa y Arabia, otra. Ya iba siendo hora de que le entrase en la cabeza, y más sabiendo lo que él significaba para ella y que tan claro había dejado Monique: un polvo.

Qué jodidamente vulgar era esa chica.

DOMINGO

8 NOVIEMBRE 1992

—¿Sabes qué le pasa a tu hermano conmigo?

Arabia se lo preguntó cuando ambas estaban recogiendo la mesa para dar paso al postre. Zane no tenía ni idea de qué decirle.

—¿Crees que le pasa algo?

—Lleva unos días bastante raro. No sé. Antes no era así.

—¿A qué te refieres?

—Es que de repente se ha vuelto muy seco conmigo. Con Jazzlyn va todo bien, sigue ocupándose de ella y todo eso, pero ayer me preguntó que cuándo pensaba arreglar mi coche, como si lo de venir a recogerme ya no le viniese bien.

—A lo mejor es porque tiene cosas que hacer.

En realidad, Zane pensaba que Jake hacía demasiado por ella y por la niña, ya que lo único que hacía era trabajar, cuidar de Jazzlyn y estar pendiente de si necesitaban alguna cosa, básicamente. Ni siquiera sería lógico si estuviesen saliendo. Jake tenía que pensar un poco en sí mismo.

Ahora los sábados se turnaban a la niña, así que algunos días dormía en casa de Arabia y otros, en Prinss, con Jake. Los domingos siempre eran el punto de encuentro.

—Tienes razón.

No dijeron nada más hasta que llegaron a la mesa con la tarta que Emily había preparado.

—Oye, Ari —le dijo Louis—. ¿Necesitan a alguien en el Purist Coffee?

—¿Por qué? ¿Quieres trabajar allí?

—Yo no. Samantha.

Zane supo enseguida a qué se refería, aunque aún no habían hablado del tema. Samantha era una chica joven, de veintitrés años, que parecía mucho más adulta de lo que en realidad era. Nunca la había visto tan asustada como en el restaurante y, por supuesto, nunca por un hombre. Al principio de conocerla la envidiaba bastante y se sentía infantil a su lado.

—Puedo preguntarlo mañana. No serían tantas horas como el restaurante, pero creo que hay hueco para ella. ¡Por cierto! Casi se me olvida. —Arabia se giró parar mirar a Jake. Zane se percató de que estaba con la boca llena—. Mañana voy a firmar una ampliación de horas y también solicitaré en la guardería la jornada completa para Jazzlyn.

—Pues ya me pasarás la factura.

Por suerte, las únicas que se percataron de lo cortante de su respuesta fueron Arabia y ella.

—¡Ari! —exclamó Emily—. Ya te dije que podías llevarla a casa de mi padre, con Margarett. Ella adora a Jazzy. Si la llevas por la mañana, mi padre puede acercarla a la guardería cuando vaya a recoger a los niños del colegio.

—Te lo agradezco muchísimo, Emily, pero es mucho más fácil para mí dejarla en la guardería antes de irme al trabajo, de verdad. Aún no tengo el coche listo, aunque espero empezar a pagarlo a partir de la semana que viene.

—Enhorabuena por el trabajo —le dijo Derek.

—Entonces, ¿puedo decirle a Sammy que hablarás con tu jefe? —insistió Louis.

—Cuenta con ello.

Zane se llevó a Pitt a su cuarto antes de que cada uno decidiese marcharse a sus respectivas casas.

—¿Te has fijado en la tensión entre Ari y mi hermano?

Vio cómo Pitt se esforzaba por pensar.

—¿Había tensión?

—No me digas que no lo has notado...

—Solo me ha parecido que Jake no ha estado muy hablador, pero no es que él sea muy de conversar.

—Es por lo que te conté de lo que dijo Monique. No sé si debería comentárselo a Ari.

—¿Pero es que aún no se lo has dicho?

—No.

—¡Zane! Es tu mejor amiga.

—¡Ya! Ya lo sé, y por eso mismo no quiero que se enfade. Sé que lo hará cuando se lo diga, porque se supone que era noche de confesiones, y una no va por ahí contando las confesiones de otras.

—Fue Monique la que se fue de la lengua, no tú.

—Sí, pero ella es amiga mía también. Arabia se enfadará con ella y yo estaré en un aprieto.

Pitt la convenció de que debía contárselo, pero cuando regresaron al salón se dio cuenta de que faltaba gente.

—¡No! —exclamó cuando le dijeron que Arabia ya se había marchado.

Ninguno de los presentes la entendió.

LUNES

9 NOVIEMBRE 1992

Arabia iba en el autobús camino de Prinss, con Jazzlyn. Los lunes, martes y miércoles le habían puesto turno de diez a cuatro, así que estaba muy contenta con su nuevo horario, a pesar de que el resto de días tuviera que trabajar por la tarde.

Iba a Prinss para hablar con Samantha y decirle que tenía una entrevista al día siguiente. Además, le había dejado a Jake un mensaje en la fábrica para informarle de que no tendría que pasar a por la niña cuando terminase de trabajar, que se verían en su casa.

Fue la misma Samantha la que le abrió la puerta.

—Cómo me alegro de verte —le dijo Arabia nada más verla—. No sabía si estarías en casa o en el restaurante.

—Tienes cara de buenas noticias.

—Las tengo.

—Hace más de una semana que no voy al restaurante —dijo Samantha mientras tomaban asiento. Jazzlyn fue enseguida hacia la mesa de dibujar que había en el salón para ella—. Pensaba que Louis te lo había dicho...

—No. No sabía nada. Solo me dio a entender que querías cambiar de aires.

—No me apetecía trabajar mucho últimamente... El jefe ya se había dado cuenta, y pensé que lo mejor era despedirme yo misma. Gail se ha portado demasiado bien conmigo como para que tuviera que seguir aguantándome. He pensado incluso en dejarlo todo atrás y largarme de la ciudad, como hizo Jake.

—Pues mañana tienes una entrevista en el Purist Coffee.

—¿De verdad?

Arabia asintió con una sonrisa.

—No sabes cuánto te lo agradezco, Ari. Apenas nos conocemos y...

—No hay nada que agradecer. Sé que eres una buena trabajadora. La cafetería será pan comido para ti.

—Mamá, mira.

Jazzlyn se colocó delante de ella y le enseñó un paquete de rotuladores nuevos, aunque más que rotuladores eran como marcadores. Sellos, más bien. Cada uno tenía en la punta una figura como una estrella, un círculo...

—Jazzy, no le has dicho nada a Sammy. ¿Le das un beso?

Jazzlyn negó con la cabeza.

—¿Cómo que no?

Samantha se levantó y caminó lentamente hacia ella, que se fue echando hacia atrás con las manos apretadas y riendo. En cuanto la atrapó, simuló que se la comía a besos.

—Es muy bonita —le dijo a Arabia.

—Gracias. Supongo que algo hemos hecho bien su padre y yo.

—¿No crees en la posibilidad de que volváis a estar juntos?

—Hace mucho que no.

—Pues es una pena. Hacéis buena pareja.

Jake llegó poco después, las miró fijamente un momento y después se fue arriba.

—¿Está también así de hablador con vosotros? —le preguntó a Samantha—. Lleva unos días rarísimo, ¿no crees?

—Sí, la verdad es que sí.

—Menos mal, creía que era solo conmigo.

—En realidad, es por ti, aunque lo pague con el resto.

—¿Qué quieres decir?

—Está enfadado por algo que dijo Monique el miércoles.

Arabia pensó en el miércoles. Para ella había sido un día de lo más normal, aunque al día siguiente fue cuando lo empezó a notar distante.

—¿Y puedo saber qué es?

—Monique hizo un comentario un poco desafortunado después de que viésemos las fotos que hizo Zane de nuestra gran noche. No era para que se pusiera como se puso, pero me dio la sensación de que para él era algo importante, y creyó que tú te habías reído a su costa por contárnoslo.

—Contaros ¿qué?

—Lo de que os habíais acostado. Tu mejor noche, ya sabes.

—¿Monique le dijo que yo había dicho eso?

—Más bien, le dijo algo así como que plantearse tener una relación contigo, no, pero que para echar un polvo siempre estaba dispuesto.

—¡¿Qué?!

Poco después, la puerta volvió a abrirse.

Era Zane.

—¡Por fin te encuentro! —exclamó refiriéndose a Arabia—. He ido primero a la cafetería después de la facultad, y luego a tu casa. Esta era mi última opción, y aquí estás, menos mal.

—¿Por qué me buscabas?

—Porque ayer no fui del todo sincera contigo, y quería contarte algo sobre lo que hablamos de lo raro que estaba mi hermano. ¿Está en casa?

—¿Algo así como que Monique le dijo que para mí él solo era un polvo?

La cara de Zane reflejó en ese momento una gran tristeza.

—Te lo ha contado Sammy.

—Sí, acaba de hacerlo.

—¡Lo siento! Iba a decírtelo, pero te fuiste a casa sin despedirte y ya había hecho planes con Pitt. Soy una mala amiga, ¿verdad?

A Arabia le dio la sensación de que Zane estaba a punto de ponerse a llorar. Sabía que echaba mucho de menos a Pitt desde que él empezó a trabajar en un colegio de otra ciudad, pues solo se veían los fines de semana. Tal vez por eso ahora estuviese más unida que nunca a Monique. Y con respecto a Monique... Simplemente, no sabía qué pensar sobre ella. Unas veces le caía bien, pero otras...

—De verdad que lo siento. —Zane se sentó a su lado y le agarró las manos—. Es que tampoco sabía muy bien cómo explicártelo sin que te enfadases con Monique. No lo hizo con mala intención, pero es que no piensa las cosas que dice. Llevo sin verla desde entonces.

—Te enfadaste mucho con ella —intervino Samantha—, y eso puedo corroborarlo yo.

—Sí... Se fue muy disgustada, ¿verdad?

Zane era el colmo. Se había molestado con Monique y encima se preocupaba por ella. Arabia no podía enfadarse con su amiga, ni ahora ni nunca.

—Tengo que hablar con él —dijo simplemente—. No tenía que haber dicho nada.

—Los chupitos del mal —dijo Samantha para restarle importancia al asunto—. Échales la culpa a ellos.

—¿Podéis ocuparos de Jazzy un segundo?

—¿Vas a hablar con él ahora?

—¿Aquí?

—¿Y qué voy a hacer si no? Cuanto antes lo solucione, mejor.

Arabia subió las escaleras y llamó a la puerta de la habitación.

—Soy Ari, ¿puedo pasar?

No hubo respuesta.

—Jake, soy Ari.

Escuchó la cadena del cuarto de baño y supuso que él estaba allí. Era justo la puerta de al lado. Arabia se retiró hacia atrás para esperarlo. Jake se quedó mirándola al encontrarla allí plantada.

—¿Querías algo?

—¿Podemos hablar?

—¿Sobre qué?

—Ya sabes sobre qué.

—¿Algo relacionado con la niña?

—Por favor, Jake, pon un poquito de tu parte. Quiero que hablemos sobre lo que dijo Monique.

—Que ponga un poco de mi parte... —Jake se rio. Arabia no lo entendió en ese momento, aunque sí lo entendería horas más tarde—. No te molestes. No es necesario que hablemos sobre eso.

—Jake. —Arabia le cogió el brazo—. Deja que te lo explique.

Jake se miró el brazo y luego la miró a ella. Era una advertencia, así que lo soltó de inmediato.

—Lo que dije esa noche...

—¿Qué? ¿Querías hacerte la interesante, ser igual de chula que Monique? Pues enhorabuena. Seguro que a todas les hizo mucha gracia.

—¿Y tú qué sabes lo que quería?

—Déjalo, Ari.

—Eres increíble.

—¿Tú crees?

—Basta. Por favor, vamos a hablar. Al menos como amigos. ¿Puedes hacer eso por mí?

—Pero es que no hay nada de qué hablar. Lo que pasó fue algo totalmente diferente para ti que para mí. Está muy claro, y no quiero que sigas haciendo hincapié en ello, porque lo único que quiero es olvidar ese día.

—Olvidarlo.

—Sí.

—Muy bien, pues olvídalo.

Arabia dio por concluida la conversación y bajó de nuevo. Zane y Samantha tenían cara de haber estado escuchándolo todo.

—No se puede hablar con él. Me voy a casa.

—Pero...

—Estoy cansada. Espero veros pronto.

- - - - - - -

Jake escuchó la puerta de la entrada y supuso que Arabia ya se había ido. Estaba tan molesto con ella que ni siquiera había sido capaz de saludar a Jazzlyn cuando llegó a casa. Qué estúpido se sentía.

Alguien llamó a la puerta por segunda vez.

—Estoy ocupado —dijo.

Pero, por lo visto, no fue una respuesta muy convincente y Samantha entró. Se quedó apoyada en el marco de la puerta, mirándolo.

—¿Qué?

—Eres un poco idiota.

—Vaya, gracias.

—Deberías haber dejado que se explicara.

—Sammy, déjame solo, ¿quieres?

—Para tu información, lo de que pasó la noche contigo fue la respuesta que Arabia dio cuando preguntamos cuál había sido nuestra mejor noche con otra persona. No era para que te pusieras así. Ni el otro día, ni hoy.

—¿Has acabado?

—Idiota... —repitió antes de cerrar tras de sí.

MARTES

17 NOVIEMBRE 1992

Louis echaba de menos a Samantha en el restaurante. También echaba de menos que estuviera en casa, pues se había mudado hacía unos días con otras dos chicas a un piso cerca del centro, las dos compañeras del Purist Coffee. Desde luego, Samantha tenía mucha facilidad para hacer amistades, o al menos para conectar con la gente. Envidiaba eso de ella a la vez que se alegraba de tenerla como amiga. Parecía que le iba bastante bien en aquella cafetería y Arabia decía que todos estaban muy contentos con su trabajo. No le extrañaba. Los clientes seguían preguntando por ella y lamentándose de que ya no estuviera para servirles. Era raro. Siempre le había parecido que pasaba bastante desapercibida, pero ahora que no estaba se notaba su ausencia.

Louis había aprendido mucho en lo que iba de año, y casi todo lo relacionado con aprender a controlarse se lo debía a ella. Otra parte se la debía a sus hermanos, sobre todo a Jake. Tenía pensado volver a independizarse, pero por el momento todavía seguiría haciéndole compañía en la casa de Prinss. Necesitaba seguir ahorrando para su negocio.

Cuando salió de trabajar, se encendió un cigarro y caminó con las manos dentro de los bolsillos de la chaqueta. El invierno estaba llegando a la ciudad. Le pareció ver por el rabillo del ojo que alguien lo observaba a su derecha antes de cruzar a la siguiente calle. Miró hacia allí y vio a una chica con un gorro y con mechones de pelo negro y liso cayendo por ambos lados. Le sonrió.

Al principio dudó, en parte porque no quería reconocer que tal vez necesitase gafas, como Derek, pero luego no hubo ninguna duda. Era ella.

Como no se había movido, fue ella la que caminó hacia él.

—Hola, Louis.

—Hola, Laura —dijo, antes de dar una nueva calada.

—Cuánto tiempo, ¿verdad?

Louis se mantuvo lo más calmado que pudo. Laura había significado mucho para él.

—No estabas ahí de casualidad, ¿no?

—Quería ver qué tal estabas.

—Pues estoy bien, ¿y tú?

—Bien. ¿Te apetece tomar un café?

Dudó, porque debía hacerlo. Luego miró su sonrisa, que era preciosa, y le pareció bastante sincera.

—Solo si dejas que elija yo el lugar.

—Claro.

—Está en el centro, a unos quince minutos de aquí, pero es un buen sitio. —Louis echó un vistazo a la calle en busca de transporte—. Voy a conseguir un taxi, espera.

Llegaron al Purist Coffee a las cuatro y media y estaba a rebosar de gente. Louis saludó a Arabia y ella les buscó enseguida un sitio donde acomodarse.

—¡Qué sorpresa, Louis! —dijo mientras pasaba la bayeta por la mesa—. Avisaré a Sammy de que has venido.

—Ari, esta es Laura.

—Encantada. Soy Ari.

—Laura.

En ese momento, Arabia se dio cuenta de quién era realmente. Intentó hacerle un gesto a Louis con disimulo, pero a Laura no le pasó por alto.

—Sí, soy yo —dijo.

Arabia se limpió las manos en el delantal.

—¿Todo bien? —preguntó.

—Sí —respondió él.

—¿Qué queréis tomar?

—Batido de vainilla para mí, por favor.

—Yo tomaré una taza de té —añadió ella.

Arabia asintió y los dejó solos.

—Te asusta que haya aparecido, ¿verdad?

Laura siempre había sido una chica lista, y el hecho de que la hubiese llevado a tomar algo a un lugar donde conocía a la camarera no le había pasado por alto.

—¿Te molesta que te haya traído aquí?

—Para nada. Tienes todo el derecho del mundo a dudar de mí.

—Te veo muy bien. ¿Qué tal por el barrio?

—Hace mucho que dejé de vivir allí, Louis. Esa es una de las cosas de las que quería hablarte. —Fue Sammy la encargada de servirles lo que habían pedido. Miró a Louis con una sonrisa de oreja a oreja y le acarició la cara antes de ir a otra mesa—. Me alojo en un hotel de las afueras.

Laura sopló su té antes de beber el primer sorbo, y luego le contó su historia. Toda.

Sus recuerdos empezaban alrededor de una hoguera llena de gente que se pasaba una botella de vodka. Todos, y a la vez nadie, se habían hecho cargo de ella.

Laura había vivido toda su vida rodeada de malas personas que le habían hecho tener una percepción del mundo muy diferente a la que ahora tenía. Había crecido rodeada de mentirosos que le habían enseñado lo fácil que era vivir con mentiras, y que la habían convencido de que podía ser todo lo que ella quisiera, hasta que tuvo la edad suficiente como para que también viesen sus posibilidades como mujer. Laura no apareció por casualidad en el Barrio Gris; el barrio de los camellos y las prostitutas, entre otras cosas. Ella misma se aprovechó de que era muy bonita para conseguir algo de estabilidad.

Bernard Hutton fue quien la sacó de la calle, y el primero de sus objetivos. Lo vigiló durante días para ver a dónde se dirigía las pocas veces que salía, y un día lo abordó:

—Me han dicho que puede que tengas un trabajo para mí —le dijo.

—¿Un trabajo? ¿Cuántos años tienes, niña?

—¿Qué importa? Lo que importa es que hay muchas cosas que puedo ofrecerte.

Bernard se dio cuenta de que la cara bonita de aquella niña, que por aquel entonces tenía quince años, podía servirle para muchas cosas, tanto a nivel personal como empresarial. Y así fue. Laura se convirtió en su compañera y en su mejor opción a la hora de embaucar a otros hombres.

—Lo de apuntarme a la escuela de teatro fue un mero capricho —le explicó a Louis—. Le dije a Bernard que quería hacer algo en mi tiempo libre y no se opuso. No le gustaba mucho que saliese de su zona protegida, pero siempre me las he apañado bien sola.

—Te apuntaste a la escuela siendo toda una experta en interpretación —opinó Louis.

—Una profesional. Pero lo que no esperaba fue encontrarme con gente tan diferente a la que yo conocía. Entre otros, a ti.

—¿Me utilizaste?

—Sí, lo hice, ese es uno de los motivos por los que estoy aquí. Necesitaba disculparme. —Laura hizo una pausa para volver a beber té. Louis ni siquiera había probado el batido—. A través de ti me di cuenta de que había mucho más aparte de lo que yo conocía. Había gente buena, al fin y al cabo.

—Y, a pesar de eso, quisiste que me pareciera a ti. Me enseñaste a mentir, a engañar a mis hermanos. Fuiste tú.

—Al igual que me enseñaron a mí todos cuantos conocí. Creía

que estaba ayudándote, pero era todo lo contrario. Cuando la gente hace algo malo, quiere que los demás también lo hagan para sentirse bien, o dentro de la normalidad. ¿Entiendes?

—Sí, supongo que sí.

Louis se acordó de Robert, de cómo también él había intentado varias veces involucrarlo en sus negocios. Suerte que siempre se había mantenido firme respecto a eso gracias a su trabajo en el restaurante, aunque Robert lo había perjudicado de igual forma.

—Al principio de conocerte, yo era tal y como te he explicado, y sí, te utilicé. Es difícil concretar el momento en que supe que eras demasiado bueno. Nadie había confiado tanto en mí. Me acostumbré a ti, y eso nunca fue una actuación. Pero hice un balance y me di cuenta de que no estaba dispuesta a renunciar a mis comodidades después de todo lo que había trabajado por ellas. Era muy pretencioso por mi parte quererlo todo, así que tenía que renunciar a Bernard o a ti.

—Te pareció muy fácil renunciar a mí.

—No voy a convencerte de lo contrario.

—No tienes ni idea del calvario que pasé.

—Por eso busqué a tu hermano, para que te ayudara. Le di la dirección para que fuera a buscarte y te llevara a casa.

—Ya conozco esa parte de la historia. ¿Esperas que te dé las gracias?

—No, Louis. Solo quiero disculparme. Hace mucho que dejé de lado esa vida, y era hora de enfrentarme a las pocas cosas que merecieron la pena. No pienses que te alejé de mí sin más, porque estuve mucho tiempo rondando por Prinss para asegurarme de que te estabas recuperando. ¿Cómo crees si no que sabía dónde trabajabas?

Samantha regresó a la mesa.

—¿Va todo bien por aquí?

—Sí. ¿A qué hora acabas?

—A las siete y media.

—¿Te espero?

—Como quieras.

—¿Quieres que cenemos juntos?

—Claro.

En cuanto se marchó y Louis volvió a mirar a Laura, vio que ella sonreía con timidez.

—Es muy guapa.

—No es mi novia, si es lo que estabas pensando.

Sonrió con más ganas.

Louis no entendía por qué todo el mundo daba por hecho que eran pareja, pero tampoco iba a molestarse en explicárselo.

—Has dicho que ya no vives aquí. —Louis reanudó la conversación antes de sorber por primera vez de su batido.

—Me fui hace dos años.

—¿Por qué?

—Me fui cuando mataron a Bernard.

Estuvo a punto de escupir el batido, pero se contuvo.

—¿No lo sabías?

—¿Quién mató a Bernard?

—Vaya... Siempre supe que las cosas que pasan en el Barrio Gris no tenían mucha repercusión fuera de él, pero... no hasta este punto. Aunque, pensándolo bien, fue un ajuste de cuentas, así que entiendo que los medios no quisieran darle importancia.

—¿Quién lo mató? —volvió a preguntar.

—Un tal DC. Dijeron que se había fugado de la cárcel y que había ido directamente a por él. Ese día yo había salido a pasear con mi hija.

Louis no movió ni un músculo.

—Estás pálido —le dijo Laura.

¿Pálido? No sabía mucho sobre el tal DC, pero había oído en más de una ocasión el diminutivo de Death Chains. Su hermano había estado a punto de morir a manos de los hombres que habían ido a ayudarlo en la fuga. Esa sí fue una noticia que salió en todos los medios de comunicación durante los días posteriores.

—Tu hija... —dijo intentando que se le pasase el shock.

—Ella es otro de los motivos por los que estoy aquí.

—¿Por qué?

—La di en adopción antes de marcharme.

—Que hiciste, ¿qué? —preguntó, alterado.

—Tras la muerte de Bernard, ya no podía hacerme cargo de ella. Volví a quedarme sin nada y no quería que ella corriese la misma suerte que yo. La dejé con una bonita familia. Mira.

Laura abrió su mochila y de ella sacó una foto de una pareja con una niña en brazos de la mujer.

—Me envían fotos de vez en cuando, y siempre dicen que puedo volver a verla cuando quiera. Es la primera vez que voy a hacerlo desde entonces. —La niña tenía el pelo tan negro como su madre biológica—. Se llama Ilya. Se la ve muy feliz, ¿verdad?

Louis no imaginaba que la vida de Laura hubiese tomado un rumbo semejante.

—¿A qué te dedicas ahora? —preguntó, consciente de que la respuesta podía ser muy obvia—. ¿Trabajas?

—Sí, en un hotel bastante lujoso, aunque puedes hacerte una idea del tipo de hotel.

—¿Dónde?

—No quiero que nadie lo sepa. Al menos, nadie de esta ciudad.

—¿Y estás bien allí?

—No dista mucho de lo que tenía que hacer en casa de Bernard...

Estuvieron hablando un poco más sobre Laura, y después Louis le hizo un resumen de su vida, aunque pasó por alto los episodios más turbios, como lo de Robert.

Cuando le explicó por encima lo que ocurrió con el tal DC y su hermano en la Conrad Rails, Laura no podía creer que ese hecho hubiese estado tan relacionado con ella misma. Por último, hablaron del restaurante y de sus planes de futuro. A Laura le pareció una buena idea lo de su negocio.

No se percató del tiempo que llevaba hablando con ella hasta que se giró para mirar el enorme reloj de aguja que había tras la barra de la cafetería. Eran las seis y media.

—He quedado con los padres de Ilya para cenar, así que será mejor que me vaya.

—Ha sido... increíble volver a verte.

Por mucho que hubiese sufrido por ella, no podía evitar sentirse bien al verla.

—¿Me perdonarás algún día? —le preguntó.

—Sí, lo haré. Y te prometo que, si alguna vez tengo hijos, les hablaré de lo importante que es no dejarse engatusar por una persona más bonita de lo que uno puede soportar.

—Gracias por el cumplido, y por la promesa.

Poco después de que se marchara, Samantha apareció y ocupó su lugar. Se puso las manos bajo la barbilla y lo miró.

—¿Puedes hacer eso? —le preguntó él refiriéndose a que se sentara en la mesa con un cliente.

—Era Laura, ¿no?

—Sí, era ella.

—¿Qué quería?

Louis sabía que, aunque sonreía, estaba preocupada por lo que esa chica hubiese podido decirle.

—Te lo cuento luego, cuando salgamos a cenar.

—¿Seguro?

—Que sí...

Samantha se levantó para volver al trabajo.

—Ella también creía que salíamos juntos. Todo el mundo lo piensa.

—Entonces, tal vez deberíamos hacerlo.

—¿El qué?

—Salir.

—Estás de coña, ¿no?

—Por supuesto.

Le lanzó un beso al aire con descaro, y luego se alejó.

Definitivamente, sí, era su mejor amiga.

JUEVES

19 NOVIEMBRE 1992

—No podéis estar enfadados de por vida, ¿no crees? —Emily llevaba ya un rato charlando con Jake y Derek en la cocina—. ¿Por qué no habláis?

Jake negó con la cabeza.

—A ella y a mí nos separan tantas cosas...

—Y os unen tantas otras —afirmó con convicción.

Vio como él la miraba, tratando de comprender.

—¿La niña?

—Mucho más que ella.

—Pero principalmente ella —aseguró Derek.

—Aún la quieres, no puedes negarlo.

—¡Pero la he querido siempre!

—Y siempre hemos sabido que no eres ningún experto en expresar lo que sientes —apuntó su hermano.

—¿Insinúas que no sé querer a alguien?

—No pretendía decir eso.

Jake volvió a dirigirse a Emily.

—¿No se suponía que Arabia y yo estábamos destinados con todo eso de las virtudes? Tengo la sensación de que no entendiste bien a Platón.

—No fue Platón quien me hizo pensar que los cuatro estábamos conectados. ¿Acaso no seguimos estándolo? Hemos vuelto al principio.

—¿Qué principio? No hay ningún principio de nada. Derek y tú os casasteis y fuisteis felices y comisteis perdices. Lo demás sigue igual que siempre. Ari y yo no somos compatibles.

—Y, sin embargo, la quieres —concluyó Derek.

—Vosotros dos habéis estado hablando sobre esto antes, ¿verdad?

Emily miró a Derek, pero no contestó. Claro que habían hablado de ello, en incontables ocasiones. La de ellos era una historia muy compleja como para no mencionarla.

—Yo creo que deberías intentar cambiar tus métodos. A la vista está que no son efectivos.

—¿De qué método hablas? Yo no uso ningún método para nada.

—Lo que Derek dice es que, tal vez, deberías intentarlo de la forma más sencilla.

—Joder... ¿Y cuál se supone que es la forma sencilla?

—Pedirle salir —expuso Derek.

—¿Lo dices en serio?

—Sí.

—¿Crees que sería efectivo que fuese y le pidiese salir, como si estuviésemos en primaria?

—Piensa en cómo era antes, cuando éramos pequeños. Le pedías salir a una chica sin saber mucho sobre ella. La conocías después, con el tiempo, y te acostumbrabas a ella y a lo que conocías. Te acostumbrabas a lo que era a partir de ese momento en que decía que sí. Ari y tú deberíais empezar de cero.

—Ari es demasiado rencorosa.

—No es rencorosa —le rectificó Emily—, es que le han hecho daño demasiadas veces. Tiene miedo de seguir equivocándose con cada paso o cada decisión que toma. Ha confiado mucho, y también ha dado mucho, pero ha recibido menos de lo que cabía esperar.

—No volvamos al punto en el que me marché, por favor. Ya va a hacer un año que regresé. Además, yo nunca le he pedido salir a nadie.

—¿Nunca? —preguntó Derek, sorprendido.

—¿Para qué molestarme? El ligón siempre fuiste tú.

—No nos desviemos del tema. —Emily no quiso que se pusieran ahora a discutir sobre sus rencillas del pasado—. ¿Qué piensas hacer?

—No lo sé, Emily. De verdad que no lo sé, pero no puedo seguir así, porque explotaré de un momento a otro.

Zane y Pitt llegaron con los niños y la tranquilidad de la casa se vio interrumpida.

—¡Es el tío Jake! —exclamó Jack nada más verlo.

Cuando Jake estaba en casa, Emily y Derek pasaban automáticamente a un segundo plano.

—Jake, espera. —Emily salió tras él y lo detuvo antes de que se subiera a la camioneta, horas después—. Ya que antes has mencionado lo de las virtudes, me gustaría decirte que tengo otra teoría sobre ellas.

—¿Y qué dice?

—Que son las virtudes las que nos encuentran y conectan con otras personas, y los defectos los que nos unen a ellas. Complementación.

—No entiendo tu teoría.

—Tenemos que complementarnos con la persona con la que queremos estar. Las carencias de uno pueden ser el punto fuerte del otro, y al revés. Solo hay que saber aprender a manejar las diferencias, a aceptarnos los unos a los otros.

—Joder, Emily. No sé cómo tienes tiempo para pensar en ese tipo de cosas. Le das muchas vueltas a todo.

—Intento aprender de todo lo que me rodea, pero el ser humano es uno de mis puntos fuertes.

—Deberías haber estudiado psicología o algo así.

—No, creo que lo mío siguen siendo las plantas.

Por fin, ese mismo año acabaría su investigación gracias a que su padre había decidido hacerse cargo de los niños a la salida del colegio. Margarett y él habían sido su salvación.

Cuando se despidieron de una vez por todas, Emily lo obligó a prometer que hablaría con Arabia antes del Día de Acción de Gracias.

DOMINGO

22 NOVIEMBRE 1992

Zane estaba notablemente triste. Pitt se había pasado todo el fin de semana intentando subirle el ánimo, pero el hecho de que Arabia llevase dos semanas sin acudir a la comida de los domingos no había hecho más que empeorar su estado. Sus dos amigas habían decidido alejarse un tiempo, cada una por motivos diferentes. Arabia por Jake y Monique porque nada había vuelto a ser igual desde que le hablara de aquella manera. Seguían viéndose en la facultad, pero ni siquiera comían juntas, y mucho menos quedaban después de las clases.

—Incluso le escribí una nota de disculpa —le explicó a Pitt—. Cuando la abrió y la leyó, se levantó y se marchó.

—Ya sabes lo impulsiva que es Monique. Al final se dará cuenta de que no eres tú la que tiene que disculparse.

—No, yo también tengo que hacerlo. De hecho, lo hice, pero... no sirvió de nada.

Después, en la comida, lo primero que hizo fue preguntarle a Jake por Jazzlyn.

—La llevé a casa de Ari esta mañana. Está igual de bien que siempre.

—¿Cuándo podremos ver a la prima Jazzy? —quiso saber Danielle.

—¿Queréis que vayamos a su casa esta tarde?

—¡Sí! —exclamaron los dos niños a la vez.

Al poco, Zane se dio cuenta de que Jack trataba de meter un trozo de pollo dentro del vaso de su hermana.

—¡Jack! —protestó Derek—. ¿Qué haces?

Se le cayó el tenedor del susto.

—Nada.

—Recuerda que Santa Claus ya ha empezado a vigilarte para estas Navidades. Siéntate bien y termina de comerte el pollo. Todo, por favor.

Surtió efecto, porque Jack no volvió a intentar nada parecido y se dispuso a terminar con lo que tenía en el plato.

—Zane —dijo entonces Jake—. ¿Alguna vez llegué a hablarte de la señora del supermercado?

—¿Qué señora?

—Una tal Holly, amiga de mamá.

—¿La que trabajaba con ella en las cajas registradoras?

—¿La conoces?

—De cuando acompañaba a mamá de vez en cuando. ¿Por qué?

—Hablé con ella antes de volver a la fábrica. Me paró en el aparcamiento y me preguntó si era uno de los hijos de Sara.

—Qué maja, ¿no? Siempre me pareció que era muy agradable.

—Dijo que habían sido compañeras de clase.

—¡Ah, sí! Es verdad, mamá me lo dijo. —Zane pinchó una patata frita y empezó a masticarla—. En el instituto.

—A lo mejor podría contarnos más cosas sobre cómo fue la vida de mamá en aquel entonces.

—¿Cosas sobre mamá? Yo sé muchas cosas sobre ella. —Era cierto. Cuando era más pequeña siempre le preguntaba a su madre por su juventud: sobre las cosas que hacía, los juegos a los que jugaba, los chicos que había conocido...—. ¿Qué es lo que te interesa saber?

—Nada en particular. Era solo curiosidad.

—A mí me gustaría que nos contaras algo sobre mamá —dijo Louis.

—¿Ahora?

—Sí, ¿por qué no?

—Está bien, dejadme pensar...

Así fue como terminaron de comer, con Zane relatando algunas de las cosas que su madre le había narrado en otros tiempos. Reincidió mucho en el amor secreto que siempre había profesado hacia su padre. Gracias a que al final lo hicieron público, ellos habían ido llegando al mundo.

—Mamá decía que éramos tal y como habían sido los partos —les dijo—. Derek, rápido, a pesar de ser el primero, tan rápido como rápido aprendía todo lo que le enseñaban; Jake, difícil, casi veinte horas de parto... Unas pocas horas más y habría nacido en el sesenta y seis. Luego estaba yo, que pesé muy poquito, aunque estaba sana. Así que de mí decía que era muy buena porque siempre pensaba en los demás, incluso al nacer. Y bueno, el último fue Louis, que fue por cesárea, porque le dio por venir al revés. Y por eso se encontró con un niño bastante distinto a los que ya tenía.

—Yo no sabía nada de eso —dijo Louis.

—Pues anda que mamá no me lo ha dicho veces. Si hubieseis estado más atentos...

—Cuenta más cosas —le pidió Derek.

Se percató de que los tres estaban mirándola con mucha ilusión. Zane sonrió, feliz de que sus hermanos quisieran recordar todo cuanto ella pudiese ofrecerles sobre su madre. Sobre sus padres, pues uno no era nada sin el otro. Por mucho que su padre siempre hubiese sido muy autoritario, ellos siempre tomaban todas las decisiones a la par, y la familia Becker eran todos y cada uno de sus miembros.

Louis y Jake nunca se habían quedado tanto tiempo en casa después de comer, pero las historias de Zane los tuvo pegados a la silla hasta las seis de la tarde. Prestaron mucha atención cuando ella les habló sobre la época en la que Sara y Paul vivían juntos en la casa de Prinss, con los abuelos.

—¿Queréis quedaros también a cenar? —les preguntó Emily.

—Si Zane tiene más cosas para contar, sí —dijo Louis.

—Vais a acabar conmigo.

Zane aprovechó la pausa para ir al baño, pero llamaron al timbre antes de que llegara a su destino.

—Monique —dijo Emily.

Ella miró hacia la puerta, sorprendida. Monique estaba allí.

—¡Hola! —Zane fue a saludarla, pero conforme se acercó a ella se fue dando cuenta de que su amiga no parecía encontrarse bien—. ¿Qué pasa, Monique?

Estaba llorando.

Emily la hizo pasar y luego Zane la acompañó hasta su habitación.

—¿Qué ha pasado? —le preguntó una vez allí—. ¿Por qué lloras?

—Van a divorciarse —respondió ella. Zane se quedó mirándola sin saber qué decir. Monique levantó la vista sin dejar de llorar—. Mis padres van a divorciarse.

El rumbo de la tarde cambió de forma radical después de que Monique se relajara y le explicase lo que había pasado con sus padres. Avisó a los demás de que tenía que ocuparse de su amiga y cerró la puerta para quedarse a solas con ella.

Monique lloró largo y tendido, y durante ese tiempo Zane no pudo hacer más que abrazarla y tratar de consolarla. Tardó bastante en serenarse, pero entonces le explicó que sus padres llevaban bastante tiempo discutiendo por nimiedades. Todo les sentaba mal y habían dejado de soportarse. Hacía unos días que sus padres habían anunciado la decisión final.

—Siento haber estado tan tonta últimamente. He dicho cosas horribles de todo el mundo y me he comportado como una niña. Hasta ahora no sabía por qué lo hacía, pero que te enfadaras conmigo me abrió mucho los ojos. ¡Tú! Enfadada conmigo, enfadada con alguien... Zane, lo siento, no sé qué pretendía con todo eso, porque nada ayudaba con la situación de mis padres. No puedo creer que sea cierto... Ellos son todo para mí.

Pasaron horas encerradas en la habitación. Emily incluso les preparó la cena en un par de bandejas para que pudieran estar tranquilas. Al final, Monique se quedó a dormir, y Zane pensó en lo mucho que el divorcio había afectado a su amiga. Creía que todo lo que había hecho se debía a que ella era así, pero se había estado engañando a sí misma y no había visto que había algo que la preocupaba de verdad.

Monique era orgullosa y bastante presumida, pero no era mala persona, y no era su estilo burlarse de los demás. Se alegró de haber entendido lo que la estaba consumiendo durante los últimos meses y se lamentó de no haber sido capaz de ver que algo no iba bien.

MIÉRCOLES

25 NOVIEMBRE 1992

Louis había estado de cena en el piso de Samantha, con ella, con sus compañeras de piso y con algunos colegas más del trabajo. Arabia no había asistido. Había puesto como excusa a la niña, aunque él pensaba que no habría sido mucho pedir a Jake que se quedase con ella, al menos hasta después de la cena. Pero ahora que la cosa se había animado, se alegraba un poco de que no estuviese. No le gustaba que sus familiares más cercanos lo viesen desmadrarse.

Un chico de los presentes le ofreció acercarlo a Prinss y fue bastante tentador, pero tenía muchas ganas de seguir divirtiéndose y al día siguiente no tenía que trabajar hasta la una, así que rechazó la oferta. Esa noche fumó la hierba que no había fumado durante meses.

A las dos de la mañana, decidieron parar. El día siguiente era laborable y ya se les había ido de las manos lo suficiente. Samantha apagó la música y anunció que era hora de irse a casa. Louis se dejó caer sobre el sofá.

—¿Puedo quedarme a dormir contigo? —le preguntó a Samantha.

—No fastidies. Ya tengo con quién dormir esta noche. —Señaló a otro de los invitados—. Pero puedes quedarte en el sofá si quieres.

—No, ni de coña, este sofá es una mierda. Me iré a casa.

—¿Llamo a un taxi?

—Prefiero caminar.

Louis se levantó a regañadientes y fue a buscar su chaqueta.

—¿Seguro que no quieres un taxi?

—Seguro, así me despejo durante el trayecto.

—Es un poco tarde para que vayas por ahí tú solo.

—Tendré cuidado, mamá.

Samantha le golpeó el brazo con fuerza.

—Da un toque cuando llegues.

—¿Un toque?

—Sí, hombre. Llamas y cuelgas después de la primera señal. Es muy práctico.

—Está bien.

Había caminado más de diez minutos cuando empezó a encontrarse mal. No sabía si era por el alcohol, la hierba o por algo de lo que habían cenado, pero el caso era que empezó a sentir escalofríos. Poco después sintió un dolor en la boca del estómago que le hizo detenerse. Continuó caminando cinco minutos más hasta que llegaron los retortijones.

No, por favor.

Miró a su alrededor y se dio cuenta de no había nadie por la acera. Tampoco había indicios de autobuses o taxis en ese momento. Se apoyó contra la pared del edificio y se dejó caer mientras se apretaba la barriga. Cuando el dolor remitió, levantó la vista para ver dónde se encontraba y hacia dónde dirigirse para ir a casa. Hacía poco que había pasado de largo la biblioteca y, si su memoria no le fallaba, Arabia vivía lo bastante cerca de allí como para sobrevivir si intentaba llegar antes de que fuera demasiado tarde para su estómago. Era eso, o regresar a casa de Samantha, que ya quedaba más lejos desde donde se encontraba. Terminó de ubicarse y puso rumbo al apartamento de Arabia, yendo tan rápido como pudo.

Consiguió llegar, aunque había tenido que parar en más de una ocasión para soportar el dolor de estómago. Tuvo que llamar una segunda vez al timbre, hasta que Arabia descolgó el aparato. No dijo nada, pero supuso que estaba al otro lado.

—Soy Louis. ¿Me abres, por favor?

Arabia lo recibió, como era lógico, con pijama y bata.

—¿Qué pasa? —le preguntó en cuanto lo vio salir del ascensor.

—Algo no me ha sentado bien en casa de Sammy. —Ella lo acompañó al interior—. ¿Puedo usar el cuarto de baño?

—Claro. A tu izquierda.

Durante los primeros quince minutos lo pasó realmente mal. Su cuerpo se estremecía por los temblores, y lo único que quería era que acabaran.

—¿Por qué no pruebas a vomitar? —sugirió Arabia desde el otro lado de la puerta.

Se mareaba solo de pensarlo. Odiaba vomitar.

—¿Quieres que llame a alguno de tus hermanos?

—No, no hace falta.

Joder, no. Tenía casi veintidós años. Era vergonzoso que tuviera que llamar a alguno de sus hermanos mayores solo porque estaba teniendo una indigestión, aunque fuese una de tres pares de narices.

—Si tan mal te encuentras, puedo llevarte al hospital.

—¿Te importa si me quedo aquí dentro un poco más?

—No, tranquilo. Tómate el tiempo que necesites.

Tenía que haber ido a casa de Samantha. Habría sido más sencillo y menos bochornoso.

—Ari —dijo. Ella respondió enseguida—. ¿Puedes llamar a Jake y pedirle que venga a por mí?

—Voy.

Estaba seguro de que en casa se sentiría un poco mejor. Por si fuera poco, los retortijones se habían juntado con el bajón de la fiesta. Un dos por uno bastante desagradable.

Estuvo metido en el baño todo el tiempo que Jake tardó en recibir la llamada y acudir hasta allí. ¿Cuánto habría pasado? ¿Una hora? El tiempo iba demasiado lento para él.

—Oye, ¿me abres?

Louis se alegró de que Jake hubiese llegado. Se levantó y abrió la puerta del baño.

—¿Qué es lo que te pasa?

—No lo sé.

—Ari dice que algo te ha sentado mal. ¿Has vomitado?

—No, aún no.

—¿Y a qué estás esperando?

Louis lo miró con culpabilidad. No lo había hecho porque no se había atrevido. Estaba esperando a ver si su cuerpo hacía desaparecer su malestar, o si se decidía a deshacerse de la indigestión por vientre. Vomitar no había sido una opción hasta entonces.

—No puedo... —se limitó a decir.

—¿A estas alturas, Louis? ¿Me tomas el pelo?

—No quiero vomitar.

—Pues vas a tener que hacerlo. Estás hecho una mierda.

Jake cerró la puerta tras de sí y se acercó. El baño era muy pequeño como para que no se sintiese intimidado por su presencia. Sabía lo que él pretendía, y no estaba muy por la labor.

—O lo haces tú, o lo hago yo.

Su hermano quería que vomitara voluntariamente. No era que no hubiese vomitado otras veces por cuenta propia, pero no era lo mismo estar enfermo y ser consciente de que vas a vomitar que coger una buena borrachera y que tu cuerpo simplemente lo haga por ti. A Louis siempre le había producido pánico vomitar. Sentía que se ahogaba, que se iba a quedar sin aire en algún momento.

—Louis... —Jake le advirtió de nuevo.

—¡Está bien! Lo hago, pero ¿puedes salir?

—¿Me voy?

—Espera fuera, sí.

—Vale, pero no cierres la puerta.

Tenía que hacerlo, y tenía que hacerlo ya.

- - - - - - -

Jake estaba al otro lado de la puerta con la oreja casi pegada a la madera. Arabia estaba sentada en la cocina, observando.

—¿Prefieres que vayamos a casa? —preguntó por lo bajo a su hermano. Jazzlyn estaba durmiendo y no quería despertarla.

Por suerte, lo único que obtuvo como respuesta fue el indicio de que Louis había empezado a vomitar. Se llevó una mano a la cabeza como muestra de alivio.

—¿Ya? —preguntó Arabia.

—Sí.

No sabía si era buena idea volver a entrar o no, porque sabía de sobra que a Louis no se le daba demasiado bien vomitar, pero se limitó a esperar. Respiró un poco más tranquilo cuando escuchó que tiraba de la cadena.

—¿Puedo pasar ya?

Entreabrió la puerta y se asomó, pero enseguida se dio cuenta de que Louis no había terminado. Volvió a cerrar.

—Cuando acabe, te limpiaré el baño —le dijo a Arabia.

—No es necesario.

—Sí, sí lo es, créeme. —Eran más de las tres de la mañana, y, aun así, con todo el jaleo, tanto él como ella parecían estar muy despiertos—. Siento que te molestara a estas horas. Tendría que haber venido directo a casa, haber llamado a un taxi, qué sé yo...

—No importa, Jake.

Poco después, Louis abrió la puerta y resopló.

—¿Te encuentras mejor?

—Sí..., mucho mejor.

—Siéntate un poco —le dijo Arabia acercándose a él e invitándolo al sofá.

Jake dejó que se lo llevara hasta allí mientras comprobaba el estado del baño. Apestaba tanto como cabía esperar. Abrió las puertas del mueble que había en el interior y buscó algún producto de limpieza que pudiese usar. Se dispuso a limpiar con la camiseta tapándose la nariz antes de que nadie le impidiese hacerlo.

Cuando acabó, fue también hasta el sofá.

—Solo faltaría fregar un poco el suelo —le comunicó a Arabia.

—Está deshidratado. Voy a buscar un poco de agua.

A Jake no le pasó por alto la rojez de los ojos de Louis. Hacía bastante que no lo veía así.

—Menuda juerga, ¿eh?

—Ahora mismo me siento como si me hubiese pasado un camión por encima.

Arabia regresó con un vaso de agua y se sentó a la izquierda de Louis, dejando el peso sobre una de sus piernas. Jake estaba de pie justo al otro lado.

—Todavía se te nota un poco el golpe del ojo —opinó Arabia mientras observaba más de cerca la zona de la cara donde hasta ahora había llevado marcado el puñetazo del exnovio de Samantha.

—No me extraña. Un poco más y me arranca el ojo.

Jake se quedó mirándola a ella sin poder evitarlo. Iba con la bata atada a la cintura y tenía el pelo completamente alborotado. Estaba tan natural como hacía mucho que no la veía. Al principio, cuando acababa de irse a vivir con ellos, la veía muchas veces así. Cuando Zane y ella se despertaban los sábados, se pasaban toda la mañana en pijama y bata ayudando a Sara si lo necesitaba. Cuando no, simplemente se quedaban en la buhardilla. Para Jake, ver a su hermana en pijama para desayunar era habitual, y él también lo hacía siempre. Sin embargo, cuando Arabia se instaló allí, le dio por vestirse antes de salir de su cuarto. Le daba un poco de vergüenza que alguien ajeno a la familia lo viese en pijama. Se sentía casi como si fuese desnudo. Pero Arabia no; Arabia había adoptado la costumbre con total naturalidad, como una más, y nunca pareció cohibida por ello. Ahora tampoco parecía molesta por que Louis hubiese irrumpido en su casa en plena madrugada y la hubiese pillado en pijama.

—¿Mamá?

Jazzlyn se presentó por sorpresa en el salón.

—Cariño, ven aquí.

—¡Papá!

Jake no dudó en auparla.

—El tío Louis te ha despertado, ¿verdad? —le preguntó.

Jazzlyn miró hacia el sofá y señaló a Louis, preguntándose qué era lo que le ocurría.

—Sí..., tiene un aspecto lamentable... ¿La llevo de vuelta a la cama? —añadió dirigiéndose a Arabia.

—Lo haré yo, no te preocupes.

Se levantó para cogerla, pero Jazzlyn no tenía intenciones de volver a la cama.

—¿A dónde vamos? —le preguntó sin vocalizar del todo.

Jake se dio cuenta de que estaba completamente despierta y que lo miraba con entusiasmo. Que él apareciera solía significar que se la iba a llevar en la camioneta, ya fuera a Prinss o a alguna otra parte.

—Ahora no podemos ir a ningún sitio. Es de noche. —Jake se acercó a la ventana de la cocina para que ella lo comprobara—. ¿Ves?

Su cara indicaba que estaba desconcertada. Le habían enseñado que cuando el cielo se volvía oscuro era porque había que dormir, y que cuando despertaba por la mañana era ya de día. Por tanto, el hecho de que estuviese despierta y levantada y que el cielo no fuese azul debía de ser muy raro para ella. Jake le echó los rizos que le tapaban los ojos hacia atrás. Tenía el pelo cada vez más lleno de tirabuzones.

—¿De dónde ha sacado este pelo? —le preguntó por primera vez a Arabia.

—De mi madre.

Jake la hizo saltar un poco en sus brazos para comprobar el efecto de muelle de su pelo. Sonrió y miró a Arabia. Ella le devolvió la sonrisa, y entonces todo volvió a ser incómodo. Se suponía que ellos dos no se hablaban más que para lo necesario.

—Bueno, creo que ya va siendo hora de que os dejemos tranquilas y volvamos a casa.

—Louis se ha dormido.

Jake le entregó la niña a Arabia, pese a las protestas de esta, y luego zarandeó a su hermano para que se despertara. Lo ayudó a incorporarse y lo sujetó para ir hacia la puerta. Entre el malestar y el bajón era casi como un peso muerto al que tenía que obligar a caminar.

Arabia se despidió de ellos con Jazzlyn lloriqueando en sus brazos. Jake todavía no se había acostumbrado a eso, a que ahora llorara cuando tenían que separarse, ya que siempre había sido al revés. Le pareció que Arabia también sentía pena por la niña justo antes de que cerrara la puerta.

Joder, pensó, *estaba tan guapa*.

Tenía que hacer algo si no quería pasarse el resto de su vida arrepintiéndose. Por si fuera poco, al día siguiente era Acción de Gracias, y le había hecho una promesa a Emily que todavía no se había atrevido a cumplir, por idiota, sí.

Samantha tenía razón.

JUEVES

26 NOVIEMBRE 1992

(Acción de Gracias)

Esa mañana despertó y lo primero que hizo fue ir por segunda vez al cementerio. Visitó a sus padres, a Rachel y a Emma.

A Emma le llevó flores.

No era muy propio de él ir a comprar flores, pero lo hizo de todos modos antes de dirigirse hacia allí. Cuando visitó su tumba por primera vez, no se sintió como creía que se sentiría. Se sintió tranquilo. Sabía que una parte de él también se había ido con ella a alguna parte, y que la recordaría siempre.

Cómo olvidarla...

Después del cementerio, fue a limpiar la camioneta a un centro de lavado. Alquiló manguera, esponja y jabón, y estuvo entretenido durante una hora. Para comer, condujo hasta una hamburguesería de a pie que recordaba con especial interés por su sabor. Pidió dos dobles con queso y se las comió en la parte de atrás de la camioneta, sobre la zona de carga. Hacía frío, pero había salido el sol, así que se quedó un poco más de tiempo recostado sobre la chapa metálica.

A las tres de la tarde, fue a Valley Street a por Derek. Había quedado en que pasaría a por él para ir en busca de lo que iba a ser una verdadera sorpresa para los niños: escogerían un cachorro de la perrera para los dos. Su hermano le había contado —una de las veces que habían comido juntos en la fábrica— que Emily y él habían estado pensando mucho en si cogerlo o no, pero al final se habían decidido por el sí. De pequeños, todos habían soñado con tener una mascota, y como ya era un hecho que la familia no podía seguir ampliándose, escogerían a un nuevo integrante en forma de cachorro, para que los niños aprendiesen a ser un poco más responsables cuidando de él.

No fue fácil escoger a uno solo.

La perrera estaba abarrotada de perros abandonados, incluso de camadas enteras. Jake no quería involucrarse en la decisión de Derek, pero vio uno que le llamó la atención de inmediato. Estaba dentro de una jaula con otros dos. Uno era negro, otro marrón oscuro y otro a manchas. A él le gustó el negro.

—¿Has visto alguno que te guste más que otro? —Derek se acercó al verlo parado en una de las jaulas—. Porque yo no soy capaz de decidir.

—Creo que me gusta este.

Jake metió la mano para acariciarlo y enseguida los tres cachorros se apelotonaron en torno a su mano.

—Los tres son bonitos —dijo Derek.

Sí que lo eran. Eran demasiado bonitos. La idea de tener que escoger solo uno le produjo cierto malestar.

—¿Qué tal, chicos? ¿Os habéis decidido? —Una de las chicas que se encargaban de cuidar de los perros había vuelto a acercarse—. ¡Ah! A estos los encontramos hace un mes al lado de su madre. La pobre estaba tan desnutrida que ya no tenía ni leche. No pudimos hacer nada por ella, murió a los pocos días. El negro y el marrón son hembras y el que está mezclado es el macho. Son galgos.

—¿El negro es hembra? —preguntó Jake, confuso. No se lo esperaba.

—Sí.

—Entonces, ¿son hermanos?

—Sí, lo son. Son una buena raza, así que no creo que tarden en venir a buscarlos. Son muy solicitados para la caza.

—¿Nos dejas un segundo para pensarlo?

La chica se retiró al instante con una sonrisa.

—Son hermanos.

—Sí, ya lo he oído.

—No podemos separarlos.

—Ya, a mí también me da pena —dijo Jake mientras miraba a los cachorros—. Deberíamos seguir con la búsqueda.

—¿No te gustaría uno para Jazzy?

Jake lo miró, perplejo.

—¿Insinúas que quieres llevarte los tres?

—Uno para Jack, uno para Danielle y otro...

—Ya, ya te he entendido.

No había pensado en esa posibilidad. Se suponía que solo iban a elegir uno para sus dos hijos. Uno, no uno para cada uno, y por supuesto que Jazzlyn no entraba dentro del plan.

Volvió a mirar la jaula y se dio cuenta de que ya era demasiado tarde. Habían hecho lo que no debían: fijarse más de la cuenta en unos en concreto. Tendrían que haber pedido un perro al azar cuando todavía estaban a tiempo, en lugar de decirle a la chica que los dejara entrar a escoger. Ahora ya no podían marcharse y dejarlos allí, y mucho menos separarlos.

—Emily te va a matar —fue lo único que le dijo.

Derek sonrió y se marchó para empezar con el papeleo. Él tuvo que rellenar también una hoja con sus datos para el tercer cachorro, y después decidieron que dejarían a los niños escoger con cuál se querían quedar. Como querían que fuese una sorpresa, la chica les prometió que ella misma se los acercaría a casa sobre las ocho. No más tarde, porque ella también celebraría en familia el Día de Acción de Gracias.

Cuando dejó a Derek en su casa, este le preguntó que a dónde iba al darse cuenta de que no tenía intenciones de bajar del coche.

—Tengo que hacer una cosa.

—Son las cinco.

—¿A qué hora se suponía que teníamos que estar aquí?

—A las siete.

—Vale, pues aquí estaré.

Habían pasado más tiempo del previsto en la perrera, así que condujo bastante rápido de camino a su penúltimo destino. Le hubiese gustado tener tiempo para pasar por casa, cambiarse de ropa o adecentarse un poco, pero si las siete era la hora que Emily había marcado para llegar a su casa, no podía perder más tiempo. Tenía que hacerlo ya.

Aparcó en el centro y caminó con prisa hacia el edificio. Le sudaban las manos, pero había estado toda la noche pensando en lo que tenía que hacer y estaba intentando concentrarse para que los nervios no lo traicionaran. Todavía tenía dudas de la sencillez de su discurso, pero por una vez iba a hacer caso de lo que Derek le había dicho. Iba a simplificar las cosas.

Llamó al timbre.

—¿Diga?

—Jake.

No hizo falta nada más. Arabia le abrió y fue hacia el ascensor. En el interior, respiró profundamente para relajarse. Cuando llegó a la planta, se alegró de que la puerta todavía estuviese cerrada.

Se puso delante y llamó con los nudillos.

Arabia apareció tras la puerta.

—No digas nada —le advirtió en cuanto la vio aparecer.

El corazón le latía con fuerza. Se escabulló hacia el interior, pasando por su lado sin rozarla. Una vez allí, se quedó de pie, a dos metros de distancia y mirándola fijamente. Echó un vistazo a la niña, que estaba sentada jugando con uno de sus muñecos, y se puso el dedo índice en los labios para indicarle que estuviera callada también. Arabia estaba a punto de preguntar cuando Jake empezó a hablar:

—Hoy hace un año que regresé. Justo un año —le dijo—. He aceptado todas las cosas que sabía que no me correspondía cambiar de la mejor forma posible. Creo que no me he entrometido en ninguna de tus decisiones, a pesar de que lo último que esperaba al volver era que estuvieses prácticamente prometida con otra persona. Pero también es cierto que durante este año han podido cambiar muchas cosas, excepto una. Lo que siento por ti. Así que... te lo pediré de la última forma que se me ocurre.

Arabia ni siquiera pestañeó.

—¿Quieres salir conmigo?

Pasaron varios segundos antes de que ella dijese algo.

—¿Qué has dicho?

Se vino abajo por la respuesta, y se maldijo por haberle hecho caso a Derek.

—Mierda, sabía que era una mala idea... —murmuró por lo bajo.

—¿Acabas de pedirme salir?

Volvió a mirar a Arabia, avergonzado. Sentía incluso que la sangre se había acumulado con demasiada rapidez en su cabeza, y también notaba la adrenalina que le había subido por el atrevimiento. Arabia todavía no estaba vestida. De hecho, llevaba la toalla enrollada sobre el pelo, pero ni se había fijado hasta ahora.

—Sí, eso he hecho. Soy así de estúpido.

Arabia empezó a reírse.

—Oye, no te reías. No está bien que te rías.

Pero ella seguía ahí, parada delante de él, con una sonrisa de oreja a oreja. Jake se rascó la cabeza, incómodo. Ahora ya no sabía cómo salir del lío en el que se había metido. La miró de nuevo, exasperado por su actitud. Ella pareció darse cuenta de que estaba molesto.

—Lo siento —dijo—. Es que... Es la primera vez que alguien me pide salir, así, de esa forma tan tradicional.

Jake estaba tan avergonzado que apenas fue consciente de lo que acababa de decir.

—¿Te importaría volver a pedírmelo?

Jake pensó que estaba de broma, que solo quería continuar riéndose de él, pero luego se dio cuenta de que no. No había dejado de sonreír en ningún momento, y era una sonrisa que expresaba muchísimas cosas.

—¿Quieres...? —No pudo acabar la frase.

—Sí. —Arabia no lo dudó.

Entonces Jake también sonrió, aunque sus comisuras fueron ensanchándose poco a poco.

—Contigo, y solo contigo —le aclaró ella.

Una sensación de alivio le recorrió todo el cuerpo.

—¿De verdad? —Arabia asintió en silencio—. Joder, pues no sabes qué descanso, porque no creo que sea capaz de tener que pasar por esto nunca más. —A Arabia se le escapó una carcajada—. He estado pensando y, si quieres, podemos empezar de cero en alguna otra parte. En Philadelphia, tal vez.

—No, Jake. Tengo la sensación de que mi vida no ha dejado de andar en círculos desde hace años y quiero seguir en línea recta a partir de ahora, pero quiero hacerlo aquí. Este es el único lugar que siento como mi hogar.

—Sí..., yo también.

Arabia corrió hasta él, lo abrazó y luego se puso a llorar.

Eso no estaba previsto.

—Pero no llores —dijo mientras intentaba limpiar sus lágrimas—. No tienes que llorar.

—Perdona —replicó ella—. Es que acabo de darme cuenta de que esto era lo único que había estado esperando desde que regresaste.

- - - - - - -

La cena de Acción de Gracias no pudo ser mejor aquel año de 1992. Zane tenía muchas expectativas, así que había comprado varios carretes para poder inmortalizar los mejores momentos con su cámara de fotos. La primera sorpresa de la noche fue la aparición de Arabia y de Jake, con la niña. No hizo falta que dijeran nada para que todos comprendieran que habían arreglado lo que tenían pendiente desde hacía tantísimo tiempo.

Zane había invitado a Monique y a su madre con permiso de Emily, porque el padre de su amiga había decidido tomarse unas vacaciones en Francia hasta que todo lo del divorcio estuviese arreglado, así que Jalissa había estado preparando el pavo para la cena con mucho gusto, y Monique la había ayudado. Esa fue la segunda sorpresa, porque Zane nunca había visto a su amiga mover un dedo en la cocina.

Pero lo bueno de verdad llegó momentos antes de que todos se sentaran alrededor de la mesa. Llamaron a la puerta y sus dos hermanos mayores fueron corriendo hacia allí y salieron sin decir nada.

Derek volvió a entrar minutos después y pidió que los tres niños se colocaran en línea frente a la puerta, a unos pocos metros.

Jack y Danielle se emocionaron muchísimo al comprender que había una especie de sorpresa para ellos, y Jazzlyn los imitó sin ser muy consciente de lo que pasaba.

—Contad hasta tres —les pidió Derek asomando la cabeza por la puerta.

—¡UNO! —gritó Jack.

—¡DOS! —gritó después junto con su hermana.

—Tú también tienes que contar, cariño —le advirtió Arabia a Jazzlyn, aunque no sabía lo que iba a ocurrir.

—¡Y TRES! —El grito final lo profirieron al unísono.

Entonces la puerta se abrió de par en par y tres cachorros corrieron hacia el interior, yendo directamente hacia los niños. Danielle chilló de emoción cuando el primero de ellos la alcanzó y saltó sobre sus piernas. Era marrón. Jack fue directo a cazar a uno que era de doble color, y finalmente Jazzlyn se agachó para acariciar al negro. Todos los presentes se emocionaron por la reacción de los más pequeños con los cachorros.

Ni qué decir que después de eso los niños apenas cenaron; se pasaron toda la noche jugando con los cachorros mientras sus padres les pedían que se acercasen y abriesen la boca para meterles un trozo de pan o carne de vez en cuando. Derek iba a quedarse con dos y Jake con el que había escogido Jazzlyn, pues ambos tenían jardín en sus casas para poder tenerlos. Lo único que Emily preguntó, un poco asustada, era si los cachorros se harían muy grandes, a lo que nadie quiso contestar después de que Derek comentase que eran tres galgos abandonados. Pese a eso, también estaba encantada, y le había parecido una sorpresa maravillosa que al final se hubiese decantado por dos.

Después de cenar, Pitt llegó con su hermana y disculpó a su madre por no querer celebrar aquella velada con los demás. Zane ya lo había dado todo por perdido con esa mujer, así que no se enfadó cuando Pitt le dijo que solo podría acudir después de la cena.

La casa de Derek y Emily era muy grande, pero con tanta gente empezaba a parecer que se había quedado pequeña.

—¿Y ya les habéis puesto nombre a esos perros que os han regalado?

Fue Frederic Wathson el que formuló la pregunta.

—El mío se llama Spiderman —respondió Jack enseguida.

—Pues el mío... —Danielle arrugó la cara intentando pensar en algo mejor—. Superman.

—Pero el tuyo es una chica, Delly —le explicó su padre.

—¡Ah! ¿Entonces puedo llamarla Bella?

—¿Bella?

—Puedes llamarla como tú quieras —le aseguró Emily.

—¡Qué bien! ¡Bella, vamos! ¡Sígueme!

Los perros todavía eran muy pequeños, así que tanto los niños como ellos no tardaron en agotarse, y Derek preparó unas mantas provisionales en el suelo para ellos.

Después de la cena se quedaron todos en la mesa con la televisión de fondo, charlando. Zane estaba hablando con Jake cuando la música de la tele captó su atención. Miró hacia allí y vio a una niña vestida de forma impecable tocando el violín. Detrás de ella había toda una banda. Por lo visto, los niños habían seleccionado un canal de música en directo.

—¡Mirad! Ahí está esa niña —exclamó Monique—. No me lo puedo creer. Ya sale hasta en la tele.

Zane volvió a mirar a su hermano para seguir hablando con él cuando se dio cuenta de que estaba embobado mirando la pantalla. Ni pestañeaba. Cuando ella volvió a hablar, él pidió silencio de forma brusca, por lo que todos enmudecieron.

Zane trató de ver qué era lo que le interesaba tanto, pero ahora solo había un plano de todo el grupo tocando frente al director. Momentos después, la cámara volvió a enfocar a la niña del violín. Solo a ella. No era que Zane fuese ninguna entendida en temas musicales, pero parecía que lo hacía bastante bien, aunque no lo veía motivo suficiente como para que su hermano pidiese a todos que se callasen.

No hasta que el concierto acabó con el solo de la niña y ella bajó el violín y miró al frente.

No hasta que se dio cuenta, como el resto de sus hermanos, de lo mucho que esa niña se parecía a Rachel.

El silencio reinó, y ya no solo porque Jake se hubiese quedado paralizado delante de la pantalla, sino porque Zane, Derek y Louis también habían reaccionado de la misma manera.

Fue Monique la que rompió el silencio:

—Dentro de nada, esa niña estará de gira por un montón de países, ya veréis.

Jake se volvió hacia ella.

—¿Quién es esa niña?

—La que salió en los periódicos hace semanas.

Zane todavía no había reaccionado, pero Jake sí, y estaba de pie moviéndose de un lado para otro.

—Es imposible —dijo Derek.

—¿Cómo se llama la niña, Monique?

—No tengo ni idea, solo leí que tenía once años y con eso ya me deprimí.

—Ahí lo tienes. —Jake señaló a Monique mientras miraba a su hermano mayor—. Once años. Ella nació en el ochenta y uno.

—Pero bueno, ¿qué sucede? ¿La conocéis?

Entonces sí, Zane reaccionó.

—¿En el periódico salía el nombre de la niña? —le preguntó a su amiga.

—Pues imagino que sí, pero ya os digo que no lo recuerdo.

—¿Te suena que se llamase Rachel?

Monique se quedó pensando mientras todos los demás la miraban, expectantes.

—No lo sé, pero creo que todavía tengo ese periódico en casa. Mi padre los deja tirados en su despacho durante meses.

No hizo falta que dijera nada más. Jake y Derek se levantaron y fueron ambos a buscar las llaves del coche. Al final decidieron que irían en la camioneta. Monique fue con ellos para acompañarlos hasta su casa.

Zane estaba con los nervios a flor de piel, esperando a que regresaran. No podía quitarse de la cabeza la cara de la niña que habían visto en la televisión. Emily le preparó una tila para que se tranquilizara, y Louis pidió otra para él. Tenía la sensación de que estaban haciéndose ilusiones por nada; pero, por otro lado, la posibilidad de que su prima no hubiese muerto en aquel accidente era esperanzadora.

Cuando escucharon el motor del vehículo, Zane y Louis se levantaron para ir en dirección a la puerta, pero Jake fue el primero en entrar con el periódico en la mano.

Se paró frente a ellos, que también estaban de pie, y les dijo:

—La niña del violín se llama Rachel Rose.

Zane se llevó las manos a la boca.

—Rachel Rose —volvió a decir.

\- - - - - - -

Jake se sentía eufórico, tanto que el corazón incluso le dolía. Acaba de decirle a sus hermanos que la niña de la tele se llamaba igual que su prima y su reacción había sido la misma que la de él: existía la posibilidad de que fuese ella.

Se giró para mirar a Arabia, que le devolvía una mirada cargada de emoción con Jazzlyn en brazos.

—La madre de Rachel se llamaba Katherin —dijo.

—¿Y qué es lo que averiguamos con eso? —preguntó Zane.

—Que, si esa niña es Rachel, su madre se llamaba Katherin Rose —expuso Jake—. Y si encuentro a la familia de Katherin Rose...

Nadie dijo nada, y no tenía ni idea de si lo que estaba pensando sería aceptado por los demás o no, pero ya había tomado una decisión. Había encontrado la pista que había estado buscando durante tantos años: el apellido Rose.

—Voy a ir a buscarla —añadió.

Porque estaba completamente seguro de que era ella.

EPÍLOGO FINAL

Pasaron varios meses a partir del descubrimiento de aquella niña. Meses en que los hermanos Becker hicieron todo lo posible para contactar con la familia Rose: llamadas, cartas... La dirección de la familia que habían encontrado en un primer momento ya no existía. Jake fue quien viajó por primera vez en avión para ir hasta Carolina del Norte e intentar obtener algo desde allí, y lo consiguió.

Los antiguos vecinos de los Rose dijeron que se habían mudado hacía más de cuatro años, cuando la niña empezó a desarrollar buenas aptitudes para la música. Según le habían explicado a Jake, en aquella casa que ahora ya no pertenecía a nadie —si acaso a alguna inmobiliaria—, había vivido la abuela de la niña durante años. Los ancianos, que se encargaron también de decirle que ambas se habían trasladado a Nashville, Tennessee, recordaban a la perfección la llegada de Rachel al vecindario. Gracias a ellos, Jake consiguió la dirección de los tíos.

Hasta ahora no había encontrado nada sobre ellos porque habían adoptado el apellido del hombre cuando la hermana de

Katherin se casó con él. Eran la familia Brown.

Jake tuvo que explicarles la historia desde el principio, y la hermana de Katherin, Mariah, le contó también la que ellos habían vivido con relación a Rachel.

Mariah y Katherin Rose pertenecían a una familia acomodada que vivía por y para la música. Su padre era director de orquesta y su madre tocaba el piano. Fue cuando el padre murió cuando se mudaron a la casa a la que Jake había llegado.

Katherin fue la que peor lo pasó cuando la meningitis se lo llevó. Dejó de tocar el violín, su instrumento predilecto, y se independizó, incapaz de soportar la música que sonaba a todas horas en aquella casa. Para Mariah y su madre era el mejor homenaje para recordar a su padre, pero ella no podía soportarlo, no quería volver a hacer música. No sin él. Decidió entonces que haría otro tipo de cosas que la llenasen, como ayudar a la gente, y por eso participaba en numerosas asociaciones.

Conoció a Robert en alcohólicos anónimos y se enamoró de él varios meses después, pero su madre no lo vio nunca con buenos ojos. Robert Bullock era uno de los mayores sinvergüenzas de la ciudad, tenía innumerables deudas y se pasaba el día bebiendo, por no hablar de que era considerablemente mayor que ella. Madre e hija se distanciaron tanto que dejaron de hablarse, y un día, simplemente, Robert y ella se fueron de la ciudad.

Ahí fue donde Jake aportó el dato de que se habían ido a vivir a Massachusetts, donde se casarían después. Su madre y ella se enteraron de que Katherin había muerto varios días después del accidente, pero lo que no supieron hasta años después era que había tenido un bebé con Robert, y que el bebé había sobrevivido. Lo del bebé lo supieron de casualidad por una amiga del colegio de Katherin, que había coincidido con ella de vacaciones cuando todavía estaba embarazada. Cuando esa amiga se encontró con Mariah y le preguntó por el bebé, a ella le costó creerse que aquella información fuese cierta, y se lo contó inmediatamente a su madre. Meses después, la abuela Rose consiguió contactar con Sara, la hermana de Robert. Aquella señora había hecho prácticamente las mismas indagaciones que él hacía ahora, pero al revés.

No estaba previsto que Rachel dejara de tener contacto con la familia que hasta entonces se había hecho cargo de ella. Nunca supieron lo que había pasado con aquel matrimonio que fue hasta Carolina para dejar que Rachel se criara con su abuela, a la que le habían pedido que no volviera a contactar con ellos hasta que ellos lo hicieran, pues sabían que sus hijos no aceptarían la noticia de buen grado.

Lo hicieron por Rachel, por su educación y su futuro. Sus padres ya lo habían hablado mucho antes de viajar hasta allí sin que nadie lo supiera. La idea era que Rachel pasase el verano con su abuela y sus tíos, que se acostumbrara a ellos, para luego empezar a acudir al colegio y a la escuela de música de allí. Sara y Paul dijeron que regresarían con los demás miembros de la familia a principios de septiembre, para despedirse de ella hasta el verano próximo. Esa había sido la idea. Pero los Becker no volvieron a aparecer por allí. No volvieron a tener ninguna noticia de ellos.

Jake maldijo todo y a todos cuando conoció la verdad. No podía creer que sus padres hubiesen decidido dejar a Rachel a miles de kilómetros de él sin dejar siquiera que se despidiera de ella, aunque de haberlo sabido se habría negado de todas las formas posibles a que su abuela la adoptara. ¿En qué estaban pensando? Mariah lo convenció de que hicieron lo que creyeron que era mejor para ella. La abuela Rose iba a ofrecerle cuanto tenía, que no era poco.

Jake le preguntó a Mariah Brown que por qué no habían vuelto a enviar ninguna carta a Vallon en todo aquel tiempo. No le entraba en la cabeza que no les hubiese extrañado que los Becker no se hubieran puesto en contacto, tanto como a él le extrañó no recibir ninguna carta de la que había reclamado conocer a Rachel. Claro que, en el caso de la abuela de ella, ahora estaba muy claro.

—Mi madre creyó, simplemente, que tus padres no podían hacerse cargo —le explicó Mariah—, y que lo único que pretendían era deshacerse de ella. A mí no me lo parecía, porque se veía que la querían mucho, pero... No sé qué más puedo decirte. Te prometo que todos la tratamos lo mejor que supimos para que se sintiera como en casa. Mi madre siempre la quiso como quiso a Katherin. No sabes los años que pasó atormentándose por haberse alejado de ella.

—Sí, seis hasta que encontró a mi prima, y cinco los que hemos pasado mi familia y yo al perder lo que tu madre, en parte, recuperó.

Jake le dio a entender que sus hermanos y él habían perdido mucho más de lo que ella había recuperado.

—Siento mucho que todo sucediera así.

Jake consiguió el contacto de la abuela de Rachel. Su número y su dirección. Mariah se encargó de llamar a su propia madre para contarle lo que había sucedido, y la mujer se sintió muy confusa. Jake tenía unas ganas inmensas de hablar con Rachel, pero aceptó que fuese la abuela quien le hablase de las novedades. Le prometió que le hablaría de un reencuentro con él y sus hermanos en un futuro próximo, y lo haría lo mejor posible para que ella fuese capaz de entenderlo. Rachel había pasado la mitad de su vida con una familia y casi la otra mitad con otra, así que cabía la posibilidad de que no se acordase demasiado de los Becker. Pese a eso, Jake sabía que recuerdos, por pocos que fueran, tenía que tener, y no veía el momento de poder ir con el resto de la familia a Nashville.

Durante el viaje de vuelta a Utah, no pudo dejar de pensar en lo que aquella niña, de seis años entonces, habría pensado sobre que sus tíos la dejaran allí y nunca hubieran intentado ponerse en contacto con ella. Que él no la hubiese llamado ni una sola vez. Eso era lo que más le pesaba, y no veía el momento de poder explicárselo, de decirle lo muchísimo que la había echado de menos.

Fue a finales de enero de 1993 cuando los Becker fueron juntos hasta el aeropuerto y embarcaron con destino a Nashville. Emily y Arabia se quedaron en la ciudad, con los niños y los perros. El mismo día que se despidieron de los cuatro hermanos, fueron juntas hacia el cementerio de la ciudad. Arabia y Jazzlyn se separaron para ir a visitar la tumba de Ebru Kurbagh, mientras que Emily y los niños fueron a visitar a Carla y a Emma Wathson. Emily había tomado la decisión de hablarles a los niños de su hermana gemela.

Cuando dejaron las flores, los hizo sentarse en el césped con ella y empezó con el discurso que jamás había preparado:

—¿Os acordáis de la primera vez que visteis en la escuela a los gemelos Chris y Nick? —Emily sabía de sobra que Christopher y Nicholas eran hijos de otra de las familias más importantes de la ciudad. Los niños asintieron al instante—. Mamá también tenía una hermana gemela, ¿sabéis? Se llamaba Emma.

—¡Hala!

—¿De verdad?

Emily asintió.

—¿Y también tenía el pelo naranja? —preguntó Jack.

—Era igual que yo, pero un poco más bajita. Como Delly y tú.

—Pero Delly y yo no somos iguales.

—No, no lo sois. Tú eres un poco más alto, ¿verdad?

En realidad, era algo más que un poco más alto, pero no era necesario matizar con ellos.

—¿Está en el cielo? —preguntó entonces Danielle.

—Sí, con la abuela Carla. ¿Os gustaría saber más cosas sobre ella?

Emily se quitó un gran peso de encima cuando les habló de Emma. También se atrevió a decirle a Jack que la foto de su mesita de noche, en realidad, era una foto de Emma y él.

—Ella fue tu primera mamá —confesó.

Se lo tomaron mejor de lo que había esperado, sobre todo Jack, aunque estaba segura de que en el futuro le haría muchas más preguntas sobre su hermana gemela. A Danielle también le explicó que antes que ella había habido otra mamá llamada Ashley, con un pelo igual de rubio que el suyo. Cuando le dijo que algún día la ayudaría a buscarla para que la conociera, la niña simplemente respondió:

—Pero yo no quiero a ninguna otra mamá.

Emily y Arabia se encontraron de vuelta en la entrada de la explanada, tal y como habían acordado, y después se llevaron a los tres niños al parque de atracciones.

Los Becker tardaron casi tres horas en llegar a Nashville, y otra más para encontrar la casa de Elizabeth Rose, la abuela de Rachel. Ninguno había dicho demasiado durante el trayecto, y tampoco habían hablado mucho sobre el reencuentro desde Acción de Gracias. Hasta que no tuvieran a Rachel delante y la vieran con sus propios ojos no estarían tranquilos. Los dos más escépticos todavía dudaban de que Rachel fuese a reconocerlos. Los otros dos estaban convencidos de que lo haría. Por si acaso, Jake llevaba un par de fotos familiares donde aparecían todos, y también una donde solo aparecía ella.

La casa de la señora Rose resultó ser mucho más impresionante que la que Jake encontró en Carolina. No era una mansión como la de Frederic Wathson, pero era una casa sumamente elegante de tamaño medio y de fachada blanca. La doncella que les dio la bienvenida los acompañó hasta el salón, donde los esperaba Elizabeth junto a un enorme piano de cola.

—Rachel bajará enseguida —dijo tras las breves presentaciones.

Después se sentó, hizo un gesto con la cabeza a otra doncella y esperó. Jake le había pedido antes de la visita que dejase que vieran a Rachel nada más llegar, y ella iba a cumplir con su promesa. Era lo mínimo que podía hacer por todos ellos.

Cuando Rachel Rose apareció, bajando lentamente las escaleras, todos se quedaron quietos, conteniendo el aliento mientras ella iba pasando la vista de uno a otro, escalón tras escalón. Al llegar al salón se detuvo, sin dejar de mirarlos. Jake captó su atención cuando avanzó hacia ella y le preguntó si sabía quién era. La niña, de ojos tan azules como los suyos y de pelo cobrizo recogido en una coleta, no dijo ni una sola palabra. La mano de Jake temblaba sobremanera cuando se acercó un poco más y le tendió las tres fotografías. Rachel las miró con cautela, durante un buen rato, sin decir nada. Después lenvató la vista hacia Jake, que cayó de rodillas al suelo esperando una respuesta que parecía no llegar.

Llegó cuando el labio inferior de Rachel empezó a moverse y sus ojos se llenaron de lágrimas. La niña miró primero a su abuela y, cuando ella le respondió con un gesto de cabeza, también emocionada, corrió y se lanzó a los brazos de Jake. Solo fue capaz de decir su nombre entre lágrimas.

Jake también lloró. Lloró tanto o más que cuando creyó perderla en el verano del ochenta y seis. Y los otros tres no pudieron hacer otra cosa que llorar con ellos cuando la niña preguntó que por qué no la habían llamado ni una sola vez, dando a entender lo mucho que lo había estado esperando. Pero en ese momento el desasosiego era tal que nadie podía decir una sola palabra.

Todos los presentes lloraron, porque lo que acaba de ocurrir era algo demasiado bello. Fue un reencuentro inolvidable, y ninguno de ellos pudo recordar con exactitud el tiempo que pasaron emocionados en el salón de la señora Rose, ni en días ni en años posteriores.

La emoción de aquel día fue incalculable.

COMENTARIO FINAL (SPOILERS)

(NO LEAS ESTO HASTA DESPUÉS DEL EPÍLOGO FINAL. NO LEAS EL EPÍLOGO FINAL ANTES DE TERMINAR EL LIBRO. ESTE APARTADO CONTIENE *SPOILERS*).

Si me hiciste caso y has seguido las instrucciones arriba descritas: gracias. Creo que no tendría ningún sentido leer el final de esta historia sabiendo de antemano uno de los acontecimientos más sorprendentes de la misma.

La idea inicial para el final de esta trilogía era una noche de Acción de Gracias en familia y en armonía unos con otros, con el concierto y el solo de violín incluido de fondo. Y ya está.

El epílogo estaba pensado para ser contado a través de los ojos de una niña de once años que practicaba con su instrumento en una bonita casa de Nashville. La intención de esto era que el lector supiera que la que un día conocieron como la pequeña Rachel Bullock-Becker, de cinco años, en realidad no había muerto en aquel accidente donde sí perdieron la vida sus tíos. **Porque los lectores siempre se merecen saberlo todo.**

Pero creo que todos estaréis de acuerdo conmigo en que Jake también se lo merecía.

Se merecía saberlo.

Se merecía encontrarla.

Se merecía un final mucho más que feliz, así que no he sido capaz de privarlo de ello.

Anna Caballé (autora de *Aniki: hermano mayor*) tiene una buena parte de culpa de que yo decidiera contárselo a Jake.

Espero que os haya gustado esta historia, que empezó un 10 de octubre de 1986 y ha terminado con el Día de Acción de Gracias de 1992. Aunque para mí puede que no acabe nunca, porque ha pasado conmigo muchos años y sé que siempre formará parte de mí, como espero que también forme parte de vosotros. Al menos, que recordéis a todos los personajes con cariño, aunque los más recordados vayan a ser siempre Arabia y Jake.

Espero que seáis capaces de custodiar el secreto que llevo guardando desde *Amor y virtud* con respecto al accidente. Hasta ahora nadie ha hecho ningún *spoiler* de los finales de los otros dos libros de la trilogía en ningún comentario o reseña, así que ojalá todo se mantenga como hasta ahora una vez descubierta **toda la verdad**.

Por último, yo no soy quién para dar consejos, pero aquí os dejo la que creo que es la moraleja de este último tomo.

DA LAS GRACIAS SI ESTÁS AGRADECIDO,
Y PIDE PERDÓN SI TIENES QUE HACERLO.

Cuando seas lo suficientemente valiente para aceptar eso,
serás feliz.

SUCESOS JAMÁS CONTADOS

TERCER ANEXO

1957

Holly era la única que sabía del amor secreto entre Sara y Paul. Y era la única porque los tres sabían que posiblemente nadie más iba a aceptarlo. Paul le había prometido a su mejor amiga que esperaría a que cumpliera los dieciocho años para ir a por ella, besarla por primera vez y pedirle que se marchara con él a cualquier otra parte.

Holly se moría de envidia por ese amor que se profesaban a pesar de la diferencia de edad, pues soñaba con que algún hombre se enamorase de ella y le declarase su amor. La primera vez que Sara la invitó a su casa, cuando ambas tenían doce años, Paul todavía vivía en la misma casa que su amiga, en el barrio Prinss. Ambas se pasaban los días observándolo a escondidas, y en más de una ocasión él se había dado cuenta. Jamás imaginaron que un chico como Paul Becker terminaría por confesar, años más tarde, su admiración por Sara.

Su amiga era mucho más guapa que ella, y no eran pocos los chicos que pretendían cortejarla. Sabía que su madre le preguntaba por todos esos chicos para ver si daba con alguno de buena familia, pero Sara no estaba interesada en ninguno de ellos. Ella estaba enamorada del hijo de su padrastro, y estaba dispuesta a esperar todo lo que fuese necesario por él. El mayor inconveniente era su hermano Robert, quien, a sus veinticuatro años, todavía no había decidido irse de casa. Lo único que hacía era beber, provocar peleas por el vecindario y discutir con su madre y su padrastro casi a diario.

Paul nunca había congeniado con él, así que se marchó cuando cumplió los veintiuno, pero ya entonces le había prometido a Sara que algún día la sacaría de esa casa de locos.

1959

El día que Paul se presentó en Prinss, dispuesto a llevarse a Sara con él, su madre puso el grito en el cielo y le dijo que ni se le ocurriera ponerle las manos encima a su hija. Cuando Sara se le acercó y lo cogió de la mano, fue su padre el que se llevó las manos a la cabeza.

Pese a todo, no pudieron hacer nada por evitarlo. Estaba decidido y acordado desde hacía mucho tiempo.

Paul le había prometido que lo haría cuando ella cumpliese los dieciocho años, y no iba a faltar a su promesa. Había esperado demasiado tiempo por aquella niña que ya era toda una mujer. Todo resultó menos violento porque Robert se había marchado a no se sabía dónde. La policía lo había amenazado con acusarlo de algún delito mayor la próxima vez que causase problemas, y con eso había sido suficiente para que hiciese las maletas y se marchase.

Paul sabía que encontraría otro lugar donde seguir con su forma de vida y, a pesar de que sabía que era un tipo horrible, no le prohibió a Sara mantener el contacto con él. Solía escribirle una vez al año para ver cómo estaba, y a veces recibía una carta varios meses después desde otra parte porque él se había vuelto a mudar. Él no lo soportaba, pero, a pesar de todos sus errores, para Sara seguía siendo su hermano. Y Sara tenía esa curiosa capacidad de perdonar casi cualquier cosa.

En aquel entonces, ella trabajaba como costurera junto a su madre, y Paul era operario en una cementera. Su padre tenía los días contados como encargado de una constructora, así que, aunque los planes de ambos eran irse cuanto antes, al final los convencieron de que se quedasen, al menos un tiempo, aceptando que formalizaran su relación. Y dado que Robert ya no vivía en aquella casa, se quedaron.

Alargaron su estancia en Utah durante más de tres años, y solo entonces empaquetaron todas sus cosas para buscar una nueva vida en Pensylvania. Philadelphia fue el sitio que escogieron para establecerse, y también para casarse.

En 1964, después de mucho tiempo buscándolo, Sara por fin se quedó embarazada del que pronto sería su primer hijo: Derek. Y la maternidad no hizo más que empezar a partir de ese momento, pues acabarían teniendo en común hasta tres hijos más. El último fue Louis a finales de 1970.

UN FIN DE SEMANA DE FEBRERO DE 1973

La familia Becker había ido a un supermercado. Era sábado por la mañana y Sara había decidido que irían todos juntos, pues desde que Louis nació nunca habían ido en familia a hacer la compra. Ahora el más pequeño ya tenía dos años, así que había llegado la hora de seguir haciendo cosas en familia.

Pero fue demasiado caótico.

Nunca habían estado en ese lugar y la inmensidad de la superficie dejó a todos los pequeños boquiabiertos. Además, había prácticamente de todo, no solo comida. Sara aprovechó para probarles a Jake y a Derek unos abrigos, y después de eso pasaron por la sección de juguetería. Todavía era muy pronto, pero era divertido verlos de un lado para otro escogiendo las cosas que le pedirían a Santa Claus. Zane iba todo el tiempo cogida de su mano, y Paul llevaba a Louis subido en el carro del supermercado.

Jake estaba tan emocionado que su padre tuvo que llamarle la atención un par de veces, pues ya había chocado con una señora que le echó una mirada llena de reproche, y los chorretones de sudor empezaban a bajarle por las sienes.

—Cálmate un poco, ¿quieres?

—¡Hay un montón de cosas, papá!

Sara se acercó a él y le revolvió el pelo mientras él jadeaba.

—Ya lo sé, cariño, pero no hay prisa. Puedes verlas todas.

—¡Un perrito!

De repente, Zane le tiró de la mano y señaló hacia donde había un chico joven sacando un perro de una cristalera. Había varias más, con cachorros en su interior y niños alrededor.

Derek, Jake y Zane corrieron entonces hacia allí.

—Este es Blacky —anunció el joven mientras les dejaba tocar al cachorro de terrier que acaba de sacar—. Tiene cuatro meses.

—¡Qué bonito es! —decía Zane.

Derek lo cogió en brazos, y acto seguido Jake se acercó para arrebatárselo.

—¡Eh! Lo tenía yo.

Blacky empezó a darle pequeños lengüetazos en la cara, cosa que les hizo reír a él y al resto de niños.

—Parece que le has caído muy bien —dijo el joven encargado.

—¿Puedo quedármelo? —preguntó Jake, con los ojos llenos de ilusión.

—¡Claro! Pero tendría que hablar con tus padres primero.

—Tengo tres dólares.

El joven se rio ante aquel comentario. Estaba claro que al niño de ojos azules que tenía delante le apetecía mucho quedarse con el perro.

—Papá no va dejar que nos quedemos con él —dijo Derek, de brazos cruzados.

—¿Por qué no? —preguntó entonces Zane.

—Porque no, ya lo verás.

Paul y Sara no tardaron en aparecer. Para entonces Jake ya se había encariñado con el perro más que con cualquier juguete que deseara. Se había tirado al suelo para jugar con él mientras el resto de niños trataban también de participar y se reían cada vez que Blacky se subía a la barriga de Jake.

—Tenemos que irnos —anunció Paul.

En ese momento, Louis estaba teniendo una rabieta en brazos de su madre, así que no había mucho que hacer para intentar convencerlos de quedarse un poco más.

Jake cogió en brazos al cachorro y se dirigió a su padre.

—¿Podemos quedárnoslo?

—Por supuesto que no. Dáselo al chico.

—¿Por qué no?

La cara de aquel niño moreno de siete años habría encogido el corazón de cualquier adulto, pero su padre ni siquiera lo estaba mirando, se limitaba a hacerle señas a Derek y a Zane para que se cogieran al carro de una vez mientras escuchaba de fondo los berreos del menor de sus cuatro hijos, un tanto desquiciado.

—Se llama Blacky —insistió Jake.

—Venga, vamos.

Su padre empezó a alejarse con sus dos hermanos, que volvían la vista atrás de vez en cuando para verlo. Unos metros más allá, Paul se dio cuenta de que Jake no lo había seguido. Al darse la vuelta lo vio allí plantado, con el perro en brazos y sin intención de moverse.

—¿No me has oído?

Pero Jake no se movió.

Los niños de alrededor rieron y la mirada del dependiente se enterneció. Cuando vio al padre acercarse de nuevo, le dijo:

—El cachorro cuesta doscientos dólares, pero como sé que le gusta mucho estoy seguro de que podría quedarse en cien si hablo con mi jefe.

—Deja el perro en el suelo, Jake —dijo Paul haciendo caso omiso del vendedor.

—No.

Jake miró a Derek y a Zane, que le devolvían el gesto lleno de apoyo, pues ellos también querían quedarse con Blacky. Su madre y Louis habían desaparecido.

—Deja el perro, hijo.

Esta vez no contestó. Se limitó a quedarse parado allí mismo, abrazado al cachorro. Había decidido no moverse hasta que su padre cediera.

—Maldita sea —farfulló Paul por lo bajo.

Acto seguido se acercó y le quitó el perro de los brazos.

—¡No! ¡No!

Jake no podía hacer nada que no fuera tratar de cogerlo de nuevo, pero su padre era mucho más grande que él. Lo sujetó del brazo para intentar evitar que entregase a Blacky de vuelta al vendedor, pero fue en vano. Las lágrimas no tardaron en aparecer en sus ojos.

—¡No, papá, por favor! ¡No lo dejes aquí! Quiero que se venga a casa.

Paul agarró a su hijo y empezó a tirar de él, a pesar de su reticencia.

Jake intentaba soltarse por todos los medios, pues si Blacky iba a quedarse allí, él iba a quedarse con él.

En un arrebato de impotencia, mientras su padre le hacía resbalar por el suelo, le mordió la mano con todas sus fuerzas. Paul lanzó un grito de dolor que atrajo la atención de todo el mundo. Y, como si fuese un acto reflejo, se giró y lanzó la otra mano que le quedaba libre contra él, golpeándole el lado izquierdo de la cara. Le había mordido tan fuerte que se podían adivinar unas marcas rojas en el lateral de la mano. Vio que todas las miradas se cernían sobre ellos y su enfado se incrementó todavía más. Sin poder controlarse volvió a golpearlo, dándole esta vez una bofetada totalmente voluntaria.

Jake le había sacado de quicio en muchas ocasiones.

Pero aquella fue la primera vez que le pegó.

SEPTIEMBRE 1990

Jake estaba sentado al final del último vagón de un tren con destino a Philadelphia. A su izquierda tenía la bolsa con su ropa militar, esa que no iba a tener que usar porque volvía a casa. Llevaba puesta una camiseta de manga corta blanca y unos pantalones color caqui, así que, entre eso y la bolsa, parecía de verdad un miembro del ejército.

Justo enfrente había un hombre y una joven y llamativa chica. No había que ser muy inteligente para darse cuenta de que la chica no dejaba de mirarlo, por mucho que él desviase la vista en cualquier otra dirección o se hiciese el dormido. Pero no era la primera vez que captaba el interés de la gente por el atuendo que llevaba, así que no le dio demasiada importancia.

No hasta que la chica se levantó para insinuarse. Se apoyó en el reposamanos de su asiento y se inclinó hacia su oído.

—Te espero en el baño en cinco minutos.

Y dicho lo cual, se marchó hacia allí.

Jake se quedó bastante desconcertado. El hombre del otro lado ni siquiera se había inmutado, así que incluso se planteó si la joven existía de verdad o si era fruto de la mezcla entre la decepción, el agotamiento, la imaginación y el sueño.

Solo había una forma de comprobarlo, así que calculó el tiempo mentalmente y luego se levantó y caminó hacia la puerta que daba paso al servicio. Puso la mano en la manivela y comprobó que no estaba cerrado con pestillo. Observó al resto de pasajeros, pero no había nadie prestándole atención, así que decidió entrar. Fue la chica la que terminó de abrir la puerta y lo agarró por la pechera para que entrase de una vez por todas.

El espacio era lo suficientemente pequeño como para que sus cuerpos estuviesen muy cerca.

—¿Quién eres? —le preguntó Jake.

—¿Acaso importa?

No era capaz de mentenar la vista en sus ojos, en esos ojos tan... Sin que le diese tiempo a pensar en nada más, ella lo obligó a agacharse para que la besara. Jake se dejó llevar y la levantó del suelo, consiguiendo que sus zapatos golpeasen las paredes y las hiciese sonar. La chica rio, traviesa. Sí, eso era. Eso era lo que podía ver en su mirada. Cometió el error de mirarla antes de desabrocharse los pantalones. El error que, por suerte, lo devolvió a la realidad, porque entonces no fue a la chica del asiento de enfrente a quien vio, sino a Emma, y no estaban en el baño de un viejo tren con destino a Philadelphia, sino en el de una discoteca. El recuerdo fue tan evidente que Jake palideció.

—¿Qué pasa?

La chica volvió a reclamar su interés, pero él le apartó la cara y trató de bajarla.

—Vamos, quítate.

Pero ella le agarró la cara y lo obligó a besarla. Volvió a dejarse llevar unos segundos y casi parecía que aquel recuerdo había desaparecido, hasta que alguien abrió la puerta del baño —que ninguno de los dos había cerrado—, y le golpeó con ella la espalda.

—Disculpe —dijo alguien al darse cuenta de que estaba ocupado.

Jake volvió en sí una vez más y se deshizo del abrazo de la chica.

—Que te apartes, joder.

Entonces salió, sin volver a mirarla, y se dirigió hacia su asiento. Así fue cómo descubrió la realidad de todo lo que acababa de suceder.

El hombre que había tenido enfrente durante el trayecto estaba ahora rebuscando en su bolsa.

—¡Eh!

El tren paró en ese mismo instante. Jake fue todavía más consciente de su estupidez. Esos dos habían esperado el momento oportuno para poder desaparecer antes de que él se diera cuenta de que le habían robado. Pero, por suerte, Emma le había salvado de aquella desavenencia, de alguna forma u otra.

El hombre dejó las pocas cosas que se había guardado en los bolsillos en cuanto vio que Jake hacía el amago de ir tras él. Los vio a los dos, a él y a la chica, corriendo por el andén de la estación sin mirar atrás.

Lo único tormentoso de aquella experiencia serían los sueños que tendría *a posteriori* con el momento en el que la chica desconocida se convertía en Emma cada vez que el recuerdo volviese a su mente mientras dormía.

JULIO DE 1987

—¿Estás seguro de que hacemos lo correcto? —preguntó Sara echando la vista atrás.

—Sí.

—Jake nunca nos lo perdonará.

—Yo acarrearé con las consecuencias.

—No quiero que siga echándote la culpa de todo. No quiero que tenga más motivos.

—Necesita hacerlo. En otras cosas no, pero en eso es igual que yo. —Sara lo miró con pesar, pero Paul no le dio importancia—. En algún momento se dará cuenta de que es lo mejor para ella.

Sara sujetó con fuerza el conejito rosa de la pequeña Rachel antes de que Paul pusiera el coche en marcha para regresar a casa. La niña le había pedido que se lo llevara a Jake, aunque a Sara jamás se le pasó por la cabeza que esa fuera su forma de pedirle a su primo que no se olvidase de ella, que fuese a buscarla. Tampoco hubiese imaginado que, tras aquel día, pasarían cinco años hasta que se volvieran a ver.

El destino siempre es impredecible.

AGRADECIMIENTOS

Creo que, por lo general, soy una persona bastante agradecida. Es difícil continuar dando las gracias cuando ya no sabes de qué otra forma expresar lo mucho que el interés de la gente ha supuesto para ti. He pensado que es mejor que este apartado sea breve, porque a veces, lo bueno, si es breve, dos veces bueno. Pero no puedo.

Este libro, la trilogía completa, ha sido reeditada por Munyx años después de haberla lanzado al mundo de forma independiente, y ahora ya ha llegado el final de un viaje impresionante. Una de las cosas que más feliz me hacen es saber que está en buenas manos, rodeada de una gran familia y con una editora para la que ya no me quedan palabras de agradecimiento. La otra cosa son todas las personas que he conocido desde 2015. Jamás imaginé que el destino me traería a tanta gente increíble con la que compartir una misma pasión. Encontré el barco *justo a tiempo*.

La amistad y la familia son dos conceptos fundamentales en la trilogía y en mi forma de vida, así que no veo mejor forma de despedirme de estos personajes que dándole las gracias a mi familia y amigos. Porque todos ellos, algunos más reacios al principio que otros, me han seguido y apoyado hasta el día de hoy. Son precisamente ellos quienes me animan a seguir escribiendo. Quienes me insisten para que continúe cuando siento que no puedo más. Y quienes desearían con todas sus fuerzas que tuviese mucho más tiempo para dedicarme a esto, porque es lo que he hecho siempre. Lo que más tiempo de mi vida me ha definido, junto con el deporte.

Espero que, algún día, los Becker sigan teniendo cosas que decir para que yo pueda contarlas, compartirlas y reencontrarme con todos ellos.

SAMANTHA
<SAMMY>
KEY

MONIQUE

PETER
PITT